PETER HERNON

DAS BEBEN

Roman

Aus dem Amerikanischen
von Wolfdietrich Müller

WILHELM HEYNE VERLAG
MÜNCHEN

HEYNE ALLGEMEINE REIHE
Band-Nr. 01/13316

Der Autor dankt folgenden Institutionen:
Gutenberg-Richter Publications für die Illustrationen auf den Seiten 128, 129, 295 ursprünglich publiziert in: *The Earthquake, That Never Went Away*, von David Stewart und Ray Knox.
Dem St. Louis University Earthquake Center, website
http://www.eas.sluedu/Earthquake-Center,
für die Illustration auf Seite 27.
Thomas Borgman für die Illustrationen auf den Seiten 292, 293, 325.

Die Originalausgabe
8.4
erschien bei G. P. Putnam's Sons, New York

Umwelthinweis:
Dieses Buch wurde auf
chlor- und säurefreiem Papier gedruckt.

Taschenbucherstausgabe 7/2001

Printed in Germany 2001
Umschlagillustration: Arndt Drechsler, Landshut
Umschlaggestaltung: Nele Schütz Design, München
Satz: Leingärtner, Nabburg
Druck und Bindung: Ebner Ulm

ISBN 3-453-18983-3

http://www.heyne.de

DANKSAGUNG

Zahlreiche Seismologen, Katastrophenplaner, Bau- und Bergingenieure, Kernwaffenexperten und andere haben mir bei den Recherchen zu diesem Buch unschätzbare Hilfe geleistet. Hier möchte ich einigen danken, die sich besondere Mühe gemacht haben. Ich habe versucht, mich so weit wie möglich an wissenschaftliche Tatsachen zu halten, und übernehme die volle Verantwortung für die Bearbeitung der Fakten zugunsten der Romanhandlung; die freundlichen Menschen, denen ich danke, sind nicht dafür verantwortlich, wie ich das Material, das sie so großzügig zur Verfügung stellten, verwendet habe.

Mein Dank geht an Robert B. Herrmann, Professor für Geophysik an der St. Louis University; James E. Beavers aus Oak Ridge, Tennessee, Bauingenieur und Fachmann für natürliche und technische Risiken; Bob Neel und Jim Gover aus Albuquerque, New Mexico, ehemalige Studenten auf dem Testgelände in Nevada, die mir erklärten, wie Kernwaffen unterirdisch gezündet werden; Reid L. Kress von der Robotics Systems Division am Oak Ridge National Laboratory; und Arch Johnston, Forschungsleiter am Zentrum für Erdbebenforschung und -information an der University of Memphis.

Danken möchte ich auch einem großartigen Lektor, David Highfill bei G. B. Putnam's Sons, und meinem Agenten, Richard Pine von Arthur Pine & Associates, außerdem Howie Sanders und Richard Green in Los Angeles.

Und mein besonderer Dank gilt meiner Frau Janice.

Für Janice

VORBEMERKUNG DES AUTORS

Wird eines Tages in der New Madrid Seismic Zone ein katastrophales Erdbeben ausbrechen?

Mit Sicherheit.

Die einzige Frage ist, wann. Wenigstens in den nächsten hundert Jahren erwarten die Experten kein Starkbeben, aber genau weiß es keiner, und eben diese Unsicherheit macht Seismologen und Notfallplaner nervös, wenn sie von der NMSZ sprechen.

Der Untergrund ist noch in Bewegung. An der Verwerfung werden rund zweihundert Erdbeben im Jahr gemessen, zwanzig im Monat. Alle eineinhalb Jahre erzeugt sie einen Erdstoß mit der Stärke 4 oder mehr auf der Richter-Skala. Nach Kalifornien ist die New-Madrid-Störung in Amerikas Herzland das gefährlichste Erdbebengebiet in den Vereinigten Staaten.

Die Verwendung einer Atombombe, um ein erwartetes Erdbeben abzuwenden, ist ernsthaft diskutiert worden, besonders als Möglichkeit, um die Umgebung von Kernkraftwerken oder großen Staudämmen zu ›entspannen‹. Es gibt eine umfangreiche Literatur über Erdbeben, die durch unterirdische Kernexplosionen ausgelöst wurden.

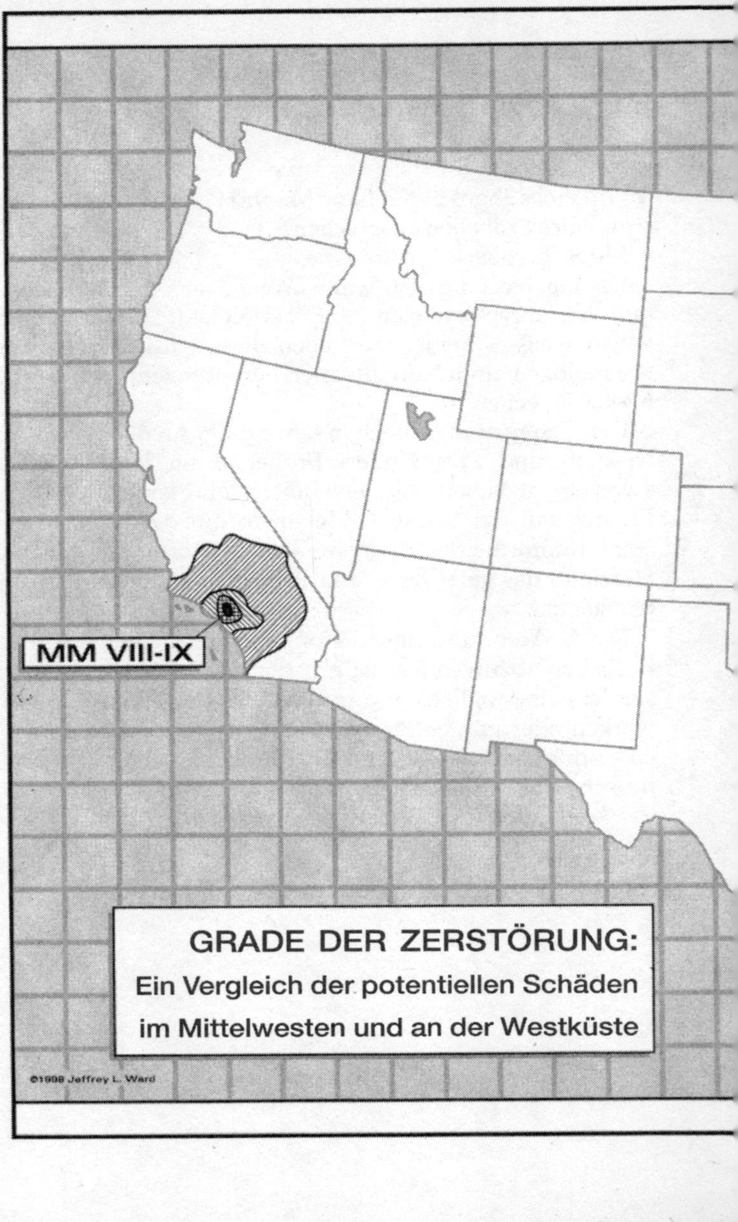
MM VIII-IX
GRADE DER ZERSTÖRUNG:
Ein Vergleich der potentiellen Schäden
im Mittelwesten und an der Westküste
©1998 Jeffrey L. Ward

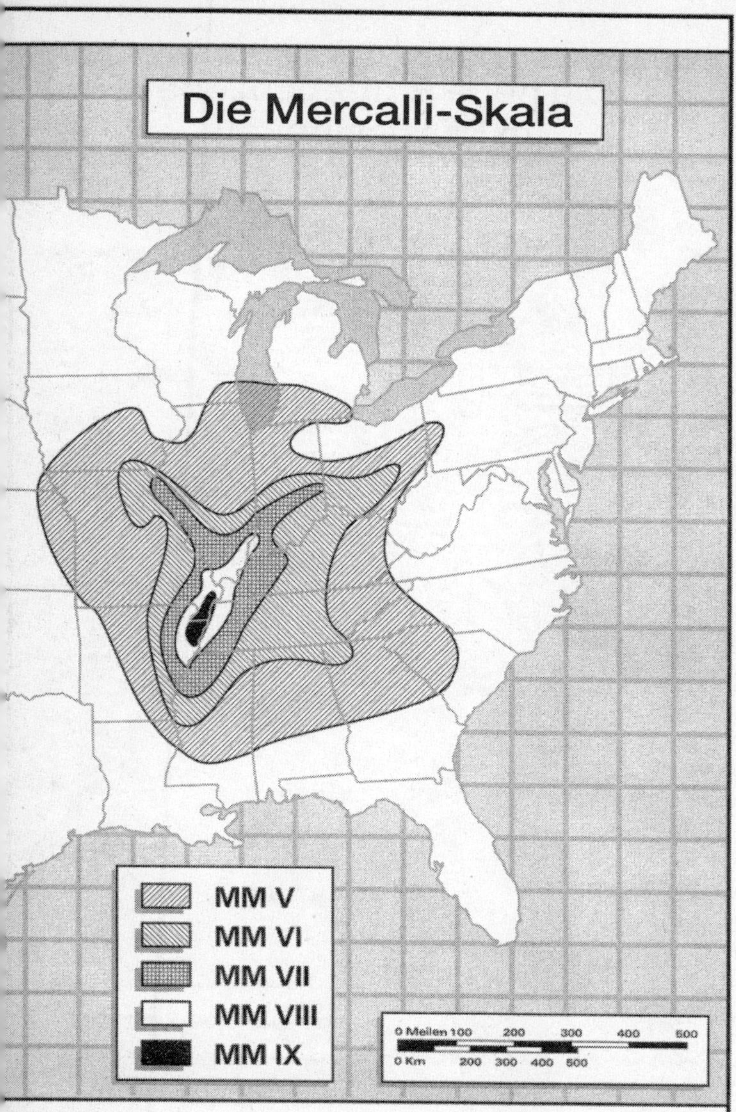

Die Mercalli-Skala
MM V
MM VI
MM VII
MM VIII
MM IX
0 Meilen 100 200 300 400 500
0 Km 200 300 400 500

Die neue Erdbebenzone
im Mississippital
Springfield
Indianapolis
OHIO
Mississippi
ILLINOIS
Wabash
INDIANA
Cincinnati
Kaskaskia
WABASH VALLEY
VERWERFUNGSSYSTEM
St. Louis
COTTAGE GROVE
VERWERFUNGSSYSTEM
Ohio
Louisville
SHAWNEETOWN-
ROUGH CREEK
VERWERFUNGSSYSTEM
Lexington
STE. GENEVIEVE
VERWERFUNGSSYSTEM
MISSOURI
KENTUCKY
Lake
Barkley
NEW MADRID
SEISMIC ZONE
Kentucky
Lake
8.4 VERWERFUNGSSYSTEM
Cumberland
Nashville
Knoxville
Caruthersville, Missouri
Blytheville, Arkansas
TENNESSEE
7.1 VERWERFUNGSSYSTEM
ARKANSAS
Memphis
Huntsville
Tennessee
GEORGIA
Mississippi
ALABAMA
Atlanta
MISSISSIPPI
Birmingham
0 Meilen 50
100
150
0 Km
50
100
150
Greenville
©1998 Jeffrey L. Ward

Ein starkes Erdbeben zerstört im Nu unsere altgewohnten Vorstellungen. Die Erde, das Urbild des Festen, hat sich unter unseren Füßen bewegt wie eine dünne Haut auf einer Flüssigkeit – eine kurze Sekunde hat in uns ein ungewohntes Gefühl der Gefährdung wachgerufen, wie es Stunden der Reflexion nicht hervorgerufen hätten.

Charles Darwin – Betrachtungen zu dem verheerenden Erdbeben in Concepción, Chile, am 20. Februar 1835.

Benton, Kentucky
9. Januar
10:30 Uhr

John Atkins stieg aus dem verdreckten Chevrolet Jimmy und spürte den schneidenden Wind durch seinen Parka. Er hielt auf einer Landstraße zwanzig Kilometer westlich von Benton, einer Kleinstadt in der äußersten südwestlichen Ecke von Kentucky. Maisfelder stießen auf beiden Seiten an die einspurige Kiesstraße. Die dürren gelbbraunen Stengel waren nach der Herbsternte mannshoch stehengeblieben.

Atkins hatte sich verfahren. Zu jeder anderen Zeit hätte er vielleicht geschmunzelt, der Seismologe, der bekannt geworden war, weil er Katastrophenbeben rund um den Erdball verfolgte und sich nie verirrt hatte. Aber jetzt war er zu spät dran, und außerdem war es sein eigenes dummes Versehen. Er hätte vorher anrufen und sich den Weg beschreiben lassen sollen.

Am Abend davor war er nach Memphis geflogen und hatte den Jimmy gemietet. Er war zweihundertfünfzig Kilometer nach Norden durch Tennessee und am Morgen dann über die Grenze nach Kentucky gefahren. Später am Tag wollte er, falls er sich zurechtfände, seinen alten Freund Walter Jacobs treffen, den Direktor des Zentrums für Erdbebenforschung an der Universität Memphis.

Er faltete eine Karte auf, die er an einer Tankstelle gekauft hatte, legte sie auf die Motorhaube des Jimmy und hielt die Ecken in den Windböen fest. Die Kiesstraße, auf der er die letzten sechs Kilometer zurückgelegt hatte, war nicht einmal eingezeichnet. Er bedauerte, daß er sich nicht die Zeit genommen hatte, vor der Abfahrt in Memphis eine gute topographische Karte zu erstehen.

Atkins beschloß zu wenden und blickte ein letztes Mal die Straße hinauf, die als schnurgerade ausgefahrene Linie durch die vom Wind zerzausten Felder weiterlief. Kein Haus war zu sehen, keine Abzweigung, keine Scheune.

Als er die Karte zusammenlegte, hörte er ein raschelndes Geräusch. Es kam von rechts, war schwach, fast unhörbar, aber während er lauschte, wurde es immer lauter. Es schien eine Mischung aus zwei verschiedenen Lauten zu sein: einer leise wie Wind, der durch dürre Blätter bläst, der andere laut und schrill.

Atkins spitzte die Ohren. Es hörte sich nach Insekten an, nach Tausenden. Vielleicht Heuschrecken. Aber doch nicht mitten im Winter. Das war unmöglich.

Was immer das Geräusch verursachte, bewegte sich schnell. Binnen Sekunden war der Laut deutlich stärker geworden.

Atkins stieg auf die Motorhaube des Jimmy, um einen besseren Überblick zu bekommen. Er sah nichts Ungewöhnliches. Die Maisfelder dehnten sich endlos nach beiden Seiten. Der Wind biß in seine Augen. Er rieb sie und blickte über die Felder, die sich sanft von niedrigen grauen Hügeln senkten. Die Spitzen der Maisstengel wogten leicht im Wind.

Es war schwierig zu bestimmen, woher die Geräusche kamen. Fast schienen sie ihn zu umgeben.

Aus dem Augenwinkel glaubte er etwa vierzig Meter von seinem Standort eine Bewegung im Feld zu erkennen. Er stieg auf das Dach des Jimmy. Von dort oben beobachtete er staunend, wie die gelbbraunen und grauen Stengel umfielen. Sie verursachten das raschelnde Geräusch, das er bemerkt hatte. Es war, als würden sie von einer riesigen Sense über dem Boden abgeschlagen.

Etwas schnitt einen breiten Streifen mitten durch das Feld. Und es kam auf ihn zu.

Fasziniert sah Atkins zu, wie die Maisstengel nach vorn kippten. Das andere Geräusch war ständig stärker geworden.

Atkins dachte immer nur an Insekten oder Vögel. Tausende laut zwitschernde Vögelchen. Vielleicht Stare. Schwärme von Staren hatte er schon gehört. Ihr lärmendes Gezwitscher ähnelte dem, was er jetzt hörte. Und sie fielen gern in Maisfelder ein und fraßen sich satt.

Aber wie sollten Vögel es fertigbringen, daß die Stengel in so säuberlichen Reihen umfielen? Es war verblüffend.

Die wandernde Schneise war dreißig Meter entfernt, und es sah so aus, als würde sie die Straße direkt vor dem Jimmy kreuzen.

Der Wind drehte, und plötzlich wurde das Geräusch deutlicher, schärfer umrissen. Atkins konnte es immer noch nicht einordnen, beschloß aber, wieder in den Jimmy zu steigen und den Motor anzulassen. Was auch immer durch dieses Maisfeld lief – er wollte ihm nicht im Freien begegnen.

Atkins stieg auf die Motorhaube hinunter und sprang auf die Straße, als eine graue Ratte aus dem Feld rannte.

Es war die größte Feldratte, die er jemals gesehen hatte. Zwei weitere jagten zwei Meter vor dem Jimmy über die Kiesstraße und verschwanden zwischen den Maisstengeln. Noch drei folgten, graue Striche, die über den Weg schossen.

Halb angeekelt, halb fasziniert schaute er hin. Auf einer Reise nach Indien vor einigen Jahren hatte ihn eine Ratte gebissen, als er unter das Bett griff, um seine Schuhe vorzuziehen. Es war eine böse Wunde, die sich entzündet hatte. Beinahe wäre er an Tetanus erkrankt.

Die Ratten flohen in Panik aus dem Maisfeld. Irgend etwas mußte sie jagen.

Aber was?

Immer noch stürmten die Nager ins Freie, vier und fünf auf einmal. Eine hielt mitten auf der Straße inne und stellte sich auf die Hinterbeine. Sie schnupperte, wobei die langen Barthaare zitterten, und starrte Atkins einen Augenblick an, bevor sie wegrannte.

Das Geräusch war zu einem stetigen, ohrenbetäubenden Brummen angeschwollen. Vor Atkins' Augen fiel eine Reihe Maisstengel auf die Straße. Eine graue wogende Flut von Ratten spülte heran.

Hunderte, Tausende. Mit schrillem Quieksen, ohrenbetäubend.

Atkins sträubten sich die Haare, als er zur Tür des Jimmy rannte. Er trat auf Ratten, schnickte sie aus dem Weg, zerquetschte sie. Eine traf ihn an der Brust und klammerte sich mit den Krallen an seinem Parka fest. Mit einer behandschuhten Faust schlug er sie weg. Vor der Tür stolperte er und wäre gestürzt, wenn er nicht gerade noch den Seitenspiegel zu fassen bekommen hätte.

Immer noch sausten die Ratten aus dem Maisfeld. Um sich tretend öffnete Atkins die Tür. Sie rannten unter dem Jimmy durch, eine dichte quieksende Masse mit langen, obszönen Schwänzen. Atkins sprang auf der Fahrerseite hinein und tötete eine Ratte mit der Tür, als er sie zuschlug.

Zwei Ratten sprangen hinein, bevor er die Tür zubekam. Atkins trat wütend um sich und tötete eine mit dem Fuß. Immer wieder schlug er mit den Fäusten nach der anderen, bis er ihr endlich das Genick brach. Etwas traf die Windschutzscheibe. Erst krachte eine Ratte, dann eine zweite gegen das Glas. Von den quieksenden Horden hinter ihnen gedrängt, versuchten sie, über das Hindernis auf ihrem Weg zu springen.

Entsetzt saß Atkins in dem Jimmy, während die Ratten über ihm wimmelten, die Motorhaube wie eine wandernde graue Decke zudeckten, sie verschlangen. In ihrer Raserei stießen sie immer wieder gegen die Windschutzscheibe und die Scheibenwischer. Einige wurden von den Nachdrängenden zertrampelt. Viele bluteten aus Bißwunden, die sie sich gegenseitig beigebracht hatten. Der Wagen begann zu schaukeln, als Wellen von Ratten gegen die vordere Stoßstange drängten. Atkins sah einige von ihnen über das Schiebedach hasten.

Er versuchte, sich die Ohren zuzuhalten, um das zermürbende klickende Geräusch, das die Nager mit ihren gebogenen gelben Zähnen machten, auszuschalten. Es half nicht. Er hörte immer noch ihr wildes Gequieke und den kratzenden Lärm ihrer Pfoten, wenn sie über die Haube und Windschutzscheibe rannten.

Dann war es plötzlich vorbei.

Die letzten Ratten überquerten die Straße und rannten auf das Feld. Atkins sah zu, wie die tiefe Furche in den Maisstengeln sich von ihm wegbewegte. Die Ratten rannten verzweifelt schnurstracks auf die bewaldeten Hügel zu.

Atkins hielt die Augen offen und wartete. Nichts jagte sie.

Als er den Motor anlassen wollte, mußte er mehrmals ansetzen, bevor er den Schlüssel ins Zündschloß bekam. So sehr zitterten ihm die Hände.

Point Arguello, Kalifornien
9. Januar
16:35 Uhr

»Wußtest du, daß Charlie Richter Nudist war?«

Elizabeth Holleran, die neben Jim Dietz in einem vier Meter tiefen Graben stand, grinste und arbeitete weiter mit ihrer Kelle. Dietz hatte die Geschichte schon öfter erzählt, aber sie fand sie immer noch komisch.

»Das war damals, Ende der fünfziger Jahre, als das Seismo Lab noch in dieser unglaublichen Villa draußen in Pasadena war«, sagte Dietz, während er mit der Kelle die Grabenwand glattstrich. »Ich glaube, es hat damals in den Zwanzigern Douglas Fairbanks gehört. Einfach unvorstellbar. Marmorböden, getäfelte Büros, eigenes Bad für jeden Professor. Das Billardzimmer haben sie als Bibliothek genutzt. Die Seismogramme auf den Billardtischen ausgebreitet. Wunderbare Gärten. Ganze Felder voller Rosen. Charlie und seine Frau Lillian gingen dort gern spazieren, so wie der Herr sie schuf. Splitterfasernackt. Hat manch einen Kollegen verdammt nervös gemacht.«

»Hast du jemals mitgemacht, Jim?« fragte Elizabeth.

»Er hat mich nie aufgefordert«, knurrte Dietz. »Allerdings war Charlie auch kein sonderlich freundlicher Bursche. Eigentlich war er ein richtiger Scheißkerl. Hast du mal davon gehört, wie er Beno Gutenberg übers Ohr gehauen hat?«

Elizabeth kannte auch diese Geschichte, grub aber weiter in der harten Erde, ohne ein Wort zu sagen.

»Die zwei waren Kollegen. Eines Tages in den vierziger Jahren schlug Beno vor, eine logarithmische Skala zu verwenden, um Erdbeben aufzuzeichnen. Das war der Durchbruch, der ihnen half, den neuen Seismographen zu präsentieren. Beno und Charlie hatten gemeinsam daran gearbeitet. Charlie steckte den ganzen Ruhm ein, und Beno stellte ihn deswegen nie zur Rede. Er war ein unbeschwerter Bursche und hielt es nicht für der Mühe wert. Fest steht, daß die Skala Gutenberg-Richter-Skala heißen sollte.«

Dietz trank einen Schluck aus einem Krug Eiswasser. Die Sohle des Grabens war mit zerknülltem Tacopapier von seinem Mittagessen übersät. »Charlie bezeichnete sie einfach als Stärkenskala. Aber wenn einer von der Richter-Skala sprechen wollte, na, dann war ihm das nur recht.«

Damals in den späten fünfziger Jahren war Dietz einer von Richters Vorzeigedoktoranden gewesen. Seine Geschichten über den berühmten Seismologen waren legendär. Elizabeth und Dietz unterrichteten beide am Seismologischen Labor der Caltech, der TH Kaliforniens. Da sie beinahe Schulter an Schulter in den tiefen Gräben arbeiteten, die sie mit einem John-Deere-Löffelbagger ausgehoben hatten, waren sie gute Freunde geworden. Beide trugen gelbe Schutzhelme, während sie den festen Sand und die Bodenschichten wegkratzten. Sie suchten nach den verborgenen Zeugnissen früherer Erdbeben.

Ihre Grabung lag siebzig Kilometer nördlich von Santa Barbara, an einer Stelle, wo der Pazifische Ozean gegen die felsige Küstenlinie brandete. Ein einsamer Fleck namens Devil's Jaw im äußersten Südwesten Kaliforniens. An einer der vielen kleineren Verwerfungen gelegen, die von der San-Andreas-Störung abzweigten, hatte es hier 1925 ein Erdbeben von der Stärke sieben Komma drei gegeben.

Sie hatten die Wände des Grabens mit Aluminiumplatten gestützt, die Sperrholzbrettern ähnelten und mit stählernen Querstreben gesichert waren. Die Stützbalken ließen sie mit Haken und Kette in den Graben hinab und drückten dann die Platten mit Hilfe einer hydraulischen Pumpe fest an die Erdwände.

Elizabeth und Dietz hatten die Tiefe jeder Bodenschicht sorgfältig vermessen. Ihre Methode ähnelte einer Schichttorte, aus der man ein Stück schneidet. Jedes Stück zeigte eine andere geologische Periode und hatte erkennbare Farben und Gefüge: die harte, gelbbraune Farbe von Sand; gräulich roter Ton; morastiger Torf. Die sprechenden Hinweise auf trockene Jahre und Überschwemmungen traten deutlich hervor, ebenso die gezackten Abdrücke der großen Erdbeben – mehrere davon im Bereich der Stärke sieben.

Beide schwitzten sehr. Es war Anfang Januar, aber die südkalifornische Sonne stand direkt über ihnen, und die Temperatur lag um fünfundzwanzig Grad. Sie trugen Shorts, T-Shirts und schmutzige Arbeitsstiefel. Dietz, ein bärtiger Mann Ende Sechzig, war ordentlicher Professor am Seismo Lab und Spezialist für die San-Andreas-Störung. Elizabeth war zweiunddreißig Jahre alt und Assistenzprofessorin, die nach Pasadena umgezogen war, nachdem sie an der Universität von Kalifornien in Santa Barbara promoviert hatte.

Sie war groß und schlank und überragte Dietz fast um Hauptеslänge. Im Hörsaal stellte er sich gern neben sie und sagte den Studenten, sie müßten sich über kurz oder lang entscheiden, von wem sie sich prüfen lassen wollten. Elizabeth hatte ihr dickes blondes Haar im Nacken gebunden, damit sie den Schutzhelm bequem tragen konnte.

Mit äußerster Gewissenhaftigkeit suchten sie die Grabenwände nach Kohlenstoff ab – Teile von alten Blättern, Zweigen, Holz oder Kohle. Wenn sie etwas fanden, packten sie es vorsichtig in Beutel aus Alufolie. Jedes Fragment, und war es noch so klein, wurde als ›schwarzes Gold‹ betrachtet.

Elizabeths Spezialgebiet war es, mit Hilfe dieser kleinen Stücke festzustellen, wann an der Verwerfung ein Erdbeben ausgebrochen war. Mit dem radioaktiven Isotop C-14 konnte sie die Fragmente datieren und so berechnen, wie alt die Sedimentschichten waren. Starke Beben, die die Verwerfungslinie über die Jahrtausende erschütterten, hatten diese Schichten aufgebrochen und gangartige Fortsätze gebildet – dunkle Tropfen und Falten, die sich in dem freigelegten Boden wie die dunklen Teile in einem Marmorkuchen abhoben. Die Länge der Fortsätze maß Elizabeth mit einem Stahlbandmaß, das von der Oberkante des Grabens herunterhing.

Während der letzten sechs Monate, über Ferien und Unterbrechungen hinweg, hatten sie und Dietz drei ähnliche Gräben ausgehoben, die die Verwerfung wie die Sprossen einer Leiter querten. Sie hatten sechs starke Beben entlang dieser kurzen, aber sehr aktiven Bruchstelle festgestellt, die von der San-Andreas-Störung achtzig Kilometer nach Osten abzweigte. Das älteste ließ sich auf das Jahr 235 datieren. Beben hatte es zur Zeit Mohammeds gegeben, um 1215, im Jahr der Magna Carta, und um 1608, als Jamestown gegründet wurde. Die Daten zeigten im Durchschnitt alle sechzig Jahre ein mittleres bis schweres Beben. Das letzte war vor fünfundsiebzig Jahren ausgebrochen, und das bedeutete, daß in diesem Abschnitt ein größeres Beben überfällig war.

Nachdem sie für diesen Tag Schluß gemacht hatten, ruhten sich Dietz und Elizabeth auf einem Felsen aus, von dem aus sie über das Meer blickten. Sie saßen in der Sonne und tranken kühles Bier mit zwei ihrer Laborassistenten, Studenten, die als Laufburschen arbeiteten und bei der Bedienung der technischen Ausrüstung halfen. Sie teilten sich einen engen Wohnwagen, der über elektrische Schaltungen für ein Telefon, drei Computerterminals und einen Kühlschrank verfügte.

Elizabeth liebte diesen Teil Kaliforniens: die Einsamkeit, die wilde Küstenlinie und die steil abstürzenden Felsen. Nach Osten hin verschwand eine gezackte Linie gelber Berge im Dunst. Sie wanderte gern in diesen Bergen, ganz allein, mit ein paar Sandwiches und einer Thermosflasche Tee als Tagesration im Rucksack. Man konnte sich nur schwer vorstellen, daß die Fahrt nach Los Angeles über den Highway 101 gerade mal zwei Stunden dauerte.

Bisher hatten diese Stadt und Kalifornien insgesamt unglaubliches Glück gehabt. Die großen Beben von 1812, 1838, 1857, 1927, 1940, 1952 und 1993 waren größtenteils in abgelegenen Gegenden wie Devil's Jaw ausgebrochen. Das Erdbeben von San Francisco 1906 war allerdings etwas völlig anderes gewesen. Das Beben von der Stärke acht Komma zwei und der nachfolgende, von geborstenen Gasleitungen ausgelöste Feuersturm hatten die Stadt nahezu zerstört. Über zweitausend Menschen fanden den Tod. Würde das gleiche heute passieren, würde man viele tausend Todesopfer zählen müssen.

An der Wand ihres Schlafzimmers hing ein vergrößertes Schwarzweißfoto des Erdbebens von San Francisco. Es zeigte eine junge Frau, die auf einem Hügel stand, die Hände in die Hüften gestützt, über die brennende Stadt blickend, während Rauch in den klaren Himmel stieg. Elizabeth sah das Foto jeden Tag; es half ihr, die Katastrophen, die sie schon so lange untersuchte, von einem menschlichen Standpunkt aus zu betrachten, half ihr, die nackten Zahlen in die richtige Perspektive zu rücken.

Einer der Doktoranden war zum Wohnwagen gegangen, um Bier zu holen; als er zurückkam, sagte er Elizabeth, daß ein Anruf für sie gekommen war. Der Mann hatte eine Nachricht hinterlassen, eine Telefonnummer und seinen Namen, Otto Prable.

»Otto Prable!« bemerkte Dietz. »Da schau her, ein Name aus der Vergangenheit. Was glaubst du, wieviel der heute wert ist, zehn Millionen, zwanzig?«

Elizabeth war überrascht. Seit über drei Jahren hatte sie ihren früheren Professor nicht mehr gesehen. Prable war ein brillanter Mann; es gab einfach kein anderes Wort dafür. Seit er vor zehn Jahren die Universität verlassen hatte, war er ein hochbezahlter Berater geworden, ein Geophysiker und Experte für Wetter und Klima. Er war äußerst erfolgreich gewesen, indem er langfristige globale Wettervorhersagen für Kunden erstellte, zu denen einige der größten amerikanischen Firmen der Agroindustrie und öffentliche Versorgungsbetriebe gehörten. Er hatte ein Vermögen gemacht.

Nach ihrer Promotion hatte Elizabeth bei ihm einige Kurse über Klimatologie belegt und gelernt, wie Hurrikans, Trokkenheiten, Vulkanausbrüche und andere Naturgewalten das Wetter des Planeten beeinflußten. Er war einer der faszinierendsten Lehrer, die sie jemals gehabt hatte, ein hervorragender Professor, der von seinen Studenten verlangte, daß sie selbständig dachten.

Er war enttäuscht gewesen, als er sie nicht überreden konnte, von Geologie auf atmosphärische Physik umzusatteln. Sie fragte sich, ob er ahnte, wie nahe er daran gewesen war.

Prable wohnte in Mesa Verde, nur wenige Stunden die Küste hinunter.

Neugierig, was er von ihr wollte, ging Elizabeth zum Wohnwagen und wählte die Nummer. Sie ließ es lange läuten. Als sie schon auflegen wollte, meldete sich Prable endlich.

»Ich habe Ihnen ein Päckchen geschickt«, sagte er ohne Einleitung oder Begrüßung. »Ein Videoband und ein paar Disketten. Ich habe auch einen Schlüssel zu meinem Büro mitgeschickt. Dort sind meine Unterlagen. Ich möchte, daß Sie das Material sichten und entscheiden, was Sie damit machen.«

»Professor, was ist los?« fragte Elizabeth. Seine Stimme klang schwach, weit weg. Etwas in seinem Ton machte sie nervös.

»Ich habe Pankreaskrebs, Elizabeth. Im Endstadium. Bitte sehen Sie sich das Video an. Es wird alles erklären. Es ist sehr wichtig, daß Sie dies so schnell wie möglich tun.«

Sie war wie gelähmt. Daß Prable krank war, hatte sie nicht gewußt.

»Professor, wo ist Joanne? Lassen Sie mich mit Joanne sprechen.« Elizabeth kannte und mochte Joanne Prable. Sie hatte in Berkeley englische Literatur gelehrt. Eine gewinnende, attraktive Frau. Sie und ihr Mann waren unzertrennlich.

Prable antwortete nicht. Elizabeth hörte seinen schweren, unregelmäßigen Atem.

»Bitte holen Sie sie ans Telefon.«

»Lesen und prüfen Sie das ganze Material«, sagte Prable. »Versprechen Sie mir das.«

»Ich verspreche es, Professor. Geben Sie mir jetzt bitte Ihre Frau. Lassen Sie mich mit ihr sprechen.« Aus Angst, er würde auflegen, versuchte sie, ihn am Reden zu halten. Sie spürte, daß irgend etwas Furchtbares in der Luft lag.

»Das geht nicht, Elizabeth«, sagte Prable nach einer weiteren langen Pause. »Meine Frau ist tot.«

Am Kentucky Lake
9. Januar
11:05 Uhr

Atkins fuhr zur Asphaltstraße zurück und folgte den Verkehrsschildern zum Kentucky Lake. Als er früher am Morgen am See vorbeigefahren war, hatte er einen Bootshafen gesehen. Er wollte sich nach dem Weg erkundigen und vielleicht eine Tasse Kaffee trinken. Nach seinem Erlebnis glaubte er, ein kräftiger Kaffee würde ihm guttun.

Er wußte nicht, was er von den Rattenhorden halten sollte. Sie waren wie verschreckte Lemminge gewesen, die auf die nächste Felskante zustürmten. Er hatte von Ratten gehört, die in großen Rudeln wanderten, aber nie etwas gesehen, das sich im entferntesten mit dem vergleichen ließ, was er eben erlebt hatte. Das mußte er unbedingt mit Walt Jacobs später am Nachmittag besprechen.

Er und Jacobs kannten sich schon seit der gemeinsamen Studentenzeit in Stanford. Nach einigen Jahren in Kalifornien beim United States Geological Survey, der Bundesbehörde für die Untersuchung von Erdbeben, Vulkanausbrüchen, seismischen Risiken jeder Art, war Jacobs nach Memphis gegangen. Atkins, der gerade zweiundvierzig geworden war, arbeitete beim Katastrophenreaktionsteam des USGS. Seine Aufgabe war es, die Orte schwerer Erdbeben aufzusuchen und ihre Auswirkungen zu untersuchen. Gerade war er von einer einmonatigen Reise nach Peru zurückgekehrt, wo ein Beben von der Stärke sieben Komma drei mehrere Dörfer in den Anden dem Erdboden gleichgemacht hatte. Der ›terremoto‹ hatte Erdrutsche ausgelöst, die die Dörfer von den Gebirgshängen rissen. Einige hundert Menschen waren umgekommen, die meisten von ihnen in primitiv gemauerten Häusern, die über ihnen einstürzten, während sie schliefen.

Ein paar Tage, nachdem er seinen Bericht im Hauptbüro des USGS in Reston, Virginia, abgeliefert hatte, war Atkins nach Memphis geflogen. Jacobs hatte ihn eingeladen, das Erdbebengebiet zu besuchen, das die Geologen als ›New Madrid Seismic Zone‹ bezeichneten.

Atkins freute sich auf das Treffen. Sie hatten viel zu besprechen, besonders Jacobs' Sorge, daß die Bedingungen für ein potentiell schweres Beben in diesem Teil des Landes günstig waren. Wie ein riesiges Beil geformt, erstreckte sich die Verwerfungslinie rund zweihundert Kilometer zwischen Arkansas, Tennessee, Kentucky und Missouri. Sie lief durch fünf Staaten und querte den Mississippi an drei Stellen.

Jacob hatte ihm eine Karte gefaxt, die die Verwerfung eindrucksvoll deutlich zeigte. Sie war an ein Notizbuch geklammert, das aufgeschlagen neben Atkins auf dem Vordersitz lag. Im Fahren warf er wieder einen Blick darauf. Er konnte es noch immer nicht glauben.

Die Karte zeigte die seismische Aktivität im Herzen des Mississippitals während der letzten zwanzig Jahre. Die Punkte standen für die Erdbebengebiete in acht Staaten, meist kleinen, gewöhnlich unter der Stärke zwei oder drei. Die Beil- oder Hammerform der Störung trat deutlich hervor, eine Verdunklung, wo die Punkte so dicht lagen, daß sie sich überdeckten. Der Griff durchquerte den Stiefelabsatz von Missouri und reichte nach Arkansas hinein. Der Kopf lag über den Ecken des nordwestlichen Tennessee, des südwestlichen Kentucky, des südöstlichen Missouri und des südlichen Illinois.

Den meisten Amerikanern kaum bekannt, war es eine der aktivsten Verwerfungen auf der Erde und hatte drei der größten nachgewiesenen Erdbeben in Nordamerika ausgelöst. Das Dorf New Madrid im Stiefelabsatz von Missouri war das Epizentrum der Beben, die zwischen dem 16. Dezember 1811 und dem 7. Februar 1812 ausgebrochen waren. Tausende von Nachbeben hatten das Mississippital erschüttert. Auf Grund der Schadensberichte mußten alle drei Beben die Stärke acht oder mehr auf der Richter-Skala erreicht haben.

Atkins fand das nahezu fantastisch.

Er würde Jacobs später am Tag am Reelfoot Lake treffen, um über die Lage zu sprechen. Der große See in Nordwest-Tennessee war durch die Erdbeben von New Madrid geschaffen worden. Atkins hatte ihn schon immer sehen wollen.

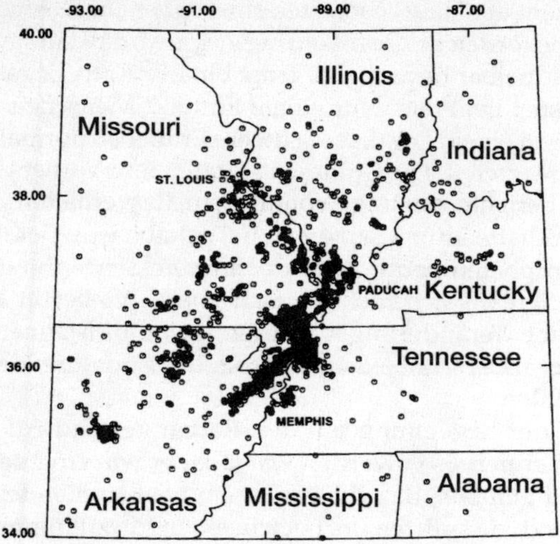

Erdbeben in der New Madrid Seismic Zone
während der letzten zwanzig Jahre

Neben den wissenschaftlichen Daten, die Jacobs beunruhigten, hatte es in der Verwerfungszone auch Berichte über eigenartiges Tierverhalten gegeben. Schweine, die wild in ihren Pferchen herumrannten. Kühe, die sich mit den Hörnern stießen. Pferde, die in ihren Boxen ausschlugen. Und jetzt Ratten.

Um dem Freund einen Gefallen zu tun, aber auch aus eigener Neugier, stimmte Atkins zu, vor ihrem Treffen einige Berichte nachzuprüfen. Jacobs hatte ihm eine Liste mit vier oder fünf Namen gegeben, alles Leute, die angerufen hatten, weil ihre Tiere sich merkwürdig verhielten.

Atkins hatte versucht, einen dieser Farmer zu finden, als er sich auf der einsamen Landstraße nahe Benton verfuhr.

Die Chinesen hatten sich lange darauf verlassen, daß Tiere Warnzeichen für Erdbeben lieferten. Bei einem berühmten Beispiel im Februar 1975 traf ein Beben von der Stärke sieben Komma drei die chinesische Großstadt Haicheng. Über neunzig Prozent der Häuser stürzten ein. Früher am selben Tag hatten die Behörden die Bevölkerung gewarnt, daß ein starkes Beben unmittelbar bevorstehe. Trotz bitterer Kälte begaben sich die meisten ins Freie. Nur einige hundert Menschen starben, und dies in einem Land, wo schwere Erdbeben normalerweise Tausende töteten. Die Chinesen stützten ihre Vorhersage zum Teil auf Berichte von ungewöhnlichem Tierverhalten.

Atkins hatte immer seine Zweifel gehabt, was Tiere als Erdbebenpropheten betraf. Und doch interessierte ihn das Phänomen. Es ließ sich nicht einfach abtun. Vielleicht konnten Tiere feine Veränderungen spüren, etwa an Magnetfeldern, oder auf andere unbekannte Weise die Zunahme der Spannung fühlen.

Nach der Begegnung mit den Ratten gestand Atkins sich ein, daß er nervös geworden war, aber er war trotzdem nicht bereit zu glauben, daß die Nager ein bevorstehendes Erdbeben irgendwie spürten und sich beeilten fortzukommen. Diesen geistigen Sprung würde er nicht machen. Es mußte eine andere Erklärung für das geben, was er gesehen hatte, aber das konnte er mit Jacobs besprechen.

Kurz nach elf Uhr erreichte er den Kentucky Lake. Er hatte noch genügend Zeit, um die achtzig Kilometer ins benachbarte Tennessee zu ihrem Treffen zu fahren.

Der See war beeindruckend. Er lag zwischen steilen bewaldeten Bergketten, die einst ein imposantes Tal gebildet hatten. Er war etwa zweihundert Kilometer lang, der größte Stausee der Welt. Eigentlich waren es zwei Seen, getrennt von einem etwa fünf Kilometer breiten Landstreifen, der passend ›Land zwischen den Seen‹ genannt wurde. Das andere Reservoir, Lake Barclay, war nur wenig kleiner als der Kentucky Lake. Beide waren in den dreißiger Jahren geschaffen worden, als das Pionierkorps den Tennessee River aufgestaut hatte. Fast dreihundert Kilometer nordwestlich von St. Louis und etwa zweihundert Kilometer von Memphis entfernt, waren die Seen ein beliebtes Ausflugsziel.

Als er die Aussicht bewunderte, verstand Atkins, warum. Am Bootshafen, der nahe dem Nordende des Sees lag, bog er von der Straße ab. An einem schwimmenden Pier, der ein T im Wasser bildete, befanden sich ein kleiner Laden für Anglerbedarf und ein Restaurant.

Atkins parkte auf einem Kiesplatz und stieg die Holztreppe zum Pier hinauf. Er betrat das leere Restaurant und setzte sich auf einen Hocker an der Theke. Kurz darauf trat eine Frau mittleren Alters mit auffallend rotem Haar ein. Sie trug ein grau-schwarz kariertes Hemd und wischte sich die Hände an den Jeans ab.

Überrascht, einen Kunden zu sehen, entschuldigte sie sich. »Tut mir leid, ich habe Sie nicht vorfahren gehört. Ich habe hinten nach dem Köderbecken gesehen.«

Atkins bestellte Kaffee und ein Stück Kirschkuchen. Auf dem Schild hinter der Theke stand, daß er selbstgebacken war.

»Er wird Ihnen garantiert schmecken«, sagte die Frau. »Ich habe ihn heute morgen gebacken.«

Atkins schätzte sie auf Anfang oder Mitte Fünfzig. Sie hatte ein attraktives Gesicht und ein herzliches, gewinnendes Lächeln.

Er stellte sich vor, und die Frau langte über die Theke und schüttelte ihm die Hand. »Ich bin Lauren«, sagte sie. »Lauren Mitchell. Mama hat mich nach der Filmschauspielerin Lauren Bacall benannt. Wie Sie sehen, sind wir uns sehr ähnlich.« Sie grinste. Außer dem dunkelroten, fast kastanienbraunen Haar gab es überhaupt keine Ähnlichkeit. »Das einzige, was ich mit Miss Bacall gemeinsam habe, ist vielleicht mein hitziges Temperament.«

Während Lauren Kaffee und Kuchen servierte, fragte sie, was Atkins zum Kentucky Lake führte. »Das soll keine Beleidigung sein, aber Sie sehen nicht aus, als wären Sie zum Angeln hergekommen«, sagte sie.

Als er erklärte, daß er Geologe beim USGS sei, hellte sich Laurens Gesicht auf.

»Alle reden über das verrückte Verhalten der Tiere«, sagte sie, während sie Kaffee nachgoß, nachdem er ein paar Schlucke getrunken hatte. »Ich persönlich glaube nicht daran. Im allgemeinen hört man die blödsinnigen Tiergeschichten nach dem Beben, nicht davor. Diesmal ist es anders.« Sie wischte ein wenig verschütteten Kaffee mit einem weißen Tuch auf. »Glauben Sie, wir kriegen eins?«

Von der direkten Frage überrascht, sagte Atkins: »Ich weiß es nicht.«

»Man lebt in dieser Gegend, man gewöhnt sich daran, daß der Boden wackelt, und an die Tiergeschichten«, erklärte Lauren. »Normalerweise werden wir einmal, vielleicht zweimal die Woche durchgeschüttelt. Nichts richtig Großes, obwohl wir das auch schon hatten. Ich erinnere mich an ein Beben Stärke fünf, das wir vor sechs oder sieben Jahren nicht sehr weit von hier hatten. Hat den Pier schaukeln lassen wie einen Schwimmer an der Angel.«

Atkins erwähnte, was er gerade gesehen hatte, die vielen Ratten, die durch die Maisfelder rannten. Die Erinnerung daran verursachte noch immer ein Prickeln in seinem Nacken.

Lauren starrte ihn über die Theke hinweg an und kniff ihre dunkelgrünen Augen zusammen. »Das ist neu«, meinte sie. »Man hört allerhand Geschichten hier draußen auf dem Land, besonders über Erdbeben. Als ich klein war, erzählte mir mein Opa Geschichten über das große Beben von 1896. Daß der Boden wie Wackelpeter rüttelte, Wasserstrahlen in den Feldern hochschossen und die Hunde mitten in der Nacht bellten, kurz bevor der Boden anfing zu wackeln. Man hört alle möglichen kuriosen Geschichten. Aber das, was Sie gerade erzählt haben, habe ich noch nie gehört.«

»Ist Ihnen etwas Ungewöhnliches aufgefallen?« fragte Atkins. Lauren gefiel ihm. Sie war Salz der Erde, genau wie seine Mutter und ihre Familie. Bauern hauptsächlich, oben im Staat New York. Lauren erinnerte ihn an Verwandte seiner Mutter. Menschen ohne Ansprüche, die mit den Händen arbeiteten und deren Wurzeln weit zurückreichten.

»Sie meinen, ob ich Tiere gesehen habe, die sich komisch benahmen? Nein, das nicht. Aber ich will Ihnen eines sagen – dieser See hat auf jeden Fall verrückt gespielt.«

»Was meinen Sie damit?« Atkins drehte sich auf seinem Hocker, um durch die Fenster auf den See blicken zu können.

Er war fast fünf Kilometer breit, das Ufer gegenüber in Dunst gehüllt.

»Er ist richtig kabbelig gewesen«, sagte Lauren. »Wir hatten Wellen, die fast einen Meter hoch gingen. Ich kann mich an so etwas von früher nicht erinnern. An manchen Tagen meint man, es ist das Meer bei Sturm.«

»Wie lang geht das schon so?« fragte Atkins.

»Einen Monat etwa«, sagte Lauren. »Jetzt ist er ganz ruhig. Aber gestern nachmittag hatte er Wellen mit weißen Schaumkronen, wie ich es nie zuvor gesehen habe. Dieser Pier wird bei rauhem Wasser ganz schön herumgestoßen. Im Frühjahr muß ich sämtliche Kopplungen nachspannen.«

Gleich darauf hörte Atkins Schritte über die Laufplanke stampfen, die den Pier mit dem Ufer verband. Die Tür flog auf, und ein Junge mit einem Rucksack stürmte herein.

»Oma, das mußt du sehen«, rief er aufgeregt. »Sie sind alle tot.«

»Bobby, was hast du denn?« fragte Lauren, während sie um die Theke kam. »Du siehst aus, als hättest du deinen besten Freund verloren.« Sie wandte sich an Atkins. »Das ist mein Enkel. Seine Mami und sein Papa kamen bei einem Flugzeugabsturz ums Leben, als er gerade geboren war. Es war eine schwere Zeit. Mein Mann starb auch um diese Zeit. Ich habe Bobby aufgezogen. Er ist zwölf Jahre alt.«

Der Junge war groß für sein Alter, fast einsachtzig, und hatte tiefliegende blaue Augen und hellbraunes Haar. Ein gutaussehender Bursche. Er trug eine blaue Jacke, Jeans und rote Reeboks.

»Das mußt du sehen«, wiederholte Bobby, der kaum einen Blick auf Atkins warf, während er seinen Rucksack auf den Boden fallen ließ. »Sie sind tot.«

»Wer ist tot?« fragte Lauren. Sie wußte nicht, wovon er redete.

»Es müssen Hunderte davon dort draußen sein.«

Er war so aufgeregt und außer Atem, daß er kaum die Worte herausbrachte.

»Bobby Mitchell, setz dich auf der Stelle auf einen Hocker und sag mir, wovon in aller Welt du redest.«

Der Junge sieht verängstigt aus, dachte Atkins.

»Da, schau!« Er öffnete den Rucksack und leerte den Inhalt auf den Boden – ein halbes Dutzend ausgewachsene Frösche und eine ein Meter lange Wühlnatter, alle steifgefroren.

»Was um Gottes …«

»Sie sind unten am See, Oma. Das mußt du dir ansehen.«

Er zog sie an der Hand. Lauren warf den Mantel über und wollte ihm folgen.

»Haben Sie was dagegen, wenn ich mitkomme?« fragte Atkins. Er hätte gern gewußt, was der Junge gesehen hatte.

»Nein, kommen Sie mit«, erwiderte Lauren. »Das ist so ein Moment, wo ich Gesellschaft gebrauchen könnte.«

Sie gingen über die Planke und stiegen eine kurze Holztreppe zum Parkplatz hinauf. Auf einem von Bäumen gesäumten Weg eilten sie am Seeufer entlang hinter dem Jungen her.

»Sie sind dort drüben«, sagte er.

Lauren und Atkins folgten ihm einen schmalen Pfad hinunter, der steil zum Wasser abfiel.

»Einer seiner Lieblingsplätze«, erklärte ihm Lauren über die Schulter. »Bei schönem Wetter sitzt er gern auf den Steinen, ißt sein Brot und angelt.«

Sie kamen dem Jungen kaum nach. Der See plätscherte gegen die Steinbrocken, die das Ufer säumten.

»Wenn es rauh wird, kann man nicht einmal diese Steine sehen«, sagte Laura. »Gestern war es so. Es hörte sich wie eine Brandung an hier draußen.«

Als sie näher zum Wasser kamen, blieb Atkins abrupt stehen.

»Oma, sieh sie dir an!«

So weit Atkins sehen konnte, war die Bucht mit gefrorenen Froschleichen übersät. Es waren Hunderte. Alle tot, dazu eine Anzahl Schlangen. Eine große Schwarznatter lag eingerollt in einem Gebüsch. Atkins schätzte sie auf mindestens eineinhalb Meter. Und steifgefroren.

»Da ist einer«, sagte Bobby. Er stand am Rand des Wassers. »Der lebt noch.«

Atkins ging zu ihm. Ein Frosch wühlte sich langsam aus dem Schlamm. Es gelang ihm, sich herauszuziehen und zwei oder drei schwache Sprünge zu machen, bevor er aufhörte, sich zu regen.

Atkins hatte keine Ahnung, was hier geschah. Frösche und Schlangen hielten Winterschlaf während des Winters. Aber etwas hatte sie geweckt und aus dem Boden getrieben.

Er sah noch mehr Frösche aus dem Dreck auftauchen. Das Ufer war mit toten oder sterbenden Fröschen bedeckt.

Lauren nahm ihren Enkel an der Hand und wollte ihn fortziehen.

»Nein, Oma. Ich möchte zusehen. Was passiert hier?«

»Ich weiß es nicht«, sagte sie und wünschte bei Gott, sie wüßte es.

Sie sah Atkins an. Das muntere Funkeln, das er drüben auf dem Bootssteg in ihren Augen bemerkt hatte, war verschwunden. Ihr scharfer Blick war todernst.

»Vielleicht kann dieser Mann es uns verraten«, sagte sie.

Atkins ließ den Blick über das Ufer schweifen, nahm das lähmende Bild in sich auf, versuchte, es zu begreifen. Er wußte nicht, was er sagen sollte.

Los Angeles
9. Januar
19 Uhr

Bevor Elizabeth Holleran von Point Arguello wegfuhr, rief sie am Grabungsort die Polizei an. Sie schilderte ihr beunruhigendes Gespräch mit Otto Prable und ihre Angst, seiner Frau könnte etwas zugestoßen sein. Dann teilte sie Jim Dietz in wenigen Sätzen mit, wohin sie unterwegs war, sprang in ihr Auto und fuhr Richtung Los Angeles los.

Elizabeth dachte fortwährend daran, was Prable ihr gesagt hatte, und an seine seltsame, fast angsterfüllte Stimme. Sie war untypisch leise gewesen, ein Flüstern fast.

Sie schaffte die Fahrt in weniger als zwei Stunden und kam in der Dämmerung bei Prables einsamem Haus an. In der Einfahrt standen vier Funkstreifenwagen und ein neutraler blauer Lieferwagen. Das Haus lag in Parkside, einem besseren Wohnviertel nördlich von Beverly Hills.

Elizabeth merkte, daß ihre Hände zitterten, als sie aus dem Auto stieg und auf die Vordertür des weitläufigen Ranchhauses zuging. Sie war schon einige Male hier gewesen; Prable gab häufig Partys für seine Studenten.

Elizabeth war ein wenig schwindlig. Sie stützte sich mit einer Hand an der Wand ab.

Ein Detective in Zivil empfing sie an der Tür. Ein Sergeant von der Mordkommission. Seinem Aussehen nach war er Mitte Fünfzig, kräftig und ziemlich kahlköpfig, mit pockennarbigem Gesicht.

»Miss Holleran, ich möchte Ihnen danken, daß Sie bei uns angerufen haben«, sagte er. »Kommen Sie doch herein und setzen Sie sich, damit wir uns unterhalten können.«

Elizabeth folgte ihm ins Wohnzimmer. Es war genauso, wie sie es in Erinnerung hatte, groß und geräumig mit einem doppelten Kamin. Auf dem Kaminsims stand eine Reihe kleiner handbemalter Keramikpuppen. Indianische Puppen. Joanne Prable hatte sie auf ihren vielen Reisen nach New Mexico gesammelt.

Aus einem anderen Teil des Hauses hörte Elizabeth Männerstimmen.

»Können Sie mir bitte sagen, was passiert ist?« fragte sie. »Ich glaube, ich halte diese Ungewißheit nicht mehr lange aus.«

Der Sergeant nickte. Er trug ein kurzärmeliges weißes Hemd, das zu klein für seine dicken Arme war. Sein Hals quoll über den engen Kragen. »Sie sind beide hinten im Schlafzimmer«, begann er. »Die Frau, Mrs. Prable, wurde einmal in den Kopf geschossen. Der Mann, ich vermute, es ist der Ehemann, liegt mit einer Plastiktüte über dem Kopf im Bett. Sieht aus, als ob er zuerst ein paar Pillen geschluckt hätte. Auf dem Boden liegt ein leeres Fläschchen Seconal. 100-Milligramm-Tabletten. In ein paar Minuten können Sie nach hinten gehen. Ich würde Ihnen abraten, aber wenn Sie glauben, Sie können sie identifizieren, wäre es hilfreich.«

Elizabeth saß da und kämpfte gegen den Drang an zu schreien. Was sie seit Prables Anruf befürchtet hatte, war eingetreten.

»Könnten Sie mir etwas über die Prables erzählen?« fragte der Sergeant. Er hatte eine tiefe, doch freundliche Stimme. »Haben sie Verwandte, die wir anrufen könnten?«

Elizabeth schüttelte den Kopf. »Sie hatten keine Kinder. Möglich, daß Dr. Prable irgendwo drüben an der Ostküste einen Bruder hat. Bestimmt ist das in seiner Personalakte an der Universität eingetragen.«

»Was genau hat Prable gemacht?« fragte der Sergeant. Er schrieb Notizen auf einen kleinen schwarzen Block.

»Er war Geophysiker. Er untersuchte Wettersysteme, das Klima.« Elizabeth konnte die eigene Stimme hören, fühlte sich aber losgelöst von dem, was um sie herum geschah.

»Darf ich fragen, was Sie machen?«

»Ich bin Seismologin.«

»Sie erforschen Erdbeben?«

»Ich versuche es«, sagte Elizabeth.

Der Sergeant runzelte die Stirn. »Waren Sie beim Beben von Northridge hier?«

»Ich war im Ausland. In Chile, in der Nähe von Santiago. Ich habe es verpaßt.« Elizabeth bedauerte ihr Pech. Sie war bei Dutzenden kleiner Beben dabeigewesen. Aber ein schweres hatte sie nie miterlebt, und als 1994 in Northridge, einem Vorort von L. A., eins ausbrach, praktisch in ihrem Garten, war sie nicht da.

»Ich war einem Verkehrskommando zugeteilt«, berichtete der Sergeant. »Wir wurden hinaus zum Freeway I-10 bei La Cienega geschickt. Eine Brücke war eingestürzt, in zwei Teile zerbrochen. Wir brachten fünfzehn Leichen fort, die meisten ziemlich schlimm zugerichtet. Auch kleine Kinder waren darunter.« Er zögerte. »Ich bin in diesem Staat geboren. Erdbeben haben mir nie viel ausgemacht – bis Northridge.«

Elizabeth hatte das Beben eingehend studiert. Mit einer Stärke von sechs Komma sieben war es in der Morgendämmerung des 17. Januars ausgebrochen und hatte einen großen Teil Südkaliforniens erschüttert, besonders das Simi

Valley und das San Fernando Valley. Es hatte siebenundfünfzig Menschen getötet, über neuntausend verletzt und weitere zwanzigtausend obdachlos gemacht. Es war das teuerste Erdbeben in der Geschichte der Vereinigten Staaten. Und doch hatten sie ungeheures Glück gehabt. Die stärkste seismische Energie des Bebens wurde von Los Angeles abgelenkt, hinaus in das dünnbesiedelte San Fernando Valley. In der anderen Richtung wären die Folgen vermutlich katastrophal gewesen.

»War er verzweifelt?« Die Frage des Sergeants riß sie aus ihren Gedanken. Er fragte sie über Prables Anruf aus.

»Er sagte, er habe Krebs und seine Frau habe ihn angefleht, irgend etwas zu tun ... Darf ich sie bitte sehen?« Sie war davon überzeugt, daß jemand, der den Doktor und seine Frau gekannt und bewundert hatte, in so einem Moment bei ihnen sein sollte.

Der Sergeant verließ das Zimmer und kam gleich darauf zurück.

»Sie können jetzt hineingehen«, sagte er. »Wenn Sie so etwas nicht gewohnt sind, kann es ein böser Schock sein. Sie dürfen sich ruhig hinsetzen, wenn Ihnen schwach wird.«

Elizabeth ging über einen langen Flur, in dem gerahmte Fotografien von New Mexico hingen. Der Sergeant führte sie ins Schlafzimmer.

Joanne Prable trug ein teures blau-weißes Kleid. Später erinnerte sich Elizabeth an dieses Detail, wie die Falten scharf gebügelt, die weißen Perlen und schwarzen Lackpumps sorgfältig ausgewählt waren. Sie lag zusammengekrümmt auf dem Boden vor einem Sessel. Ihr Kopf war zur Seite gedreht. Ein Teil der Stirn fehlte.

»Ist das Mrs. Prable?«

Elizabeth nickte, wollte wegschauen, konnte es aber nicht.

»Wahrscheinlich saß sie auf dem Sessel, als er sie erschoß«, bemerkte der Sergeant.

Prable lag auf einem großen Mahagonibett. Er trug einen dunkelblauen Anzug mit Krawatte. Eine durchsichtige Plastiktüte war fest über sein Gesicht gezogen.

»Ist er das?« fragte der Sergeant.

Elizabeth nickte. Es war das zweite Mal in ihrem Leben, daß sie einen Toten sah. Der erste war ihr Großvater gewesen, der in ihrer Familie gelebt hatte. Er war beim Rasieren im Bad zusammengebrochen. Tief in seinem Hirn war ein Aneurysma geplatzt; er war auf der Stelle tot gewesen. Im Fallen hatte er sich den Kopf am Waschbecken aufgeschlagen, und Elizabeth erinnerte sich vor allem daran, wie sie ins Bad gekommen war und ihn dort in dem engen Raum vor der Badewanne ausgestreckt liegen gesehen hatte, während aus einem Mundwinkel Blut tröpfelte. Sie ging damals noch zur High-School. Er war sechsundsiebzig, als er starb. Er hatte ihr ihre erste Steinsammlung geschenkt. Sie vermißte ihn noch immer sehr.

Der Sergeant wollte wissen, ob Prable etwas von einer Nachricht, einem Testament oder irgendwelchen persönlichen Papieren gesagt hatte.

Elizabeth fiel ein, daß er ihr ein Päckchen mit einem Videoband und persönlichen Papieren schicken wollte und daß sie ihm versprochen hatte, mit niemandem darüber zu sprechen, bevor sie das Material geprüft hatte.

Sie warf einen letzten Blick auf ihren früheren Professor.

»Nein, nichts«, antwortete sie, während sie den verzweifelten Klang seiner Stimme am Telefon noch im Ohr hatte. »Davon hat er überhaupt nicht gesprochen.«

Bei Bolivia, Tennessee
9. Januar
13:40 Uhr

Atkins wußte nicht, was er davon halten sollte, als er vom Kentucky Lake wegfuhr – erst die Ratten, dann Frösche, die aus dem Schlamm nach oben krochen. Noch immer skeptisch, ob dies etwas mit einem Erdbeben zu tun hatte, mußte er zugeben, daß sie ausgezeichnetes Forschungsmaterial in der Hand haben würden, falls eins einträte.

Mehr denn je freute sich Atkins auf sein Treffen mit Walt Jacobs. Dank Lauren Mitchells Wegbeschreibung schaffte er die kurze Fahrt zum Reelfoot Lake in weniger als einer Stunde. Der See lag in der nordwestlichen Ecke von Tennessee, zweihundert Kilometer nördlich von Memphis. Dort machte der Mississippi eine scharfe Biegung nach Westen.

Atkins kam vor Jacobs im Touristenzentrum des Sees an. Er hatte viel Stoff zum Nachdenken, während er im Jimmy saß, der im böigen Wind auf dem Parkplatz leicht schaukelte.

Am Vortag war er im Zentrum für Erdbebenstudien an der Universität Memphis eingetroffen. Er hatte in Jacobs Büro an der Central Avenue vorbeigeschaut, um seinen Freund zu überraschen, aber der hielt gerade eine Vorlesung. Das Zentrum teilte sich ein Gebäude mit dem USGS. Atkins fand die Behörde und wollte sich vorstellen, als er an einer nicht ganz geschlossenen Bürotür vorbeikam. Er hörte zwei Geologen reden.

Sie sprachen über ihn. Einiges aus seinem Lebenslauf stimmte, aber nicht alles.

Atkins war an mehr Erdbebenstätten gewesen als jeder andere im aktiven Dienst des USGS, hatte mehr Beben miterlebt, mehr von ihren ungeheuren Zerstörungen gesehen. Keine andere Naturgewalt auf der Erde ließ sich mit Erdbeben vergleichen. Er wurde von ihnen verfolgt, war besessen von ihrer Kraft. Daher war er fast ständig unterwegs, und er wollte es nicht anders. Er hatte keine Verwandten. Beide Eltern waren tot. Sein Vater war Mathelehrer an einer kleinen High-School im Norden von Illinois gewesen. Er hatte ihn zu ausgedehnten Wanderungen in die Teton Mountains und den Wind River Range mitgenommen, wo Atkins seine Leidenschaft für Geologie entdeckt hatte. Die hohen Berge und die dynamischen Kräfte, die sie geformt hatten, faszinierten ihn. Er war noch auf der Grundschule, als er schon wußte, was er in seinem Leben machen wollte.

Von seinem Vater hatte er die Liebe zur Natur geerbt, ebenso die robuste Figur und das dichte dunkelbraune Haar. Atkins war fast einsneunzig groß, und nach seiner Perureise, wo er sich wochenlang mit einem Darmvirus herumgeschlagen hatte, mußte er wieder zunehmen. Er hatte fast neun Kilo abgenommen, und man sah es ihm an, besonders im Gesicht.

»Der Bursche ist eine Legende«, hörte Atkins einen der Geologen sagen, während er lauschend auf dem Gang stand. »Seit vierzehn Jahren ist er bei jedem Beben der Stärke 6 an aufwärts gewesen. Kolumbien 1987, Nepal 1988. Burma im selben Jahr. Armenien 1988, Luzon 1990. Kobe in Japan 1995. Und das sind nur einige der Höhepunkte. Ich weiß nicht einmal, ob der Typ eine Wohnung in den Staaten hat.«

»Wäre nichts für mich«, erwiderte der andere Geologe. »Das ist doch kein Leben.«

Wie wahr, hatte Atkins gedacht. Als Leben konnte man das kaum bezeichnen, aber er kannte es nicht anders.

Eine seiner Reisen hatten sie ausgelassen. Das große Beben. Selbst jetzt noch konnte er die Szenen wie einen Film im Kopf ablaufen lassen. Er erinnerte sich an jedes Bild, jede Kleinigkeit.

Am 19. September 1985, genau um 7:17 Uhr, war er in Mexico City gewesen.

Während er auf dem Parkplatz am Reelfoot Lake im Jimmy saß und auf Jacobs wartete, schloß Atkins die Augen und ließ es wieder ablaufen.

Er spürte das Beben ausbrechen, und was für eines. Der Boden kippte jäh, von rechts nach links. Dann noch einmal, nur viel heftiger. Er rollte aus dem Bett und warf einen Blick auf die Uhr. Ihm war zumute, als versuchte er, auf einem Surfbrett in der Brandung das Gleichgewicht zu halten. Seine Beine drohten nachzugeben. Er mußte sich an der Wand abstützen.

Wie von unsichtbaren Händen geschoben, begann das Bett über den Fußboden zu rutschen.

Eine Lampe fiel um.

Eine Schranktür flog auf.

In dem großen Fenster mit Blick auf die Skyline zersprang das Glas.

Das kleine Hotel zitterte. Atkins versuchte, sich zu klarem Denken zu zwingen, nicht nervös zu werden. Die ungeheure

Wucht des Erdbebens verblüffte ihn. Er hatte sich oft gefragt, wie er wohl reagieren würde, ob er sich vielleicht vor Schreck nicht würde bewegen können. Jetzt wußte er Bescheid; sein Magen zog sich zusammen, und es war nichts anderes als Angst, wogegen er kämpfen mußte.

Er sah auf die Uhr, nachdem die schwere Erschütterung vorbei war. Die größte Intensität hatte etwa vierzig Sekunden gedauert. Das war weit oben auf der Skala. Eindeutig ein Starkbeben.

»Mindestens sieben Komma fünf«, sagte Sara, während sie in ihre Jeans schlüpfte. Es hatte sie umgehauen, als sie versuchte, aus dem wegrutschenden Bett aufzustehen.

Atkins schüttelte den Kopf. »Mehr. Vielleicht acht.«

Kaum dreißig Jahre alt, hatte Atkins an der Universität Stanford den Doktor in Seismologie gemacht. Ein Geologenteam hatte unter seiner Leitung gerade ein Netz von Seismographen und Akzelerometern in einem fünfzig Kilometer langen Bogen eingerichtet, der in die Berge nördlich von Acapulco in dem mexikanischen Staat Guerrero lief. Als Haupterdbebengebiet war die sogenannte Guerrero-Spalte für ein stärkeres Beben fällig.

Sie waren am Tag davor nach Mexico City zurückgekehrt und hatten das Glück gehabt, außerhalb der Schadenszone Zimmer in einem niedrigen zweistöckigen Hotel zu finden. Atkins und Sara lebten seit neun Monaten zusammen und waren verlobt. Bei ihnen war noch Tom Garvey, ein weiterer Geologe vom USGS.

Die mexikanische Hauptstadt hatte es schwer getroffen. Die schlimmsten Schäden gab es im trockengelegten Bett des alten Texcoco-Sees. Viele der neueren Wolkenkratzer und Hotels waren dort auf der dicken Sedimentschicht aus weichem, wasserreichem Sand und Ton hochgezogen worden. Hunderte von Gebäuden waren erheblich beschädigt oder zerstört. Atkins, Sara und Garvey gingen los, um die Schäden zu begutachten.

Langsam arbeiteten sie sich durch verzweifelte Menschenmengen auf dem Paseo da la Reforma vor, bis sie zu einem neuen, sechsstöckigen Wohnhaus kamen. Die hellbraune Klinkerfassade mit großen Panoramafenstern und zurückgesetzten Balkonen sah unversehrt aus, aber die ganze Rückseite war eingestürzt. Das Haus stand da wie eine Hollywoodkulisse. Bergungsmannschaften brachten Opfer auf Tragbahren heraus oder trugen sie an Armen und Beinen.

Das erste Nachbeben nahmen sie kaum wahr, ein leichtes Schwanken des Bodens. Nicht viel mehr als ein Schubs. Das zweite, das unmittelbar darauf folgte, war viel stärker.

»Da!« schrie Sara. Das Wohnhaus drehte sich langsam auf seinem Fundament, beschrieb einen verzogenen Halbkreis. Eine der Seitenwände wölbte sich nach außen, und der oberste Stock stürzte mit scheußlichem Krachen herunter. Zuerst trat eine unheimliche Stille ein. Danach kamen die Schreie, tief aus dem Schutt.

Atkins, Sara und Garvey rannten auf das Haus zu. Durch die aus den Angeln gerissene Tür konnte man noch hinein. Sie folgten zwei Polizisten in die Eingangshalle. Geborstenes Holz und Mauerwerk versperrten den Weg. Noch immer rieselte Mörtelstaub herab. Die Polizisten zogen sich schnell zurück. Sie hatten genug gesehen.

Atkins und die anderen versuchten, über eine zerbrochene Treppe hintereinander in den ersten Stock zu gelangen. Während Atkins sich behutsam vorarbeitete, hörte er plötzlich das Wimmern eines Kindes.

Atkins verlor Sara und Garvey aus den Augen, während er sich einen Weg zu dem Kind bahnte.

Er fand es eingeklemmt unter einem Tisch in einer zerstörten Wohnung. Atkins erstarrte. Etwas Großes und Schweres krachte in einem der oberen Stockwerke herunter. Vermutlich war wieder ein Teil der Klinkermauer eingestürzt. Sie hatten keine Zeit zu verlieren.

Er roch Rauch. Erst ganz schwach, doch dann immer stärker. Vorsichtig suchte Atkins den Rückweg auf den Flur. Jetzt war der Geruch beißend. Er konnte den Rauch schmecken.

Das Gebäude brannte.

Atkins rief nach Sara und Garvey. Sara antwortete ihm. Ihre Stimme klang sehr fern, gedämpft.

Beinahe wäre er mit dem Kind gestrauchelt, fing sich jedoch gerade noch und ging weiter, tastete sich durch den Flur zurück, duckte sich unter herabgestürzten I-Trägern. Schwarzer Rauch drang auf ihn ein. Er begann zu husten.

»Sara! Tom! Kommt da raus!«

Er hörte Saras Stimme, lauter, näher.

»Uns ist nichts passiert«, rief sie. »Wir versuchen, einen Weg nach draußen zu finden.«

Sie befand sich hinter einer eingestürzten Wand, die beim letzten Nachbeben heruntergekommen sein mußte. Sie saßen in einer der Wohnungen in der Falle und konnten nicht auf den Flur hinaus.

Atkins versuchte, gegen seine panische Angst anzukämpfen.

Sara und Tom waren abgeschnitten.

»Ich komme gleich zurück!« rief er.

»Ich liebe dich.« Er hörte Sara ganz deutlich. »Mach bitte schnell.«

Atkins schaffte es, mit dem Kind hinauszukommen, und taumelte in den strahlenden Sonnenschein. Zwei Männer in blutbespritzten Uniformen, Sanitäter, kamen gerannt und nahmen ihm das kleine Mädchen ab. Atkins sah an dem Wohnhaus hinauf. Was von den oberen Stockwerken noch übrig war, stand in hellen Flammen.

Atkins wollte ins Haus zurück.

»Señor, no es posible!« Ein Polizist packte ihn am Arm.

Atkins riß sich los, lief in die Eingangshalle und blieb abrupt stehen. In der starken Hitze hob er instinktiv die Hände, um sein Gesicht zu schützen. Er schrie Saras Namen und hörte Holz im Feuer knistern. Aus den oberen Stockwerken kamen mehrere kleine Explosionen hintereinander, die wie Knallfrösche klangen, vermutlich Propangasflaschen, die in die Luft flogen.

Die Hände noch immer schützend vorm Gesicht, versuchte er, die Treppe hinaufzusteigen. Der Polizist riß ihn zurück.

Das Gebäude bewegte sich. Zwei Männer hielten Atkins fest, ein Polizist und ein Soldat. Indem sie ihn an den Schultern und am Hals packten, schafften sie ihn hinaus und drängten ihn vom Haus fort.

»Sara!«

Immer wieder schrie er ihren Namen, während das brennende Gebäude in sich zusammenfiel.

John Atkins sank auf die Knie und weinte. Er weinte noch, als das nächste Nachbeben kam, das bis dahin stärkste. Zwei Straßen weiter stürzte ein zehnstöckiges Gebäude unter lautem Getöse von knirschendem Stahl und splitterndem Glas ein. Atkins nahm es nicht wahr. Er verfluchte sich, weil er nicht den Mut gehabt hatte, zurück in die Flammen zu kriechen.

Bei Bolivia, Tennessee
9. Januar
13:50 Uhr

Ein Klopfen am Fenster riß ihn aus seiner Versunkenheit.

Atkins drehte sich um und sah Walt Jacobs' rundes Gesicht, das ihn anlächelte. Jacobs war ein ungezwungener Mensch, der gern im Freien eine Pfeife rauchte, wie jetzt, eine gebogene Bruyèrepfeife.

Atkins stieg aus und schüttelte seinem Freund die Hand.

»Na, wie ist es gelaufen?« erkundigte sich Jacobs. »Hat sich einer von den Berichten bestätigt?«

»Dazu kam es gar nicht«, sagte Atkins. Er schilderte seine Erlebnisse mit den Ratten und den toten Fröschen.

Jacobs runzelte die Stirn. Die Sorge stand ihm deutlich ins Gesicht geschrieben. »Was hältst du davon, John?« fragte er.

»Ich bin mir noch nicht sicher«, antwortete Atkins. »Wir sollten uns darüber unterhalten.«

Jacobs steckte die Pfeife in die Tasche. Er zog die Schultern hoch und stellte den Mantelkragen auf. »Laß dir erst etwas zeigen«, sagte er. Er ging Atkins zu einem Aussichtspunkt voraus, der einen überwältigenden Blick auf den Reelfoot Lake bot.

»Wo liegt New Madrid von hier aus?« fragte Atkins.

Jacobs zeigte nach Nordwesten. »Luftlinie etwa dreißig Kilometer.«

Die Kleinstadt in Missouri, auf der anderen Seite des Mississippi, lag nahe dem Epizentrum von drei der größten Erdbeben des vergangenen Jahrhunderts. Über die ursprüngliche Siedlung strömte der Fluß.

Atkins wollte es kaum glauben, daß die Beben den Reelfoot Lake geschaffen hatten. Das graue Wasser dehnte sich vor ihnen, soweit das Auge reichte.

»Der See ist dreißig Kilometer lang und einige Kilometer breit. Insgesamt fast hundert Quadratkilometer.«

Sie standen auf einem dem Wind ausgesetzten Bergrücken. Zitternd vor Kälte schob Atkins die Hände tiefer in die Taschen. Er wußte nicht, warum Jacobs auf dem Spaziergang bestanden hatte. Sie hätten den See sehr gut vom Vordersitz des Jimmy aus betrachten können, und er wollte endlich erfahren, wie Jacobs die Wahrscheinlichkeit eines Erdbebens einschätzte.

Atkins wußte, daß die New Madrid Seismic Zone längst reif war für ein großes Beben und daß sein freundlicher, vorsichtiger Freund über seismische Daten besorgt war, die darauf hinwiesen, daß die Störung ungewöhnlich aktiv wurde. Das System von New Madrid bestand aus sechs, möglicherweise sieben sich schneidenden Verwerfungssegmenten.

»Erst in den letzten Jahren haben wir uns ein Bild machen können, was hier oben geschehen ist«, erklärte Jacobs zu den Beben von 1811–1812. »Das letzte der Serie begann am 7. Februar etwa um drei Uhr nachts. Es war so stark, daß es den Mississippi an drei Stellen absperrte. Die Hügelkette, auf der wir stehen, kreuzt zwei große Biegungen im Fluß drüben bei New Madrid.«

Er reichte Atkins eine Karte, die die Lage der Epizentren sowie die Meßdaten und den höchsten Stärkenbereich zeigte.

Einer konservativeren Analyse zufolge hatte das erste Starkbeben bei New Madrid eine Stärke zwischen acht

Komma eins und acht Komma drei. Andere Untersuchungen setzten es mit acht Komma sechs an. Es war das schwerste Beben in der Serie. Alle lagen bei acht oder darüber.

Die nach oben offene Richter-Skala verwendete eine logarithmische Reihe, bei der eine Zunahme um eins auf der Richter-Skala eine zehnfache Zunahme der Stärke anzeigte. Beben der Stärke acht waren außerordentlich selten. Im 20. Jahrhundert hatte man nur neun registriert. Das schwerste mit der Stärke acht Komma sechs auf der Richter-Skala hatte sich 1964 in Alaska ereignet.

Der kurze siebenwöchige Zeitrahmen für die Beben von New Madrid flößte Atkins Respekt ein. Ein seismisches Dreierspiel. Historisch war nichts Vergleichbares nachgewiesen. Er wußte sehr wohl, daß nach der Westküste das Gebiet um New Madrid im Herzland der Vereinigten Staaten das größte Erdbebenrisiko der Nation trug.

Atkins versuchte, sich die ungeheure Gewalt einer erdgeschichtlichen Katastrophe auszumalen, die so stark war, daß sie den größten Strom der Vereinigten Staaten abschnitt und dadurch einen See entstehen ließ. Die Kraft der Erdbeben hatte die Landschaft buchstäblich auseinandergerissen. Ein solchen Landstrich hatte er noch nie gesehen. Die Topographie war fast unheimlich: Überflutungsebenen, die sich meilenweit dehnten, steile Klippen, die in der Ferne aufragten, der gewundene Flußlauf.

Jacobs machte auf eine dunkle Reihe von Baumstümpfen im Wasser aufmerksam, nicht weit vom Ufer.

»Das sind Zypressen oder was von ihnen übrig ist«, erklärte er. »Das Beben knickte sie ab wie Streichhölzer.« Jeder Baum war ungefähr in gleicher Höhe säuberlich abgebrochen.

»Reelfoot war der Name eines Shawnee-Häuptlings«, fuhr Jacobs fort. »Der indianische Name für die Gegend ist Wakukeegu. ›Land, das zittert.‹«

»Wie hat sich der See gebildet?« fragte Atkins.

»Die Hebung der Verwerfung betrug bei dem letzten großen Beben vier bis fünf Meter, hoch genug, um einen Bach zu stauen und das Land versinken zu lassen«, sagte Jacobs.

»Das Wasser staute sich einfach auf. Wir haben Karten aus dem frühen 19. Jahrhundert. Darauf existiert dieser See überhaupt nicht.«

Es fiel Atkins schwer, sich eine derartige Hebung vorzustellen, die die ungeheure Gewalt des Erdbebens vor Augen führte. Er wußte, daß alle drei Beben Geysire aus Dreck und Geröll in die Luft geschleudert und den Boden in einen Morast aus Schlamm, Wasser und Schlick verwandelt hatten.

Jacobs erklärte, daß die Beben von New Madrid tatsächlich sechs Seen, alle sehr groß, entstehen ließen. Um die Jahrhundertwende legte die Pioniertruppe vier von ihnen trocken, um Ackerland zu gewinnen.

»Wie weit ist St. Louis von hier?« fragte Atkins.

»Über zweihundert Kilometer.«

»Und Memphis?«

Jacobs merkte, worauf er hinauswollte, und schmunzelte. »Rund hundertneunzig. Es gibt aber auch Cincinnati, Louisville, Lexington, Indianapolis, Little Rock, Cairo, Illinois. Allesamt drei oder vier Autostunden weit. Dann haben wir noch Paducah in Kentucky, Cape Girardeau in Missouri und einige hundert kleinere Städte, die viel näher sind.«

Jacobs ging auf die Autos zu und schlug dabei die Arme in der kalten Luft zusammen. Der Wind war abgeflaut. Mit einem kleinen Lächeln sagte er: »Je nachdem, ob das System von New Madrid mit zwei oder drei anderen Störungen Verbindung hat, könnte man noch Chicago in die Sammlung aufnehmen.«

Atkins versuchte, das alles zu verarbeiten. Wie viele Menschen waren davon betroffen? Mehrere Millionen im günstigsten Fall. Mit der San-Andreas-Störung ließ es sich einfach nicht vergleichen. Ein großer Teil Südkaliforniens westlich der San Bernardino Mountains war dünn besiedelt. Selbst ein schweres Erdbeben würde auf einen Schlag nur eine einzige große Stadt treffen. Seismische Wellen, die durch Erdbeben entlang der San-Andreas-Störung ausgelöst wurden, pflanzten sich nicht so weit fort. Das Gestein war dort zu weich, zu zerklüftet.

Das große Beben von San Francisco 1906 war ein gutes Beispiel. Es war kaum weniger stark als die Beben von New Madrid, aber der Schaden beschränkte sich fast ausschließlich auf einen 300-Kilometer-Umkreis von San Francisco.

Ganz anders sah es hier im Stromtal des Mississippi aus, wo sich seismische Wellen viel weiter fortpflanzten und wo große und kleinere Städte viel zahlreicher waren. Die Druckwellen von den berühmten Beben läuteten Kirchenglocken in Richmond in Virginia und in Charleston in South Carolina. In Philadelphia zersprangen Fensterscheiben. Noch im fernen Montreal waren sie zu spüren. Das Tiefengestein in diesem Teil des Landes ist älter und härter, was bedeutet, daß sich Druckwellen weiter fortpflanzen. Ein Starkbeben konnte wahrnehmbare seismische Wellen weiter als eintausendfünfhundert Kilometer aussenden.

Jacobs reichte ihm eine andere Karte. Er hatte sie schon einmal gesehen, aber sie schockierte ihn immer noch. Sie zeigte, wie dramatisch sich Beben im Mittelwesten von denen an der Westküste unterschieden. Erdbeben von ähnlicher Stärke richteten in der Mitte viel größeren Schaden an, und ihre zerstörerische Kraft reichte viel weiter.

»Wie viele Beben hast du durchschnittlich in der Woche registriert?« fragte Atkins, während er die Karte studierte.

»Von der Stärke eins oder mehr mindestens drei oder vier. Manchmal kommen sie gehäuft von fünf oder sechs. In letzter Zeit hat ihre Intensität zugenommen. Um die Wahrheit zu sagen, ich mache mir langsam Sorgen.«

Jacobs war sich nicht sicher, ob es richtig war, seinem Freund diese Sorgen mitzuteilen. Wenn es darum ging, Erdbeben vorauszusagen, war Offenheit riskant und wurde im allgemeinen besser vermieden. Aber so, wie er Atkins einschätzte, glaubte er, die Karten auf den Tisch legen zu können.

»Ich bin jetzt fast zwanzig Jahre hier, und ich habe nie so viele Dinge zusammenkommen gesehen«, sagte Jacobs. Er beobachtete Atkins scharf, versuchte seine Gedanken zu lesen.

»Du meinst Vorläufer?«

Jacobs nickte. »Ich wäre nicht so besorgt, wenn es nur um ein oder zwei Ereignisse ginge. Aber, verdammt, wir haben ein ganzes Bündel. Erstens sind die Werte der Ausweitungsspannung sehr stark gestiegen ...«

»Wie stark?«

Ausweitung war ein Maß für gesteigerten Druck auf Gesteine, wenn sie durch Wasser schwollen oder sich dehnten. Man hatte festgestellt, daß besonders wassergesättigte Gesteine, die man unter Spannung setzte, während der Verformung ihr Volumen vergrößerten. Es war erwiesen, daß im Gestein bei zunehmendem Druck Sprünge entstanden und sich vervielfachten, wobei die Risse sich vermehrten, während der Druck sich bis zur Bruchgrenze aufbaute. In Laborversuchen waren Gesteine mit speziellen hydraulischen Pressen hohem Druck ausgesetzt worden. Erst vor relativ kurzer Zeit hatte man verstanden, daß diese Haarrißbildung in nassen, gesättigten Gesteinen auftrat, bevor sie unter Spannung brachen. Empfindliche Instrumente konnten die Ausdehnung oder ›volumetrische Spannung‹ der Risse messen. Es gab Hinweise, daß die Ausweitung vor einem Beben zunahm.

»Acht, zehn Prozent. Wir verzeichnen auch Zunahmen bei den Magnetfeldern.« Felsen, die unter Druck rissig wurden und sich dann kurz vor einem Beben wieder schlossen, veränderten mitunter die Magnetfelder.

Atkins erkundigte sich nach Radonemissionen. Das geruchlose radioaktive Gas war in allen Gesteinen enthalten. Wenn diese unter Spannung, wie sie unmittelbar vor einem Beben auftritt, brachen, wurden manchmal größere Mengen des Gases freigesetzt.

»Wir haben in zehn tiefen Brunnen, die unregelmäßig entlang der Verwerfungslinie verteilt sind, Meßgeräte angebracht«, erläuterte Jacobs. »Die Stände sind bei allen gestiegen. Bei einigen beträchtlich.«

»Wie steht es mit den p-Geschwindigkeiten?« fragte Atkins.

Hinter den Geschwindigkeiten der ›primären‹ oder p-Wellen stand ein täuschend einfacher Gedanke. Der Erdbebenschaden wird im allgemeinen durch drei verschiedene Arten elastischer Wellen verursacht. Zwei davon bewegen sich im Gestein selbst: die schnelle primäre oder p-Welle und die langsamere sekundäre oder s-Welle. Die Oberflächen- oder L-Welle ist der dritte Typ der Erdbebenwelle. L-Wellen ähneln der Kräuselung des Wassers nahe der Erdoberfläche, Kräuselungen, die schwerer treffen können, je weiter sie sich fortpflanzen.

Die p-Welle ähnelt einer Schallwelle und kann flüssige und feste Stoffe durchdringen – vulkanisches Magma, Gebirgsgranit oder den Ozean. Wenn p-Wellen die Atmosphäre erreichen, werden sie Schallwellen, die von Menschen und Tieren, besonders Hunden, gehört werden können. Der Klang ist oft einem lauten, langen Donnerschlag ähnlich.

P-Wellen waren als Erdbebenindikator wichtig. Wenn sich Gesteinseigenschaften vor einem Erdbeben verändern, dann verändert sich auch die Geschwindigkeit der durchlaufenden seismischen Wellen. Messungen von früheren Beben wiesen darauf hin, daß sich die p-Geschwindigkeit vor einem Beben um etwa zehn bis fünfzehn Prozent verändert.

»Die Schwankungen liegen im 20-Prozent-Bereich«, bemerkte Jacobs nüchtern.

»Wie sieht es mit Hebungen aus?«

»Während der letzten drei Jahre stellenweise vier bis fünf Zentimeter. Wir erstellen gerade eine weitere GPS-Studie.« Das Global Positioning System war ein komplexes Satellitennetz, das vom Verteidigungsministerium betrieben wurde. Es erlaubte exakte Messungen der Oberflächengestalt der Erde. Durch Vergleiche, wie der Boden sich mit der Zeit veränderte, wo er sich gehoben oder verschoben hatte, konnten Geologen berechnen, ob sich entlang einer Störungslinie Spannung aufbaute. Eine Hebung von vier bis fünf Zentimetern war bedeutsam.

»Hast du mich hierhergebracht, um mit mir darüber zu sprechen? War das der Grund?« wollte Atkins wissen.

»Ich wollte nicht mit der Tür ins Haus fallen«, räumte Jacobs ein. »Ich dachte, ich zeige dir die Daten, erzähle, was uns vorliegt. Um möglichst wenig Aufhebens zu machen.«

Atkins hatte volles Verständnis. Jedes Gerede von Erdbebenvorläufern war geeignet, Seismologen sofort in Nervosität zu versetzen. Es war fachlich riskant, das Thema auch nur anzusprechen. Und doch mußte er zugeben, daß alle diese Indikatoren darauf hindeuteten, daß etwas vorging.

Sie stiegen wieder in den Jimmy und spürten den steifen Wind vom See hart im Rücken.

»Und was machen wir mit den Tieren?« fragte Atkins.

Jacobs wog seine Worte sorgfältig ab. »Ich bin in dieser Hinsicht genauso skeptisch wie du, John. Aber es ist in letzter Zeit soviel zusammengekommen. Es benehmen sich wirklich viele Tiere komisch.«

»Du hast doch da einen Sheriff erwähnt«, sagte Atkins. »Drüben in Kentucky, der mit dem Freund, der Rinder züchtet.« Der Sheriff hatte Jacobs zwei Tage zuvor angerufen und die Probleme des Mannes mit seiner Herde geschildert. Seit fast zwei Wochen ging das schon.

»Er hat nur gesagt, daß sie sich völlig verrückt verhalten«, sagte Jacobs. »Es klingt wie dasselbe in Grün. Deine Ratten und Frösche. Seine Kühe.«

»Ich würde ihn gern besuchen und vielleicht ein paar von den anderen auf deiner Liste treffen«, sagte Atkins. Er feixte. »Wer weiß, vielleicht können wir später eine Abhandlung darüber schreiben.«

»Nur wenn ein Erdbeben kommt«, sagte Jacobs. »Und darüber bin ich mir nicht sicher.«

»Richtig, du hast nur einfach verdammt Angst«, meinte Atkins.

Sein Freund nickte bedächtig und zog seine Schildkappe tiefer über den Kopf. »Du siehst es ganz richtig, John. Mir gefällt das alles überhaupt nicht. Ich bin Wissenschaftler. Ich soll mich auf Fakten und nichts als die Fakten verlassen. Aber ich habe so ein Gefühl, das mir nicht gefällt.«

Bevor sie vom See wegfuhren, sagte Jacobs, er würde einige Namen auf der Liste selbst übernehmen. Sie würden sich später am Tag in Memphis treffen und ihre Notizen vergleichen.

Bei Mayfield, Kentucky
9. Januar
16:20 Uhr

Auf Walter Jacobs' Vorschlag hin fuhr John Atkins nach Mayfield in Kentucky, um sich mit dem Sheriff des Adair County zu treffen. Es war eine kurze Fahrt vom Reelfoot Lake, ungefähr fünfzig Kilometer. Der Sheriff – sein Name war Lou Hessel – hatte sich einige Tage zuvor beim USGS in Memphis gemeldet und berichtet, er habe eine Menge Anrufe von Farmern über seltsames Verhalten ihrer Tiere bekommen.

Hessel hatte sein ganzes Leben lang im Bereich der New-Madrid-Störung gewohnt und alles gelesen, was er über Erdbeben finden konnte. Es war sein Hobby. Er hatte über chinesische Untersuchungen zu dem Thema gelesen und meinte, Jacobs sollte über alle Anrufe Bescheid wissen.

Atkins traf Hessel am späten Nachmittag in Mayfields prunkvollem Gerichtsgebäude aus viktorianischer Zeit.

»Fahren wir doch einfach hinauf und besuchen Ben Harvey«, schlug der Sheriff vor. »Seit einer Woche ruft er mich fast täglich an und erzählt mir, daß seine schwarzen Angusrinder verrückt spielen. Zuerst kam es hauptsächlich nach Einbruch der Dunkelheit vor, und Ben glaubte, jemand versuche, welche zu stehlen. Also saß er mehrere Nächte lang mit Schrotflinte und Telefon draußen auf dem Feld in seinem Pritschenwagen. Dann begannen die Kühe, auch am Tag zu brüllen. Der arme Kerl ist mit den Nerven am Ende.«

»Wie viele solcher Anrufe haben Sie bekommen?« erkundigte sich Atkins. Nach allem, was er gesehen hatte, war er mehr als neugierig.

Der Sheriff hielt inne, während er seine Pfeife mit einem kräftig duftenden Cherryblend stopfte. »In meinem County vielleicht fünfundzwanzig. Man könnte meinen, alle hierherum wären Säufer. Aber wir sind hier ein frommer Staat. Die meisten Farmer trinken nichts Stärkeres als Coca-Cola.«

Atkins folgte dem Wagen des Sheriffs fünfzehn Kilometer aufs Land hinaus. Aus dem grauen Himmel fiel nun Schneeregen. Die Scheibenwischer schoben den Eismatsch an die Ränder der Windschutzscheibe. Die Luft war gesättigt vom Geruch nach nassem Heu und Gras. Es war hügeliges Land, unterbrochen von Weiden und abgeernteten Feldern. Die Bauernhöfe waren klein und gepflegt, die Scheunen grob gezimmert und altersschwarz. Sie bogen von der Asphaltstraße ab und fuhren eine lange Kiesstraße hinauf, die bei einer Gruppe von Scheunen, blauen Getreidesilos und anderen Nebengebäuden endete. Das Farmhaus, ein zweistöckiger Schindelbau mit grünen Zierleisten, lag zurückgesetzt in einem Eichenwäldchen. Ein schönes Fleckchen.

Der Sheriff tippte mehrmals die Hupe an. Atkins stieg aus und streckte sich. Er ging hinüber, um mit dem Sheriff zu reden, der in seinem Wagen sitzen geblieben war.

»Ben besitzt an die viertausend Hektar«, sagte Hessel. »Es geht ihm nicht dreckig, nicht im mindesten, aber so sieht es aus. Er arbeitet mit einem zwanzig Jahre alten Mähdrescher und fährt einen zerbeulten Kombiwagen, der einige hunderttausend Kilometer drauf hat. Aber lassen Sie sich von seinem Äußeren nicht täuschen. Ben ist schwer auf Draht.«

Der Sheriff drückte noch einmal auf die Hupe. Die Haustür ging auf, und eine korpulente Frau mittleren Alters trat auf die Veranda. Sie trug ein rotes Sweatshirt mit dem Aufdruck University of Kentucky.

»Er ist draußen, hinter dem Teich, Lou«, rief sie. »Ein Bulle hat eine seiner besten Färsen aufgespießt.«

Die Frau klang außer sich.

»Wann ist das passiert?« fragte der Sheriff.

»Vor etwa einer Stunde. Der Tierarzt ist draußen bei ihm.«

»Steigen Sie bei mir ein. Sehen wir's uns an«, wandte sich der Sheriff an Atkins. »Schlimme Geschichte, das.« Atkins setzte sich auf den Beifahrersitz. Der Sheriff fuhr mit hohem Tempo einen ausgefahrenen Weg hoch, der kaum breit genug für das Auto war. »Wahrscheinlich ist der Bulle an die hunderttausend Dollar wert. Allerbestes Zuchtvieh.«

Sie fuhren einen Hügel hinauf. Oben stand ein Kombiwagen an der Seite. Ein Tor öffnete sich auf eine eingezäunte

Weide. Gleich hinter dem Tor standen zwei Männer über einem hingestreckten Tier.

»Fred Barden ist bei ihm. Einer der besten Tierärzte im County.« Der Sheriff setzte seinen grauen Stetson auf und knöpfte den Regenmantel zu. »Ich hatte gehofft, ich müßte ihn heute bei dem Regen nicht aufsetzen. Er ist brandneu. Hundertfünfzig Mäuse.«

Atkins stieg aus und folgte dem Sheriff auf die Weide.

Ein Mann mit breitem gerötetem Gesicht und starkem Hals hob eine Hand zum Gruß. Die Kuh, die vor seinen Füßen lag, war ein großes schwarzbuntes Tier. Aus einem faustgroßen Loch in seiner Brust sickerte Blut.

»Allmächtiger, Ben, was geht hier vor?« rief der Sheriff.

Ben Harvey starrte auf seine tote Kuh. Er wischte sich den Regen aus den Augen. »Einer meiner Bullen ist gerade in diese Färse gerannt«, sagte er langsam. »Ich habe fünf oder sechs Kühe draußen auf den Feldern liegen. Meine ganze Herde ist übergeschnappt. Ich dachte, es wäre vielleicht Milzbrand, aber Fred hier sagt nein.«

Jetzt erst bemerkte Atkins das Gewehr, das der Farmer trug. Er hielt es dicht an der Seite, an seinen Regenmantel gedrückt.

Der Tierarzt, ein jugendlich wirkender Mann im Kapuzenponcho, schüttelte den Kopf. »Es sind nicht nur die Rinderherden«, sagte er. »Heute morgen war ich bei Ralph Bierce. Zwei seiner großen Eber haben sich gegenseitig getötet, bevor Ralph zum Pferch hinauskommen konnte. Ich kann nichts körperlich Ungewöhnliches bei diesen Tieren finden. Ich möchte ein paar Blutproben nehmen, vielleicht einige Anrufe ...«

»Meine Herren, wir haben Gesellschaft bekommen«, unterbrach ihn der Sheriff.

Atkins hob den Kopf und sah ein massiges Tier mit gebogenen, ausladenden Hörnern auf dem Kamm des Hügels stehen, eine dunkle Silhouette vor dem Himmel. Der Bulle stampfte auf die schlammige Erde, dann riß er den Kopf nach unten, als wollte er eines seiner Hörner tief in den Boden stoßen.

»Ben, ich glaube, er nimmt Anlauf auf uns«, sagte der Sheriff. Der Tierarzt wich bereits langsam zum Tor zurück. Atkins wollte ihm gerade folgen, als der Bulle losging. Er kam im Galopp, rutschte halb den Hang hinunter, mit gesenktem Kopf und brüllend vor Wut.

Atkins glaubte, er würde es niemals bis zum Auto schaffen. Dazu war keine Zeit. Das Tier war nur noch dreißig Meter entfernt und kam kraftvoll näher.

Der Sheriff trat von der toten Kuh weg und zog seinen Revolver, eine langläufige Smith & Wesson 357 Magnum.

»Nein, ich mache das!« sagte Ben scharf.

Mit einer einzigen fließenden Bewegung brachte er das Gewehr auf Schulterhöhe, visierte schnell über den Lauf und feuerte. Der Bulle taumelte zurück, als wäre er gegen eine unsichtbare Mauer geprallt. Er fiel auf die Seite und mühte sich ab aufzustehen, wobei seine starken Hinterbeine in den aufgeweichten Boden stießen, um Halt zu finden. Ein weiterer Schuß ertönte, dessen Klang von den Bergen zurückgeworfen wurde. Der Bulle ging zu Boden und regte sich nicht mehr.

Atkins atmete mehrmals tief durch. Seine Beine waren wie Gummi. Der Sheriff nickte. Er fühlte sich genauso.

»Vier Kinder habe ich für viel weniger, als mich dieser Bulle gekostet hat, aufs College geschickt«, sagte Ben Harvey leise. »Ich habe mein Leben lang Tiere um mich gehabt, aber so etwas habe ich noch nicht gesehen. Ich rege mich nicht leicht auf, aber ich muß Ihnen sagen, daß ich ein wenig Angst habe.«

Santa Monica
9. Januar
20:40 Uhr

Es war spät am Abend, als Elizabeth Holleran in ihre Eigentumswohnung in Santa Monica kam. Die Veranda und der eigene kleine Garten hatten sie für die Wohnanlage erwärmt, außerdem die Tatsache, daß die gemauerten Wände armiert und mit Stahlgründungen verbunden waren. Nicht völlig erdbebensicher. Kein Gebäude war das, aber besser konnte man es nicht machen.

Der große gelbe Umschlag lehnte an der Haustür. Sie hatte ihn halb erwartet. Sie legte ihn auf den Eßzimmertisch und schenkte sich ein Glas Weißwein ein. Dann saß sie davor, starrte auf das Päckchen, fürchtete sich, es zu öffnen. Name und Anschrift waren mit schwarzer Tinte sorgfältig in Prables unverwechselbarer Handschrift geschrieben.

Elizabeth hörte den Anrufbeantworter ab. Einer ihrer Doktoranden hatte zweimal angerufen, ein Junge aus New York, der über seiner Dissertation schwitzte. Er arbeitete an einer Analyse der elastischen Verformung der Verwerfung während des Erdbebens von Kobe 1995. Die Hafenstadt in Japan hatte ein schweres Beben der Stärke sieben Komma zwei erlebt. Zusammen mit dem Beben von Northridge war es ein erschreckendes Beispiel dafür, was geschehen konnte, wenn ein mäßig starkes Beben nahe einer großen Stadt ausbrach. Der Schaden in Kobe war weitaus schlimmer als das, was in Los Angeles passiert war.

Die Feuer sprangen von Straße zu Straße und brannten das Herz der Stadt aus. Ein Feuersturm dieses Ausmaßes war unerwartet, und dank Satellitensystemen wurde er weltweit vom Fernsehen eingefangen – zusammen mit eingestürzten Gebäuden, verbogenen Bahngleisen und den Bildern der Toten, die auf den Straßen aufgeschichtet wurden wie Klafter verkohlten Holzes.

Das Beben tötete fünftausend Menschen und verletzte weitere dreißigtausend. Damit verglichen war Northridge ein unbedeutendes Ereignis. Ihr Student analysierte die Ursache des Erdbebens – eine rechtslaterale Ruckverschiebung der Nojima-Störung. Das Beben war völlig überraschend gekommen, da die Verwerfung seit 1916 inaktiv gewesen war. Was das Erdbeben so wichtig machte, war die seismologische Ähnlichkeit zwischen Kobe und vielen Städten, die an der San Francisco Bay lagen. Sie hatten den gleichen Untergrund – lockere Böden, durch Grundwasser geschwächt.

Elizabeth trank noch einen Schluck Wein und setzte sich an den Tisch. Sie riß den Umschlag auf und nahm eine Videokassette, zwei HD-Disketten und ein einzelnes, einfach gefaltetes, weißes Blatt Papier heraus. An das Papier, das Prable beschrieben hatte, war ein Schlüssel geklebt.

»Elizabeth, sehen Sie bitte das beigefügte Video an. Joanne bediente den Camcorder, verzeihen Sie also die gelegentliche Unschärfe. Das alles wird sich, wie ich hoffe, aus sich heraus erklären. Wenn Sie die Sache verfolgen möchten, finden Sie meine Papiere und das Computersystem, auf das ich meine Analyse stützte, in meinem Büro. Der Schlüssel läßt Sie ein.

Ich stellte erst vor kurzem diese Berechnungen fertig. Wäre ich nicht so krank gewesen, hätte ich selbst Alarm geschlagen, hätte alles in meiner Macht Stehende getan, um diese Information an die richtigen Personen weiterzuleiten. Es wäre nicht leicht gewesen. Der USGS kann, wie Sie wissen, unglaublich begriffsstutzig sein. Aber ich hätte es probiert. Der Krebs hat alles umgestoßen. Ich bin zu müde.

Es tut mir leid, daß ich Sie hineinziehe, Elizabeth. Falls Sie meine Analyse für zutreffend halten und sich entscheiden, etwas zu unternehmen, wird es ungeheuer riskant sein. Man wird Sie auf eine Art und Weise angreifen, die Sie sich nicht ausmalen können. Falls ich mit meinen Risikoschätzungen richtig liege, haben Sie nicht viel Zeit. Viel Glück und tausend gute Wünsche. Prable.«

Elizabeth legte die Kassette in ihr Videogerät ein und setzte sich hin. Als der Film begann, saß Otto Prable zusammengesunken in einem Sessel. Er trug einen dunklen Anzug mit Krawatte, denselben Anzug, den er getragen hatte, als er sich das Leben nahm. Sein Gesicht sah gespenstisch aus. Hohle Wangen, tiefliegende Augen, die aus den Höhlen spähten. Sein Schädel schien durch die Haut durch.

Er hielt ein Klemmbrett auf dem Schoß und lächelte in die Kamera.

»Hallo, Elizabeth«, sagte er und räusperte sich. »Ich habe nicht viel Kraft und ermüde leicht, deshalb will ich gleich zur Sache kommen. Joanne zeichnet alles auf. Joanne, sag Elizabeth guten Tag.«

»Tag, Elizabeth«, sagte seine Frau mit leichter, fast musikalischer Stimme. »Schlimm genug, daß ich Otto zuhören muß. Jetzt muß ich ihn auch noch filmen.«

Es wirkte so eigenartig auf Elizabeth, ihren Namen aus Joanne Prables Mund zu hören. Sie sah sie noch immer vor sich, wie sie auf dem Boden ihres Schlafzimmers lag. Elizabeth mußte sich zwingen, das Bild aus ihrem Kopf zu verdrängen.

Es gab so viele andere Bilder – die Prables als Gastgeber, unerschrockene Wanderführer in Nordkalifornien und Tänzer. Sie hatten erst ziemlich spät mit dem Gesellschaftstanz angefangen, als Joanne glaubte, er würde dazu beitragen, ihren Mann von seiner Prostataoperation abzulenken. Beide erwiesen sich als Naturtalente auf dem Tanzboden und gewannen bald Wettkämpfe auf Staatsebene und gaben sogar Stunden. Elizabeth war zu mehreren Tanzturnieren mitgegangen und hatte gestaunt, wie sexy sie zusammen aussahen, Joanne in einem anliegenden blauen Lamékleid mit gewagt geschlitztem Rock und ihr kraftstrotzender Mann im weißen Smoking. Dieses Bild blieb haften, ebenso die vielen Male, die sie ihnen zufällig begegnet war. Joanne begeisterte sich für Literatur und Kunst und drängte Prable ständig, ihre neueste Buchentdeckung zu lesen. Ein schönes Paar.

Jetzt sah sie Prable, wie es schien, in seinem Wohnzimmer sitzen. Seitlich war ein großer Kamin zu sehen. Es fiel ihr schwer, die Erinnerungen alle auszuschalten.

»Elizabeth, Sie wissen, was ich mache«, begann er. »Ich bin Klimatologe. Ich analysiere langfristige Wettermuster und mache Vorhersagen, wie sich Veränderungen des Wetters auf die Landwirtschaft auswirken, welche Getreidemenge aus dem Mittelwesten geliefert wird oder den erhöhten Heizölbedarf während eines ungewöhnlich kalten Winters. Als Folge meiner Arbeit begann ich mich für die Sonnenaktivität zu interessieren. Die Auswirkungen der Sonnenflecken und anderer solarer Ereignisse auf unseren Planeten und auf unsere Wetterzyklen. Eigentlich vor allem aus Neugier. Wenigstens fing es so an. Ich begann, Erdbeben entsprechend Perioden maximaler Sonnenaktivität auszuwerten, und stieß auf einige merkwürdige Beziehungen. Die acht stärksten Beben dieses

Jahrhunderts, angefangen beim Erdbeben von San Francisco 1906, ereigneten sich alle in Zeiten extremer Sonnenaktivität.

Ich habe diese großen Beben«, fuhr Prable mit einem Blick auf das Klemmbrett fort, »auch im Hinblick auf die Position der Erde in bezug auf die Sonne ausgewertet. Die meisten ereigneten sich während des Perihels, der Periode, während der die Sonne der Erde am nächsten steht. Die größeren Beben scheinen sich in den Monaten Dezember und Januar und nahe dem Perihel zu häufen. Die nördliche Hemisphäre war besonders anfällig, möglicherweise weil das Perihel da in den Winter fällt. Dies waren auch Zeiten hoher Flutwasserstände, und wie Sie sich wahrscheinlich erinnern, verbrachte ich in diesen letzten Jahren viel Zeit damit, zu beobachten, wie die Gezeiten unser Wetter beeinflussen.

Ich finde es höchst interessant, wie die Daten von den Apollo-Weltraummissionen zum Mond zeigen, daß alle Arten von Mondbeben sich im Perigäum ereignen, dem Punkt, in dem die Umlaufbahn des Mondes der Erde am nächsten kommt. Das ist auch die Zeit des stärksten Gezeitensogs und, wenn ich mit meiner Analyse richtig liege, die Periode stärkster Erdbebenspannung. Eine Häufung von Beben, darunter auch schwere, ereignen sich in Perioden vermehrter Sonnenaktivität und starken Gezeitensogs.«

Prable blickte auf und starrte direkt in die Kamera. Elizabeth fuhr nervös zusammen. Er schien ihr direkt in die Augen zu starren.

Er bekam ein schwaches Lächeln hin. »Ich weiß, was Ihnen jetzt vermutlich durch den Kopf geht, Elizabeth. Sie denken: ›O Gott, bloß nicht noch eine Gezeiten-Streß-Theorie, um Erdbeben zu erklären.‹ Ich verstehe Ihre Zweifel. Mir ging es genauso, bis ich begann, darauf zu achten, wo diese Sonnen- und Gezeitenkräfte mit größter Wahrscheinlichkeit irgendeine Auswirkung haben. Ich kam zu dem Schluß, daß ein Bereich von ungefähr zweiundachtzig bis dreiundneunzig Grad nördlicher Breite am oder um den 20. Januar extrem starken Gezeitenkräften ausgesetzt sein wird. Dann begann ich, Gegenden auszuwerten, wo sich Spannungen an bekannten Erdbeben-Verwerfungen aufbauten. Schwache, instabile Orte, die für Gezeiteneinfluß anfällig sein könnten. Ich ließ meine eigene Computeranalyse laufen. Auskünfte vom Global Positioning System waren besonders wertvoll. Die GPS-Daten zeigten mir, wie sich die Topographie eines Gebiets mit der Zeit verändert hatte – Landbewegung, Hebung und Verdichtung. Es war mir möglich, horizontale und vertikale Verschiebungen mit Landvermessungen aus den fünfziger Jahren zu vergleichen, mit den grundlegenden topographischen Karten. So konnte ich Verwerfungen erkennen, wo sich die Erdkruste am meisten verschoben hatte, wo sich Spannung aufbaute.«

Elizabeth hatte in letzter Zeit begonnen, auch für die eigene Arbeit GPS-Daten zu verwenden. Erst seit kurzem waren Geologen dazu übergegangen, das Satellitensystem zu nutzen, um topographische Karten zu erstellen. Die Vermessungsmethode beruhte auf Triangulation. Die Präzision war atemberaubend. Orte konnten bis im Bereich von einigen Millimetern haargenau bestimmt werden. Damit ließ sich verfolgen, wie die Erdkruste sich von einem Jahr zum andern bewegte und veränderte.

»Meine Schlußfolgerung aus alldem, Elizabeth, der Grund, warum ich dieses Band für Sie gemacht habe, ist, daß ich glaube, vieles spricht für ein schweres Beben irgendwo an der New-Madrid-Störung. Die topographischen Daten zeigen eine ungewöhnlich starke Zunahme der Spannung. Meine Berechnungen ergeben, daß die größte Wahrscheinlichkeit für ein solches Beben in einem Bereich zwischen zwei oder drei Tagen vor und nach dem 20. Januar besteht. Was die New-Madrid-Störung besonders interessant für mich macht, ist ihre Geschichte.

Wie Sie wissen, löste sie einige der stärksten Beben aus, die jemals in der nördlichen Hemisphäre aufgetreten sind. Diese gewaltigen Erschütterungen ereigneten sich nach fast zwei Jahren praktisch ohne Sonnenfleckenaktivität. Wir haben gerade eine ähnliche Periode hinter uns. Erst in den letzten drei Monaten sind die Flares und Sonnenflecke wieder zu beobachten. Eine starke Sonnenaktivität ist für den 16. Januar vorausgesagt. Das ist vier Tage vor dem maximalen Gezeitensog.«

Nach einer nie bewiesenen, aber stark umstrittenen Theorie lösen Flares und Sonnenflecke gewaltige Sonnenwinde aus, wodurch sich die Zahl geladener Teilchen, die von der Sonne strömen, erhöht. Die Sonnenwinde können Turbulenzen in der Erdatmosphäre verursachen, Turbulenzen, die die Rotation des Planeten beeinträchtigen können. Diese geringfügigen Schwankungen in der Erdumdrehung, so besagt die Theorie, können Erdbeben auslösen.

Prable wurde sichtlich schwächer. Er war tiefer in seinen Sessel gesunken und litt unter Atemnot. Er blickte in die Kamera und lächelte wieder. Es kostete ihn mehr Mühe. Seine Schmerzen zeigten sich an den verkniffenen Mundwinkeln, an der grauen Haut.

»Gestern hatte ich meine letzte Chemotherapie«, sagte er. »Ich habe sie abgebrochen. Absolute Zeitverschwendung. Sie haut mich innerlich total um. Ich könnte kaum beschreiben, wie man sich dabei fühlt.«

Prable trank einen Schluck Wasser. »Elizabeth. Bitte verstehen Sie, daß ich meine Analyse nicht ausschließlich auf die Mondaktivität und geologische Spannungen begrenzt habe. Ich habe auch andere Daten einbezogen, die mir geläufiger sind – Wetterbeurteilungen und Pegelstände der Flüsse. Die New-Madrid-Störung durchschneidet den Mississippi, der den gesamten oberen Mittelwesten entwässert. Diese Region leidet seit fast neun Monaten in Folge unter Regenfällen in Rekordnähe. Mississippi und Ohio haben während fünf der letzten elf Monate Hochwasser geführt. Es ist wahrscheinlich, daß im nächsten Monat noch mehr Wasser durch Schneeschmelze die Flüsse herunterkommt. Und dieses Wasser wird den Druck auf die Verwerfung erhöhen und sie anfälliger für einen Bruch machen.

Den Rest muß ich kurz machen. Ich kann nicht mehr viel länger reden. Ich möchte, daß Sie meine Daten überprüfen. Vielleicht ist mir ein Fehler unterlaufen, habe ich mich irgendwo verrechnet. Ich glaube es allerdings nicht, und ich schäme mich nicht, Ihnen zu verraten, daß es mir, obwohl ich im Sterben liege, wahnsinnige Angst macht. Wenn ein großes Erdbeben in der New Madrid Seismic Zone ausbricht, das annähernd die Stärke der Beben aus dem frühen 19. Jahrhundert erreicht, wird es eine Katastrophe nationalen Ausmaßes geben. In meinen Augen weitaus schlimmer als der Bürgerkrieg.«

Prable winkte mit einer matten Bewegung in die Kamera. »Sie müssen mit dem Ganzen tun, was Sie für das beste halten, Elizabeth. Ich wünsche, ich wäre da, um zu helfen. Wenn irgend etwas daran ist, was meine römisch-katholische Frau mir in diesen letzten Monaten immer wieder gesagt hat, werde ich Ihnen vielleicht helfen können. Im Geist, wie man sagt.«

Prable lächelte, ein warmes, offenes Lächeln, das aus seinem ausgezehrten Gesicht strahlte.

»Ich habe mein Testament geändert. Sie sind jetzt eine meiner Hauptbegünstigten. Mein Vermögen mag Sie überraschen. Sie werden bald eine reiche Frau sein, Elizabeth. Betrachten Sie es als Teilabzahlung für das, was ich Ihnen zugemutet habe.«

Das Band lief leer. Elizabeth saß da, unfähig, sich zu rühren, wie versteinert von dem, was sie gerade gesehen hatte. Sie schloß die Augen und konnte noch immer sein Gesicht sehen.

Bei Mayfield, Kentucky
9. Januar
17:10 Uhr

Atkins saß auf dem Vordersitz von Ben Harveys Pritschenwagen und beobachtete das Vieh. Sie waren zu einer seiner abgelegeneren Weiden gefahren. Sheriff Hessel mußte zurück in sein Büro nach Mayfield. Er hatte Angst, daß sich Glatteis auf den Straßen bilden könnte.

Das Verhalten mancher Tiere war absonderlich. Kühe bewegen sich beim Grasen normalerweise langsam. Atkins beobachtete, wie die Tiere – einzeln oder manchmal drei und vier zugleich – plötzlich den Kopf vom Futtertrog hoben und steif in weiten Kreisen trabten.

Harvey konnte es weder erklären, noch seine Sorge verbergen.

»Das machen sie hin und wieder seit einer Woche«, sagte er. »Ich habe dafür keine Erklärung. Auch der Tierarzt nicht.«

»Haben Sie in letzter Zeit Erdstöße gespürt?«

Harvey grinste. »In unserer Gegend hier haben wir im Jahr drei oder vier Beben. Daran gewöhnt man sich ziemlich schnell, wenn man hier lebt. Vor fünf, sechs Jahren hat es kräftig gewackelt. Vielleicht fünf auf dieser Richter-Skala. Es hat keinen nennenswerten Schaden angerichtet, höchstens ein paar Abwasserrohre und Gasleitungen gekappt. Und hören Sie, es hat jedenfalls nicht mein Vieh verrückt gemacht.«

Harvey lud Atkins zum Essen ein und fuhr zum Hof zurück. Atkins wäre gern weitergefahren, aber Harvey und seine Frau Alice drängten ihn zu bleiben. Das Schmorfleisch war schon im Backofen. Der köstliche Duft nach Fleisch, Zwiebeln und köchelnder Soße zog durch die Küche.

Alice füllte ein Glas Wasser am Hahn.

»Riechen Sie mal.« Harvey reichte Atkins das Glas.

Der Schwefelgeruch war unverkennbar. Das Wasser war ein wenig trüb.

»Vor drei Tagen war dieses Wasser klar und frisch«, sagte Harvey.

»Ach je«, sagte Mrs. Harvey, die aus dem Fenster schaute. »Jetzt fängt es doch noch an.«

Der Wind kam in Böen, und Atkins hörte die Graupeln gegen das Glas schlagen wie Hände voll Kiesel.

»Bleiben Sie lieber über Nacht hier, Mr. Atkins«, sagte Ben Harvey. »Das hält an, die Straße wird wie Eis sein. Es kommt ganz schön runter.«

Atkins wollte ihnen keine Ungelegenheiten bereiten. Entscheidender war noch, daß er möglichst bald wieder in Memphis sein wollte, um sich mit Walt Jacobs' Daten zur New Madrid Seismic Zone zu befassen.

»Jetzt, wo die Jungen erwachsen sind und auf ihren eigenen Höfen leben, haben wir oben vier leere Schlafzimmer«, sagte Harvey. »Sie sind herzlich eingeladen. Ich würde jetzt nicht rausgehen.«

Obwohl Atkins zu gern aufgebrochen wäre, nahm er das Angebot dankbar an. Er ließ sich die reichliche Mahlzeit schmecken, und danach holte Ben Harvey eine Flasche Old Granddad heraus und schenkte jedem ein Gläschen ein. Sie saßen am Kamin in dem geräumigen Wohnzimmer des Bauernhauses. Als sie zu Bett gingen, hielt der Schneeregen noch an.

Kurz nach Mitternacht weckte Telefonläuten Atkins. Gleich darauf klopfte Ben Harvey an die Schlafzimmertür.

»Was gibt's?« Atkins bemühte sich, einen klaren Kopf zu bekommen. Er hatte tief geschlafen.

»Wilddiebe«, sagte Harvey.

Der Anrufer war ein Landarbeiter, der für ihn arbeitete. Er wohnte mit seiner Frau in einem Wohnwagen am anderen Ende der Farm. Er wollte zu Bett gehen und hatte draußen nachgesehen, ob es noch graupelte. Da hatte er Lichter in den Hügeln entdeckt.

»Ich habe ihn gebeten, den Sheriff anzurufen«, sagte Harvey. »Ich fahre voraus und sehe selbst nach. Diesen Winter gibt es viel Rotwild in den Hügeln. Die Wilderer sind bei Nacht mit Geländewagen hinter den Tieren her. Die Dreckskerle verwenden Suchscheinwerfer. Sowie man einen Hirsch im Licht gefangen hat, rührt er sich nicht mehr, und man kann ihn ganz bequem abknallen. Vor ein paar Jahren hatten wir ein Riesenproblem mit Wilderern. Schließlich haben wir sie verjagt. Wenigstens habe ich es geglaubt. Sieht aus, als wären sie wieder im Geschäft.«

Harvey zog seinen Regenmantel und Stiefel an und holte ein Gewehr aus dem Waffenschrank im Wohnzimmer. Er fragte Atkins, ob er mitkommen wollte.

»Ich hätte nichts gegen Ihre Gesellschaft, wenn Sie bereit wären. Man muß dort in der Dunkelheit sitzen und hoffen, daß sie einem über den Weg laufen. Das kann langweilig werden.«

Offen blieb, was sie tun würden, wenn ihnen wirklich jemand über den Weg liefe.

Sie gingen hinaus zum Wagen und fuhren eine der unbefestigten Straßen hinunter, die kreuz und quer über die Farm liefen. Der Eisregen hatte aufgehört. Sie mußten einige Kilometer fahren, und die Räder mahlten durch die dicke Eisschicht.

Vor ihnen ansteigend, sah Atkins die niedrigen Berge, gewellt und dunkel.

Sie hatten noch fast zwei Kilometer zu fahren, als ein bläulich-weißer Blitz auf einem Hang aufleuchtete.

Harvey hielt an. »Das ist keine Laterne.«

Das Licht wechselte von einem fahlen lumineszierenden Blau zu rötlichem Orange. Es blitzte auf, dann noch einmal, um einige Sekunden lang mit starkem Nachglühen anzuhalten. Das Lichtband schien direkt über der Kammlinie zu schweben.

»Verlaufen irgendwelche Überlandleitungen oder Erdkabel über diese Berge?« erkundigte sich Atkins.

»Nicht daß ich wüßte«, sagte Harvey. Er atmete tief aus, um sich zu beruhigen. »So was habe ich mein ganzes Leben nicht gesehen.«

Der Hang war dunkel geworden, dann flammten die Lichter heller als zuvor wieder auf. Sie schienen aus dem Boden zu steigen und sich auf die Baumspitzen zu setzen, ein Farbenspektrum aus Weiß, verschiedenen Schattierungen von Blau und Orange, das in Wellen ausstrahlte.

»Was glauben Sie, woher das kommt?« fragte der Farmer.

»Ich weiß es nicht.« Und Atkins wußte es wirklich nicht. Er hatte von ›Erdbebenlichtern‹ gelesen, aber sie bisher nie gesehen. Die meisten Seismologen – er eingeschlossen – äußerten sich skeptisch zu solchen Lichtern, auch angesichts recht dramatischer Berichte. Die Lichterscheinungen – und nach den Schilderungen konnten sie viel spektakulärer sein als das hier – traten gewöhnlich vor oder während Erdbeben auf. Vor dem starken Beben, das im Mai 1976 Italien erschütterte, soll der Himmel wie von Nordlicht erleuchtet gewesen sein. In noch jüngerer Zeit waren vor dem Beben am 17. Januar 1995 in und um die japanische Stadt Kobe dreiundzwanzig Beobachtungen von Erdbebenlichtern gemeldet worden. Die meisten erschienen als Lichtstreifen, Lichtbögen oder zitternde fächerförmige Farbbänder, die sich über den Boden zu erheben schienen.

Sie unterschieden sich wesentlich vom nördlichen oder südlichen Polarlicht, verursacht durch Sonnenwinde, die elektrisch geladene Teilchen entlang Magnetfeldlinien in die obere Atmosphäre schicken. Das Polarlicht war im allgemeinen in nördlichen Breiten zu sehen, seltener in südlichen. Es war meist grün oder gelb. Erdbebenlicht war gewöhnlich blau, weiß oder orange.

Beobachtungen von Erdbebenlichtern gab es genügend, aber gute Fotografien der Erscheinung waren selten. Sie waren oft von den Küsten Nordkaliforniens oder Mexikos, häufig unmittelbar vor der Küste, gemeldet worden. Ihr Ursprung blieb ein Rätsel. Eine Theorie besagte, die Hauptursache könnte die Entladung polarisierter Elektrizität aus Gestein während schwerer Bodenerschütterung sein.

Atkins stieg aus dem Pritschenwagen. Harvey rutschte auf der anderen Seite heraus. Die Lichter, die noch immer über den Hängen schwebten, waren unverändert stark. Es sah aus wie Wetterleuchten, fließende Lichter, die ihre Farbe von Weiß und Blau zu Orange veränderten.

Atkins wünschte, er hätte ein Tonbandgerät dabei, um seine Beobachtungen festzuhalten. Oder eine Kamera.

»Ben«, sagte er zu dem Farmer. »Ich muß morgen in aller Frühe nach Memphis fahren. Ich muß es trotz des Wetters riskieren.«

Santa Monica
9. Januar
22:25 Uhr

Otto Prables Büros lagen in einer Seitenstraße des Wilshire Boulevard in Santa Monica, ein nichtssagender Flachbau, der ihm gehörte. Elizabeth fuhr direkt dorthin, nachdem sie das Video noch einmal angesehen hatte. Mit dem Schlüssel, den er ihr geschickt hatte, schloß sie die Haustür auf.

Ihr Herz klopfte, als sie hineinging. An den Wänden des großzügigen Büros hingen Diagramme und durch verschiedene Farben gekennzeichnete Karten, die gestochen scharf die Oberflächengestalt der Erde zeigten. Es gab auch eine Reihe von Wetterkarten – Niederschläge, Pegelstände der Flüsse und Flutberechnungen vom Pionierkorps. Die neuesten Berichte waren erst vier Tage alt. Und so, wie sie geordnet waren, bekam Elizabeth den Eindruck, daß Prable bis unmittelbar vor seinem Selbstmord gearbeitet hatte.

Auf einem Tisch, der durch die gesamte Länge des Raumes lief, waren acht Computerterminals angeordnet, durchweg ComPac Sun 400, besonders leistungsfähige Computer mit einer gewaltigen Megabyte-Kapazität. Sie kosteten rund dreißigtausend Dollar das Stück. Elizabeths Abteilung besaß nur zwei solche Geräte, und On-line-Zeit war sehr gefragt. Sie hatte nie so viele in einem Raum gesehen.

Durch sein Computernetz war Prable mit dem Nationalen Wettervorhersagedienst in Kansas City, der Nationalen Meeres- und Luftverwaltungsbehörde in Boulder, dem Nationalen Geomagnetischen Informationszentrum und dem Nationalen Erdbebeninformationszentrum verbunden. Die meisten Daten waren in Realzeit. Seine Computer – alle befanden sich im ›Schlaf‹-Modus – nahmen die Informationen in dem Moment auf, in dem sie von den Verarbeitungsrechnern produziert wurden.

Prable besaß sogar einen eigenen analogen Seismographen, der in einem Glasbehälter neben einer großen nierenförmigen

Platte aus poliertem Kirschbaum, vermutlich seinem eigentlichen Arbeitstisch, angebracht war.

Elizabeth bemerkte auch die direkte Computerverbindung mit dem Global Positioning Network.

Sie setzte sich an Prables Schreibtisch und ging mit dem Paßwort, das er ihr in seinem Brief mitgeteilt hatte: GINNY, dem zweiten Vornamen seiner Frau, in das PC-Programm. Die erste Datei, die auf dem Bildschirm erschien, war eine Serie von Farbbildern, die vom Solar Maximum Mission Spacecraft aufgenommen worden waren. Sie erinnerte sich an Prables umstrittene Vorstellungen über die auslösenden Wirkungen der Sonnenaktivität auf Erdbeben. Die auf dem Farbmonitor des Computers angeordneten acht Fotos waren ein Zeitrafferchronogramm einer neueren Sonneneruption oder CME.

Es ähnelte einer verschwommenen Gasblase, die sich auf der Oberfläche bildete, schnell von Bild zu Bild ausdehnte, bis sie in langen Ranken aus strahlend weißem Licht explodierte, die ungestüme Geburt eines Sonnensturms. Die CME-Bilder lieferte das Höhenobservatorium des Nationalen Zentrums für Atmosphärenforschung in Boulder, Colorado.

Elizabeth klickte auf ein anderes Symbol. Prable hatte die Annäherung dieses Sonnensturms an die Erde aufgezeichnet.

Der Höhepunkt der Sonnenaktivität war für den 16. Januar angezeigt, in einer Woche. Prables Computergraphiken zeigten, daß die Winde die Erdatmosphäre etwa an diesem Datum beeinträchtigen würden. Wenn diese solare Druckwelle die Erde traf, so hatte Prable berechnet, würde sie einen geomagnetischen Sturm entfesseln, der stark genug war, die Gezeiten ebenso wie Satellitenübermittlungen zu verändern. Und möglicherweise eine Kette von Ereignissen in Gang zu bringen, die zu einem Erdbeben an der New-Madrid-Störung führen könnte.

Elizabeth überflog die Daten mit wachsender Skepsis. Schon während sie Prables Video anschaute, hatte sie angefangen, sich zu ärgern. Die Beziehung zwischen Erdbeben und solchen Erscheinungen wie Sonnenwinden, den Gezeiten und der Anziehungskraft waren einfach zu abwegig und unbewiesen, um von ihr ernst genommen zu werden. An solche Theorien, die so weit außerhalb der konventionellen Wissenschaft lagen, hatte sie nie glauben können. Nun saß sie da und wunderte sich, wie ein Mann von Prables scharfem Verstand so weit von seinem ursprünglichen Fach Geophysik abirren konnte. Die Vergeudung machte sie traurig.

Eine der Dateien enthielt seine Analyse der Streßzunahme entlang der Verwerfung. Diese Daten fand Elizabeth viel interessanter.

Mit zweidimensionalen Computergraphiken demonstrierte Prable, wie der Boden in der seismischen Zone eine allmähliche Hebung erfahren hatte, die ungefähr hundertfünfzig Kilometer nördlich von Memphis begann. In einem 500-Quadratkilometer-Sektor hatte der Boden sich in vier Jahren um nicht weniger als sieben Zentimeter gehoben. Das war eine gewaltige und rasche Veränderung. Die graphische Darstellung dieser Verformung auf dem Computer war hervorragend. Sie zeigte eine kuppelförmige Hebung, die eindringlich große horizontale Bewegungen tief unter der Oberfläche und einen Aufbau tektonischer Spannungsenergie andeutete.

Elizabeth wechselte zu einer Datei mit der Bezeichnung: Erdbebenschätzungsdaten.

Für den Rest der Nacht brütete sie über Prables Computeranalyse eines Erdbebenrisikos entlang der New-Madrid-Störung. Sie war beeindruckt von seinem methodischen Umgang mit den Fakten. Es war eine erstaunliche Zusammenstellung von Daten, scheinbar unvereinbar, aber alle auf ein einziges seismisches Ereignis konzentriert.

Er hatte sogar eine statistische Analyse der Wahrscheinlichkeit eines größeren Bebens an der New-Madrid-Störung erstellt. Es waren entscheidende Informationen, denn ohne eine Wahrscheinlichkeitsschätzung – ein Hinweis, wie die Chancen für den Ausbruch eines Bebens standen – war eine Vorhersage sinnlos. Elizabeth bezweifelte, daß eine solche Einschätzung auch nur entfernt möglich war, wenn er sie auf Daten stützte, von denen sie die meisten für ernstlich fehlerhaft hielt. Mit Ausnahme der Hebung entlang der New-Madrid-Störung schienen die zusammengestellten Daten, wenn überhaupt, wenig mit Seismologie zu tun zu haben. Sie ertappte sich dabei, daß sie seine Schlußfolgerungen und einen großen Teil seiner Daten immer wieder in Frage stellte.

Elizabeth saß vor dem Monitor, kämpfte gegen beginnende Kopfschmerzen an und fragte sich, ob die unheilbare Krankheit Prable unvernünftig oder sogar leicht verrückt gemacht haben könnte. Seine Erdbebendaten hatten in ihren Augen wenig oder keine Gültigkeit. Es war beinahe Pseudowissenschaft.

Die eine Ausnahme, die Tatsache, die sie beunruhigte, war der Grad der Verformung, die er nördlich von Memphis gefunden hatte. Das hatte sie nicht gewußt. Sie war ziemlich groß. Sicher wurde sie von Seismologen an der Universität Memphis beobachtet. Es gab dort mehrere gute. Einen von ihnen hatte sie kennengelernt, den Leiter des Erdbebenzentrums der Universität. Er galt als führende Autorität des Landes, was die New-Madrid-Störung betraf. Sie kam nicht darauf, wo sie sich begegnet waren. Vermutlich irgendeine Konferenz. Sie würde versuchen, seinen Namen herauszubekommen und ihn am Morgen anrufen oder ihm eine e-Mail zu schicken.

Jetzt war es aussichtslos, ihn zu finden. Sie war zu lange auf den Beinen, ohne etwas zu essen, und allmählich verschwamm ihr alles vor den Augen.

Langsam begriff Elizabeth Prables letzte Bemerkungen auf dem Video – seine Entschuldigung für das, was er ihr zugemutet hatte. Nun hatte sie einen schönen Schlamassel am Hals – und eine beunruhigende Erinnerung. Sie sah immer noch den angstvollen Ausdruck auf Prables Gesicht, als er beschrieb, was an der New-Madrid-Störung passieren konnte. Seine Angst war echt.

Elizabeth kopierte seine Daten auf eine Diskette. Sie war nun seit zwanzig Stunden auf. Ihr ganzer Körper sehnte sich nach Schlaf. Wenn sie wieder klarer denken konnte, dann könnte sie vielleicht manches davon verstehen. Sie hoffte es.

Bei Mayfield, Kentucky
10. Januar
5 Uhr

Der Wecker neben seinem Bett schnarrte ihn wach. Er roch den Duft von starkem Kaffee. Binnen fünf Minuten war Atkins bei Ben Harvey in der Küche. Sie fuhren zu den Bergen, wo sie in der vergangenen Nacht die merkwürdigen Lichterscheinungen gesehen hatten. Sie kamen dort an, als gerade die Sonne aufging. Eine dünne Eisschicht überzog den Boden und die Bäume.

Atkins wollte sich absolute Sicherheit verschaffen, daß dort keine Überlandleitungen oder Erdkabel verlegt waren. Sie stapften auf und ab über die steilen gefrorenen Hänge, wobei ihre Stiefel durch den Harsch knirschten. Atkins sah sich nach Spuren von Spalten oder Gräben um, Stellen, wo die Erde nachgegeben und Senken gebildet hatte. Er entdeckte nichts Ungewöhnliches in der Topographie.

Harvey drängte ihn zu frühstücken und abzuwarten, bis die Sonne das Eis geschmolzen hätte. Er hatte im Radio gehört, daß die Straßenverhältnisse tückisch waren. Aber um sechs Uhr machte sich Atkins, nachdem er Harvey und seiner Frau für ihre Gastfreundschaft gedankt hatte, in seinem Mietwagen auf den Rückweg nach Memphis. Er blieb immer unter dreißig Kilometer die Stunde auf der vereisten Asphaltstraße.

Es war anstrengend, sich auf die Straße und das Fahren zu konzentrieren. Atkins mußte ständig an die Lichter und eine mögliche Erklärung denken. Wenn es kein Kurzschluß in einer Stromleitung war, wie wäre es mit Sumpfgas? Vermutlich war das etwas weit hergeholt, aber entweichendes Gas strahlte manchmal ein schimmerndes Glühen aus, das nachts entdeckt werden könnte. Der Haken war, daß er draußen im Freien nichts gerochen hatte. Er fragte sich, ob irgendeine seltsame elektromagnetische Entladung eine andere Möglichkeit sein könnte.

Er hatte keine guten Antworten. Nicht auf die Lichter. Nicht auf die Ratten, die draußen auf dem Feld über seinen Allradwagen geschwärmt waren, oder auf all die toten Frösche und Schlangen am Kentucky Lake.

Bevor er nach Memphis losfuhr, hatte er eine Nachricht für Walt Jacobs hinterlassen, um ihn über die Lichterscheinungen zu informieren und ihn zu bitten, sämtliche seismischen Daten zur New-Madrid-Störung zusammenzutragen. Sobald er in den USGS-Büros an der Universität Memphis wäre, würde er veranlassen, daß man jemanden mit einer Kamera auf Harveys Farm schicken würde. Vielleicht würde er sich sogar selbst noch einmal dort umsehen. Falls ja, würde er auf jeden Fall einen guten Satz topographische Karten mitnehmen, um die Bodenhebungen zu prüfen.

Nach einer halben Stunde angestrengten Fahrens kam Atkins an dem Wegweiser zum Reelfoot Lake vorbei. Er fuhr genau durch das Zentrum der Störungszone von New Madrid.

Es war ein ständiger Kampf, den Jimmy auf der Straße zu halten. Selbst beim leisesten Antippen der Bremsen rutschte das Heck seitlich weg. Er schlich weiter bis zur Kreuzung mit einer Landstraße und hielt an. Ein Streifenwagen der Highway-Polizei Tennessee mit eingeschaltetem Blaulicht blokkierte die Straße.

Der Polizist kurbelte das Fenster hinunter und winkte Atkins.

»Die Straße ist weiter vorn dicht«, sagte er. »Vereiste Brücke. Hatten dort einen bösen Unfall vor ein paar Stunden. Einen Toten.«

Atkins erklärte, daß er beim U. S. Geological Survey sei und dringend nach Memphis müsse.

»Es ist wichtig«, sagte er. »Auf eigene Gefahr.«

»Tut mir leid, geht nicht.« Der Polizist blieb höflich, aber bestimmt.

Auf der anderen Straßenseite gab es einen Fernfahrerrastplatz mit Schnellrestaurant, ein weißes Fertighaus mit roter Markise über der Tür und drei Benzinzapfsäulen. Ein paar Autos und Kleinlaster parkten auf dem Kiesplatz.

»Gehen Sie doch was essen«, schlug der Polizist vor. »Irma macht ein prima Frühstück. So in einer Stunde dürften wir die Straße frei haben.«

Atkins nickte und bog zum Parkplatz ein. Vor wenigen Jahren hätte er sich mit dem Polizisten gestritten. Sein Temperament war ein Hauptproblem für Marci gewesen, seine letzte feste Freundin. Zwei Jahre lang, mit Unterbrechungen, hatte die Beziehung gedauert. Eine lange Zeit, die längste, seit er Sara verloren hatte. Beinahe hätte er sich in Marci verliebt. Vielleicht hatte er es sogar und merkte es nicht, bis es zu spät war. Sie war Anwältin. Zierlich, langes braunes Haar, eine schöne Frau. Sie hatten sich auf den Tennisplätzen des YMCA in Reston kennengelernt. Schließlich hatte sie ihn sitzengelassen, und er machte ihr keine Vorwürfe. Sie hatte seine Wutanfälle und deprimierten Stimmungen satt gehabt, aber vor allem hatte sie genug davon, daß er nie da war. Nach einem Erdbeben war er nach Ankorah gegangen. Als er nach drei Wochen in ihre gemeinsame Wohnung zurückkam, war sie fort. Sie hatte nur ihre Kleider mitgenommen.

»Ich empfehle die Apfeltorte«, rief der Polizist ihm nach.

Atkins lächelte verkniffen und winkte. Als er ausstieg, blickte er über die Straße. Zurückgesetzt von der Kreuzung stand eine alte Kirche in verblaßtem Weiß und mit hohem elegantem Turm. Ein kleines Haus, ebenfalls mit weißen Schindeln, stand daneben. Das Pfarrhaus. Ein Friedhof umgab die Kirche, ein eingezäunter Hof mit Hunderten von grauen verwitterten Grabsteinen, die sich in komischen Winkeln neigten.

Atkins hörte einen Hund bellen. Das Tier, ein schwarzer Labrador, stand auf der Veranda und heulte mit erhobenem Kopf. Vor Atkins' Augen begann der große Hund an seiner Kette zu zerren. Mit aller Kraft versuchte er, sich loszureißen, und ruckte und zerrte so stark, daß er umfiel. Der Hund stand auf und machte wieder einen Satz, aber die Kette hielt ihn zurück. So ein durch Mark und Bein gehendes Bellen hatte Atkins noch nie gehört. Das Tier schien sich in panischer Angst befreien zu wollen.

Die Haustür ging auf. Ein älterer Mann in blauem Pullover trat mit einer Zeitung in der Hand auf die Veranda, um nach dem Rechten zu sehen. Der Hund kam sofort gelaufen und sprang ihn an, so daß der Mann hinfiel. Er stürzte schwer, während der Hund versuchte, die Kette zu zerreißen.

Atkins eilte zu Hilfe. Auch der Polizist kam gerannt. Eine Frau öffnete die Tür und mußte sie zuschlagen, weil der Hund sie angriff. Der alte Mann schaffte es, auf die Knie zu kommen, die Kette zu packen und den Hund zu sich zu ziehen. Er löste die Kette vom Halsband, und der Hund war wie der Blitz von der Veranda. Er benahm sich wie wahnsinnig, verrückt. Anders ließ es sich nicht beschreiben.

Verblüfft sah Atkins dem Tier nach, das über das freie Feld hinter der Kirche raste, als der Boden zu beben begann. Ein leichter Stoß, dem rasch ein stärkerer folgte. Instinktiv begann Atkins zu zählen. Eins. Zwei. Drei. Vier Sekunden, bevor die Scherungswellen ankamen. Das Epizentrum des Bebens mußte in der Nähe sein. Es war ein ordentliches Beben, eines der stärksten, das er seit Jahren spürte.

Der Boden schwankte über zehn Sekunden lang. Mindestens Stärke sieben, vielleicht mehr, schätzte er.

Atkins blickte über das Feld hinter der Kirche hinaus und traute seinen Augen nicht. Der Boden bewegte sich in einer Welle von links nach rechts. Er kam in seiner Richtung. Wie versteinert sah er ihn auf sich zurollen – Boden, Bäume, Kirche, Pfarrhaus, alles hob und senkte sich auf ihrem Kamm, als sie vorbeirollte. Die Welle riß ihm die Füße weg. Im einen Moment war er auf festem Grund, im nächsten in der Luft.

Der Polizist war auf die Knie gefallen. Er zeigte über die Straße auf die Kirche.

»Da geht der Kirchturm!« rief er.

Der Kirchturm kippte, das vergoldete Kreuz zuerst, dann brach er an der Stelle ab, wo er mit dem Dach verbunden war. Atkins sah ihn fallen. Dann begann sich der Boden wieder zu heben. Er hörte ein tiefes Grollen, weit weg, anschwellend. Dann brachen Geysire aus Sand und Wasser aus der Erde. Dutzende von Löchern, die den Dreck sechs Meter hoch in die Luft spien.

Atkins wußte sofort, was da passierte. Verflüssigung. Der Boden hatte sich plötzlich verflüssigt oder war zu Treibsand geworden. Er hatte es noch nie tatsächlich gesehen, aber das hier war ein Paradebeispiel, das direkt vor seinen Augen stattfand. Eine fantastische Vorführung. Die Gewalt des Erdbebens hatte eine Mischung aus übelriechendem Wasser, Sand, Braunkohle und anderen Schutt tief aus dem Erdboden emporgeschleudert. Vor seinen erstaunten Augen rissen vier oder fünf getrennte Geysire den Friedhof auf. Feuchte Erdklumpen, Holzstücke und Torf wurden in die Luft geschleudert. Särge wurden an die Oberfläche gestoßen. Manche lagen ganz frei, bei anderen waren nur die Deckel oder Seiten zu sehen, oder ein zertrümmertes Ende ragte aus dem Boden. Einige Deckel waren aufgesprungen. Leichen waren herausgefallen. Skelette. Es war entsetzlich.

Der Polizist rief: »Hören Sie das?«

Der Boden öffnete sich mit einem reißenden Geräusch und schlug genauso schnell wieder zu. Es krachte und ächzte, wie wenn eine Eisfläche aufbricht. Der mahlende Lärm war laut, entnervend. Die Spalte war vielleicht einen guten Meter breit und mehrere Meter lang.

Dann kam ein weiteres kräftiges Beben, weniger stark als das erste. Dieses ließ die handbemalten Tafelglasfenster des Lokals zerspringen. Gäste rannten heraus.

Atkins lief hinüber, um dem alten Mann zu helfen, der noch auf der Veranda des Pfarrhauses lag. Das Haus war von seinem Steinfundament gestoßen worden und hing schief zur Seite. Der tiefe Bruch hatte einen gezackten Riß im Boden hinterlassen, der im rechten Winkel die Straße querte und als breiter Spalt die Fahrbahn trennte. Sie war um mehr als einen halben Meter versetzt.

Atkins packte den Mann unter dem einen Arm, während der Polizist den anderen nahm. Die Frau des Alten war herausgekommen, um zu helfen. Beide waren benommen vor Angst. Die Frau sagte, er sei ein baptistischer Pfarrer. Beide starrten fortwährend auf den Friedhof, mit verschleiertem Blick, verständnislos. Der Boden war mit zerbrochenen Särgen, trüben Wasserpfützen und Knochen bedeckt.

Atkins mußte es fast eine Stunde lang probieren, bis er endlich zu Walt Jacobs' Büro an der Universität Memphis durchkam. Er rief vom Lokal aus an.

Jacobs, der am Vorabend nach Memphis zurückgekehrt war, gab ihm die Neuigkeiten durch. Das Erdbeben hatte die Stärke sieben Komma eins, das größte Beben an der New-Madrid-Störung seit hundertvier Jahren. Das Epizentrum lag etwa fünfzig Kilometer nordöstlich vom Reelfoot Lake, aber die seismische Energie hatte direkt nach Süden ausgestrahlt. Memphis hatte einen kräftigen Treffer abbekommen.

»Wir haben Schäden hier«, sagte Jacobs, indem er sich bemühte, seine Stimme zu kontrollieren. »Die Berichte kommen erst allmählich herein. Hört sich ganz ähnlich wie Northridge an. Wir werden einige Opfer haben.«

Kentucky Lake
10. Januar
6:22 Uhr

Für Lauren Mitchell begannen die meisten Morgen zeitig, lange vor sechs Uhr, und dieser war keine Ausnahme. Trotz des Eissturms der vergangenen Nacht wanderten Barsche im Hauptkanal, und es gab einige unverwüstliche Fischer, die sich in isolierte Schneemobilanzüge hüllten und mit den Booten hinausfuhren. Es mochte noch so kalt oder naß sein. Irgend jemand war immer draußen auf dem Wasser.

Lauren machte sich fertig, um nach den winzigen Fischen im Elritzenbecken zu sehen, als der erste jähe Stoß sie zu Boden warf. Es riß ihr einfach die Füße weg, und sie fiel hart hin, weil sie die Hände nicht mehr rechtzeitig hochbekam, um den Fall abzubremsen.

Auf einen weiteren starken Stoß folgten unmittelbar noch zwei, einer stärker als der andere. Der Pier schlingerte auf und ab, zerrte an den Vertäuungskabeln, bis sie quietschten und vibrierten. Angelruten, Rollen und anderes Gerät fielen krachend von den Haken und Regalen. Lauren wartete, bis die wilde Schaukelbewegung sich legte, bevor sie hinaus auf das Deck ging.

Binnen Sekunden hatte der See sich dramatisch verändert. Die Wellen hatten weiße Schaumkronen. Lauren erkannte den kochenden See kaum wieder. Nie hatte sie Wasser so rauh gesehen, nicht einmal vor kurzem bei dem starken Wellengang. Es kochte dort draußen.

Lauren mußte sich fest ans Geländer klammern, als der Pier wieder zu schaukeln begann. Wasser spülte über die Laufplanken. Einen Augenblick lang fragte sie sich, ob der Bootshafen auseinanderreißen oder einstürzen würde. Da erst wurde ihr klar, was los war: Das war ein Erdbeben. Und wie es sich anfühlte, ein verdammt starkes.

Zum Glück, dachte sie, war ihr Enkel Bobby schon zur Schule in Mayfield aufgebrochen. Der Junge trieb sich so gern bei jedem Wetter draußen auf dem Pier herum. Wenn er auf einem der schmalen Stege zwischen den Bootschlippen gewesen wäre, hätte er leicht ins Wasser fallen können.

Für diesen Geologen wäre es hier jetzt interessant gewesen. Vielleicht würde sie ihn, wenn es vorbei war, in Memphis anrufen. Falls sie noch nach Gründen suchten, warum alle diese Tiere übergeschnappt waren, hatten sie ihre Antwort. Sie erinnerte sich an die Frösche und Schlangen. Irgendwie hatten sie gewußt, was kam, hatten es gespürt.

Sie wünschte plötzlich, ihr Mann Bob würde noch leben. Vielleicht hätte er sich auf alles einen Reim machen können.

O Gott, wie sie den Mann vermißte. Sie hatte seinen Tod nie verwunden.

Lauren hatte den Bootshafen vor fast zwanzig Jahren mit dem Geld gekauft, das sie von der Versicherung bekommen hatte, nachdem ihr Mann und vierzehn andere Männer bei einem Grubenunglück umgekommen waren. Sie arbeiteten im Golden Orient, der tiefsten und gefährlichsten Zeche in Kentucky. Ein Einsturz auf Sohle fünfzehn hatte Bob und die anderen unter der Erde eingeschlossen. Erst nach sechs Wochen konnten die Leichen geborgen werden. Man fand alle in einem sechs Meter langen Stollenabschnitt. Vermutlich war die Luft nach etwa einer Stunde ausgegangen. Alle, auch ihr Mann, waren erstickt, aber nicht bevor viele von ihnen Nachrichten an ihre Frauen und Angehörigen auf Papierfetzen gekritzelt und in die Taschen gesteckt hatten. Sie hatte Bobs Nachricht gerahmt auf ihrem Küchenschrank stehen. Es waren nur sieben Worte: Ich liebe dich. Möge Gott dich schützen.

Ein Jahr nach seinem Tod hatte Lauren den Pier und den Bootshafen gekauft. Sie und ihr Enkel lebten auf einer 80-Hektar-Farm ungefähr drei Kilometer vom See entfernt. Sie hatten einen Stall und drei Pferde. Es war ein gutes Leben. Der Pier brachte ein wenig Geld ein. Lauren konnte nicht klagen. Ihre Eltern waren vor kurzem nach Paducah gezogen. Sie lebte auf deren Farm. Ihr Vater hatte beschlossen, in die Stadt zu ziehen, als es zu schwer wurde, auf einen Traktor zu steigen. Ihre Mutter hatte ganz und gar nichts dagegen gehabt. Sie hatte sofort zugegriffen, als sie Gelegenheit bekam, vom Land wegzuziehen.

Der Pier schaukelte immer noch im rauhen Wasser auf und ab. Lauren holte ein Fernglas und richtete es auf den großen Damm, der zwei Meilen weit weg aufragte. Er zog sich fast eineinhalb Meilen lang über das Nordende des Sees. Eine zweispurige Asphaltstraße, die Kentucky Route 621, lief über die ganze Länge der Dammkrone.

Lauren konnte nicht glauben, was sie sah. Mächtige Wellen schlugen über den Rand des Damms hoch. Es sah aus, als würde das Wasser über die Landstraße spülen. So etwas hatte sie noch nie gesehen.

Santa Monica
10. Januar
8:49 Uhr

Elizabeth Holleran war viel später als sonst aufgestanden. Sie schlüpfte in khakifarbene Jeans und ein Flanellhemd und ging in die Küche, um eine Kanne Kaffee zu kochen. Normalerweise trank sie koffeinfreien, aber nicht an diesem Morgen. Sie war kurz nach drei ins Bett gekrochen, dann zweimal aufgestanden, weil sie nicht einschlafen konnte, so aufgewühlt war sie von Otto Prables Video und den Daten, die sie in seinem Büro gesehen hatte.

Elizabeth hatte gelernt, äußert skeptisch gegenüber jeder angeblichen Erdbebenvorhersage zu sein. Es war ein tief eingewurzelter, fast instinktiver Verteidigungsmechanismus. Es gab zu viele wohlmeinende Nichtskönner. Zu viele Hellseher. Zu viele Scharlatane mit wildem Blick, die plötzlich auftauchten und ein großes Beben voraussagten. Sie war ganz natürlich zu ihrer Skepsis gekommen. Ihr Vater war Biologe im Ruhestand, der fast dreißig Jahre an der Northwestern gelehrt hatte. Was sie von der Strenge der wissenschaftlichen Methode und Selbstdisziplin wußte, verdankte sie ihm. Er hatte ihr beigebracht, sich allein auf die eigenen Beobachtungen und nachprüfbaren Fakten zu verlassen, alles andere war unwichtig.

Elizabeth wollte Prables Daten noch einmal durchgehen und sie mit aller kritischen Skepsis, die sie aufbringen konnte, sorgfältig nachprüfen. Sie wollte ihr Bestes tun, um die Schwachstellen zu finden, die alles schnell widerlegen würden. Es mußte einen Rechenfehler oder eine falsche Voraussetzung seinerseits geben, aber es könnte sie Tage schwerer Arbeit kosten dahinterzukommen, und soviel Zeit hatte sie nicht.

Sie mußte Jim Dietz anrufen. Sie hatte es schon gestern tun wollen, dann aber völlig vergessen, als sie einmal angefangen hatte, Prables Daten durchzusehen. Eigentlich hatten sie geplant, noch zwei oder drei Tage, je nach Wetter, an dem Graben bei Point Arguello zu arbeiten.

Elizabeth schaltete das Radio ein und holte sich etwas zum Frühstück. Inzwischen war es acht Uhr vorbei. Zeit für die Nachrichten. Sie schnappte etwas über ein starkes Erdbeben nahe Memphis mit Schäden und Verletzten auf. Elizabeth fiel die Schüssel aus der Hand, als sie hastig lauter stellen wollte. Milch und Cornflakes verspritzten auf dem gefliesten Boden.

Das Beben hatte vor zwei Stunden stattgefunden. Es hatte die Stärke sieben Komma eins auf der Richter-Skala.

Das war ziemlich viel und genau in der New-Madrid-Zone.

Genau dort, wo Otto Prable den Ausbruch eines größeren Erdbebens als wahrscheinlich vorausgesagt hatte.

Wie betäubt lief Elizabeth in ihr Schlafzimmer, wo ihr Laptop stand. In Sekunden hatte sie sich im Internet das Nationale Erdbebeninformationszentrum des U. S. Geological Survey geholt. An seinem Sitz in Boulder brachte das Zentrum seismische Ereignisse auf der ganzen Erde ständig auf den neuesten Stand.

.NEIC: Near-Real-Time Earthquake Bulletin http://wwwneic.cr.usgs.gov/neis/bulletin/bulletin.html

USGS

National Earthquake Information Center
Geologic Hazards

Products & Services Current Earthquakes Earthquake Information Earthquake Search Earthquake Links Station Book

Das folgende Echtzeit-Erdbebenbulletin wird geliefert vom Nationalen Erdbeben-Informationsdienst (NEIS) der Landvermessung der Vereinigten Staaten (USGS) als Teil eines Gemeinschaftsprojekts des Rates des Nationalen Seismischen Systems. Stand: 10. Januar 06:35:14 MST. Alle Zeitangaben in Ortszeit.

DATE	TIME	LAT	LON	DEP	MAG	Q	COMMENTS
mm/dd	hh:mm:ss	deg.	deg	km			
01/10	06:22:13	37.46N	88.50W	33.0	7.1Mb	A	New Madrid Seismic Zone
01/09	23:02:15	54.36N	164.05W	22.0	5.9	C	Unimak Island Region
01/09	06:11:50	22.17S	170.51E	16.0	6.2Ms	B	Loyaltry Island Region
01/09	10:09:52	37.66N	118.87W	5.0	3.1	A	California-Nevada Border

Es gab bereits mehrere Einträge für das Beben von New Madrid. Das Epizentrum lag knapp zweihundert Kilometer nördlich von Memphis im äußersten Südwesten Kentuckys. Das Erdbeben war um 2:22 Uhr Weltzeit ausgebrochen. In Memphis waren einige Gebäude eingestürzt, und es gab erste Meldungen von Todesopfern.

Nervös tippte Elizabeth die Homepage für das Erdbebenforschungszentrum des USGS an der Universität Memphis ein. Dort liefen alle Daten für die New-Madrid-Zone zusammen. Sie sah aufmerksam zu, wie ein Profil des seismischen Musters des Bebens langsam über den Bildschirm rollte. Es war eindrucksvoll.

Die Ost-West-Bodenbewegung war außergewöhnlich heftig. Die p- und s-Wellen sahen wie gezackte Berggipfel aus, zwischen die steile Täler eingestreut waren. P stand für ›Primär‹-Welle. Sie kam zuerst an. Die ›Sekundär‹- oder s-Welle pflanzte sich langsamer fort, traf aber härter. Beide waren Raumwellen, die ihren Ursprung in der Gesteinsmasse hatten. Die Amplitude – durch die Höhe der Welle dargestellt – war scharf ausgeprägt. Die Erschütterung hatte vierzig Sekunden gedauert. Das war für ein Beben ziemlich lang.

Elizabeth tippte ein paar Computertasten und erhielt ein Modell der p- und s-Wellen.

Die s-Wellen hatten fast fünfzehn Sekunden angehalten. Ihre elastischen Schwingungen scherten das Gestein quer zur Fortpflanzungsrichtung und schüttelten die Erde auf und ab und von einer Seite zur andern. Die Oberflächenwellen, die Love- und Rayleigh-Wellen, hatten ebenfalls lang angehalten.

Das Beben war achthundert Kilometer weit weg in Chicago gespürt worden, wo die Wolkenkratzer am Michigan Boulevard leicht geschwankt hatten. Die Gebäude waren nicht beschädigt worden, aber die Schwingungen hatten eine volle Minute angehalten. Geringe Schäden – vor allem eingestürzte Schornsteine und gebrochene Gasleitungen – wurden aus St. Louis etwa zweihundertsiebzig Kilometer weit weg gemeldet. Ähnliche Meldungen kamen aus Little Rock und Louisville. Das Beben war in Pittsburgh und Charleston, South Carolina, gespürt worden.

Solche Entfernungen erschienen einer in Kalifornien ausgebildeten Seismologin wie Elizabeth fast unglaubwürdig.

Das Radio brachte eine aktuelle Meldung über Personenschäden in Memphis. Elf Personen waren tot, in ihren Autos erdrückt, als ein Teil einer Autobahnüberführung herabgestürzt war. Die Notaufnahmen der Krankenhäuser waren überlastet, und man rechnete mit einer Zunahme der Todesopfer. Eine alte Flußstadt wie Memphis besaß noch viele unarmierte Backsteinhäuser. Einige von ihnen waren wie Kartenhäuser zusammengefallen, als die ersten starken Wellen getroffen hatten.

Elizabeth atmete mehrmals tief durch, um ihren jagenden Puls zu beruhigen. Sie merkte, daß ihre Hände zitterten, als sie das Telefon abnahm, um Jim Dietz anzurufen.

Elizabeth drückte die Kurzwahltaste für die Grabungsstätte in Point Arguello. Dietz nahm den Hörer ab. Er arbeitete schon seit einer Stunde und war zum Wohnwagen zurückgegangen, um seinen Wasserkrug nachzufüllen.

»Hast du von dem Beben in New Madrid gehört?« fragte sie.

»Ich habe mich gerade über Internet in Boulder informiert«, sagte er. »Ganz schön stark.«

»Jim, ich schaffe es heute nicht rauszufahren.«

»Du hast endlich die Verabredung deines Lebens, richtig?« Dietz war charmant wie immer.

»Ich fliege nach Memphis.«

Dietz verschlug es die Sprache. Sie begann, ihm von Otto Prable zu berichten.

Memphis
10. Januar
13:15 Uhr

Dicke Rauchsäulen rahmten die hohen Gebäude in der Stadtmitte ein, Midland Bank Tower und Regis Tower, aber auch die zwei Brücken über den Mississippi. Es gab mehr Rauch, als Atkins erwartet hatte. Mehr Brände. Er glaubte, daß die meisten vermutlich ausgebrochen waren, weil das Erdbeben Gasleitungen zerstört hatte. Auf der Route 61 nach Memphis kommend, hatte er einen ersten guten Blick auf die Skyline der Stadt gehabt.

Er nahm die Interstate 40, die von West Memphis her in die Stadt führte, sechs Spuren stockenden Verkehrs in beiden Richtungen. Die Pyramide, die unverwechselbare Konzerthalle der Stadt am Fluß, lag direkt hinter ihm. Ein paar Straßen weit von der Interstate entfernt stand ein fünfstöckiges Lagerhaus in hellen Flammen. Die tanzenden Flammen boten ein fantastisches Schauspiel.

Atkins hatte einen ausgezeichneten Aussichtspunkt. Von der Hochstraße konnte er die Thomas Street hinunterblicken. Feuerwehrautos – Löschwagen, Drehleiter und andere schwere Ausrüstung – standen um das Gebäude herum. Es sah stabil aus, mit dicken Mauern, alt. Während Atkins vom Auto aus zuschaute, machte er sich Sorgen, daß die Feuerwehrmänner viel zu nahe waren. Man konnte nicht wissen, wie sehr die Mauern geschwächt waren oder was bei einem kräftigen Nachbeben geschehen würde.

Atkins kurbelte ein Fenster herunter. Das Heulen der Sirenen schien aus einem Dutzend Richtungen gleichzeitig zu kommen. Die Feuerwehr von Memphis war vermutlich ziemlich überfordert. Häufig bildete Feuer die tödliche Gefahr bei einem Erdbeben. Viele Menschen machten sich das nicht klar. Selbst diejenigen, die es besser wissen sollten, Bauingenieure zum Beispiel, die immer wieder vergaßen, nach einem Beben Gas und Strom abzuschalten.

Während er den Sirenen lauschte – der Klang schien sich um die ganze Stadt zu legen –, überlegte Atkins, wie viele Personen von herabfallendem Mauerwerk oder Glas getroffen worden waren. Bei einem Erdbeben auf die Straße zu stürzen war ein weiterer verbreiteter, oft verhängnisvoller Fehler. Eine natürliche Reaktion, Atkins hatte es selbst getan. Aber in der Nähe von Hochhäusern konnte es tödlich sein.

Von den neuen Wolkenkratzern der Stadt war keiner eingestürzt, aber die Bodenwellen hatten sie wie Bäume im Wind ins Schwanken gebracht. Oft waren die Fenster gesprungen und hatten Glas auf die Straßen regnen lassen.

Aus dem Radio hörte Atkins, daß der schlimmste Schaden sich auf ein Gebiet südlich der Beale Street konzentrierte, das berühmte Blues-Mekka, wo viele Wohnhäuser und niedrige Gebäude sich auf ihren Fundamenten verschoben hatten. Dort waren einige der größten Brände ausgebrochen.

Der Schaden in der Stadt war unterschiedlich. Sogar Walt Jacobs' Büro an der Universität Memphis hatte etwas abbekommen. Das Zentrum für Erdbebenstudien befand sich in einem zweistöckigen umgebauten Wohnhaus am Rand des Campus. Der Schornstein und ein Teil des Dachgesimses waren durch das Dach in eine Toilette heruntergekracht. Ein Doktorand, der zeitig gekommen war, um im anstoßenden Raum Berechnungen durch den Computer laufen zu lassen, hatte gerade noch mal Glück gehabt.

Atkins hatte eine grobe Beschreibung von Jacobs bekommen. Während der Fahrt sprach er mit ihm über Handy. Er war unterwegs, um ihn bei einem eingestürzten Gebäude zu treffen. Einige Maurer hatten gerade an den Wänden eines Shopping-Centers gearbeitet. Zwei vierzig Meter hohe Abschnitte aus massiven Mauersteinen waren bei dem Beben eingestürzt und hatten die Männer, die auf Gerüsten arbeiteten, unter sich begraben. Eine Rettungsmannschaft versuchte verzweifelt, mögliche Überlebende auszugraben.

Alles in allem ein ziemlich schlimmes Beben, aber bei weitem nicht das ganz große. Man mußte ein Beben der Stärke sieben Komma fünf oder mehr erleben, um die möglichen Auswirkungen einschätzen zu können. Eins durchmachen, einen guten Freund verlieren. Oder vielleicht die Frau, die man heiraten möchte. So stufte Atkins Erdbeben ein. Es war seine persönliche Skala. Memphis war durchgerüttelt worden, aber seine sieben Komma eins waren keine richtige Katastrophe gewesen. Nicht wie Luzon 1990 oder Kobe oder Mexico City.

Dennoch hatte es ihn beeindruckt. Der Anblick, daß der Boden wie eine Meereswelle rollte, haftete im Gedächtnis. Er hatte nie etwas Vergleichbares so direkt gesehen.

Zwei andere geistige Bilder wollten nicht verblassen: der Spalt, der sich weit aufgetan hatte und dann zugeschlagen war, – und die Särge.

Es war eine ganze Weile nicht mehr vorgekommen, aber als Atkins von der Interstate abbog und auf dem Martin Luther King Boulevard nach Süden fuhr, kamen die alten Erinnerungen wieder. Er erinnerte sich an den Abend, bevor der riesige Tsunami über den Strand von San Marcos gerollt war, bevor sie nach Mexico City geflogen waren. Er vermochte die Bilder nicht fernzuhalten oder sie auch nur zu dämpfen: wie sie sich auf dem schmalen Bett in ihrem Hotelzimmer geliebt hatten. Das Fenster stand offen, und sie konnten die Brandung auf den Strand rollen hören.

Damals hatte Atkins gefühlt, daß Sara ihn ganz wollte, und zum erstenmal in seinem Leben war er bereit, sich jemandem völlig hinzugeben. In jener Nacht hatte er beschlossen, sein Leben mit ihr zu teilen. Er wollte nichts für sich behalten. Sie hatte begriffen und mit ihrem Körper reagiert, wie sie es nie zuvor getan hatte.

Während der langsamen Fahrt im stockenden Verkehr erlebte Atkins einen Augenblick heftigen Schmerzes. Er wußte, was geschehen war. Es war ihm schon einmal widerfahren. Wenn er den Schaden nach einem schweren Beben sah, die zerstörten Gebäude und die Leichensäcke, überfielen ihn oft wieder die Bilder aus Mexico City. Die Erinnerung an ihre letzte gemeinsame Nacht in jenem dem Untergang geweihten Hotel traf ihn noch schlimmer. Er war nie darüber hinweggekommen.

Er bezwang das Bild, schob es weg. Dafür war jetzt keine Zeit. Aber er hatte Tränen in den Augen.

Als Atkins weiter nach Süden kam, fand er viele Kreuzungen von Streifenwagen, Feuerwehrautos und ganzen Gruppen von Ambulanzen blockiert. Er fuhr weiter zum Haupteingang von Graceland. Die Villa von Elvis Presley mit ihren weißen Säulen lag, teilweise von Bäumen verdeckt, auf einem flachen Hügel. Zwei seiner Privatflugzeuge, ein Jet und eine Turboprop, waren auf einem kleinen Platz auf der anderen Straßenseite abgestellt. Trotz des Erdbebens hatte sich schon eine Schlange von Besuchern gebildet, die warteten, daß die Sehenswürdigkeit öffnete, vor allem ältere Frauen mit gefrorenem Silberhaar, die aus einem Reisebus gestiegen waren. Sie wollten sich nicht von einem Erdbeben abhalten lassen, dem König zu huldigen.

Das eingestürzte Shopping-Center lag nahe der Kreuzung von Presley Boulevard und Raines Avenue. Atkins parkte einige Straßen weiter weg. Die Polizei hatte gelbes Absperrband um den Rand des Gebäudes gespannt. Rote und blaue Lichter blitzten durch Straßen, die von Rettungsfahrzeugen verstopft waren.

Bergungsarbeiter gruben hektisch an den Rändern der Mauer, suchten nach Überlebenden, stocherten mit Stöcken im Schutt oder versuchten es mit den Händen. Einige kräftige Polizisten suchten mit Hunden.

Ein Blick genügte Atkins, um festzustellen, daß sie wahrscheinlich ihre Zeit verschwendeten. Die ganze Westwand, etwa vierzig Meter Backsteinmauer, war auf die Arbeiter gestürzt.

Atkins entdeckte Jacobs in der Menge. Er stand vorgebeugt da und drückte ein Handy fest an das rechte Ohr. Er trug einen zerkratzten gelben Schutzhelm, einen verdreckten Mantel und hohe Gummistiefel. An einer Kette um seinen Hals hing ein Ausweisschild.

Jacobs winkte ihn zu sich. »Noch ein Reporter«, sagte er, während er das Handy in die Manteltasche steckte. »So geht das pausenlos, seit ich aufgestanden bin. Ich habe schon in Reston angerufen und gebeten, uns ein paar Presseleute zu schicken. Wir werden alle Hilfe brauchen, die wir kriegen können.«

»Wie viele Tote?« fragte Atkins.

»Bis jetzt sechsundzwanzig. Hier könnten sieben oder acht weitere begraben sein. Anscheinend weiß keiner genau, wie viele auf dem Gerüst waren, als die Mauer einstürzte.«

Atkins wollte etwas über Nachbeben wissen, die oft tödlicher waren als das erste Erdbeben, weil sie bereits angeschlagene Gebäude überraschend schnell zum Einsturz brachten. Er hatte es oft genug gesehen. Zum erstenmal in Mexico City.

Jacob schüttelte den Kopf. »Ich habe fünf Leute losgeschickt, die ein PADS-Netz einrichten. Bis jetzt haben wir nichts von Bedeutung.«

Die Abkürzung PADS bezeichnete tragbare unabhängige digitale Seismographen. Die koffergroßen Geräte wurden benutzt, um Nachbeben zu registrieren und starke Bodenbewegung aufzuspüren. Einige Instrumente wurden vom USGS-Forschungszentrum in Boulder geschickt. In Memphis hatten sie nicht genügend zur Verfügung, eine von Jacobs' chronischen Beschwerden, obwohl er gar nicht mehr bei der Behörde arbeitete. Der Löwenanteil der Gelder und der Ausrüstung des USGS ging ausnahmslos nach Kalifornien. Die New Madrid Seismic Zone war immer eine arme Schwester der San-Andreas-Störung gewesen. Jacobs bestritt nicht, daß die Risiken in Kalifornien, wo sich Erdbeben viel häufiger ereigneten, größer waren. Er wollte nur einfach dafür sorgen, daß die sehr reale Gefahr im Kernland ebenso angemessen untersucht wurde. Bisher war das nicht geschehen. Die Knappheit an Ausrüstung und Personal war eklatant.

Er reichte Atkins den Ausdruck von einem Seismometer.

»Das Epizentrum lag genau auf der Grenze zwischen Tennessee und Kentucky. Die nächste Stadt heißt Mayfield. Ich bin dort gewesen. Es ist oben am Kentucky Lake. Genau mitten in der Störungszone von New Madrid.«

Einer der Rettungsleute hob eine Hand, damit die anderen Gräber aufhörten. Alle waren Feuerwehrleute. Trotz der Kälte hatten einige ihre schweren gelben Mäntel ausgezogen und arbeiteten in Hemdsärmeln. Sie hatten gerade einen Mann unter der Mauer vorgezogen. Er war völlig mit Dreck bedeckt. Atkins beobachtete, wie ein großer rotgesichtiger Feuerwehrmann mit buschigem Bart dem Mann Dreck von Mund und Nase wischte, sich hinkniete und mit Wiederbelebungsversuchen durch Mund-zu-Mund-Beatmung begann. Ein anderer eilte mit einem Sauerstoffkanister zu ihm. Sie legten die Maske über den Mund des Maurers.

Der große Mann stand auf, hob eine Schaufel auf und machte sich wieder an die Arbeit entlang der Mauer. Er kannte das Ergebnis schon. Nach wenigen Minuten deckte ein Sanitäter den Maurer mit einem grünen Poncho zu und half, die Leiche zu einer Ambulanz zu tragen.

Zuschauer hatten sich versammelt, Hunderte. Sie beobachteten stumm das Geschehen und rückten so nah wie möglich heran. Die Polizisten versuchten, sie zurückzudrängen, aber das war nicht leicht. Es waren zu wenige da, viel zu wenige.

Das würde sich nie ändern, dachte Atkins. Nach jedem Erdbeben tauchten Gaffer in Massen auf. Auch Plünderer. In Mexico City hatte er einen Mann gesehen, der einer toten Frau die Finger brach, um an ihre Ringe zu kommen. Die Knochen hatten geknackt wie Zweige. Anscheinend gab es genauso viele Diebe wie Überlebende, die den Schutt durchsiebten.

»Sieht ganz danach aus, als wären deine Beobachtungen genau richtig gewesen«, sagte Atkins. »Bis zu den Tieren.« Später, wenn sich alles beruhigt hatte, wollte Atkins unbedingt alle Fälle von merkwürdigem Tierverhalten, die dem Erdbeben vorausgegangen waren, dokumentieren. Derartige Vorfälle konnten als Vorboten nicht übergangen werden, besonders nach dem, was geschehen war.

Jacobs hatte das Beben tatsächlich vorausgesehen. Gewiß, es war keine genaue Vorhersage – er hatte weder eine Zeit noch einen genauen Ort, noch eine Wahrscheinlichkeit angegeben, alles wesentliche Bestandteile. Und dennoch meinte Atkins, sein Freund habe Grund, stolz zu sein. Ein ziemlich großer Bereich ihrer Wissenschaft blieb höchst intuitiv. Jacobs glaubte, die Voraussetzungen für ein Erdbeben wären erfüllt, und er hatte recht behalten. Besser ließ es die Wissenschaft gegenwärtig nicht zu.

»Würde ich auch sagen«, bemerkte Jacobs. »Seit dem Erdbeben von 1890, von dem ich dir erzählt habe, hatten wir kein so starkes mehr. Es war jedenfalls fällig.«

Memphis
10. Januar
16:50 Uhr

Die TWA 737 beschrieb eine niedrige Kurve. Sie flogen den Flughafen Memphis von Süden her an, in der Abenddämmerung, für Elizabeth Holleran immer eine schöne Tageszeit, wenn das Licht seltsam und weich war. Als sie aus dem Fenster blickte, sah sie den Mississippi in einem weiten, karamelfarbenen Bogen nach Süden fließen. Große Teile der Stadt waren dunkel, auch zwölf Stunden nach dem Beben noch ohne Strom. Dann flog das Flugzeug noch eine Kurve, und sie bemerkte die Brände. Sie zählte mindestens zehn.

Elizabeth war am Mittag von Los Angeles nach St. Louis geflogen und hatte dann nach drei Stunden Aufenthalt einen Anschlußflug nach Memphis bekommen. Sie reiste mit leichtem Gepäck, hatte nur ein paar Hosen, Hemden und Pullover in einen Kleidersack geworfen und ihren Laptop geschnappt. Mehrere Male während des vierzigminütigen Flugs hatte der Kapitän aktuelle Meldungen über das Erdbeben durchgesagt. Über dreißig Menschen waren tot. Der Verkehr chaotisch. Die Notaufnahmen der Krankenhäuser restlos ausgelastet.

Sie hätten Glück, teilte der Kapitän ihnen mit. Das Beben hatte die Rollbahnbefeuerung nicht lahmgelegt, sonst hätten sie Memphis International schließen müssen.

Eine Stunde später erinnerte Elizabeth sich an seine Bemerkung über das Verkehrschaos, nachdem sie einen Wagen gemietet hatte und sich langsam auf den Airways Boulevard einfädelte. Die Frau am Mietschalter hatte sie gewarnt, daß das Fahren überall schwierig sein würde, zumal bei Nacht. Alle zehn Minuten kamen im Radio Meldungen durch, die den Leuten rieten, zu Hause zu bleiben. Sie gab Elizabeth den Rat, in eines der Motels in Flughafennähe zu gehen und bis zum Morgen zu warten. Aber Elizabeth wollte unbedingt zur Universität Memphis kommen und versuchen, den Leiter ihres Erdbebenzentrums, Walt Jacobs, ausfindig zu machen.

Endlich war ihr sein Name eingefallen und wo sie ihn kennengelernt hatte. Es war in San Francisco bei einem Seminar über das Beben von Northridge 1994 gewesen. Sie bezweifelte, daß er sich an sie erinnern würde. Er hatte einen Vortrag über die New Madrid Seismic Zone gehalten, und sie hatte einige Fragen gestellt. Sie hatte einen großen Teil des Tages versucht, ihn telefonisch zu erreichen, ohne Erfolg. Nun hoffte sie, ihn an der Universität zu finden, weil sie glaubte, an so einem Abend würde er länger arbeiten. Sie hatte Otto Prables Daten mitgebracht. Sie waren auf dem Laptop gespeichert.

Seit sie von dem Beben gehört hatte, fragte sie sich, ob er unglaubliches Glück bei seiner Vermutung gehabt hatte. Oder, und das war beunruhigender, war an seinen Daten etwas potentiell Stichhaltiges, das überprüft werden mußte?

Prable hatte ein größeres Erdbeben einige Tage vor oder nach dem 20. Januar vorausgesagt. Er hatte sich um etwa eine Woche geirrt.

Elizabeth war geneigt zu glauben, daß ihr alter Mentor bemerkenswert gut geraten hatte, wobei er sich auf einige wissenschaftlich fundierte Einzelheiten, darunter den Grad der Bodenverformung, gestützt hatte. Darüber wollte sie mit Jacobs sprechen. Wenn er sie überhaupt sehen wollte, um über Prable und seine zugegebenermaßen fantastischen Theorien zu sprechen. Sie war immer noch höchst skeptisch, aber zumindest durch das Beben weniger geneigt, seine Arbeit ganz so leicht wie vorher abzutun. Nun war sie bereit, seine Daten von jemand anderem prüfen zu lassen. Soviel war sie ihm schuldig.

Sehr bald bedauerte sie, den Rat der Frau am Flughafen nicht angenommen zu haben. Sie war noch keine sechs Straßen weit, als sie auf die erste Umleitung stieß. Die Fassade eines alten Gebäudes war eingestürzt und hatte einen Haufen Backsteine über die Straße verstreut. Sie folgte einer einspurigen Verkehrsführung um die Hindernisse herum, mußte dann rechts abbiegen und stieß sofort auf eine zweite Umleitung. Die meisten Straßenlampen waren aus.

Elizabeth beugte sich über das Lenkrad vor und versuchte angestrengt, die Straßenschilder zu erkennen. Sie hatte keine

Ahnung, wo sie sich befand oder in welcher Richtung sie fuhr. Es waren nicht mehr so viele Autos unterwegs. Plötzlich wurde ihr klar, daß sie sich in einem Innenstadtviertel befand, Straße um Straße mit einstöckigen flachen Wohnhäusern, viele mit Brettern vor den Fenstern. Dutzende von Menschen gingen auf der Straße spazieren oder standen an Ecken herum, meist junge Männer. Einige hatten Taschenlampen oder laut aufgedrehte Transistorradios dabei.

Das Auto vor ihr hielt mit einem Ruck an und versuchte zu wenden. Männer umschwärmten es und wippten den vorderen Teil auf und ab.

Erschrocken schlug Elizabeth das Lenkrad scharf ein und trat das Gaspedal durch. Etwas knallte auf das Dach. Ein harter metallischer Klang. Sie warfen Steine aufs Auto.

Sie bog in eine andere dunkle, enge Seitenstraße ein. Sie hatte keine Ahnung, wo sie war, und schaltete das Fernlicht ein. Geradeaus wurden weitere Sozialhäuser undeutlich sichtbar. Noch mehr Menschen waren draußen. Es herrschte Partystimmung – plärrende Rapmusik, Gelächter, Schreie. Sie sah jemanden mit einer Fackel.

Weiter links glühte der Himmel in stumpfem Orange. Ein Großbrand. Sie lenkte das Auto in diese Richtung. Dort mußten Feuerwehrmänner und Polizisten sein. Sie ärgerte sich über die eigene Dummheit. Hätte sie doch auf die Frau bei der Autovermietung gehört und es nicht an diesem Abend probiert.

Sie vergewisserte sich, daß die Türen verriegelt waren. Als ein Auto vor ihr die Straße kreuzte, mußte sie wieder abbremsen. Ein schlanker Jugendlicher grinste sie vom Gehweg her an. Er trug ausgebeulte Hosen und eine Baseballkappe mit hochgestelltem Schild. Sie fuhr an zwei weiteren Männern vorbei, die Sweatshirts mit Kapuzen trugen. Einer von ihnen zeigte ihr den erhobenen Mittelfinger.

Nur keine Panik, sagte sie sich. Was auch immer geschieht, steige nicht aus.

Etwas Schweres schlug gegen die vordere Stoßstange des Taurus und rollte zur Seite weg. Sie hatten einen Mülleimer nach ihr geworfen. Elizabeth knallte gegen noch mehr Eimer und fuhr weiter.

Sie versuchten, die Straße zu sperren, indem sie Seite an Seite eine menschliche Mauer bildeten. Sie trat den Gashebel durch und raste auf sie zu. Einige mußten aus dem Weg hechten. Sie hörte ihre obszönen Schreie.

Das Lenkrad umklammernd raste sie über eine Kreuzung, verpaßte eine Abzweigung, stieß zurück und fuhr eine andere Straße hinunter. Sie versuchte, näher an das Feuer zu kommen. Der feuerrote Himmel war heller, aber sie hatte sich in einem Labyrinth von Seitenstraßen und Sackgassen verirrt.

Vor sich sah sie Scheinwerfer. Zwei Autos mit offenen Türen hielten quer auf der Straße. Sechs oder sieben Männer und Frauen standen streitend herum. Elizabeth bremste ab.

Steine flogen gegen ihr Auto. Ein Mann kam mit grinsendem Gesicht an das Fenster und schrie: »Halt, Mistweib!«

Elizabeth krachte auf den Gehweg hinauf. Während sie um die steckengebliebenen Autos herumfuhr, flogen wieder Steine auf Dach und Haube. Als sie versuchte, wieder auf die Straße zu kommen, blieben die Hinterräder hängen. Sie waren in einen offenen Kanal geraten. Die Reifen drehten durch, rieben Gummi ab. Sie haute den Rückwärtsgang rein und versuchte, die Räder freizubekommen, indem sie das Auto hin und her schaukelte.

Der Mann, der geschrien hatte, sie solle anhalten, hatte einen Backstein in der Hand. Er versuchte, das Fenster auf der Fahrerseite einzuschlagen, traf immer wieder das Glas. Es bekam Sprünge, zerbrach aber nicht. Elizabeth trat das Gaspedal bis zum Anschlag durch. Die Räder kamen frei, das Auto schwenkte mit aufheulendem Motor wieder auf die Straße.

Weiter unten herrschte mehr Verkehr. Die Straße verbreiterte sich auf vier Spuren. Die Straßenlaternen funktionierten. Eine große Kreuzung. Vor einem Supermarkt parkten mehrere Polizeiwagen. Dort fuhr sie an die Seite und schaltete den Motor aus. Tief atmend blieb sie sitzen. Ihre Hände zitterten.

Sie roch den Rauch vom Feuer. Es war ganz in der Nähe.

Ein Polizist kam an ihr Fenster.

»Alles in Ordnung?« fragte er, während er zurücktrat und das Auto betrachtete. »Wo ist das passiert?«

»Dort hinten«, sagte Elizabeth beim Aussteigen. Sie erklärte, was geschehen war.

Der Polizist nickte. »Das ist Melrose Gardens. Sie haben Glück gehabt, daß Sie heil dort rausgekommen sind. Seit dem Beben sind alle auf den Straßen. Wir kriegen dauernd Anrufe.«

»Ich habe keine Polizei gesehen«, sagte Elizabeth.

»Das haben Sie richtig beobachtet«, meinte der Polizist. »Ohne Straßenbeleuchtung und starke Unterstützung kriegt uns keiner dorthin.«

Elizabeth sah ihn genauer an. Er war jung, vielleicht Anfang Zwanzig. Er wirkte verängstigt, und sie merkte, was ihm Angst machte. Sie standen kurz vor dem Zusammenbruch von Recht und Ordnung, vor der Aussicht, daß Banden durch die Straßen zogen.

»Was brennt denn dort?« fragte sie, um diese beunruhigenden Gedanken zu verdrängen. Der Wind hatte gedreht. Der Rauchgeruch war sehr stark.

»Eine alte Fleischkonservenfabrik«, erklärte er. »Ein paar Straßen weiter.« Er deutete mit einer langen Taschenlampe in die Richtung. »Gebrochene Gasleitung oder so was. Hat den ganzen Nachmittag Großalarm ausgelöst. Sie lassen es ausbrennen.«

Elizabeth betrachtete den Supermarkt. Die Spiegelglasfenster waren gesplittert. Sie sah zwei Polizisten mit Funkgeräten nach hinten gehen und folgte ihnen, ohne groß nachzudenken. Sie brauchte Bewegung, mußte ihre Nerven unter Kontrolle bringen.

Sie konnte sich vorstellen, mit ihrem Vater und der älteren Schwester in Chicago vor dem Kamin zu sitzen, während ihre Mutter in der Küche das Essen fertig machte. »Ich muß euch von Memphis erzählen. Ihr würdet es nicht glauben, wie das war, die Autofahrt dort.« Sie würde ihre Ankunft in der Stadt beschreiben. Ihr Vater würde den Kopf schütteln und an seinem Manhattan nippen. Er würde ihr sagen, sie brauche eine Waffe und müsse lernen, damit umzugehen. Das war seine feste Überzeugung. Er hatte sogar angeboten, Elizabeth und ihrer Schwester Mary Waffen zu kaufen. Und die Schießübungen zu bezahlen. Bevor der Tag um war, würde er über die Demokraten und Präsident Nathan Ross, alle Linken und die Medien herziehen, bis ihre Mutter ihm sagen würde, er solle sich beruhigen. Ihr Vater war Ire und sehr rührselig. Er hatte hemmungslos geweint, als sie ihr erstes Fußballtor geschossen hatte. Sie war in der ersten Klasse, und es war das letzte Spiel der Saison. Mary war Rechtsanwältin, die am Duke studiert hatte und für eine kleinere, aber gute Firma in L. A. arbeitete.

Elizabeth malte sich aus, wie sie den Kollegen erzählte, was gerade passiert war, und mußte darüber fast lächeln. Es war so unwirklich.

»Ich würde nicht nach hinten gehen.« Ein Polizist war ihr nachgelaufen. »Ein paar Jugendliche haben den Laden nach dem Beben geplündert. Als ein Streifenwagen vorfuhr, sind sie abgehauen. Einer von ihnen hat es nicht geschafft.«

Elizabeth ging gerade so weit, daß sie um die Ecke des Gebäudes blicken konnte. Fünf oder sechs Polizisten standen dort und richteten Taschenlampen auf ein Fenster. Ein kräftiger Teenager in weißer Windjacke lag ausgestreckt über dem zerbrochenen Fensterrahmen. Eine gezackte Glasscherbe ragte aus seinem Rücken.

»Wo wollten Sie hin?« fragte der Polizist, noch immer bemüht zu helfen.

»Zur Universität Memphis«, sagte Elizabeth.

»Das ist genau entgegengesetzt«, meinte der Polizist. »Sie haben sich wirklich verirrt.«

Nur mit einem Ohr zuhörend, nickte Elizabeth. Der Anblick des toten Plünderers regte sie bei weitem nicht so auf wie etwas anderes. Sie hatte die Risse im Fundament des Geschäfts bemerkt. Einige waren etwa fünfzehn Zentimeter breit. Sie waren riesig. Größer als alles, was sie in Los Angeles nach dem Beben von Northridge gesehen hatte. Die Bodenwellen, die Memphis getroffen hatten, waren viel schlimmer, als sie sich vorgestellt hatte.

Kentucky Lake
10. Januar
22:50 Uhr

An jenem Abend aßen Lauren Mitchell und ihr Enkel Bobby spät – Maisbrot, gebackenen Schinken und Obstsalat. Bobbys Lieblingsessen. Er hatte in letzter Zeit so schwer am Bootanleger gearbeitet, ohne sich jemals zu beklagen, daß sie ihn belohnen wollte.

Sie wohnten in einem Ranchhaus aus Zedernholz mit drei Zimmern, das abseits auf einem Hügel ein paar Kilometer vom Kentucky Lake entfernt lag. Bobby kümmerte sich um ihre zwei Reitpferde, Sam und Rob Roy. Er erledigte fast die ganze Arbeit im Stall, mistete zweimal am Tag die Boxen aus und breitete frisches Heu aus, bevor er in die Schule ging, und noch einmal, wenn er am Nachmittag mit den Hausaufgaben fertig war.

Während Lauren den Tisch deckte, hatte sie das Radio auf WIBC-FM Memphis gestellt. Es war eine Sendung mit Höreranrufen, und im Studio saß ein Mann von der Universität Memphis; ein Geologe. Sie sprachen über Erdbeben.

Von einer Rückkehr zur Normalität konnte in Memphis noch lange nicht die Rede sein. Teile der Stadt waren noch ohne Strom und Wasser. Anscheinend war der Stand der Todesopfer bei neununddreißig, darunter sieben Maurer, die von einer einstürzenden Mauer erschlagen worden waren. Ein Abschnitt der Schnellstraße I-240 war an der Union Avenue eingestürzt und hatte einen Bierlaster und seinen Fahrer zermalmt. Ein altes Farbenlager brannte noch in der Cotton Row an der Front Street in Flußnähe.

Der Geologe erwähnte, daß das Epizentrum des Bebens nahe Mayfield, Kentucky, lag.

»Gegen die haben wir Basketball gespielt, Oma«, sagte Bobby. Die Kleinstadt lag nur fünfzig Kilometer weit westlich.

»Scht … ich versuche zuzuhören.« Der Mann sprach gerade über Nachbeben. Es hatte mehrere gegeben, keine schweren, aber spürbare. Stark genug, daß ihre Nervosität anhielt.

»Das größte bisher hatte die Stärke drei Komma zwei«, sagte der Geologe in seinem langsamen, sanften Südstaatentonfall. »Die Aktivität scheint abzuklingen – wenigstens was die größeren Nachbeben angeht. Aber wir können noch Wochen, vielleicht Monate kleinere Erschütterungen spüren.«

Lauren glaubte, daß sie Glück gehabt hatten. Ihr Haus hatte nur wenig abbekommen. Ein paar kaputte Fenster. Einige Risse im Verputz und vielleicht ein Schornstein, der neu verfugt werden müßte. Einige Nachbarn hatten nicht soviel Glück gehabt. Es gab eine Menge beschädigte Fundamente und gebrochene Abflußrohre und Wasserleitungen. Auf einer Farm drüben in Campbell, der Kreisstadt, war eine ganze Scheune eingestürzt. Sie war wie ein Kartenhaus zusammengefallen.

Über der Staatsgrenze, im nordöstlichen Tennessee, waren die Schäden viel ernster. Manche Leute berichteten, sie hätten gesehen, daß der Boden sich tatsächlich wie Meereswellen bewegt hatte. Sie konnte es noch nicht so recht glauben.

Lauren ging etwa eine Stunde später zu Bett. Wie jede Nacht lag sie da und dachte an ihren Mann. Es gab Augenblicke, vor allem wenn sie in der Dunkelheit auf den Schlaf wartete, da mußte sie gegen ihren Zorn auf ihn ankämpfen, daß er sich hatte töten lassen. Er hatte versprochen, daß er die Arbeit im Bergwerk aufgeben wollte, hatte es beim Frühstück am Morgen des Einsturzes erneut versprochen. Er hatte gesagt, es reiche ihm. Und dann war er am Morgen um fünf mit einer Thermosflasche heißen Kaffees und einer Brotbüchse fortgegangen und nicht mehr zurückgekommen.

Sie konnte nichts dagegen tun, daß sie so empfand, daß sie ihm verübelte, sie allein gelassen zu haben. Sie brauchte ihn, vermißte ihn so sehr.

Später, als sie versuchte, sich ins Gedächtnis zu rufen, was geschehen war, alles in der richtigen Reihenfolge zusammenzusetzen, konnte sie sich nicht genau erinnern, was sie geweckt hatte. Sie glaubte nicht, daß es das Nachbeben war. Jedenfalls nicht zuerst. Aus irgendeinem Grund wachte sie auf und sah auf die Uhr auf ihrem Nachttisch; es war gerade zwei vorbei. Sie hörte die Heizung anspringen. Es war kalt, unter Null.

Sie war gerade wieder am Einschlafen, als der Boden zu beben begann. Ihr Himmelbett wackelte auf dem Holzboden, schaukelte hin und her. Sie setzte sich kerzengerade auf. Ein gerahmtes Foto ihres Mannes fiel auf dem Toilettentisch um. In der Küche fielen Teller und Kaffeetassen aus offenen Regalen und zersprangen auf dem Boden.

Lauren streifte ein Sweatshirt über und zog Jeans und Stiefel an.

Sie dachte, die großen Nachbeben sollten vorbei sein. Das war eindeutig eins von den stärkeren gewesen.

Bobby stürzte mit einer Taschenlampe auf den Flur. Da erst merkte Lauren, daß sie keinen Strom hatten.

»Oma, mein Michael-Jordan-Poster ist runtergefallen«, sagte er aufgeregt. Das Poster über dem Bett war sein wertvollster Besitz. Angst hatte er kein bißchen. Das war Spaß.

Die Pferde wieherten und schnaubten im Stall hinter dem Haus. Das Beben hatte sie aufgeschreckt. Lauren ging zur Hintertür und blickte zu einem schönen sternklaren Himmel auf.

»Hör mal! Was ist das für ein Geräusch?« Bobby hatte seine Schuljacke übergezogen und stand neben ihr auf der Veranda.

Sie hörte das tiefe Grollen. Das Stampfen dahinbrausenden Wassers. Sofort war ihr klar, was es war. Was es sein mußte. Sie hatten die Tore am Damm geöffnet.

Es dauerte einen Moment, das zu fassen. Seit zwei Jahren wohnte sie nahe dem See, und nie hatten sie die Tore, die den Zufluß in den Tennessee River regulierten und die gewaltigen hydroelektrischen Turbinen antrieben, ganz geöffnet.

Die Flüsse führten ohnehin schon Hochwasser. Der Tennessee war gefährlich hoch, warum ließen sie also Wasser ab? Es ergab keinen Sinn. Es würde die schon geschwächten Deiche nur noch stärkerem Druck aussetzen.

Lauren warf einen Mantel um und schickte Bobby wieder zu Bett.

»Ich möchte mitgehen, Oma.«

»Ausgeschlossen«, sagte sie und scheuchte ihn zurück in sein Zimmer. »Du schläfst jetzt, und das ist ein Befehl. Ich bin gleich wieder da.«

Lauren fuhr auf den Damm – die Route 641 führte direkt darüber – und hielt am ersten Aussichtspunkt, einem von mehreren Stellen, wo Autofahrer von der zweispurigen Straße herunterfahren und den Blick auf den Kentucky Lake genießen konnten. Um diese Stunde herrschte kein Verkehr.

Lauren stieg aus dem Pritschenwagen. Vom Wasser blies ein kräftiger, schneidender Wind. Sie erkannte den See kaum wieder. Zwei Meter hohe Wellen mit weißen Kronen liefen aufs Ufer zu, die Oberfläche war aufgewühlt wie bei dem Beben vor zwei Tagen. Sprühwasser flog hoch, während die Wellen gegen die breite geschwungene Mauer schlugen, die senkrecht ins Wasser fiel. Das krachende Geräusch war kaum zu hören über dem Gebrüll des Wassers, das sich durch die offenen Tore des Dammes wälzte.

Die riesigen Tore – eine Reihe von zwölf, jedes von der Größe eines hochkant gestellten Sattelschleppers – befanden sich auf der anderen Seite des Damms etwa auf halbem Weg über den See. Dort wurde das Wasser in den Tennessee River gelassen, dort lagen das Kontrollhaus und die Generatoren. An dieser Stelle war der Damm über sechzig Meter hoch.

In der Schwärze des Sees sah Lauren die Lichter der Bootshäfen am gegenüberliegenden Ufer flackern. Ihr eigener Anleger und das Bootshaus lagen in einer langen Bucht etwa drei Kilometer vom Damm entfernt.

Das kalte Sprühwasser brannte im Gesicht. Sie stieg wieder in den Wagen und fuhr zum Maschinenhaus. Um dorthin zu gelangen, mußte sie zum anderen Ende des Damms fahren, auf eine Nebenstraße abbiegen und durch eine Reihe von Kurven zurückfahren, die auf einem Parkplatz endeten. Nun befand sie sich auf der Flußseite des Damms und sah zum erstenmal die mächtigen Tore. Das Seewasser wälzte sich in langen weißen Federn hindurch, um neun Meter tief donnernd in den breiten Kanal, der den Tennessee River speiste, zu stürzen.

Das Maschinenhaus, ein dreistöckiger Bau aus Graustein, stand auf einer Felsplatte nahe der Flußseite des Damms. Auf der Fassade des Gebäudes zur Hauptstraße hin stand in großen roten Lettern das Wort ›Kentucky‹; die Anlage regulierte den Durchfluß durch die Schleusen, der die hydroelektrischen Generatoren des Damms antrieb.

Lauren parkte. Sie kannte einen Ingenieur hier, Tom Davis. Er war Hydrologe bei der TVA, der Behörde, der die Stauanlagen im Tal des Tennessee Rivers unterstanden. Er und seine Frau wohnten ein Stück die Straße hinauf, in einem Blockhaus mit einer riesigen Terrasse. Sie gingen alle in dieselbe Kirche, Vereinigte Methodisten. Lauren erkannte seinen Pritschenwagen. Daneben stand noch ein Auto.

Im Gebäude brannte Licht. Lauren betrat das Kontrollhaus, ein Raum mit großen Fenstern, die auf den Fluß gingen. Niemand war da. Sie hörte jemanden die leiterartige Treppe heraufsteigen, die zu den unteren Ebenen führte, wo sich die technischen Anlagen des Damms befanden. Sie hatte mehrere Besichtigungen mitgemacht. Man konnte sogar in die inneren Mauern hineingehen.

Tom Davis kam die Metallstufen herauf. Sein Gesicht war aschgrau.

»Tom, was ist los?« fragte Lauren.

Er ging an ihr vorbei zu einer Tafel mit Meßgeräten. Scheinwerfer beleuchteten die offenen Tore und die Ströme des tosenden Wassers.

»Wir hätten ihn fast verloren«, sagte er, indem er sich mit beiden Händen gegen die Kontrolltafel stützte. »Ich schwöre bei Gott. Wir hätten fast den Damm verloren.«

Lauren starrte ihn an. Ihr wurde schwach auf den Beinen.

Tom Davis redete mit der gleichen leisen, fast schläfrigen Stimme weiter. Lauren war sich nicht einmal sicher, ob er merkte, daß sie da stand.

»Ich war hier oben, als dieser letzte Erdstoß kam.« Er wandte sich zu ihr um, und sie sah das helle Funkeln in seinen Augen. »Ich hörte eine der Mauern unter der Spannung bersten. Eine innere Mauer unten an der Wasserlinie.«

Lauren lehnte sich an eine Theke und ließ sich von ihr halten. Sie wollte, mußte sich setzen. Der einzige Stuhl war der hohe Hocker vor der Kontrolltafel. Den umklammerte Tom Davis.

»Ich habe die Tore geöffnet, um den Spiegel zu senken.« Seine Stimme war leise, fast unhörbar. »Wir müssen den Druck von der Mauer nehmen. Ich weiß nicht, wie lange der Damm noch halten kann.«

Zwei Männer eilten die Treppe von der unteren Ebene herauf, wobei ihre Stiefel auf den Metallstufen klirrten. Sie trugen Schutzhelme. Einer von ihnen sprach in ein Handy. Überrascht, Lauren zu sehen, blieben sie abrupt stehen.

»Sie, Sie müssen von hier weg«, sagte der eine. Er trug eine Windjacke. Sein kurzgeschorenes Haar war an den Schläfen graumeliert. Ein großer Kerl, um drei Uhr nachts mit weißem Hemd und Krawatte. Breite Schultern. Vielleicht Anfang Fünfzig.

»Ich glaube nicht«, sagte Lauren. Mit entschlossener Miene griff er nach ihrem Arm. Sie riß sich los.

»Sie sind von der Kommission für Erdbebensicherheit«, erklärte Tom mit seltsam gleichgültiger Stimme. »Sie sind seit dem ersten Beben hier draußen gewesen, um nach dem Damm zu sehen. Nach diesem Nachbeben sind sie sofort rübergekommen.«

Der Mann in der Windjacke blitzte ihn wütend an und sagte ihm, er solle still sein. »Sie müssen gehen«, wiederholte er.

»Versuchen Sie bloß nicht, mich anzurühren«, sagte sie.

Der andere Mann hatte das Handy in die Tasche gesteckt. Er war jünger als sein Kollege, ein wenig kleiner. »Er möchte die Tore schließen lassen«, erklärte er. »Er möchte es sofort getan haben.« Er hörte sich an, als könne er nicht glauben, was er gerade gesagt hatte.

»Tun Sie es«, bellte der Mann in der Windjacke, indem er sich zu Tom Davis umwandte.

»Wer zum Teufel sind Sie?« rief Lauren.

»Schließen Sie die verdammten Tore!« schrie der Mann Davis an, wobei er ihm fast ins Gesicht sprang.

»Sie möchten diesen Damm verlieren?« sagte Davis. Er war ungefähr sechzig Jahre alt, ein kleiner Mann mit Brille und schütterem Haar. Er umklammerte die Lehne des Hockers, als hinge sein Leben daran. »Sie wollen die Verantwortung dafür übernehmen, was dann passiert?«

»Schließen Sie die Scheißtore! Das ist ein klarer Befehl.«

»Nein«, erwiderte Tom Davis mit langsamer, fester Stimme. »Das möchte ich schriftlich.«

Lauren sah Blinklichter draußen. Zwei Streifenwagen waren auf den Parkplatz eingebogen. Männer drängten heraus. Türen knallten.

Drei Polizisten betraten das Maschinenhaus. Sie trugen graue Jacken mit schwarzen Gürteln und steife Hüte.

»Schafft diese Frau hinaus!« schnauzte der Mann in der Windjacke sie an. Seine Stimme war hoch und heiser, fast ein Schrei.

Der Polizist blickte Lauren an. Sie kannte einige Polizisten von der Staatspolizei, diesen aber nicht.

»Sind Sie der Mann von der Sicherheitskommission?« fragte der Polizist. Der Mann in der Windjacke zeigte ihm einen Ausweis.

An Lauren gewandt, sagte der Polizist: »Ma'am, Sie müssen dieses Gebäude verlassen und vom Damm wegkommen.« Noch im Sprechen machte er die Tür für sie auf.

»Sie wollen, daß Tom die Tore schließt.« Lauren versuchte zu erklären, was sich abspielte, was auf dem Spiel stand. Sie war leicht benommen, atemlos. Dann wütend auf die einschüchternde Polizeitaktik. »Der Damm ist beschädigt. Tom fürchtet, daß er nachgibt, wenn das Wasser nicht abgelassen wird, um den Druck zu nehmen.«

Wortlos führte der Polizist sie hinaus und wies einen seiner Männer an, sie vom Damm zu begleiten. Sofort.

Auf dem Weg zu ihrem Pritschenwagen ging ein Polizist direkt an ihrer Seite. Er wirkte nervös und sagte kein Wort. Weitere Polizeiwagen fuhren auf den Damm und sperrten ihn. Sie schlossen ihn für den Verkehr.

Lauren öffnete die Tür ihres Wagens und rutschte hinter das Lenkrad. Sie wollte gerade etwas sagen, ein letztes Mal versuchen, dem Polizisten verständlich zu machen, was Tom ihnen sagte. Dann hielt sie inne und lauschte. Zuerst wurde ihr nicht klar, was sie hörte.

Stille. Das Brüllen des Wassers, das durch die Tore schoß, hatte plötzlich aufgehört.

Memphis
11. Januar
10:15 Uhr

Es war nichts Besonderes, eine sanfte Erhebung an der Highland Avenue, ungefähr zehn Meter hoch und dreihundert Meter lang, aber markantes Gelände, um zu analysieren, was während des Erdbebens geschehen war. Culps Baumschule lag dort – mehrere gläserne Gewächshäuser und ein kleines Stück Land für Sämlinge und andere Pflanzen. Das Erdbeben hatte sie so stark erschüttert, daß die Wände geborsten waren. Der kleine Laden für Gartengerät und anderen Bedarf sah aus, als wäre er implodiert.

Atkins und Walter Jacobs waren dort hingegangen, um es zu begutachten. Sensoren der Universität Memphis zeigten die stärkste vertikale Erschütterung, die jemals während eines Bebens auf diesem kleinen Hügel registriert worden waren. Die Folgen waren so unerwartet, daß sie die Instrumente überprüften, um festzustellen, ob sie richtig geeicht waren. Langsame s-Wellen und weiche Bodenverhältnisse waren eine tödliche Kombination. Der Boden hatte wie eine Schüssel Götterspeise gewackelt. Zum Glück war niemand dagewesen, als es passierte. Das einzige Opfer war ein Hund, ein großer Rottweiler, den der Besitzer zur Sicherung auf dem Gelände gelassen hatte. Ein steinerner Übertopf war von einem Regal gefallen und hatte dem Hund den Schädel gespalten.

Die Geschwindigkeit der Sekundär- oder s-Wellen, gemessen in Metern pro Sekunde, verblüffte Atkins. So etwas hatte er noch nie gesehen – auch nicht an Orten weitaus stärkerer Beben. Der Hügel hatte fast dreißig Sekunden lang eine schwere vertikale Erschütterung bei einer s-Wellen-Geschwindigkeit von einhundertfünfzig Metern pro Sekunde erlebt. Typischere Messungen lagen zwischen zweihundertfünfzig und achthundert Metern pro Sekunde.

Atkins wußte natürlich, daß s-Wellen tückischer und viel zerstörerischer als Primär- oder p-Wellen waren. Sie schwangen quer zur Fortpflanzungsrichtung in einer scherenden Bewegung, durch die der Boden sich vertikal oder horizontal bewegen konnte. P-Wellen pflanzten sich dagegen schneller fort, bewegten sich aber nur in einer Richtung. Beide waren Raumwellen, das heißt, sie liefen vom Erdbebenherd im Erdinnern, dem Hypozentrum, zur Oberfläche.

»Kannst du dir ausmalen, was passiert wäre, wenn hier statt einer Baumschule ein Hotel gestanden hätte?« bemerkte Jacobs, während sie sich einen Weg durch die Trümmer bahnten.

Der Hügel lag am südwestlichen Ende von Memphis. Atkins und Jacobs hatten dort drei mobile Seismographen aufgestellt, um Nachbeben aufzuzeichnen, die nach einem langsamen Anfang mit zunehmender Häufigkeit auftraten. Sie hatten schon eines von der Stärke vier Komma eins gehabt und zwei im Bereich von drei Komma sechs. Das stärkste, mit fünf Komma eins, war früher am Morgen nahe dem Kentucky Lake gemessen worden.

Die Seismographen auf Culp's Hill zählten zu den dreißig Geräten, die das Zentrum für Erdbebenforschung und der USGS rund um Memphis aufstellten. Weitere vierzig waren aus Kalifornien geliefert worden und sollten das Netz ergänzen, das an der New-Madrid-Störungslinie bereits existierte. Sie sollten über ein großes Gebiet verteilt werden, das Little Rock, St. Louis, Chicago, Cincinnati und Memphis umfaßte. Die Meßgeräte waren mit einem Zentralcomputer verbunden, der die seismischen Daten direkt in die Computer an der Universität Memphis einspeiste.

Mehrere Wissenschaftlerteams waren von den Büros der Behörde in Menlo Park und Golden geschickt worden, um bei der Aufstellung zu helfen. Einige Kollegen von der Bewertungsgruppe für Erdbebengefährdung in Reston, Virginia, waren ebenfalls ins Erdbebengebiet geschickt worden.

Mit tatkräftiger Unterstützung durch die Universität Memphis, die über die meisten Wissenschaftler auf dem Gebiet verfügte, und den USGS wurde das ganze von der Kommission für Erdbebensicherheit koordiniert. Die Gruppe bestand aus Wissenschaftlern und Bauingenieuren aus den ganz unmittelbar betroffenen fünf Staaten – Missouri, Illinois, Tennessee, Arkansas und Kentucky. Walt Jacobs und einige seiner Mitarbeiter gehörten dazu. Der verantwortliche Leiter, ein Geophysiker namens Paul Weston, war vom Gouverneur von Kentucky ernannt worden.

Atkins kannte Weston nicht persönlich, hatte aber in den letzten Tagen viel von ihm gehört, vor allem von Jacobs, der den Mann nicht mochte.

»Er ist aalglatt und ein arroganter Hund«, meinte Jacobs. »Und je länger man ihn kennt, desto schlimmer wird es.«

Weston hatte solide akademische Zeugnisse, einen Doktor in Geophysik von Stanford, anschließend Tätigkeit am MIT. Er hatte auch an der Universität von Kentucky gelehrt. Jacobs erklärte, daß er gute politische Beziehungen hatte, besonders zu Tad Parker, dem Gouverneur von Kentucky. Viele hielten Parker für einen aussichtsreichen Bewerber um die Präsidentschaft. Er hatte bereits ein Wahlkampfkomitee eingesetzt und wurde allmählich über die Staatsgrenzen hinaus bekannt. Parker hatte sich dafür stark gemacht, daß Weston die Leitung der Sicherheitskommission bekam.

Weston bestand darauf, daß die Kommission – und nicht das Zentrum für Erdbebenforschung oder der USGS – die Untersuchung des Erdbebens durchführte. Die erste Sitzung der Gruppe sollte in dieser Stunde im Büro des USGS an der Universität Memphis beginnen.

Atkins und Jacobs hatten sich länger als beabsichtigt auf dem Hügel aufgehalten und waren spät dran. In seine Gedanken über die s-Wellen-Geschwindigkeiten versunken, sprach Atkins kaum während der Fahrt zur Universität. Die außergewöhnliche s-Wellen-Geschwindigkeit konnte nur durch eine ungewöhnliche Bodenstruktur verursacht sein, etwa eine weiche Sedimentschicht, die dafür sorgte, daß die Wellen streuten und sich ausdehnten. Atkins hätte gern eine Computersimulation mit den seismischen Daten, die sie schon gesammelt hatten, laufen lassen. Diese s-Wellen-Geschwindigkeiten gefielen ihm überhaupt nicht. Sie waren viel zu gering, viel zu zerstörerisch.

Als sie zum Zentrum für Erdbebenforschung zurückkamen, fanden sie nur mit Mühe einen Parkplatz. Fernsehübertragungswagen standen in Viererreihen an der Cottage Avenue, der Hauptdurchfahrt vom Campus. Sicherheitspolizei hatte die Reporter eine Straße weit von dem Gebäudekomplex des Zentrums zurückgedrängt, zwei baufälligen zweistöckigen Backsteinhäusern zur Cottage Avenue hin. Einst private Villen, waren die Häuser dringend reparaturbedürftig – vom Streichen und Abdichten der Fenster bis zur Instandsetzung der Heizkessel. Der USGS teilte sich mit dem Erdbebenzentrum die Zimmer und Flure, die abgeteilt und in Büros umgewandelt worden waren.

Als Atkins und Jacobs über den Rasen vor den Häusern abkürzten, hielt sie eine Fernsehreporterin auf, die es irgendwie geschafft hatte, an der Polizei vorbeizuschlüpfen.

»Glauben Sie, daß noch mehr starke Beben kommen?« schrie die stark geschminkte junge Frau, indem sie Atkins ein Mikrophon ins Gesicht stieß.

Er versuchte, sie zu übersehen, und ging weiter, aber sie schob ihr Mikro noch näher.

»Erwarten Sie weitere Nachbeben?« Sie mußte für einen Tausender Kleidung tragen. Ein Designerkostüm, kurzer Rock trotz der Kälte und rote Pumps.

»Wir haben nachher eine Pressekonferenz, auf der wir versuchen, solche Fragen zu beantworten.« Atkins bemühte sich, sie nicht anzuschnauzen. Die Reporter machten ihre Arbeit, aber sie konnten völlig verantwortungslos sein. Er verschmähte überfallartige Fernsehinterviews.

»Gut«, sagte die Frau gereizt. »Sie werden uns nicht für dumm verkaufen.«

Atkins zuckte die Schultern und drängte sich an ihrem Kameramann vorbei.

»Nette Dame«, bemerkte Jacobs, während sie das Gebäude des Erdbebenzentrums durch die Haupttür betraten.

»Reizend«, meinte Atkins. Er sah Guy Thompson auf sich zukommen. Genau der Mann, den er sehen wollte. Thompson war vom Risikobewertungsbüro der Behörde in Reston. Er trug sein übliches Westernhemd, ausgeblichene Jeans und

Cowboystiefel aus Eidechsenleder. An den Gürtel mit einer großen Silberschnalle von der Form eines bockenden Pferds war ein CD-Spieler gehakt. Thompson sprach im schleppenden Tonfall von Oklahoma. Er hatte an der Universität von Oklahoma promoviert und konnte jeden Siedler Oklahomas seit Bud Wilkinsons Tagen nennen. Er war Experte für die Anwendung von Computerprogrammen zur Simulation der Bodenbewegungen während Erdbeben. Es gab keinen Besseren.

»John, alter Streuner. Seit wann bist du hier?«

Atkins schüttelte Thompson die Hand und sagte, daß er vor einem Tag angekommen war. »Hast du dein Simulationsprogramm schon aufgerufen und laufen?« fragte er.

»Während wir hier plaudern«, antwortete Thompson und fuhr mit den Händen durch sein dichtes schwarzes Haar, das er schulterlang trug. Er war Vollblutcherokee und stolz darauf. Er und Atkins traten in einen Alkoven, um aus dem Verkehrsstrom zu kommen. Die engen Flure waren mit Aktenschränken, Bücherregalen und Ablagekisten vollgestopft. Die Büros waren überfüllt, die Atmosphäre locker, während sich alte Freunde begrüßten und Neuigkeiten und Klatsch nachholten.

In solchen Augenblicken staunte Atkins immer wieder, wie klein die Welt der Seismologen war. Jeder kannte jeden. Woran sie arbeiteten, die aktuelle Forschung, die Überflieger. Es war eine kleine geschlossene Gesellschaft mit nicht mehr als 125 wirklichen Spielern, Namen, die zählten.

Thompson führte Atkins in ein großes Büro, ein ehemaliges Wohnzimmer, das zur Einsatzzentrale für das Erdbeben von Memphis umgewandelt worden war. Ein halbes Dutzend Hochleistungscomputer war dort aufgebaut worden. Thompson war für alle Datenerfassungsprogramme, graphische Darstellungen und Fehlererkennung zuständig.

»Wir fangen gerade an, die Daten der s- und p-Wellen einzugeben«, erklärte er. »Bald haben wir ein paar hübsche Bilder.«

Die ›Bilder‹ waren Computersimulationen dessen, was an Abschnitten der New-Madrid-Störung während des Bebens passiert war. Mit Methoden, die der medizinischen Computertomographie ähnlich waren, konnten Thompson und sein Team von Wissenschaftlern Schall- und andere Wellen analysieren, die vom Erdbeben hervorgerufen und von den Seismometern registriert worden waren. Seismische Wellen, die durch eine Verwerfung liefen, verlangsamten sich normalerweise. Mit ihren Bewegungsmustern konnten die Zonen um die Verwerfung kartographisch dargestellt werden. Thompsons Programme waren in der Lage, dreidimensionale Bilder vom Geschehen im Erdinnern zu zeichnen. Er erstellte eine Karte von den Konturen der Verwerfung, indem er die schwachen Echos seismischer Wellen, die von unterirdischen Gesteinsschichten zurückgeworfen wurden, zusammensetzte. Dies ergab ein ›Bild‹ der Strukturen, die die Echos erzeugten. In manchen Fällen konnte man sogar die Verwerfung selbst sehen.

Atkins bat Thompson, für ihn die seismischen Daten vom Culp's Hill einzugeben. Er glaubte, sie hätten bis zum frühen Morgen genug für ihn, um damit zu arbeiten.

»Klar, kein Problem«, sagte Thompson. »Es wird hierherum ganz bald interessant werden.«

Memphis
11. Januar
11:15 Uhr

Elizabeth Holleran starrte in den Spiegel im Bad. Ihre dunkelbraunen Augen sahen rot und verquollen aus, und sie betupfte sie mit kaltem Wasser. Sie hatte weniger als vier Stunden Schlaf gehabt und sah so schlecht aus, wie sie sich fühlte. Es war fast drei Uhr gewesen, bis sie ein Motel gefunden hatte, ein Best Western, acht Kilometer südlich von Memphis. Motelzimmer waren sehr gefragt.

Sie schaltete den Fernseher an und erwischte das Ende der Nachrichten. Durch die vielen gesperrten Hauptstraßen und Umleitungen war der morgendliche Pendlerverkehr ein einziges Chaos. Die Stadt war wie gelähmt, und um sieben hatte der Bürgermeister die Leute über das Radio gebeten, zu Hause zu bleiben. Ein Hubschrauber übertrug Aufnahmen von den Feuern, die noch immer brannten.

Im Bad gab es einen kleinen Kocher, um Kaffee zu machen. Nachdem sie eine Tasse getrunken hatte, rief Elizabeth Walter Jacobs' Büro an. Er war nicht da, so daß sie eine Nachricht auf Band sprach. Am späten Vormittag machte sie sich zur Universität auf, nachdem der Moteldirektor ihr einen Schleichweg empfohlen hatte. Statt durch die Innenstadt zu fahren, machte sie diesmal auf der Interstate 240 einen Bogen um die Vororte und gelangte auf die Perkins Road, die sie nahe an den Campus brachte.

Die Polizei hielt die Medienleute vom Erdbebenzentrum fern. Elizabeth versuchte, einem Polizisten auf dem Campus zu erklären, wer sie war. Sie zeigte ihm ihren Fakultätsausweis von Caltech, aber es half nichts.

Ohne ordentliche Legitimation durfte niemand in das Gebäude. Basta.

Angst überfiel sie. Das war ihr schon mehrmals passiert, seit sie nach Memphis gekommen war und den Schaden aus der Nähe gesehen hatte. Der Gedanke ließ sie nicht los, daß sie sich immer noch Prables Datum für den höchsten seismischen Streß näherten. Gewiß war es höchst unwahrscheinlich, daß noch etwas passieren würde, daß noch ein Erdbeben kommen würde. Nach wie vor hielt sie Prables Methode für äußerst fragwürdig und zweifelhaft. Aber die Tatsache, daß er mit seiner Vorhersage eines größeren Bebens am oder um den 20. Januar unheimlich nahe getroffen hatte, ließ sich nicht beiseite schieben. Sie wollte wenigstens Jacobs die Unterlagen Prables zeigen.

Wenn er ihr Gelegenheit dazu geben würde.

Daran hatte sie ihre Zweifel. In dieser Krise war es wenig wahrscheinlich, daß er allzu aufgeschlossen war, sie anzuhören.

Tief in Gedanken versunken, spürte sie kaum den leichten Klaps auf der Schulter.

»Sie sind Elizabeth Holleran?« Es war eine schlanke junge Frau mit Zöpfen und Sommersprossen, die einen Rucksack über der Schulter trug. Schüchtern streckte sie die Hand aus.

»Ich bin Amy Price. Ich habe gehört, wie Sie dem Polizisten Ihren Namen genannt haben. Ich studiere hier am Geologischen Institut. Ich habe gerade Ihren Aufsatz in ›Seismologie der Erde‹ gelesen. Den über Ihre Grabung an der San-Andreas-Störung. Hört sich wirklich toll an.«

Die Worte kamen in einem atemlosen, verlegenen Schwall heraus. Elizabeth fühlte sich richtig geschmeichelt, daß Amy so sichtlich glücklich war, ihr zu begegnen. Das Mädchen wurde sogar rot. Dann kam Elizabeth ein Gedanke. Sie erklärte, daß sie unbedingt in das Gebäude des Erdbebenzentrums kommen müsse, um Walter Jacobs aufzusuchen. Es sei sehr wichtig. Sie wollte wissen, ob es einen anderen Eingang gab.

»Ganz einfach.« Amy freute sich, helfen zu können. »Kommen Sie mit.«

Sie führte Elizabeth hinter die beiden Häuser, in denen das Erdbebenzentrum und das Geologische Institut ihre Büros hatten. Das Zentrum teilte sich das eine Haus mit dem USGS. Das Geologische Institut belegte das andere. Eine Zufahrt und eine schmale Rasenfläche trennten beide.

Das Geologiegebäude war nicht bewacht. Amy brachte Elizabeth zur Hintertür und führte sie in den Keller.

»Ich glaube, das halbe Institut ist schon unten«, sagte sie.

»Warum das?« fragte Elizabeth, die sich über den Abstecher in den Keller wunderte.

Amy strahlte. »Wir versuchen zu lauschen.«

Die beiden Häuser, erklärte sie, waren früher das Ärztezentrum für die Universitätsstudenten gewesen und durch einen Tunnel verbunden. Nicht weniger als zehn Studenten saßen auf der schmalen Treppe zu einer Tür, die direkt in das Gebäude des Erdbebenzentrums führte. Die Tür war zu, aber nicht abgeschlossen.

»Sie haben da oben eine große Konferenz über das Erdbeben«, sagte Amy, indem sie die Stimme zu einem Flüstern senkte. »Wir versuchen zu hören, was sie reden.«

»Es hat gerade angefangen«, sagte eine Studentin, ein kräftiges Mädchen, das sein langes Haar zu einem Knoten gedreht hatte. »Sie sind alle in Walt Jacobs' Büro.«

Memphis
11. Januar
13:10 Uhr

Die Seismologen saßen im ehemaligen Wohnzimmer. Sperrholzplatten schlossen die Fenster, die bei dem Erdbeben zersprungen waren. Die Atmosphäre war gespannt, erwartungsvoll. Unter den elf anwesenden Personen waren einige der größten Namen in der Erdbebenforschung. Vier, darunter Atkins und Guy Thompson, warem beim USGS. Walt Jacobs vertrat das Zentrum für Erdbebenforschung.

Als Vorsitzender der Kommission für Erdbebensicherheit der fünf Staaten leitete Paul Weston die Sitzung. Sein erster Punkt der Tagesordnung war es, alle Teilnehmer auf Geheimhaltung einzuschwören.

»Ich brauche keinem von Ihnen zu sagen, wie wichtig das ist«, meinte Weston.

Er erteilte Guy Thompson das Wort. Atkins fiel auf, daß er das lange Haar zu einem Pferdeschwanz gebunden hatte. Er hatte auch das Hemd gewechselt. Er trug ein anderes Westernstück, diesmal aus leuchtend blauem Satin. Der CD-Player klemmte noch an seinem Gürtel, und um den Hals hingen Kopfhörer.

Thompson entschuldigte sich im voraus bei der Gruppe. Er änderte noch etwas an den Einstellungen seines Projektors. »Das ist alles vielleicht ein wenig grob«, sagte er. »Wir hatten keine Zeit, diese Bilder zu überarbeiten und sie zu vergrößern. Ich sehe sie selbst zum erstenmal.«

Die seismischen p- und s-Wellen-Muster, die während des Bebens aufgezeichnet und in seine Computerreihe eingespeist worden waren, erzeugten ein Bild, das keiner der Teilnehmer erwartet hatte. Als es auf die große Leinwand projiziert wurde, waren Laute des Erstaunens zu hören.

Das zweidimensionale Bild – eine dunkle Linie über einer topographischen Karte – zeigte, daß die New-Madrid-Störung, oder zumindest ein Hauptzweig, viel weiter nach Süden reichte, als alle gedacht hatten. Es sah aus, als würde der südwestliche Arm der Störung fast dreißig Kilometer über Memphis hinaus nach Süden reichen. Ursprünglich hatte man angenommen, daß dieser Abschnitt rund sechzig Kilometer nördlich der Stadt endete. Diese fast hundert Kilometer lange Schwachstelle tief in der Erde war immer dagewesen, verborgen und unbemerkt – bis jetzt.

Atkins und die anderen waren geschockt. Die New-Madrid-Störung hatte sich im Umfang nahezu verdoppelt.

Eine von Thompsons computervergrößerten Graphiken zeigte einen Querschnitt der Erdkruste.

»Sie können sehen, wie sich Geschwindigkeit und Richtung der Wellen änderten, als sie sich der Oberfläche näherten«, erläuterte er, während er die Computerbilder auf der Leinwand eingehend betrachtete. Das Licht wurde zurückgedreht. Die seismischen Wellen hatten die Richtung geändert und wurden schneller und stärker, als sie verschiedene Gesteinsschichten trafen. Tief unter Culp's Hill schien es eine ungewöhnlich dicke Schicht weicher Sedimente zu geben.

»Das ist so ein Bündelungseffekt, der die Geschwindigkeit der Oberflächenwellen verdoppeln, mitunter verdreifachen kann«, fuhr Thompson fort. »Deshalb war die Erschütterung in diesem Stadtteil so stark.«

»Können Sie die Störung noch genauer darstellen?« fragte einer der Geologen von der Universität Memphis.

Kopfschüttelnd erklärte Thompson, sie sei zu tief in der Erdkruste, fast dreißig Kilometer. Seine Abbildungstechniken waren den Methoden der Computertomographie und Ultraschallaufzeichnung sehr ähnlich. Die Bilder wurden durch Zusammensetzen der schwachen Echos erzeugt, wenn die seismischen Wellen von verborgenen Gesteinsschichten und Störungen reflektiert wurden. Die Bilder waren selten scharf umrissen; die Störung war im besten Fall nur indirekt zu sehen.

»Mit Sicherheit können wir nur sagen, daß sich der Hauptimpuls seismischer Energie in südlicher Richtung entlang einer bisher unbekannten Störung fortpflanzte. Das Epizentrum Nahe Mayfield in Kentucky war der wahrscheinliche Auslöser.« Er warf eine Karte von Tennessee, Kentucky und Missouri auf die Leinwand.

»Die seismischen Wellen wurden tatsächlich schneller, als sie auf eine Störungszone tief unter dem Gebiet von Memphis trafen. Es war wie ein Glockenläuten.«

Für Atkins war das Überraschende, daß der Schaden nicht viel schlimmer war. Das ausgedehnte Schichtgestein, das die Störung bedeckte, mußte die seismische Energie abgelenkt oder gestreut haben. Die Ausnahmen waren Stellen wie Culp's Hill, wo sie buchstäblich die Kruste durchbrochen hatte.

Thompson verwendete das Bild von Radspeichen. Was er als ›Memphis-Störung‹ bezeichnete, war eine neue Speiche der New Madrid Seismic Zone.

Walter Jacobs sagte: »Das wird den Leuten einen Riesenschreck einjagen. Wie bringen wir der Öffentlichkeit bei, daß Memphis genau über einer neuentdeckten Störung liegt? Fällt dazu jemandem etwas ein?«

Atkins bemerkte ein kleines Stocken in der Stimme seines Freundes. Sein Gesicht war grau. Die Angst im Raum war fast greifbar. Atkins spürte sie, teilte sie.

»Nichts davon dringt nach außen. Das kommt nicht in Frage«, sagte Paul Weston. »Würde nur unnötige Panik verursachen.« Seine Stimme war tief, kräftig, herrisch. Atkins fielen die dunklen, scharfen Augen auf, die kaum blinzelten. Der Mann war tadellos gekleidet, mit grauem Anzug, Weste und Schuhen mit Lochmuster. Die meisten anderen Erdwissenschaftler im Zimmer waren sehr viel zwangloser angezogen. Jeans, weite Pullover und Wanderschuhe mit dicken Sohlen herrschten vor. Weston dagegen hätte man eher für einen Banker als für einen Geologen gehalten.

»Wir müssen absolut sichere Daten haben, bevor wir irgendwelche Verlautbarungen herausgeben«, sagte Weston. »In dieser Hinsicht kann ich für die ganze Kommission sprechen.« Er wiederholte seine vorherige Mahnung, daß nichts von dieser Diskussion den Raum verlassen dürfe.

»Hier bin ich anderer Meinung, Paul«, sagte Jacobs, indem er versuchte, den Kloß im Hals hinunterzuschlucken. »Die Hälfte der Leute in dieser Stadt wohnt in Backsteinhäusern. In der Stadtmitte gibt es kein einziges Hochhaus, das nach den kalifornischen Erdbebenvorschriften gebaut ist. Wenn wir ein großes Beben bekommen, wird es Menschen begraben. Sie müssen es einfach erfahren.«

»Ich habe es nie für einen guten Gedanken gehalten, der Öffentlichkeit Informationen vorzuenthalten, auch wenn sie möglicherweise erschreckend sind«, warf Atkins ein. »Ich würde ihnen lieber sämtliche Daten geben, die sie gebrauchen können. Auch die kleinsten Dinge, etwa wie sie Erdbebengefahren in ihren Häusern verringern können.«

Weston sah von seinen Unterlagen auf und schien Atkins zum erstenmal wahrzunehmen. Er runzelte die Stirn. »Es geht nicht darum, Informationen zurückzuhalten. Es muß dafür gesorgt sein, daß sie präzise sind.«

»Ich meine, das haben Thompsons Computer bereits getan«, sagte Atkins gereizt. Ihm war klar, daß Weston die Richtung der Diskussion nicht paßte.

»Was ist mit Nachbeben?« fragte ein anderer Geologe ungeduldig. »Das war ein ganz schön starker Stoß heute morgen oben am Kentucky Lake. Stärke fünf Komma eins. Ich würde gern eine Reihe von Seismographen aufstellen, um zu sehen, was passiert.« Dahinter stand der Gedanke, das Gebiet möglichst dicht mit Instrumenten zu versehen, um genaue Meßwerte zur Tiefe, Richtung und Intensität der seismischen Aktivität zu erhalten.

»Das kann ich nur unterstreichen«, sagte Guy Thompson. »Wir haben seit fünf Uhr heute morgen mindestens vierzig kleine Beben dort oben gehabt, keines mehr als Stärke zwei, aber ein richtiger Schwarm.«

»Wir müssen unbedingt den Staudamm überprüfen.« Jacobs ärgerte sich über sich selbst, daß ihm dieser wichtige Punkt erst jetzt einfiel.

»Das habe ich bereits in die Wege geleitet«, sagte Weston.

Erleichtert nickte Jacobs. »Freut mich zu hören. Das ist eine Stelle, wo wir bestimmt keinen Ärger brauchen können.«

»Sind wir soweit, daß wir über Energieprojektionen sprechen können?« fragte ein Geologe. Er hatte still in einer Ecke gesessen und wie wild Notizen gemacht. Er war jung, Ende Zwanzig, und trug einen grellbunten Pullover. Atkins erkannte ihn, konnte sich aber nicht an den Namen erinnern. Er war von der Universität Chicago.

Zu messen, wieviel Energie in elastisch gespanntem Gestein eingeschlossen blieb, war ein kompliziertes, zeitaufwendiges Verfahren, aber unentbehrlich für die Berechnung, ob das Potential für ein weiteres großes Beben im Boden lagerte, ob es wie eine Sprungfeder zusammengedrückt war.

Einer schlug vor, eine GPS-Studie zu erstellen, um mögliche horizontale oder vertikale Verschiebungen der Erdkruste zu messen. Das Global Positioning Satellite System erlaubte genaueste Messungen der Veränderungen in der Erdoberfläche, eine der besten Möglichkeiten, Gesteinsstreß zu überprüfen. Wenn die Erdkruste sich hob oder aufwölbte, hieß das, daß noch Energie im Boden gespeichert war.

»Weiß jemand, wann das Satellitensystem wieder geschaltet ist?« fragte Atkins. Ungewöhnlich starke Flares hatten das System vor mehreren Tagen außer Betrieb gesetzt. Die Strahlungsausbrüche hatten auch dem Stromnetz an der Ostküste übel mitgespielt.

»Noch vier Tage«, sagte eine Stimme hinten im Zimmer. »Der Sonnenwind ist noch sehr stark. Von den Satelliten ist keiner betriebsbereit.«

Atkins drehte sich um, um zu sehen, wer gerade gesprochen hatte. Eine Frau lehnte an der Rückwand. Sie hatte glattes blondes Haar und trug einen Jeansrock und eine Tweedjacke. Gutaussehend, ungefähr dreißig. Eine Aktentasche und ein Laptop hingen von der Schulter. Niemand hatte sie hereinkommen sehen.

Alle im Raum waren verblüfft, Elizabeth Holleran dort stehen zu sehen, und fragten sich, wo und wie sie hereingekommen war.

Weston erhob sich halb vom Stuhl. »Dies ist eine private Besprechung.«

Elizabeth kannte drei oder vier Männer von Konferenzen, an denen sie zusammen teilgenommen hatten. Einer kam ihr zu Hilfe. Sie erinnerte sich entfernt an ihn.

»Tag, Elizabeth«, sagte einer der USGS-Geologen, der von Kalifornien eingeflogen war. »Das ist Dr. Elizabeth Holleran vom Caltech und so ungefähr die beste Feldarbeiterin, die ich jemals kennengelernt habe. Sie macht großartige C-14-Datierungen an der Pazifikküste bei Los Angeles. Hatte vor ein paar Monaten in ›Erdwissenschaften‹ einen sensationellen Aufsatz zu dem Thema.«

»Ich möchte wissen, wie sie hereingekommen ist«, sagte Weston verärgert.

Elizabeth entschuldigte sich für die Unterbrechung. Sie erklärte das mit dem Tunnel und der Tür.

Weston sprang auf, lief zu der Tür, die zum Tunnel führte und riß sie auf. Er sah die versammelten Studenten auf der Treppe sitzen. »Verschwinden Sie alle sofort von hier«, sagte er, indem er die Tür zuknallte und abschloß.

»Sie konnten wirklich nichts hören.« Elizabeth tat es leid, die Studenten in Schwierigkeiten zu bringen. Es war unmöglich, durch die geschlossene Tür etwas zu hören.

Weston wiederholte seine Bitte an Elizabeth zu gehen. »Sie werden sicher verstehen, warum wir uns hier treffen und warum wir auf strikter Geheimhaltung bestehen müssen. Sie waren nicht eingeladen.«

»Ich brauche bloß fünf Minuten«, sagte Elizabeth. »Es ist wichtig.« Seit sie am Vortag ins Flugzeug gestiegen war, hatte sie überlegt, wie sie es anfangen sollte. Sie hielt es für die beste Methode, alles offen auf den Tisch zu legen und zu versuchen, sich nicht von dem beruflichen Risiko, das sie einging, lähmen zu lassen.

»Ich habe Daten bekommen, die ein starkes Beben an der New-Madrid-Störung um den 20. Januar voraussagen. Was ich mich frage und was mir nicht aus dem Kopf geht, ist, ob das Erdbeben, das Sie hier unten gerade hatten, nicht ein Vorbeben zu einem noch stärkeren war.«

Atkins konnte sie nur anstarren. Ist das wirklich ihr Ernst? fragte er sich. Jacobs und die andern reagierten genauso.

Elizabeth legte seltsamerweise ihre Nervosität ab. Ohne Eile begann sie mit dem Anruf von Otto Prable vor drei Tagen; dann faßte sie schnell und knapp seine Daten über die maximale Sonnenaktivität am oder um den 20. Januar zusammen, ein Fenster, das mit einer Periode extrem starker Anziehungskraft des Mondes zusammenfiel. Nach Prables Ansicht konnten diese gewaltigen Kräfte ein Beben in einem Gebiet auslösen, das bereits unter maximalem Streß stand. Und aufgrund früherer GPS-Meßwerte, die eine Hebung der Erdkruste anzeigten, stand die New-Madrid-Zone eindeutig unter Streß. Elizabeth erwähnte auch Prables Beobachtungen starker Veränderungen in elektromagnetischen Feldern und die lange Periode, die der Mississippi und der Ohio schon Hochwasser führten, was ständigen Druck auf die Störung ausübte.

»Ich weiß, wie unglaubwürdig das erscheinen muß«, schloß sie. »Ich konnte nur einen kurzen Blick auf Dr. Prables Wahrscheinlichkeitsanalyse werfen. Ich habe seine Daten alle mitgebracht.«

Sie hatte ungefähr vier Minuten ohne Pause gesprochen. Alle in dem engen, überhitzten Raum waren wie gelähmt von ihrem Bericht.

Walt Jacobs brach die Stille. »Ist Prable der Mann, der früher am Caltech unterrichtete?«

Elizabeth nickte.

»Er war doch Physiker?«

»Geophysik.«

Sie wollte weitersprechen, aber Paul Weston fiel ihr verärgert ins Wort. »Dieser Prable ist nicht einmal Seismologe, und Sie erzählen uns, daß er das Erdbeben vorausgesagt hat.« Er schüttelte höhnisch den Kopf. »Sie haben uns genug Zeit gestohlen.«

Elizabeth wußte, daß sie eiskalt bleiben mußte, wenn sie es schaffen wollte. Es nahm eine häßliche Wendung, aber sie würde alles verderben, wenn sie aus der Fassung geriete.

»Nach Otto Prables Analyse stellt sich eine Periode maximalen Stresses um den 20. Januar ein. Das ist in neun Tagen. Sie haben gerade ein größeres Beben gehabt. Ich will Ihnen nur sagen, daß mir die Stärke sieben Komma eins drüben in Los Angeles jedenfalls aufgefallen ist. Ein mittelschweres Erdbeben genau dort, wo er es für wahrscheinlich gehalten hatte. Von Berufs wegen meine ich, daß seine Methode wie Science-fiction klingt. Ich habe es auch nicht ernst genommen – bis zu dem Beben. Ich glaube immer noch, daß es wohl

Glück war. Er hat gut geraten, aber nehmen wir einmal an, nur als Diskussionsgrundlage, daß er etwas herausbekommen hat, mag es noch so weit hergeholt klingen. Haben Sie nicht heute morgen hier in der Gegend eine Stärke fünf gehabt? Ich frage mich immerzu, ob das nicht Vorbeben gewesen sein können.«

Sie ließ diesen Gedanken einen Moment so stehen, während sie jedem einzelnen im Raum direkt in die Augen blickte. Alle beobachteten sie abwartend. Paul Weston hielt den Kopf gesenkt und runzelte die Stirn.

»Ich würde wenigstens wissen wollen, was Prable zu sagen hatte«, fuhr Elizabeth fort. »Ich würde seine Daten sehen wollen, einfach um mich abzusichern. Bestimmt sind sie sehr fehlerhaft. Aber ich meine, es wäre fahrlässig, sie nicht nachzuprüfen. Der Mann war hervorragend. Ich habe seine ganze Computerdatei hier auf CD-Rom. Wir können sie gleich hier einspielen.«

Sie bemerkte John Atkins' nachdenkliches Schmunzeln. Der Blick ärgerte sie. Es war, als wollte er ihr sagen, da hast du dich schön in die Patsche gesetzt, Mädchen, wie zum Teufel willst du da wieder rauskommen?

»Was ist mit Otto Prable passiert?« fragte Atkins. Der Name war ihm bekannt. Möglich, daß er dem Mann bei einem Seminar begegnet war. Weston und einige andere sahen ziemlich wütend aus. Atkins mußte einfach bewundern, wie gut die Frau ihre Sache machte, auch wenn das, was sie sagte, völlig aus den Wolken geholt klang.

»Er ist tot«, sagte Elizabeth. »Er war sehr krank. Er hat sich das Leben genommen.«

Fuchsteufelswild knallte Weston eine Handvoll Papiere auf den Tisch. Das reichte ihm.

»Ich schreibe einen Brief an Ihren Institutsleiter«, sagte er. »Das verspreche ich Ihnen. Und jetzt verschwinden Sie auf der Stelle, oder muß ich die Polizei rufen.«

»Nicht nötig«, sagte Elizabeth. Sie nahm ihre Aktentasche und den Laptop. »Mein Institutsleiter ist George McGintry. Ich schlage vor, daß Sie ihm eine e-Mail schicken. Das geht schneller.«

Memphis
11. Januar
15:46 Uhr

Nachdem die Dringlichkeitssitzung an der Universität Memphis zu Ende war, stieg der Vorsitzende der Kommission für Erdbebensicherheit in ein wartendes Auto. Er wurde zu einem Flugzeughangar in einer abgelegenen Ecke des internationalen Flughafens von Memphis gefahren. Dort begleitete man ihn zu einer Hintertür, wo ihn ein junger Mann mit Handy und Klemmbrett hineinführte.

Tad Parker, der Gouverneur von Kentucky, war erst Minuten vorher gelandet. Sein privater Learjet parkte vor dem Hangar.

Zwei andere Männer warteten in dem leeren, ungeheizten Gebäude. Stan Marshal, der ältere und nervösere der beiden, war Seismologe, ein kräftiger Mann mit Schirmmütze. Mark Wren war Ingenieur und Geologe. Sie arbeiteten für Weston und waren gerade vom Kentuckydamm zurückgekommen. Die Mäntel hatten sie bis oben zugeknöpft. Es war innen so kalt, daß man ihren Atem sehen konnte.

Parker war von Frankfort, der Hauptstadt Kentuckys, eingeflogen. Seine Anwesenheit in der Stadt war geheim.

Der Gouverneur, immer tadellos gepflegt, trug einen der Zweireiher, die sein Markenzeichen waren. Sehr groß, fast einsneunzig, hatte er das sportlich gute Aussehen seiner Jugend bewahrt, als er für das Basketballteam der Universität Kentucky als Spielmacher antrat. Als konservativer Republikaner war Parker zweimal mit großen Mehrheiten zum Gouverneur gewählt worden und begann gerade ernsthaft, Geld zusammenzubringen, größtenteils in der Wall Street, um für die Präsidentschaft zu kandidieren. Insider schrieben ihm gute Chancen zu. Kentuckys Wirtschaft boomte, vor allem dank Parkers entschieden unternehmerfreundlicher Politik und niedrigen Steuern. Der Amtsinhaber, Präsident Nathan Ross, war unpopulär. Parker war im Aufwind.

Er hatte seine Werbereise nach Kalifornien aufgeschoben, um mit Weston zu sprechen. Nur seine engsten Berater wußten, daß er sich in Memphis aufhielt.

Der Gouverneur begrüßte den Geologen knapp. Er hatte viel dafür getan, damit Weston zum Leiter der einflußreichen Fünfstaatenkommission für Erdbebensicherheit wurde. Zwei seiner wichtigsten Wahlkampfspender, die obersten Chefs zweier großer Maschinenbaufirmen, hatten sich für Weston stark gemacht, also hatte er ihnen den Gefallen getan, wenn auch widerstrebend. Er fand die Kälte des Mannes unsympathisch. Parker mochte Weston nicht, hatte aber keinen Grund, seine Arbeit zu kritisieren. Weston war kompetent und schien alles im Griff zu haben.

Die Kommission, und das war einmalig im Land, war grenzüberschreitend und hatte die absolute Vollmacht, dafür zu sorgen, daß neue Gebäude und Konstruktionen die seismischen Sicherheitsnormen erfüllten. Sie waren auch dabei, einige ältere Konstruktionen, darunter mehrere wichtige Brücken über den Mississippi, nachträglich anzupassen. Ihre Zuständigkeit erstreckte sich auch auf die großen Dämme am Tennessee in der Fünfstaatenregion.

»Wie ist die Lage am Kentuckydamm?« fragte Parker.

»Wir haben ein paar Risse in der Basismauer. Sie bildeten sich nach dem Hauptstoß. Wir versuchen, sie so schnell wie möglich zu reparieren und zu armieren. Nichts, was wir nicht in den Griff kriegen.«

Weston hatte langsam und überlegt gesprochen, hatte sich sogar fast beschwingt angehört.

»Sie sind sich sicher, daß die Risse repariert werden können?« fragte Parker.

»Ja, Gouverneur«, sagte Weston in seinem forschen, energischen Ton. »Es wird ein paar Wochen dauern, um es richtig zu machen. Wir haben schon eine Menge schweres Gerät hingeschafft. Ich sollte noch erwähnen, daß die Leute anfangen zu reden. Sie wissen, daß es am Damm ein Problem gibt. Eine Frau, die einen der Jachthäfen betreibt, macht einigen Wirbel. Sie spricht mit den Leuten. Möchte eine öffentliche Versammlung.«

»Wie heißt sie?« fragte Parker interessiert.

»Lauren Mitchell.«

»Vielleicht hat sie recht. Vielleicht sollten wir eine Versammlung ansetzen.« Parker dachte über den Einfall nach, wog seine Möglichkeiten ab. »Damit die Leute wissen, woran sie sind. Ihnen die Wahrheit sagen. Daß ein Schaden aufgetreten ist, der aber behoben wird, so daß keine Gefahr besteht. Haben Sie damit Schwierigkeiten, Doktor?«

»Nein, Sir. Ist mir mehr als recht.«

Parkers Blick fixierte Weston, durchbohrte ihn. »Meinen Sie, wir könnten bald noch ein schweres Beben dort oben kriegen? Eines, das so stark ist, daß es den Damm zerstört?«

»Das glaube ich nicht.«

»Weichen Sie mir aus?«

»So war es nicht gemeint, Sir«, sagte Weston. »Die Statistik spricht sehr gegen ein neues starkes Beben. In Hinblick auf die im Boden noch vorhandene seismische Energie ist es fast ein Ding der Unmöglichkeit.«

Parker traf seine Entscheidung.

Sie würden den Damm möglichst schnell reparieren. Er wollte die Arbeit binnen zwei Wochen erledigt haben. Auf die Kosten sollte es nicht ankommen. Er würde die anderen Gouverneure davon überzeugen, mitzumachen und die gemeinsam von den Staaten und dem Bund zu tragende Finanzierung gutzuheißen. Die Gouverneure mußten abstimmen, um Ausgaben zur Reparatur von Erdbebenschäden zu billigen. Sie brauchten auch das Ja der TVA, aber das war nie problematisch gewesen.

Parker sprach noch ein anderes Thema an. »Sollten wir über eine Evakuierung der Städte unterhalb des Damms für die Dauer der Reparatur nachdenken?« fragte er.

»Das halte ich nicht für notwendig, Gouverneur. Die Risse sind keine Gefahr für die bauliche Substanz des Damms. Ich meine, ein Evakuierungsbefehl würde unnötige Härten mit sich bringen und Panik auslösen.«

Parker dachte darüber nach: »In Ordnung. Halten Sie mich auf dem laufenden.«

Das Treffen war beendet. Augenblicke später war Parker wieder an Bord seines Learjets, um nach Kentucky zurückzufliegen. Er hatte die Reise nach Kalifornien zur Wahlkampffinanzierung um einige Tage verschoben, damit er Zeit hatte, die Erdbebenschäden in seinem Staat zu besichtigen.

Erleichtert sah Weston den Gouverneur abfliegen. Er war nicht ganz offen gewesen, denn er hatte die Schäden am Damm heruntergespielt und Glück gehabt, daß Parker ihn nicht zu genaueren Auskünften zu dem Thema gedrängt hatte. Die Sprünge – fünf insgesamt – waren zehn Meter lang und leckten. Sie ließen Pumpen laufen, um den Wasserspiegel an der Innenmauer des Damms niedrig zu halten, damit sie die Reparaturen ausführen konnten.

Er wollte Marshal und Wren sofort zurückschicken, damit sie zusahen, daß die Arbeit so schnell wie möglich fertig würde. Sie setzten alles auf eine Karte, und es war ihnen bewußt.

Memphis
11. Januar
17 Uhr

Die berühmten, mit Gewürzen eingeriebenen ›trockenen‹ Sparerips von Memphis waren die Spezialität des Hauses im Blue Sax Grill, einer Institution in der Beale Street. Die Art, wie die Kellner die dampfenden Fleischplatten servierten, machte mit die Atmosphäre aus. Das Lokal, im Erdgeschoß eines alten Drugstores, war nicht billig. John Atkins war zeitig zum Abendessen in den Blue Sax Grill gegangen, bevor das Gedränge zu groß wurde. Ein hochgewachsener Kellner mit mahagonifarbener Haut und weißer Schürze nahm seine Bestellung entgegen und rief ein paar knappe Worte in die Küche: »Halbe Portion, Bier.«

Es war erst später Nachmittag, aber Atkins wollte sich früh hinlegen. Er hatte Walt Jacobs' Einladung ausgeschlagen, bei ihm und seiner Frau zu Hause zu essen. Zum einen war er erschöpft. Zum andern mußten sie beide früh aufstehen, um einen Hubschrauberflug nach Mayfield in Kentucky, gleich hinter der Grenze von Tennessee, zu erwischen. Er, Jacobs und ein Team aus vier anderen Seismologen wollten eine Kette von Seismometern aufstellen. Sie planten, fünfzehn Meßgeräte auf einer Linie aufzustellen, die ungefähr von der äußersten südwestlichen Ecke des Staates genau nach Osten zum Kentucky Lake lief.

Dort hatte es besonders viele Nachbeben gegeben. Sie hofften, präzisere Meßwerte darüber zu erhalten, was genau tief in der Erdkruste vor sich ging. Der stärkste Stoß, früher an diesem Morgen, hatte die Stärke fünf Komma eins gehabt.

Der Kellner hatte seine Bestellung gebracht und die schwere Platte mit den Sparerips vor ihn gestellt, als Elizabeth Holleran sich vorstellte.

»Darf ich mich zu Ihnen setzen?« fragte sie.

Atkins zögerte, indem er ein Stöhnen unterdrückte.

»Wenn Sie lieber nicht möchten ...«, sagte Elizabeth.

»Nein, bitte. Setzen Sie sich.« Er raffte die Zeitungen zusammen, die er bei dem düsteren Licht zu lesen versucht hatte, und machte einen Platz für sie frei. »Es ist bloß irgendwie ein harter Tag gewesen.« Er hatte keine Lust, sich mit dieser Frau auf eine analytische Debatte über Sonnenflecken, Gezeitenkräfte und Erdbebenvorhersagen einzulassen. Er war viel zu skeptisch. Viel zu müde.

»Einer der USGS-Leute sagte mir, wo ich Sie vielleicht finden würde«, sagte sie, während sie sich setzte.

Atkins schob seinen Stuhl zurück und wartete, daß sie anfing, um es hinter sich zu bringen.

»Kann ich etwas zu trinken bestellen?« fragte Elizabeth. Sie hatte die Nase voll von seinem gereizten Ton und seinem finsteren Blick. Am liebsten hätte sie ihn zum Teufel gejagt und wäre weggangen, einfach hinausspaziert. Aber die Sache war zu wichtig. Sie mußte mit ihm reden.

»Klar, warum nicht?« sagte Atkins. Er hielt seinen Kellner an und bat um noch ein Glas. Der Mann kam flink zurück und knallte den beschlagenen Krug wortlos auf den zerkratzten Holztisch.

»Ein arroganter Kerl, dieser Kellner«, bemerkte Atkins. »Sie geben dem Lokal seinen südlichen Charme.« Er dachte schon darüber nach, wie er so schnell und höflich wie möglich verschwinden könnte.

»Jim Dietz hat mir einen Gruß an Sie aufgetragen«, sagte Elizabeth. Sie hatte gerade mit ihm telefoniert. »Wir arbeiten gemeinsam an dem Projekt von Point Arguello.«

Atkins hatte am Caltech bei Dietz einige Kurse für Fortgeschrittene in Seismologie belegt. Sie waren in Verbindung geblieben. Atkins fand ihn sympathisch und respektierte seinen Intellekt.

»Wußte Jim, was Sie hier vorhatten?« fragte er.

Elizabeth nickte. »Er sagte, ich wäre nicht ganz bei Trost.« Sie nahm einen großen Schluck Bier.

Atkins lächelte unwillkürlich. Sie erinnerte ihn an eine eifrige Doktorandin. Vielleicht ein wenig älter, aber nicht viel. Ende Zwanzig. Nicht schlecht aussehend. Aus der Nähe besser als im Konferenzraum, wo sie auch schon recht gut ausgesehen hatte. Genaugenommen sah sie verdammt gut aus, wie sie da auf der Stuhlkante saß in ihrer grünen Jacke und den schwarzen Cordhosen. Kein Make-up. Hatte sie nicht nötig.

Atkins machte ihr ein Kompliment zu ihren Aufsätzen über die Grabung bei Point Arguello. Er hatte beide gelesen. Es war solide Forschung von jemandem, der Monate draußen verbracht hatte und mit Sachverstand schrieb. Er bemerkte Elizabeths samtige tiefe Sonnenbräune. Das war eine Frau, die sich nicht vor schwerer Arbeit oder vor der Sonne fürchtete. Aber er hatte nicht die Absicht, mehr Zeit als unbedingt notwendig mit Prable und seinen Sonnenflecken zu vergeuden.

Elizabeth setzte den Bierkrug ab. Sie wollte anfangen, solange sie noch die Energie hatte. »Ich brauche jemanden, der sich diese Daten anschaut«, sagte sie. »Ich hatte gehofft, daß Sie vielleicht …«

Atkins hielt die Hände hoch. Er hatte damit gerechnet. »Warten Sie«, sagte er. »Ich habe gehört, was Sie heute mittag gesagt haben. Ich will damit nichts zu tun haben.«

»Otto Prable war ein hervorragender Wissenschaftler. Wir müssen seine Daten anschauen. Ich weiß, daß es vermutlich Zeitverschwendung ist. Aber wenn Sie bloß ...«

»Warum ich?« fragte Atkins. »Warum nicht der Typ, der Sie heute mittag vorgestellt hat. Gehen Sie zu ihm. Ich kann Ihnen nicht helfen. Ich möchte Ihnen nicht helfen. Ich meine, Prable hat einfach Glück gehabt.«

In diesem Augenblick spürte Elizabeth, daß ihre Kraft nachließ, daß die Angst durchkam. Sie setzte ihren Ruf vor einem vollkommenen Fremden aufs Spiel, der sich wie ein Arschloch aufführte. Sie zwang sich, diese Gedanken auszuschalten. Schob sie mit ihrer ganzen Willenskraft von sich.

Atkins half. Seine barsche Frage riß sie heraus. »Sie meinen, Prable hätte die Stärke sieben Komma eins, die wir gerade hatten, vorausgesagt? Oder war das nur ein Vorläufer? Ich kriege es nicht auf die Reihe. Und wann soll die größte Gefahr sein? Am 20. Januar?«

Elizabeth gefiel sein herablassender Ton nicht. Es war viel schwieriger, als sie erwartet hatte. »Prable sagte, es bestehe die hohe Wahrscheinlichkeit eines schweren Erdbebens«, sagte sie in sachlichem Ton. »Wir haben bereits ein mittelschweres Beben und mehrere starke Nachbeben gehabt. Ich meine, wir sollten uns anschauen, wovon der Mann redete.«

»Aber er war nicht einmal Seismologe«, widersprach Atkins.

Elizabeth sah ihn an, während sie sich konzentrierte. »Nein.« Diesmal kämpfte sie nicht gegen den Zorn an. »Er war kein Seismologe. Er war nicht einmal Geologe. Und ich sage Gott sei Dank! Eine solche Gruppe verleumderischer Scheinheiliger ist mir noch nicht begegnet. Ist Ihnen noch kein einziges Mal der Gedanke gekommen, daß unser prahlerischer Beruf nie eine exakte Erdbebenvorhersage gemacht hat? Keine einzige in all den Jahren. Da kommt einer, der kein Seismologe ist, und wir haben nichts Eiligeres zu tun, als seine Daten unbesehen niederzumachen, weil er nicht den richtigen Stammbaum hatte. Verdammt!« Sie schlug mit der Faust auf den Tisch. Andere Gäste drehten sich nach ihnen um. Sogar die Kellner mit ihren glasigen Augen blickten vorübergehend interessiert.

Im Aufstehen schnappte sie die Riemen ihrer Aktentasche. Hol's der Teufel, dachte sie. Dietz hatte sich in Atkins total geirrt. Ein absoluter Blödmann. Sie würde es bei einem andern probieren. Vielleicht Jacobs.

»Nein, bitte«, sagte Atkins und bedeutete ihr, sich wieder hinzusetzen. »Gehen Sie nicht.«

Elizabeth Holleran atmete durch. Sie setzte sich wieder. Ihre Augen funkelten. Langsam fing sie noch einmal an. Es war zu wichtig, um dem Zorn die Oberhand zu lassen.

»Die Kernfrage, so scheint mir, ist es, eine Wahrscheinlichkeitsanalyse von Prables Daten durchzuführen«, sagte sie leise. »Ich bezweifle, daß es exakt ist, aber nach dem, was hier passiert ist, möchte ich es auf jeden Fall nachprüfen. Er spricht von einer Periode maximalen Stresses über weitere neun Tage. Meine ganze Ausbildung und meine Instinkte sagen mir, daß er auf dem Holzweg ist, daß seine Arbeit schwere Fehler aufweist. Aber ich frage mich immer wieder, was wäre, wenn er auf irgendeine verrückte Weise recht hätte? Es bleibt nicht viel Zeit.«

»Und Sie glauben, er könnte recht haben?«

Wieder dieses aufreizende Lächeln, dachte sie.

»Als Seismologin halte ich es für höchst unwahrscheinlich. Aber Sie hätten ihn kennen müssen, seinen Verstand und seine Integrität. Wir können es uns einfach nicht leisten, seine Theorie nicht zu überprüfen.«

Sie war noch immer wütend und ein wenig bestürzt über sich selbst, daß sie weiter mit diesem Mann reden wollte. Sie hatte über Atkins gelesen und sich gefragt, wie er sein mochte. Sie schätzte ihn auf Mitte Vierzig. Er hatte ein faltiges, frisches Gesicht und kräftige Schultern und Hände. Die Nase war ganz unmöglich, ein bißchen aus der Mitte gedrückt und am Rücken abgeplattet.

Sie holte zwei Disketten heraus und legte sie auf den Tisch. »Da ist alles drauf«, sagte sie. »Ich hätte Dietz gebeten, sie anzusehen, aber dazu war keine Zeit. Nach dem sieben Komma eins wollte ich sofort herkommen.«

Atkins merkte als erster, wie ihre Biergläser zu zittern begannen. Es war kaum wahrnehmbar, dann wurde die Bewegung deutlicher. Die Gläser klapperten, wackelten auf dem Tisch. Das Bier spritzte heraus. Der Boden ruckte, eine jähe seitliche Bewegung. Nicht viel, aber stark genug, um einen Tafelglasspiegel von der Wand zu schlagen. Er zersprang auf dem Fußboden.

Atkins schätzte die Stärke auf drei. Nichts Bedeutendes, aber das Restaurant war ein einziges Geschrei. Nach den letzten paar Tagen lagen die Nerven bloß. Selbst ein kleines Nachbeben reichte, um Panik auszulösen. Die Leute warfen Tische um, während sie schiebend und stoßend zum Ausgang drängten.

»Die trampeln noch einfach über uns weg«, sagte Atkins, indem er den Tisch an die Wand schob. Sie waren nahe der Tür, genau im Weg.

Er steckte Elizabeths Disketten in seine Jackentasche. Dann kam eine weitere mäßige Erschütterung, stärker als die erste. Eine Reihe Schnapsflaschen fiel von den Regalbrettern hinter der Bar. Von den oberen Stockwerken des Gebäudes regnete gesprungenes Fensterglas auf die Straße.

»Gehen … Sie … nicht … hinaus!« brüllte Atkins. Er hatte das Glas auf dem Pflaster draußen zerplatzen gehört. »Bleiben Sie von der Straße weg! Hier drin sind Sie sicherer!«

Es nützte nichts. Ein schwerer Mann, der so eilig hinauswollte, daß er seine Frau zurückließ, bahnte sich rücksichtslos einen Weg zur Tür. Eine ältere Frau stürzte, und Atkins mußte zwei Leute zurückstoßen, die im Begriff waren, auf sie zu treten. Elizabeth packte die Frau an den Schultern und zog sie aus dem Weg.

Am Ausgang stießen alle zusammen. Schläge wurden ausgeteilt, als ein paar Dutzend Leute verzweifelt versuchten, sich nach draußen durchzudrängen. Atkins hatte das alles schon einmal in Mexico City gesehen. Die Toten hatten sich zwei Meter hoch um die Türen der Hochhäuser gestapelt. Totgetrampelt. Die Gesichter bis zur Unkenntlichkeit eingeschlagen.

Ein gediegen aussehender Mann in den Fünfzigern, weißes Haar und schwarzer Blazer, stieß mit Elizabeth zusammen. In der Hast zu entkommen, schlang er den Arm durch den Riemen ihrer Aktentasche. Er riß sie zu Boden.

Atkins warf den Mann gegen die Wand und befreite Elizabeths Arm. Mit vor Angst vortretenden Augen zielte der Mann grimmig auf Atkins' Gesicht. Atkins duckte den Schlag ab und verpaßte ihm Haken unters Kinn und in den Magen, harte Boxhiebe aus der Schulter heraus. Der Mann rutschte an der Wand herunter und setzte sich.

Viele Gäste kauerten unter Tischen. Die Lampen über den Tischen schaukelten. Atkins sah es, spürte es in dem Restaurant. Das Beben war überhaupt nichts gewesen. Aber es genügte, daß die Leute durchdrehten.

An Bord des HK-101,
Nationalgarde Kentucky
12. Januar
6:12 Uhr

Vom Hubschrauber aus sahen die gepflügten schlammigen Felder aus, als wären sie mit Sandhaufen durchsetzt. Es war kurz nach Tagesanbruch, und sie flogen in sechshundert Meter Höhe über die Baumwollfelder im Stiefelabsatz von Missouri. Im dämmrigen Licht spielten Atkins' Augen ihm wieder Streiche.

Die eigenartigen sternförmigen Muster auf dem Boden hatten eine ins Gelbe gehende, pulvrig weiße Farbe. Als das Licht besser wurde, bemerkte er, daß die Vertiefungen glatt und an den Rändern ausgefasert aussahen. Manche waren riesig. Sie sprenkelten die Überflutungsfläche, die sich sechs Kilometer beiderseits des Mississippi erstreckte.

Das Gesicht an eine Fensterluke gedrückt, schlug Atkins ständig die Hände zusammen, um sie in der beißenden Kälte zu wärmen. Die sechs Geologen auf dem Weg ins südwestliche Kentucky saßen auf Bänken im ungeheizten Frachtraum des Hubschraubers. Der große olivgrüne Helikopter gehörte der Nationalgarde von Kentucky.

Atkins wußte, daß er Sandblasen vor sich hatte, aber mit diesen vergleichbare hatte er nie gesehen. Jeder einzelne weiße Fleck war eine Wunde, Überbleibsel eines Minivulkans, der während der großen Beben von 1811 und 1812 explodiert war. Die Erde unter ihnen hatte sich in Treibsand verwandelt.

»Sieht aus, als wäre der ganze verdammte Absatz in die Luft geflogen«, sagte Atkins mit ungläubigem Kopfschütteln, während er sich auszumalen versuchte, wie es gewesen sein mußte.

Die Sandblasen, das Ergebnis einer umfassenden Bodenverflüssigung, zählten zu den drastischsten Zeugnissen, die von den Erdbeben blieben, die auch Spalten und Krater gebildet hatten. Auch umfangreiche Erdrutsche hatte es gegeben. Der Bereich starker Verflüssigung nahm achtundvierzigtausend Quadratkilometer ein, womit es eine der größten Erdbebenverflüssigungszonen der Welt war. Der einzige Konkurrent lag in der Gangesebene Indiens, das Resultat von Beben im Himalaja.

Die Bodenverflüssigung trat auf, wenn ein Erdbeben nassen Boden erschütterte, der locker geschichtet und feinkörnig war, meist eine Mischung aus Ton und Sand. Sie verwandelte sich in eine zähe Flüssigkeit, die Treibsand ähnelte. Wenn der Druck stark genug war, wurden Sand und Wasser mit solch explosiver Kraft an die Oberfläche geschleudert, daß sie Sandvulkane oder Sandblasen bildeten. Viele maßen zwei bis sechs Meter im Durchmesser, manche weit über dreißig Meter. Die gehärteten kegelförmigen Seiten der Sandblasen verschwanden schließlich, hinterließen aber jene weißen Flecke auf dem bügelbrettebenen Land.

Der Vorgang hatte Atkins immer fasziniert. Jacobs klappte seinen Laptop auf und tippte auf ein paar Tasten. Auf dem Bildschirm erschienen verschiedene Beispiele der bizarren Sandgebilde, die er Atkins zeigte.

Jacobs gab dem Piloten über ein Mikrophon Anweisungen. Atkins versuchte immer noch, zu sich zu kommen und wach zu werden. Er hatte gerade noch rechtzeitig den Flugplatz erreicht.

Auf dem Weg hatte er kurz beim Erdbebenzentrum haltgemacht. Er war um 4:30 Uhr dort gewesen und hatte eine detaillierte e-Mail-Nachricht für Guy Thompson hinterlassen. Wider bessere Einsicht hatte er seinen Freund gebeten, eine Wahrscheinlichkeitsanalyse von Prables Erdbebenvorhersagen vorzunehmen. Er hatte ihn außerdem gebeten, die Daten mit Jacobs' Beobachtungen zu vergleichen. Die zwei Disketten von Elizabeth Holleran hatte er dazugelegt. In der Überzeugung, daß es Zeitverschwendung war, hatte er Thompson gesagt, es nur zu versuchen, wenn er es einschieben könnte. Das würde nicht leicht werden. Thompson arbeitete ohnehin schon 18 Stunden am Tag.

Plötzlich bedauerte Atkins, daß er das getan hatte. Guy hätte viele Gründen, in die Luft zu gehen, und er konnte es ihm nicht verdenken.

Schnitte durch Extrusivsandformen

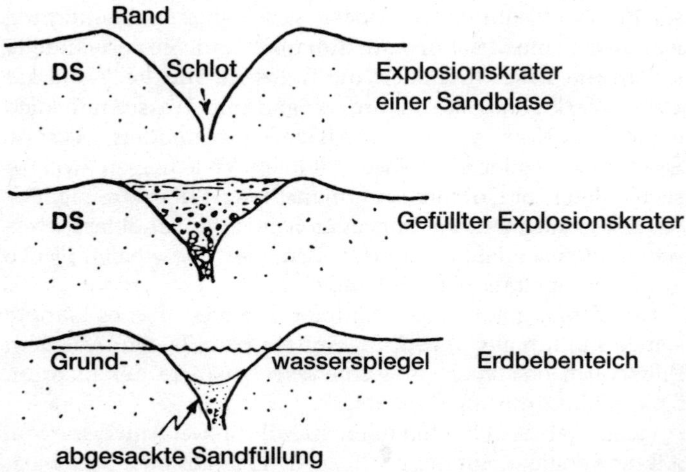

Ihm fiel wieder ein, wie er mit Elizabeth Holleran auf der Straße vor dem Blue Sax gestanden hatte. Sie dankte ihm, daß er den Mann von ihr weggerissen hatte. Aber sie war noch völlig konzentriert. Sie fragte ihn noch einmal, ob er von jemandem eine Computeranalyse von Prables Erdbebendaten machen lassen könnte. Eine hartnäckige, gutaussehende junge Dame. Aber er wünschte trotzdem, er hätte Thompson nicht die Disketten gegeben. Bei der nächsten Gelegenheit würde er ihn anrufen und ihm sagen, er solle es vergessen. Er glaubte, sich bei Thompson entschuldigen zu müssen.

»Wir fliegen gleich über die größte Sandblase der Welt, dann schwenken wir ungefähr dreißig Kilometer nach Norden nach New Madrid«, sagte Jacobs.

Atkins sah den hellgetönten Fleck auf der Erde vor allen andern. Er war wie ein Trichter geformt, dessen spitz zulaufendes Ende sich zum Fluß hin bog.

»Ist es das?« fragte er staunend. Die Sandblase war riesig.

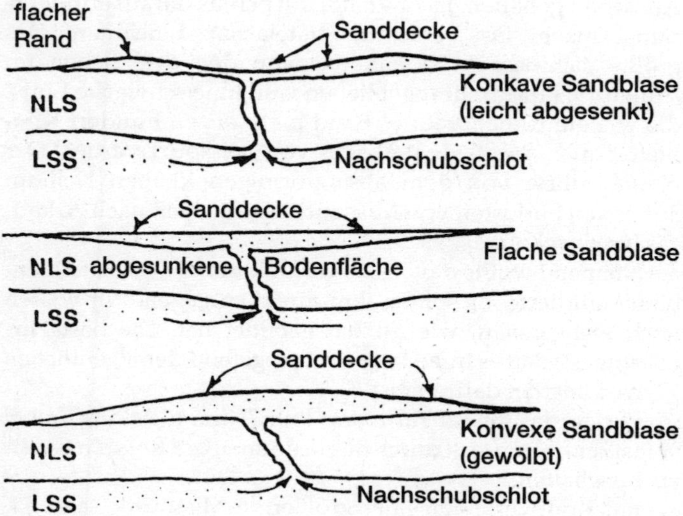

Jacobs nickte. »Es ist soviel Sand da unten, daß die Leute vom ›Strand‹ sprechen.«

Eine Landstraße stieß unmittelbar auf den Rand der Fläche und schwenkte im rechten Winkel ab.

»Sie ist zweieinhalb Kilometer lang«, erläuterte Jacobs, »und etwa achthundert Meter breit. Der Boden ist mit Schutt vom Beben übersät – Kohle, Braunkohle, Holzkohle. Als die hier entstand, muß es geklungen haben, als hätte jemand eine Röhre direkt in die Hölle geöffnet.«

Atkins zweifelte nicht daran und versuchte sich auszumalen, wie es ausgesehen haben mußte, als der Boden aufzubrechen und zu kochen begann. Ein Bild aus dem Inferno. Aufsteigende Geysire aus Dreck, tief aus der Erde neun, zwölf und fünfzehn Meter in die Höhe geschleudert. Der Lärm muß ohrenbetäubend gewesen sein.

»Festhalten. Wir steigen«, verkündete Jacobs den Geologen, deren Blicke auf den Boden geheftet waren. Der Sikorsky schoß aufwärts wie ein Aufzug und stabilisierte sich wieder bei etwa 1200 Meter.

Atkins entdeckte es zuerst, aber er hatte auch danach Ausschau gehalten. Jacobs hatte ihn bereits darauf aufmerksam gemacht. Das berühmte Stiefelabsatz-Lineament. Das größte sichtbare Merkmal, das von den drei Beben im frühen 19. Jahrhundert geblieben war. Eine schwache Linie, die wie ein rötlichbraunes Band mehr als einhundert Kilometer quer durch den Absatz von Missouri verlief. Der Name rührte von dem absatzförmigen kleinen Keil im äußersten Südosten von Missouri her, der sich nach Arkansas hineinschob.

»Niemand wußte davon, bis ein Doktorand 1988 Satellitenbilder studierte. Es sprang ihm direkt entgegen. Wir wissen noch nicht genau, wie es sich gebildet hat. Die beste Erklärung ist, daß es irgendwie ein Spiegelbild der eigentlichen Verwerfung tief darunter ist.«

»Was ist das für ein Turm dort links?« fragte Atkins, wobei er fast schrie, um sich durch das Brummen der Rotoren Gehör zu verschaffen.

»Ein Kraftwerk, eines der größten in Missouri«, sagte Jacobs. Der Schornstein puffte weiße Wölkchen über den rosa Horizont.

Atkins setzte an, etwas zu sagen. Jacobs grinste. »Ich weiß. Die Erdnaht verläuft genau unter ihm. Ich würde das mangelhafte Planung nennen.«

»Gibt es Kernkraftwerke in der Nähe?« fragte Atkins.

»Nicht unmittelbar in der Störungszone«, antwortete Jacobs. »Aber ein paar hundert Kilometer nach Osten hat die TVA zwei Kernkraftwerke am Netz. Eins in Bull Shoals. Das andere drüben bei Knoxville.«

Atkins wollte nicht über die Probleme nachdenken, die ein Kernreaktor bei einem kräftigen Erdbeben machen würde. Bislang war das nirgendwo auf der Welt passiert. Aber es war nur eine Frage der Zeit. In den siebziger Jahren war ein Beben von der Stärke fünf Komma drei rund dreißig Kilometer von einem Kernkraftwerk entfernt in Humbolt in Kalifornien ausgebrochen. Die Anlage wurde nicht beschädigt, aber die Atombehörde hatte dennoch beschlossen, sie zu schließen. Was mit einem Kernkraftwerk – besonders dem Reaktorkern – bei einem starken Beben passieren würde, war eine der vielen unbeantworteten Fragen. Und eine Lösung war nicht in Sicht.

Der Hubschrauber ging in eine Rechtskurve und flog einige Kilometer südlich des Kraftwerks über den Mississippi. Die düstere Linie im Boden verschwand am Ufer des Flusses, der sich in einer langen S-Kurve bog.

»Das ist einer der gewaltigsten Ströme der Erde«, sagte Jacobs. »Das letzte der New-Madrid-Beben hat ihn direkt durchschnitten. Hin und her geschoben, wie wenn ein Kind mit nassem Sand spielt. Jedesmal, wenn ich über eine Naturgewalt von dieser Stärke nachdenke, stockt mir fast der Atem.«

Bei Mayfield, Kentucky
12. Januar
13:25 Uhr

Der UH-60 Black Hawk setzte auf einem kleinen Flugplatz der Nationalgarde nördlich von Mayfield auf, wohin die Vertreter der Erdbebenkommission drei Ford Explorer bestellt hatten, die neben der Rollbahn warteten. Die Geologen bildeten Zwei-Mann-Teams, um über das südwestliche Viertel Kentuckys auszuschwärmen, das Gebiet, das ständig starke seismische Aktivität gezeigt hatte.

Binnen dreißig Minuten nach der Landung waren Atkins und Walt Jacobs in einem gemieteten blauen Explorer mit drei mobilen Seismographen unterwegs. Vor ihnen lag ein langer Tag.

Die Teams wollten eine Kette von zwölf Meßgeräten auf einer Linie aufstellen, die vom Mississippi ungefähr zweihundert Kilometer nach Osten zum Kentucky Lake verlief. Vorgesehen war, das Netz innerhalb von vierzehn Stunden einzurichten und in Gang zu bringen, was einige Strapazen versprach. Jedes Team mußte drei oder vier Punkte anfahren, viele davon in schwer zugänglichem Gelände.

Alle spürten, daß die Zeit drängte. Das letzte Beben, das man nahe dem Kentucky Lake registriert hatte, war das stärkste seit dem großen zwei Tage zuvor. Achtundsechzig kleine Beben waren in diesem Gebiet während der letzten zehn Stunden verzeichnet worden, die meisten von der Stärke zwei oder weniger, so schwach, daß sie nicht gespürt wurden.

Die Geologen wollten möglichst viele seismische Wellen einfangen und sie dann wie Erdsonden benutzen, um Computerbilder über das Geschehen im Boden zu erhalten. Es war eine noch nie dagewesene Gelegenheit, das Krustengestein zu untersuchen. Jeder wußte, daß diese Chance nur kurze Zeit andauern würde. Sie mußten die Daten jetzt zusammenbringen, bevor die Beben abflauten.

Nach der Entdeckung der früher unbekannten Störung, die nach Süden über Memphis hinaus verlief, fragte sich Atkins, ob die starke Bodenaktivität im westlichen Kentucky auf das gleiche hinwies. War es möglich, daß sie einen weiteren Ausläufer oder Abschnitt der New Madrid Seismic Zone finden würden?

Er hatte an diesem Tag bereits viel darüber nachgedacht und grübelte noch immer über die Möglichkeiten nach, während er und Jacobs auf der Sam-Purchase-Mautstraße genau nach Osten rasten. Der frühmorgendliche Dunst war am Nachmittag herrlichem Sonnenschein gewichen. Es war um fünf Grad Celsius. Schönes Wetter. Jacobs saß am Steuer und fuhr um einiges schneller als die erlaubten einhundert Kilometer in der Stunde. Er ließ eine Kassette mit Country-Music laufen. Der Klang paßte wunderbar zu der zerklüfteten Landschaft.

Sie waren auf dem Weg zu ihrer letzten Station, einer aufgelassenen Kohlenmine. Einen der mobilen Seismometer wollten sie unterirdisch aufstellen, um auszuschließen, daß das Gerät ›Hintergrundgeräusche‹ wie Autoverkehr aufnähme. Jacobs hatte mit der Gesellschaft, der die Mine gehörte, die Fahrt vereinbart. Die Golden Orient reichte sechshundert Meter tief in die Erde, eine der tiefsten Minen im Staat.

Atkins kam immer wieder auf den Punkt Vorbeben-Nachbeben zurück. Waren alle diese jüngsten Minibeben das allmähliche Abklingen des Ereignisses mit der Stärke sieben Komma eins? Oder bauten sie sich zu einem noch größeren Beben auf?

Seit seiner Begegnung mit Elizabeth Holleran am vorigen Abend hatte er in Gedanken das Für und Wider abgewogen. Er hegte starke Zweifel an der Vorbeben-Theorie. Am Morgen hatte er schon mit Jacobs darüber gesprochen. Es paßte nicht zu den historischen Aufzeichnungen, die gegen ein weiteres großes Beben in nächster Zeit an der New-Madrid-Störung sprachen. Das jüngere Muster war klar. Ein mittelschweres Beben schien etwa alle neunzig Jahre aufzutreten. Aber Atkins konnte auch die krasse Ausnahme nicht ganz vergessen: die drei Beben von 1811-1812, jedes davon gewaltig.

Jacobs hatte berechnet, daß nach dem ersten Beben in der berühmten New-Madrid-Serie bis zu fünfzig Prozent der elastischen Spannungsenergie im Gestein gespeichert blieben – genügend, um zwei weitere gewaltige Beben auszulösen. Es war eine ernüchternde Statistik, die Atkins nicht außer acht lassen konnte.

Während er auf dem Beifahrersitz des Explorers saß und sich den Kopf zerbrach, wurde ihm auch klar, daß er Elizabeth Holleran wiedersehen wollte. Es war ein überraschend starkes Gefühl und erklärte, warum er in der letzten Nacht nicht viel geschlafen hatte, weniger als vier Stunden, das erste Mal seit langem, daß ihm das passiert war.

Jacobs bog von der Mautstraße ab und fuhr etwa fünfzehn Kilometer nach Norden. Sie waren nahe der Kleinstadt Kaler, etwa fünfundzwanzig Kilometer nordöstlich von Mayfield. Die Mine war seit über zwanzig Jahren geschlossen, erklärte Jacobs. Nach einem Brand, bei dem einige Bergleute ums Leben gekommen waren.

»Ich kenne die Einzelheiten nicht«, sagte Jacobs. »Aber es muß ziemlich schlimm gewesen sein. Ein paar Jahr später machten sie wieder auf, aber dann wurde sie wegen der Vorschriften gegen Luftverschmutzung wieder geschlossen. Zuviel Schwefel in der Kohle. Die meisten Bergwerke in diesem Teil des Landes mußten aus demselben Grund schließen.«

»Wie tief unten willst du das Seismometer aufstellen?« fragte Atkins. Er freute sich nicht darauf.

»Fünfzig – hundert Meter. Das dürfte alle Oberflächengeräusche herausfiltern. Man gewinnt nichts, wenn man noch weiter in die Tiefe geht.«

Ein Tor sperrte die Privatstraße zur Mine ab. Das Bergwerksgelände umfaßte einige Kilometer bewaldeten Hügellands. Ein Arm des Kentucky Lake lag dreißig Kilometer ostwärts.

Jacobs rief mit seinem Handy das Sicherheitsbüro der Mine an. Zehn Minuten später kam ein älterer Wachposten in einem altersschwachen Pritschenwagen an. Er trug eine Pistole im Halfter und rote Hosenträger. Weiße Stoppeln bedeckten Wangen und Kinn.

»Ich warte schon den ganzen Morgen auf Sie«, sagte er knapp, während er aus seinem Wagen stieg, um das Tor aufzuschließen. »Fahren Sie mir nach.«

»Freundlicher Kerl«, murmelte Atkins.

»Man hat mich vor ihm gewarnt«, sagte Jacobs. »Er ist seit vierzig Jahren hier. Verlor seine Arbeit, als das Bergwerk geschlossen wurde. Blieb als Wächter hier.«

Sie fuhren eine Kiesstraße hinauf, die auf einen Parkplatz mündete. Der Bergwerkseingang befand sich in einem Wellblechbau mit massiven Türen. Ein zehnstöckiger Seilfahrtsschacht ragte darüber auf. Jacobs und Atkins packten den metallenen Tragekasten des Seismographen und folgten dem Wächter durch eine Seitentür. Der Alte legte einen Unterbrecherschalter um. Über ihnen gingen Lampen an. Atkins hörte irgendwo über ihnen, hoch oben im Turm, schweres Räderwerk ächzend in Gang kommen.

Der Aufzug war ein Metallkäfig, der fünfzig Mann aufnehmen konnte. Der Wächter gab jedem einen abgestoßenen Grubenhelm.

»Die Ebenen sind in roten Zahlen an der Wand vermerkt«, sagte er. »Drücken Sie einfach die Knöpfe für auf oder ab.«

»Kommen Sie mit?« fragte Atkins.

»Nein, Sir.« Der Wächter zögerte. Sein Ton wurde milder. »Ich meine, ihr jungen Männer, Sie sollten nicht runterfahren.«

»Warum nicht?« fragte Atkins. Der Mann starrte sie an, mit großen Augen, ohne zu blinzeln.

»Irgend etwas stimmt nicht.« Er sah aus, als wollte er mehr sagen, besann sich dann aber anders. »Wenn es ein Problem gibt, drücken Sie den gelben Knopf am Bedienungsfeld des Aufzugs. Der löst einen Alarm aus.«

»Was passiert dann?« fragte Jacobs.

»Ich rufe Hilfe«, sagte der Wächter. »Sie müssen warten, bis die kommen. Es kann eine Weile dauern.«

Er schlug das Metallgitter des Aufzugs zu. Jacobs drückte den roten Knopf für Ebene zwei. Der Käfig setzte sich ruckend in Bewegung. Es gab zwanzig Ebenen bis in eine Tiefe von sechshundert Metern. Über ihren Köpfen brannte eine einzelne Glühbirne.

»Möchte wissen, was er uns sagen wollte«, begann Atkins.

»Irgendwie bin ich froh, daß ich es nicht weiß«, meinte Jacobs. »Bergwerke sind mir so schon unheimlich genug. Ich hätte nie in einem arbeiten können.«

Während sie langsam abstiegen, kam Atkins in den Sinn, daß er noch nie so tief in die Erde gegangen war. Obwohl er seit zwanzig Jahren Geologe war, hatte er sein ganzes Leben an der Oberfläche verbracht. Sein Fach hatte diese von Menschenhand geschaffenen tiefsten Punkte in der Erde nicht genutzt. Als sie Ebene zwei erreichten, trugen sie den Seismographen etwa sechzig Meter in den Stollen hinein. Sie konnten nur so weit sehen, wie die Lampe an ihren Helmen die Dunkelheit durchdrang. Es war kühl, beinahe kalt, der einzige Laut war das stete Tröpfeln des Wassers vom Gestein.

In ungefähr zehn Minuten hatten sie den mit Batterie arbeitenden Seismographen aufgestellt und eingeschaltet. Jacobs schloß einen kleinen Laptopcomputer an. Es war ein analoges Gerät. Die seismische Aktivität erschien digital auf dem Computerschirm.

»John, Mann! Sieh dir das an«, rief Jacobs, indem er eine Taschenlampe auf den Bildschirm richtete. »Dieser Boden lebt.«

Die Meßwerte erschreckten Atkins. Eine derart intensive seismische Aktivität hatte er noch nie gesehen. Es lag zwar alles weit unter der Stärke zwei. Die Wellen waren so schwach, daß man sie nicht spürte, aber sie kamen in Intervallen von zehn bis zwanzig Sekunden.

»Ich kann es gar nicht erwarten, bis ich eine Richtungsmessung bekomme«, sagte Jacobs. Sie mußten das Seismometer eine Weile laufen lassen, um genügend Daten zu sammeln, aus denen der Ursprung der Wellen und ihre genaue Richtung abgelesen werden konnte.

Etwas streifte Atkins an der Wange. Er hob den Kopf und sah Kohlenstaub von der Stollendecke rieseln.

»Riechst du das auch?« fragte Jacobs.

Atkins richtete sich auf. Er nahm den schwachen unverkennbaren Geruch nach faulen Eiern wahr. Schwefelwasserstoff. Das übelriechende Gas, das einem um den Vulkan Kilauea auf Hawaii das Atmen so schwer machte. Atkins war mehrere Male an dem Vulkan gewesen. Er würde diesen unverwechselbaren Geruch überall erkennen.

Schwefelwasserstoff trat gewöhnlich bei Vulkanen aus. Tief in der Erde bildeten sich Einschlüsse des Gases, die bei Ausbrüchen freigesetzt wurden wie Champagnerblasen. Berichte von merkwürdigen Gerüchen waren ihm zu Ohren gekommen. Ihm fiel ein, daß Farmer Ben Harvey geklagt hatte, sein Brunnenwasser schmecke schlecht.

»Irgendwie stehen wir im Zug.« Jacobs meinte eine natürliche Abzugsöffnung oder Spalte, die den Geruch aus der Erde entweichen ließ. Aber das erklärte nicht, was den Geruch verursachte.

»Warte mal, horch!« sagte Atkins.

Ein schwaches Grollen kam aus der Tiefe des Bergwerks. Es war schwer, die genaue Quelle zu erkennen, so schwer, wie einen Laut unter Wasser zu lokalisieren. Es schien aus allen Richtungen zugleich zu kommen, ein Geräusch, das aus der tiefen Erde aufstieg – fern, seltsam, unwirklich.

Atkins hatte nie etwas Vergleichbares gehört. Er spürte einen überwältigenden Drang, schnell hinauszukommen. Er fühlte sich eingesperrt, entmutigt.

Ein lautes Ächzen hallte in dem Stollen wider, ein Geräusch, das von den Wänden zurückgeworfen wurde und zum Donner anschwoll. Dann, so plötzlich, wie es begonnen hatte, hörte das Grollen auf. Als wenn jemand einen Schalter umgelegt hätte. Die Stille war absolut.

Atkins spürte sein Herz in der Brust hämmern. Er troff vor Schweiß, der ihm in den Augen brannte. Er hatte sich in der Erwartung eines Bebens verkrampft.

»Vielleicht sollten wir ein wenig tiefer gehen«, schlug Jacobs vor.

Atkins sah seinen Freund eine Weile an. Keiner sprach.

»Einverstanden«, meinte Atkins. »Also dann.«

Sie nahmen das Seismometer und den Computer und stiegen wieder in den Aufzugskäfig ein. Jacobs drückte den Knopf für Ebene zehn, die halbe Strecke bis zum Grund des Schachts. Die große Kabine begann sich zu senken. Sie gingen weitere neunzig Meter hinunter.

Je tiefer sie kamen, desto stärker wurde der Geruch. Bis sie Ebene acht erreichten, drückten beide Taschentücher auf Nase und Mund. Der Gestank war kaum auszuhalten.

Jacobs machte mit den Händen Zeichen, daß sie tief genug gekommen waren. Er hustete.

Der Aufzugskäfig war an den Seiten offen. Atkins berührte die Felswand. Der rauhe Stein faßte sich warm an, fast heiß. Dann bemerkte er, daß seine Füße warm wurden. Der Stahlboden der Kabine heizte sich auf. Ein Schwall warmer Luft kam vom Grund des Minenschachts herauf.

Atkins drückte den Knopf zum Aufsteigen.

Mayfield, Kentucky
12. Januar
19:30 Uhr

Lauren Mitchell sprach als erste auf der öffentlichen Versammlung, die an diesem Abend in der überheizten Turnhalle der High-School von Mayfield stattfand. Mit rund zehntausend Einwohnern war Mayfield eine der größeren Städte im äußersten Südwesten Kentuckys. Memphis lag ungefähr zweihundert Kilometer weit entfernt im Südwesten. Etwa dreihundert Personen drängten sich in der kleinen Halle der Schule – Männer, Frauen, Kinder, die alle nervös auf Bänken oder Klappstühlen saßen oder an den Wänden lehnten.

Lauren hatte die Versammlung praktisch allein organisiert. Sie hatte jedem, der ihr eingefallen war, erzählt, was sie am Kentuckydamm gesehen hatte. Es dauerte nicht lange, bis es sich herumgesprochen hatte, und der örtliche Radiosender hatte ein wenig mitgeholfen.

Nicht nur Lauren hatte das Wasser durch die großen Tore des Damms brausen gehört. Eine Menge Leute, die am Tennessee River wohnten – manche bis zu acht Kilometer weit vom Damm – waren von dem donnernden Tosen geweckt worden. Viele von ihnen waren in die Turnhalle gekommen.

Auch etwa ein Dutzend Hilfssheriffs und Staatspolizisten standen hinten.

Paul Weston und zwei andere Mitglieder der Kommission für Erdbebensicherheit saßen an einem Tisch am Ende des Basketballfelds. Weston war wie gewohnt förmlich gekleidet – Anzug, gestärktes blaues Hemd, gemusterte Fliege. Gouverneur Tad Parker hatte Weston befohlen, die Versammlung an diesem Abend abzuhalten. Parker, der sich in der Staatshauptstadt Frankfort aufhielt, erwartete einen ausführlichen Bericht. Fernsehteams aus Memphis, die einen Wink über die Sitzung bekommen hatten, schalteten Kameras und Scheinwerfer an, als Lauren an das Standmikrophon trat. Sie trug Jeans und eine braune Lederjacke und hielt einen Schreibblock in der Hand.

»Ich möchte wissen, wir alle möchten wissen, was hier vor sich geht«, sagte sie. Sie beschrieb, was sie gesehen hatte und wie Tom Davis, der verantwortliche Hydrologe, ihr gesagt hatte, daß sie beinahe den Damm verloren hätten.

»Wir haben mit Mr. Davis gesprochen«, erklärte Weston. »Er erinnert sich nicht, eine solche Bemerkung gemacht zu haben.«

»Das ist nicht wahr.« Lauren bemühte sich, mit ruhiger Stimme zu sprechen. »Ich weiß, was ich gehört habe. Dagegen weiß ich nicht, warum jemand Tom dazu bringen möchte, seine Geschichte zu ändern. Und wo ist Tom überhaupt? Ich habe ihn gebeten, heute abend zu kommen, und er hat zugesagt. Haben Sie ihn so unter Druck gesetzt?«

»Dieser Damm ist nie sicherer gewesen«, erklärte Weston in herzlichem, freundlichem Ton. »Wir haben ihn von vier Ingenieuren von der Krone bis zur Basis untersuchen lassen. Heute morgen erst wurde eine weitere Inspektion durchgeführt. Es gibt mehrere kleine Risse an einer Innenwand, die geflickt werden müssen. Diese Reparaturen werden zur Zeit durchgeführt. Alles andere ist in tadellosem Zustand.«

»Wenn es nur kleinere Risse waren, warum hat Tom dann die Tore geöffnet?« bohrte Lauren.

Weston nickte verständnisvoll. »Mir ist klar, daß sich einige unter Ihnen gefragt haben müssen, was dort oben während des Ablassens los war. Fest steht, daß Mr. Davis unbedingt recht hatte, die Sperren zu öffnen. Er glaubte, es gäbe ein – ein Problem nach dem letzten Beben. Wir haben vielleicht eine kleine Meinungsverschiedenheit, über das, was er genau zu Miss Mitchell hier gesagt hat, aber grundsätzlich hat er sich richtig verhalten. Vielleicht ein wenig überreagiert. Im nachhinein hätten wir besser damit umgehen können. Die Bevölkerung wissen lassen, was wir tun und warum. Deshalb war der Gouverneur so sehr daran interessiert, diese Versammlung für heute abend anzusetzen. Er möchte allen Anwesenden mitteilen, daß er versteht, wie lästig es für Sie alle ist, daß die 641 geschlossen ist. Wir geben sie frei, sobald diese Reparaturen ausgeführt sind. Dürfte nur noch wenige Tage dauern, aber wir wollen es ordentlich machen.«

»Und wenn es noch ein Erdbeben gibt?« fragte Lauren. »Wir haben jeden Tag hier draußen Erdstöße. Wird der Damm bei einem neuen starken Beben halten?« Dafür bekam sie lauten Beifall. Viele der Anwesenden waren Bauern oder Personen, die kleine Geschäfte am Tennessee hatten. Jachthafenbetreiber wie sie selbst, Lebensmittelhändler oder Tankstellenbesitzer, die auf Touristen angewiesen waren. Sie fühlten sich am wohlsten in Flanellhemden, Gummistiefeln und gesteppten Parkas. Ihre Frauen kleideten sich ähnlich.

»Ich kann mich zu dieser Frage äußern«, sagte Weston. »Ich weiß, daß Sie alle wegen der Serie der Nachbeben, die wir erlebt haben, besorgt sind. Nach einem starken Beben ist das normal. Die seismische Aktivität kann Wochen oder sogar Monate andauern. Aber es gibt kein Anzeichen dafür, daß wir in nächster Zeit ein weiteres großes Beben von der Stärke sieben oder darüber bekommen. Darüber würde ich mir keine Gedanken machen. Es wird nicht passieren.«

John Atkins und Walter Jacobs waren bei der Turnhalle angelangt, als Lauren Mitchell gerade ans Mikrophon getreten war. Sie waren direkt vom Bergwerk nach Mayfield gefahren, da Westons Büro Jacobs auf seinem Handy angerufen und beide gebeten hatte, an der Versammlung teilzunehmen.

Von seinem Besuch wenige Tage zuvor auf ihrem Pier erinnerte sich Atkins an Lauren, und er hatte den an die Nerven gehenden Anblick all der Frösche und Schlangen, die aus dem gefrorenen Boden nahe dem See krochen, nicht vergessen. Überrascht, sie hier zu sehen, interessierte er sich dafür, was sie zu sagen hatte, aber in Gedanken war er woanders.

Jacobs und er hatten noch keine Gelegenheit gehabt, mit irgend jemandem zu besprechen, was im Golden Orient passiert war. Sie wollten am folgenden Morgen als erstes mit zusätzlichen Instrumenten wieder hinausfahren, um die Hitze und die Magnetfelder zu messen, die in der Mine erzeugt wurden. Es gab in der Literatur Beispiele für solche Phänomene, aber sie waren äußerst selten. Der Boden war höchst instabil.

Atkins wollte einen Spannungsmesser aufstellen, um nach Möglichkeit Meßwerte zu erhalten, mit deren Hilfe sie vielleicht analysieren könnten, wieviel Energie noch in der Erdkruste gespeichert war.

Während er hinten in der Turnhalle stand, erinnerte er sich an die Hitze, den merkwürdigen überwältigenden Geruch und das Geräusch, das aus dem Tiefengestein aufgestiegen war. Vor allem mußte er daran denken, welche Angst er in dem offenen Aufzugskäfig während der quälend langsamen Fahrt nach oben ausgestanden hatte. Sie hatten den Anruf, der sie aufforderte, nach Mayfield zu fahren, gerade bekommen, als sie in den Explorer einstiegen.

Von seinen Gedanken abgelenkt, betrachtete er Lauren, die am Mikro stand. Offensichtlich nahm sie Weston nicht ab, was er ihr erzählte. Auch sonst niemand in der Turnhalle. Sie machten alle zweifelnde, besorgte Mienen.

Die Kinder hatten die unterschwellige Angst im Raum mitbekommen. Einige von den kleinsten weinten.

Atkins bemerkte eine Frau im olivgrünen Trenchcoat, die von einem Platz hinten in der Turnhalle aufstand und zum Mikrophon ging. Sie hatte dunkelblondes Haar.

Elizabeth Holleran.

Sie ging auf Lauren Mitchell zu, die noch am Mikro stand. Paul Westons plötzlicher Zorn war deutlich zu sehen. Man konnte ihn fühlen, messen.

Elizabeth lächelte Lauren an und stellte sich vor. Sie nickte den Männern am Tisch zu. Zum Teil dieselben Gesichter, die sie einen Tag zuvor angesprochen hatte.

»Sie machen das sehr gut«, sagte Elizabeth lächelnd zu Lauren. »Darf ich ein paar Fragen stellen?«

»Gern«, sagte Lauren, die sich zu freuen schien, daß sie Hilfe bekam. »Bitte sehr.«

»Langsam wird es interessant«, flüsterte Jacobs Atkins zu. Er war von Elizabeths Haltung beeindruckt, als sie auf Weston und die andern zuging. Sie war gleichbleibend gelassen, auch unter Druck.

»Dr. Weston, es gibt eine einfache Methode festzustellen, wie ernsthaft der Schaden am Damm war. Dann können wir einschätzen, was getan wurde, um den Schaden zu beheben. Könnten Sie uns sagen, ob es eine seitliche Verschiebung oder eine Absenkung gegeben hat?«

»Sie haben vor diesem Gremium nichts zu suchen«, platzte Weston heraus. Seine anfängliche Freundlichkeit war verflogen, und er sah aus, als wollte er von seinem Stuhl aufspringen. »Lassen Sie sich gesagt sein, daß ich bei Ihrem Institutsleiter am Caltech eine förmliche Beschwerde einreichen werde.«

»Es ist wirklich eine einfache Frage«, sagte Elizabeth, ohne auf die Drohung einzugehen.

»Warum beantworten Sie nicht die Frage der Dame, anstatt sie anzuschnauzen«, rief jemand aus den hinteren Reihen.

»Genau! Antworten Sie auf ihre Frage!« rief ein anderer.

Atkins gefiel es, Elizabeth in Aktion zu sehen, und ihm wurde bewußt, daß er sie am liebsten angefeuert hätte. Es war eine einfache, wenn auch entscheidende Frage. Sie verdiente eine Antwort.

»Für alle hier, die es vielleicht nicht wissen«, begann Elizabeth. »Die Druckwellen eines starken Bebens wie vor drei Tagen können dazu führen, daß sich große Konstruktionen wie Dämme verschieben oder setzen. Eine seitliche Verschiebung, die größer ist als, sagen wir, sieben oder acht Zentimeter, könnte ernste Schäden anrichten. Es wären größere Reparaturen erforderlich, vorausgesetzt, sie können überhaupt durchgeführt werden. Beim Setzen gilt das gleiche. Wenn sich der Damm nur ein paar Zentimeter setzt, passiert eigentlich nichts. Aber wenn es mehr als sieben, acht oder neun Zentimeter sind, könnte schwerer, möglicherweise verhängnisvoller Schaden entstehen.«

Westons Gesicht sah wie von scharfem Wind gerötet aus. Mit verschränkten Armen beugte er sich auf dem Stuhl vor und versuchte, geduldig und beherrscht zu erscheinen.

»Diese Frau ist nicht berechtigt, hier ...«

Er wurde niedergeschrien.

»Beantworten Sie ihre Frage! Hat sich der Damm seitlich bewegt oder gesetzt?«

Mehrere andere laute Stimmen schrien nach Antworten.

»Wir haben dazu keine Informationen.« Weston änderte seinen Ton, versuchte, versöhnlicher zu klingen. »Die Ingenieure, die die Inspektion durchgeführt haben, arbeiten noch an ihrem Bericht.«

Hoffentlich sagst du die Wahrheit, dachte Atkins. Die eine Pflicht, die ein Seismologe der Öffentlichkeit unter Umständen wie diesen schuldete, war absolute Ehrlichkeit, auch wenn seiner Meinung nach die Gefahr bestand, Panik auszulösen. Er bezweifelte, daß Weston diesen Leuten alles sagte, was er wußte.

Aus der Menge kamen Pfiffe. »Sie lügen, Dr. Weston«, brüllte einer. »Sie müssen wissen, was mit dem Damm passiert ist. Verdammt, Sie haben uns doch eben gesagt, daß die Ingenieure die Inspektion gerade beendet haben.«

»Die Informationen werden zur gegebenen Zeit zugänglich gemacht«, sagte Weston, wobei er sich wieder zurücklehnte. Er hatte seine Fassung wieder gefunden. Die Hände flach auf dem Tisch, sah er Elizabeth entschlossen an.

»Sie erinnern sich, was 1971 im San Fernando Valley passierte?« fragte sie.

»Hören Sie«, sagte Weston. »Die zwei Situationen haben überhaupt nichts miteinander zu tun.«

»Wollen wir's hoffen«, erwiderte Elizabeth. Für das Publikum erläuterte sie, daß 1971 ein Erdbeben im San Fernando Valley beinahe den unteren San-Fernando-Damm nahe Los

Angeles zerstört hätte. Er war gefährlich nahe am Bersten, was die Evakuierung von achtzigtausend Personen erzwang. Ein dünner Erdwall war alles, was das Tal von fünfzehn Millionen Tonnen Wasser trennte.

»Der Gouverneur möchte Sie alle wissen lassen, daß er alles für die Sicherheit des Damms tut«, sagte Weston, indem er sich zu einem Lächeln zwang. Er hielt es für das beste, die Sache hier so schnell wie möglich abzuschließen. »Wir kommen mit mehr Informationen wieder auf Sie zu, alles, was Sie wollen, sobald wir sie haben.« Er raffte seine Unterlagen zusammen und stand auf.

Ein schwerer bärtiger Mann in einer Daunenweste packte Weston am Arm. Zwei Polizisten rannten sofort auf ihn zu.

»Jetzt geht's rund«, sagte Atkins zu Jacobs.

Der Mann stieß einen der Polizisten weg. Zwei andere packten ihn von hinten. Dann waren alle auf den Beinen. Man hörte Rufe, Schreie, das Krachen von umgestoßenen Klappstühlen. Jemand schlug mit der Faust zu. Die Hilfssheriffs und Polizisten mußten einschreiten, um die Ordnung wiederherzustellen.

Mayfield, Kentucky
12. Januar
20:50 Uhr

Atkins ging auf Elizabeth Holleran zu, die mit Lauren redete. Sie wandten sich ab und verließen rasch die Turnhalle. Atkins ging ihnen nach. Er wollte fragen, ob mit Elizabeth alles in Ordnung war. Ein Polizist hatte sie rücksichtslos weggedrängt, um an den bärtigen Bauern zu kommen.

Er folgte den beiden Frauen, die zur anderen Seite des Parkplatzes gegangen waren, der mit Autos und Pritschenwagen völlig zugestellt war. Er sah sie neben einem neueren Kombiwagen mit angeschalteten Scheinwerfern und laufendem Motor stehen. Sie sprachen mit der Fahrerin.

Die Frau am Lenkrad sah Atkins kommen. Sie hörte auf zu reden, stieß schnell zurück und fuhr vom Parkplatz, so daß der Schotter von den Hinterrädern spritzte. Um ein Haar hätte sie ein anderes Auto gestreift, das ebenfalls wegfahren wollte.

Atkins wandte sich an Elizabeth. »Alles in Ordnung? Ich habe gesehen, was passiert ist…«

»Das war die Frau des Hydrologen, der am Damm arbeitet«, unterbrach sie ihn. »Der Mann, der zu Lauren sagte, der Damm sei in Gefahr.« Sie machte Anstalten, Atkins Lauren Mitchell vorzustellen.

»Wir kennen uns schon.« Er gab Lauren die Hand. »Ich war am Tag vor dem Beben draußen auf ihrem Pier.«

»Er möchte, daß jemand sofort zum Damm fährt«, sagte Lauren. »Er meint, daß der Schaden viel schlimmer ist, als zugegeben wird. Er glaubt, daß hier nur vertuscht wird, daß die Risse nicht repariert werden können.«

Sie erklärte, der Hydrologe habe eine Tür offengelassen, so daß sich jemand in den Damm schleichen könne, um sich einen unmittelbaren Eindruck zu verschaffen. Der Haken war, daß man nur mit einem Boot hinkam. Die Tür führte zu einem Maschinenraum und befand sich an der Seeseite des Damms.

»Wie kommt man dorthin?« fragte Atkins.

»Ich habe ein Boot. Es ist ein wenig rauh auf dem Wasser, aber ich kann Sie hinbringen.«

»Wann?« fragte Elizabeth.

»Sofort, wenn Sie wollen.«

Mit Laurens Auto fuhren sie zum Jachthafen. Sie gab beiden einen Schneemobilanzug und schlüpfte selbst in einen. Auf dem See würde es bitterkalt sein.

»Wie lange ist er schon so aufgewühlt?« erkundigte sich Atkins, als sie über den Pier liefen. Sie gingen auf den überdachten Liegeplatz zu, wo Laurens 6-Meter-Außenborder festgemacht war.

»Seit dem ersten Erdbeben«, sagte sie. »Mal beruhigt er sich eine Weile, dann gehen die Wellen wieder hoch.«

Der See war an dieser Stelle ungefähr fünf Kilometer breit. Weit weg in der Dunkelheit konnte Atkins winzige Lichtpünktchen auf dem gegenüberliegenden Ufer ausmachen. Das Wasser schlug hart gegen den Pier und spritzte über den hölzernen Verbindungssteg. Der auf Ölfässern schwimmende Pier schaukelte und hob und senkte sich wie eine Boje. Atkins mußte sich an die Handläufe klammern, um das Gleichgewicht zu halten.

Er bezweifelte nicht, daß die wiederholten Nachbeben das Wasser aufwühlten.

Er blickte über den See hinaus. Ihm war nicht gerade wohl dabei, in einem offenen Boot hinauszufahren.

»Wir müssen sehr vorsichtig sein, wenn wir in die Nähe des Damms kommen«, sagte Lauren, während sie beiden eine Schwimmweste gab und ihnen zeigte, wie man sie anlegte. »Das Wasser ist an diesem Ende ziemlich rauh. Wir wollen nicht in die Strömung dort oben geraten.«

Lauren stieg in das Kielboot hinunter und ließ den großen 150-PS-Außenbordmotor an, der in einer blauen Rauchfahne dröhnend ansprang. Sie setzte sich ans Steuerrad in der Mitte des Cockpits. Elizabeth setzte sich auf die Bank im Heck.

Atkins löste die Leinen und sprang an Bord. Die Strömung wirbelte das Boot herum wie einen Holzspan. Lauren brachte den Motor auf Touren und fuhr aus dem Hafen heraus. Sie mußten rund drei Kilometer den See hinunterfahren. Atkins setzte sich neben Elizabeth und versuchte, das Gesicht aus der Gischt zu halten, die jedesmal, wenn sie durch eine Welle pflügten, über die Dollborde sprühte.

Lauren hatte nicht übertrieben. Sie wurden tüchtig durchgerüttelt auf der Fahrt, die um so unangenehmer war, je näher sie an der felsigen Uferlinie entlangführte, wo der Wellengang stärker war. Lauren wollte sich nach Möglichkeit vom offenen Wasser fernhalten, damit sie nicht so leicht entdeckt würden. Etwa auf halbem Weg zum Damm gabelte sich die Hauptfahrrinne. Lauren steuerte in den kleineren Arm, wo es noch schwerer war, sie vom Damm aus ausfindig zu machen.

Die Fahrt erinnerte Atkins an eine Floßfahrt, die er in seiner Studentenzeit auf dem Colorado gemacht hatte. Durch den ganzen Cañon waren sie über weiß schäumendes Wildwasser gefahren. Es hatte ihn nie nach einer Wiederholung verlangt.

Elizabeth klammerte sich am Sitz fest, als ginge es um ihr Leben. Jedesmal wenn sie in ein Wellental fielen, wurden sie fast von den Sitzen geschleudert. Sie mußte den Motor überschreien, um sich verständlich zu machen.

»Sie ... können ... es ... hören!«

In der Ferne hörte Atkins die Wellen gegen den Damm schlagen. Der Lärm übertönte noch den dröhnenden Außenbordmotor.

Endlich kamen sie aus der langgezogenen Bucht heraus. Der Damm ragte dreihundert Meter vor ihnen auf. Eine mächtige kreidefarbene Mauer aus grobem Füllstein und schräg abfallendem, gegossenem Beton. Straßenlampen beleuchteten die Krone, über die die zweispurige Straße lief.

Lauren drosselte das Tempo und überließ es den Wellen und der Strömung, sie in einen Strudel etwa vierzig Meter vor dem Westende des Damms zu treiben. Eine schmale, geschwungene Landzunge, die im rechten Winkel von der Basis des Damms vorsprang und als Wellenbrecher diente, schuf eine Bucht, wo Boote ankern konnten. Sie war vom offenen Wasser des Sees einigermaßen geschützt.

Geschickt mit Steuer und Gashebel hantierend, brachte Lauren das Boot so nahe ans Ufer, daß Atkins hinausspringen und die Leinen um einen Vertäupfosten schlingen konnte. Ein dichtes Kieferngehölz schirmte sie gegen den Damm ab.

Sie mußten eine Schotterwand hinaufklettern, um zu der Tür zu gelangen, die Tom Davis offengelassen hatte. Die Tür ließ sich nur von innen öffnen. Sie führte zu den Heiz- und Klimaanlagen auf einer Stahlplattform, die aus der Außenwand des Damms vorsprang. Sie lag etwa zwölf Meter über dem Wasser.

Lauren blieb beim Boot. Elizabeth und Atkins begannen ihre Kletterpartie über den Schotterhaufen und arbeiteten sich vorsichtig über die Dammfläche zur Plattform vor. Sie waren bald ein gutes Stück über dem Wasser, während unter ihnen die Wellen gegen die Steinmauer krachten.

Elizabeth, die gut im Klettern war, schaffte es leicht bis zur Plattform und zog sich über das niedrige Geländer. Atkins war direkt hinter ihr. Sie öffnete die Metalltür. Sie schlüpften hinein und befanden sich in einem dunklen Versorgungstunnel.

Atkins war erleichtert, aus dem schneidenden Wind und der Kälte zu sein. Von seinem nassen Anzug lief Wasser ab. Er wischte es sich vom Gesicht und aus den Augen.

Sie schalteten eine Taschenlampe an und gingen etwa dreißig Meter durch den Tunnel. Sie hörten schwere Maschinen, den Lärm von Preßluftbohrern und Lastwagenmotoren. Es hörte sich wie eine Baustelle an. Der Tunnel – es war mehr eine Laufplanke – endete an einer Leiter. Sie stiegen zu einer tieferen Ebene unter ihnen hinab.

Nun befanden sie sich in der mächtigen Doppelmauer des Damms. Der Raum war an der Basis ungefähr fünfzig Meter breit, mit Betonwänden, die auf beiden Seiten aufragten und in der Dunkelheit über ihnen zusammenliefen.

Von dem Gang, der im Schatten lag, konnten sie um einen Pfeiler aus armiertem Beton spähen. Beinahe hätten sie einen Laut der Überraschung über die Szene unter ihnen ausgestoßen. Fünf Zementlaster standen Stoßstange an Stoßstange hintereinander. Mindestens dreißig Mann, vielleicht mehr, arbeiteten im hellen Licht transportabler Lampen. Bohrer und Preßlufthämmer dröhnten. Blaue und orangene Funken regneten von einem hohen Gerüst, auf dem sechs Männer stählerne Armierungsplatten an die Wand schweißten.

Atkins deutete auf die Wand zum See hin. Vier große Risse liefen fächerförmig über den Beton wie die Nebenflüsse eines Flusses, jeder über fünfzehn Meter lang. Aus zweien sickerte Wasser. Sie pumpten es heraus. Man konnte unmöglich erkennen, wie tief die Sprünge waren. Einer reichte in die Wand hinein. Ein anderer sah mindestens fünfzehn Zentimeter breit aus.

»Ich würde das nicht als unbedeutende Oberflächensprünge bezeichnen«, schrie Elizabeth heraus. Sie erinnerte sich, wie der Rechtsanwalt aus dem Büro des Gouverneurs sie wenige Stunden zuvor beschrieben hatte.

Atkins, dem sofort klar war, was diese klaffenden Risse bedeuteten, spürte kalte Angst in sich aufwallen. Der Damm war ernsthaft in Gefahr nachzugeben. Falls ein weiteres mittleres Beben ausbräche, bevor sie mit den Reparaturen fertig wären, würde er bersten. Atkins war kein Bauingenieur, aber er konnte sich nicht vorstellen, wie der Damm halten sollte. Er versuchte nicht einmal sich vorzustellen, was es bedeuten würde, wenn diese Mauern nachgäben und das Seewasser sich in den Tennessee ergösse.

»Weston muß das gewußt haben«, sagte er.

Er konnte nicht glauben, daß der Mann so offenkundig gelogen hatte.

»Versuchen wir, ein bißchen näher heranzukommen«, schlug Elizabeth vor.

»Das ist kein guter Einfall«, sagte Atkins. »Sie könnten uns sehen.«

»Sie können hier bleiben, aber ich gehe«, sagte Elizabeth entschlossen. »Ich möchte mir diese Risse genauer ansehen.«

»Sind Sie immer so?« Atkins klang zornig. Am liebsten hätte er sie gepackt, damit sie sich nicht bewegen könnte.

»Und ob ich so bin«, fauchte Elizabeth. Sie hatte genug von seiner Arroganz. Im Restaurant in Memphis hatte sie es sich gefallen lassen, aber hier nicht.

Sie streckte gerade die Hände nach der Leiter aus, um zu einem weiteren Laufgang hinunterzusteigen, als der Boden wackelte. Das Beben dauerte vier oder fünf Sekunden. Vielleicht Stärke 3, dachte Atkins.

Sie kletterten wieder die Leiter hinauf zum Versorgungstunnel. Laufend erreichten sie die Tür und traten auf die Maschinenplattform hinaus. Als sie gerade über das Geländer kletterten, hörten sie jemanden von der Dammkrone schreien.

»Keine Bewegung dort unten!«

»Weiter!« rief Atkins Elizabeth zu, die vor ihm war.

Vom Damm kamen weitere Schreie. Jemand hatte ein Megaphon. Eine dröhnende Stimme befahl ihnen stehenzubleiben.

Lauren hatte den Motor schon auf Touren gebracht, als sie beim Boot anlangten. Atkins löste die Leinen und sprang hinein. Lauren jagte den Außenbordmotor hoch und wendete in einem engen Kreis. Sie schoß aus dem geschützten Wirbel hinaus und fuhr zurück aufs offene Wasser.

»Wir haben Gesellschaft bekommen«, rief sie über die Schulter. Zwei Boote fuhren schräg auf sie zu. Sie kamen vom anderen Ende des Damms. Trotz der Dunkelheit sah Atkins die weißen Hahnenschwänze, die die Motoren hinter sich aufwarfen.

Lauren hatte den Gashebel am Anschlag. Sie hielt sich noch immer ans Ufer und kämpfte gegen die starke Strömung an. Es würde nicht einmal knapp werden. Die Boote würden sie überholen, lange bevor sie die Bucht erreichen könnten.

Plötzlich wurden sie scharf nach links geworfen, als wäre das Boot kräftig seitwärts gestoßen worden.

Elizabeth und Atkins war beiden klar, was geschehen war. Die Erde hatte wieder gebebt, stärker als wenige Minuten vorher.

Die Wirkung auf den See war auf der Stelle spürbar. Mit atemberaubender Schnelligkeit stiegen vor ihnen Wellen auf.

Lauren richtete den Bug aufs Ufer. Es war nicht weit. Vielleicht dreißig Meter. Das Boot hatte viel Wasser geschöpft, als es auf die Seite gedrückt worden war. Es wäre fast vollgelaufen.

»Ziehen Sie die Schwimmwesten an!« schrie Lauren ihnen zu. »Jetzt gleich! Zurren Sie sie richtig fest!«

Atkins blickte über den See. Er konnte nur eines der Boote sehen. Es war gekentert und hob und senkte sich, Heck nach oben, mit den Wellen. Er konnte niemanden im Wasser sehen. Dort draußen konnte einer unmöglich überleben, nicht einmal mit Schwimmweste. Nahe am Ufer war es nicht viel besser.

Ein Welle schlug krachend über ihr Boot und ließ den Motor absaufen. Sie begannen sich zu drehen.

»Steigen Sie aus, halten Sie sich an den Seiten fest!« schrie Lauren, während sie alle ins Wasser sprangen. »Bleiben Sie beim Boot! Was auch immer passiert… bleiben… Sie… beim… Boot!«

Atkins und Elizabeth hangelten sich auf dieselbe Seite des Boots wie Lauren. Sie begannen zu strampeln, versuchten, das Ufer im Blick zu behalten, während sie mit den Wellen stiegen und fielen. Sie wurden weiter hinaus in den See gezogen.

»Wir müssen es mit Schwimmen probieren!« schrie Atkins.

»Ich glaube, ich schaffe das nicht«, sagte Lauren. »Kann mich nicht bewegen … ich kann die Arme nicht bewegen.«

Ihre Zähne klapperten. Sie konnte kaum sprechen, kaum denken in der Kälte. Naß und bis auf die Knochen durchgefroren war sie schon gewesen, als sie vom Damm wegfuhren. Sie verlor das Gefühl in den Beinen und Armen. Ihr Kreislauf schien seine Funktion langsam einzustellen.

Atkins schob einen Arm durch die Riemen ihrer Schwimmweste.

»Schwimmen Sie los, Elizabeth!« rief er.

Das Boot wurde von einer Welle hochgehoben. Atkins hatte den Blick aufs Ufer frei. Er fixierte einen Baum. Er war kaum zehn Meter entfernt. So nah, daß er die einzelnen Äste, die übers Wasser ragten, erkennen konnte. Er zog die Beine an und stieß sich, so fest er konnte, von der Wand des umgekippten Boots ab. Er sah Elizabeth das gleiche tun, dann verlor er sie aus dem Blick.

»Treten Sie!« schrie er Lauren zu. »Treten Sie, so fest Sie können. Lassen Sie nicht nach!«

Das Wasser war sehr kalt. Atkins versuchte, die Augen fest auf den Baum zu richten. Immer wenn eine Welle sie hob, versuchte er, sich zu orientieren, indem er sich auf einen Punkt in halber Höhe des Stamms konzentrierte. Er befahl sich, auf diesen Punkt zu starren. Seine Arme begannen schwer zu werden. Er wußte nicht, wie lange er noch durchhalten könnte. Er spürte Lauren neben sich. Sie strampelte und schlug mit den Armen um sich. Sie kamen nicht voran. Die Wellen trieben sie aufs Ufer zu, dann rissen sie sie zurück.

Atkins umklammerte die Riemen von Laurens Schwimmweste und begann mit dem rechten Arm zu rudern. Er strampelte weiter. Er glaubte, er würde ertrinken, seine Kleidung und Stiefel würden ihn hinabziehen. Er trat mit den Beinen aus und schlug mit einem Arm, der sich wie Blei anfühlte, das Wasser. Sie waren näher an den Felsen. Er biß fest in den Riemen der Weste und kraulte mit beiden Armen auf die Felsen, wobei er versuchte, den Kopf hochzuhalten.

Sein rechtes Bein streifte etwas im Wasser. Steine. Er hatte Grund unter beiden Füßen, stieß sich ab und schaffte es, eine Baumwurzel zu packen, die aus dem Ufer herausstand. Er hielt sich daran fest, bis er wieder Luft bekam, dann zog er sich auf den matschigen Boden hinauf, während er Lauren hinter sich herzerrte.

Dort ließ er sich fallen, rollte auf den Rücken und spürte, wie sich seine Beine verkrampften. Dann wurde ihm übel, und er hustete Wasser und Essensreste heraus. Die Schmerzen stachen wie Nägel in den Waden. Er machte sich klar, daß er ertrunken wäre, hätten die Krämpfe einige Sekunden früher angefangen. Er sah immer noch zum schwarzen Himmel hinauf, während sein linker Arm Laurens Schwimmweste festhielt. Noch einmal spie er Wasser aus. Es tat gut zu atmen.

»Alles in Ordnung bei Ihnen?« Lauren kniete und sah ihn an, während ihre Hände seinen Kopf umfaßten. Sie zitterte in der kalten Luft.

Er nickte und biß die Zähne zusammen gegen den Schmerz in den Beinen. Die Krämpfe ließen allmählich nach.

Er entdeckte Elizabeth. Zusammengekrümmt kniete sie hinter ihnen auf der Erde. Wasser lief von ihrer Kleidung ab. Ihr langes Haar hing schlaff über ihre Schultern. Sie stand als erste auf.

»Ich sehe sie nicht«, sagte sie. »Sie sind einfach verschwunden.«

Atkins, der sich immer noch mit Luft vollpumpte, verstand nicht. Dann wurde ihm bewußt, daß sie von den zwei Booten redete, die sie gejagt hatten. Er zog sich in eine sitzende Stellung hoch und blickte auf den See hinaus. Die Wellen waren so hoch, wie er sie auf dem Meer nicht höher gesehen hatte. Er konnte sie gegen den Damm schlagen hören, der den Klang über das Wasser zu ihnen zurückwarf.

Plötzlich tauchte hinter den Wolken der Mond auf, eine volle gelbe Scheibe.

Am Kentucky Lake
13. Januar
0:15 Uhr

Sie gingen in ihren durchnäßten Sachen vom See zur Hauptstraße, auf der sie dann noch etwa zwei Kilometer bis zu Laurens Jachthafen hatten. Dort trockneten sie sich und wärmten sich vor einem Propanraumstrahler kauernd auf. Lauren gab ihnen frische Schneemobilanzüge.

Atkins war klar, daß er wegen des Damms etwas unternehmen mußte, angefangen mit der Warnung an die Bevölkerung, daß der Schaden viel schlimmer als zugegeben war. Als erstes rief er Guy Thompson in Memphis an. Thompson war ganz aufgeregt. Er hatte einen vollen Tag lang fast ohne Pause mit Prables Daten gearbeitet.

»Ich habe seine Wahrscheinlichkeitsberechnung immer wieder durchlaufen lassen, und ich muß dir sagen, John, ich kann kein Loch darin entdecken«, sagte er. »Seine Wechselwirkungen sehen alle richtig aus.«

Thompson hatte nur einen einzigen Mangel an Prables Einschätzung gefunden. Prable hatte einen Fehler bei der Berechnung der Sonnenaktivität gemacht, einem der wesentlichen Hinweise für seine Voraussage eines großen Erdbebens entlang der New-Madrid-Störung. Man konnte ihm aber den Fehler nicht zum Vorwurf machen. Die Nationale Meeres- und Luftverwaltungsbehörde hatte gerade erst eine Korrektur in einer früheren Schätzung der Sonnenfleckenaktivität herausgegeben.

Prable hatte seine Berechnungen auf die Voraussage gestützt, daß die Flares am oder um den 20. Januar verstärkt auftreten würden. Dieses Datum war nun revidiert worden.

Thompson berichtete Atkins alles weitere.

»Der Höhepunkt der Sonnenaktivität und der Flares wird noch heute erreicht, Bill. Nach der Schätzung wird es eine noch größere Zahl von Sonnenflecken geben als erwartet. Der Sonnenwind wird heulen. Die Plasmadichte wird Spitzenwerte erreichen. Wir bekommen eine sehr starke Anziehungskraft, beginnend um 07 Uhr Stunden Weltzeit.«

Atkins rechnete schnell nach. Das wäre ungefähr um vier Uhr morgens. Er gab das leise an Elizabeth weiter, die ihn nur anstarrte und nickte. In eine Wolldecke gewickelt, fing sie gerade an wieder warm zu werden.

»Was schließt du daraus?« fragte Thompson.

»Ich weiß nicht«, sagte Atkins. »Ich wollte bei Gott, ich wüßte es.« Es widerstrebte ihm noch immer, Prables Daten zuviel Glauben zu schenken. Die Wirkungen der Sonnenaktivität und der Anziehungskraft auf Erdbeben waren einfach nicht bekannt. Es war ein völlig neues Gebiet.

»Irgend etwas tut sich im Boden«, sagte Thompson. »Die Seismographen kommen wirklich drüben in eurer Gegend auf Touren.«

Atkins stand am Telefon und war sich des Schweigens am anderen Ende der Leitung bewußt. Während sich die Gedanken in seinem Kopf überschlugen, hatte er die Empfindung, daß ein anderer in seinem Körper steckte, ein anderer den Telefonhörer hielt. Er spürte eine quälende Angst davor, wie er sich fühlen würde, wenn er wieder selbst in seinem Körper wäre.

Sie waren gerade in Mayfield gestartet und einige Meilen nach Osten geflogen, als der Pilot des UH-60 die Nase des Hubschraubers der Nationalgarde genau nach Süden richtete und auf gleichbleibender Höhe weiterflog. Es war 0:25 Uhr. Der Himmel war aufgeklart. Der Mond und die Sterne funkelten in der Dunkelheit. Walter Jacobs und zwei andere Seismologen flogen nach Memphis zurück, um noch mehr seismische Instrumente zu holen. Jacobs wollte einige Messungen in der Kohlenmine machen.

Da er Atkins nach der Versammlung in der Turnhalle nicht finden konnte, hatte er beschlossen, ohne ihn zu fliegen. Es war zu wichtig, um zu warten. Er wollte als erstes am Morgen wieder zum Bergwerk fahren.

Jacobs und die zwei anderen Männer, beide Geologen beim USGS, saßen auf Bänken im hinteren Teil des großen Hubschraubers. Ein Besatzungsmitglied, ein junger Soldat, der sich in einen Kapuzenparka gepackt hatte, stand an der geschlossenen Tür zum Frachtraum und starrte durch die Luken hinaus.

Er bemerkte es als erster – eine gekräuselte Welle hellen bläulichroten Lichts, das aus dem Boden zu steigen und über den dunklen gewellten Hügeln zu schweben schien.

Dann sah es der Pilot.

»Du meine Güte«, verkündete er über die Gegensprechanlage. »Überprüft die Light-Show auf der Backbordseite.«

Der Pilot, ein ehemaliger Luftwaffenmajor mit einem dicken Konto Flugstunden, brachte kaum die Worte heraus. So etwas hatte er noch nie gesehen. Unirdische, seltsam schöne Lichter, die in breiten schimmernden Bändern pulsierten und an Stärke und Leuchtkraft zunahmen. Schattierungen von Blau, Weiß und Rot-Orange, die immer höher am östlichen Himmel wirbelten und strömten.

»Ist das Nordlicht?« fragte das Besatzungsmitglied in sein Kopfmikrophon.

»Unmöglich«, antwortete der Pilot, dessen Stimme hart durch den Lautsprecher kam. »Das hier ist viel heller, stärker. Und es kommt von Osten, nicht von Norden.«

Walt Jacobs hatte seine Sicherheitsgurte gelöst und war zu der Luke gekrochen. Der Mann von der Crew rückte beiseite, damit der Geologe hinausblicken konnte.

Die Lichter blitzten wie Neon. Die Rot- und Blautöne im Farbenspektrum pulsierten in breiten, geschlängelten Bändern.

»Was ist das?« schrie das Besatzungsmitglied, um sich durch das Dröhnen der Rotoren zu übertönen. Jacobs starrte unverwandt durch die Luke.

»Was sehen Sie dort draußen?«

Jacobs konnte den Blick nicht von dem Schauspiel losreißen. Er hörte sich sagen: »Erdbebenlichter.«

Bei Mayfield, Kentucky
13. Januar
0:35 Uhr

Auch John Atkins sah die Lichter. Sie lenkten seine Gedanken von dem beunruhigenden Gespräch mit Guy Thompson ab. Die pulsierenden Farben erleuchteten die Fenster von Laurens Laden für Anglerbedarf, wo er und Elizabeth vor einem Propanraumstrahler saßen und versuchten, die schmerzende Kälte aus ihren Knochen zu vertreiben.

Die tanzenden Lichter schlugen Bögen über den Horizont oder zuckten als Zickzackbänder aus Blau, Fahlweiß oder Orange.

Atkins erklärte Lauren die Erscheinung. Selten zu sehen und weitgehend rätselhaft, wurden die Lichter mit Erdbeben verknüpft. Möglicherweise wurden sie von polarisierter Elektrizität in oberflächennahem Gestein oder durch elektrische Entladungen verursacht. Niemand wußte es genau. Atkins konnte die blendende Intensität der Farben nicht glauben. Was er einige Nächte zuvor auf der Farm nahe Mayfield gesehen hatte, ließ sich damit nicht vergleichen.

Die Lichter schimmerten in leuchtenden, irisierenden Wellen, die in langen fließenden Farbbändern über den Himmel schossen.

Der See kochte. Die Wellen schlugen krachend über den Pier, der sich auf schwimmenden Stahlfässern hob und senkte. Die Kabel ächzten laut. Lauren befürchtete, es würde den Pier entzweireißen.

»Wieviel Zeit haben wir?« fragte sie.

»Ich weiß es nicht«, sagte Atkins mit einem Seitenblick auf Elizabeth. Falls Prable mit seiner Analyse richtig lag, vielleicht nur wenige Stunden. Aber er war noch immer nicht davon überzeugt, daß Prable recht hatte. Über die Auswirkungen von Sonnenstörungen und Gezeitenkräften auf die Erdkruste wurde seit Jahren diskutiert – ohne klare Ergebnisse. »Vielleicht bekommen wir eine bessere Vorstellung …«

Lauren fiel ihm wütend ins Wort. »Wozu taugen Sie eigentlich? Sie sollen Experten für Erdbeben sein, aber Sie können mir nicht sagen, ob wir in Gefahr sind oder wieviel Zeit uns noch bleibt. Ich habe meine Eltern bei Paducah wohnen. Wenn der Damm bricht und das ganze Wasser in den Ohio strömt, wird diese Stadt ausgelöscht. Wir müssen sie warnen.«

»Sie hat recht«, sagte Elizabeth. »Wir müssen annehmen, daß ein größeres Beben droht.«

Atkins stimmte ihr zu. Von ihrer Ausbildung her widerstrebte es Geologen, Vorhersagen über Erdbeben zu machen. Wie leicht irrte man sich, und Fehler konnten schlimme Folgen haben. Aber jetzt war übergroße Vorsicht nicht angebracht. Er hatte die Risse im Damm gesehen.

»Vorausgesetzt, Prable hat recht und Guy hat die richtigen Zahlen eingegeben, haben wir vielleicht vier oder fünf Stunden«, sagte er.

»Können Sie den Sheriff anrufen?« fragte Elizabeth Lauren. »Lassen Sie ihn herkommen. Sagen Sie ihm, was los ist.«

»Und ob ich das kann«, sagte sie eifrig. »Er ist ein alter Freund. Er wird kommen.« Sobald sie den Beschluß gefaßt hatte, etwas zu tun, gleich was, ging es ihr schon besser.

Atkins wollte möglichst schnell nach Mayfield zurück und die Geräte im Explorer holen. Sie mußten Seismographen und andere Instrumente aufstellen. Er wollte bereit sein. Wenn ein Beben ausbrach, würden diese Meßwerte hochwichtig sein.

»Wie kommen wir zurück?« fragte Elizabeth. Sie hatte ihren Wagen in Mayfield gelassen.

»Nehmen Sie meinen Blazer«, bot Lauren an. »Ich habe hier unten am Hafen noch einen Pritschenwagen. Nachdem Sie mich aus dem Wasser gezogen haben, ist es das mindeste, was ich tun kann.«

Elizabeth blickte aus dem Fenster auf den See. Sie zog das Rollo auf, um eine besser Aussicht zu haben. Da sie ihren Augen noch immer nicht traute, fragte sie Lauren, ob sie ein Fernglas hätte.

Atkins brauchte kein Fernglas. Er konnte das seltsame Leuchten im Wasser mit bloßem Auge sehen. Das trübe grüne

Licht schien aus der Tiefe zu kommen. Es sah aus wie Freudenfeuer, die weit unter der Oberfläche brannten.

»Was … ist … das?« fragte Elizabeth.

Atkins schüttelte den Kopf. »Es könnte eine starke elektromagnetische Ladung sein, die aus großer Tiefe kommt«, sagte er. »Oder vielleicht entweichendes Gas oder Hitze.« Er runzelte die Stirn. Erdbebenlichter waren eine Sache, das fantastische Glühen im Wasser war noch verwirrender. Er gab zu, keine Ahnung zu haben.

Bei Mayfield, Kentucky
13. Januar
2:10 Uhr

Die Light-Show – die pulsierenden, fast psychedelischen Farben – loderte noch immer am Himmel, eher noch lebhafter als zu Anfang. Atkins trat das Gaspedal von Laurens altem Chevy Blazer durch. Es fiel ihm schwer, nicht auf das verblüffende Schauspiel zu starren, während er die Geschwindigkeit auf den letzten zwanzig Kilometern nach Mayfield auf über einhundert Kilometer in der Stunde auf der zweispurigen Straße hochschraubte, ohne auf vereiste Stellen zu achten.

Sie befanden sich im äußersten Südwesten von Kentucky, etwa fünfzig Kilometer von der Grenze nach Tennessee und weitere zweihundert Kilometer genau nördlich von Memphis. Der Mississippi lag unweit westlich. Atkins war froh, daß sie den Kentucky Lake weit hinter sich gelassen hatten.

»Was halten Sie von den Lichtern im Wasser?« fragte Elizabeth. Sie kam einfach nicht davon los.

Atkins ging es genauso. »Ich kann nur vermuten und vermutlich falsch, daß heiße Gase aus einer tiefen Spalte in hartem Gestein in vielleicht dreißig oder fünfzig Kilometer Tiefe entweichen«, sagte er. »Es könnte etwas wie heißer Phosphor sein, der mit dem kalten Wasser reagiert.«

»Oder vielleicht Radon?« fragte Elizabeth. Das Edelgas war radioaktiv. Seine plötzliche Freisetzung war ein anerkannter Vorläufer großer Beben, aber aus der Literatur war ihr kein so starkes Ausströmen bekannt.

»Wer weiß?« sagte Atkins. »Ich bin ratlos.« Seine Theorie von erhitztem Gas befriedigte ihn nicht. Das Thema wollte er als einen der ersten Punkte mit Walt Jacobs und Guy Thompson besprechen, sobald er sie an sein Handy bekäme. Er hatte es in der letzten Stunde wiederholt probiert. Elizabeth ebenfalls. Der Empfang brach immer wieder ab.

Elizabeth hatte sich mit verschränkten Armen auf dem Sitz zurückgelehnt und versuchte, warm zu bleiben. Die altersschwache Heizung des Blazers stieß, obwohl sie voll aufgedreht war, nur einen schwachen Warmluftstrom aus. Sie berührte Atkins Arm.

»Es tut mir leid, daß ich Sie am Damm so angefahren habe.« Das hatte sie ihm die ganze Zeit sagen wollen.

»Schon gut«, sagte Atkins. »Dort hatten Sie recht. Manchmal kann ich ein wenig eigensinnig sein. Beim nächsten Mal sagen Sie mir einfach, ich soll bis zehn zählen und den Mund halten.«

Elizabeth lächelte, und Atkins merkte, wie angenehm es in ihrer Gesellschaft war, was für ein Vergnügen, allein neben ihr zu sitzen. Dieses Gefühl – die Freude, einfach eine Frau bei sich zu haben – hatte seinem Leben lange gefehlt. Er freute sich darauf, sie besser kennenzulernen.

An der Ausfahrt Mayfield bogen sie ab. Atkins fuhr auf einen Bahnübergang zu, als die roten Warnlichter zu blinken begannen und die Schranken herunterrasselten. In der Ferne erklang ein Pfeifsignal. Als der Zug um eine Kurve bog, sahen sie die grellen Scheinwerfer der Diesellok.

»Der fährt aber wirklich volle Pulle«, sagte Atkins, als der Güterzug an ihnen vorbeidonnerte und die Räder auf den Schienen dröhnten.

Der Übergang sperrte die Hauptstraße nach Mayfield hinein. Die Stadt wirkte verlassen. Der Rundbau des Gerichtsgebäudes und ein Kirchturm ragten in der Dunkelheit auf.

Später erinnerte sich Atkins daran, geistesgegenwärtig auf seine Armbanduhr geschaut zu haben, als es begann. Sie hörten beide ein tiefes, dunkles Grollen, ein Geräusch, das allen anderen Lärm auslöschte, selbst das rollende Rattern des Güterzugs. Der Lärm bemächtigte sich ihres Gehirns, ihrer Nerven, ihrer Sinne. Drang in sie und trieb alles andere hinaus. Stärker als Donner schien das Getöse direkt aus dem Boden zu steigen. Es war 2:16 Uhr. Atkins kritzelte die Zeit mit einem Kugelschreiber auf die Handfläche.

Elizabeth sah ihn an. Beide wußten, was das bedeutete.

»Das ist es«, sagte sie.

Der Donner schwoll immer lauter an. Atkins hatte von dem lauten unterirdischen Donner schon einmal gehört, in Armenien 1988. Ein Beben der Stärke sieben Komma acht, das vier Städte dem Erdboden gleichmachte. Überlebende erinnerten sich, daß auf den Donner ein Augenblick der Stille folgte. Wie das Auge eines Wirbelsturms, bevor die Erschütterung begann.

Atkins versuchte, es wissenschaftlich zu analysieren. Die plötzliche Kompression im Boden komprimierte auch die Luft, was den Lärm verursachte. Je stärker, heftiger die Kompression, desto lauter das Geräusch.

Im selben Moment kam ihm in den Sinn, daß sie viel zu nahe an den Bahngleisen waren. Er haute den Rückwärtsgang rein, trat das Gaspedal durch, so daß die Reifen des Blazer quietschten, als er zurückstieß. Der Zug fuhr noch vor ihnen vorbei, ein verwischter Anblick von Tankwagen, geschlossenen und offenen Güterwagen. Dann wurde Atkins mit einem jähen Stoß, der ihn erschreckte, so stark vom Sitz geschleudert, daß er mit dem Kopf ans Dach schlug.

»Es kommt«, schrie er Elizabeth zu, die versuchte, sich am Schulterriemen des Sicherheitsgurts festzuhalten.

Der Blazer wurde in schnellen, ruckartigen Bewegungen auf und ab geschleudert. Die linke Tür sprang auf, und Elizabeth wäre fast hinausgefallen. Atkins zog sie wieder hinein.

»O jaaaaaa!« sagte sie. »Diesmal ist es echt.«

Sie wurden von einer Seite zur anderen geschüttelt, der wogende Boden warf sie gegeneinander, Schulter an Schulter.

Der Blazer schaukelte vor und zurück, dann auf und ab. Das ganze Fahrgestell schwankte.

»Das ist mit Sicherheit Stärke 8«, schrie Atkins.

»Mehr.«

Atkins war ungefähr zwanzig Meter vom Bahnübergang zurückgestoßen, bevor das Beben losbrach. Er machte sich klar, daß das nicht genug war.

»Steigen Sie aus!« brüllte Atkins. Sie waren immer noch gefährlich nahe am Zug. Viele der entgleisten Güterwagen und Tankwagen waren auf die Seite geworfen worden. Immer noch zusammengekuppelt, wanden sie sich wie eine sterbende Schlange unter dem knirschenden Geräusch von Metall auf Metall.

Atkins und Elizabeth taumelten aus dem Blazer und wurden sofort von der wellenförmigen Bodenbewegung umgeworfen. Atkins erkannte die p- oder Primärwellen. Tief aus der Erde heraufschießend, waren die ersten seismischen Wellen eines Erdbebens in der Lage, sich durch Erdmantel und Erdkruste fortzupflanzen.

Atkins hatte schon andere Starkbeben erlebt und wußte, daß dies erst der Anfang war. Das Schlimmste stand ihnen noch bevor.

In Gedanken sah er die Folge vor sich. Gerade spürten sie die p- oder Primärwellen, die die höchste Geschwindigkeit aller seismischen Wellen hatten und die ersten Wellen waren, die ein Seismograph registrierte. Sie ähnelten Schallwellen und konnten wie Donner dröhnen, wenn sie die Oberfläche erreichten. Sie breiteten sich aus, während sie durch die Erde aufstiegen, indem sie am Gestein schoben und zerrten.

Danach würden die langsameren, härter treffenden s- oder Sekundärwellen kommen, eine Reihe heftiger seitlicher Bewegungen, die das Gestein rechtwinklig scherten und den Grund und alles, was daraufstand, gewaltig durchschüttelten.

Die p- und s-Wellen wurden als Raumwellen bezeichnet, weil sie aus dem Gesteinskörper tief in der Erde kamen. Sie bewegten sich vom Hypozentrum des Erdbebens zur Oberfläche.

Eine zweite Gruppe von Wellen, die Oberflächenwellen, folgten auf die Raumwellen. Sie waren die eigentlichen Zerstörer. Langsamer als die p- oder s-Wellen, wurden sie als letzte vom Seismographen erfaßt. Sie waren nach den beiden Männern benannt, die sie entdeckt hatten, dem Mathematiker Love und dem Physiker Rayleigh. Ihre Bewegung, ähnlich den über einen See plätschernden Wellen, war auf die Erdoberfläche begrenzt.

Die Love-Wellen bewegten den Boden seitwärts wie eine gewaltige Schrotsäge, die die Fundamente von Gebäuden zerstörte. Sie kamen vor den Rayleigh-Wellen an, die über das Meer rollenden Wellen ähnelten. Die Rayleigh-Wellen schüttelten den Boden in einer Serie schneller Wellenbewegungen auf und ab.

Die zwei Gruppen, Raum- und Oberflächenwellen, waren ein unglaublich kräftiger und rascher K. o.-Schlag.

Atkins einziger Gedanke war, sich weiter von dem entgleisten Zug zu entfernen. Wahrscheinlich waren einige Güterwagen mit Öl, Erdgas oder anderen brennbaren Chemikalien beladen.

Elizabeth am Arm stützend, gelang es Atkins, einige Schritte vorwärts zu stolpern, bevor der nächste starke Erdstoß sie wieder zu Boden warf.

»Versuchen Sie zu kriechen«, sagte er.

Der Boden bewegte sich immer noch in deutlich unterscheidbaren Wellen. Dies waren vermutlich s-Wellen, dachte Atkins. Die Güterwagen schwangen in einem Bogen aus, der im Rhythmus der wild vibrierenden Oberflächenbewegungen hin und her schwappte. Atkins schaute sich gerade in dem Moment um, als ein geschlossener Güterwagen quer über die Straße fiel und den Blazer plattdrückte.

Die Erschütterungen waren stärker geworden. Die schnellen Wellenbewegungen hin und her blieben gewaltig.

Atkins roch etwas. Drei Öltankwagen brannten. Schwarzer Rauch stieg hoch über die Bäume auf.

Ein weiterer Tankwagen explodierte mit einem grellen Feuerblitz.

»Wir müssen hier wegkommen, bevor der ganze Zug hochgeht«, sagte Atkins.

Sich gegenseitig stützend, manchmal kriechend, bewegten sie sich von dem verunglückten Zug fort. Der Boden hob und senkte sich noch immer in starken Oberflächenwellen, mit so schweren und häufigen Stößen, daß man unmöglich stehen konnte.

»Hören Sie«, sagte Atkins.

Ein neues Geräusch.

Die Erde riß langsam auf und bildete eine Spalte, die den Schienenstrang durchschnitt und nach Mayfield hineinschwang. Atkins hatte erst drei Tage zuvor das gleiche Geschehen beobachtet, bei dem Beben der Stärke sieben, aber dies ließ sich damit nicht vergleichen. Während sich tief in der Erde das Gestein bewegte und auseinanderscherte, entstand ein riesiger Graben, tat sich direkt vor ihren Augen auf. Die Erde spaltete sich mit ohrenbetäubendem Lärm.

Atkins versuchte sich zurechtzufinden. Er blickte zur Stadt hinüber und sah den Kirchturm, abgehoben vom schwarzen Himmel, hin und her schwanken. Aus Angst, die Erde würde direkt unter ihnen aufreißen, kam er wieder auf die Beine und half Elizabeth aufzustehen. Gerade als sie sich auf die Links-rechts-Bewegung des Bodens eingestellt hatten, änderten die seismischen Wellen die Richtung. Die Erschütterung, stärker als zuvor, hatte nun eine Rechts-links-Richtung. Atkins vermutete, daß sie nun die Oberflächenwellen spürten. Es war schwierig, die verschiedenen Wellen zu unterscheiden, wenn man mittendrin in einem richtigen Beben steckte.

»John, da!« rief Elizabeth. Sie hatte sich auf ein Knie fallen gelassen, um das Gleichgewicht zu halten.

Er drehte sich um, als die Erde unter dem umgekippten Zug aufbrach und eine Kette geschlossener Güterwagen verschluckte.

Vier oder fünf Waggons verschwanden einfach.

Der Gestank, der aus der Spalte strömte, roch nach Schwefelsäure.

Dann, so plötzlich, wie es begonnen hatte, war das Erdbeben vorbei.

Die Spalte schlug zu, ein Geräusch, das Atkins an eine Lawine erinnerte, nur abrupter, wie Schnee, der krachend einen Gebirgshang hinabstürzt. Es blieb eine gezackte Narbe mit einem sechzig Zentimeter hohen Absatz. Es war, als wenn ein Tranchiermesser lange Schnitte in den Boden geschlitzt hätte.

Atkins' Armbanduhr zeigte, daß das Beben vier Minuten und fünf Sekunden gedauert hatte. Elizabeth las die gleiche Zeit ab. Wenn sie einigermaßen stimmte, war es ein Rekord.

Der Hauptstoß, vermutete Atkins, hatte die eine Seite der Verwerfung jäh aufwärts getrieben. Er stellte sich vor, daß dieses ›Hangende‹ beträchtlich höher war als die andere Seite der Verwerfung.

»Das dürfte eine Strike-slip-Verschiebung gewesen sein«, sagte Elizabeth. Sie meinte eine horizontale oder Hinundherbewegung entlang der Störung. Das ›Rutschen‹ hatte eine linkslaterale Richtung gehabt, was bedeutete, daß jede Seite der Störung sich im Verhältnis zur anderen nach links bewegt hatte.

Güter- und Tankwagen lagen auf den Schienen, manche zertrümmert und plattgedrückt übereinander. Noch ein Tankwagen explodierte, und ein orange-weißer Feuerball schoß hoch in den Himmel.

In großem Abstand gingen Atkins und Elizabeth um das Ende des Zuges. Sie mußten unbedingt zum Explorer kommen, den Atkins rund fünf Stunden zuvor vor der High-School von Mayfield geparkt hatte. Es war nur ein paar Straßen weiter.

Nahe dem Kentucky Lake
13. Januar
2:15 Uhr

Lauren Mitchell und ihr Enkel Bobby trafen Sheriff Lou Hessel in einem rund um die Uhr geöffneten Markt am Rand von Gilbertsville. Der Urlaubsort lag fünf Kilometer vom Kentuckydamm entfernt am Tennessee River. Direkt unterhalb des Damms glich der Tennessee mehr einem Kanal als einem Fluß. Bei Gilbertsville wurde er erheblich breiter und beschrieb einen langen malerischen Bogen, bevor er seiner Mündung in den Ohio River entgegenströmte.

Hessel kannte Lauren und ihre Eltern seit Jahren. Er war Anfang Fünfzig, hatte leicht gelichtetes, schwarzes Haar, hohe Backenknochen und eingefallene Wangen. Er liebte seine Uniform nicht und trug einen Skipullover, Jeans und Stiefel. Er und Lauren hatten zusammen die High-School besucht. Sie waren sogar einige Jahre miteinander gegangen, nichts sehr Ernstes, ab und zu ein Kinobesuch in Paducah oder eine Bootsfahrt auf dem Kentucky Lake. Hessels Frau Judith war eine gute Freundin von Lauren.

Der Sheriff hörte still zu und trank Kaffee aus seiner Thermosflasche, während Lauren schilderte, was Atkins und Elizabeth im Damm gesehen hatten und wie sie selbst auf dem See mit knapper Not davongekommen war. Er war sofort nach ihrem Anruf von Mayfield rübergefahren. So kannte er sie gar nicht, beinahe verzweifelt.

»Wir müssen die Leute wissen lassen, daß der Damm in Gefahr ist nachzugeben!« Lauren schrie es ihm praktisch ins Gesicht. »Sie werden keine Chance haben …«

Der Sheriff warf einen Blick auf die Uhr. Es war ungefähr 2:15 Uhr.

»Ihr zwei steigt ins Auto«, sagte er. »Wir fangen gleich hier in Gilbertsville an. Dann müssen wir uns hinters Lenkrad klemmen. Wir fahren nach Reidland runter, dann auf der 101 über die Brücke nach Paducah. Wir haben ein schönes Stück Fahrt vor uns. Ich kenne jeden Hilfssheriff, freiwilligen Feuerwehrhauptmann und Ambulanzeinsatzleiter auf dreihundert Quadratkilometern. Sie werden uns helfen, die Warnung zu verbreiten. Wir werden einen Mordskrach schlagen.«

Bobby stieg hinten in den Streifenwagen, und Lauren hatte gerade die Beifahrertür aufgemacht, als ihr die Lampen auf dem Parkplatz auffielen. Die Pfosten hatten zu schwanken begonnen.

»Sieh dir das an«, sagte Hessel.

Dann explodierte der Boden. Von den Beinen gerissen, fiel Lauren über die Motorhaube. Eine weitere heftige Erschütterung warf sie taumelnd zurück. Sie landete hart auf der Seite.

Der Sheriff versuchte auszusteigen, um zu helfen, aber das Auto schaukelte mit solcher Wucht auf und ab, daß er an seinem Sitz festgenagelt blieb. Das Spiegelglasfenster des Marktes zersprang. Eine junge Frau, die dort arbeitete, taumelte schreiend aus der Tür und hielt sich die Ohren zu, um den Donner auszulöschen, der tief aus der Erde kam. Die Parkplatzlampen schwankten so stark, daß die Pfosten am Boden durchbrachen.

»Das ist … dein … Erdbeben!« brüllte Hessel, während er sich mit beiden Händen am Lenkrad festhielt.

Er versuchte, in dem ruckenden Auto aufrecht zu sitzen. Aber jetzt begann es seitwärts zu schaukeln – harte, schnelle Bewegungen, die ihn die Zähne zusammenbeißen ließen. Er schaute auf den Rücksitz. Mit weit aufgerissenen Augen klammerte sich Bobby am Vordersitz fest.

Endlich beruhigte sich das Beben. Und der Lärm. Hessel hätte nicht sagen können, wie lange es gedauert hatte, aber ihm war zumute, als hätte er eine Tracht Prügel bekommen. Seine linke Schulter würde schwarz und blau anlaufen, weil sie immer wieder gegen die Autotür gekracht war.

»Horch!« sagte Lauren, indem sie sich von der Erde hochrappelte.

Der Sheriff hörte es auch – ein lautes berstendes Krachen, gefolgt von einem Donnern, das ganz anders als das Beben klang.

Hessel wurde klar, was er hörte.

Es war tosendes Wasser, eine Flut.

»Der Damm ist fort«, sagte er. Er ließ den Motor an. »Steig ein, Mädchen! Wir machen eine Runde durch Gilbertsville. Versuchen, die Leute hier zu warnen.«

Drei Kilometer flußaufwärts hatte der eineinhalb Kilometer breite Damm nachgegeben. Zuerst waren die äußeren Mauern geborsten und nach außen geplatzt, und das ausströmende Wasser hatte die Risse schnell erweitert. Die stählernen Fluttore waren von dem Wasser, das durch die gezackte Bresche donnerte, beiseite geschoben worden. Der diensttuende Hydrologe im Kraftwerk des Damms hatte Augenblicke, bevor er um sein Leben floh, eine Alarmsirene angeschaltet. Das Sirenengeheul ging im Brausen des Wassers unter.

Hessel brachte den Motor auf Touren und raste nach Gilbertsville hinein. Er wußte nicht, wie lange das Wasser brauchen würde, um den Urlaubsort zu erreichen, der sich auf niedrigen Hügeln am Westufer des Tennessee ausbreitete.

Nicht lange, vermutete er. Vielleicht ein paar Minuten.

Der Fluß strömte durch ein enges, gewundenes Tal, bevor er sich bei Paducah in den Ohio ergoß. Die Hauptstraße verlief auf hohem Gelände. Der Sheriff glaubte, sie könnten es vor der Flut nach Paducah schaffen, aber er mußte auf der gefährlichen zweispurigen Straße wie der Teufel fahren.

Mit heulender Sirene rasten sie in die Stadt. Lauren bediente das tragbare Megaphon. Hessel fuhr eine steile Straße zum Stadtzentrum hinunter, das in Trümmern lag.

Lauren versuchte, Ruhe zu wahren, indem sie sich auf ihre Aufgabe konzentrierte. Sie wollte nicht an ihr eigenes Haus und den Jachthafen denken.

»Der Damm ist kaputt!« Ihre verstärkten Worte dröhnten in die Dunkelheit. »Alle aus den Häusern! Die Flut kommt!«

Bei dem entsetzlichen Anblick blieben ihr fast die Worte im Hals stecken. Viele Gebäude waren eingestürzt. Manche standen noch mit völlig versetzten Wänden. Dächer hatten nachgegeben. Wände waren eingeknickt. Die Erschütterung hatte Autoalarmanlagen ausgelöst.

Einige Menschen stolperten durch die Trümmer. Aus den Betten geworfen, sahen sie benommen aus, geschockt.

Der Sheriff machte Schlenker um am Boden liegende Starkstromleitungen, die zischten und weiße Funken sprühten, um gesplitterte Bäume, zertrümmerte Häuser. Er fuhr wieder den Hügel hinauf, der aus der Stadt führte, und raste auf die Hauptstraße zu. Sie hatten getan, was sie konnten.

Lauren blickte talaufwärts, zum See hin. Sie sah etwas Silberweißes in der Dunkelheit aufleuchten. Es war riesig und bewegte sich schnell.

»Da kommt es!« rief sie, während sie beobachtete, wie die Flutmauer heranrollte.

Die Vorderkante, ein neun Meter hoher Kamm, schob zerschlagene Lastkähne, Ausflugsdampfer und einen Haufen verdrehter Baumstämme vor sich her.

»Ich sehe es«, sagte der Sheriff mit einem Blick in den Rückspiegel.

Ihm wurde klar, daß sie ein Rennen fuhren, das sie nicht gewinnen konnten.

Mayfield, Kentucky
13. Januar
3:05 Uhr

Die starke Erschütterung des Nachbebens verblüffte Atkins und Elizabeth. Mit unglaublicher Kraft hatte es sie auf die Straße geworfen.

»Das war mindestens Stärke sieben«, sagte Atkins, während er sich aufrappelte. Seine schlammverkrustete Kleidung war in der kalten Luft steifgefroren. Die Temperatur war unter den Gefrierpunkt gefallen.

»Nachbeben in diesem Bereich sind nicht zu fassen«, meinte Elizabeth.

»Nicht wie Kalifornien, was?« fragte Atkins.

»Nicht wie irgendwas, seit vielleicht Alaska«, sagte sie. Das gewaltige Karfreitagsbeben, das im März 1964 Anchorage erschüttert hatte, war mit Stärke acht Komma sechs registriert worden. Das Epizentrum lag unter dem hundert Kilometer entfernten Prince William Sound. Stellenweise hatte sich die Küstenlinie nicht weniger als zehn Meter gehoben. Aber selbst dort ließen sich die Nachbeben nicht mit diesen vergleichen.

Das Erdbeben hatte Mayfields zwei Hauptumspannstationen zerstört und eine Kette Hochspannungsmasten umgekippt. Trotz Staub und trüber Dunkelheit konnten Atkins und Elizabeth die Ausmaße der Katastrophe erkennen. Auf der modifizierten Mercalli-Skala wäre das Beben auf XII, den höchsten Grad, gekommen.

1902 von dem italienischen Seismologen G. Mercalli entwickelt, ordnete die Skala Intensitätswerte von I-XII zu, die auf Beobachtungen des physikalischen Schadens beruhten.

Atkins wußte die Definition für Grad XII auswendig:

Zerstörung total.

Wellen auf der Erdoberfläche sichtbar.

Sichtlinien verzerrt.

Gegenstände in die Luft geschleudert.

Die unerbittliche Definition paßte perfekt auf Mayfield. Wie in Gilbertville dreißig Kilometer ostwärts waren schon Menschen auf den Straßen, wanderten mit Taschenlampen durch Schutt, zerbrochenes Glas und zerstörte Grundmauern, wo einst ihre Häuser gestanden hatten. Viele der Holz- und Backsteinhäuser sahen aus, als wären sie gesprengt worden. Der Schaden war beträchtlich, der Schutt pulverisiert.

Sie werden viele Tote hier haben, dachte Atkins, während Elizabeth und er sich einen Weg durch die Ruinen der Stadt suchten, die einmal ein reizvoller Ort mit zehntausend Einwohnern gewesen war. Sie gingen in Richtung Gerichtsgebäude, wo er den Explorer abgestellt hatte. Im Zentrum gelegen, war es nur wenige Straßen von der Bahnlinie entfernt, aber sie würden fast eine Stunde brauchen, um die Strecke zu bewältigen. Atkins schauderte, wenn er an das mögliche Blutbad in Memphis dachte. Etwa zweihundert Kilometer südlich gelegen, war die Stadt für ihre schöne alte Backsteinarchitektur berühmt. Genauso St. Louis, das zweihundertsiebzig Kilometer nördlich lag. Alle diese unarmierten Backsteinbauten waren sichere Todesfallen.

Atkins konnte sich ausmalen, wie es dort aussah. Er war in Mexico City und in Armenien gewesen. Er hatte die Toten auf den Straßen aufgestapelt gesehen, die Kinder, erschlagen, als schlecht gemauerte Schulhäuser über ihnen zusammenfielen.

In den Vereinigten Staaten war so etwas nicht wahrscheinlich, aber nach dem, was er in Mayfield gesehen hatte, war die Zeit der Unschuld vorbei. Dieses Beben war mörderisch.

Zweistöckige Häuser waren von den Fundamenten gerissen. Überall lagen abgeknickte Bäume. Aus geplatzten Hydranten schoß Wasser, füllte die Rinnsteine und ließ die Gullys überlaufen. Atkins wußte, daß dies nur so lange dauern würde, bis das Wasser in den zerstörten Hauptleitungen ausgelaufen war. Danach würde die Stadt ohne Trinkwasser sein – und ohne Löschwasser. Und Brände gab es nahezu mit Sicherheit nach einem starken Beben, eine Tatsache, die selbst von Überlebenden oft übersehen wurde.

Die schlimmsten Schäden konzentrierten sich auf den Bereich um das Gerichtsgebäude und die High-School, wo noch wenige Stunden zuvor die Bürgerversammlung wegen des Damms am Kentucky Lake stattgefunden hatte.

Die Schulgebäude waren zerstört. Dagegen sah das Gerichtsgebäude auf den ersten Blick aus, als wäre es wie durch ein Wunder einer Beschädigung entgangen. Der mächtige vergoldete Rundbau schien unversehrt zu sein.

Dann sah Elizabeth, was geschehen war.

»Es ist in sich zusammengefallen«, sagte sie.

Das nach dem Bürgerkrieg errichtete fünfstöckige Gebäude war nur noch drei Stockwerke hoch. Die beiden anderen zusammengedrückten waren nicht einmal zu sehen. Elizabeth hatte das gleiche in Northridge in Kalifornien erlebt, wo ein ganzer vierstöckiger Wohnkomplex mit über fünfhundert Einheiten zusammengestürzt war. In diesem Bereich hatte es die meisten Todesopfer gegeben.

Wieder ruckte der Boden, eine starke vertikale Bewegung. Atkins hob den Blick gerade rechtzeitig zum Gerichtsgebäude, um zu sehen, wie es in einer Wolke aus Staub und wirbelnden Backsteinen einstürzte. Einige Augenblicke lang blieb die zwiebelförmige Kuppel bedenklich in der Schwebe, dann kippte sie auf die Seite und zerbarst.

»Wir müssen Meßgeräte aufstellen«, sagte Atkins. »Diese Nachbeben sind wirklich harte Brocken.«

Sich sofort an die Arbeit zu machen war für ihn jetzt wichtiger als alles andere. Alle seismischen Daten, die sie über Ort und Stärke der Nachbeben sammelten, würden für die Auswertung der Vorgänge in der Erde entscheidend sein. Und wichtiger noch, um sich vorzustellen, was noch geschehen könnte. Atkins hatte einen Seismographen in dem Ford Explorer gelassen, mit dem er und Walt Jacobs gefahren waren. Er wollte ihn zuschalten und laufen lassen.

Fast eine Stunde war seit Ausbruch des Bebens vergangen, bis sie den Explorer auf dem Parkplatz hinter der zerstörten Schule fanden. Ein großer Baum war daneben umgestürzt und bedeckte mit seinen Ästen die Motorhaube, hatte aber keinen ernsthaften Schaden angerichtet. Elizabeths Mietwagen hatte nicht soviel Glück gehabt. Eine 12-Meter-Fernsehantenne war umgefallen und hatte ihn zweigeteilt.

Es sah aus, als wäre ein Tornado über die Stadt gefegt, der nichts verschonte.

Nein, stimmt nicht, dachte Atkins. Dies hier war viel schlimmer.

Wirbelstürme, auch die schweren, ließen ausnahmslos manches aus. Aber er bezweifelte, daß ein einziges Bauwerk in dieser Kleinstadt im westlichen Kentucky einer Beschädigung entgangen war. Und der Boden bebte noch immer, so daß jeder Stoß Wände bereits angeschlagener Gebäude umwarf. Atkins gewöhnte sich allmählich an das Geräusch fallender Backsteine.

Memphis
13. Januar
3:40 Uhr

Vierzig Minuten nach dem Beben setzte der Hubschrauber der Nationalgarde Walt Jacobs und die anderen Seismologen an der Universität Memphis ab. Der große Black Hawk UH-60 berührte kaum den Boden, ehe er wieder aufstieg, nachdem er ein dringendes medizinisches Evakuierungsersuchen aus einem schwer beschädigten Krankenhaus in der Nähe erhalten hatte.

Erschüttert von der umfassenden Zerstörung, die er gesehen hatte – überall, wo er auch hinsah –, hatte Jacobs sich noch nicht gefaßt, als er endlich den Funkkontakt mit Atkins und Elizabeth aufnahm. Er hatte Kritik einstecken müssen, weil er jedes Team, das nach Südkentucky gegangen war, mit einem Kurzwellenradio ausgerüstet hatte. Er hatte darauf bestanden und den Kopf für die maßvollen zusätzlichen Ausgaben hingehalten. Jetzt war er gerechtfertigt. Das Beben hatte das Telefon- und Mobiltelefonsystem zerstört, indem es Relaistürme umgeworfen und Überlandleitungen gekappt hatte. Im ganzen Mississippital war das Fernmeldewesen zusammengebrochen.

Ohne die Kurzwelle hätte Jacobs nicht mit den beiden Geologen sprechen können, die dem Epizentrum des Bebens am nächsten waren. Aber es war nicht die Zeit, sich selbst zu gratulieren. Er brauchte fast eine Stunde, bis er Atkins endlich an das Gerät bekam. Als Elizabeth das rote Lämpchen an seiner Konsole blinken sah, hatte sie es eingeschaltet, während Atkins hinten im Explorer trockene Sachen anzog.

Jacobs kam sofort zur Sache. »Es hatte die Stärke acht Komma vier«, sagte er mit gepreßter Stimme. »Es brach genau um 2:16 Uhr heute nacht aus. Das Epizentrum lag acht Kilometer westlich von Blytheville, Arkansas. Damit liegt es an der nordwestlichen Achse der neuen Störung, die nach Süden über Memphis hinaus verläuft.«

Atkins rutschte auf den Vordersitz. Er hatte gehört, was Jacobs über die Stärke gesagt hatte. Sie überraschte ihn nicht.

»Glaubt ihr, daß ihr rüber zum Epizentrum kommen könnt?« fragte Jacobs.

»Wenn wir einen Weg über den Fluß finden«, sagte Atkins. »Besteht die Chance, einen Hubschrauber zu bekommen?«

»Ausgeschlossen«, antwortete Jacobs. Zivil- und Militärhubschrauber wurden für Notarztdienste gebraucht. Sie waren bereits überlastet.

Es war von allerhöchster Wichtigkeit, daß sie so bald wie möglich Meßinstrumente nahe dem Epizentrum aufstellten. Starkbeben-Seismographen würden helfen, die Orte der Nachbeben genau festzustellen und die Tiefe des Herdes zu bestimmen. Durch die Aufzeichnung der Verteilung und des Musters der Nachbeben könnten sie einschätzen, ob mit weiteren starken Beben zu rechnen war.

»Wenn ihr nicht kommen könnt, haben wir noch andere Möglichkeiten«, sagte Jacobs. »An der Arkansas State University drüben in Jonesboro haben sie einige Starkbeben-Seismographen. Ich bin sicher, daß sie sie einrichten werden, sobald sie hinauskönnen. Ich kenne dort zwei der Seismologen. Sie sind nur sechzig Kilometer vom Epizentrum weg, und es sind gute Leute, versucht also nichts Unvernünftiges, um dorthin zu gelangen, John. Es wird schon klappen.«

Die Übermittlung brach durch atmosphärische Störungen langsam ab. Das Radio verstummte für einige Augenblicke. Als Jacobs wieder zu hören war, fragte Elizabeth: »Was ist in Memphis los?«

Dann krachte und rauschte es wieder. Als die Störung vorbei war, sagte Jacobs: »Memphis, wie wir es kannten, existiert nicht mehr.« Er machte keinen Versuch, seine Emotionen zu verheimlichen. »Ihr habt keine Vorstellung, wie es ...«

Plötzlich ging die Stimme in Rauschen unter. Elizabeth warf einen Blick auf Atkins.

»Wenn ich aus meinem Bürofenster an der Cottage Avenue blicke, sehe ich Feuer im Osten«, sagte Jacobs. »Ich höre überall in der Stadt Sirenen heulen. Die meisten Universitätsgebäude sind schwer beschädigt.« Die Bibliothek, Studentenheime und das Studentenzentrum lagen in Trümmern.

»Bei unserem eigenen Gebäude fehlt ein Teil der Nordwand«, fuhr Jacobs fort. Er wollte von Kim So berichten und vermochte es nicht. Auf seinem Stuhl zusammengesunken, brauchte er eine kleine Weile, bis er seiner Stimme über den Äther trauen konnte.

Als eine ihrer besten Doktorandinnen war Kim in aller Frühe im Computerbüro gewesen, um Daten über die New Madrid Seismic Zone einzugeben. Ein Brocken des gemauerten Schornsteins war durch das Dach gefallen und hatte ihren Schädel zertrümmert. Sie hatten sie neben ihrem Computer liegend gefunden.

»Walt, wie geht es deiner Familie?« fragte Atkins. Jacobs hatte ihm erzählt, daß seine Frau und die Kinder in der Stadt wohnten.

»Ich weiß nicht«, antwortete Jacobs. Seine Kehle war so trocken, daß er kaum sprechen konnte. »Ich bin noch nicht zu ihnen durchgekommen ... Es ist ein Backsteinhaus, John. Ein verdammtes Backsteinhaus, und ich bin Seismologe. Ich hätte es eigentlich besser wissen sollen!«

Dann verloren sie für ein paar Minuten den Kontakt mit Memphis.

»Wo war noch das Epizentrum?« fragte Atkins. Er hatte eine topographische Karte auf dem Schoß aufgefaltet und eine Deckenlampe angeschaltet.

»Nicht weit westlich von Blytheville.« Elizabeth hatte schon auf der Karte nachgesehen. Das Epizentrum lag etwa achtzig Kilometer südlich von New Madrid, dem Herd des ersten der großen Beben von 1811-1812.

Atkins suchte nach der nächsten Brücke über den Mississippi. Es gab eine bei einer kleinen Stadt im äußersten Süden von Missouri. Caruthersville. Sie überquerte den Fluß nach Tennessee nahe Dyersburg, rund sechzig Kilometer südwestlich von Mayfield und einhundertfünfundvierzig Kilometer nördlich von Memphis.

Atkins hätte gern gewußt, ob die Brücke noch stand.

Bei Raitland, Kentucky
13. Januar
3 Uhr

Bobby Mitchell schaute aus dem Rückfenster des Streifenwagens. Sie waren gerade um eine Kurve gefahren, dicht am Westufer des Tennessee River, der durch ein tief eingeschnittenes Tal floß. Bobby hielt nach der Flutwand Ausschau.

»Was siehst du, Bob?« rief der Sheriff, den Blick fest auf die Asphaltstraße gerichtet. Er fuhr gefährlich schnell. Von der Straße fiel das Gelände durch Bäume direkt zum Fluß ab. Sie rasten auf Raitland zu, der nächsten Stadt im Weg der Flutwelle. Nach Paducah waren es nur zwanzig Kilometer.

»Ich kann nichts sehen«, rief Bobby.

»Bestimmt kannst du es hören«, sagte der Sheriff. Er hatte sein Fenster heruntergekurbelt. Die ankommende Flut kündigte sich als stetes Tosen in der Ferne an.

Lauren bemühte sich, nicht daran zu denken, was in Gilbertsville geschehen war. Sie wollte es für immer aus ihrem Gedächtnis verbannen. Es war ausgeschlossen, daß die Stadt oder irgendwer darin diese massive Wasserwand überlebt hatte.

Auf Hessels Drängen versuchte sie, Verbindung zur Polizeibereitschaft in Raitland zu bekommen. Der auf dem Armaturenbrett des Autos montierte Funkscanner zischte vor atmosphärischen Störungen. Lauren drückte den Suchknopf. Eine Frauenstimme meldete sich.

»Das wird Georgetta Williams sein«, meinte Hessel. »Sag ihr, sie soll ihren Mann Bob holen. Laß mich mit ihm reden.«

Lauren gab es weiter. Es prasselte lange im Radio. »Bob ist tot«, sagte die Frau schließlich tonlos. »Er liegt draußen auf der Straße. Eine Starkstromleitung ist auf ihn gefallen.«

»Auf euch kommt eine Flut zu, Georgetta«, sagte Hessel, der sich das Mikrophon geschnappt hatte. »Der Damm am Kentucky Lake ist gebrochen. Du mußt dort weg.«

Das schrille Lachen der Frau überwältigte Lauren. Über dem Knacken des Polizeifunks klang es körperlos, wie aus der Seele gerissen.

»Klar doch«, sagte sie, noch immer hysterisch lachend. »Ich hole meinen Mann, und wir nehmen das Auto und fahren los.«

Der Funkkontakt brach ab.

Hessel stieg aufs Gaspedal. Das Fernlicht des Streifenwagens bohrte sich in die Dunkelheit. Er raste genau die gelbe Leitlinie hinunter. An den Vibrationen des Wagens konnte er die leichteren Nachbeben ablesen. Er spürte die Erschütterung im Lenkrad.

Wenige Minuten später kamen sie nach Raitland, bogen von der Hauptstraße ab und fuhren eine lange, steile Straße hinunter, während ihre Sirene schrillte. Die Stadt lag zum größten Teil auf einem halbmondförmigen Plateau über dem Fluß.

Lauren lehnte sich mit dem Lautsprecher aus dem Fenster.

»Verlaßt sofort die Häuser! Dammbruch am Kentucky Lake!«

Sie wiederholte die Warnung ständig, während der Sheriff das Auto durch die Trümmer steuerte. Der Schaden war beträchtlich. Wie Gilbertsville war auch Raitland eine Wüste aus gesplittertem Glas, zertrümmertem Mauerwerk und eingestürzten Gebäuden.

Lauren wurde klar, daß es sinnlos war. Selbst die wenigen, die ihre Warnung hörten, waren zu verwirrt oder gelähmt, um darauf zu reagieren. Und es war keine Zeit. Die Flut würde sie binnen Minuten erreichen und die Stadt wegfegen.

Eine ältere Frau rannte winkend direkt vor ihnen auf die Straße. Hessel bremste scharf und kam gerade noch vor ihr zum Stehen

»Lou!« schrie die Frau. »Dave hat's erwischt. Du mußt mir helfen.«

Der Sheriff stieg aus. »Bist du's, Mary Beth?« Es war die Frau seines Vetters Dave.

Aus der Nähe merkte Lauren, daß die Frau nicht älter als Anfang Dreißig war. Sie sah älter aus, weil ihr Gesicht und ihr Haar vom Mörtelstaub weiß gepudert waren. Auf der linken Wange hatte sie einen roten Schnitt.

»Du blutest ganz schön, Mary Beth.«

Die Frau faßte an ihre Wange und starrte fast geistesabwesend auf das Blut an ihren Fingern.

»Wo ist Dave?« fragte der Sheriff.

»Die Decke ist heruntergekommen. Bitte, Lou. Er ist schwer verletzt.«

Das Haus lag auf der anderen Straßenseite. Der Vorbau und ein Teil des Dachs waren eingestürzt.

Hessel sagte beruhigend: »Gut, Mary Beth. Ich komme.« Er wandte sich an Lauren. »Ich bleibe hier«, sagte er. »Mal sehen, was ich helfen kann. Du fährst weiter nach Paducah und sagst ihnen, was auf sie zukommt. Und dann mach, daß du mit dem Jungen von dort wegkommst.«

Hessel rannte hinüber zum zerstörten Haus seines Vetters. Die Frau war schon durch die Haustür verschwunden. Lauren wollte helfen und folgte dem Sheriff. Sie sagte Bobby, er solle im Auto bleiben.

Das zweistöckige Holzhaus hatte sich auf dem Fundament verschoben. Hessel ging hinein. Sein Vetter lag im Wohnzimmer unter einem heruntergestürzten Deckenbalken. Er blutete aus beiden Ohren.

»Ich glaube, mein Rückgrat ist gebrochen«, sagte er mit zusammengebissenen Zähnen.

Als Hessel Lauren hinter sich bemerkte, packte er sie grob an den Schultern. »Verdammt, Lauren. Ich bleibe bei meinen Verwandten. Du verschwindest hier. Sofort!«

Lauren küßte Hessel auf die Wange, dann rannte sie zum Streifenwagen zurück. Sie rutschte hinters Lenkrad, machte eine enge Kehre und jagte zur Hauptstraße zurück. Der Boden begann wieder zu beben, als sie auf die zweispurige Straße einbog.

»Oma, da ist sie!« schrie Bobby vom Rücksitz.

Lauren schaute sich nicht um. Es war nicht nötig. Sie wußte, daß die Flut das Tal herab auf sie zugestürzt kam. Sie hörte sie kommen.

Bei Caruthersville, Missouri
13. Januar
2:16 Uhr

Dick Marsden goß sich eine Tasse heißen Kaffee aus der Thermoskanne ein und machte es sich auf seinem Lehnstuhl bequem. Nur zwei Autos waren auf die Fähre gefahren, die jede zweite Stunde vom Mississippiufer in Tennessee auf die Missouriseite fuhr, dann wieder zurück. Es war die letzte Runde der Nacht. Die Rampe war schon eingezogen, das Metalltor am offenen Bug der Fähre geschlossen.

Sie würden in zwei, drei Minuten ablegen. Da er dem Fahrplan voraus war, hatte Marsden Zeit für eine schnelle Tasse Kaffee. Der Blick vom Ruderhaus war beeindruckend, sogar bei Dunkelheit. Der Mississippi war fast drei Kilometer breit, ganz anders als in St. Louis. Dort hatte Marsden an die zwanzig Jahre auf Flußkähnen gearbeitet. Der Fluß bei St. Louis – schmal, mit starker Strömung – war wie ein schlammiger Kanal.

Hier unten, nahe dem Stiefelabsatz von Missouri, war das ganz anders. Einige Kilometer stromauf überspannte eine neue vierspurige Hängebrücke den Fluß. Marsden konnte gerade noch die roten Flugzeugwarnlampen an den Spitzen der Hochbauten des Brückenbogens erkennen. Über die Brücke floß der gesamte zwischenstaatliche Verkehr von Dyersburg, Tennessee, nach Caruthersville, Missouri, wo die Autofahrer Anschluß an die Interstate 55 hatten. Nach Süden waren es einhundertfünfzig Kilometer bis Memphis. Im Norden lag St. Louis zweihundertfünfzig Kilometer entfernt.

Die Fähre diente vor allem den Einheimischen, die in Tennessee arbeiteten und sie benutzten, um die Fahrzeit von ihren Häusern in Missouri zu verkürzen.

Marsden hatte gerade seine Kaffeetasse auf die Instrumentenkonsole gestellt, als die erste Druckwelle eintraf und ihn mit solcher Wucht aus seinem Stuhl warf, daß er mit der Stirn auf das Steuerrad schlug. Der Schlag betäubte ihn. Die Fähre hatte sich jäh aus dem Wasser gehoben und zerrte an der Vertäuung, als versuchte eine Riesenhand, sie hochzuheben. Dann schlug der Schiffskörper wieder auf.

Marsden versuchte zu stehen und umklammerte seinen Stuhl, um nicht noch einmal umgeworfen zu werden. Ungläubig beobachtete er, wie plötzlich Wellen auf dem Fluß erschienen, die zwei Meter hoch von Ufer zu Ufer rollten. Er griff zum Fernglas, um flußaufwärts zur Brücke zu blicken. Er sah Scheinwerfer auf der Mitte der Brücke aufleuchten. Wahrscheinlich ein Fernlastzug.

Dann, unfaßbar, brach der lange Mittelbogen der Brücke auseinander. Marsden sah den Lastwagen, dessen langer Anhänger sich durch gelbe Lampen abhob, in den Fluß stürzen. Die Fahrbahn und ein Teil der Oberbauten fielen direkt darauf und ließen eine Wasserwand aufspritzen.

Das Beben hatte nicht nachgelassen. Jedesmal, wenn Marsden versuchte, aus dem Ruderhaus zu taumeln, wurde er gegen das Schott geschleudert.

Die auf dem Deck geparkten Wagen hüpften wie Spielzeugautos herum und rutschten hin und her, während die Fähre stampfte und rollte.

Wenige Minuten zuvor war ein großer Dreideckerschlepper, der wie ein Weihnachtsbaum beleuchtet war und eine lange Kette Kohlenkähne schob, stromabwärts auf Memphis zu vorbeigeglitten. Nun beobachtete Marsden, wie derselbe Schlepper wieder an ihm vorbeikam, diesmal allerdings stromauf. Es dauerte eine Weile, bis sein benommener Kopf begriff, was er sah.

Die Strömung schob zwei Kähne und den Schlepper zurück.

Jenseits des Flusses, auf der Seite von Missouri, fielen breite Abschnitte des Ufers ins Wasser. Es sah aus wie ein Erdrutsch, soviel brach von der Uferlinie ab.

Sein Matrose taumelte durch die Tür. Sein Gesicht war blaß. »Der Fluß ist voller Strudel«, sagte er.

Marsden hörte ihn kaum. Er hatte das Fernglas auf den Schlepper und die Kähne gerichtet, die schnell an der versunkenen Brücke vorbei flußaufwärts trieben. Dann verschwand der Schleppzug vor seinen Augen.

Anders konnte er es nicht beschreiben. Der Schlepper ging zuerst, verschwand aus seiner Sicht. Dann die Kähne, von denen der letzte sich hob, die roten Positionslampen noch brennend, den Bug aufrichtete und nicht mehr zu sehen war.

Als die Erschütterung endlich aufhörte, ging Marsden hinaus auf die schmale Brücke neben dem Ruderhaus. Der Fluß war noch in Aufruhr. Der Matrose hatte recht gehabt mit den Strudeln. Ein großer hatte sich nicht weit von der Fähre flußabwärts aufgetan, der wie ein umgekehrter Trichter wirbelte. Marsden richtete das Fernglas auf die Stelle, wo der Schleppzug verschwunden war. Es war über drei Kilometer aufwärts etwa in der Mitte des Flusses.

Marsden sah eine Linie kochenden, weißen Wassers und machte sich klar, was er vor sich hatte. Es war die schäumende Kante eines jähen Abfalls.

Das war ein Wasserfall dort. Ein großer Wasserfall.

Oak Ridge National Laboratory
Oak Ridge, Tennessee
13. Januar
2:16 Uhr

Mit einem weißen Laboranzug und Tuchstiefeln bekleidet, die potentiell tödliche Funken abhalten sollten, ging Fred Booker im Kopf die endgültige Kontrolliste durch, bevor er in den Feuerbunker stieg. Er befand sich im Druckwellenlaboratorium in einem der höhlenartigen Backsteingebäude in der streng geheimen Y-12-Anlage des Oak Ridge National Laboratory. Booker machte sich bereit, die Kanone abzufeuern, die technisch als zweistufige Leichtgaskanone bezeichnet wurde.

Die Y-12-Anlage war eines der sichersten Forschungszentren in den Vereinigten Staaten. Geschützt wurde sie von sechs Meter hohen, mit Stacheldraht abschließenden Zäunen und von Wachtürmen, die mit Scharfschützen mit Automatikwaffen bemannt waren. Ursprünglich gebaut, um Anfang der vierziger Jahre Uran für das Manhattanprojekt zu erzeugen, hatte sie sich zu einem hochmodernen technischen Labor entwickelt, das ebenso in der Lage war, im Notfall die Propeller eines U-Boots für einen atomaren Angriff umzubauen, wie eine bessere Bierflasche zu entwerfen oder wichtige Durchbrüche bei Arbeitsautomaten zu erzielen. Die Anlage erstreckte sich über vier Kilometer und umfaßte rund zweihundertfünfzig Gebäude.

Booker, ein jung wirkender siebenundsechzigjähriger Physiker, arbeitete seit den späten siebziger Jahren für das Labor. Oak Ridge lag in den Vorbergen der Smoky Mountains im östlichen Tennessee, dreißig Kilometer südlich von Knoxville. Er hatte sich in das Land verliebt. Hier hatte er seine beiden Töchter großgezogen. Hier hatte er eine neue berufliche Laufbahn begonnen. Hier hatte sich seine Frau von ihm scheiden lassen. Er nahm es ihr nicht übel. Sie hatte sich nie auf ihn verlassen können. Er arbeitete ständig im Labor, während sie zwei ungestüme, selbständige Töchter aufziehen mußte. Mary wohnte in Knoxville. Sie waren Freunde geblieben.

Groß, ein wenig gebeugt in der Haltung, mit kurzgeschorenem, grauem Haar und eindringlichen, grauen Augen, hielt Booker sich fit, indem er durch die Berge streifte. Er paddelte auch gern in seinem recht mitgenommenen alten Kanu auf dem nahegelegenen Clinch River. Seine Kollegen hielten ihn für jähzornig, arbeitswütig, brillant. Noch immer.

Bald nachdem er an der Universität Chicago promoviert hatte, war Booker an das Lawrence-Livermore-Laboratorium in Südkalifornien gegangen. Fast ein Dutzend Jahre hatte er damit verbracht, Livermore bei der Konstruktion von Atombomben zu helfen, und war ein anerkannter Meister der geheimen Kunst geworden, Waffen zu ›verstärken‹ – sie durchschlagender zu machen, indem er thermonukleare Brennstoffe in das ›Physikpaket‹ der Bombe schichtete, was die zerstörerische Wirkung der Waffe gewaltig erhöhte.

Als Booker seine Karriere bei Livermore beendete, war er verantwortlich für die unterirdischen Nukleartests im berühmten ›Bereich 51‹ des Testgeländes in Nevada. Er verbrachte ganze Monate bei Bombensprengungen, lebte in staubigen Wohnwagen und fuhr an den Wochenenden nach Vegas. Das hatte seiner Ehe nicht gutgetan, die während seiner Arbeit in Nevada erste Auflösungserscheinungen gezeigt hatte.

Da er eine Veränderung brauchte, ging er zur nukleartechnischen Truppe beim ORNL.

Halb im Ruhestand, war er als Berater weiter in Oak Ridge geblieben und half bei den Testschüssen im Druckwellenlabor. Das Zünden geschah in einer abgelegenen Ecke eines der riesigen Gebäude, die einst genutzt wurden, um Uran 235 von natürlichem Uran abzuspalten. Seit dem Ende des Kriegs hatten die Gebäude ›Alpha‹ und ›Beta‹ anderen Zwecken gedient. Das Druckwellenlabor befand sich im alten ›Alpha‹-Bau. In stumpfem Rot gestrichen wie so viele andere Gebäude der Y-12, war er aus mit Stahlstäben armiertem Beton gebaut. Die Abmessungen waren erstaunlich, einhundertdreiundsechzig mal einhundert Meter. Das Labyrinth des Röhrenwerks und der Ausrüstung, die der Urananreicherungsprozeß erforderte, hatten diese übergroßen Bauten notwendig gemacht, von denen noch viele die First Street auf dem ORNL-Komplex säumten.

Booker hatte geholfen, eine neu ausgerüstete Schiffskanone zu konstruieren. Sie war verlängert und mit neuen Teilen ausgestattet worden, um ein schrotkorngroßes Stück Eisen mit einer Geschwindigkeit von zweiunddreißigtausend Kilometern in der Stunde auf ein Ziel – einen Vakuumaufschlagtank – abzufeuern. Das vierzig Meter lange Geschütz ähnelte einem Gewehrlauf, der mit einem riesigen Schalldämpfer ausgestattet war. Das Rohr ruhte auf mehreren Metallauflagen. Das Labor verwendete genaugenommen zwei Kanonen, je nach dem Zweck des Schusses. Die eine feuerte mit etwas höherer Geschwindigkeit. Sie wurden von einem Deckenkran auf die Auflagen gesenkt. In Nanosekunden erzeugten die Kanonen kolossale Temperaturen, die denen im Erdmittelpunkt entsprachen, Damit wollte man einen Eindruck gewinnen, welcher Art der Druck auf den Eisenkern des Planeten war, wo die Temperatur über sechstausendfünfhundert Grad Celsius betrug.

Ein wesentlicher Bestandteil bei diesen Zündungen war die explosive Treibladung. Brooker hatte selbst die spezielle Masse ersonnen, eine Mischung aus Nitroglyzerin und Nitrozellulose, die auch zum Zünden von Kernwaffen benutzt wurde. Die Sprengladung trieb einen 60-Pfund-Kolben, der Wasserstoff in dem Kolben zusammenpreßte.

Die Schüsse wurden am frühen Morgen gezündet, wenn niemand in den Gebäuden arbeitete. Das Geräusch des Projektils, das sich mit mehreren tausend Kilometern in der Stunde bewegte und den Aufschlagtank traf, war nicht laut – das metallische Klirren einer Münze, die in eine Kaffeekanne geworfen wird. Aber die nachfolgende Druckwelle war ein Kracher. Bei früheren Zündungen waren die Fenster anstoßender Gebäude gesprengt worden. Türen waren aufgeflogen, Fußböden hatten gebebt.

Die Zündung geschah aus einem Bunker aus armiertem Beton, der in der Nähe der Aufprallkammer lag. Der Bunker war ein graues Blockhaus von etwa zwei Metern Höhe und drei Metern Länge. Mit einer Reihe von Instrumenten ausgestattet, hatte er Stahltüren und einen Fensterschlitz, der mit bruchsicherem Glas versehen war.

»Wie ist die VISAR-Kontrolle?« fragte Booker einen der beiden Geophysiker, mit denen er zusammenarbeitete, einen jungen Doktor namens Ed Graves. VISAR war die Abkürzung für ein System, mit dem Druckwellen gemessen wurden.

»Bereit.«

»Das Pyrometer?« Das Gerät maß hohe Temperaturen.

»Läuft«, sagte der andere Geophysiker, Len Miller. Seit fünfundzwanzig Jahren beim ORNL, war er ihr führender Spezialist für ›Erdinneres‹.

»Kamera?« Sie verwendeten eine rotierende Spiegelstrahlkamera mit einer Xenonlichtquelle, um die Aufprallgeschwindigkeit zu messen.

»Bereit«, sagte Miller.

»Machen wir einen Schuß«, sagte Booker. Er saß am Computerterminal, das die Feuersysteme und verschiedene Registriergeräte überwachte. Er ging die Kontrolliste rasch noch einmal durch. Miller saß neben ihm und würde die eigentliche Zündung auslösen. Er entfernte die Schutzplatte von einem roten Kippschalter.

»Also dann«, sagte Booker. Er begann den Countdown bei zehn.

Er war bei sechs angekommen, als eine gewaltige Erschütterung des Bodens ihn fast vom Stuhl geworfen hätte.

»Verdammt, Len. Es war noch nicht soweit.«

Er meinte, daß Miller die Kanone versehentlich abgefeuert hätte. Dann bebte der Boden wieder, noch stärker. Booker drückte einen Knopf, der die Kanone entschärfte.

»Mann, wir haben ein Erdbeben erwischt«, sagte er.

Die beiden ersten Stöße waren sehr stark gewesen, aber der nächste war noch heftiger und warf alle drei von den Stühlen.

»In diesem Teil des Staats hat es nie ein Beben gegeben«, bemerkte Graves.

»Todsicher … haben wir … jetzt eins«, sagte Miller mit zusammengebissenen Zähnen. »Ich würde das … ganz oben auf die Richter-Skala setzen.«

Booker war Erdbeben gewohnt. Einige leichte Erschütterungen draußen in der Wüste von Nevada, gerade mal so, daß die Fenster klirrten. Nicht wie das hier.

»Ich weiß nicht, wie lange das Gebäude das ganze Gewackel aushält.« Miller war von der Länge und Intensität des Bebens äußerst überrascht.

»Diese Mauern sind sechzig Zentimeter dick und mit Stahl verstärkt«, erklärte Booker. Der ›Alpha‹-Bau war praktisch eine Festung, unter größter Geheimhaltung für ein elektromagnetisches Verfahren zur Anreicherung von Uran für die A-Bombe konstruiert. Er war in Segmenten gebaut wie eine Honigwabe, wobei jedes Segment aus vier Wänden und einem separaten Dach bestand. Die Segmente oder ›Räume‹ waren miteinander verzahnt wie Teile eines Puzzles. Das Druckwellenlabor befand sich in einem der dreißig auf sechzig Meter großen Räume.

Ein Betonbrocken von der Größe eines Klaviers traf den Bunker und zerbarst. Es war ein Teil des Daches.

Der Boden bebte immer noch – eine starke seitliche Bewegung.

Noch mehr Beton regnete auf sie. Dann, nach mehreren langen Minuten, beruhigte sich der Boden. Vorsichtig öffnete Booker die Bunkertür gerade so weit, daß er einen Blick zum Dach werfen konnte. Er konnte schwarzen Himmel durch die klaffenden Löcher sehen.

»Gehen wir raus«, drängte Miller.

»Wir können nicht«, sagte Booker. Große Teile des Dachs versperrten die einzige Tür aus dem Gebäude. Sie saßen in der Falle. Und die Erde begann erneut zu beben. Ein heftiger Stoß und gleich darauf ein weiterer.

»Die ersten Nachbeben«, meinte Miller. »Das war erst der Anfang.«

Booker kroch aus dem Bunker und preßte seinen Rücken gegen den sperrigen stählernen Aufpralltank, der dreißig Zentimeter vom Kanonenrohr entfernt war. Er bemühte sich, ihn zu bewegen.

»Packt mal mit an«, sagte er keuchend.

»Was machst du, Fred?« fragte Graves. Er versuchte, den schweren Tank zu schieben, indem er sich mit dem Rücken dagegenstemmte, bis sie ihn beiseite geschoben hatten, weg vom Rohr. Die Kanone zeigte nun direkt auf die Wand.

»Wir versuchen, uns den Weg aus diesem verdammten Raum freizuschießen, bevor der Bau zusammenkracht«, erklärte Booker.

Die drei Männer eilten wieder in den Schießbunker und schnallten sich an die Sitze.

»Hast du so was schon mal gemacht?« fragte Graves. Sein Gesicht war aschfahl.

»Eigentlich nicht«, antwortete Booker. Er überflog das Schalttafelfeld, um einige Einstellungen anzupassen. Der Stand des komprimierten Gases war richtig. Sie konnten die Treibladung zünden.

»Fertig, Len?«

»Übernimmst du den Countdown?«

»Schieß einfach!« rief Booker.

Miller legte den Kippschalter um. Die Kanone feuerte mit einem merkwürdig gedämpften Klang, aber die Erschütterung durch den Aufprall des Projektils auf der Wand war gewaltig. Das ganze Gebäude schwankte. Die Druckwelle hob Booker ein Stück von seinem Sitz.

Er öffnete die Bunkertür und spähte vorsichtig hinaus. Die Kanone hatte ein ein Meter großes Loch in die Betonmauer gesprengt.

»Nichts wie raus!« rief Booker. Er folgte den beiden anderen Männern durch das Loch, indem er sich krümmte, um sich durchzuzwängen. Draußen war es pechschwarz. Die Lichter, die sonst die Y-12-Anlage wie eine Stadt leuchten ließen, waren aus. Die Erdstöße gingen in schneller Folge weiter. Es war mühsam, zu gehen.

Sie eilten von dem beschädigten Gebäude fort. Es war kalt, und sie hatten keine Mäntel. Ringsum heulten Sirenen. Drei Löschautos rasten die Straße hinunter.

Booker kannte ihr Ziel. Das Sicherheitslager.

Dort lagerte das Quecksilber, das früher für die Lithiumanreicherung gebraucht wurde. Lithium, das leichteste Metall, hatte zwei natürliche Isotope, Lithium 6 und Lithium 7. Lithium 6 wurde zur Herstellung von Tritium verwendet, dem Gas, das die Sprengkraft von Kernwaffen verstärkte.

Die Y-12-Anlage hatte gewaltige Mengen an Quecksilber gebraucht – in den Spitzenjahren zwischen 1951 und 1963 über ein Drittel des verfügbaren Weltvorrats. Was davon übrig war, wurde zum größten Teil in krugförmigen Stahlflaschen in den Betongewölben des Sicherheitslagers aufbewahrt. Auch andere flüchtige Chemikalien lagerten dort in großen Mengen, darunter Methylen, Chlor und Fluor.

Wenn davon etwas in Brand geriete …

Booker versuchte erst gar nicht, sich vorzustellen, was das bedeuten würde.

Bei Fulton, Kentucky
13. Januar
4:25 Uhr

Atkins hielt Tempo einhundert. Wenn er schneller fuhr, neigte der Explorer dazu, in den Kurven auszubrechen. Die Mautstraße, die von Mayfield südwärts zur Grenze nach Tennessee führte, war kaum befahren und in gutem Zustand.

Elizabeth hatte die Karte auf dem Schoß aufgeschlagen. Sie würden noch fünfzig Kilometer nach Süden fahren und in Tennessee auf die Route 412 treffen, die sie zur Brücke bei Caruthersville bringen würde.

Atkins hatte das Radio angeschaltet. Es war stark gestört. Die meisten Lokalsender waren ausgefallen. Gelegentlich konnten sie große Sender in Philadelphia und Chicago empfangen, die eine entsetzliche Nachricht nach der anderen brachten. Schwere Schäden in noch nie dagewesenem Ausmaß wurden aus dem ganzen Mississippital gemeldet.

In Cincinnati war das Riverfront Stadion zum Teil eingestürzt. Das Stadtviertel Delhi Hills hatte es schwer getroffen. Columbia Parkway bot ein Bild der Verwüstung.

In Louisville brannte der Bezirk Muddy Fork. Die Brücken der Interstate 64 und 65 über den Ohio waren eingestürzt.

In Lexington, Kentucky, waren das Behördenviertel und viele Gebäude an der Broadway Avenue schwer beschädigt. In den Einkaufsstraßen in der Innenstadt breiteten sich Brände aus.

Die schlimmste Nachricht kam aus St. Louis, zweihundertfünfundzwanzig Kilometer weit nördlich. Die Stadt hatte einen heftigen Erdstoß abbekommen. Ein großes Krankenhaus im Westend, Bernard-Parks, war eingestürzt. Dazu kam eine Live-Reportage von einer jungen Frau, die am Mikrophon zusammenbrach, als sie sich bemühte, die Verwüstung zu schildern.

»Acht Stockwerke sind eingestürzt, der ganze Westflügel«, berichtete die Frau. »Die Notaufnahme wurde zermalmt. Sie ist weg. Mindestens vierzig Personen befanden sich darin, vor allem Mütter mit kranken Kindern.« Die Reporterin stockte. »Ich kann Leute, die zwischen den Trümmern gefangen sind, schreien hören. Es ist absolut keiner da, der helfen könnte. Keine Ambulanzen. Keine Polizei. Es ist fast unmöglich, in der Stadt irgendwohin zu gelangen. So viele Gebäude sind eingestürzt.«

Eine Hiobsbotschaft folgte auf die andere.

In Little Rock brannten das Cammack Village und der Bezirk Allsopp Park. Beiderseits des Arkansas River lagen Häuser in Trümmern.

In Chicago war Glas von zersplitterten Hochhausfenstern auf den Michigan Boulevard geregnet. Einige Gebäude im alten Wolkenkratzerviertel Loop waren eingestürzt. Das Shedd Aquarium am Lake Shore Drive wäre um ein Haar zerstört worden.

Atkins schaltete das Radio aus. Er war eigentlich Fachmann. Er wußte, was zu erwarten war – oder glaubte es zu wissen. Dies war viel schlimmer, als er es jemals im Traum für möglich gehalten hatte.

»Wenn es so weit im Norden wie Chicago Schäden gegeben hat, muß mehr als eine Verwerfung im Spiel sein«, sagte er. »Das Ding hat sich weit über die New-Madrid-Zone hinaus ausgedehnt. Es löst andere Störungen aus.«

»Dafür gibt es genügend Beispiele«, sagte Elizabeth. »Erinnern Sie sich an Landers-Great-Bear?«

Das Beben von Landers in Kalifornien 1992 – und seine ungewöhnlichen Folgen – hatte die Seismologen völlig überrascht. Mit Stärke sieben Komma fünf war es das schwerste Beben in dem Staat seit vier Jahrzehnten. Mehrere Verwerfungen in der abgelegenen Mojave-Wüste waren plötzlich lebendig geworden und hatten in einem großen Teil Südkaliforniens zu starken Erschütterungen geführt. Auf das Hauptbeben in Landers folgte drei Stunden später ein zweites großes Beben mit Stärke sechs Komma fünf nahe der Stadt Big Bear, fünfzig Kilometer weit entfernt und an einer anderen Störung gelegen.

»Ich gehörte zu dem Team, das die Serie untersuchte«, erklärte Elizabeth. »Es steht außer Zweifel, daß das Beben von

Landers das von Big Bear ausgelöst hat. Es gab eine ganze Kette von Oberflächenrissen. Die Verschiebung pflanzte sich von Störungsabschnitt zu Störungsabschnitt fort. Hätte sich das im Zentrum von Los Angeles ereignet anstatt in der kaum besiedelten Mojave, wäre es katastrophal gewesen.«

Aber nicht wie das hier, dachte Atkins. Los Angeles und Südkalifornien hatten so etwas noch nicht erlebt. Und würden es wahrscheinlich nie erleben.

»Wenn das hier andere Störungen anregt, stehen wir vor einem großen Problem«, sagte er. Es war sein persönlicher Alptraum, ein Alptraum, den er mit den meisten Seismologen teilte. Daß ein starkes Beben andere auslösen könnte wie eine seismische Sprengkapsel.

Hunderte verborgener Störungen verteilten sich über das ganze Mississippital und den Mittelwesten. Nur wenige wurden noch für aktiv gehalten, darunter die New Madrid Seismic Zone, die nicht einmal die größte war. Jede davon konnte sich plötzlich ›anschalten‹. Und niemand wußte, wie viele Störungen noch gar nicht entdeckt waren.

Das war das schmutzige kleine Geheimnis der Seismologie. Ein Starkbeben konnte praktisch überall ausbrechen, jederzeit im Herzland der Vereinigten Staaten, bei jeder großen Stadt. Jede Verwerfung konnte plötzlich in Bewegung geraten. Was Atkins so beunruhigte, war die Furcht, daß das gewaltige Beben, daß sie gerade erlebt hatten, eine Kettenreaktion auslösen würde.

Falls das einträte, ließe sich nicht mehr voraussagen, wo es enden würde. Potentielle Katastrophen lauerten überall. Eine Serie von Verwerfungen verlief vom Mississippital bis an die Ostküste. Nur wenige Menschen wußten das oder begriffen, wie anfällig für Erdbeben große Teile des Landes waren.

»Wir werden gute GPS-Daten brauchen«, sagte Elizabeth. Das Global Positioning System war die schnellste Möglichkeit, um zu erkennen, wie die Erde sich gehoben oder gesenkt hatte – wie sehr die Kruste sich verformt hatte. Von den GPS-Satelliten übermittelte Messungen zeigten, wie weit sich die seismische Energie ausgebreitet hatte oder, wichtiger noch, ob sie sich noch immer ausbreitete.

Der Grad der Verformung würde auch anzeigen, wieviel seismische Energie noch im Untergrund steckte, ein wichtiger Schlüssel, um zu entscheiden, ob ein weiteres Beben wahrscheinlich war.

Atkins hätte auch gern SAR-Daten von den Satelliten gehabt. SAR, kurz für Synthetic Aperture Radar Interferometry, war eine Satellitentechnik, die dank starkem Auflösungsvermögen äußerst detaillierte Radarkarten erzeugte. Zwar nicht so präzise wie GPS-Daten, hatte SAR aber den Vorteil, ein viel größeres geographisches Gebiet zu kartieren, indem es bei jedem Durchgang Bilder erzeugte, die einen hundert Kilometer breiten Sektor abdeckten. Es war die schnellste Methode, um festzustellen, wie sehr die Erde sich über weite Strecken verformt hatte.

In den nächsten Tagen gute seismische Daten zu erhalten, würde entscheidend sein. Deshalb wollte Atkins alles in seiner Macht Stehende tun, um seinen mobilen Seismographen nahe Blytheville aufzustellen. Ihre größte Hoffnung blieben diese Geologen an der Arkansas State University. Jacobs hatte sie während ihres kurzen Funkkontakts erwähnt. Sie befanden sich näher am Epizentrum als sonst jemand. Atkins hoffte, daß sie Meßgeräte aufgestellt hätten. Ihm wäre eine große Last von der Seele genommen, wenn er wüßte, daß sie schon arbeiteten. Sie mußten so schnell wie möglich dort drüben betriebsbereit sein.

Er fuhr auf der Route 51 durch Tennessee. Sie hatten Dyersburg, die größte Stadt im äußersten Nordwesten Tennessees umfahren. Der Himmel zeigte in dieser Richtung ein sonderbares orangefarbenes Glühen.

Atkins wußte, was das bedeutete. Elizabeth auch.

Dyersburg stand in Flammen.

Sie bogen auf die Route 412 ein und hatten nun noch fünfzehn Kilometer bis zum Mississippi und zur Brücke. Die wellige, bewaldete Landschaft ging allmählich in ebenes Schwemmland über, je näher sie zum Fluß kamen.

Elizabeth kurbelte ihr Fenster herunter, um kalte Luft hereinzulassen, damit sie wach blieb.

»Hören Sie das?« fragte sie.

Wie betäubt vor Müdigkeit, konzentrierte sich Atkins darauf, den Explorer auf der kurvenreichen zweispurigen Straße zu halten. Er hatte nichts gehört.

Auch er kurbelte sein Fenster herunter. Die Luft roch stark nach Schwefel. Plötzlich mußte er fest das Lenkrad packen, als das Fahrzeug scharf nach rechts zog. Beinahe wären sie in einen Graben geschleudert.

Ein weiteres Nachbeben.

»Hören Sie!« sagte Elizabeth.

Während Atkins langsamer wurde, hörte er es auch. Lautes Krachen, das wie Kanonenschüsse klang.

Ihm wurde klar, was es bedeutete. Bäume knickten ab.

Der Boden bebte stärker. Der Schwefelgeruch wurde intensiver. Dazu kam ein merkwürdiger Pfeifton, laut und durchdringend, fast wie von einem Dampfkessel.

»Der Boden verflüssigt sich!« rief Atkins. »Wir müssen hier weg.« So weit sie in der Dunkelheit sehen konnten, schienen die Felder beiderseits der Straße zu kochen. Schwarze Wasserstrahlen schossen aus Löchern heraus, die sich im Boden aufgetan hatten, manche mit charakteristischer Kegelform.

Riesige Sandblasen, von denen die größeren einen Durchmesser von fünfzig Metern hatten, spien wie Geysire Wolken aus Dreck und heißem Dampf in den Himmel.

Eine klaffende Sandblase öffnete sich direkt vor ihnen und verschlang ein Stück Straße. Atkins stieg auf die Bremse und versuchte, sie zu umfahren. Die Hinterräder des Explorers sanken in austretenden Schlamm und drehten durch.

Atkins schaltete auf Vierganggetriebe um und gab Gas. Die Reifen kamen frei.

Er trat das Gaspedal bis zum Anschlag durch.

Immer wieder riskierten sie, in der wogenden Erde steckenzubleiben. Die Bodeneruptionen hielten an. Schwere verkohlte Bruchstücke lange begrabener Bäume wurden in die Luft geschleudert. Manche schossen wie Raketen heraus. Brocken gehärteten Torfs flogen hoch und bombardierten das Dach des Explorers. Ein Stück Holz von der Größe eines Koffers zertrümmerte die Windschutzscheibe.

Sie mußten weiterfahren. Atkins bretterte die Straße hinunter. Der Explorer prallte hart ab und krachte in Vertiefungen. Der Boden bebte und barst. Trübes Wasser schoß noch immer aus den Sandblasen. Bäume splitterten ringsum. Es war ein Bild direkt aus Dantes Inferno.

Atkins glaubte nicht, daß sie es schaffen würden. Doch plötzlich waren sie aus dem Schlimmsten heraus. Die Straße war wieder fester. Trotz des offenen Fensters und der kalten Luft schwitzte Atkins stark.

Nach wenigen Kilometern sahen sie einen Wegweiser zur Interstate 155 und der Brücke. Die Auffahrt lag direkt vor ihnen. Ein Wegweiser zeigte die Abzweigung zu einer Fähre. Zwei Autos mit blitzendem Blaulicht versperrten die Straße. Staatspolizei von Tennessee.

»Die Brücke ist kaputt«, sagte einer der Polizisten. Seine Stimme war gedämpft, angespannt. Er kam auf den schlammbespritzten Explorer zu, so daß Atkins sein Gesicht besser zu sehen bekam. Ein junger Mann, vielleicht Mitte Zwanzig. Er sah verängstigt aus. »Der Mittelbogen ist in den Fluß gefallen.«

Atkins sah, wo der Hauptbogen eingestürzt war. Ein Abschnitt von einem halben Kilometer schien zu fehlen. Der größte Teil der Oberbauten war in den Fluß gefallen. Unglaublich. Durchtrennte Hängekabel baumelten von einem der Pylonen, der stehengeblieben war.

Der Wind sprang um, und Elizabeth hörte etwas, ein seltsames neues Geräusch.

»Was ist das?« fragte sie.

Der Lärm war dröhnend laut.

»Das ist ein Wasserfall, Lady«, sagte ein Polizist. »Wenn Sie zum Fluß runterfahren, können Sie ihn gut sehen.«

Bei Paducah, Kentucky
13. Januar
3:12 Uhr

Lauren umklammerte das Lenkrad von Lou Hessels Streifenwagen mit beiden Händen, während sie sich mit heulender Sirene dem Stadtrand von Paducah näherten. Sie mußten die Brücke der Route 60 über den Tennessee River überqueren, und Lauren fürchtete sich davor. Die alte, schmale Brücke mit dem scharfen Richtungswechsel in der Mitte war mehr als einen Kilometer lang. Sie war noch nie gern hinübergefahren, schon gar nicht nachts.

Bobby saß auf dem Rücksitz und versuchte, die Flutwelle zu entdecken, die auf sie zuraste. Bis jetzt war es ihnen gelungen, vor ihr zu bleiben. Paducah war Endstation.

Lauren vermutete, daß der Wellenkamm ein paar Kilometer hinter ihnen war und schnell näher kam. Sie hatte nur einen einzigen Gedanken. Sie wollte nicht auf dieser Brücke sein, wenn das Wasser darauf traf.

»Bobby, kannst du was sehen?« fragte sie.

»Noch nicht«, sagte er und rieb sich die Augen. Er blinzelte und starrte in die Dunkelheit, hielt flußaufwärts Ausschau nach dem, was mit Sicherheit kam.

Die Brücke lag direkt vor ihnen, die schwarze Konstruktion abgehoben vor einem rauchigen Dunst. Als sie die erhöhte Auffahrtsrampe hinaufdonnerten, erhielt Lauren den ersten guten Ausblick auf Paducah, eine Stadt mit zwanzigtausend Einwohnern, die größte im Westen Kentuckys.

Im zentralen Geschäftsbezirk waren Brände ausgebrochen. Aber das eigentliche Inferno tobte auf dem Ufer von Illinois, unmittelbar unterhalb der Mündung des Tennessee in den Ohio. Es war eine geschlossene Feuerwand. Ein Öldepot war in Flammen aufgegangen. Die Tanks brannten lichterloh.

Die Gedanken überschlugen sich in Laurens Kopf. Sie hatte vor, den Innenstadtbereich zu umfahren, den kürzesten Weg zur Interstate 24 zu nehmen und dann über die Ausfahrt

Hinkeville Road nach Westen zu gelangen. Ihre Eltern wohnten zehn Meilen weit außerhalb in Heath. Sie wollte nur eines – sie finden und in Sicherheit bringen.

Jetzt waren sie fast auf der Brücke. Die ganze Spannweite über war sie in drei Abschnitte geteilt, die von tief ins Flußbett getriebenen Betonpfeilern gestützt wurden. Das Fernlicht des Autos leuchtete die zweispurige Fahrbahn aus.

»Ich sehe sie!« schrie Bobby.

Lauren blickte nach rechts, flußaufwärts.

Gewaltig, dachte sie.

Die erste Flutwelle war um eine Biegung des Tennessee gebraust. Sie würde die Brücke in voller Breite treffen. Das entfesselte Wasser hatte die letzten fünfzehn Kilometer flußab viel schneller bewältigt, als sie erwartet hatte.

Lauren fuhr mit achtzig Kilometern die Stunde, als sie die scharfe Kurve erreichte, wo die Brücke nach rechts schwang. Sie fuhr zu schnell und streifte die Leitplanke; ein Scheinwerfer wurde zertrümmert, bevor sie das Auto wieder in der Gewalt hatte.

Hastig warf sie einen Blick auf die Flut und erschrak. Die Wasserwand war fast so hoch wie die Fahrbahn der Brücke und nicht mehr als fünfzig Meter entfernt. Es sah so aus, als würde sie genau über sie wegspülen.

Lauren trat aufs Gaspedal. Sie hatten die Hälfte hinter sich.

Unmöglich, daß wir es schaffen, dachte sie.

Das Brüllen des Wassers hallte in ihren Ohren.

Die Brücke schwankte seitwärts, als die Flut gegen die Betonpfeiler schlug. Erstaunlicherweise hielten sie dem ersten Aufprall stand. Wasser ergoß sich über die Fahrbahn, so daß die Reifen die Haftung verloren. Der hintere Kotflügel knallte gegen eine Leitplanke.

Ein weiterer harter Stoß ließ den Oberbau der Brücke schwanken. Diesmal knickten die Pfeiler ein.

»Kurble die Fenster runter!« schrie Lauren ihrem Enkel zu. »Wenn wir in den Fluß stürzen, versuche, aus dem Auto rauszukommen!«

Gib mir noch zwanzig Sekunden, betete Lauren. Nur zwanzig Sekunden.

Wieder vibrierte die Brücke heftig. Etwas Schweres war wie ein Sturmbock gegen einen Pfeiler geschlagen.

Die Fahrbahn senkte sich und begann zu reißen. Vor ihnen tat sich eine Lücke auf. Lauren stieg so hart auf die Bremse, daß die Reifen auf den nassen Stahlplanken durchdrehten. Sie lenkte den Wagen gegen die Leitplanke, um ihn abzubremsen, und der schwere Streifenwagen prallte schlitternd dagegen. Sie lenkte ihn noch einmal gegen die Planke – ein Kotflügel riß ab und das Auto drehte sich um volle einhundertachtzig Grad und stand.

»Raus!« schrie Lauren ihren Enkel an, der vom Rücksitz krabbelte. Sie öffnete das Handschuhfach, schnappte die Pistole, die Sheriff Hessel erwähnt hatte, und steckte sie in eine Manteltasche.

Das Auto war wenige Schritte vor der Lücke, die sich in der Fahrbahn geöffnet hatte, zum Stehen gekommen. Die Brücke war an einer der Stellen gerissen, wo die Stahlteile, aus denen die Fahrbahn bestand, verschraubt waren. Die Lücke war fünf Meter breit.

Lauren sah, daß sie nicht mehr als dreißig Meter vom Ende der Brücke entfernt waren. Die einzige Möglichkeit, dorthin zu kommen, war ein schmaler Steg, der neben dem Oberbau entlanglief. Für die Wartung genutzt, spannte er sich über den ganzen Fluß. Sie mußten nur über das äußere Geländer klettern und auf den Steg treten.

»Das schaffe ich nicht!« rief Bobby.

»Natürlich kannst du es«, sagte Lauren. Sie stieg über das Geländer und ließ sich, mit dem Rücken zum Wasser, etwa einen Meter auf den schlüpfrigen Steg hinunter. Dann half sie ihrem Enkel herunter. Der Steg war zum Wasser hin offen. Ein Handlauf war an der Seite des Oberbaus festgeschraubt.

Lauren blickte zum Streifenwagen hinauf. Die heilgebliebenen Lichter waren noch an. Dann machte die Brücke einen Ruck, und das Auto rutschte langsam auf die Lücke in der Fahrbahn zu.

Mit einer Hand am Handlauf und mit der anderen ihren Enkel festhaltend, sah Lauren zu, wie das Auto durch die Lücke fiel und im gurgelnden Wasser unter ihnen verschwand.

»Los geht's!« rief sie Bobby zu. »Schau nicht nach unten!«

Mit dem Rücken zum Fluß und sich am nassen Handlauf festhaltend, bewegten sie sich langsam seitwärts über den Steg.

Etwas Großes schlug gegen einen Pfeiler, der unter dem Anprall bebte. Lauren schaute nach unten, was es war – ein Teil eines Strommasts, der von der Flut mitgerissen wurde. Mindestens fünfzehn Meter lang, zog er ein Gewirr von Leitungen hinter sich her.

Der Stoß des Aufpralls hätte sie um ein Haar in den Fluß geworfen. Bobby rutschte mit einem Fuß vom Steg und fiel auf die Knie. Lauren packte ihn am Gürtel und zog ihn wieder hoch.

Nachdem sie sich vorsichtig an der Lücke in der Fahrbahn vorbeigeschoben hatten, kletterten sie wieder auf die Brücke und rannten auf das Ende zu. Lauren spürte, daß sich die Pfeiler unter ihnen bewegten.

»Beeil dich, Junge!« schrie sie ihrem Enkel zu.

Zehn Meter hatten sie noch vor sich.

Noch fünf.

Fast hatten sie das Ende erreicht, als die Fahrbahn begann sich von der Auffahrtsrampe loszureißen.

»Spring!« schrie Lauren. Völlig außer Atem legte sie einen Arm um ihren Enkel, der zurückzubleiben drohte, und gab ihm einen kräftigen Stoß, gerade als die Fahrbahn unter ihnen nachgab. Ihr Schwung trug sie vorwärts. Sie landete samt Bobby auf der Auffahrtsrampe und schürfte sich die Knie auf.

Nach Luft schnappend, lag sie neben ihm und starrte zum Himmel hinauf.

Bobby stemmte sich hoch.

»Sie kracht zusammen!«

Lauren kam auf die Beine, gerade als die Brücke in drei Teile brach und sich zum Wasser neigte. Die brausende Flut riß sie um. Ein einzelner Betonpfeiler mitten im Fluß war alles, was stehenblieb. Auch ein Teil des Oberbaus, der auf der Seite lag, war noch zu sehen. Ein Wohnwagen, der flußabwärts trieb, wurde von einem Stahlträger aufgespießt. Genauso erging es der gesplitterten Wand eines Holzhauses.

»Sieh mal dort drüben!« Bobby deutete zur Innenstadt von Paducah und zum Ohio. Unmittelbar hinter Owen's Island, wo der Fluß sich leicht verengte, bevor er im Bogen an der Stadt vorbeifloß, hatte sich das Feuer von Ufer zu Ufer ausgebreitet.

Im Bezirk Lowertown waren noch mehr Brände ausgebrochen.

Lauren hatte wenig Zeit, sich wegen Paducah zu sorgen. Sie mußten von der erhöhten Auffahrtsrampe wegkommen, die von Stahlgerüsten getragen wurde. Vor dem nächsten Nachbeben wollte sie einen gehörigen Abstand haben.

Sie lief mit ihrem Enkel die schiefe Ebene hinunter, als ein Auto auf die Rampe bog und auf sie zufuhr.

»Halt!« schrie Lauren und schwenkte beide Hände über dem Kopf. »Die Brücke ist fort! Zurück!«

Das Auto kam näher. Es hatte das Fernlicht eingeschaltet und würde gleich bei ihnen sein.

Bei Caruthersville, Missouri
13. Januar
4:55 Uhr

Atkins parkte den Explorer auf der Kiesfläche eines Anlegeplatzes, von wo man den Mississippi überblicken konnte. Seit dem Erdbeben waren kaum mehr als zweieinhalb Stunden vergangen. Die Nachbeben waren häufig gewesen, manche Stöße sehr stark. Die meisten lagen im Bereich der Stärke sechs, schätzte Atkins. Er und Elizabeth stiegen aus dem Wagen und blickten zum erstenmal auf den Fluß. Er war gut drei Kilometer breit. Und floß, unfaßbar, in die falsche Richtung.

Das Schauspiel übertraf alles, was er an Erfahrungen gespeichert hatte. Er wurde wieder an die ungeheure Kraft der Naturgewalten erinnert, die stark genug waren, den Verlauf eines der größten Ströme der Welt zu unterbrechen. Ihn einfach zu durchqueren!

Atkins vermutete, daß die Verwerfungslinie irgendwo flußabwärts die Oberfläche durchbrochen und eine Sperre geschaffen hatte, die den Fluß aufstaute. Genau das war während der Beben von 1811 und 1812 geschehen. Die gewaltige Hebung bei einem der ungeheuren Erdstöße hatte den Fluß mit mehreren Sperren blockiert, so daß er zurückströmte.

Und irgendwo dort draußen war vielleicht sogar ein Wasserfall entstanden.

Sie konnten nichts sehen. Atkins erinnerte sich, was Walt Jacobs ihm über die Geschichte der großen Beben von 1811 und 1812 erzählt hatte: Die Hebung der Verwerfung hatte einen donnernden Wasserfall, möglicherweise sogar zwei, mitten im Flußbett geschaffen.

Während Atkins in die Dunkelheit stromauf blickte, begannen seine Augen ihm Streiche zu spielen. Das einzige, was er deutlich erkennen konnte, waren die Stahlträger der eingestürzten Brücke. Der verbogene Oberbau ragte aus dem Fluß.

Atkins sah keinen Wasserfall und fragte sich, ob die Polizisten sich vielleicht geirrt hatten.

»Können Sie ihn hören?« fragte er Elizabeth.

Sie schüttelte den Kopf. Das rauschende Wasser und der Wind verschmolzen zu einem schrillen Hintergrundgeräusch.

Während sie über den nächsten Schritt nachdachten, kam eine neue Funknachricht aus Memphis. Es war Jacobs. Das Prasseln der Störungen machte es schwierig, ihn zu verstehen. Es gab viel Bodeninterferenz. Dann ließ der Lärm nach.

»Die Arkansas State schickt niemand zum Epizentrum«, teilte Jacobs mit. »Dort sind viele Gebäude zerstört. Sie kommen nicht an die Instrumente heran.« Dann knisterte es wieder lange im Kurzwellensender.

Atkins saß im Explorer und starrte auf den Fluß. Er wußte nicht, was er sagen sollte. Sein Mund war plötzlich trocken.

»John, ich weiß nicht, wozu ich dir raten soll.« Jacobs war wieder da, aber die Verbindung brach allmählich zusammen. »Verlaß dich auf ... dein Urteil.«

Das Radio knisterte nur noch. Atkins langte hinter sich und drehte auf leise.

»Ich muß versuchen, über den Fluß zu kommen«, sagte Atkins und sah Elizabeth an. »Wir müssen einen Seismographen installieren.« Er schlug mit der Faust auf das Armaturenbrett. »Sehen Sie sich das Wasser da draußen an!«

»Vielleicht können wir uns von der Fähre rüberbringen lassen«, schlug Elizabeth vor.

»Vergessen Sie das ›wir‹«, sagte Atkins. »Sie gehen nicht mit.«

Elizabeth schüttelte den Kopf. »Das kommt nicht in Frage«, sagte sie scharf. »Wir gehen beide.«

»Verdammt, auf keinen Fall«, entgegnete Atkins und schlug wieder auf das Armaturenbrett.

Elizabeth schlug genauso fest drauf. »Verdammt!« schrie sie. »Spielen Sie sich vor mir nicht als Macho auf, Dr. Atkins!« Ihre Augen blitzten.

Atkins saß eine Weile da und versuchte, sich zu sammeln. »In Ordnung«, sagte er leise. »Ich wollte, ich könnte Sie umstimmen – aber gut.«

Er stieß von dem Aussichtspunkt zurück und bog in die schmale Straße zum Anlegeplatz der Fähre ein. Schweigend fuhr er die drei Kilometer, während er immer auf den Fluß blickte und versuchte, ihn in der Dunkelheit zu erkennen. Auch bei geschlossenen Fenstern hörte er das schnell strömende Wasser.

Als sie zur Fähre kamen, schaukelte sie an ihren Vertäuungskabeln heftig auf und ab. Ein Zweidecker. Kein großes Schiff, das mit dem geraden Heck wie eine schwimmende weiße Schachtel aussah. Auf dem Unterdeck hatten etwa zehn Autos Platz.

»Was meinen Sie?« fragte Elizabeth.

»Ich meine, daß ich eigentlich keine Lust dazu habe«, antwortete Atkins. Er wollte diesen Fluß nicht überqueren, aber es blieb ihm nichts anderes übrig. Diesen Seismographen aufzustellen war das Wichtigste, was man im Moment tun konnte. Sie mußten unbedingt wissen, was entlang der Verwerfung vor sich ging, wieviel Energie sie freisetzte, was die Nachbeben machten. Er mußte einfach versuchen, auf die andere Seite zu kommen.

Er stieg aus dem Explorer und folgte Elizabeth auf die Fähre. Sich an das Kettengeländer klammernd, stiegen sie die schmale Metalltreppe zum Ruderhaus hinauf. Atkins machte eine dunkle, massige Form aus, die etwa fünfzig Meter stromab aus dem Wasser ragte. Als sich seine Augen besser an das Dämmerlicht gewöhnt hatten, erkannte er, daß es eine große Insel war, die dicht vor der Uferlinie von Tennessee lag. Der Anlegeplatz der Fähre befand sich nahe dem oberen Ende der Insel.

Sie erschraken, als in der Ferne etwas ins Wasser stürzte.

»Was war das?« fragte Elizabeth.

Eine Stimme in der Dunkelheit antwortete: »Nichts Besonderes. Nur ein Teil des Ufers in Missouri drüben, das in den Fluß fällt. Das geht seit ein paar Stunden so.«

Es war Dick Marsden. Mit einem Fernglas in der Hand stand er im Schatten neben dem Steuerrad.

Atkins erklärte, wer sie waren und warum sie den Fluß überqueren wollten. Er sagte dem Kapitän, daß sie ihren Starkbeben-Seismographen so nahe wie möglich beim Epizentrum des Erdbebens aufstellen mußten. Das Instrument war so konstruiert, daß es nahe der Erdbebenquelle arbeiten konnte, ohne daß die Druckwellen die Messungen durcheinander brachten. So gründlich wie möglich versuchte Atkins zu erklären, warum sie unbedingt den Mississippi überqueren mußten. Was auf dem Spiel stand.

Marsden lachte. Seine Augen waren blutunterlaufen, seine Haut fleckig. Rundlich und stark übergewichtig, trug er eine schmutzige, blaue Jacke und eine blaue Strickmütze. Atkins schätzte ihn auf ungefähr sechzig.

»Ich habe fast mein ganzes Leben auf diesem Fluß verbracht, und ich erkenne ihn nicht wieder«, sagte Marsden. »In den letzten Minuten hat er sich etwas beruhigt. Die Wellen haben nachgelassen. Aber wenn Sie jetzt rausfahren, stehen die Chancen gut, daß Sie absaufen.«

»Wir haben von einem Wasserfall gehört«, sagte Elizabeth.

»Nach meiner Schätzung liegt er etwa in der Mitte des Flußbetts ein paar Meilen flußaufwärts«, sagte Marsden.

»Wenn der Wind richtig steht, können Sie ihn ganz gut hören. Macht einen Lärm wie der Niagarafall.«

Er reichte ihr das Fernglas.

Elizabeth drehte an der Einstellung und richtete es auf eine schwache, gekräuselte Linie weißen Wassers weit draußen im Flußbett. Selbst mit dem Fernglas war die Stelle zu weit entfernt, um etwas deutlich zu erkennen. Es erinnerte sie an Stromschnellen und war offenbar die Kante des Wasserfalls.

»Wie ist die Fallhöhe?« fragte sie.

»Das weiß ich nicht«, sagte Marsden. »Von dieser Seite kann man es nicht gut sehen.«

»Kapitän, bringen Sie uns rüber?« fragte Atkins noch einmal. »Wir müssen herauskriegen, was in der Erdkruste vor sich geht. Sie sind der einzige, der uns helfen kann.«

»Und wenn ich dieses Schiff verliere?«

Atkins versuchte es nicht einmal mit einer Antwort. Er verlangte von einem Fremden, alles zu riskieren.

»Ist das eine Insel hier flußabwärts?« fragte Elizabeth.

»Das ist Chandler's Point«, erklärte Marsden. »Eigentlich nur eine breite Sandbank mit viel Baumbestand.«

»Wie lang ist sie?«

»Vielleicht zwei oder drei Kilometer«, meinte Marsden.

»Wie sieht der Fluß am anderen Ende der Insel aus?« fragte Elizabeth.

»Er verengt sich etwas. Dort unten ist die Strömung wirklich stark. Keine Ahnung, was jetzt dort los ist... Lady, worauf wollen Sie hinaus?«

»Könnten wir zwischen der Insel und dem Ufer hindurch steuern und dann den Fluß überqueren, wenn wir ans Ende kommen?« fragte Elizabeth. »Damit wären wir fast sechs Kilometer oberhalb vom Wasserfall und könnten die Überfahrt an einer schmaleren Stelle versuchen.«

Marsden rieb sich das Stoppelkinn, überlegte hin und her, versuchte auszuknobeln, was er tun sollte. Er warf einen Blick durch das breite Fenster des Ruderhauses auf den Fluß, dann hielt er das Fernglas wieder an die Augen. »Könnte funktionieren«, meinte er. »Im Kanal zwischen Insel und Ufer fließt genug Wasser, und es sieht nicht danach aus, als wäre die

Strömung zu stark. Aber wenn wir ans Ende kommen und ins eigentliche Flußbett fahren, trifft uns der Strom mit voller Wucht.« Er blickte immer noch durch das Fernglas aufs schwarze Wasser. »Diese Fähre gehört dem Staat Tennessee«, fuhr er fort. »Wahrscheinlich muß ich erst mit so einem Idioten von Anwalt sprechen.«

Er blickte noch einmal ausgiebig durch das Glas. Endlich sagte er: »Jimmy, mach alles bereit zum Ablegen.« Der Erste Maat stand in der offenen Luke. »Wir machen eine Überfahrt. Wenigstens probieren wir es.«

Atkins nahm Marsdens Hand und schüttelte sie. Dann eilten er und Elizabeth zum Explorer zurück.

»Das war sehr gut«, sagte Atkins. »Ich bin froh, daß Sie nicht auf mich gehört haben und zurückgeblieben sind.«

Elizabeth lächelte. »Wahrscheinlich werde ich es bedauern, wenn wir draußen sind.«

Sie brauchten einige Minuten, um über die schaukelnde Landungsbrücke zu fahren und den Explorer zu sichern. Der Maat verkeilte die Reifen vorn und hinten mit Holzblöcken. Die anderen Fahrzeuge waren bereits weggefahren worden. Ihre Besitzer wollten sich an dem Versuch, den Mississippi zu überqueren, nicht beteiligen.

»Auf geht's«, sprach Marsden in ein Megaphon.

Atkins und Elizabeth vergewisserten sich, daß hinten im Explorer alles sicher festgezurrt war, vor allem der Seismograph und das Kurzwellenradio. Dann gingen sie zu Marsden ins Ruderhaus. Er hatte beide Dieselmotoren auf volle Umdrehungszahl gebracht, denn er wollte soviel Schubkraft wie möglich zur Verfügung haben, wenn sie in die Strömung glitten.

»Ablegen!« rief er in das Megaphon.

Sein Matrose machte die Bug- und Heckleinen los. Marsden legte mit voller Kraft vom Ufer ab und steuerte die Fähre in die Rinne zwischen der Sandbankinsel und der Uferlinie von Tennessee. Die Strömung war stärker, als er erwartet hatte, das Wasser tiefer. Die Bäume auf der Insel standen dicht bei dicht. Man konnte unmöglich durch sie hindurch zur Hauptfahrrinne auf der anderen Seite blicken.

»Die Strömung fließt hier mit vielleicht fünf Knoten durch«, sagte Marsden. »So stark habe ich sie noch nie gesehen. Es wird Agnes nicht gefallen, sobald wir um die Insel sind.« Er warf einen Blick auf Elizabeth, die neben ihm stand. »Ich nenne diesen Rostpott Agnes. So heißt meine Frau. Nachts kann es hier draußen recht einsam werden, und dann habe ich gern jemand zum Reden. Das Schöne daran ist, daß Agnes nicht widersprechen kann.«

Fünfzehn Minuten später näherten sie sich dem unteren Ende der Insel. »Jetzt sind wir gleich drin«, sagte er.

Sie kamen aus der Rinne heraus, und Atkins saugte scharf die Luft ein, als er den Mississippi vor sich ausgebreitet sah. Eine breite Fläche dunklen, schnell fließenden Wassers.

Marsden packte das Ruderrad mit beiden Händen. Er beugte sich darüber vor, um aus dem Fenster auf den Fluß zu blicken. »O Mann!«, sagte er. »Eine hübsche Strömung. Ich weiß nicht, ob ich sie halten kann. Agnes, Kleine – wir werden jedes bißchen Kraft brauchen, das du zur Verfügung hast.«

Als sie um die Spitze der Insel kamen und die Hauptfahrrinne erreichten, trafen sie auf die Strömung, die stromab schob. Die Kraft war gewaltig. Die Fähre wurde fast eine halbe Meile stromab gerissen, ehe die Schrauben das Wasser zu bewältigen schienen. Mit großem Krafteinsatz am Ruder bekam Marsden die Fähre in den Griff und fuhr gegen die Strömung an.

Er hatte beide Motoren auf Hochtouren laufen und kam dennoch kaum vorwärts.

»Verdammt, sehen Sie mal stromauf«, sagte er. »Das gibt Ärger.«

Tief im Wasser treibend, tauchten drei dunkle Formen aus der Dunkelheit auf. Lastkähne. Sie waren um eine Flußbiegung gekommen und trieben auf die Fähre zu. Einer stand in Flammen.

»Ölkähne«, sagte Marsden. »Ein paar Meilen stromaufwärts am Ufer von Missouri gibt es einen Umschlaghafen. Einer von den großen Treibstofftanks wird hochgegangen sein und den Kahn in Brand gesetzt haben. Mir war, als hätte ich vor einer Weile eine Explosion gehört. Sie müssen sich aus der Vertäuung gerissen haben und stromab getrieben sein.«

Die Kähne waren so weit auseinander, daß es schwierig gewesen wäre, um sie herum zu manövrieren. Das hätte einem Hindernislauf geglichen.

»Ich will versuchen, zwischen ihnen durchzusteuern«, sagte er.

»Haben Sie genug Leistung?« fragte Atkins. Er hatte bemerkt, wie schwer die Motoren arbeiteten. Sie klangen, als würden sie bald den Geist aufgeben.

Marsden hob die Schultern. »Wollen wir's hoffen, Sohn.« Er schlug das Steuer langsam, vorsichtig ein, um in der starken Strömung nicht die Kontrolle zu verlieren.

»Mach schon, Agnes«, sagte er leise. »Mir zuliebe.«

Die Fähre ließ sich nun besser steuern. Mit Ruder und Gashebeln arbeitend, manövrierte Marsden sie geschickt aus dem Weg des vorderen Kahns, der aus zwei Luken brannte.

»Hier kommt ein weiteres Problem«, sagte Marsden, während er mit fliegenden Händen an den Kontrollhebeln arbeitete. Die beiden anderen Kähne kamen noch auf sie zu. Sie waren auseinandergetrieben, doch der eine befand sich auf Kollisionskurs.

»Jetzt wird es knapp«, sagte Atkins, der den Abstand mit den Augen maß. Der Kahn war noch ungefähr einhundert Meter weit weg und näherte sich schnell.

»Ich brauche ein bißchen mehr Dampf, Agnes. Du mußt dich für mich anstrengen, altes Mädchen.« Marsden kämpfte mit dem Ruder. Die Motoren liefen auf Hochtouren. Er warf einen Blick auf Atkins. »Ich bin mir nicht sicher, ob ich dem aus dem Weg gehen kann.«

Paducah, Kentucky
13. Januar
3:20 Uhr

Das Auto kroch im Schneckentempo mitten auf der Fahrbahn die Rampe hinauf. Lauren sah die Fahrerin über das Steuerrad gebeugt. Eine alte Frau.

»Halt!« schrie sie.

Sie lief hinunter, dem Auto entgegen, packte den Türgriff und schaffte es, die Tür aufzureißen. Die Frau umklammerte noch immer das Lenkrad. Lauren lief neben dem Auto her, zwängte sich neben die Frau und bekam einen Fuß aufs Bremspedal. Endlich blieb das Auto stehen. Lauren zog die Handbremse an.

»Haben Sie nicht gesehen, daß die Brücke weg ist?« rief sie wütend und wandte sich der Frau zu. »Sie hätten uns beinahe überfahren!«

Die alte Frau saß da und rührte sich nicht. Sie trug einen Wintermantel und hatte eine grüne Pudelmütze tief über die Augen gezogen.

»Alles in Ordnung?« fragte Lauren.

»Ich glaube schon«, sagte die Frau. »Ich sehe nachts nicht mehr besonders gut. Grauer Star.«

Man sollte es nicht für möglich halten, dachte Lauren. Sie bemerkte, daß die Brillengläser der Frau dick wie Limoflaschen waren.

»Was hatten Sie vor?« erkundigte sie sich. Langsam verrauchte ihr Zorn.

»Mädchen, wissen Sie nicht, daß wir ein Erdbeben hatten?« sagte die Frau. »Ich wollte aus der Stadt raus und muß mich im Kreis gedreht haben.« Im düsteren Licht sah die Frau wenigstens wie achtzig aus. Ihre Augen waren trübe, und ihre Haut grau wie geätztes Leder.

»Ich bin Milly Drew«, stellte sich die Frau vor. »Und ich wäre Ihnen sehr verbunden, wenn Sie mich nach Hause fahren würden. Ich hätte so einen Kraftakt nicht probieren sollen. Wahrscheinlich habe ich einfach Angst bekommen.«

Die Rampe schwankte bei einem der wiederholten Nachbeben.

»Bobby, steig in Miss Drews Auto.« Lauren öffnete die Hintertür, und ihr Enkel kroch hinein.

Lauren setzte sich auf den Fahrersitz. Sie fuhr rückwärts die Auffahrtsrampe hinunter und wendete den Wagen. Glücklicherweise kannte sie das Modell – einen 1963er Chevrolet Impala. In so einem hatte sie fahren gelernt. Aber dieser sah brandneu aus. Weißer Lack, rote Sitze.

»Das Auto gehörte meinem Jungen«, erklärte die Frau. »Er starb vor einigen Jahren, und ich brachte es nicht fertig, es zu verkaufen. Mein Mann ist auch tot. Er war Raucher.«

»Wo wohnen Sie?« fragte Lauren.

»In der Old Benton Road nahe der Interstate 24«, sagte die Frau.

Es war nicht weit, ein paar Kilometer.

Lauren trat aufs Gaspedal, und das Auto schoß vorwärts; die Beschleunigung nahm ihr fast den Atem. Dann bemerkte sie das Symbol der gekreuzten Flaggen auf dem Lenkrad. Es war ein 327er.

Miss Drew besaß ein Kraftpaket.

Lauren nahm die Route 62, weg von der Innenstadt von Paducah. Fünf Minuten später bog sie in die Einfahrt vor dem Haus der Frau ein. Es war ein einstöckiges Holzhaus, das wunderschön gepflegt aussah. Nach vorn war ein Fenster kaputt, und die Veranda hing durch, aber sonst wirkte es kaum beschädigt.

»Ich werde mich zurechtfinden«, sagte die alte Frau. »Ich habe genug zu essen und eine Tochter, die in der Stadt wohnt. Aber wie soll ich jemals wiedergutmachen, was Sie für mich getan haben?«

Lauren zögerte, dann sagte sie, was ihr durch den Kopf gegangen war, seit sie das Auto auf der Brücke angehalten hatte.

»Sie können etwas für mich tun, Milly. Borgen Sie mir dieses Auto für ein paar Tage.«

»Schatz, nehmen Sie das verflixte Ding«, sagte die Frau.

Lauren versprach, für eventuelle Schäden aufzukommen. »Werden Sie sich hier bestimmt allein zurechtfinden?« fragte sie.

»Machen Sie sich meinetwegen keine Sorgen«, sagte die Frau. »Ich hoffe, das alte Auto bringt Sie dahin, wo Sie hin wollen.«

Bobby half der Frau die Treppe zur Veranda hinauf. Dort ließen sie sie allein, auf einem Schaukelstuhl sitzend, noch immer in den Mantel gehüllt und mit der grünen Mütze auf dem Kopf. Sie winkte ihnen nach, als Lauren aus der Einfahrt zurückstieß.

Wenige Minuten später rasten sie auf der Route 62 genau nach Westen und zum Haus ihrer Eltern.

Das brennende Paducah lag hinter ihnen. Im Rückspiegel konnte Lauren die Flammen sehen. Die Straße war in schlechtem Zustand, und es gab viel Verkehr, da die Leute versuchten, irgendwie fortzukommen. Viele fuhren wie die Wahnsinnigen. Mehrere Autos lagen umgekippt am Straßenrand.

»Dort hinten ist jemand verletzt«, sagte Bobby, als sie an einem weiteren verunglückten Auto vorbeikamen.

Lauren hatte zwei Körper im Gras liegen sehen. Sie bremste nicht ab und war dankbar für den großen Chevrolet. Er war schnell genug, um sie vor Schwierigkeiten zu bewahren. Stellenweise war die Straßendecke schwer beschädigt. Manche Risse waren fast einen Meter breit, dann mußte sie abbremsen und um sie herumfahren.

Schon fast in Heath stießen sie auf die erste Straßensperre. Mehrere Autos parkten an der Seite. Zwei Polizisten mit roten Taschenlampen hielten sie an und sagten ihr, sie müsse umkehren. Die Straße sei gesperrt. Irgend etwas sei in der ›Uranfabrik‹ passiert, erklärte einer der beiden.

Lauren hatte von der Anlage gehört, die angereichertes Uran für Waffen und Kernreaktoren produzierte. Sie nahm fast sechzehn Hektar ein.

Wie die meisten aus der Gegend wußte Lauren nichts Genaues darüber und wartete nicht ab, bis die Polizisten ihr erklärt hatten, was schiefgegangen war. Ohne zu zögern, jagte sie den Chevy hoch und brauste davon, wobei sie einen langen schwarzen Gummistreifen auf die Straße radierte.

Sechs Kilometer weiter, am Rand von Heath, stieß sie auf die nächste Straßensperre. Diesmal waren die Männer schwer bewaffnet und hatten eine Absperrung quer über die Straße aufgebaut. Es waren fünf oder sechs Männer, alle in merkwürdigen Overalls.

»Was haben die über dem Gesicht?« fragte Bobby.

Die Männer trugen Gasmasken.

Frankfort, Kentucky
13. Januar
2:16 Uhr

Der erste starke Stoß hatte Gouverneur Tad Parker und seine Frau im Schlafzimmer im zweiten Stock der Gouverneursvilla aus dem Bett geworfen. Ein schwerer Bücherschrank aus Mahagoni krachte auf den Boden und verfehlte knapp Parkers Kopf. Geistesabwesend nahm er die Schreie seiner Frau wahr.

Parker versuchte aufzustehen, aber das Beben streckte ihn sofort wieder zu Boden. Er versuchte es noch einmal und wurde so heftig umgestoßen, daß ihm die Luft wegblieb.

Frankfort, die Hauptstadt von Kentucky, lag etwa dreihundertfünfzig Kilometer nordöstlich von Memphis und ungefähr auf halbem Weg zwischen Louisville und Lexington. Alle drei Städte waren von dem Erdbeben in Mitleidenschaft gezogen worden, das Memphis drei Tage zuvor erschüttert hatte. Es hatte viel Sachschaden gegeben, vor allem Risse in Fundamenten und herabgestürzte Schornsteine, aber keine Todesopfer.

Parker wußte instinktiv, daß dieses hier tödlich war.

Er kroch zur Tür, richtete sich auf den Knien auf und probierte den Lichtschalter. Der Strom war ausgefallen.

Parker verwünschte sich, daß er zuviel Wein zum Abendessen getrunken hatte. Er hatte seine Wahlkampfberater getroffen und sich zu oft nachschenken lassen, was selten vorkam. Normalerweise blieb es bei einem kleinen Glas Burgunder. Diesmal hatte er vier oder fünf getrunken und war erst vor kurzem zu Bett gegangen.

Die Erde bebte erneut. Glas zersprang in den Glastüren, die sich zum Schlafzimmerbalkon hin öffneten.

Der Kronleuchter im Speisezimmer klingelte wie ein Windspiel, während er hin und her schwang. Dann fiel er herunter und zersprang in tausend Stücke.

Große goldgerahmte Bilder wurden aus ihrer Aufhängung gerissen. Ein Geschirrschrank kippte um und leerte altes Wedgwood und französisches Kristall auf den Boden.

Auf allen vieren kriechend, schnitt Parker sich die Hand an einer Glasscherbe.

»Tad, wir müssen raus!« schrie seine Frau. Sie versuchte, sich am Kopfbrett des Betts festzuhalten, aber die wogende Bodenbewegung ließ das schwere Himmelbett durchs Zimmer rutschen und riß die Beine unter ihr weg.

Noch nie in seinem Leben hatte Parker mehr Angst gehabt.

Als die Erde endlich aufhörte, sich zu wölben, saß er mit dem Rücken an der Wand, zu betäubt, um aufzustehen. Mit seiner Frau an seiner Seite blieb er so fünf Minuten sitzen, bis er es endlich schaffte, im Dunkeln Hosen und einen Pullover überzuziehen.

Er holte eine Taschenlampe aus dem Bad. Die klassizistische Villa aus dem 19. Jahrhundert bot ein Bild der Zerstörung. Breite Risse hatten sich im Mauerwerk aufgetan.

Der Boden begann wieder zu beben.

Parker war klar, daß dies Nachbeben waren. Sie mußten ins Freie.

Mit seiner Frau, die einen Morgenrock angezogen und einen Mantel über die Schulter geworfen hatte, eilte Parker die imposante Treppe zum Erdgeschoß hinunter. Er ging gerade durch die Haustür, als ein Auto der Staatspolizei von Kentucky in die Auffahrt einbog.

Ein sehr jung aussehender Beamter stieg aus. Er überbrachte die schreckliche Nachricht mit forscher Routiniertheit.

»Der Damm am Kentucky Lake ist gebrochen, Sir.«

Parker war zumute, als hätte er einen Tritt ins Gesicht bekommen. Er fiel gegen die offene Tür.

Das durfte nicht wahr sein.

Während er versuchte, die Ungeheuerlichkeit der Nachricht zu fassen, bemühte sich Parker, dem Polizisten weiter zuzuhören, der schon bei einem anderen Thema war... Die Gasdiffusionsanlage des Energieministeriums bei Paducah.

Parker kannte sie gut. Er hatte alle Hebel in Bewegung gesetzt, um die Anlage zu erhalten, als es Gerüchte gab, das Ministerium wolle die Arbeit dort stufenweise einstellen.

Er preßte die Hände an die Schläfen und versuchte, klar zu denken. Es fiel schwer, aber er mußte sich konzentrieren.

»Der Direktor der Anlage hat angerufen, Sir«, fuhr der Polizist fort. »Er möchte, daß Paducah evakuiert wird.«

»Was sagen Sie da?« stotterte Parker.

»Sie haben irgendein Leck. Er hat was von Giftgas gesagt.«

Parker hatte die Urananreicherungsanlage gerade erst mit einer japanischen Delegation besichtigt. Er wußte, daß sie Uran in Form von Uranhexafluoridgas durch eine Reihe Keramik- und Stahlseparatoren leiteten, die Verunreinigungen herausfilterten. Die Röhren verliefen, soviel er wußte, über Kilometer und maßen einen Meter im Durchmesser.

Er erinnerte sich, was ihm ein Ingenieur dort erklärt hatte: Die größte Gefahr bestand im zufälligen Freisetzen von Gas. Wenn es mit Sauerstoff in Berührung kam, wirkte es tödlich. Die Separatoren wurden unter Druck versiegelt. Wenn sie platzten, würden sie wie ein Feuerwerk explodieren und Wolken von Giftgas ausspeien.

»Werden Sie sie anordnen?« fragte der Polizist.

Was anordnen? Verdammt, Mann. Laß mich doch überlegen, dachte Parker.

Der Polizist starrte ihn an, wartete auf eine Antwort.

»Die Evakuierung«, sagte er. »Sie sollten sie jetzt sofort einleiten.«

Der Boden bebte, gerade soviel, daß Parker nach dem Geländer der Veranda griff. Er setzte sich auf die Treppe. Plötzlich wurde er gewahr, wie hell die Sterne leuchteten. Der Himmel war voller Sterne.

So hell hatte er sie noch nie gesehen, aber dann wurde ihm klar, warum: In Frankfort waren alle Lichter aus. Die Stadt lag in völliger Dunkelheit.

Bei Caruthersville, Missouri
13. Januar
5:30 Uhr

Marsden trieb die Fähre an, was die Motoren hergaben, obwohl er sich bei diesen Drehzahlen Sorgen machte, daß sie heißlaufen würden. Der Kahn war noch einhundert Meter Backbord achteraus entfernt. Marsden zog heftig am Steuerrad. Die Fähre reagierte langsam und drehte sich von der klotzigen Form weg, die tief im Wasser lag und schnell auf sie zukam.

»Wir könnten es gerade so schaffen«, sagte Marsden.

Langsam Fahrt aufnehmend, kämpfte sich die Fähre gegen die Strömung vorwärts.

Atkins drehte sich nach dem näher kommenden Kahn um und sah plötzlich Flammen herausschlagen. Fast gleichzeitig gab es eine starke Explosion. Aufs Deck geschleudert, rappelte Atkins sich mühsam hoch. Die Fähre machte unter dem Druck der auf Hochtouren laufenden Motoren eine rasche Drehung, während die Strömung sie flußabwärts schob. Große Teile des Lastkahns, weit ins Wasser geschleudert, brannten weißglühend.

Elizabeth kniete über Marsden.

»Er ist bewußtlos«, sagte sie. »Er muß mit dem Kopf auf die Steuerkonsole geschlagen sein.« Marsden hatte einen tiefen Schnitt über der linken Augenbraue, und Elizabeth preßte ein Taschentuch auf die Wunde.

Atkins packte das Ruder und versuchte, die Fähre wieder auf Kurs flußaufwärts zu bringen. Es hatte keinen Zweck. Sie waren zu weit in die Strömung geschwenkt und trieben nun stromab auf den Wasserfall zu. Die Motoren waren nicht stark genug, um die Fähre zu wenden.

Binnen Minuten wurden sie an der Insel und der Anlegestelle vorbeigetrieben, wo sie dreißig Minuten zuvor abgelegt hatten, und immer schneller flußabwärts geschoben.

Im schwachen, grauen Licht konnte Atkins allmählich die grobe Kontur und die Ausmaße des Wasserfalls erkennen. Was er sah, machte ihn sprachlos.

Die Kante verlief bogenförmig zum Ufer in Missouri und schien fünfhundert oder sechshundert Meter lang zu sein. Das Wasser darunter kochte. Er sah Schaumwolken über dem Fall aufsteigen.

Atkins registrierte staunend, daß er auf die steile Böschung einer Verwerfung starrte, die aus der Tiefe hochgeschoben worden war und den Mississippi durchbrochen hatte. Dieser Gedanke fesselte seine Aufmerksamkeit genauso wie der Anblick des Wasserfalls. Nun konnte er ihn auch hören, ein dröhnendes Tosen. Er dachte wieder an eine Aufschiebungsverwerfung und wie sie unter der Erde funktionierte, wie die eine Seite sich scharf aufwärts bewegte, während die andere in sich zusammenfiel. Aufschiebungen waren in Gebirgsketten verbreitet, aber in diesem Teil des Landes äußerst selten.

Elizabeth war es gelungen, Marsdens Blutung zu stillen. »Ich kann nicht glauben, daß ich das wirklich sehe«, sagte sie, während sie aus dem Ruderhausfenster auf den Fluß blickte. Sie war ebenso tief bewegt wie Atkins. Die Gewalt dieser Naturkatastrophe lag, aus nächster Nähe betrachtet, jenseits ihrer ganzen bisherigen Erfahrung.

Sie machte darauf aufmerksam, daß die Höhe des Wasserfalls – noch waren sie zu weit entfernt, um es deutlich zu erkennen – an beiden Seiten scharf abzufallen schien. Auf der Seite, die dem Ufer von Missouri am nächsten lag, sah die Fallhöhe erheblich geringer aus. Und das Wasser unterhalb war weniger aufgewühlt.

Sie hatten nur eine Chance, glaubte Atkins, wenn es ihnen gelänge, so nahe auf die Seite von Missouri zu kommen, daß sie am niedrigsten Punkt den Wasserfall überwinden könnten. Eine Möglichkeit, einer Havarie zu entgehen, gab es nicht. Aber wenn sie die Fähre dahin manövrieren konnten, wo die Fallhöhe eventuell nur wenige Fuß betrug, wäre es ihnen vielleicht möglich, ohne allzu großes Risiko darüberzugleiten. Das wenigstens war sein hastig entstandener Plan.

Atkins sagte ihr, was er versuchen wollte.

»Wie weit ist es?« fragte sie.

»Eineinhalb Kilometer. Vielleicht ein wenig mehr … Auf geht's.« Er schwang das Ruder herum und peilte das Ufer an.

Falls er die Geschwindigkeit halten und schneller als die Strömung sein könnte, wäre es vielleicht möglich zu steuern, anstatt sich vom Fluß schieben zu lassen.

Er hielt auf eine hohe Baumgruppe auf dem Ufer von Missouri zu, die ihm als Orientierung diente.

Der Himmel wurde heller, das verschwommene Zwielicht vor der Dämmerung. Atkins bemerkte, daß das Beben lange, große Brocken aus der Uferlinie gerissen hatte.

Als sie vierhundert oder fünfhundert Meter vom Wasserfall entfernt waren, bekam er ihn zum erstenmal richtig zu sehen, und es verschlug ihm fast die Sprache. Es war die größte Aufschiebungsverwerfung, die er jemals gesehen oder über die er gelesen hatte. Tief unter der Erdoberfläche hatte eine starke vertikale Verschiebung des Gesteins stattgefunden; die eine Seite der Verwerfung war hochgetrieben worden, während die andere Seite abgesunken war. Und die vehemente Aufwärtsbewegung hatte dann den Wasserfall geschaffen.

Er schätzte die Höhe auf zwölf Meter, vielleicht mehr.

»Wir sind gleich da!« rief er.

Er hielt mit der Fähre auf das Ufer von Missouri zu. Auf dieser Seite schien die Fallhöhe nur ein oder eineinhalb Meter zu sein.

Sie waren fast da. Noch 200 Meter – dann wären sie genau darüber. Als Atkins bemerkte, daß sie zuviel Fahrt hatten, warf er die Gashebel zurück und versuchte, den Bug geradeaus zu richten.

Im letzten Augenblick, als sie sich schon der Kante näherten, wurde ihm klar, daß die Fallhöhe mindestens drei Meter betrug. Aus der Ferne hatte sie erheblich geringer ausgesehen. Sie würden einen ordentlichen Schlag abbekommen.

»Auf geht's!« schrie er. »Festhalten!«

Die Fähre kippte über den Rand und schlug ins Wasser, wobei sie einen gewaltigen Schwall Gischt aufwirbelte.

Danach hatte er nur noch bruchstückhafte Eindrücke: das Heck in der Luft schwebend; der Ruck des Aufpralls, als der Bug in das strudelnde Wasser krachte; und wie die Fähre sich bedenklich zur Seite neigte und zu kentern drohte. Vor allem erinnerte Atkins sich an seinen Schrecken, als er an der Wasserwand entlangblickte, die über die gewaltsam hochgeschobene Scholle in der Flußmitte stürzte.

Aber er hatte keine Zeit, mehr als einen flüchtigen Blick auf dieses grandiose Schauspiel zu werfen – und auf all die Wrackteile des Schleppers und der Lastkähne, die vorher hinuntergestürzt und im wirbelnden Wasser gekentert waren. Mit aller Kraft mühte er sich ab, das Ruderrad zu kontrollieren, während die Fähre in den gewaltigen Strudeln unterhalb des Wasserfalls schaukelte.

Sie beschrieben einen vollen Kreis, dann noch einen, wobei die Fähre heftig stampfte und zu kippen drohte. Wasser schlug über das Unterdeck. Atkins befürchtete schon, sie würden in den brodelnden Wirbel am Fuß des Wasserfalls gesogen. Ein großer Strudel hatte sich in der Flußmitte gebildet, wo das über die Fallkante stürzende Wasser mit der Strömung flußabwärts von der Brücke zusammentraf. Er warf das Ruder hart nach Steuerbord und stemmte sich dagegen, bis sie langsam, in winzigen Etappen, so schien es, aus der Gefahrenzone kamen.

Das Ufer von Missouri war weniger als einhundert Meter weit weg, und Atkins steuerte darauf zu. Ein großer Teil der Uferlinie um die Anlegestelle der Fähre war eingebrochen. Nur wenige Piers schienen noch intakt. Es war unmöglich, dort festzumachen.

Elizabeth schaffte es, Marsden wachzurütteln. »Wo sind wir?« fragte er, während er sich wacklig aufrichtete. »Wir machen ja kaum Fahrt.« Dann sah er rechts den Wasserfall.

»Da sind wir drübergegangen?« Blinzelnd schüttelte er den Kopf.

»Können Sie uns ans Ufer bringen?« fragte Atkins.

Marsden nahm das Ruder und schätzte die Lage ein. Wenige Minuten später steuerte er die Fähre vorsichtig gegen einen überhängenden Abschnitt des Ufers, der nicht eingebrochen war. Selbst so nah am Ufer war die Strömung ungewöhnlich stark, und er mußte die Motoren mit voller Kraft laufen lassen, damit sein Matrose abspringen und an einigen Bäumen festmachen konnte. Es dauerte einige Minuten, bis er Bug und Heck gesichert hatte.

»Danke für die Fahrt«, sagte Marsden strahlend zu Atkins. »Schade, daß mir der Hauptteil entgangen ist.«

Er folgte ihnen auf unsicheren Beinen aufs Deck hinunter. Der Explorer hatte die schweren Stöße gut überstanden, und Atkins war erleichtert, als der Motor ansprang. Er hatte befürchtet, daß Wasser unter die Motorhaube gekommen wäre und die Elektrik lahmgelegt hätte.

Der Blick vom Pier auf den Wasserfall war atemberaubend. Das Brüllen des Wassers, das über die Kante strömte, machte es schwer, sich anders als schreiend zu verständigen.

»Können wir Sie irgendwohin mitnehmen?« fragte Atkins.

Marsden schüttelte den Kopf. »Ich bleibe lieber hier bei Agnes«, sagte er grinsend. »Ich möchte nicht, daß ihr etwas passiert.«

Er verschwand kurz. Als er zurückkam, hatte er eine Remington-Pumpgun in der Hand, die er Atkins reichte. Er gab ihm auch mehrere Schachteln mit Munition.

»Keine Widerrede«, sagte er. »Die nehmen Sie mit. Es könnte jemand versuchen, den Explorer zu stehlen. Ein gutes Fahrzeug mit Vierradantrieb ist in solchen Zeiten Gold wert. Ich würde es nicht aus den Augen lassen.«

Atkins machte Anstalten abzulehnen, aber Marsden stieß ihm die Schrotflinte fast in die Brust. »Sie ist geladen. Einfach die Sicherung umlegen, durchziehen und feuern.« Elizabeth gab er eine Plastikmülltüte, die er mit ein paar Brotlaiben, einigen Konserven und Limonade gefüllt hatte.

Atkins legte die Waffe auf den Rücksitz. »Dann viel Glück«, sagte er lächelnd zu Marsden.

»Das gleiche für Sie, mein Freund.«

Mit einer elektrischen Winde zog Marsden den Explorer von der Rampe. Sie würden direkt auf festen Boden fahren können, da sie am Rand eines schlammigen Sojabohnenfelds etwa einen Kilometer von der Hauptstraße festgemacht hatten.

Atkins machte sich bereit, von der Fähre wegzufahren.

»Meinen Sie, das Schlimmste ist vorbei?« rief Marsden ihm nach.

»Ich weiß nicht«, sagte Atkins, während er die Bremse löste. »Ich glaube nicht.«

Oak Ridge National Laboratory
Oak Ridge, Tennessee
13. Januar
3:11 Uhr

Fred Booker beobachtete, wie die starken Fallwinde, die von den Vorbergen der Great Smoky Mountains bliesen, sich auf die Brände auswirkten. Flammenwände schossen in die Höhe, wenn der Wind auffrischte. Das Erdbeben hatte Gasleitungen zerstört, und überall auf dem Y-12-Komplex brannte das ausströmende Gas heftig, wahrscheinlich durch Funken von heruntergefallenen Leitungen entzündet.

Stromkabel und Übertragungsleitungen zerrissen um ihn herum. Ströme von weiß-roten Funken schossen wie Raketen hoch. Gerissene Leitungsdrähte knisterten auf dem Boden.

Booker war allein. Die beiden anderen Männer, mit denen er im Druckwellenlabor arbeitete, hatten den Komplex verlassen. Indem er sich hinter einer Reihe Löschautos hielt, war er ganz nah an das Gebäude D-4 am westlichen Ende des Komplexes vorgerückt.

Für das Manhattan Project entstanden, war D-4 für das Endstadium der Anreicherung von Uran 235 verwendet worden. Mit zweihundert Metern Länge und einhundertzwanzig Metern Breite war es der größte Bau im Sicherheitsdistrikt. Flüssiges Quecksilber und die Uran- und Plutoniumkerne eingemotteter Atomwaffen lagerten dort in speziellen, bleiverkleideten Bunkern. Es bestand keine Explosionsgefahr, aber wenn sie in Brand gerieten, würde die austretende Strahlung tödliche Wirkung entfalten.

Es war zweifellos eine heiße Zone. Der Alptraum jedes Feuerwehrmanns.

Das Beben hatte D-4 und vielen der anderen höhlenartigen Gebäude entlang der Carbon Avenue schwer zugesetzt. Teile der Vorderwand und des Dachs waren eingestürzt.

Und zu Brookers Verwunderung bebte der Boden immer noch.

Verdammt noch mal, es ist noch nicht vorbei, dachte er.

Vier Löschautos waren bis auf fünfzig Meter an D-4 herangefahren. Mechanische Drehleitern sprühten lange gebogene Schaumstrahlen auf das Dach und die Mauern.

»Ich möchte, daß das Gebiet im Umkreis von einer Meile um diesen Bau evakuiert wird!« schrie der Captain der Feuerwehr.

Booker kannte den Mann von den zahlreichen Sicherheitsbesprechungen, an denen er teilgenommen hatte, bevor er in den Ruhestand gegangen war. Er hatte die Katastropheneinsatzgruppe von Y-12 unter sich. Seine Name war Tom Duncan. Wie die anderen Feuerwehrleute, die um ihn versammelt waren, trug Duncan einen weißen Strahlenschutzanzug. Duncan war in den Fünfzigern, ein untersetzter Mann mit kräftigem Brustkorb und Walroßschnurrbart. Er wirkte verblüfft über das Ausmaß der Katastrophe, tat aber sein Bestes, es nicht zu zeigen.

»Mir wäre eine Riesenlast vom Herzen, wenn ich eine dicke Schaumschicht auf diese Quecksilberlagertanks bringen könnte«, sagte Duncan. Er hatte nicht vor, Männer in das Gebäude zu schicken, nicht, so lange der Boden noch bebte und das Risiko einer Quecksilberexplosion oder eines Strahlungslecks bestand.

Booker trat vor und schwenkte seinen Ausweis. Duncan erkannte ihn; der Physiker trug noch seinen dünnen antistatischen Anzug aus dem Druckwellenlabor. Dank dem vielen Adrenalin, das durch ihn strömte, war er sich der schneidenden Kälte gar nicht bewußt.

»Ich könnte Ihnen vielleicht helfen«, sagte Booker. »Schicken Sie jemanden in das Roboterlabor. Paul Burke wird vermutlich noch dort sein. Lassen Sie ihn Neutron herbringen.«

Duncan konnte damit nichts anfangen.

»Das ist einer der neuen Roboter, an denen sie dort gearbeitet haben. Wenn Sie das Innere von D-4 überprüfen müssen, kann er den Auftrag erledigen. Vielleicht könnte er sogar etwas Schaum versprühen.«

Zwanzig Minuten später fuhr ein dunkelgrauer Dodge-Lieferwagen hinter den Löschautos an den Straßenrand. Paul

Burke stieg aus, und Booker half ihm, den Roboter hinten herauszuheben.

Neutron hatte nichts Putziges wie die Starwar-Roboter an sich. Ganz zweckbestimmt, ähnelte er entfernt einem fernsehergroßen Metallkasten, der mit einem Computermonitor, einer Bildsucherkamera und einem leistungsstarken Punktscheinwerfer, der elektronisch erhöht oder gesenkt werden konnte, ausgerüstet war. Je nach Gelände benutzte der Roboter Räder oder Traktorenprofilketten. Aus einer Titanlegierung hergestellt, war er mit zwei eineinhalb Meter langen mechanischen Armen ausgerüstet, die mühelos eintausend Kilo heben konnten.

Sein leichtgewichtiger Rahmen war auf eine Hawkin-Richtplattform montiert worden, die es ihm erlaubte, sich schnell und leicht in einem engen Kreis zu drehen.

Neutron befand sich noch im Experimentierstadium, aber Burke hatte ihm fast alle Mucken ausgetrieben.

Duncan erklärte, was er brauchte. Der Roboter sollte möglichst viel feuerhemmenden Schaum auf die Quecksilber- und Uranlagerbereiche sprühen. Burke wußte genau, wo in D-4 sie sich befanden. Er würde Neutrons Bewegungen durch Fernsteuerung lenken und mit der Kamera verfolgen.

Mit Joysticks bediente er Neutrons Arme und klauenartigen Hände. Indem er an der Energieversorgung des Roboters drehte, ließ Burke ihn zwei der großen 230-Liter-Schaumkanister hochheben, die er und Duncan an seinen Rücken schnürten. Der Roboter würde die Düsen mit seinen mechanischen Händen bedienen. Wie die Zangen die Ausrüstung griffen, wirkte auf unheimliche Weise lebensecht, dachte Booker.

»Probieren wir's«, sagte Burke.

Neutron rollte langsam vor das Gebäude, das einem zehnstöckigen Lagerhaus ähnelte. Die Fassade war ganz aus armiertem Beton gebaut, der schmutzigrot angestrichen war. Von Burke gesteuert, tippte der Roboter einen speziellen Code am Sicherheitsschloß ein und öffnete die stockwerkhohen explosionssicheren Stahltüren. Dann betrat er D-4, wobei ein starker Punktscheinwerfer an der Kamera den Weg erleuchtete.

Burke verfolgte Neutrons Vorrücken durch das Gebäude an einem Laptop-Fernsehmonitor. D-4 war praktisch offen vom Erdgeschoß bis zum Dach. Die riesige Bodenfläche war in Hunderte von getrennten Lagerbereichen unterteilt.

Neutron rückte durch einen langen, düster beleuchteten Korridor vor, bog ab und rollte weiter, bis er an eine 50-Meter-Reihe von Holzschienen kam. Die Stahltanks mit Quecksilber lagen auf der Seite in stabilen Holzrahmen und sahen wie Sauerstoffflaschen aus.

»Wir sind an der richtigen Stelle«, sagte Burke. »Jetzt wird es kitzlig.«

Booker klebte mit dem Blick am Fernsehmonitor, während der Roboter begann sich systematisch an der Reihe der Schienen hin und her zu bewegen und sie mit einer dicken Schaumschicht zu bedecken.

»Wohin jetzt?« fragte Burke.

»Schicken Sie ihn den Korridor nach links hinunter«, sagte Booker. »Am Ende gibt es eine Feuerschutztür und ein weiteres Sicherheitsschloß. Die Plutoniumlager sind auf der anderen Seite.«

Der Boden bebte. Das Gebäude schien nach innen zu knicken.

»Alle Mann zurück!« schrie Tom Duncan in ein Megaphon. »Weg von dort. Sofort!«

Die Serie starker Nachbeben hatte das bereits beschädigte Gebäude sehr mitgenommen. Aus Angst, eine der Mauern würde auf seine Männer fallen, schickte Duncan sie mindestens dreihundert Meter von D-4 zurück.

»Vergeßt den Roboter!« schrie er Burke und Booker zu, die sich von ihrem vorgeschobenen Posten nahe der Fassade nicht wegbewegt hatten. Sie waren ungefähr fünfzig Meter von der Tür entfernt. »Ihr seid zu nah!«

Burke schüttelte den Kopf. »Geht nicht. Dann habe ich keine Verbindung mehr mit dem Roboter. Das ist einer der kleinen Defekte, die wir noch nicht ganz eliminiert haben. Unsere Reichweite beschränkt sich auf etwa zweihundert Meter.«

Wieder rüttelte der Boden. Booker fühlte sich hochgehoben und fiel hin, während die Erde unter seinen Füßen wogte.

Die Luft erzitterte, dann hörte man schwere Betonbrocken auf dem Boden aufschlagen. Ein Teil des Flachdachs von D-4 war eingestürzt.

Booker schätzte den Abstand zum Gebäude ab. Wenn die Fassade einstürzte, würden sie niemals rechtzeitig wegkommen. Er widerstand dem überwältigenden Drang wegzurennen.

Bei Blytheville, Arkansas
13. Januar
6:15 Uhr

Als die Sonne aufging, ließ sie einen kalten grauen Himmel und eine zerrissene Landschaft erkennen. Die Zeichen der katastrophalen Bodenverwerfungen waren überall zu sehen.

Atkins und Elizabeth fuhren schweigend und in Gedanken versunken, während sie das verwüstete Land betrachteten. Sie befanden sich auf der Route 61, die einige Kilometer parallel zur Interstate 55 nach Westen verlief. Von der I-55 waren sie abgebogen, als sie auf die erste eingestürzte Überführung stießen. Sie hatten in ein schlammiges Feld fahren müssen, um die Trümmer zu umgehen, und hätten das ohne den Vierradantrieb des Explorers nicht geschafft. Nach den Radiomeldungen waren sämtliche Überführungen im Erdbebengebiet zerstört. Bis die Trümmer weggeräumt werden konnten, war die wichtigste Nord-Süd-Verbindung so gut wie abgeschnitten.

Nur noch zehn Meilen von Blytheville in Arkansas entfernt, näherten sie sich dem gemeldeten Epizentrum des Bebens. Memphis lag rund einhundertdreißig Kilometer weiter genau im Süden. Atkins versuchte, das Tempo zu erhöhen, aber es war unmöglich. Es gab zu viele Hindernisse.

Bäume waren umgestürzt. Sandblasen, wie Vulkane geformt, brachen immer noch aus und schleuderten Geysire aus Schlamm, verkohltem Holz und Steinen in die Luft, wenn auch nicht mehr mit der anfänglichen Kraft. Und das Geräusch, das sie fast die ganze lange Nacht hindurch begleitet hatte – das heulende Donnern der aufbrechenden Erde und der ausströmenden Gase –, hatte fast aufgehört.

Trotz seiner Eile, das Epizentrum zu erreichen, mußte Atkins häufig abbremsen, um Risse in der Fahrbahndecke, manche zwei und drei Fuß breit, zu umfahren. Die vielen Verzögerungen waren zum Verrücktwerden. Es waren fast vier Stunden vergangen, ohne daß ein Seismograph am Epizentrum installiert worden war. Das war unverzeihlich. Mit jeder Stunde, die verstrich, verloren sie wertvolle Daten.

An manchen Stellen sah die Fahrbahn aus, als hätte jemand einen tiefen Graben quer über die Straße ausgehoben.

Obwohl es Atkins immer mehr zur Eile drängte, hielt er an, um eine besonders große Sandblase genauer anzusehen. Bei mehreren einhundert Metern Durchmesser und einer vollkommenen Kegelform waren die krustigen Seiten etwa einen Meter hoch und bereits fest geworden. Aus der Öffnung strömte noch Dampf.

Elizabeth näherte sich dem Rand und berührte vorsichtig die Dampfniederschläge. Sie zog schnell die Hand zurück.

»Fast kochend«, sagte sie.

»Hier muß ein starkes thermisches Element mit im Spiel sein«, sagte Atkins. Er wunderte sich noch immer über das sonderbare Licht, das aus der Tiefe des Kentucky Lake geschimmert hatte. Möglich, daß dies von thermischen Störungen in der Erdkruste verursacht wurde.

»Ich hoffe, sie stellen in Memphis eine gute Datenbank für die Spannungsquote zusammen«, sagte Elizabeth. Man mußte unbedingt feststellen, wieviel Energie freigesetzt worden war.

Sie hoffte auch, daß sie das GPS und das Radarinterferometrie-System wieder in Gang gebracht hatten. Die Satellitendaten würden ihnen helfen, mit hoher Genauigkeit zu messen, wie sehr die Erde sich verschoben oder gehoben hatte und, wichtiger noch, ob sie sich noch hob; was ein eindeutiger Hinweis darauf wäre, daß sich weitere seismische Spannungsenergie im Erdboden aufbaute.

Da war so vieles, was sie wissen mußten. Am dringendsten brauchten sie seismische Informationen, die ihnen helfen würden, genaue Daten über Nachbeben zu sammeln. Wo sie auftraten. Und wie oft.

Mit Hilfe des Starkbeben-Seismographen, den sie nahe dem Epizentrum aufstellen wollten, könnten sie die Größenordnung der aufgebrochenen Verwerfung genau feststellen. Mit ein wenig Glück würde das Gerät sogar zeigen, ob bisher unentdeckte Verwerfungen aktiviert worden waren.

Ein einzelner Seismograph war allerdings bestenfalls von begrenztem Nutzen. Sie müßten eine ganze Reihe von Instrumenten aufstellen, aber das brauchte seine Zeit. Der Seismograph hinten im Explorer war vorerst die einzige Möglichkeit. Je schneller er betriebsbereit war, desto besser.

Elizabeth brannte darauf, entlang der Störungslinie Gräben anzulegen. Wenn es einen günstigen Zeitpunkt für ernsthafte Paläoseismologie gab, dann jetzt. Vielleicht könnten sie sogar einige Hinweise darauf finden, was in einer fernen Vergangenheit tief in der Erde geschehen war. Sie wollte wissen, wie oft starke Beben aufgetreten waren – und in welchen Abständen. Mit Hilfe dieser Daten könnten sie berechnen, ob auf das schwere Erdbeben, das sie gerade erlebt hatten, mit einer gewissen Wahrscheinlichkeit ein weiteres, ebenso mörderisches folgen würde.

Elizabeth mochte über diese Möglichkeit gar nicht nachdenken, aber die Geschichte der New Madrid Seismic Zone zeigte, daß es hier schon einmal geschehen war. Und mit katastrophalen Folgen.

Inzwischen herrschte mehr Verkehr – vor allem Personenautos und Pritschenwagen; unglaublicherweise auch einige Fernlastwagen, die versuchten, die I-55 zu meiden. Atkins vermutete, daß es nicht lange dauern würde, bis die Behörden alle Fernstraßen in dem Gebiet für alles außer Notdiensten sperren ließen.

Seit sie den Mississippi überquert hatten, waren ihnen die veränderten Landschaftsformen aufgefallen. Das hügelige, bewaldete Gelände im Westen Kentuckys und Tennessees hatte einem Land Platz gemacht, das flach wie eine Wüste war. Sie fuhren durch den Stiefelabsatz von Missouri, einen schmalen Streifen des Staates, der nach Arkansas hineinreichte.

Dies war Teil der Mississippibucht, die ungefähr dort anfing, wo der Ohio in den Mississippi mündete und sich als umgekehrtes U bis zum Golf von Mexiko verbreiterte. In der Bucht lag die berühmte Reelfoot-Spalte, eine schwache Zone in der Mitte der nordamerikanischen Platte, wo die Erde vor sechshundert Millionen Jahren versucht hatte, auseinanderzustreben. Die Störungen um New Madrid gehörten zu dem übriggebliebenen Narbengewebe.

Atkins wußte, daß der nordwestliche Rand der Bucht, der Abschnitt, durch den sie gerade fuhren, geologisch der interessanteste war. Das Land, altes Überschwemmungsgebiet, wurde vor allem landwirtschaftlich genutzt – Sojabohnen und etwas Baumwolle. Die Hauptmerkmale waren Entwässerungsgräben, Getreidesilos, Bewässerungsrohre und ausgedehnte Felder, die kreuz und quer von Pappelreihen durchzogen wurden.

Sie überquerten die Staatsgrenze zwischen Missouri und Arkansas. Blytheville lag vier Meilen südlich, direkt an der Route 61, das Epizentrum noch einmal acht bis zehn Kilometer weiter südlich. Atkins nahm eine Umgehungsstraße um Blytheville. Auf den letzten Meilen hatten sie tief über dem Horizont dunklen Rauch bemerkt. Der schwarze Klecks sah am grauen Winterhimmel wie gefroren aus.

Es war das brennende Blytheville.

»Wie viele Menschen leben dort?« fragte Atkins.

Elizabeth sah im Handbuch nach. »Etwa dreißigtausend.«

Die Stadt war also viel größer, als er sich vorgestellt hatte. Er bezweifelte, daß auch nur ein Gebäude ohne ernsten Schaden davongekommen war, und dachte wieder über die Opfer nach. Ihre Zahl mußte entsetzlich hoch sein.

Fünf Meilen weiter war der Rauch noch immer sichtbar. Atkins bog nach Westen in eine unbezeichnete Landstraße ein. Er fuhr noch zwei Kilometer, an zwei blauen Getreidesilos vorbei, die das Erdbeben umgestülpt hatte. Mais war wie Gold aus den klaffenden Ritzen geflossen. Es war kein Haus zu sehen, nur Baumwollfelder, die man fast zwei Monate zuvor abgeerntet hatte und die noch weiß von Baumwolle schimmerten, wo die Maschinen nicht hingekommen waren. Ein trostloses Land, das sich ihren Blicken bot.

»Wie wäre es dort?« fragte Atkins und hielt auf dem Bankett an.

Sie hatten die ungefähre Lage des Epizentrums erreicht.

Elizabeth nickte. »Sehen Sie mal dort vorn.«

Etwa einhundert Meter vor ihnen war die Asphaltstraße weit aufgerissen. Große Brocken der gebrochenen Straßendecke hatten sich in überlappenden Schichten aufeinander gestapelt. Die Spalte hatte die Straße im rechten Winkel aufgerissen.

Atkins und Elizabeth stiegen aus dem Explorer.

»Riechen Sie das?« fragte Elizabeth.

»Schon seit der Grenze von Arkansas«, sagte Atkins. Der starke Schwefelgeruch lag schwer in der kalten Luft. Es war der gleiche Geruch, den er in der Nacht davor bemerkt hatte.

Der Höhenunterschied war beachtlich. Nichts gegen das, was sie am Mississippi gesehen hatten, aber immer noch beeindruckend. Der Boden auf der anderen Seite der Spalte, der sich hochgeschoben hatte, lag mindestens einen Meter höher als auf ihrer Seite.

Die Spalte – sie war zwei Meter tief – lief in beiden Richtungen, nach Westen und Osten, soweit das Auge reichte.

»Das sieht nach einer klassischen Horizontalverschiebung aus«, sagte Elizabeth, die an den Rand der Spalte trat. »Die rechtslaterale Bewegung muß unglaublich intensiv gewesen sein.«

Atkins, der die Augen gegen den Wind abschirmte, hatte keinen Zweifel, daß die Verwerfung einige ungeheure Erdbebenwellen erzeugt hatte.

»Ich schlage vor, wir stellen ihn hier auf«, sagte er.

Irgendwo unter ihnen, im Hypozentrum des Bebens, wahrscheinlich in einer Tiefe von fünf oder sechs Meilen, war eine der größeren Verwerfungen in der New Madrid Seismic Zone mit einem gewaltigen Energieausbruch geborsten.

Dies war, was sie gesucht hatten – der Bodennullpunkt.

Bei Paducah
13. Januar
4:10 Uhr

»Die Straße ist gesperrt. Sie müssen umkehren.«

Der Sprecher trug einen weißen Strahlenschutzanzug und eine Gesichtsmaske mit Kapuze. Bei ihm standen drei andere Männer in ähnlicher Kleidung.

»Ich muß unbedingt nach Heath«, sagte Lauren. »Dort wohnen meine Eltern.«

»In der Urananlage gab's einen Unfall«, erklärte der Mann. »Es ist Gas entwichen. Wir versuchen, die Leute nach Westen zu evakuieren.«

»Was für ein Gas?« fragte Lauren. Sie wußte, daß das Energieministerium bei Heath eine riesige Anlage betrieb, hatte aber nur eine vage Vorstellung, was dort produziert wurde.

Ein anderer Mann kam auf sie zu. Er hielt ein Funkgerät in der rechten Hand. Lauren bemerkte, daß alle Männer Pistolen trugen.

»Drehen Sie einfach um und verschwinden Sie von hier«, sagte er wütend.

Lauren blickte die Straße hinunter, die in die Stadt führte. Sie war völlig frei.

Sie nickte dem Mann zu.

»Bobby, duck dich«, flüsterte sie ihrem Enkel zu. Dann stieg sie aufs Gaspedal und machte einen Schlenker um die Absperrung. Der große 327er V-8 röhrte, als sie wieder auf die Hauptstraße bog. Sie warf einen Blick in den Rückspiegel. Niemand verfolgte sie. Gut.

Sie fuhr einen weiteren Kilometer und bog dann in eine Umgehungsstraße. Besser, sie näherte sich Heath von der Rückseite für den Fall, daß die Hauptstraße gesperrt war. Es war eine kleine Gemeinde. Nur ein paar hundert Einwohner. Das Haus ihrer Eltern lag am Ostrand, ein Bungalow mit versetzten Ebenen. Glücklich, von der Farm bei Mayfield wegzukommen, hatte ihre Mutter sich in dieses Haus verliebt.

Was war mit der Evakuierung? Lauren sah keine Autos auf der Straße. Vielleicht waren schon alle weg, dachte sie.

Plötzlich flammte ein greller Blitz über den nächtlichen Himmel. Rechts von ihnen, einige Meilen nach Osten. »Was war das?« fragte Bobby, der den Lichtausbruch ebenfalls bemerkt hatte. Es sah aus wie eine Rakete am 4. Juli, ein langer Schweif aus weißem Rauch, dann ein strahlend roter Blitz.

Später sollte sie erfahren, daß große Druckbehälter mit nicht mehr gebrauchtem Uranhexafluorid explodiert waren. Das vom Urananreicherungsverfahren übriggebliebene Gas wurde unter Druck gelagert. Irgendwie hatten die Behälter Feuer gefangen und waren wie Raketen hochgegangen.

»Horch«, sagte Lauren. Sie hörte eine rasche Serie von Explosionen in der Ferne.

Bobby zeigte nach Osten. Ein Hubschrauber kam tief über die Baumwipfel in ihrer Richtung geflogen, wurde langsamer und schwebte direkt über ihrem Auto. Er war etwa sechs Meter über ihnen. Auf dem olivgrauen Rumpf stand in weißen Buchstaben: *Ministerium für Energie*.

Ein Scheinwerfer flammte unter dem Hubschrauber auf und blendete sie.

»Sie sind in höchster Gefahr«, dröhnte eine verstärkte Stimme. »Giftgas treibt in dieser Richtung. Kehren Sie sofort um.«

Die Botschaft wurde wiederholt, dann schwebte der Hubschrauber schnell an Höhe gewinnend davon. Er flog genau nach Osten, auf die Uranverarbeitungsanlage zu.

»Da ist es!« schrie Bobby. Sie befanden sich auf einer kleinen Anhöhe. Eine kreidefarbene Wolke, so schwach, daß sie im Grau vor Tagesanbruch kaum auszumachen war, trieb auf sie zu. Noch mehrere Meilen weit weg, schien sie sich auszudehnen, während sie höher in den Himmel stieg.

Lauren hatte den Chevrolet schon gewendet. An der ersten Straßengabelung fuhr sie Richtung Süden. Die zweispurige Asphaltstraße war voller Risse, und Chassis und Federung des Autos bekamen schwere Schläge ab, aber sie hielt eine Geschwindigkeit von achtzig Kilometer die Stunde.

Zum erstenmal fiel ihr ein, einen Blick auf die Benzinuhr zu werfen.

Die Nadel stand fast auf leer.

Sie wußte, daß vor ihnen eine kleine Stadt lag. Hammonds. Dort gab es eine Tankstelle.

Als sie dort ankam, standen zehn bis zwölf Autos und Lastwagen an der einzigen Zapfsäule der Tankstelle. Der Besitzer akzeptierte nur Barzahlung. Seine Tankstelle aus Backstein lag in Trümmern, aber die Pumpe funktionierte noch. Er trug ein Gewehr in der Armbeuge.

Lauren schätzte, daß sie ungefähr sechzig Kilometer gefahren war, seit der Hubschrauber sie gewarnt hatte. Sicher waren sie aus der Gefahrenzone heraus, aber sie hielt ständig nervös am Himmel Ausschau nach einer gelben Wolke.

Als sie zur Zapfsäule vorgerückt war, verlangte der Besitzer Bargeld im voraus. Fünf Dollar der Liter. Er trug eine schmutzige Jagdjacke, hatte einen schwarzen Vollbart und kaute einen Priem Tabak.

»Verdammt, Tom. Das ist nicht recht, und das weißt du auch. Du raubst die Leute aus.«

Der Mann, der hinter Lauren in der Schlange wartete, war aus einem zerbeulten roten Pritschenwagen gestiegen. Seine Stimme war scharf vor Zorn.

Lauren hatte fünfzehn Dollar. Sie gab sie dem Mann mit dem Gewehr.

»Bitte«, sagte sie. »Lassen Sie mich nur acht Liter tanken. Damit käme ich nach Hause.«

»Sie haben den Preis gehört. Dafür bekommen Sie drei Liter.« Er ließ sie auf den Tropfen genau heraus.

»Tom, manche Leute werden sterben, wenn sie nicht fahren können«, sagte der Mann hinter ihr. Seine Worte waren kalt und hart. Er war barhäuptig, vielleicht sechzig Jahre alt und hatte ein ledergegerbtes Gesicht.

»Kümmre dich um deinen eigenen Kram, Harris«, sagte der Mann. »Ich führe mein Geschäft, wie ich es für richtig halte.«

Weitere zornige Worte gingen hin und her. Der barhäuptige Mann ging ein paar Schritte auf den Tankstellenbesitzer zu, zog einen kurzläufigen Revolver aus der Jackentasche und hielt ihn dem Mann an den Kopf. Dem Besitzer traten die Augen aus den Höhlen. Er ließ sein Gewehr fallen.

»Nehmen Sie zwanzig Liter, Lady«, sagte der Mann. »Dann machen Sie und der Junge sich aus dem Staub, so schnell Sie können.«

Oak Ridge National Laboratory
Oak Ridge, Tennessee
13. Januar
3:40 Uhr

Die Staubwolke zeigte sich deutlich auf Burkes Fernsehmonitor, während er Neutrons Vorrücken durch das gewaltige Gebäude verfolgte. Fast wäre ein Brocken des Betondachs auf den Roboter gefallen.

»Das war knapp«, bemerkte Booker.

Burke nickte, während er gewissenhaft die Steuerung bediente. Neutron hatte die Feuerschutztür geöffnet und bewegte sich in einen anderen Teil des D-4-Baus. Die Uran- und Plutoniumlagerbereiche waren in Dutzende getrennter Gewölbe unterteilt.

Während Burke am Steuerpult arbeitete, begann Neutron, den Lagerbunker dick mit Schaum zu besprühen. In den Kanistern war gerade noch genug für eine starke Lage übrig.

Der Boden bebte wieder, und diesmal sehr heftig. Die Bewegung verlief horizontal, ein scharfes Rucken hin und her. Booker sah die Fassade von D-4 langsam einknicken.

»Lauft dort weg!« schrie der Feuerwehrcaptain ihnen über Megaphon zu. »Zurück!«

Das riesige Gebäude schwankte.

»Was ist, Paul?« fragte Booker seinen Freund. Wenn die Fassade einstürzte, würde es sie zerschmettern.

»Ich gebe den Roboter nicht auf«, sagte Burke. »Sieben Jahre Arbeit stecken in dieser Maschine.«

Sie erlebten eine ganze Reihe von Nachbeben, eines stärker als das andere. Noch ein Teil des Dachs stürzte ein und krachte auf den Boden.

Die Mauern begannen zu schwanken.

»Mach schon, Paul!«

Burke hatte sich nicht gerührt. Booker bezweifelte, daß er ihn überhaupt gehört hatte, wie er da über seinem Laptopmonitor hockte und die Steuerung bediente.

Booker schickte sich an, seinen Freund zu packen und in Sicherheit zu schleppen, als er den Roboter aus den Trümmern auftauchen sah. Durch eine Staubwolke rollend, gebrauchte die Maschine ihre starken mechanischen Arme, um sich einen Pfad durch einen Haufen aus Beton und verbogenem Stahl, der die Haupttür von D-4 blockierte, zu bahnen.

»Ich war in Sorge wegen der Haltbarkeit des Stahlrahmens«, sagte Burke, der immer noch auf seine Computertastatur starrte. »Aber ich glaube nicht ...«

»Paul, verschwinden wir!«

Burke machte sich nach Booker auf. Sich schnell auf seiner drehbaren Plattform bewegend, folgte ihnen der Roboter.

Bei Blytheville, Arkansas
13. Januar
6:44 Uhr

Atkins sah auf die Uhr. Nun waren seit dem Beben weit mehr als vier Stunden vergangen, und sie hatten noch immer keinen Seismographen betriebsbereit am Epizentrum. Er verkrampfte die Hände um das Lenkrad des Explorers. Nicht zu fassen. Aus seiner geologischen Perspektive war es das gleiche, wie wenn jemand einen Herzinfarkt erleidet und dann vier Stunden warten muß, bis er zu Untersuchungen ins Krankenhaus eingeliefert wird. Er spürte, wie sich ihm die Brust zusammenzog, wie sich der Druck in den Schläfen aufbaute.

Ferne Seismographen zeichneten die Nachbeben auf, aber sie waren kein Ersatz für ein Gerät hier unmittelbar am Epizentrum. Hier würde ihnen keines der schwächeren Nachbeben entgehen, die Serie von Erdbeben mit der Stärke zwei oder drei, die andere Seismographen vielleicht nicht erfassen könnten. Möglichst viel über diese kleinen Beben zu erfahren war wichtig, um einschätzen zu können, wieviel seismische Energie noch entlang der Verwerfung eingeschlossen war.

Sie mußten sich endlich an die Arbeit machen. Es war verdammt wichtig. Atkins hätte am liebsten den Seismographen geschnappt, um auf ein Feld zu rennen und ihn dort aufzustellen. Einfach eine Stelle auszuwählen. Irgendeine Stelle. Immer stärker empfand er, wie die Zeit drängte.

Reiß dich zusammen, sagte er sich. Sie mußten einen passenden Ort finden, oder sie würden alles verderben.

Er legte den Rückwärtsgang ein, stieß ein paar hundert Meter zurück und bog auf einen Feldweg ein, den er einige Minuten vorher bemerkt hatte. Er wollte von der Hauptstraße wegkommen. Langsam fahrend hielt er Ausschau nach einem geeigneten Platz für den Seismographen. Nach einem halben Kilometer auf einem schlammigen Weg für Traktoren durchquerte er ein trockenes Bachbett. Ein verwitterter Picknicktisch stand ein wenig abseits unter einer Pappelgruppe. Er würde einen guten Untersatz für den Seismographen abgeben.

»Wie wäre es genau hier?«

»Sieht gut aus«, meinte Elizabeth. Innerhalb von Minuten hatte sie das Gerät betriebsbereit gemacht; schließlich hatte sie viel mehr Erfahrung mit dem Seismographen als Atkins. Etwa von der Größe einer Aktentasche, wurde das robuste Gerät von zwei kleinen Solarbatterien angetrieben und besaß auch einen Reservebatteriepack. Die Daten wurden digital auf Diskette aufgezeichnet.

Atkins ließ einen raschen Feldtest laufen: Starter–, Pendel- und Zeitsteuerungssysteme funktionierten alle, ebenso die als Reserve dienende analoge Aufzeichnungswalze samt Film. Elizabeth schloß einen Laptopcomputer an der Maschine an, damit sie die Daten visuell überwachen konnten.

Die Batterieversorgung war für achtundvierzig Stunden gewährleistet.

Atkins wünschte, sie hätten ein Gravimeter mitgebracht, ein transportables Gerät, das Veränderungen der Schwerkraft maß, die durch Landhebungen oder -senkungen während eines Erdbebens verursacht wurden. Das Gerät konnte auch Schwankungen der Gesteinsdichte entdecken und diente ebenfalls der Berechnung, wieviel Spannungsenergie im Erdboden noch eingeschlossen war.

Das blieb eines ihrer wesentlichen Ziele. Es hatte in der New-Madrid-Zone innerhalb von drei Tagen zwei schwere Erdbeben gegeben. Das erste mit einer Stärke von sieben Komma eins. Dann das Katastrophenbeben, das früh am Morgen zugeschlagen hatte.

Atkins und Elizabeth kannten die Geschichte der Verwerfung, und die Dreizahl ließ ihnen keine Ruhe. Drei Erdbeben von mindestens der Stärke acht in wenig mehr als einem Monat. Vor allem aber wollten sie wissen, ob ein weiteres starkes Beben möglich war. Deshalb mußten sie unbedingt möglichst viele Daten über latente seismische Energie sammeln.

Ihr Plan war einfach: lange genug an Ort und Stelle zu bleiben, um eine komplette Serie seismographischer Daten zu erhalten.

Atkins schätzte, daß ihr Essensvorrat drei oder vier Tage reichen würde. Danach müßten sie irgendwie einen Weg nach Memphis finden. Da die Telefonleitungen unterbrochen waren und es keine Möglichkeit gab, die Daten in Realzeit über ein Computermodem zu übertragen, blieb nur übrig, sie persönlich hinzubringen.

Atkins versuchte, Walt Jacobs über den Kurzwellensender zu erreichen. Er wollte ihren Standort melden, kam aber nicht nach Memphis durch. Es gab zu viele atmosphärische Störungen und Hintergrundgeräusche, was auf starken Gebrauch der Kurzwellenfrequenzbänder schließen ließ. Da praktisch kein anderes Mittel der Nachrichtenübertragung mehr arbeitete, waren die Kurzwellenrelaisbänder überlastet.

Inzwischen war es spät am Morgen und eisig kalt. Heftiger Wind mit einer Geschwindigkeit von zehn Meilen blies direkt aus Nord. Atkins und Elizabeth kauerten hinten im Explorer. Aus Angst, das Benzin könnte ihnen ausgehen, wagten sie nicht, die Heizung laufen zu lassen, aber sie waren ständig in Versuchung. Atkins spürte kaum noch seine Füße.

Um sich, so gut es ging, gegen den Wind abzuschirmen, hatte er am tiefliegenden Ufer eines Baches geparkt. Ein dichter Pappelbestand bot ein wenig Schutz. Der Seismograph stand auf dem Tisch etwa zwanzig Meter entfernt. Gut sichtbar mit seinem Gehäuse aus strapazierfähigen, wetterfesten PVC in leuchtendem Orange.

Atkins war dankbar, daß der Fährenkapitän ihnen Lebensmittel mitgegeben hatte. Er machte eine Dose Corned beef auf und bereitete Sandwiches.

»Wie wäre es mit einem Imbiß?« fragte er und ließ zwei Dosen Zitronenlimonade aufknallen. »Und vielleicht einem Essen etwas später am Abend?«

Elizabeth lächelte. »Wie, Dr. Atkins, Sie bitten mich um ein Rendezvous?«

»Und ob! Um mich für mein ekelhaftes Benehmen vorgestern im Blue Sax Grill zu entschuldigen.«

»Ab sieben bin ich jederzeit frei. Kommen Sie einfach vorbei.«

»Und wenn wir schon dabei sind: Sollten wir nicht langsam du zueinander sagen?«

»Einverstanden. Erleichtert den wissenschaftlichen Gedankenaustausch.«

Beide lachten. Es war ihre erste Gelegenheit, einfach nur zu reden. Für zwanglose Gespräche war nicht viel Zeit gewesen, und Atkins wollte Elizabeth unbedingt besser kennenlernen. Wenn sie diese nächsten Wochen, die hart genug sein würden, durchstehen und sich anschließend ein wenig freie Zeit genehmigen könnten, dann hätte er wenigstens etwas, dem sich mit Freude entgegensehen ließe.

Elizabeth hatte das Haar zusammengebunden, und ihre Nase und Wangen waren rot vor Kälte. Sie sah wunderbar aus.

Atkins aß gerade seinen letzten Bissen, als er ein Geräusch hörte. Es klang wie das Winseln eines Hundes.

Er stieg aus. Das Geräusch wurde lauter. Etwas bewegte sich im dichten Gebüsch am Bachufer.

»Was ist das?« fragte Elizabeth. Sie war ebenfalls aus dem Explorer gestiegen.

»Ein Hund, glaube ich. Ein kleiner.«

Er ging näher zum Bach. Der Tragebehälter des Seismographen war leuchtend orangefarben auf dem Tisch zu erkennen. Wieder hörte er Winseln und leises Bellen. Das Geräusch schien von weiter oben am Bach und von beiden Seiten zu kommen.

Erneut hörte Atkins Bewegung in den Büschen, als würde der Wind mit den Blättern rascheln.

Sie stiegen in den Explorer.

»Dort unten müssen ein paar Hunde sein«, sagte er. »Sie werden das Essen gerochen haben.«

Bei Blytheville, Arkansas
13. Januar
15:00 Uhr

Bis zum Nachmittag hatte sich das kalte, klare und windige Wetter nicht gebessert. Mit hochgeschlagenem Mantelkragen ging Elizabeth den Seismographen kontrollieren.

Atkins blieb im Wagen. Abwechselnd machten sie dem Gerät jede Stunde einen Besuch. In weniger als sechs Stunden hatten sie über einhundertzwanzig kleine Mikrostöße eingefangen, fast alle im Bereich der Stärke zwei oder weniger. Drei hatten Stärke vier angezeigt. Der Boden unter dem Epizentrum war immer noch unglaublich aktiv.

Die Zeit erschien Atkins wie eine Ewigkeit. Sein Leben lang war er nicht begieriger gewesen, eine gute Serie Daten zu erhalten, um sie zur Analyse nach Memphis zu schicken. Er hoffte auch, sie könnten mit irgendwem irgendwo vereinbaren, daß ihnen mehr Geräte geschickt würden. Sie bräuchten eine ganze Reihe Seismographen, zwanzig oder dreißig, um das bestmögliche Bild des Geschehens unter der Erde zu erhalten.

Der Seismograph auf dem Picknicktisch war ungefähr so groß wie ein kleiner Koffer. In einen gepolsterten Behälter gepackt war er so konstruiert, daß er nur die stärksten Bodenbewegungen aufzeichnete. Die Trägheit des aufgehängten Pendels bewirkte, daß es hinter dem Rahmen, der sich mit der Erde bewegte, zurückblieb. Bei älteren Seismographen übertrug ein mit dem Pendel verbundener Schreibstift diese Bewegung auf Papier. Atkins und Elizabeth verwendeten ein modernes Gerät, das die Bodenbewegung in elektrische Signale umwandelte, die verstärkt auf Papier oder Magnetband aufgezeichnet oder aber direkt in das Speichersystem eines Laptops übertragen werden konnten. Das Gerät war so programmiert, daß es bei einem schweren Beben nicht zu stark ausschlug und damit ungenau wurde.

Atkins schaute Elizabeth nach, als sie durch das Kiesbett des Bachs ging und sich über den Laptop beugte. Sie drückte ein paar Tasten und notierte Zahlen in ein Heft.

Winkend bedeutete sie ihm, das Fenster herunterzukurbeln.

»Ich laufe mal den Bach hinauf!« rief sie, indem sie die Hände um den Mund wölbte. »Vielleicht sieht man am Ufer die Erdverschiebung.«

Atkins nickte. Fast dösend bemerkte er, wie unglaublich müde er war. Elizabeths Unverwüstlichkeit erstaunte ihn. Er sehnte sich mit jedem Muskel seines Körpers nach Schlaf, dagegen zeigte Elizabeth keinerlei Anzeichen von Müdigkeit.

Nachdem er die Augen geschlossen hatte, mußte er einige Minuten eingenickt sein. Etwas weckte ihn. Er war sich nicht ganz sicher, was. Sich umdrehend stieß er mit seinem Ellbogen gegen den Türrahmen.

Dann vernahm er das gleiche leise Winseln, das er schon einmal gehört hatte. Ein Hund bellte. In seiner Benommenheit glaubte er, der Laut käme von weit her. Dann kam er wieder – laut und nahe. Ein Bellen, dann ein tiefes Knurren.

Hellwach sprang Atkins aus dem Wagen und begann das Bachbett hinaufzurennen. Er wollte Elizabeth finden. Dann fiel ihm die Schrotflinte ein. Er lief zurück, nahm die Waffe vom Rücksitz und kontrollierte das Magazin. Die Remington war geladen. Sieben Patronen, grober Schrot. Es war eine 16-kalibrige Flinte. Marsden, der Fährenkapitän, liebte offensichtlich Schrotflinten mit Pfiff.

Atkins hatte viel mit seinem Vater gejagt und war ein recht guter Schütze. Er legte den Sicherungshebel um und schob seinen Finger durch den Abzugsbügel.

Eigentlich wollte er Elizabeths Namen rufen, aber irgend etwas riet ihm, still zu bleiben. Dann bemerkte er eine Bewegung im Gebüsch vor sich. Auf den oberen Ästen der Pappeln, die beide Seiten des Bachs säumten, hatten Krähen gekrächzt. Sie waren verstummt.

Atkins trabte weiter das Bachbett hinauf. Wieder hörte er ein Knurren. Das Tier versteckte sich in den Bäumen rechts von ihm. Er schwenkte die Schrotflinte in diese Richtung, konnte aber nichts sehen. Seine Augen tränten vom scharfen Wind.

Vorsichtig folgte er dem gewundenen Bachbett. Kaum fünf Meter breit, war es mit Kies, Sand und abgestorbenen Blättern gefüllt. Die hohen Ufer waren von Schlinggewächsen und Gestrüpp überwuchert.

Er hörte ein leises, tiefes Knurren.

Verflucht großes Tier, dachte er.

Ein anderer Hund bellte, dann noch einer.

Verdammt! Wie viele Hunde es hier draußen gibt, wunderte sich Atkins. Er ging schneller, wobei er versuchte, möglichst leise aufzutreten. Schweiß lief ihm den Rücken hinunter.

Der Boden zuckte und wogte leicht. Es war das stärkste Nachbeben, seit sie am Epizentrum angekommen waren. Atkins' Gehirn legte die Stärke automatisch mit vier fest.

Die Erschütterung löste einen Chor wilden Gebells aus, irgendwo hinter der nächsten Biegung des Bachbetts.

An das überhängende Ufer gedrückt, sich so langsam bewegend, daß seine Stiefel nicht auf dem Kies knirschten, spähte Atkins um einen dichten Busch herum.

Als er den Bachlauf hinaufblickte, hielt er erschrocken den Atem an.

Elizabeth stand mitten im Bachbett. Sie bückte sich langsam und hob ein paar Steine auf. Mindestens acht Hunde standen im Bach oder oben auf dem Ufer, Tiere aller Größen, Formen und Rassen. Elizabeth hatte vier vor sich, während zwei andere langsam um sie herumschlichen.

Der Wind drehte, und Atkins wurde vom überwältigenden Gestank verwesenden Fleischs überfallen. Weiter bachaufwärts sah er die zerfleischten Kadaver von mindestens zwanzig Kühen, die auf einem Haufen im Bachbett lagen. Wahrscheinlich waren sie während des Erdbebens in Panik geraten, durchgegangen und hinuntergestürzt. Das Steilufer war an dieser Stelle mindestens drei Meter hoch. Sie lagen eine über der anderen.

Die Hunde taten sich an den aufgedunsenen Kadavern gütlich.

Atkins überlegte, ob sich noch andere im Wald versteckten.

Er hörte das leise, unverwechselbare Winseln wieder, und diesmal sah er das Tier, das es ausstieß. Der Hund, irgendeine Mischung, hatte die Größe und den kräftigen Körper eines Deutschen Schäferhunds. Er kauerte am Boden, die braunen Augen starr auf Elizabeth gerichtet, die ruhig die anderen Tiere anblickte und mit sanfter, steter Stimme zu ihnen redete. Der große Hund mußte das Rudel früher am Tag herausgeführt haben.

Atkins erinnerte sich an die Ratten, die über den Explorer gerannt waren, und an den wahnsinnigen Bullen, dem er auf der Farm bei Mayfield begegnet war. Die seismische Aktivität hatte mit Sicherheit eine brisante Wirkung auf manche Tiere. Keine andere Erklärung ergab einen Sinn. Atkins nahm an, daß die meisten Hunde Haustiere waren. Das Beben hatte vermutlich ihre Häuser zerstört und vielleicht die Besitzer getötet. Hunde überlebten Naturkatastrophen mit größerer Wahrscheinlichkeit. Und dann dauerte es nicht lange, bis sie anfingen, als Meute auf Nahrungssuche zu gehen.

Er vermutete, daß die Hunde vom Geruch des toten Viehs zum Bach gelockt worden waren.

Atkins hob ein paar getrocknete Grashalme hoch und ließ sie fallen. Das Gras wehte ihm ins Gesicht. Er hatte günstigen Wind.

Am besten wäre es, den Schäferhund zu erledigen, der offensichtlichen der Leithund war, aber Elizabeth stand direkt in seiner Schußlinie. Sie machte einen langsamen Schritt rückwärts. Der Hund rückte näher. Er knurrte, den Kopf tief am Boden, die Hals- und Rückenhaare gesträubt.

Drei andere Hunde sprangen über den Uferrand und gesellten sich zu den beiden, die hinter Elizabeth umherliefen.

Jetzt, sagte sich Atkins.

Er verließ seine Deckung. Dann legte er schnell an und erledigte mit dem ersten Schuß zwei Hunde, die von den Schrotkugeln zerfetzt wurden.

»Runter, auf den Boden!« schrie er Elizabeth zu, die sich auf den Kies warf.

Rennend und auf dem unebenen Kiesbett stolpernd kam Atkins näher, repetierte und feuerte aus der Hüfte. Zwei dröhnende Schüsse. Der Leithund rollte herum. Ein Teil seines Kopfs fehlte. Ein anderes Tier bekam eine Ladung Schrot in die Flanke und wurde zur Seite geschleudert. Die anderen Tiere liefen auseinander. Atkins versuchte, sie zu zählen, als sie im Gebüsch verschwanden. Mindestens ein Dutzend. Und wahrscheinlich hatte er nicht alle gesehen.

Elizabeth stand auf und lief auf ihn zu. »Ich weiß nicht, woher sie gekommen sind«, sagte sie. »Ich hob den Kopf, und da rannten sie alle um mich herum.«

Sie liefen durch das Bachbett zum Explorer. Als Atkins einen Blick zurückwarf, kamen gerade fünf Hunde aus dem Gebüsch.

Unglaublich, dachte er. Sie verfolgen uns.

Die Meute wurde von einem Mastiff mit breitem weißem Kopf angeführt. Schaumfäden flogen von seinem Maul. Er bellte einmal und ging auf sie los.

Atkins hob die Flinte und feuerte zweimal. Die Wucht der Schüsse hielt das Tier mitten im Sprung auf und tötete ein anderes, das versuchte, die Böschung hinaufzuklettern.

Atkins repetierte wieder. Jetzt hatte er noch zwei Patronen im Magazin.

Sie stiegen in den Explorer und verriegelten die Tür.

»Nichts passiert?« fragte er.

Elizabeth saß da und versuchte, wieder zu Atem zu kommen. Ihr Gesicht war gerötet. »Mit geht's prima«, sagte sie. »Wenigstens ist mir jetzt klar, warum ich schon immer ein Katzenmensch war.«

Während sie vom Vordersitz hinausblickten, tauchten mehrere Hunde aus dem Wald auf und begannen sich die Kadaver der toten Tiere streitig zu machen. Da es kleine Hunde waren, die wie Terrier aussahen, fiel die Bösartigkeit ihres Angriffs um so mehr auf.

»Von jetzt an kontrolliere ich den Seismographen selbst«, sagte Atkins. »Ich möchte nicht, daß du noch einmal dorthin gehst. Bestimmt sind die Hunde nicht weg.«

Er fragte sich, ob die Tiere irgendwie etwas spürten.

Elizabeth dachte das gleiche und fragte: »Meinst du, sie wissen etwas, was wir nicht wissen?«

Memphis
13. Januar
15:00 Uhr

Walt Jacobs hatte sich instinktiv unter seinen Schreibtisch fallen lassen, als er den ersten Stoß spürte. Ein starkes Nachbeben ließ einen Teil des Dachgesimses und der Fassade in sein Büro krachen. Die Steine verfehlten ihn um ein Haar, zertrümmerten aber den Tisch, auf dem er Bücher und Papiere gestapelt hatte.

Das umgebaute Haus, eines der beiden, die vom Zentrum für Erdbebenstudien der Universität und vom USGS genutzt wurden, zeigte Anzeichen des unmittelbar drohenden Einsturzes. In den meisten tragenden Wänden hatten sich Risse gebildet, zum Teil ziemlich breite.

Jacobs hatte genug gesehen.

»Alle raus!« schrie er. »Wir verziehen uns in den Anbau. Schnell!«

Hinter den anderen Büros gelegen, war der einstöckige Holzbau wie eine Kaserne geformt und enthielt die Bibliothek des Erdbebenzentrums, ein paar Unterrichtsräume, einen Lagerraum und eine Werkstatt. Jacobs und die anderen Seismologen hatten die vergangene Nacht hier verbracht. Das Zentrum besaß einen Vorrat an Campingausrüstung für Feldausflüge – Schlafsäcke, Luftmatratzen, Butankocher, Wasseraufbereitungsgeräte und andere Ausrüstungsgegenstände, die sich in den kommenden Tagen und Wochen als äußerst nützlich erweisen konnten.

Der Anbau, in dem auch vier Seismographen standen, war zehn Zentimeter von seinem Fundament verschoben worden, hatte aber einigermaßen standgehalten. Sie brauchten mehrere Stunden, um die Computer und die meisten wichtigen Akten und Datenbanken aus den zwei anderen Gebäuden hinüberzutragen.

Jacobs und sechs seiner Kollegen hatten es zum Zentrum geschafft, auch vier der USGS-Geologen, die nach dem ersten Beben nach Memphis geflogen waren. Mehrere Doktoranden waren ebenfalls erschienen.

Am Morgen hatte Jacobs zwei Studenten vertraulich gebeten zu versuchen, sein Haus in East Memphis zu erreichen, um nach seiner Frau und den Kindern zu sehen. Er hatte keine Verbindung zu ihnen aufnehmen können und sorgte sich allmählich. Am liebsten wäre er selbst gegangen, wußte aber, daß er während der Krise vorrangig dafür verantwortlich war, das Erdbebenzentrum in Gang zu halten.

Die Studenten, beide Doktoranden, ein junger Mann und eine Frau, waren sofort einverstanden. Es würde nicht leicht sein. Jacobs wohnte über fünfzehn Kilometer weit entfernt in Germantown, und sie würden zu Fuß gehen müssen.

Wenig später machte sich Jacobs zu einem ersten längeren Rundgang über den Campus auf.

Das Ausmaß der Katastrophe überwältigte ihn.

Die meisten Backsteingebäude der Universität waren schwer beschädigt, einige völlig zertrümmert. Mauern und Dächer waren eingestürzt. Die Feldman Memorial Library, das neue, fünfstöckige Bibliotheksgebäude, war nur noch ein Haufen aus Steinen, Glas und Büchern.

Den schlimmsten Schaden gab es in der Dormitory Row, wo die Hochhäuser der Studentenheime standen. Zwei der vier Wohnheime waren eingestürzt. Eines, ein zehnstöckiger Bau, war in der Mitte auseinandergebrochen. Der andere lag praktisch intakt auf der Seite. Einige Überlebende hatten aus den Fenstern klettern und auf den Boden springen können.

Aber viele der zweitausend Studenten, die in diesen Gebäuden wohnten, waren tot oder schwer verletzt. Manche hatten schreckliche Wunden, und niemand behandelte sie.

Studenten und ein paar Beamte der Campuspolizei kletterten durch die Trümmer, um nach Überlebenden zu suchen. Aus Dutzenden verschiedenen Richtungen gleichzeitig schienen Schreie zu kommen.

Jacobs sah ein Paar nackte Beine unter einem Mauerstück vorstehen. Er glaubte zu sehen, daß sich ein Bein bewegte, und begann eine Lage Schutt wegzuräumen.

Gleich darauf hielt er inne und öffnete den Mund, um nach Hilfe zu rufen, aber es kam kein Ton heraus. Er fiel auf die Knie und übergab sich.

Jacobs warf einen zweiten Blick auf das zerschmetterte Gesicht. Das Haar des Mädchens war braun und verfilzt. Er erbrach sich noch einmal, ein dünnes, bitteres Rinnsal.

Hinter ihm näherte sich ein junger Mann.

Noch kniend winkte Jacobs ihn fort und versuchte, ihn zu warnen, doch es war zu spät. Der Junge hatte schon genug gesehen.

»Du meine Güte!« rief er und hielt eine Hand vor den Mund. Dann ließ er sich neben Jacobs fallen und erbrach sich ebenfalls.

Gleich darauf entdeckte Jacobs einen Mann, den er kannte, einen Arzt mittleren Alters, der in dem Viertel wohnte. In einen goldfarbenen Jogginganzug gekleidet und mit einem schwarzen Köfferchen in der Hand ging er um die Berge aus

Stein und Glas herum und versuchte, den Verletzten zu helfen.

Jacobs rief dem Mann zu, aber die Galle stieg ihm bereits wieder hoch. Mühsam versuchte er, seinen Magen zu beherrschen.

Endlich brachte er die Worte heraus.

Der Doktor kam herüber, warf einen Blick auf die Leiche und fuhr Jacobs an: »Vergeuden Sie meine Zeit nicht mit den Toten!«

Auf dem Rückweg zum Erdbebenzentrum mußte Jacobs mehrere Male stehenbleiben. Er fühlte sich schwach, ausgelaugt und wußte nicht mehr, wann er zum letztenmal geschlafen hatte.

Als er in sein Büro kam, fand er dort Guy Thompson vor. Sein Magen quälte ihn immer noch.

»Hat sich was beim Nachrichtenverkehr getan?« fragte er.

Thompson runzelte die Stirn. »Fehlanzeige, aber es ist nicht hoffnungslos.«

Ihre vielen anderen Probleme wurden von der Notwendigkeit überschattet, Informationen über das Geschehen im Erdboden zu bekommen. Das Beben hatte Telefonleitungen unterbrochen, so daß sie nicht an die Daten aus ihrem PADS-Netz herankamen. Mit wenigen Ausnahmen waren alle seismischen Meßgeräte über Telefonleitungen mit dem Büro verbunden. Das gleiche galt für die Handvoll GPS-Monitore, die sie erst vor kurzem an Orten im westlichen Tennessee und in Kentucky aufgestellt hatten.

Zwei der sechs GPS-Anlagen und vier der seismischen Meßgeräte, die in der New Madrid Seismic Zone arbeiteten, übermittelten Daten über Funk, aber die Sendemasten waren umgestürzt oder auf andere Art außer Gefecht gesetzt. Die Anlagen zeichneten noch Daten auf, aber es gab keine Möglichkeit, sie nach Memphis zu schicken.

»Wir werden rausgehen und sie selbst sammeln müssen«, sagte Jacobs. »Und das wird eine Heidenarbeit sein, wo alle Straßen aufgerissen und die Brücken kaputt sind.«

Es ärgerte ihn, daß sie nie daran gedacht hatten, wie wichtig es war, sich einen Hubschrauber zu sichern, um die Daten zusammenzutragen. Sie mußten auch das Erdbebengebiet überfliegen, um festzustellen, wie der Boden aussah. Eigentlich selbstverständlich, aber aussichtslos. Hubschrauber oder Flugzeuge standen nicht zur Verfügung.

Wiederholt hatten sie es beim Militär und der Nationalgarde probiert, aber jedes vorhandene Flugzeug wurde für notärztliche Flüge gebraucht.

Voller Bitterkeit erinnerte sich Jacobs an die vielen Katastrophenplansitzungen, an denen er teilgenommen hatte. Die Voraussetzung war immer gewesen, daß ein Beben, auch ein schweres, nicht alle Überlandleitungen ausschalten würde. Jeder hatte sich gedacht, daß lückenhafte Telefonverbindungen irgendwie bestehen blieben und daß sie zumindest einige seismische Daten in Realzeit erhalten könnten.

Ihre Vermutungen hatten sich alle als falsch erwiesen, jede einzelne. Jetzt, wo sie präzise seismische Auskünfte brauchten, standen sie nicht zur Verfügung.

Thompson berichtete, daß es wenigstens gelungen war, mit dem Erdbebenbewertungszentrum des USGS in Boulder in Verbindung zu bleiben. Dank eines Systems, das ›Paketfunk‹ genannt wurde, hatten sie ein besonderes Funkmodem nutzen können, das technisch als Terminal Node Controller oder TNC bezeichnet wurde. Das Gerät hatte Anschluß an einen Zweiwege-Kurzwellenempfänger mit einer Leistung von fünfzig Watt und konnte mit einem Computerterminal verbunden werden.

So konnten sie durch ›Pakete‹ von Funkwellen Computerdaten senden und empfangen. Jacobs erinnerte sich, daß einige Kollegen das System für Zeit- und Geldverschwendung gehalten hatten. Jetzt zahlte es sich in Gold aus. Der große Mangel war, daß es quälend langsam ging. Mit dem Paketfunk konnte ein Computer nur 4800 Baud pro Minute senden. Selbst ein Warenhauscomputer bewältigte 9600.

Es war immerhin etwas. Sie hatten außerdem zwei TNC-Einheiten installiert und auch eine improvisierte Satellitenschaltung einzurichten versucht. Jacobs hatte das koffergroße Gerät auf eine Gartenbank vor dem Anbau gestellt. Der geöffnete Deckel der zwanzig Kilo schweren Anlage diente als Antenne. Indem sie einen Kompaß einstellten und den Koordinatencode eintippten, schlossen sie sich an einen Satelliten an, damit sie senden konnten. Ein Laptop mit Tastatur und Acht-Zoll-Videoschirm wurde zugeschaltet. Sobald sie mit einem Satelliten verbunden waren, funktionierte die Anlage wie ein Telefon. Sie konnten damit auch Computerdaten senden und empfangen.

Der einzige Haken: Es funktionierte nicht.

Intensive Sonnenflares hatten es außer Gefecht gesetzt.

Wütend schleuderte Jacobs einen Brocken Gips, der von der Decke gefallen war, durchs Zimmer.

»Wir arbeiten hier blind!«

Er dachte wieder an Atkins. Es waren Stunden vergangen, seit sie zuletzt miteinander gesprochen hatten. Jacobs hätte gern gewußt, ob sein Freund sich zum Epizentrum durchgeschlagen und seinen Seismographen aufgestellt hatte. Es war gemeldet worden, daß die Mississippibrücken nördlich von Memphis über fünfhundert Meilen bis Hannibal in Missouri entweder eingestürzt oder schwer beschädigt waren. Ohne Ausnahme.

Trotzdem hoffte Jacobs, daß Atkins den Fluß hatte überqueren können. Sie brauchten seine Daten. Unter anderem würden sie ihnen helfen, die Tiefe und Größe der Verwerfung, die das gewaltige Beben ausgelöst hatte, abzuschätzen.

Guy Thompson schrie auf: »He, ich habe gerade eine e-Mail von Boulder bekommen!« Sein Laptop war an eine der TNC-Anlagen angeschlossen. Thompson trug einen Cowboyhut mit einer Adlerfeder im Band. Er hatte auch ein anderes Westernhemd angezogen, leuchtendrot mit Perlmuttknöpfen. »Sie versuchen, ein Team herzuschicken, aber der Flugplatz Memphis ist geschlossen.« Er sah Jacobs an. »Sie sagen, es hätte den Kontrollturm umgeworfen. Kaputt.«

»Noch etwas über die genaue Lage des Epizentrums?« fragte Jacobs. Da ihr seismisches Netzwerk ein Scherbenhaufen war, konnte allein der USGS in Boulder exakte Auskünfte liefern.

»Keine Veränderung. Es bleibt bei ungefähr hundertzwanzig Kilometer Nordnordwest von Memphis. Länge neunzig Grad West. Breite 36 Grad Nord. Genau in Blytheville. Auswirkungen wurden nach Norden hin bis in Montreal gespürt.«

Die Lage stimmte mit den Daten ihrer eigenen Seismographen überein, die mit einem Notstromgenerator liefen. Sie verfügten über vier Walzengeräte, die der erste schwere Stoß alle aus dem Meßbereich geworfen hatte. Seitdem hatten sie drei große Nachbeben im Bereich der Stärke sieben und Dutzende kleinerer Erschütterungen registriert.

Jacobs wußte, wo und wann das Beben ausgebrochen war, konnte sich aber noch immer kein komplettes Bild machen. Er wollte die Tiefe des Epizentrums wissen. Das allein würde ihnen viel über die Fortpflanzung seismischer Wellen, die Form der Verwerfung und ihre Größe verraten.

Der Notfallverkehr, den sie über die Kurzwellenkanäle mitbekamen, war katastrophal.

Das Memphis General Hospital hatte den Betrieb eingestellt. Mehrere wichtige Gebäude des Krankenhauskomplexes waren eingestürzt. Nur ein einziges Krankenhaus in der Stadt konnte noch Patienten aufnehmen, und es war mit den Schwerverletzten überlastet. Einheiten der Nationalgarde versuchten, im Forrest Park eine Erste-Hilfe-Station einzurichten. Es gab verzweifelte Hilferufe nach Plasma und Blutspendern.

»Da habe ich mal eine gute Nachricht«, platzte Guy Thompson heraus. »Ich bin gerade wieder nach Boulder durchgekommen.«

»Ich kann gewiß eine brauchen«, murmelte Jacobs.

»Die Nationale Luftfahrt- und Weltraumbehörde hat gerade ein Bulletin herausgegeben«, sagte Thompson. »Das GPS-System kommt wieder auf Leitung. Die Bodenstationen funktionieren.«

Alle Seismologen im Anbau klatschten und pfiffen. Jacobs schloß die Augen. Ja, eine gute Nachricht. Aber abgeschwächt durch die Erkenntnis, daß sie ohne intakte Telefonleitungen immer noch vor Ort gehen mußten, um die Daten zu sammeln.

Das Zusammenspiel der 24 Satelliten war fünf Tage lang lahmgelegt gewesen, das Ergebnis starker Flares. Ihre präzisen Messungen könnten auf den Millimeter genau zeigen, wie sehr sich die Erdoberfläche durch das Beben verformt hatte, wie stark sie sich gehoben oder gesenkt hatte. Das würde ihnen helfen, ein Muster der Spannungsverteilung zu erstellen, eine Methode, um zu berechnen, ob sich noch seismische Energie aufbaute.

Im Unterschied zu der ausgeklügelten Aufstellung von GPS-Stationen entlang der San-Andreas-Störung waren in der NMSZ nur eine Handvoll installiert worden, weil sie da schwieriger und teurer aufzustellen waren. Entscheidend war, daß jede GPS-Plattform auch bei Katastrophen stabil blieb, was im sumpfigen Mississippital problematisch war. Die Meßgeräte waren mit tief in den Boden getriebenen Stahlträgern und -seilen verankert. Jede Anlage war mit SSE-Empfänger und Antenne ausgestattet; die Empfänger waren auf Vermessungsstativen montiert.

Das System war teuer, und die meisten Mittel des USGS flossen in das südkalifornische Netz, ein ständiges Ärgernis für Jacobs, aber eine nicht zu ändernde Tatsache. Das erdbebenanfällige Kalifornien bekam den Kuchen, die anderen Teile des Landes erhielten die Krümel.

Vielleicht wird sich das in Zukunft ändern, dachte Jacobs verbittert.

»Walt, wir sind über Kurzwelle gerade zu Atkins durchgekommen!« rief einer der Seismologen. »Es wird dir nicht gefallen, was er zu sagen hat.«

Bei Blytheville, Arkansas
13. Januar
19:15 Uhr

Atkins sprach schnell, zwang sich, präzise und knapp zu sein. Er konnte nicht wissen, wie lange die Verbindung zu Walt Jacobs in Memphis halten würde. Das störungsanfällige Kurzwellenband erwies sich zunehmend als unzuverlässig.

Die letzte Stunde hatte er damit verbracht, mit Elizabeth die Ausdrucke der seismischen Wellenmuster, die sie direkt vom Seismographen in ihren Laptop übertragen hatten, eingehend zu prüfen.

Noch immer strichen Hunde um den Explorer. Sie hatten entlang dem Bachufer Gebell gehört, aber keines der Tiere hatte sich gezeigt.

Während Atkins mit Jacobs sprach, versuchte er, seine Stimme ruhig zu halten, sachlich. Die abgelesenen Daten hatten ihn verstört.

»Ich habe noch nie Spitzenbeschleunigungen in dieser Höhe erlebt, die so lange nach dem Hauptbeben auftreten«, sprach er ins Funkmikrophon.

Die seismischen Aufzeichnungen zeigten eine Serie scharfer Gipfel und Täler, welche die vertikalen und horizontalen Erschütterungen des Bodens darstellten. Die Sekundär- und Oberflächenwellen dokumentierten vertikale Beschleunigungen von fast siebzig Prozent der Beschleunigung der Schwerkraft. Vertikale Beschleunigungen von fünfzig Prozent wurden bereits als groß betrachtet

Der Vergleich mit der ›Beschleunigung infolge Schwerkraft‹ war nichts anderes als ein Versuch zu zeigen, wie schnell und stark der Untergrund bebte, indem man dies mit bekannten Schwerkräften verglich. Die Maßeinheit war die Geschwindigkeit, mit der eine Kugel fällt, eine Beschleunigung, der man den Wert 1,0 g zuordnete. Das war das gleiche, wie wenn man mit einem Auto einhundert Meter aus dem Stand in viereinhalb Sekunden zurücklegte. Mäßige Erdbeben erzeugten

Beschleunigungsraten von 0,05 g bis 0,4 g. Hier betrug die Rate 0,7 g. Das war beträchtlich höher.

Die Beschleunigungsrate beunruhigte Atkins schon gehörig, aber er sorgte sich auch wegen der anhaltend starken Nachbeben – und was sie bedeuten könnten. Während der letzten sieben Stunden hatten sie mindestens acht Beben gehabt, die er auf Stärke fünf schätzte, immerhin so stark, daß der Explorer hin und her schaukelte.

Jacobs bestätigte die Nachbeben. Die Seismographen in Memphis hatten jedes einzelne registriert.

»Anscheinend bündeln sich die Epizentren rund siebzig bis achtzig Kilometer nordöstlich von uns«, sagte Elizabeth.

Sie konnten nur sehr grobe Berechnungen erstellen. Indem sie den Zeitunterschied zwischen dem Eintreffen der Primär- und der Sekundärwellen des Bebens maßen, waren sie in der Lage einzuschätzen, wie weit die Epizentren von ihnen entfernt waren. Die Berechungen beruhten auf den abweichenden Geschwindigkeiten der Wellen. Beide gingen gleichzeitig vom Erdbebenherd aus, aber die sich schneller fortpflanzenden p-Wellen erreichten den Seismographen zuerst, dann folgten die s-Wellen. Die Verzögerung der Ankunftszeit verhielt sich proportional zum Weg, den die Wellen zurückgelegt hatten.

Atkins wußte, daß Jacobs sofort merken würde, was das bedeutete: die wahrscheinliche Existenz einer weiteren neuen Verwerfung, die von der New Madrid Seismic Zone abzweigte. Es war die einzige logische Erklärung für diese dichte Häufung von Nachbeben, die allem Anschein nach außerhalb des eigentlichen Störungssystems lagen.

Das Radio knackte wieder. »John, wir suchen jetzt nach der Bestätigung dafür«, sagte Jacobs. »Wir müssen es noch erhärten, aber es scheint, daß die Epizentren sich im nordwestlichen Tennessee und im westlichen Kentucky irgendwo fünfzig oder sechzig Kilometer östlich vom Kentucky Lake häufen.« Die Seismographen, die ununterbrochen im Bibliotheksanbau liefen, hatten das aufgezeichnet.

Atkins bemerkte die Anspannung in der Stimme seines Freundes. Ihm selbst zog sich die Kehle zusammen, während er erläuterte, was ihn beunruhigte. Stützte man sich auf diese vorläufigen Daten, hatte sich die NMSZ – wieder einmal – dramatisch ausgeweitet. Drei Tage zuvor, nach dem Beben der Stärke sieben Komma eins, hatten sie eine neue Störung entdeckt, die über Memphis hinaus nach Süden verlief.

Und nun das.

Elizabeth sagte: »Es gibt keinen Hinweis, daß sich der Prozeß der Bildung neuer Verwerfungen verlangsamt.«

Dafür kamen die seismischen Druckwellen viel zu oft. Das Epizentrum nahe Blytheville, auf dem sie saßen, sorgte weiter für Dutzende kleinerer Beben. Dann gab es die viel stärkere Erschütterung des Bodens nach Nordosten hin. Bei einer derartigen Instabilität konnten die elastischen Kräfte im Untergrund erneut reißen – in jedem Augenblick.

»Konnten Sie zu anderen Erdbebenstationen durchkommen, um die Epizentren genau zu lokalisieren?« fragte Elizabeth.

»Wir arbeiten daran«, antwortete Jacobs.

Um die genaue Lage zu bestimmen, mußten Daten von Seismographen an drei oder vier verschiedenen Stellen ausgewertet werden. Die Epizentren waren die Punkte, wo die seismischen Wellen sich überschnitten.

Jacobs erwartete bald weitere Datenübermittlungen aus dem Nationalen Erdbebenzentrum in Boulder. Hochentwickelte Computer analysierten seismische Messungen von Dutzenden von Geräten, die über die Vereinigten Staaten und andere Länder verstreut waren. Diese Daten – zusammen mit den von den Seismographen in Memphis und nun auch nahe Blytheville in Arkansas gelieferten Informationen – würden die genaue Lage jedes Epizentrums bestimmen.

Das wiederum konnte ihnen helfen, den Verlauf der, wie es schien, neuen Bruchlinie nachzuzeichnen, die von der Hauptverwerfungszone New Madrids wegführte.

Atkins hatte eine Karte der NMSZ auf dem Schoß ausgebreitet, die in eine Karte des Mississippitals übertragen worden war. Die Verwerfungszone war fast wie ein Beil geformt, wobei das Blatt über dem Schnittpunkt von Missouri, Arkansas, Tennessee und Kentucky lag. Das Starkbeben, das sie gerade erlebt hatten, war etwa auf der Hälfte des Stiels ausgebrochen, der hundert Kilometer tief ins östliche Arkansas ragte, ungefähr parallel zum Mississippi.

Die größeren Nachbeben deuteten darauf hin, daß sich ein neuer Ast von der Spitze des Beilblatts hinauf durch Nordwest-Tennessee bis nach Kentucky erstreckte.

Sollte sich das bewahrheiten, könnte die erweiterte Störungszone ungefähr sechshundert Kilometer weit reichen. Eine lange, S-förmige Reihe von Rissen tief in der Erde, die unterhalb von Memphis begann, den Mississippi von West nach Ost um Caruthersville querte und bis etwa zweihundertfünfzig Kilometer vor Lexington in Kentucky reichte.

»Was mich hier beunruhigt, ist die Dynamik«, sagte Elizabeth. »Wie bei dem starken Beben, das mit sieben Komma eins vor drei Tagen eine Serie von Nachbeben auslöste, die ein weiteres schweres Beben verursachten. Auch jetzt kommen immer wieder Nachbeben.«

»Liz, was willst du damit sagen? Daß diese Nachbeben zu noch einem katastrophalen Beben führen könnten?« fragte Atkins. Trotz seiner Sorge wegen einer neuen Verwerfung und der Stärke der Nachbeben glaubte er, daß das zu weit ginge. »Ich weiß, was ich gerade gesagt habe, aber es ist viel zu früh, eine Diskussion in dieser Richtung in Gang zu setzen. Es könnte alles zum normalen Abklingen nach einem starken Erdbeben gehören. Vielleicht müssen wir über Wochen mit einigen unangenehmen Nachbeben rechnen. Ich kenne die Erdbebengeschichte hier. Walt hat mich ins Bild gesetzt. Aber die wirklich großen Beben haben sich vor fast zweihundert Jahren ereignet. In diesem Moment können wir unmöglich sagen, daß die vielen Nachbeben einen weiteren schweren Schlag vorbereiten. Ich wette, sobald wir GPS-Daten bekommen, stellen wir fest, daß die Verformung bereits im Abklingen begriffen ist.«

»Ich weiß noch, wie wir alle an Dr. Prables Daten gezweifelt haben«, sagte Elizabeth. »Wenn wir schnell gehandelt hätten, eine Analyse eingeleitet hätten, wenn wir ...«

»Und dann?« warf Atkins ein. »Was hätten wir dann getan? Die Bevölkerung gewarnt? Eine Erdbebenvorhersage gemacht? Laß das, Elizabeth. Mach dir nicht nachträglich Vorwürfe. Wir haben noch jede Menge Zeit, Prables Daten näher zu untersuchen und festzustellen, was wir aus ihnen lernen können. Ich bin immer noch nicht davon überzeugt, daß wir es mit einer der besten wissenschaftlichen Vermutungen der Geschichte zu tun haben.«

»Wenn wir diese Nachbeben nicht beachten, könnte es passieren, daß wir den gleichen Fehler zweimal machen«, sagte Elizabeth scharf. Atkins gönnerhafter Ton gefiel ihr nicht.

Atkins hob entschuldigend die Hände. Er wollte nicht noch einen Streit vom Zaun brechen. Nicht zu einem solchen Zeitpunkt, nicht nach allem, was sie durchgemacht hatten.

Dann fiel ihm plötzlich ein, daß er die Tiefe des Herdes nicht nachgeprüft hatte. Das war sein Versehen. Er hatte es völlig vergessen und erinnerte sich erst nachträglich daran. Zu jedem anderen Zeitpunkt wäre ein Versäumnis wie dieses unfaßbar gewesen.

Ihre seismographischen Messungen zeigten, daß der ›Herd‹, die Quelle, von der das Starkbeben ausgegangen war, annähernd neunzig Kilometer tief lag. Unglaublich tief. Die meisten zerstörerischen Beben, die Kalifornien heimsuchten, kamen aus Herden im Bereich der oberen zehn Kilometer. Die Stelle, wo die Verwerfung sich nahe Blytheville verschoben hatte, lag tief im harten Gestein der Erdkruste, der perfekte Brutkasten, um die Kraft und Reichweite seismischer Wellen zu steigern.

Das Funkgerät begann zu knistern. Es war wieder Jacobs Stimme. »Wir brauchen eure Daten.«

Wie Jacobs wollten auch Atkins und Elizabeth sämtliche Werte in eines von Guy Thompsons Simulationsprogrammen eingeben, damit sie die wirkliche Breite und Tiefe des Verwerfungsbereichs berechnen könnten. Zusammen mit GPS-Daten über die Bodenverformung ließe sich dann möglicherweise das Potential für ein weiteres schweres Erdbeben beurteilen.

»Wie sieht es Ihrer Meinung nach aus?« fragte Atkins.

»Ich mache mir große Sorgen«, entgegenete Jacobs. »Ich müßte lügen, wenn ich etwas anderes sagen würde.«

Jacobs fürchtete sich zu verraten, wie groß seine Angst wirklich war. Er wußte immer noch nicht, wie es seiner Frau und den Kindern ging. Es waren Stunden vergangen, seit er seine zwei Doktoranden losgeschickt hatte, um nach ihnen zu sehen.

Um das Thema zu wechseln, fragte er: »Wie geht es euch beiden da draußen?«

Elizabeth antwortete: »Von ein paar wilden Hunden abgesehen, einfach blendend.«

Washington, D. C.
13. Januar
2:15 Uhr

Präsident Nathan Ross hatte das Beben gespürt, während er lesend in einem Ohrensessel im ersten Stock des Weißen Hauses saß. Er versuchte, sich durch einen CIA-Bericht über Kuba zu quälen, den er seit Wochen vor sich hergeschoben hatte. Es war ein schwerer Brocken, vollgestopft mit statistischen Angaben und Empfehlungen für und gegen die Wiederaufnahme diplomatischer Beziehungen mit Castro. Ross war nahe daran, einzuschlafen, als ihn die starke Erschütterung sofort hellwach machte. Die Fenster in den Türen zum Trumanbalkon klirrten in den Rahmen. Überall im Weißen Haus wurden die Alarmanlagen und Warnglocken ausgelöst.

Ross hatte schon einmal ein Erdbeben während einer Reise nach Kalifornien erlebt, die er als Gouverneur von Illinois gemacht hatte. Dies hier war viel stärker. Es schien unglaublich, das zweite Beben in drei Tagen. Heute morgen erst hatte er einen vorläufigen FEMA-Bericht über das Erdbeben gelesen, das in Memphis große Schäden angerichtet hatte.

Er war schon auf dem Weg zur Tür, als der draußen postierte Sicherheitsbeamte laut anklopfte.

»Wahrscheinlich ein Erdbeben, Mr. President. Wir wissen es noch nicht genau.« Der Mann hatte die Waffe schußbereit, eine schwarze, kurzläufige Uzi. Zwei andere Beamte rannten mit gezogenen Pistolen den Flur der Präsidentenwohnung hinunter. Die Türen zum Gebäude wurden abgeriegelt.

Ross eilte zur Treppe. Wenn es sich vermeiden ließ, wartete er nie auf den Aufzug. Das Ding brauchte eine Ewigkeit.

»Ein Erdbeben wird bestätigt. Ein starkes, irgendwo im Mittelwesten. Gerade kommen die ersten Berichte herein!« rief ein anderer Mann vom Fuß der langen geschwungenen Treppe herauf. Er hatte ein Handy in der rechten Hand, eine Waffe in der linken.

»Schicken Sie mir den diensthabenden NSA-Offizier ins Oval Office«, sagte Ross, während der Beamte, ein junger Mann in grauem Anzug mit scharfen Bügelfalten, hinter ihm hertrottete.

Ross hatte die steife Förmlichkeit des Oval Office, die ›Schöner-Wohnen‹-Sterilität und die bedrückende Geschichtsträchtigkeit nie gemocht. Er eilte durch das Arbeitszimmer des Präsidenten in das kleine Büro, das von dem überreich verzierten Mahagonischreibtisch beherrscht wurde, der Teddy Roosevelt in seiner Zeit als New Yorker Polizeichef gehört hatte. Ross war nie dazugekommen, sich das scheußliche Möbelstück vom Hals zu schaffen.

Er rief die Telefonzentrale.

»Schicken Sie Steve Draper zu mir«, sagte er. Draper war sein Wissenschaftsberater. Ross sah voraus, daß er fachliche Hilfe brauchen würde. Instinktiv wußte er, daß das Land, wenn er die Auswirkungen hier in Washington spüren konnte, gerade von einem gewaltigen Beben erschüttert worden war. Viel stärker als das von Memphis. Er brauchte die besten wissenschaftlichen Köpfe, die zur Verfügung standen.

Es klopfte an der offenen Tür.

»Mr. President, wir haben einige Informationen vom Nationalen Erdbebenzentrum in Boulder bekommen.«

Ross winkte Betty Lou Davis herein, eine frischgebackene Harvarddoktorin aus DeKalb in Georgia, die Assistentin des Nationalen Sicherheitsberaters war. Sie hatte die zweite Nachtschicht geschoben und war außer Atem, weil sie mit zwei Helferinnen, die mit gelben Stenoblöcken in den Händen hinter ihr standen, von ihrem Büro im Untergeschoß des Westflügels herübergeeilt war.

»Das Erdbeben wurde mit der Stärke acht Komma vier gemessen, Mr. President. Das Epizentrum liegt im Osten von Arkansas. In etwa die gleiche Gegend, die vor wenigen Tagen das Beben der Stärke sieben abbekommen hat. Dieses jetzt hat sie wirklich durchgeschüttelt. Es wurde über ein riesiges Gebiet wahrgenommen – der Norden des Staats New York, die kanadischen Provinzen Quebec und Ontario.« Sie zögerte einen Moment. »Auch ihr Heimatstaat Illinois hat einiges abbekommen.«

»Gab es Opfer?« fragte Ross.

»Wir wissen es noch nicht, Sir. Wir haben Probleme, nach Memphis, Little Rock und St. Louis durchzukommen. Die Verbindungen sind sämtlich unterbrochen.«

»Wir haben eine Cockpitübertragung vom Piloten einer 747 der TWA im Anflug auf St. Louis aufgefangen«, sagte eine ihrer Helferinnen. »Er brach die Landung ab, als er den Kontakt zum Boden verlor. Die Rollbahnbeleuchtung ging aus. Total.«

Ross spürte, daß Davis besorgt war.

»Was noch, Betty?« half er nach.

»Der Pilot blieb mit den Leuten im Kontrollturm in Funkkontakt«, sagte sie. »Wir haben es auf Band, Mr. President. Der Turm wackelte. Sie können sie schreien hören.«

Kentucky Lake
13. Januar
16:50 Uhr

»Er ist weg. Der ganze Damm ist weg«, sagte Bobby ungläubig staunend, als er auf das starrte, was vom Kentucky Damm übriggeblieben war.

Lauren glaubte, ihr Enkelsohn würde in Tränen ausbrechen. Sie selbst war nahe daran, aber sie wollte nicht, daß er sie weinen sähe. Gerade erst waren sie in Benton angekommen und sofort zum See gefahren. Die kleine Stadt glich einem Trümmerfeld, aber der Schaden war nichts im Vergleich zu dem hier.

Die riesigen Stahltore und die hohe Mauer aus Beton und Stein, auf deren Krone die Straße verlief, hatte die Flut weggespült. Die Schleuse und der Damm am Ufer gegenüber waren völlig überschwemmt. Das Maschinenhaus war verschwunden. Es war, als hätte es den Damm nie gegeben. Das Wasser im See floß direkt in den Tennessee.

Der Wasserspiegel war um etwa zwölf Meter gesunken, aber die Oberfläche des Sees war noch immer aufgewühlt. Die Wellen gingen fast einen Meter hoch und hatten weiße Kämme.

Lauren fuhr die Kiesstraße hinunter zu ihrem Pier und dem Jachthafen. Obwohl sie das Schlimmste ahnte, war sie nicht auf das gefaßt, was sie vorfand.

Der Pier war weg, einfach weg.

Sie stieg aus dem Auto, ging näher an den See und sah das blaue Dach des Restaurants ungefähr dreißig Meter weit draußen im Wasser. Mit Tauen am Ufer festgemacht, war es in den See gerissen worden, als der Wasserspiegel plötzlich fiel. Der Kai und die Bootsanleger waren verschwunden.

Bobby legte einen Arm um ihre Taille. Sie hielten einander fest, wortlos, wie betäubt auf das versunkene Restaurant und den Pier starrend. Alles, wofür sie gearbeitet hatten, die 16-Stunden-Tage, ihre Ersparnisse … Alles lag unter Wasser. Ihre Versicherung würde bei weitem nicht für den Verlust aufkommen.

Lauren starrte noch ein paar Minuten auf die Verwüstung, dann nahm sie den Jungen an der Hand und ging zum Auto zurück.

»Wir fahren nach Hause«, sagte sie. Vielleicht war es ihr möglich, dort nachzudenken, zu überlegen, was sie tun mußte, um durchzukommen – und wie sie in Erfahrung bringen konnte, ob ihre Eltern noch am Leben waren. Sie fühlte sich so müde. Am liebsten hätte sie sich hingelegt und wäre eingeschlafen.

Auf dem Weg zu ihrem Haus blieb Lauren bei Goode's Gemischtwarenladen stehen. Er lag nicht weit abseits der Route 641, nahe dem Westufer des Sees.

Die Fenster an der Vorderseite waren herausgeschlagen, ebenso das Türglas.

Elizabeth kannte Ben Goode und seine Frau Gloria. Sie hatten eine Tochter, ungefähr in Bobbys Alter, die in dieselbe Schule ging wie er. Ben verkaufte auch Waffen und Munition und machte während der Jagdsaison gute Geschäfte. Der metallene Fertigbau hatte zwei Abteilungen – eine für die Gemischtwaren, die andere für den Waffenladen.

Lauren sagte zu Bobby, er solle sich nicht von der Stelle rühren. Dann schob sie Lou Hessels 357er Magnum in eine Jackentasche. Sie hatte ein ungutes Gefühl.

»Ben!« rief sie, den Griff der schweren Pistole in der Tasche umklammernd. »Hörst du mich, Ben?«

Da niemand antwortete, warf sie einen Blick in den Gemischtwarenladen. Von außen machte das einstöckige Gebäude einen recht guten Eindruck. Die Wände waren ein wenig nach außen gebogen, aber das war so ungefähr alles. Innen sah es anders aus. Die Regale waren umgefallen, ein Teil der Decke heruntergebrochen. Die Lampen baumelten an losen Kabeln. Fast die gesamten Waren fehlten – Lebensmittelkonserven, Limonade, Brot, Milch, Spirituosen.

Sie ging in den Waffenladen nebenan. Die Tür hing offen an zerbrochenen Scharnieren.

»Ben, ich bin's, Lauren Mitchell!« rief sie.

Sie trat zögernd ein. Die Waffenschränke waren zerschlagen. Alles im Laden war weggeschafft worden – die Gewehre und Schrotflinten, die in Ständern hinter der Theke gestanden hatten, die Schachteln mit Munition, die Pistolen, die in Glaskästen ausgestellt gewesen waren. Die Registrierkasse.

Sie machte zwei Schritte und hielt sofort inne. Sie stand in etwas Klebrigem. Es war dunkel in dem engen Raum. Lauren öffnete einen Fensterladen und sah im spärlichen Licht einen dunklen Fleck, der sich unter der Theke her auf dem Boden ausgebreitet hatte.

»Ben!« rief sie. »Gloria! Jemand da? Bitte kommt raus. Ich bin's, Lauren.«

Sie bewegte sich auf die Theke zu, vorsichtig einen Fuß vor den anderen setzend. Der schwarze Fleck sah wie eine Pfütze Motoröl aus.

Lauren lugte langsam um die Theke. Ben Goode und seine Frau lagen mit dem Gesicht nach oben auf dem Boden. Beide waren in den Kopf geschossen worden.

»Agnes!« schrie Lauren. So hieß die Tochter. Es kam keine Antwort. Das Mädchen war fünfzehn Jahre alt, schlank und hübsch.

Lauren lehnte sich an die Wand und schloß die Augen.

Jemand hatte sie wegen der Waffen und der Munition ermordet. Daran zweifelte Lauren keine Minute. Eine Waffe war jetzt Gold wert.

Sie fragte sich, wie lange sie schon tot sein mochten und wünschte, sie könnte sie begraben und nach der Tochter suchen. Aber dazu war keine Zeit. Es war schon spät, und sie wollte nach Hause kommen, bevor die Sonne unterging.

Wenn es Probleme gäbe, würden sie in der Dunkelheit auftauchen.

Bei Blytheville, Arkansas
14. Januar
6:05 Uhr

Die Sonne war kaum aufgegangen, als Atkins und Elizabeth über Kurzwelle einen Ruf von Walt Jacobs in Memphis empfingen. Er teilte ihnen mit, daß Paul Weston mit zwei anderen Mitgliedern der Kommission für Erdbebensicherheit beim Erdbebenzentrum eingetroffen sei. Sie wären mit einem Helikopter der Nationalgarde gekommen, den der Gouverneur von Kentucky zur Verfügung gestellt hatte. Derselbe Hubschrauber sei auf dem Weg, um sie abzuholen.

Dreißig Minuten später landete ein UH-1 Huey mit dem Emblem der Nationalgarde von Kentucky in der Nähe des Bachbetts. Atkins und Elizabeth, die nur ihren transportablen Seismographen und den Laptop trugen, freuten sich, als sie abhoben. Einige Hunde waren während der Nacht dreister geworden und verzogen sich nun wieder ins freie Feld.

Sobald sie in der Luft waren, winkte der Pilot sie zu sich ins Cockpit. Ein junger Unteroffizier mit blondem Schnauzer gab ihnen Kopfhörer, damit sie sich trotz des dröhnenden Motorenlärms unterhalten konnten.

Der Pilot erklärte, Jacobs habe eine Bitte an Atkins: Er möge in Memphis in ein Gebäude am Fluß gehen und von mehreren seismischen Geräten, die im Keller und auf dem Dach aufgestellt waren, die Daten abholen.

Atkins nahm es zur Kenntnis. Er hatte sich gezwungen, nach Mexico City Dutzende erdbebenbeschädigter Häuser zu betreten. Leichtgefallen war es ihm nie.

»Es ist der Hauptsitz eines Reisebüros«, sagte der Pilot. »Das Blake Building. Es liegt an der Kreuzung Main und Vance Street mit der Front zum Fluß… Irgendwo dort in der Nähe zu landen wird verflixt schwierig werden. Die Ecke dort ist ziemlich kaputt.«

Atkins erinnerte sich, daß Jenkins von der einzigartigen Bauweise des Gebäudes gesprochen hatte, das eigens auf Erdbebensicherheit hin konstruiert worden war. Seine Technik der ›Grundisolation‹ beruhte auf Stoßdämpfern aus einer Gummi-Blei-Mischung, die wie ein Akkordeon geformt und im Fundament und an wichtigen Nahtstellen eingefügt waren; dadurch blieb das Gebäude nahezu stabil, auch wenn der Boden darunter sich bewegte. Wegen der potentiellen Haltbarkeit während eines starken Bebens hatte der Besitzer des Gebäudes dem Erdbebenzentrum der Universität genehmigt, es mit einer Reihe von Seismographen und anderen Meßgeräten auszustatten. Auf dem Dach war sogar ein Satellitenempfänger des GPS installiert.

Der Hubschrauber würde nicht auf sie warten können, erklärte der Pilot entschuldigend. Ihre strikte Order lautete, umgehend nach Kentucky zurückzukehren, sobald sie die beiden auf dem Boden abgesetzt hatten. Sie waren einer Sanitätshubschraubereinheit zugeteilt, die seit Ausbruch des Bebens rund um die Uhr im Einsatz war.

Der Flug nach Memphis dauerte vierzig Minuten. Sie flogen direkt über dem angeschwollenen Mississippi, der sich stellenweise auf fünf bis sechs Kilometer ausgebreitet hatte. Atkins wußte, daß das Hochwasser noch schlimmer würde. Sobald die gewaltige Flutwelle vom Kentucky Lake bei Cairo den Mississippi erreichte, würde sie zahlreiche Flußdämme sprengen.

»Ich bereite Sie lieber schon mal darauf vor«, bemerkte der Pilot, als sie sich Memphis näherten. »Ein großer Teil der Stadt ist so gut wie hinüber.«

Lange bevor Memphis in Sicht kam, sahen sie in der Ferne eine Wand aus schwarzem Rauch.

»Das sind vor allem Erdgas- und Ölfeuer«, sagte der Pilot. »Bei Memphis kreuzen viele Pipelines den Fluß, zehn oder elf. Sie sind alle gebrochen, und aus manchen strömt noch Gas und Öl. Der Fluß ist ein Flammenmeer. Von Mud Island an brennt er fünfzig Kilometer stromabwärts. Öltanks sind explodiert. Sie gehen immer noch hoch wie Fackeln. Man muß gehörig aufpassen, wenn man drüber weg fliegt.«

Von ihrer Sitzbank aus schaute Elizabeth durch eine Luke und erkannte die vertraute S-Kurve im Fluß, den Anfang des weiten Bogens, den der Mississippi um Memphis beschrieb. Sie hatte ihn zum erstenmal gesehen, als ihr Flugzeug aus Los Angeles im Landeanflug war. Das schien Monate zurückzuliegen.

Augenblicke später hatte sie die ganze Stadt vor sich. Das Panorama der Zerstörung ließ sich mit nichts vergleichen, was sie jemals in den Vereinigten Staaten gesehen hatte. Alle drei Brücken über den Fluß, die Interstate 55, die I-40 und die Eisenbahnbrücke waren zerstört; einige der massiven Betonpfeiler standen noch, aber es klafften große Lücken, wo die Fahrbahndecken eingeknickt und ins Wasser gefallen waren.

Unter der zerstörten I-55-Brücke stand der Mississippi in Flammen; dort, auf der Seite von Memphis, lagen die meisten Öl- und Gastanks an den Endpunkten der Pipelines. Die brennenden Tanks sandten Säulen aus schwarz quellendem Rauch dreißig Meter hoch in den Himmel.

Der Pilot, der sich an die Uferlinie von Memphis hielt, deutete auf ein schwerbeschädigtes Gebäude. »Das war einmal das Pyramid«, erklärte er.

Atkins hatte das unverwechselbare Kongreßzentrum der Stadt mit dem Sportarenakomplex nie gesehen. Die spitz zulaufenden Seitenflächen der Pyramide waren mit dünnen Metallplatten bedeckt, die in der Sonne strahlten. Die oberen Stockwerke waren eingestürzt, säuberlich zusammengeschoben wie die Ringe eines Campingbechers. Das breite Fundament, das ein ganzes Straßengeviert einnahm, war intakt geblieben.

Sie flogen über das berühmte Mud Island, das sich vor das Hafenviertel schob. Die Schienenhochbahn, die Passagiere zu den Läden, Restaurants und Museen der Insel beförderte, war zerstört; drei zertrümmerte Wagen baumelten in der Luft.

Treibender, dichter Rauch machte eine Gesamtsicht über die Stadt, die sich weit nach Osten ausdehnte, unmöglich. Dann drehte der Wind, und der Vorhang teilte sich.

»Ich glaube es einfach nicht«, sagte Elizabeth, als sie auf das Stadtbild starrte. Die größeren Brände schienen sich auf die Uferfront zu konzentrieren, wo sich die meisten Hochhäuser und renovierten Lagerhäuser für Baumwolle befanden. Viele der hohen Bauten entlang der Main Street sahen beschädigt aus; einige waren völlig eingestürzt und hatten im Fallen ganze Fronten anderer Gebäude mitgerissen. Manche hatten nur die oberen Stockwerke eingebüßt.

Unten waren Löschwagen und Ambulanzen zu sehen, deren rote und blaue Lampen durch den wirbelnden Rauch blitzten.

»Wie kommen denn die Rettungswagen durch?« fragte Elizabeth.

»Gar nicht. Die meisten Straßen sind blockiert.« Der Pilot zeigte zur Backbordseite. »Sehen Sie das große gelbe Gebäude dort drüben links? Das ist eine Kinderklinik. Sieht aus, als stünden die Wände noch, aber die meisten Stockwerke sind eingestürzt. Auf dem Weg zu Ihnen flogen wir darüber.«

Elizabeth warf einen Blick auf Atkins, und es schauderte sie. Amerika schien kein Glück mehr zu haben. Ihr wurde klar, daß die Zahl der Opfer dieses Erdbebens riesengroß sein würde. Mit Ausnahme des Unglücks, das San Francisco 1906 traf, hatten die Beben, die Südkalifornien erschütterten, im großen und ganzen nur die Ränder der wichtigen Bevölkerungszentren gestreift. Die wirklichen Katastrophen, die ganze Städte dem Erdboden gleichmachten, waren anderswo geschehen – Chile, Italien, Japan, Armenien oder Mexiko.

Diesmal hatte es Amerika getroffen.

»Ich setze Sie jetzt schnell ab«, sagte der Pilot. Sie näherten sich dem Landebereich, den er ausgesucht hatte. »Es tut mir leid, aber manche Gebäude können durch die Nachbeben noch einstürzen. Es wird ganz schön mulmig werden da unten.«

Er erklärte ihnen, daß das Gebäude des Reiseunternehmens ein Zahlenschloß hatte. Hastig riß er ein Stück Papier von einem Klemmbrett, das er an sein Bein geschnallt hatte, und gab es Atkins. Darauf stand die Zahlenkombination.

Dann senkte sich der Helikopter langsam durch die Rauchschwaden. »Ich versuche, Sie auf dem Parkplatz dort abzusetzen.« Sie mußten zwischen dem Gebäude und einem anderen, höheren hinuntergehen, dessen obere Stockwerke fehlten; aus den zersprungenen Fenstern wehten Vorhänge.

Der Sergeant klopfte Atkins auf die Schulter und streckte aufmunternd den Daumen nach oben. »Machen Sie sich bereit!«

Als der Hubschrauber sich zwischen den beiden Gebäuden senkte, kamen seine Rotoren den Mauern bedenklich nahe. Für Fehler blieb kein Spielraum. Der Pilot, ein Veteran des Golfkriegs, reagierte jedoch hervorragend. Sie gingen langsam und sicher nieder.

Atkins schlang sich die Tragriemen des Seismographen und Laptops um die Schulter. Der Besatzungschef gab Elizabeth einen kleinen Rucksack. »Eiserne Rationen, Taschenlampen und ein paar Flaschen Wasser. Mehr können wir nicht tun.«

Sie waren etwa einen Meter über dem Boden, als Atkins die Männer entdeckte. Zehn vielleicht. Sie waren aus dem Nichts aufgetaucht und rannten mit erhobenen Armen und um Hilfe schreiend auf den Hubschrauber zu.

»Springen, jetzt!« schrie der Besatzungschef.

Atkins und Elizabeth, die an der Frachttür kauerten, sprangen auf die Erde. Die Männer stürzten verzweifelt an ihnen vorbei. Zwei klammerten sich an den unteren Rand der offenen Tür und wurden hochgehoben, als der Hubschrauber aufstieg. Mit strampelnden Beinen fielen sie aus etwa fünfzehn Metern Höhe herunter. Beide schlugen hart auf der Erde auf und regten sich nicht mehr.

Atkins packte Elizabeth an der Hand. Sie rannten auf das Reisebüro zu.

»Was hast du in dem Rucksack!« schrie einer hinter Elizabeth her. »Was zu essen? He, Schlampe, hör mich an.« Ein Mann in schwarzen Hosen und einem zerrissenen Mantel kam auf sie zu; er war groß und schwer, weit über einsachtzig groß.

Atkins hörte nicht auf den Mann, der sich ihnen mit drei anderen näherte. Alle hatten schmutzige Gesichter. Sie rückten Atkins näher, der sich am Sicherheitsschloß an einer der Seitentüren des Gebäudes zu schaffen machte.

»Gebt uns den Rucksack«, sagte der große Mann.

Atkins versuchte, sich an die Zahlenkombination zu erinnern, die der Pilot ihm gegeben hatte. Er kramte in seiner Tasche nach dem Zettel. Als er ihn fand, tippte er die Folge der fünf Ziffern ein und zog am Griff. Fehlanzeige.

Er gab Elizabeth das Papier und wandte sich den Männern zu. Sie kamen immer näher. Atkins hob ein Stück Leitungsrohr auf, das zwischen den Trümmern lag.

Erst jetzt bemerkte er das Fleischermesser, das der große Mann fest an die Seite gedrückt hielt. Er würde ihm nur noch wenige Schritte geben und ihm dann das Rohr über den Kopf ziehen …

Über ihnen ratterten Schüsse, und die Kugeln ließen vor den Füßen der Männer, die Atkins und Elizabeth bedrängten, Steine aufspritzen. Die Gruppe löste sich auf und suchte Deckung.

Atkins hob den Kopf und sah den Hubschrauber über dem Dach des Gebäudes schweben. Aus der Frachttür lehnte sich der Sergeant und gab ihnen mit einer Maschinenpistole Deckung.

Atkins winkte ihm zu.

Elizabeth bekam die Tür auf. Er sprang hinter ihr hinein und schlug sie zu.

Oak Ridge National Laboratory
Oak Ridge, Tennessee
14. Januar
9:25 Uhr

In der Y-12-Anlage des ORNL waren die Brände unter Kontrolle gebracht oder gelöscht worden. Bautrupps waren unterwegs, um den Schaden zu begutachten und zu entscheiden, welche Gebäude abgerissen werden müßten. Wegen der häufigen starken Nachbeben war es eine gefährliche Arbeit. Bei einem starken Erdstoß waren zwei Techniker erschlagen worden, als ein T-Träger herabstürzte, während sie versuchten, das ›Mäusehaus‹ zu überprüfen. In dem achtstöckigen Gebäude befand sich die Biologieabteilung, und es hatte seinen Namen von den einhundertfünfundzwanzigtausend Mäusen, die dort als Versuchstiere gehalten wurden.

Fred Booker registrierte die Schäden durch einen starken Zeiss-Feldstecher. Er stand auf der Terrasse seines Hauses in den Bergen, die die Anlage überblickten. Davon abgesehen, daß der Strom ausgefallen war und einige große Fenster zersprungen waren, hatte sein stabil konstruiertes, gut verankertes, A-förmiges Haus das Beben praktisch unversehrt überstanden. Booker bekam sein Wasser aus einem Brunnen, dessen Pumpe mit einem Benzinmotor arbeitete; er verfügte auch über einen reichlichen Vorrat an Konserven. Und Whisky. Alles in allem war er recht gut darauf vorbereitet, die schlimmste Zeit auszusitzen. Booker hatte vor, später am Tag zur Y-12 zurückzugehen und seine Hilfe anzubieten.

Mittlerweile hatte er zwei Hausgäste – Len Miller und Ed Graves, die jungen Geophysiker, mit denen er vor dem Beben im Druckwellenlabor zusammengearbeitet hatte. Sie wohnten in Knoxville, sechzig Kilometer weiter östlich; Booker hatte sie aufgenommen, weil sie nicht nach Hause konnten.

Beide waren wegen der Nachbebenserie beunruhigt.

»Es steckt immer noch verdammt viel Spannungsenergie im Untergrund«, sagte Miller.

»Eigentlich schwer vorstellbar«, meinte Graves. Er hatte eine Jacke von Booker geborgt und stand in der klaren Wintersonne auf der Terrasse. »Von der Plattenmitte ausgehende Beben sind praktisch unmöglich. Ich frage mich immer wieder, ob irgend etwas in der unteren Erdkruste Druck auf die Verwerfungen ausübt.«

»Ich vermute einen Hot spot«, sagte Miller. Über Hot spots wußten Geophysiker Bescheid. Tief im Erdmantel entstanden, der Schicht zwischen der Kruste und dem Kern, waren Hot spots thermische Wolken, gigantische Blasen aus geschmolzenem Gestein, die aus einer Tiefe von dreitausendzweihundert Kilometern aufstiegen. Nicht weniger als eintausendsechshundert Kilometer im Durchmesser und oft wie die Pilzwolke einer Atomexplosion geformt, waren sie wesentlich dafür verantwortlich, daß der Planet sich nicht in einen Brocken Weltraumeis verwandelte.

Graves und Miller verglichen die Erde mit einem kochenden Topf Hafergrütze. In einer kreisförmigen Konvektion zog sie ständig Hitze und heißes Gestein aus großen Tiefen an die Oberfläche, und dann wieder nach unten.

Ihre Arbeit auf diesem Gebiet hatte den Anlaß zu den Hitzestudien im Druckwellenlabor gegeben. Diese langsam aufsteigenden Hot spots trugen zur Entstehung von Vulkanen bei. Und Miller hatte lange geglaubt, sie könnten die Kruste auch so stark verformen, daß sie Erdbeben in Tiefen von weit über sechshundert Kilometer auslösten.

Booker achtete nicht weiter auf die Diskussion. Dann erwähnte Graves beiläufig, wie inaktive Verwerfungen durch einen Prozeß, der ›Schmieren‹ genannt wurde, lebendig werden konnten. Er verglich es mit einem eingerosteten Türscharnier, das mit ein paar Spritzern Öl gelöst wird; indem man die Reibung in der verkeilten Verwerfung reduzierte, konnte man die Bewegung erleichtern.

Fasziniert legte Booker sein Fernglas hin und hörte zu.

»Man hat lange geglaubt, in einer Verwerfung eingeschlossene mineralische Flüssigkeiten oder Wasser könnten sie genügend schmieren, um ein Erdbeben auszulösen«, sagte Graves. »In den sechziger Jahren haben sie es in Colorado ausprobiert.« Er schilderte, wie eine Reihe kleiner Erdbeben Denver erschüttert hatte, eine Gegend, die praktisch keine seismische Aktivität kannte. Während einer Periode von neun Monaten wurden über siebenhundert kleine Beben registriert; dann hörten sie seltsamerweise für ein ganzes Jahr auf. Auf die Pause folgte ein weiterer Ausbruch. Schließlich entdeckten Geologen, daß die Armee kontaminiertes Wasser aus der Waffenproduktion in ihrem Arsenal in den Rocky Mountains tief in die Erde eingespritzt hatte.

»Sie benutzten rund viertausend Meter tiefe Bohrlöcher«, sagte Graves. »Und dann gab es eine vollkommene Übereinstimmung zwischen Beben und Einspritzintervallen.«

»Erinnerst du an das USGS-Experiment in Westcolorado?« fragte Miller. »Sie gingen hinaus zu den Ölfeldern um Rangely und pumpten unter hohem Druck Wasser in einige Quellen. Und weiß du was? Sie bekamen Erdbeben. Sie konnten sie ein- und ausschalten, wie sie wollten, indem sie einfach die Einspritzmengen regulierten. Dreh den Wasserhahn auf, und die Erde bebt. Dreh ihn zu, und es hört auf.«

Graves sagte: »Wir hatten am Caltech draußen einige lebhafte und ernste Diskussionen darüber, ob man ein großes Erdbeben kurzschließen oder verhindern könnte, indem man eine Serie kleinerer Beben auslöst. Wenn man genügend Spannung von einer Verwerfung nähme, so die Theorie, könnte man vielleicht ein starkes Beben entschärfen.«

Booker, der das Gespräch gespannt verfolgt hatte, fragte: »Wäre es möglich, mit so einer Technik die Gesteinsspannungen in dieser Gegend zu entlasten?«

»Paß auf, Ed«, sagte Miller. »Er hat wieder diesen wilden Ausdruck in den Augen.«

Bookers Augen verrieten ihn unfehlbar, wenn er wegen eines Gedankens oder Einfalls aufgeregt war. Dann strahlten sie, wie jetzt, mit brennender Intensität. Booker war ungeduldig. Es konnte ihm gar nicht schnell genug gehen, bis er seine beiden Gäste in das geräumige Wohnzimmer gescheucht hatte, um sie auszufragen. Er half ihnen tatsächlich mit leichten Klapsen auf die Schultern nach.

Navajo-Decken und Zuni-Keramik, die er während der langen Jahre auf dem Testgelände in Nevada gesammelt hatte, schmückten das Zimmer. An den Wänden standen Bücherregale.

»Du hast meine Frage nicht beantwortet, Ed«, sagte Booker. Er begann das Zimmer der Länge nach abzuschreiten, die Hände in den Taschen, den Kopf gesenkt. »Könnte man die Methode, von der du gerade gesprochen hast, anwenden, um Gesteinsspannungen abzubauen?«

Graves schüttelte den Kopf. »Selbst wenn du dir sicher wärst, daß es funktionieren könnte – und das ist ein riesengroßes Wenn in einer geologisch so instabilen Gegend –, würde es zu lange dauern. Man müßte sehr viele Bohrlöcher vorantreiben und überlegen, wie man die ungeheuren Wassermengen bei hohem Druck in die Verwerfung hinunter bekäme.«

»Man müßte auch entscheiden, wo man das Kontrollbeben auslösen sollte«, wandte Miller ein. »Das wäre unglaublich kompliziert. Und wer garantiert, daß man nicht gerade das auslöst, was man zu verhindern sucht?«

»Aber auf jeden Fall würde es zu lange dauern«, behauptete Graves. »Zugegeben, wir wissen nicht, wieviel Zeit wir haben, bis ein weiteres Starkbeben ausbricht, falls denn eines ausbricht. Vielleicht geschieht für weitere zweihundert Jahre nichts. Aber sagen wir, es steht unmittelbar bevor, morgen. Man würde Monate, Jahre und eine Milliarde Dollar brauchen, um genügend tiefe Löcher zu bohren. Der Vorteil bei dem Experiment in Rangely war, daß sie bestehende tiefe Ölbohrungen benutzen konnten.«

Booker hatte ein Notizbuch vorgeholt und kritzelte wie wild hinein. Ein Weilchen stand er da und stellte mehrere Berechnungen an. Dann schlug er mit dem Notizbuch an sein Bein und sagte: »Jungs, ich kenne einen schnelleren Weg.«

Memphis
14. Januar
9:30 Uhr

Im Spencer Building war der Strom ausgefallen. Atkins und Elizabeth benutzten Taschenlampen, als sie sich durch einen stockdunklen Gang vorantasteten. Der Boden wankte, wieder ein Nachbeben. Das Gebäude erzitterte und schwankte, aber die Grundisolation federte den Stoß ab.

»Ich stelle erfreut fest, daß die Nachbeben endlich aufhören«, sagte Atkins sarkastisch. Ihre Stärke und Häufigkeit erstaunte ihn. Der Untergrund blieb unglaublich aktiv.

Das Gebäude, ein moderner Bau mit einer ansprechenden rosa Granitfassade, war einer ernsten Beschädigung entgangen, aber innen sah es schlimm aus. Schreibtische, Computerterminals und Aktenschränke waren umgekippt. Eine Reihe Sicherheitsmonitore lag zertrümmert auf dem Fußboden. Bürotrennwände waren umgefallen. Die Teppiche waren mit Fensterglas übersät.

Atkins öffnete eine Tür, die mit einem roten Ausgangslicht gekennzeichnet war, und sie stiegen in den Keller hinunter.

»Da ist es«, sagte Elizabeth, die ihre Taschenlampe über die gegenüberliegende Wand tanzen ließ. Zwei Stahltische trugen eine eindrucksvolle Anordnung seismischer Meßgeräte, alle batteriegespeist. Es gab zwei Arten von Sensoren, beide auf dem letzten Stand der Technik, um Starkbeben zu erfassen: einen Triaxialsensor FBA-23 und einen FBA-11. Die Daten waren digital auf Band und auf Computerdiskette gespeichert. Sie ließen sich leicht auf den Laptop runterladen.

»Elizabeth, sieh mal«, sagte Atkins. Eines der Geräte war mit einer GPS-synchronen Uhr ausgestattet. Das gelbe Licht für ›an‹ leuchtete auf.

»Ja!« sagte er, indem er die Fäuste ballte. »Das GPS-Netz muß wieder in Betrieb sein.« Wenn das zutraf, war dies die beste Nachricht seit Tagen. Endlich könnten sie die wesentlichen Berechnungen laufen lassen, um zu sehen, wie sehr sich die Oberfläche während des Bebens bewegt hatte. Und, wichtiger noch, ob sie sich noch immer bewegte. Der Grad der Verformung würde ihnen sehr viel darüber verraten, ob sich im Störungssystem wieder seismische Energie auflud.

Atkins fiel ein, daß das Gebäude auch mit einem GPS-Monitor ausgestattet war. Sie stiegen die Treppe hinauf und öffneten eine Tür zum Dach. Die GPS-Antenne, eine ein Meter hohe Plattform, war an einer Ecke verschraubt. Ihre geographischen Koordinaten waren eingegeben, so daß sie sich automatisch auf die richtige Satellitengruppe einstellte. Stromkabel verbanden sie mit einem Empfänger und einem Modem. Eine Batterie und Solarzellen sorgten für den Strom.

Wie bei den Seismographen waren die Daten auf Diskette gespeichert; sie konnten sie später an der Universität formatieren. Das Bedienungsfeld des Empfängers zeigte an, daß das System seit fast sechs Stunden wieder in Betrieb war.

Elizabeth blickte hinunter auf die Innenstadt von Memphis, während Atkins den Datenschreiber herausnahm. Das Dach bot eine ausgezeichnete Aussicht auf den Innenstadtbereich, vom Hafenviertel bis weit nach Osten. Die Verwüstung wirkte viel unmittelbarer als aus der Luft betrachtet. Sie konnte die Hitze der Brände spüren, den Rauch riechen, ihn schmecken. Mehrere Gebäude in derselben Straße brannten lichterloh. Eines war ein Bankhochhaus. Das ohnehin schon starke Feuer griff weiter um sich, als ein starker Wind die Flammen von Stockwerk zu Stockwerk trug.

Elizabeth versuchte, die Brände zu zählen, gab es aber auf. »Damit hätte keiner gerechnet«, sagte sie. Das Heulen der Feuerwehrsirenen machte es schwer, ohne zu schreien, miteinander zu reden. »Wir hatten einige Brände in Northridge und während des Bebens von San Prieto, aber nichts wie das hier. Es erinnert mich an Kobe.«

Das Feuer, das 1995 durch den japanischen Seehafen gebraust war, hatte tatsächlich das Ausmaß eines umfassenden Großbrandes erreicht. Viele Bauten waren aus Holz, leichte Holzhäuser, die wie trockenes Heu in Flammen aufgingen. Memphis war hauptsächlich aus Mauerwerk gebaut, gerade im Innenstadtbereich. Die Gebäude sollten eigentlich nicht brennen, doch genau das taten sie.

Elizabeth fiel die Zufälligkeit der Brände auf. Manche Straßenzüge blieben unberührt. Andere waren wütende Flammenmeere.

»Nach meinem Ortssinn müßte die Universität ungefähr in dieser Richtung liegen«, sagte Atkins und zeigte mit gefalteten Händen nach Osten. »Wir haben einen netten kleinen Spaziergang vor uns.«

»Wie weit?« fragte Elizabeth.

Atkins schüttelte den Kopf. »Fünf, vielleicht sechs Kilometer.«

Der Weg dorthin würde nicht leicht sein, da so viele Straßen gesperrt waren. Sie mußten sich einen Weg durch die Verwüstung suchen, auch wenn die Nacht hereinbrechen sollte.

»Dieser Wind sorgt dafür, daß das Feuer sich so rasch ausbreitet«, sagte Atkins besorgt.

Säulen aus lodernder Glut wurden in die Höhe gesogen und entflammten die Dächer anderer Gebäude. Im Süden, zur Beale Street und den alten Baumwollagerhäusern hin, brannte es noch wilder. Später erfuhr Atkins, daß viele Häuser in South Memphis aus Holz gebaut waren. Es war ein ärmerer, älterer Teil der Stadt, wo baufällige ein- und zweistöckige Häuser dicht beieinander standen. Der Wind blies glühende Asche und Funken von diesen Bränden über den ganzen Innenstadtbereich.

Atkins beobachtete staunend, wie ein brennendes Damenkleid mit ausgebreiteten Ärmeln hoch am Himmel vorbeischwebte.

Eine gewaltige Explosion erschütterte das Gebäude. Hinter ihnen drehte sich ein Feuerball in einer Spirale in den

Himmel. Irgendwo am Fluß war ein großer Gastank explodiert.

Es gefiel Atkins überhaupt nicht, wie die Feuer sie langsam einkreisten.

»Wir brechen auf«, sagte er. »Sofort!«

Frankfort, Kentucky
14. Januar
10:15 Uhr

Während der ersten Stunden der Krise war Gouverneur Tad Parker merkwürdig gelähmt gewesen, unfähig, Entscheidungen zu treffen. Das sah ihm überhaupt nicht ähnlich. Er bildete sich etwas auf seine Fähigkeit ein, schnelle Entscheidungen zu treffen. Es war kaum zu glauben, daß er nur einen Tag zuvor, eine Lebenszeit zuvor, zuversichtlich versucht hatte, Geld für seine Kandidatur als Präsident aufzutreiben.

Die Sache war Parker über den Kopf gewachsen. Seine einzige entschlossene Handlung war, einen Hubschrauber der Nationalgarde anzufordern, um Paul Weston und anderes Personal von der Kommission für Erdbebensicherheit nach Memphis zu bringen. Zwar hatte er Weston nie leiden können; zu gut erinnerte er sich noch an dessen Garantien für den Damm am Kentucky Lake, als sich nach dem ersten Erdbeben die Risse in den Mauern zeigten. Diesen Ort wollte er später einmal mit ihm aufsuchen. Aber im Moment war Weston der Mann im Staat, der sich am besten mit Erdbeben auskannte. Mehr als alles andere brauchte Parker Informationen über das, was sich im Untergrund tat. Er hoffte, bald von Weston zu hören.

Es hatte so viele Katastrophen gegeben – alle häuften sich auf einmal, jede verlangte sofortige Beachtung: die Wolken eines tödlichen Gases, das ein paar hundert Menschen nahe der Urananreicherungsanlage bei Paducah getötet hatte, bevor sich das Gas verteilte; der Dammbruch; die anhaltenden

Meldungen über Todesopfer aus jeder größeren Stadt des Staates.

In den Morgenstunden hatte Parker seinen Katastropheneinsatzleiter gefeuert, eine Niete, der Mann. Er hatte seinen hochdotierten Posten nur wegen seiner Beziehungen bekommen. Parker war in das Büro für Katastropheneinsätze im Kapitolsgebäude gegangen und hatte den Typ an seinem Schreibtisch sitzend vorgefunden, wie er direkt aus der Flasche Scotch trank. Parkers Leibwächter mußte ihn von dem Mann wegreißen.

Sie hatten nicht genügend Kurzwellensender und mobile Satellitenschüsseln. Und niemand hatte daran gedacht, was zu tun wäre, wenn fast jedes große Krankenhaus im Staat schließen mußte, weil es entweder zerstört oder schwer beschädigt war.

Nicht einmal eine zuverlässige Zahl der Opfer war zu bekommen. Parker wußte instinktiv, daß die Zahl entsetzlich hoch sein würde. Auf der kurzen Fahrt von der Gouverneursvilla zum Kapitol hatte er selbst elf Leichen gesehen. Aus beschädigten Gebäuden und Wohnungen geborgen, lagen sie unter Decken am Straßenrand.

Er ließ seinen Fahrer anhalten. Ein älterer Mann saß auf der Veranda seines eingestürzten Backsteinhauses und hielt die Leiche seiner Frau in den Armen. Trotz der Kälte trug er nur einen dünnen Bademantel. Er blutete im Gesicht. Leise weinend drückte er die Frau an die Brust, während er sie hin und her wiegte.

»Was soll ich nur machen?« schluchzte er, als er den Gouverneur erkannte, der sich neben ihn setzte und ihm sein Beileid aussprach.

Das riß Parker aus dem leichten Schockzustand, in dem er sich seit dem Erdbeben befunden hatte. Er blieb ein paar Minuten bei dem Mann und versuchte, ihn zu trösten. Als die nächste Krise kam, und sie ließ nicht lange auf sich warten, war er in der Lage, Entscheidungen zu treffen.

Vom Direktor des Staatsgefängnisses in Wilmore, fünfzig Kilometer südlich von Lexington, kam eine Nachricht über Kurzwelle. Das Beben hatte einen der Zellentrakte zerstört, der noch aus der Jahrhundertwende stammte. Einige der zinnenverzierten Mauern waren eingestürzt. Ein weiterer Häftlingsbau war schwer beschädigt.

»Wir haben hier eine brenzlige Situation, Gouverneur«, sagte der Direktor aufgeregt. »Die meisten Wachtürme sind kaputt. Es sind schon Häftlinge ausgebrochen. Die Hälfte meiner Leute ist tot oder verletzt.«

Der Mann begann draufloszureden.

Parker stopfte ihm den Mund.

»Ich möchte, daß Sie genau das tun, was ich Ihnen jetzt sage. Sie lassen zwanzig Mann mit Schrotflinten gegen diesen Haufen antreten und über ihre Köpfe schießen. Wenn das nicht funktioniert, eröffnen Sie erneut das Feuer – und diesmal sagen Sie Ihren Leuten, daß sie auf die Körper zielen sollen. Das dürfte sie beruhigen, bis ich ein paar Nationalgardisten losschicken kann. Soweit klar, Direktor?«

»Gouverneur, das kann ich nicht ...«

Parker brüllte ins Funkgerät: »Ich gebe die Kontrolle über dieses Gefängnis nicht aus der Hand. Es ist mir egal, wie viele Leute Sie erschießen müssen. Sie führen einfach meine Befehle aus. Wenn nicht, finde ich einen anderen, der es tut.«

Memphis
14. Januar
13:35 Uhr

Atkins und Elizabeth gelangten durch eine Feuerschutztür an der Seite des Gebäudes hinaus und waren bald auf der Exchange Avenue in östlicher Richtung durch die Innenstadt von Memphis unterwegs. Während der nächsten Stunde versuchten sie, offene Straßen und Gassen zu finden. Manchmal kamen sie nur eine halbe Straßenlänge weit, bis sie auf eine eingestürzte Mauer oder eine Hausruine stießen und einen Umweg machen mußten.

Es waren noch mehr Leute unterwegs. Viele waren aus ihren Häusern in anderen Teilen von Memphis gekommen, um Unterlagen aus ihren Innenstadtbüros zu retten, und saßen nun in der Falle. Ihre steckengebliebenen Autos und Lieferwagen verstärkten noch den Verkehrsstau und das Durcheinander. Die Straßen waren hoffnungslos verstopft.

Der Lärm von Sirenen, zerspringendem Glas und dem häufigen Krachen einstürzenden Mauerwerks erschwerten die Verständigung. In dem wirbelnden Rauch, der zunehmend dichter wurde, mußten Atkins und Elizabeth oft schreien. Zum erstenmal fragte sich Atkins, ob sie schneller sein würden als die Flammen.

Sie befanden sich jetzt auf der Poplar Avenue, und er erinnerte sich vage, daß Walt Jacobs sie als eine der großen Ost-West-Verkehrsadern der Stadt erwähnt hatte. Zwar gingen sie ostwärts, aber plötzlich wechselte der Rauch die Richtung und war wieder vor ihnen. Irgendwie waren die Brände um sie herumgewandert.

Durch treibenden Rauch sahen sie einen gelben Löschwagen am Randstein. Ein Trupp Feuerwehrmänner stand daneben und richtete einen einzelnen Wasserstrahl in ein anscheinend neues Gebäude. Ihre Schläuche waren nicht an die Hydranten angeschlossen. Sie pumpten Wasser aus dem Löschfahrzeug.

Atkins war klar, was das bedeutete. Das Beben hatte die Hauptwasserrohre der Stadt zerstört. Wenn ihr Tank leer war, würden sie sich zurückziehen müssen. Es sah danach aus, als hätte das Feuer in dem dreistöckigen Bau noch nicht die Oberhand gewonnen. Offenbar glaubten die Feuerwehrmänner, sie könnten ihn retten und hielten deshalb so lange wie möglich durch.

Plötzlich stand jedoch der ganze Bau in Flammen. Mit einem explosionsartigen Krachen flogen die Fenster und Türen hinaus. Eine Feuerwand trieb über die Straße.

Atkins spürte den Hitzeschwall und zog Elizabeth um eine Ecke. Sie rannten eine andere Straße voller Rauch hinunter. Es half nichts. Die Flammen waren wieder vor ihnen. Sie bogen in eine Straße ein, dann in eine andere und merkten, daß sie im Kreis gegangen waren. Vor ihnen lag genau die Stelle, wo sie vor kurzem die Feuerwehrmänner beim Löschen gesehen hatten.

Der Löschwagen stand ein Stück weit die Straße hinunter. Sie liefen in diese Richtung, husteten im Qualm, hielten sich Taschentücher vor Mund und Nase. Man konnte nur mit Mühe etwas erkennen, doch dann sah Atkins, daß die Fassade des Gebäudes auf die Straße gefallen war, eine Lawine aus Steinen und Glas, die den Löschwagen knapp verfehlt hatte.

Die roten Lichter des Tankwagens blinkten noch. Aber von dem Löschtrupp war nichts zu sehen.

Wieder drehte der Wind. Die Hitze von dem brennenden Haus hatte nachgelassen. Da sie glaubten, sie könnten sich vorbeiwagen und nach Osten vorankommen, lief Atkins die Straße hinunter. Er bemerkte, daß die gelbe Farbe des Feuerwehrautos an der Seite zum Gebäude hin schwarz versengt war.

»Du lieber Gott!« rief Elizabeth. Sie hatte die Feuerwehrleute gefunden.

Die vier Männer lagen zusammengekrümmt hinter dem Löschwagen auf der Straße. Alle waren tot, allem Anschein nach auf der Stelle getötet, als das Gebäude explodiert war. Die Flammen mußten sie überrollt haben, bevor sie eine Fluchtchance hatten. Zwei hielten noch die schwere Messingtülle des Feuerwehrschlauchs in den behandschuhten Händen.

Die heiße Luft erzeugte einen starken Aufwind. In heftigen, von den Bränden verursachten Böen wurden die Flammen mit rasender Geschwindigkeit himmelwärts gesogen. Brennende Trümmerteile regneten herab und wirbelten über ihren Köpfen.

»Wir müssen einen Unterstand finden!« schrie Atkins. »Sonst überrollt uns das Feuer!«

Nahe dem Kentucky Lake
14. Januar
21:12 Uhr

»Alles in Ordnung?« fragte Lauren.

»Ich denke schon«, antwortete ihr Enkelsohn. Sie waren gerade mit dem Essen fertig – eine Büchse Eintopf, auf einem Butancampingkocher warm gemacht. Lauren machte sich wegen Bobbys Appetit Gedanken. Er hatte nichts gegessen.

Seine Stirn faßte sich kühl an. Kein Hinweis auf Fieber. Aber der Junge war nicht wie sonst.

Als sie an ihrem abgelegenen Haus wenige Meilen vom Kentucky Lake angekommen waren, hatten sie festgestellt, daß sie unglaubliches Glück gehabt hatten. Abgesehen von gesplitterten Fenstern und einigen Rissen im Fundament schien das Haus baulich stabil zu sein. Trinkwasser war ein Problem, aber sie hatten noch etwa achtzig Liter im Warmwasserbereiter. Holz für den Kamin war reichlich vorhanden, ebenso ein guter Vorrat an Konserven. Sie stand besser da, als sie erwartet hatte. Bei weitem besser als viele andere, die das ganze Jahr über am See wohnten. Die meisten Häuser, besonders die aus Backstein gebauten, waren Trümmerhaufen.

»Was meinst du, wie lange diese Nachbeben anhalten?« fragte Bobby. Das war es, was ihn quälte. Lauren merkte, daß der Junge mit den Nerven am Ende war. Jedesmal wenn der Boden bebte, umklammerte er einen Stuhl oder Tisch, bis seine Knöchel weiß wurden.

Sie wußte nicht, was sie antworten sollte, wie sie ihn beruhigen könnte. Zwar gab sie sich alle Mühe, aber es war schwer. Sie fand die fortwährenden Nachbeben selbst schrecklich. Noch schrecklicher, daß sie ihr solche Angst machten.

Beide schliefen in Schlafsäcken im Wohnzimmer in der Nähe des Ofens, in dem ein Holzfeuer brannte. Ehe sie sich schlafen legten, vergewisserte sie sich, daß sie die 410er Schrotflinte ihres Mannes griffbereit hatte. Auch die 357er Magnum lag neben ihr.

Sie mußte an Ben Goode und seine Frau denken. Das machte ihr noch mehr Angst als die wiederholten Erdstöße. Die Leute, die die Goodes erschossen hatten, hielten sich vermutlich noch in der Gegend auf. Ihrer Ansicht nach waren es Einheimische, die wußten, daß das Paar Waffen und Munition verkaufte.

Lauren hatte versucht, ihre Ängste vor ihrem Enkelsohn zu verbergen, aber sie hielt es fast nicht aus, zu wissen, daß kaltblütige Killer auf freiem Fuß waren und daß niemand sie verfolgte. Doch auch wenn sie sich ausgeliefert fühlte, mußte sie versuchen, die Kontrolle über sich zu behalten.

Sie schaltete ein Kofferradio ein, hörte aber nur kurz vor dem Schlafengehen zu, um sparsam mit ihrem Batterienvorrat umzugehen.

Der lokale Sender hatte den Betrieb einstellen müssen, aber spät abends konnte sie die großen Sender in Chicago und Philadelphia empfangen. Die nationalen Nachrichten konzentrierten sich ausschließlich auf das Erdbeben. Es war in 39 Staaten registriert worden – abgesehen von Maine in allen östlich der Rocky Mountains. Am schwersten getroffen hatte es Tennessee, Kentucky, Missouri, Arkansas, Ohio, Illinois und Teile von Mississippi und Alabama.

Der Präsident hatte das ganze Mississippital zum Katastrophengebiet erklärt. In der letzten Nachrichtensendung hieß es, man rechne damit, daß er bald die Schadenszone aufsuchen wolle.

Ein Zivilschutzsender aus Louisville riet den Menschen dringend, zu Hause zu bleiben. Aus dem gesamten Erdbebengebiet gab es Berichte über zunehmende Kriminalität. In Memphis, St. Louis und Little Rock – drei der am schwersten geschädigten Städte – waren Recht und Ordnung völlig zusammengebrochen. Die Polizei war überfordert. Bei einem derart großen Schaden an Straßen, Brücken und Überführungen war es praktisch unmöglich, auf Streife zu fahren oder auch nur zu gehen. In allen drei Städten hatten Soldaten der Nationalgarde auf Plünderer geschossen, die manchmal das Feuer erwiderten.

Lauren war wie betäubt von den Meldungen. Wenn es in der Großstadt schon schlimm war, dann war es hier draußen auf dem Land noch schlimmer. Als Bobby eingeschlafen war, holte sie eine Flasche Bourbon aus dem Küchenschrank und goß sich ein halbes Glas voll. Die Wärme des Whiskys wirkte beruhigend auf die Nerven, wenn auch nur vorübergehend. Sie gestattete es sich, leise zu weinen, dann ging sie hinter in das kalte Schlafzimmer, um sich richtig auszuweinen, ohne ihren Enkelsohn zu wecken.

Wie sehr vermißte sie ihren Mann. Vermißte ihn unsäglich. Und ihre Eltern. Sie hielt es kaum aus, nicht zu wissen, was ihnen drüben in Paducah zugestoßen war. Ob sie noch lebten, ob sie der Giftgaswolke entkommen waren? Sie hatte nichts gehört.

Lauren konnte nicht einschlafen und war um zwei Uhr noch wach, als sie draußen Schritte hörte, die auf dem Kies der Auffahrt knirschten.

Sie nahm die Schrotflinte und die Pistole und kroch an ein Fenster. Scharf abgehoben im Mondlicht näherten sich zwei Männer dem Haus. Beide hatten Gewehre.

»Bobby, wach auf.« Behutsam stupste sie ihren Enkel wach. »Geh in den Keller.«

Sie hatten es schon durchgesprochen. Wenn Ärger drohte, sollte er in den Keller gehen und sich unter einem alten Schreibtisch verstecken.

Der Junge gehorchte sofort und kroch auf die Tür zur Kellertreppe zu.

Lauren wartete im Wohnzimmer, wo sie sowohl die Haustür als auch die Hintertür beobachten konnte. Wer auch immer dort draußen war, mußte wissen, daß das Haus bewohnt war. Die beiden dürften den Holzrauch gerochen haben. Das Haus war vierhundert Meter von der Asphaltstraße entfernt und hinter Bäumen versteckt. Nicht leicht zu finden.

Verflucht, wahrscheinlich wissen sie, wer ich bin, dachte Lauren. Deshalb sind sie hier. Eine alleinstehende Frau mit einem Teenager. Die Lady vom Pier. Ein leichtes Ziel.

Als Lauren aus dem Fenster spähte, sah sie, daß die Männer sich getrennt hatten. Einer war nach hinten gegangen.

Plötzlich fuhr sie zusammen. Jemand klopfte laut an die Haustür.

»Machen wir es kurz und schmerzlos«, sagte eine laute Stimme. »Entweder Sie machen auf, oder wir setzen das Haus in Brand. Sie haben eine Minute, sich zu entscheiden.«

Laurens Herz schlug laut. Sie trat an ein Fenster und versuchte zu erkennen, wer draußen war.

»Wir brennen das Haus nieder, mit Ihnen da drinnen«, sagte der Mann. »Machen Sie die verdammte Tür auf.«

Geduckt schlich Lauren zur Kellertür und die Treppe hinab.

»Bobby, bleib dort«, sagte sie. Der Junge hockte unter dem Schreibtisch. Er hatte sich nicht gerührt.

Lauren öffnete eine Klapptür zu einem niedrigen Gang unter dem Wohnzimmer, der Zugang zu den Installationen ermöglichte, und ließ sich auf den kalten Boden hinab. Der Mann vor dem Haus rief etwas, das sie nicht verstand. Die Schrotflinte umgehängt, bewegte sie sich auf Händen und Knien vorwärts, bis sie ans Ende des Gangs kam. Eine Autotür wurde geöffnet. Sie sah, wie einer der Männer in den Impala schaute. Er befand sich auf der gegenüberliegenden Seite des Hauses.

Lauren schlüpfte aus dem Gang und rannte über den Hof zu einer Reihe Blaufichten, die gute Deckung boten. Sich dicht an die Bäume haltend, schob sie sich zur Vorderseite des Hauses vor, indem sie versuchte, kein Geräusch zu machen und die Luft anzuhalten.

Zwei standen dort. Nicht einer. Mit dem Mann am Auto bedeutete das insgesamt drei.

»Letzte Chance!« rief einer von ihnen.

Bevor ihr noch klar war, was sie tat, hatte Lauren sich von den Bäumen gelöst. Mit leisen, schnellen Schritten näherte sie sich den Männern von hinten. Sie mußte näher heran. So nahe, daß sie mit der 410er nicht vorbeischießen konnte.

Stumm zählte sie die Schritte. Eins … zwei … drei … vier.

Sie hob die Flinte an die Schulter.

»Matt, hinter dir!«

Der Mann, der das Auto durchsucht hatte, war um die Hausecke gekommen und hatte sie gesehen.

Lauren machte zwei schnelle Schritte und feuerte aus etwa zwanzig Metern Abstand. Sie zog zweimal durch, und die

Schüsse dröhnten durch die kalte, spröde Luft. Ein Mann taumelte und faßte sich an die Seite, aber sein Freund packte ihn um die Taille. Sie rannten torkelnd in den Wald, und auch der andere Mann verschwand zwischen den Bäumen.

»Wenn ihr zurückkommt, knall ich euch ab!« schrie Lauren. Allein wollte sie sie nicht verfolgen.

Lauren glaubte, daß sie nahe der Straße auf ihrer Auffahrt geparkt hatten. Als sie einen Motor anspringen und das Quietschen von Reifen hörte, senkte sie die Waffe.

Schwer atmend stand sie da. Auf dem Kies war ein Streifen dunklen Bluts. Lauren wartete, bis das Gefühl, das von ihr Besitz ergriffen hatte, verschwunden war. Sie hatte sie töten wollen.

Memphis
14. Januar
14:50 Uhr

Die Flammen schienen die Straße hinunterzuhüpfen. Atkins und Elizabeth hatten hinter einer niedrigen Backsteinmauer, die von der Seite eines Gebäudes wegführte, Deckung bezogen. Sie spürten heißen Wind über sich hinwegrasen, einen Sturm, der vom Feuer entfacht wurde.

Alle Gebäude in der Straße brannten. Flammen schlugen aus Fenstern und schossen durch Dächer. In diesem Viertel gab es vor allem Geschäftshäuser. Sie würden noch lange brennen.

Atkins konnte nur ungläubig den Kopf schütteln. Er packte Elizabeth und drückte sie an sich. Es war ihr Einfall gewesen, die Backsteinmauer als Schutzschild zu benutzen. Das hatte ihnen das Leben gerettet – und ihre Ausrüstung. Den Laptop und den Seismographen, die sie in Blytheville benutzt hatten, trug er bei sich. Elizabeth hatte die Computerdisketten und Bänder aus dem Gebäude, das sie gerade verlassen hatten, sicher verwahrt.

»Ich war mir nicht sicher, ob es klappen würde«, sagte sie.

»Ein wenig ängstlich war ich auch«, meinte Atkins grinsend.

Glücklicherweise hatten sich die Flammen nicht zu einem noch wütenderen Feuersturm vereinigt. Beiden war bewußt, daß sie dieses Gespräch dann nicht mehr hätten führen können.

Sie gingen rasch denselben Weg zurück und waren bald aus dem schlimmsten Rauch heraus. Das Atmen wurde leichter. Atkins sah ein Straßenschild. Poplar Avenue. Irgendwie hatten sie sich wieder zu der Straße durchgeschlagen, die sie, wie sie hofften, in die Nähe der Universität von Memphis führen würde.

Die Straßen waren mit liegengebliebenen Autos völlig verstopft. Viele Fahrer waren einfach weggegangen, hatten oft sogar die Zündschlüssel steckenlassen.

Atkins und Elizabeth erreichten den Overton Park. Ein großes Schild verkündete: ›Memphis Zoo und Aquarium‹.

»Horch«, sagte Elizabeth.

Sie hörten das Geheul verängstigter Tiere, die in ihren Käfigen gefangen waren. Ein paar Bäume im Park hatten Feuer gefangen.

Ein olivfarbener Humvee mit Kennzeichen der Nationalgarde von Tennessee bremste neben ihnen.

»Passen Sie gut auf!« rief der Fahrer heraus. »Wir verwenden Sprengstoff.« Zwei Soldaten waren zum Heck des Fahrzeugs gegangen und hatten etwas wie Rucksäcke herausgeholt. Jeder hängte sich eines der Bündel über die Schulter und entfernte sich in die Nachbarschaft.

Atkins und Elizabeth setzten ihren Weg fort. Sie waren ein paar Querstraßen weitergegangen, als eine Explosion sie erschreckte. In rascher Folge kamen drei weitere.

Sie sahen Flammen in den Himmel schießen.

Elizabeth begriff sofort, was die Soldaten machten. Sie hatte es schon einmal in Kalifornien gesehen, als Brände durch die mit Buschwerk bewachsenen Hügel um Los Angeles gerast waren und außer Kontrolle zu geraten drohten.

»Sie sprengen Häuser, um Feuerschneisen zu schaffen«, sagte sie. »Das heißt, daß sich die Brände immer noch ausbreiten.«

Ein weiteres Militärfahrzeug mit Lautsprecher fuhr langsam durch die Straße, wobei es oft auf den Gehweg ausweichen mußte, um an den im Stich gelassenen Autos und Lastern vorbeizukommen. Eine Lautsprecherstimme forderte die Bewohner dringend auf, ihre Häuser zu verlassen.

Es war eine vornehme Wohngegend. Wohlhabend aussehend mit gepflegten alten Häusern. Fast alle hatten anscheinend schwere Schäden davongetragen. Viele waren schon aufgegeben worden. Einige Leute hatten in ihren Gärten Zelte aufgeschlagen.

Die Explosionen gingen weiter. Sie sprengten die Feuerschneise direkt an der Poplar Avenue entlang, in der Hoffnung, das Feuer aufzuhalten, ehe es zu weit in die Stadtmitte vorrückte. Menschen stürzten auf die Soldaten zu und flehten sie an, ihre Häuser nicht zu zerstören, junge und alte, viele in Tränen aufgelöst. Atkins sah, wie ein Sergeant einen Mann packte, der nach ihm geschlagen hatte, und ihn zu Boden warf.

Elizabeth erinnerte sich, Berichte gelesen zu haben, wie Soldaten nach dem Erdbeben von 1906 auf Einwohner von San Francisco geschossen hatten, die sie daran hindern wollten, ihre Häuser in die Luft zu sprengen. Sie hatten auch ihre Bajonette gegen Plünderer eingesetzt. Diebe waren auf der Stelle erschossen worden.

Der Wind hatte wieder einmal gedreht. Atkins fiel auf, daß er stark in ihrer Richtung blies. Der Himmel hatte immer noch denselben rötlichen Ton.

»Riechst du das?« fragte er Elizabeth.

»Gas«, sagte sie. Der Geruch war sehr stark.

»Glaubst du, du kannst rennen?«

Elizabeth nickte.

Der Gasgeruch war kaum auszuhalten. Ein einziger Funke könnte es entzünden, dachte Atkins. Selbst einer von einer Taschenlampe, die angeknipst wurde.

Sie waren etwa zweihundert Meter gerannt, als die Explosion durch das Viertel hallte. Sie hatten es geschafft, drei Straßen von der Poplar wegzukommen. Als sie sich umschauten, sahen sie Flammen aus den Gullys schießen. Eine Reihe eleganter Fachwerkhäuser, die Atkins noch wenige Augenblicke zuvor bewundert hatte, existierte nicht mehr.

Oak Ridge, Tennessee
14. Januar
10:20 Uhr

»Ich könnte ein kleines Erdbeben erzeugen, indem ich eine Kernexplosion zünde«, sagte Booker mit zunehmender Erregung. Um genau zu demonstrieren, was er im Kopf hatte, rollte er eine grüne Tafel aus einer Kammer und stellte sie mitten im Zimmer auf. Booker arbeitete oft an einer Tafel. Es half ihm beim Denken, wenn er die Einfälle und Berechnungen in großen Buchstaben und Zahlen vor sich ausgebreitet sah.

Seit er Graves und Miller über die ›Entschärfung‹ eines Erdbebens durch Auslösen einer Serie kleinerer Beben theoretisieren gehört hatte, waren ihm seine Erfahrungen auf dem Testgelände in Nevada damals in den sechziger Jahren durch den Kopf gegangen. Bald hatte eine Idee Gestalt angenommen. Sie wollte ihn nicht mehr loslassen.

»Ich kann mich an zwei Sprengungen erinnern, die ganz nette Beben auslösten«, sagte Booker. Miller und Graves saßen vor dem Holzfeuer im Wohnzimmer von Bookers geräumigem Haus. Durch die Fenster konnten sie den fernen Rauch der wenigen Feuer sehen, die in der Y-12-Anlage des Oak-Ridge-Labors noch brannten. Beiden fiel auf, wie beschwingt und aufgeregt Booker geworden war. Normalerweise gab er sich ruhiger, professoraler. Jetzt nicht mehr. Es wirkte wie eine Veränderung seiner Persönlichkeit.

»Beide gehörten in die Plowshare-Reihe«, sagte Booker, während er begann, das Symbol einer Kernwaffe auf der Tafel zu skizzieren. »Erinnert ihr euch an die? Das war damals, als wir versuchten, friedliche Verwendungen der Kernspaltung zu finden. Einer der Versuche lief unter der Bezeichnung Benham, weiß der Kuckuck, warum. Wir machten sie draußen in den Yucca Flats. Ich glaube, der Benham-Versuch löste auf der Richterskala Stärke vier bis fünf aus.«

Miller und Graves starrten ihn an. Sie wußten, daß Booker fast zehn Jahre als Kontrollingenieur beim NTS, dem dreitausendfünfhundert Quadratkilometer großen Gelände im südlichen Nevada zugebracht hatte, wo die Vereinigten Staaten und Großbritannien ihre ersten Nukleartests vorgenommen hatten. Bis das Teststoppabkommen dem ein Ende setzte, waren dort 828 Atomexplosionen gezündet worden, über die Hälfte davon unterirdisch. Die meisten fanden in den Yucca Flats statt, einem breiten, dreißig Kilometer langen Tal, das zum gefährlichsten Ort der Erde wurde.

Bookers Aufgabe war die Überwachung der Zündungsfolge. Er hatte nie viel von seinen Erfahrungen in Nevada gesprochen. Und für einen Mann, der gern redete, sehr gern, war das eine auffällige Unterlassung, die Miller und Graves auf Sicherheitsfragen schoben.

»Aber wie willst du das steuern?« fragte Graves. Er hatte den Gedanken, absichtlich eine Atombombe zur Erzeugung eines Erdbebens zu benutzen, nie erwogen.

»Mir scheint, es wäre leichter zu steuern, als wenn man Millionen Liter kontaminierten Wassers in die Tiefe spritzt, wie es die Armee in den sechziger Jahren nahe Denver getan hat«, sagte Booker. Er schlug mit der Hand auf die Tafel. »Spielen wir Cowboy. Sie haben ein bißchen Gift, das Sie loswerden wollen? Kein Problem. Pumpen Sie es einfach tief in die Erde und machen Sie sich nichts draus, wenn es eine ganze Serie Beben von der Stärke fünf auslöst.«

Booker schüttelte höhnisch den Kopf. »Wir können es besser, viel besser. Ich weiß es. Ich bin mir in meinem ganzen Leben noch keiner Sache so sicher gewesen.« Es war, als ob seine ganze Laufbahn, seine ganze berufliche Erfahrung im Konstruieren und Zünden von Kernwaffen ihm plötzlich einen Vorteil verschaffte, den er spüren konnte. Er war sich absolut sicher, daß er recht hatte. Daß er es vollkommen verstand. Verstand, daß er die richtige Person war, die dazu ausgebildet war, seinen Plan mit Erfolg durchzuführen. »Man treibt einen Bohrschacht eintausend oder eintausendfünfhundert Meter tief, stellt einen Räderturm darüber und läßt die Bombe hinunter.« Er lächelte. »Damit basta! Man zündet sie!« Auf dem Testgelände in Nevada wurde der sechsstöckige bewegliche Turm verwendet, um die Bombe an ihren Platz hinabzulassen und vorbereitende Tests der Zünd- und Meßsysteme durchzuführen.

Booker skizzierte flink die Schacht- und Bombenanordnung auf die Tafel. Die beiden anderen Männer sollten ihm genau folgen können.

»Welche Größe würdest du nehmen, wie viele Kilotonnen?« fragte Graves.

»Das würde von der gewünschten Stärke des Bebens abhängen. Benham lag im Bereich von zwei oder drei Megatonnen. Es war ein wunderschöner Versuch.«

»Und wieviel radioaktiven Abfall würdest du in die Atmosphäre pusten?« fragte Miller mit einer Spur Spott in der Stimme.

Booker runzelte die Stirn. »Ich war während vielleicht zweihundert Versuchen in den sechziger Jahren dort. Wir hatten nie einen Ausstoß. Kein einziges Mal. Nachdem ich gegangen war, verpfuschten sie den Baneberry-Versuch. Es war eine 10-Kilotonnen-Bombe. Zwei Tage nach der Zündung sprengten die angestauten Gase ein Loch in die Erde. Schickten drei Millionen Curies dreitausend Meter hoch in den Himmel.«

»Verflixt, Mann. Genau das meine ich«, sagte Miller.

»Das war gar nicht viel Strahlung. Das solltest du wissen, Les«, entgegnete Booker. »Sie hat sich binnen vierundzwanzig Stunden ziemlich verflüchtigt. Aber ich stimme zu, daß es nicht passieren dürfte.« Der Gasausbruch war das ernsteste Risiko bei der unterirdischen Zündung von Atombomben. Dazu kam es, wenn die Sprengung mehr Energie als erwartet erzeugte und eine Art Schlot in der Erde schuf, der buchstäblich hochging und radioaktiven Schutt in die Atmosphäre spuckte. Solche Ausbrüche waren äußerst selten vorgekommen.

»Sie haben nie herausbekommen, was schiefgegangen war«, sagte Booker.

»Ich vermute, daß sich die Erde nach der ersten Explosion wahrscheinlich verschob«, bemerkte Graves. »Als sich genügend Druck aufgebaut hatte, riß sie auf.«

»Es hat noch einen größeren Ausbruch gegeben, aber ich zögere fast, ihn dazuzurechnen, weil es ein derart unentschuldbarer Pfusch war«, sagte Booker. »Erinnert ihr euch an den Sedan-Versuch?«

Die beiden Geophysiker schüttelten den Kopf.

»1962 brachten ein paar Leute eine 100-Kilo-Bombe zur Explosion und gruben sie nur zweihundert Meter tief ein. Als sie hochging, erreichte die Staubwolke viertausend Meter. Es entstand ein vierhundert Meter breiter und einhundert Meter tiefer Krater. Das Loch gibt es noch. Ist heute eine wichtige Touristenattraktion auf dem Testgelände.«

Booker erinnerte sich an den Anblick dieser Explosion. Dutzende Male hatte er sie auf Videos gesehen. Die gewaltigen Säulen aus radioaktivem Sand und Gestein, die wie Raketen aus der Erde schossen. Spektakulär und so furchtbar dumm.

»Für den Boxcar-Versuch benutzten wir 1968 eine größere Bombe«, fuhr Booker fort. »Eins Komma zwei Megatonnen. Wir hatten überhaupt keinen Gasausbruch. Nur die übliche Erdsenkung. Hattet ihr je Gelegenheit, über die Yucca Flats zu fliegen? Sieht wie der Mond aus. Es gibt Hunderte von Kratern, Bodensenken, die sich nach den Explosionen bildeten. Manche haben einen Durchmesser von einigen tausend Fuß.«

Miller grinste. »Fred, wir unterhalten uns über eine größere Verwerfung hier oben. Wenn du in ihrer Nähe eine Bombe zündest, ist nicht abzusehen, was passiert.« Sein Lächeln und der Ton wirkten heiter. Er nahm Bookers Idee nicht ernst.

»Du bekommst ein Erdbeben, und das willst du doch, oder?« Booker arbeitete die Möglichkeiten im Kopf aus, während er sie schon beschrieb. »Ein kleines Erdbeben, das ein größeres verhindern könnte. Ist das nicht der Grundgedanke? Oder entgeht mir hier etwas Wichtiges? Man löst ein kleineres Erdbeben aus, um ein größeres abzuwenden. Ich glaube, das ist eine Idee, die wir verdammt noch mal vorstellen und diskutieren sollten.«

»Es ist bloß eine Theorie«, wandte Miller ein. »Niemand würde sie jemals ernsthaft in Betracht ziehen. Sie ist verdammt gefährlich. Du könntest genau das auslösen, was du vermeiden willst.«

»Oder du könntest es aufhalten«, sagte Booker. »Wir haben jetzt ständig schwere Nachbeben. Ich kenne mich gut genug in Seismologie aus, um zu wissen, daß ein starkes Beben über Wochen und Monate nachschwingen und Hunderte von Nachbeben verursachen kann. Glaubt einer von euch beiden, daß wir soviel Zeit haben? Dann steht nämlich nichts mehr im Mississippital.« Er legte sich tüchtig ins Zeug, um sie zu zwingen, es auf seine Weise zu sehen. Ihm war klar, wieviel auf dem Spiel stand, und er glaubte, eine gültige Methode präsentiert zu haben, zumindest eine, die den zuständigen Behörden zur Diskussion vorgelegt werden sollte. Er hatte es in einer scharf umrissenen Klarheit vor sich, die fast hellseherisch war. So hatte er sich nie gefühlt. So sicher war er sich seiner Sache nie gewesen.

»Ihr beiden habt gerade davon gesprochen, eine Verwerfung zu schmieren. Und was meint ihr, was unterirdisch passiert, wenn ihr eine Kernwaffe zur Explosion bringt? Als erstes bekommt ihr einen heißen Gasball, der das Gestein völlig verdampft. Es aushöhlt und einen Hohlraum schafft. Genauso wie Wasser, das durch Kalkstein tropft, sagen wir, ein paar Millionen Jahre lang. Ihr wollt die Verwerfung schmieren? Die Reibung am Gestein verringern und vielleicht eine gewisse Bewegung verursachen? Dieses ganze heiße Gas könnte das für euch erledigen. Man braucht nur ein paar Zahlen in den Computer zu geben, ein paar Berechnungen laufen zu lassen. Dann wißt ihr, wie groß eure Bombe sein muß, damit ihr das Erdbeben der gewünschten Stärke bekommt.«

»Wie lange würde es dauern, die notwendige Tiefe zu erreichen?« fragte Graves.

»Ich bin mir nicht sicher, wie weit man nach unten gehen müßte. Das sollten die Seismologen berechnen. Ich kann euch soviel sagen: Man nimmt fünfzig Mann, die sich mit Bohrungen auskennen, und man kommt in ein paar Wochen auf eintausendfünfhundert Meter. Viel höher als sechshundert Meter würde ich es aus Angst vor einem Gasausbruch nicht machen wollen.«

Während er redete, ging er ständig in dem weitläufigen Wohnzimmer auf und ab und hielt nur inne, um Notizen und Berechnungen auf der Tafel zu machen. Ein neuer Gedanke kam ihm in den Kopf.

»Ein interessantes Randproblem wäre es hierbei, eine Rangordnung der Risiken aufzustellen«, sagte Booker. Er war in einer Weise munter geworden, die die beiden nie an ihm erlebt hatten. »Die Menschen wären vielleicht bereit, eine gewisse Strahlung in der Atmosphäre hinzunehmen, wenn sie damit einem Erdbeben entgehen könnten, wie wir es gerade erlebt haben. Einem Beben, das leider keine Anzeichen erkennen läßt, sich zu verabschieden.«

Es war ein radikaler Gedanke. In einer antinuklearen Zeit war die Vorstellung, das Strahlungsrisiko könnte sich tatsächlich lohnen, wenn damit eine noch größere Katastrophe zu vermeiden wäre, ein extremer Standpunkt.

»Das ist eine völlig hypothetische Frage«, sagte Miller. »Das Problem ist nie auf sinnvolle Weise untersucht worden.«

»Aber wenn es nun nicht hypothetisch wäre?« fragte sich Booker laut. »Wenn es eine Sache auf Leben oder Tod wäre wie jetzt? In sechs Staaten haben wir Todesopfer, und die Nachbeben zeigen keine Neigung abzuflauen. Viele davon sind sehr stark gewesen. Eine hohe Zahl von Todesopfern würde die Risikoeinschätzung radikal verändern.«

Booker skizzierte eine Verwerfung und wo er die Bombe im Untergrund anbringen würde, wobei sich die Linien praktisch schnitten. Er tat sein möglichstes, um sich diesen beiden jüngeren Wissenschaftlern mitzuteilen, ihnen die Möglichkeit deutlich vor Augen zu führen, die in ihm brannte. Die Idee hatte buchstäblich von ihm Besitz ergriffen.

Graves wirkte mäßig interessiert. »Wie weit von der Verwerfung entfernt müßte man die Bombe legen?«

Miller schüttelte immer wieder den Kopf. Er war ans Fenster getreten, das einen weiten Ausblick auf den Clinch River und, in der Ferne, die Y-12-Anlage bot. »Ich halte das für verrückt«, sagte er.

»Ed, um das herauszubekommen, müßtest du einige Berechnungen anstellen«, sagte Booker. Er ging an das große Panoramafenster und starrte hinaus auf das brennende Oak-Ridge-Labor. »Vermutlich hast du Leute unten in Memphis, die das machen könnten. Nach meiner Erfahrung in Nevada kann man weiter als fünfzig Kilometer vom Explosionsort keine maximale seismische Wirkung erwarten. Aber überall innerhalb dieses Bereichs kann man den Boden wirklich zum Wackeln bringen.«

Memphis
14. Januar
23:35 Uhr

Elizabeth und Atkins waren kaum im Erdbebenzentrum angekommen, als sich Guy Thompson an die Analyse der seismischen Daten machte, die sie vom Epizentrum nahe Blytheville mitgebracht hatten. Zwei Stunden später hatte Thompsons Team von Computerspezialisten des USGS ein vorläufiges Modell der Verformung fertiggestellt – wie stark die Erdkruste während der gewaltigen Beben und der Nachbeben nach oben oder unten geschoben worden war.

Die GPS-Daten, die Atkins und Elizabeth aus dem Gebäude am Fluß geholt hatten, wurden mit mehreren anderen GPS-Orten im Mississippital kombiniert. Zwei davon – einer nahe Louisville, der andere unweit nördlich von Jackson, Mississippi – hatten ihre Rohdaten durch Funksignal an Empfängertürme, die das Beben überstanden hatten, übermitteln können. Diese Informationen waren zusammen mit Radarinterferometriemessungen des SIDUSS-Satellitensystems an das Erdbebeninformationszentrum des USGS in Boulder, Colorado, und von dort durch eine Satellitenschaltung zurück an Thompsons Computer geleitet worden.

Kurz vor Mitternacht versammelten sich die Seismologen erschöpft im Anbau der Bibliothek. Mit Atkins und Elizabeth waren es zehn Personen. Ein mit Benzin betriebener Notgenerator lieferte den Strom. Paul Weston, Vorsitzender der Kommission für Erdbebensicherheit, leitete die Sitzung. Er wurde von seinen beiden Assistenten Stan Marshal und Mark Wren begleitet. Wann immer Atkins Marshal begegnete, überraschte ihn dessen Gestalt. Der Bursche sah wie ein Profiboxer aus, der mit Fünfzig in die Breite gegangen war. Nicht wie ein Geologe. Er hatte eine kantige, massige Figur, die sein Jackett fast aus den Nähten platzen ließ. Und er lächelte nie. Wirklich nie.

Wren war jünger und umgänglicher. Wie immer trug er einen Laptop mit sich herum.

Atkins kannte Weston von ihren früheren Konferenzen und war nicht sehr erfreut, ihm zu begegnen. Weston machte sich ständig an seiner Kleidung zu schaffen, zupfte Fusseln von seiner Hose oder versuchte, eine Falte zu glätten. Seine Hände waren fortwährend in Bewegung, flatterten ständig an seinen Sachen herum. Ihn nur zu beobachten, machte Atkins schon nervös. Er traute dem Mann nicht und hätte gern mit ihm über die Risse im Kentucky-Damm gesprochen. Nach allem, was er mit Elizabeth im Innern der Sperrmauer gesehen hatte, hatte Weston während der öffentlichen Versammlung in Mayfield bewußt die Unwahrheit über das Ausmaß der Schäden gesagt. Atkins wäre der Sache zu gern nachgegangen, wußte aber, daß jetzt weder die Zeit noch der Ort dafür waren.

Guy Thompson ergriff als erster das Wort. Inzwischen hatte er vierzig Stunden mit sehr wenig Schlaf gearbeitet. Er hatte sich umgezogen, frisches Westernhemd und frische Jeans. Diesmal trug er ein Wildlederhemd mit Fransen an den Ärmeln. Sein Gesicht war abgezehrt. Er hatte sich nicht rasiert, und schon wuchs ihm ein dichter schwarzer Bart, der zu seinem langen, tiefschwarzen Haar paßte. In den wenigen Stunden seit Atkins ihm die Daten, die er und Elizabeth gesammelt hatten, übergeben hatte, schien Thompsons ganzes Benehmen wie verwandelt. Sein gewinnendes Lächeln und die kräftige Stimme waren verschwunden. Normalerweise die

Verkörperung überschäumenden Selbstvertrauens, wirkte er ungewohnt gedämpft.

Sobald Thompson sich räusperte und zu sprechen begann, merkte Atkins, was mit ihm los war: Der Mann hatte Angst.

»Wir schauen uns zuerst die GPS- und Interferometrie-Daten an.« Thompson beschrieb zunächst nüchtern, wie sie die Daten übertragen hatten.

»Wir begannen um 00:00 GMT oder 16:00 Uhr Ortszeit, sie runterzuladen. Die GPS-Daten stammen von der Block-II-Gruppierung. Die Interferometriebilder kamen von SIDUSS.« Das Zweisatellitensystem Synthetic Aperture Radar (SAR) lieferte Echtzeitbilder über Satelliten, die als Tandem auf derselben Umlaufbahn arbeiteten.

»Die Daten wurden auf zwei Langwellenfrequenzen übermittelt. Der Y-Code war zur Anti-spoofing-Kontrolle in Kraft.« Thompson erklärte, daß Anti-spoofing vor gefälschten Übermittlungen von Satellitendaten schützte. Die Anwendung sei gerechtfertigt, meinte er, weil die Informationen von höchster Wichtigkeit waren.

Weston unterbrach ihn. »Kommen wir bitte zur Zusammenfassung. Welche Verformungen haben wir?«

Atkins ahnte, daß Thompson aus einem bestimmten Grund langsam vorging.

»Die GPS-Gesamtkontrollstation am Luftwaffenstützpunkt Falcon in Colorado bestätigt die Übermittlung«, fuhr Thompson fort, ohne auf Weston zu achten. »Wir befassen uns mit zwei Umlaufebenen, beide auf Nordamerika ausgerichtet, besonders auf das Stromtal des Mississippi.« Er hielt inne, um auf seine Notizen zu sehen. Atkins schien es, als hielte er sich am Pult fest, als ginge es um Tod oder Leben.

»Sie haben nach der Verformung gefragt. Die Oberflächenverformung ist phänomenal. Gestützt auf sechs Monate alte GPS-Daten zeigen die Satellitenmessungen, daß der Boden über weite Gebiete in der Störungszone um nicht weniger als zwei Meter hochgeschoben wurde.«

Atkins war sprachlos. Es gab ungläubiges Gemurmel, mancher zog hörbar die Luft ein. Von einer solchen Hebung hatte man noch nie gehört. Während des armenischen Bebens von

1988 waren in einem Gebiet von dreihundert Quadratkilometern Hebungen von gut einem halben Meter vorgekommen, und das hatte man für sehr viel gehalten.

»Bei einer derartigen Verformung muß man sich fragen, wieviel Energie noch im Störungssystem steckt«, sagte Elizabeth.

Genau das war immer die Schlüsselfrage für Atkins gewesen. Endlich näherten sie sich der Antwort. Die Verformung war schwindelerregend. Denn zum erstenmal seit dem 8,4-Beben wurde ihm bewußt, daß Elizabeth völlig recht gehabt hatte, als sie überlegte, ob sie eine Serie von Vorbeben erlebten, und nicht etwa Nachbeben. Er sah sie an und fing ihren Blick auf, ein nervöses kleines Lächeln. Sie mußten die Möglichkeit ins Auge fassen, daß sie sich mitten in einem Zyklus befanden, der zu einem weiteren gewaltigen Beben führen würde.

»Es ist durchaus möglich, daß sich nur noch sehr wenig Energie im Untergrund befindet«, warf Weston ein, während er Notizen auf ein Blatt Millimeterpapier kritzelte. »Die Elastizität im Gestein kann sogar abgenommen haben.«

»Und Verformung ist kein todsicherer Indikator, daß sich riesige Mengen an Spannungsenergie aufbauen«, sagte Stan Marshal.

»Aber wie erklären Sie sich die phänomenale Zahl der Nachbeben?« fragte Elizabeth. Wie jeder andere im Raum wußte sie, daß der wahre Befund mit dem nächsten Schub von GPS- und Interferometriemessungen käme. Wenn diese eine neuerliche Hebung in der Oberflächengestalt zeigten, wäre das der Beweis, daß sich in der Verwerfung noch immer seismische Energie auflüde.

»Nach einem starken Erdbeben ist das vollkommen normal«, antwortete Weston. »Nach dem Beben von Northridge hielten die Nachbeben wochenlang an.«

»Damals ging es um die Stärke sechs Komma sieben. Jetzt sprechen wir von acht Komma vier«, sagte Elizabeth. »Ich glaube nicht, daß Sie die beiden Ereignisse vergleichen können. Genauso wenig, wie sich ein einstöckiges Haus mit einem Wolkenkratzer mit dreihundertfünfzig Etagen vergleichen läßt.«

»Wir übertreffen uns selbst«, fuhr Thompson fort. »Die Verformungszone nimmt, grob gerechnet, 870000 Quadratkilometer ein. Sie verläuft in östlicher Richtung auf einer Linie, die sich von Blytheville, Arkansas, in Teile von Kentucky, Tennessee und den äußersten Süden Missouris, nach Illinois und Ohio erstreckt.« Er verdunkelte und schaltete einen Laptop an, der eine Karte des Mississippitals auf eine Projektionswand warf.

»Wir haben eine zweidimensionale Abbildung der verformten Abschnitte der Erdkruste hergestellt«, sagte er.

Die Bilder wurden über die Karte gelegt. Das erste der Serie zeigte das Epizentrum bei Blytheville, das als markante Aufwölbung erschien.

»Sie können hier die asymetrische kuppelförmige Wölbung erkennen«, erläuterte Thompson. Die scharf begrenzte Hebung der Erde breitete sich mit einem Radius von einhundertsechzig Kilometern um das Epizentrum aus.

Atkins vermutete, daß er noch eine weitere Bombe platzen lassen würde.

»Wir müssen in unsere Überlegung vieles andere mit einbeziehen«, fuhr Thompson fort, der noch immer langsam und methodisch vorging. »Die seismischen Daten, die John und Doktor Holleran aus Blytheville mitbrachten, entsprechen den Meldungen anderer Stationen. Wir wissen, daß das Beben eine weitere Verwerfung in der New Madrid Seismic Zone gebildet hat. Wir analysieren sie noch, aber dieser Zweig verläuft anscheinend unweit nördlich von Caruthersville, Missouri, ins nordöstliche Tennessee und dann hoch nach Kentucky. Er erstreckt sich grob gerechnet über zweihundertsechzig Kilometer.«

Wenn Thompsons Daten sich bewahrheiteten, bedeutete dies, daß die New Madrid Seismic Zone sich tatsächlich in der Ausdehnung verdoppelt hatte. Niemand redete. Alle waren zu schockiert, um zu reagieren.

Thompson zeigte die neue Verwerfung auf einer an die Wand projizierten Karte. Sie schien sich mit einem anderen größeren Verwerfungsabschnitt, dem beilförmigen oberen Ende der NMSZ, zu überschneiden.

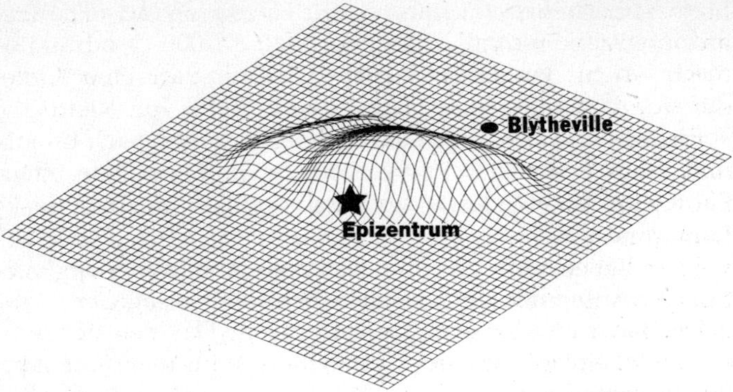

Thompsons Stimme war ruhiger geworden, fast unbeteiligt. »Die New Madrid Seismic Zone ist aus einer Reihe miteinander verbundener Verwerfungen von rund zweihundert Kilometern Länge zu einem komplexeren System angewachsen, das sich mindestens über sechshundert Kilometer erstreckt.«

Elizabeth sah Atkins an. Keiner von beiden hatte mit etwas Vergleichbarem Erfahrung.

Thompson zeigte ein anderes Bild, eine Karte des Südwestens von Kentucky, die mit mehreren Tupfern gesprenkelt war. Jeder Tupfer bezeichnete den Ort eines stärkeren Nachbebens entlang einer Linie, die Thompson inzwischen als ›Caruthersville-Störung‹ bezeichnete. Einige lagen im Bereich der Stärke sechs.

Die Nachbeben waren von Meßstationen des USGS in Golden (Colorado), Reston (Virginia) und an anderen Orten registriert worden. Seismographen bis nach Tokio hin hatten sie aufgezeichnet.

Thompson sagte: »Wir haben im Durchschnitt etwa sechshundert Nachbeben am Tag registriert. Die meisten sind nicht zu spüren. Die größeren haben sich entlang der Caruthersville-Störung gehäuft.«

Elizabeth wußte, daß Northridge, Kalifornien, etwa einen Monat lang mehr als eintausend Nachbeben am Tag verbucht hatte, aber sie waren nicht so stark wie diese gewesen, nicht annähernd so stark.

»Sie sehen, daß die größeren Tupfer Beben von der Stärke sechs bezeichnen«, sagte Thompson.

Elizabeth zählte wenigstens sechs.

Thompson war mit seiner beunruhigenden Ton-Licht-Show noch nicht zu Ende. Er tippte ein paar Tasten auf dem Laptop ein und projizierte eine Serie von dreißig farblich hervorgehobenen Bildern. Die Folge zeigte, wie die Verschiebung vom Epizentrum bei Blytheville ausgestrahlt hatte, wobei jedes Bild einen Sekundenabschnitt darstellte.

»Sie sehen, daß der Bruch nicht unvermittelt vor sich ging oder sich einheitlich über die gesamte Verwerfungsfläche ausbreitete«, erklärte Thompson. »Er pflanzte sich mit etwa vier Kilometern pro Sekunde in nordöstlicher Richtung fort.« Manche Teile der Ebene zeigten eine größere Verschiebung. Andere Teile weniger oder gar keine.

Die Seismologen hatten die Bereiche, wo die Verschiebung am größten war, als Quelle der Energieimpulse, die die Ober-

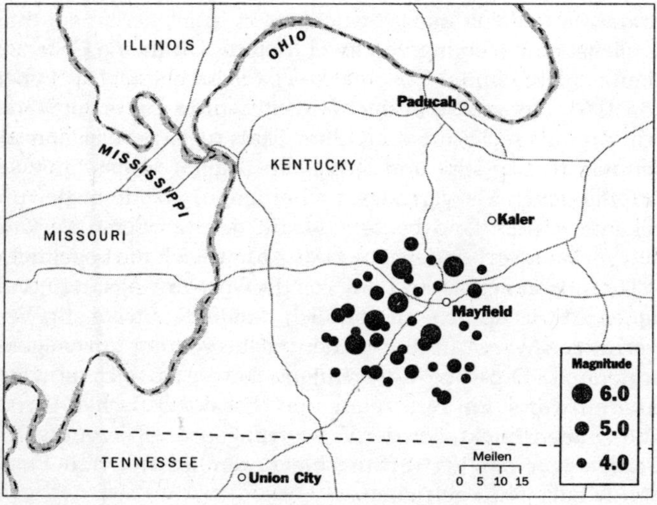

fläche mit dem Fortschreiten des Erdbebens zu verschiedenen Zeiten und an verschiedenen Stellen erreichten, lange gründlich beobachtet. Die Richtung und die Art und Weise, wie ein starkes Beben an der Verwerfung zum Ausbruch kam, wirkten sich stark auf die Intensität der Bodenbewegung aus. Die Bewegung war nie einheitlich oder gleichzeitig.

Die Lage und zeitliche Berechnung der Nachbeben zeigten besser als jeder andere Indikator die wahre Reichweite und Breite der Verwerfung.

Während Atkins auf diese Häufungen starrte, wuchs sein Unbehagen. Es war die zweite mit dem New-Madrid-System verbundene Verwerfung, die binnen weniger als vier Tagen entdeckt worden war. Die erste hatte sich nach dem Beben der Stärke sieben Komma eins gezeigt und sich bis südlich von Memphis erstreckt.

Und nun das.

Thompsons Computerbilder hoben für Atkins erneut einen der wichtigsten Punkte hervor, der die New-Madrid-Zone von allen anderen unterschied, die er untersucht hatte: ihre unglaubliche Vielschichtigkeit.

»Wir sprechen von einem vielseitigen Ereignis«, warf Atkins ein. »Wenn man versucht, es zu analysieren, hat man zunächst eine Hebung von zwei Metern. Du meine Güte, ich glaube, nicht einmal Chile hat so etwas gesehen.« Das Beben von 1960, das größte in der Neuzeit, wurde mit einer Stärke acht Komma sechs auf der Richter-Skala registriert. »Dann haben wir die Dip-slip- und Strike-slip-Unterereignisse an zwei verschiedenen Verwerfungsabschnitten, die beide bisher unbekannt waren. Und beide sind mit dem größeren Verwerfungssystem verbunden. So etwas ist mir noch nie begegnet.«

Thompson zeigte ein Bild, das die Verwerfungsarten, von denen Atkins sprach, anschaulich darstellte. Strike-slip-Verwerfungen waren in ihrer Scherungsbewegung vorwiegend horizontal. Dip-slip-Verwerfungen bewegten sich abwärts oder aufwärts. Ein Bild zeigte den charakteristischen Horst- und Graben-Effekt, den der Verwerfungsprozeß erzeugte. Ein Graben war ein Verwerfungsblock, der absank. Ein Horst wurde nach oben getrieben.

Ein bestimmter Punkt beunruhigte Atkins noch immer am meisten: die Möglichkeit, daß die großen Beben neue Verwerfungen tief in der Erde bildeten oder alte wieder aktivierten. »Nicht nur die Vielschichtigkeit und die Rätselhaftigkeit der Vorgänge machen mir Angst«, sagte er, »sondern auch wie diese neuen Verwerfungen aufgebrochen sind. Wenn genügend seismische Energie im Untergrund zurückgeblieben ist und eine von den Verwerfungen aktiv wird, kann niemand voraussagen, wie weit der Schaden sich ausbreiten könnte.« Er erinnerte alle an die Dauer des Hauptstoßes mit der Stärke

Verwerfungsarten

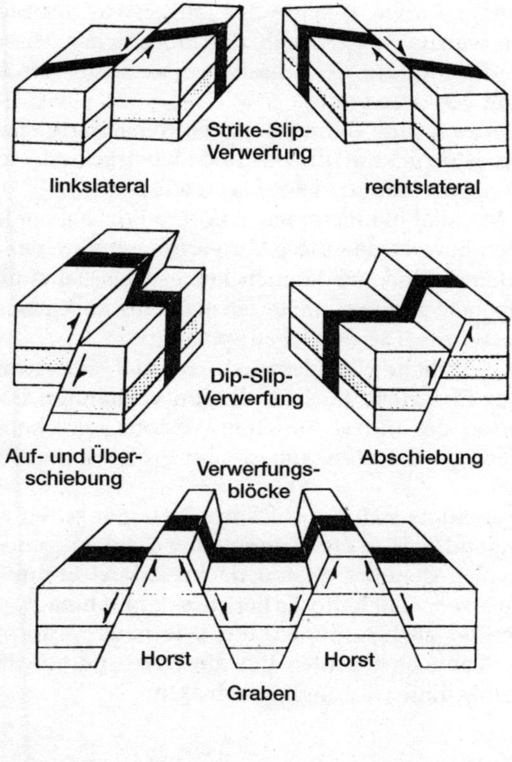

acht Komma vier. »Es waren über drei Minuten ... Ich muß noch immer kräftig schlucken, wenn ich daran denke, wie lang das tatsächlich war.«

Thompson zeigte ein weiteres Dia, eine Karte von den zwei neuen Verwerfungen, die während der Beben mit den Stärken sieben Komma eins und acht Komma vier erschienen waren, und mehrerer anderer großer Verwerfungen, die sich über Teile des Mississippitals erstreckten.

»Beachten Sie, wie die 8,4-Verwerfungslinie sich bis zum Shawneetown-Rough-Creek-System erstreckt«, sagte er. Das Bild zeigte, wie diese Verwerfung ihrerseits an zwei andere stieß – das Cottage-Grove-System, das durch den Süden von Illinois verlief, und die Wabash-Valley-Verwerfung, die sich entlang der Grenze zwischen Indiana und Illinois erstreckte. Von Cottage Grove zweigte der lange Arm des Ste.-Genevieve-Verwerfungssystems ab, das im östlichen Missouri begann und dem Lauf des Mississippi ungefähr bis zur Einmündung des Ohio folgte.

»Bitte sehr, meine Dame, meine Herren«, sagte Thompson, während er zurücktrat, um das Bild zu betrachten. »Ich hoffe, es macht Ihnen halb so viele Sorgen wie mir.«

Stan Marshal widersprach sofort. »Wir haben keinerlei greifbaren Beweis, daß diese Verwerfungen miteinander verbunden sind. Und wir können keineswegs behaupten, daß ein Erdbeben an einer Stelle ein weiteres an einer anderen auslösen würde. Das ist viel zu spekulativ.«

»Das wirkliche Problem ist, wieviel Scherungsspannung der Erdkruste noch im Boden vorhanden ist«, sagte Mark Wren, der andere Assistent Westons. »Wir haben noch nicht genügend Daten, um solche Projektionen durchzuspielen.«

Wren meldete sich bei solchen Sitzungen selten zu Wort. Anscheinend war er ein kompetenter Geologe, jedoch allzu respektvoll gegenüber Weston, dachte Atkins. Er mußte zugeben, daß Wren recht hatte. Es lief alles darauf hinaus, mehr Satellitenbilder zu bekommen, um jede neue Verformung zu messen. Dennoch machten ihn die Daten nervös. Die neue Verwerfungslinie war unglaublich aktiv.

Walt Jacobs hatte bis dahin meist geschwiegen. Er sah aus, als hätte er sein Jeanshemd seit Tagen nicht gewechselt. Sich so in sich gekehrt und niedergeschlagen zu geben war eigentlich nicht seine Art. Atkins machte sich allmählich Sorgen um ihn.

»Wir müssen die Möglichkeit in Betracht ziehen, daß wir eine Wiederholung der Ereignisse von 1811–1812 bekommen«, sagte Jacobs. Er sprach langsam, überlegt, und handelte sich sofort eine scharfe Erwiderung von Weston ein.

»Wir haben keine Daten, die das auch nur als ernstzunehmende Hypothese stützen«, bemerkte Weston mit aufblitzendem Zorn.

Als hätte er die Unterbrechung nicht bemerkt, fuhr Jacobs fort: »Es ist alles schon einmal passiert – das plötzliche Auftauchen neuer Verwerfungen, anhaltende, heftige Nachbeben, eine gewaltige Verformung in einem riesigen Gebiet. Die komplizierten Muster der Risse, Hauptstöße und Nachbeben. Genau das geschieht eben jetzt.«

»Das Hauptbeben muß den Wasserfall im Mississippi geschaffen haben«, meinte Elizabeth.

»Er ist noch da«, sagte Jacobs. »Wir haben gerade Luftaufnahmen von einer Fernsehstation überspielt. Der scharfe Abfall sieht neun Meter hoch aus.«

»Letzte Nacht war er näher an zwölf dran«, warf Atkins ein.

»Er wird vielleicht abgetragen«, vermutete Jacobs. »Das geschah auch bei den Beben von 1811–1812.« Er machte das Licht an und zog eine Wandkarte herunter, die den Mississippi zeigte, gewunden wie eine Schlange, mit einer dunklen Linie, die direkt unterhalb von New Madrid in Missouri durch den Fluß gezogen war.

»Das ist die Stelle, von der nach den Beben von 1811–1812 der Wasserfall gemeldet wurde. Hier sehen Sie Caruthersville, wo John und Elizabeth den Fluß überquerten. Es liegt etwa achtzig Kilometer flußabwärts, an der Stelle, wo die neue Verwerfung nach Tennessee abbiegt. 1812 wurde der Wasserfall durch eine Schubverwerfung geschaffen. Wahrscheinlich war es das größte Schuberdbeben in der Mitte einer Platte, das wir jemals hatten – bis zu dem von gestern.«

So erschöpft war Elizabeth im ganzen Leben noch nicht gewesen. Und doch fühlte sie sich hellwach, vollkommen auf die Diskussion konzentriert. »Was wäre, wenn das Beben mit der Stärke sieben Komma eins, das vor wenigen Tagen stattfand, gar nicht das erste Erdbeben in der Serie gewesen wäre?« fragte sie. »Wenn es bloß ein Vorbeben gewesen wäre?«

Atkins erinnerte sich, daß sie genau über diesen Punkt in Streit geraten waren, als sie nahe Blytheville im Explorer gekauert hatten. Diesmal wollte er nicht mit ihr streiten. Die GPS-Daten hatten ihn davon überzeugt, daß sie eine reale Möglichkeit ansprach.

Jacobs hatte schon darüber nachgedacht. »Das halte ich für wenig wahrscheinlich«, sagte er etwas munterer. »Ein Beben der Stärke sieben Komma eins wäre ein gewaltiger Brocken für ein Vorbeben.«

Elizabeth wollte den Gedanken nicht so leicht abtun lassen. »Eine der schwierigsten Fragen, mit denen wir uns herumschlagen, ist doch, herauszufinden, ob ein Erdbeben ein Vorbeben oder ein Nachbeben gewesen ist. Wir wissen es tatsächlich erst, wenn wir ein großes Erdbeben bekommen. Das Ereignis mit der Stärke sieben Komma eins, so scheint es mir, könnte durchaus ein Vorbeben zu dem großen Beben von gestern gewesen sein. Aber nehmen wir einmal an, daß ich mich irre und daß Sie recht haben, Walt. Das könnte dann bedeuten, daß wir ein weiteres Starkbeben statt zwei Nachbeben zu erwarten haben. So oder so ist es eine Katastrophe.«

»Ich möchte nicht mehr von einer Dreierserie sprechen«, sagte Weston aufgebracht. »Was Sie beide sagen, grenzt an Verantwortungslosigkeit.«

Elizabeth ließ sich nicht das Wort verbieten. »Nach allem, was ich gelesen habe, sind Dreierserien bei Interplattenlagen wie dieser hier nicht so ungewöhnlich. Das hat es erst vor kurzem im Sudan gegeben, nämlich 1990. Das größte hatte die Stärke sieben Komma drei. Das schwächste sechs Komma sieben. Sie verteilten sich auf fünf Tage. 1988 meldete eine ländliche Gegend in Australien innerhalb von zwölf Stunden drei Beben im Stärkebereich über sechs.«

»Wir haben eine Panik auf dem Hals, wenn durchsickert, was wir hier diskutieren«, sagte Weston. »Und wir können keinesfalls eine Massenhysterie brauchen.«

»Ich würde sagen, die haben wir bereits«, bemerkte Elizabeth. »Wie könnten wir die Menschen noch mehr verängstigen, als sie es schon sind?«

Memphis
15. Januar
7 Uhr

Präsident Nathan Ross starrte sich im Spiegel in der schrankgroßen Küche von Big Green an, dem VH-3D Sikorsky-Hubschrauber, der in Camp David stationiert war. Sein Anblick deprimierte ihn. Die dunklen, aufgedunsenen Ringe unter seinen Augen waren schon seit Tagen da und schienen mit jeder weiteren schlaflosen Stunde dunkler zu werden.

Er hatte seine Sechs-Uhr-Stoppeln nie gemocht. Sie waren zu stark, erinnerten zu sehr an Richard Nixon. Und mitten in seiner zweiten Amtszeit dachte er manchmal, daß er beinahe so unbeliebt war. Seine Regierung hatte sich mit einer Reihe innenpolitischer Schwierigkeiten herumzuschlagen – verschlechterte Beziehungen zwischen den Rassen, das zunehmende Parteiengezänk über Antidiskriminierungsprogramme, eine neuerliche Krise des Gesundheitswesens und das allgegenwärtige Haushaltsdefizit. An Wesentlichem war sehr wenig erreicht worden. Da die Medien in dem Sumpf derart komplexer Probleme keine festen Brocken finden konnten, hatten sie sich naturgemäß auf sein Privatleben gestürzt. Ein Großteil der jüngsten Berichterstattung hatte sich mit den wenigen Frauen befaßt, die er zum Abendessen ins Weiße Haus eingeladen oder auf einen Abend in die Nationalgalerie ausgeführt hatte. Als Witwer hatte er seit Jahren keine Rendezvous mehr gehabt und sah sich dennoch plötzlich als Freiwild für die Boulevardpresse.

Ross war der jüngste Gouverneur in der Geschichte von Illinois gewesen und nun auch der jüngste Präsident. Mit zweiundfünfzig Jahren hatte er noch zwei Jahre in seiner zweiten Amtszeit vor sich. In mancher Hinsicht hatte er Glück gehabt, verdammtes Glück. Die Wirtschaft hatte sich während des größten Teils seiner Präsidentschaft als robust erwiesen. Es hatte keine größere internationale Krise gegeben, und seine Partei beherrschte den Kongreß noch immer.

Keine größeren Probleme – bis auf dieses.

Sein nationaler Sicherheitsberater hatte die Katastrophe als schwerste Krise des Landes seit dem Bürgerkrieg bezeichnet. Ross hatte ihm nicht geglaubt. Nicht einmal als er im Einsatzbüro des Nationalen Sicherheitsrats im Untergeschoß des East Wing gesessen und die ersten Fernsehreportagen aus den am schwersten betroffenen Städten gesehen hatte. Bei Nacht aufgenommen, hatten die Filme hauptsächlich Brände gezeigt. Nach einer Weile sahen alle gleich aus.

Aber nachdem er diese Städte bei Tageslicht besucht hatte, dachte Ross, daß sein Berater, ein bärbeißiger ehemaliger Marine, mit seinem Bürgerkriegsvergleich ins Schwarze getroffen hatte.

Sie hatten am Tag zuvor drei Städte besucht: Cincinnati, Louisville und St. Louis. In jeder Stadt hatte er einige Stunden verbracht, und das Ausmaß der Verwüstung machte ihn körperlich krank, ganz besonders in St. Louis. Er war mehrere Male dort gewesen, um Spenden zu sammeln. Der berühmte Gateway Arch, das zweihundert Meter hohe stählerne Denkmal für das amerikanische Vorrücken nach Westen, das über dem Mississippi aufragte, war seitlich verbogen und neigte sich in einem Übelkeit erregenden Winkel von 45 Grad zum Fluß hin. Drei der größten Krankenhäuser der Stadt waren zerstört. Im Forest Park und Tower Grove Park hatte man Zeltstädte für die Tausende errichtet, die aus ihren beschädigten Häusern ausziehen mußten.

Ross fielen die Leichen ein, die sie aus einem der Krankenhäuser getragen hatten. Über zweihundert auf einem Bürgersteig aufgereiht, unter Decken, Laken, Zeitungen – was die Rettungsdienste finden konnten. Wieder mußte er an den

Bürgerkrieg denken: eine Fotografie der Gefallenen, die bei Gettysburg aufgereiht waren, Schulter an Schulter im Gras, Blaue und Graue gleichermaßen. Es war nicht möglich, an alle Toten heranzukommen, an alle Verletzten schon gar nicht.

Dem Mississippital war das Herz herausgerissen worden. Elf wichtige Pipelines, die Öl und Erdgas von den Feldern in Texas und Oklahoma an die Ostküste beförderten, waren zertrümmert. Neun davon kreuzten den Mississippi bei Memphis oder unweit südlich. Einige Pipelines brannten noch. Der ganze Uferbereich stand in Flammen.

Die Ostküste und das frostige Neuengland hatten Erdölreserven für nur noch eine Woche. Die Temperaturen lagen weit unter dem Gefrierpunkt. In wenigen Tagen würden Millionen Menschen auf eine nicht auszumalende Weise in Not geraten.

Es gab noch andere Probleme, und alle waren drückend:

Getreidelieferungen auf dem Mississippi waren unmöglich. Eingestürzte Brücken hatten den Fluß an acht Stellen für den Schleppkahnverkehr unpassierbar gemacht.

Die Finanz- und Rentenmärkte glichen einem Scherbenhaufen. Wall Street hatte den Handel auf unbegrenzte Zeit ausgesetzt.

Das Versicherungsgewerbe war so gut wie ruiniert. Es war unmöglich, die Verluste durch das Erdbeben und damit verbundene Schäden abzudecken. Die Versicherungen hatten begonnen, ihre Obligationen einzufordern, was natürlich den Rentenmarkt ruinierte. Dies wiederum ruinierte die Finanzen von Hunderten von Stadtverwaltungen, die von Anleihen abhängig waren, um öffentliche Arbeiten finanzieren zu können.

Und doch verblaßten all diese Probleme, wenn Ross an die verstümmelten Leichen in St. Louis dachte.

Er fragte sich, wie es in Memphis aussehen würde. Man hatte ihm gesagt, er solle sich auf das Schlimmste gefaßt machen.

Ross spritzte sich Wasser ins Gesicht. Er war ein gutaussehender Mann mit hellgrauen Augen, einem energischen Kinn und schwarzem Haar, das an den Schläfen grau wurde. Etwa einsachtzig groß war er, ein wenig übergewichtig und stets in Gefahr, zuviel zu essen. Obwohl er Tausende von Bahnen im Swimmingpool des Weißen Hauses geschwommen war, um in Form zu bleiben, mußte er sich jetzt eingestehen, als er ein letztes Mal in den Spiegel schaute, daß er scheußlich aussah.

In wenigen Minuten würde der Hubschrauber ihn in Memphis absetzen. Er wollte sich dort mit Leuten vom USGS und von der Universität treffen und hatte dafür seinen nationalen Wissenschaftsberater Steve Draper mitgebracht.

Als Ross aus der Küche trat, sah er sich Phil Belleau gegenüber, seinem Sicherheitschef. Belleau war seit zwanzig Jahren beim Geheimdienst. Ross sagte gern zu ihm, daß er der einzige Mann wäre, dem er jemals begegnet sei, der keinen Hals hatte, absolut keinen Hals. Der große Kopf schien unmittelbar auf den Schultern zu balancieren. Er sah aus wie ein super Football-Verteidiger.

Belleau war aufgebracht, und Ross wußte, warum.

»Mr. President, zum letzten Mal. Wir können Ihre Sicherheit nicht gewährleisten. Wir haben zehn Männer hier und weitere fünfzehn warten am Boden. Da unten herrscht das totale Chaos. Jeder könnte auf Sie schießen. Es gibt keine Polizeitruppe, die den Namen verdiente. Keine Sicherheit. Sie müßten verrückt sein, wenn Sie sich unters Volk mischten wie in St. Louis.«

Ross ließ ihn seinen Ärger abladen. Wahrscheinlich brauchte er das. Und Belleau war in etwa der einzige Mann, der so mit ihm reden durfte.

»Gewöhnen Sie sich lieber daran, Phil«, sagte Ross, nachdem der Agent Dampf abgelassen hatte. »Man … muß … mich … sehen. Diese Menschen müssen wissen, daß sie noch eine Bundesregierung haben, an die sie sich wenden können. Das ist so ungefähr alles, was ihnen zur Zeit bleibt.«

Belleau, ein emotionaler, spontaner Mann, holte tief Luft und atmete langsam aus. »Mr. President, eine Menge Leute sind verdammt verrückt«, sagte er in milderem Ton. »Wahnsinnig vor Wut. Sie haben alles verloren. Manche haben keine Angehörigen mehr. Viele haben Häuser, ihre Geschäfte, ihre Arbeit verloren. Manche werden der Regierung die Schuld geben, Ihnen persönlich. Werden Ihnen vorwerfen, sie nicht gewarnt zu haben. Werden Ihnen vorwerfen, nicht genügend für die Notversorgung bereitgestellt oder ihre Häuser nicht über Nacht wiederaufgebaut zu haben. Sie werden Ihnen jeden Scheiß, der ihnen einfällt, zum Vorwurf machen. Jeder von denen könnte versuchen, Sie umzulegen. Um es also festzuhalten, bitte ich Sie noch einmal, die Personen zu treffen, mit denen Sie sich in Memphis treffen müssen. Tun Sie es privat, nicht im Freien. Dann hauen Sie ab. Memphis ist keine Stadt mehr.«

»Ich verstehe Sie laut und deutlich, Phil«, sagte Ross. Er legte eine Hand auf die Schulter des Agenten. »Tun Sie einfach Ihr Bestes. Und, verdammt, Sie wissen, wenn mich jemand abknallen will, sollte er auf meinen Arsch zielen. Das ist ein größeres Ziel.«

Gegen seinen Willen grinste Belleau. »Schnallen wir uns lieber an«, sagte er mit einem Blick auf die Uhr. »Wir landen in weniger als einer Minute.«

Der Sikorsky kreiste über dem Campus der Universität von Memphis – in Schräglage, so daß der Präsident den Schaden überblicken konnte. Hunderte von Menschen waren dort unten und gruben sich durch die Trümmer. Er sah die Reihen der Leichen auf dem Bürgersteig und schloß die Augen. Ganz genau wie in St. Louis.

Wut übermannte ihn, eine blinde Wut auf eine Naturkraft, die er mit jeder Faser seines Herzens haßte. Er wußte, daß es eine törichte, erschöpfende Verausgabung an Emotionen war, aber er kam nicht dagegen an. Er mußte seinen Zorn, seine Mutlosigkeit auf etwas richten.

Dann waren sie plötzlich am Boden. Ross zog den Reißverschluß seiner Bomberjacke mit dem Präsidentenemblem hoch und trat in die kalte Luft hinaus.

Memphis
15. Januar
7:08 Uhr

John Atkins und Elizabeth Holleran sahen den großen Hubschrauber langsam, die Nase nach oben, auf dem Rasen vor dem Erdbebenzentrum aufsetzen. Alle Geologen hatten sich dort versammelt, dazu ein Kontingent der Stadtverwaltung von Memphis mit dem Bürgermeister, einem kleinen Mann mittleren Alters in schlammbespritztem Mantel, der vollkommen am Boden zerstört aussah. Ein Kommando von Nationalgardisten und Geheimdienstagenten war um den Rand der Landezone ausgeschwärmt.

Atkins sah den Präsidenten zum erstenmal in Person. Es war ein kräftigerer Mann, als er erwartet hatte, und er sah todernst aus, als er aus dem Hubschrauber stieg.

Ihm folgte der nationale Wissenschaftsberater des Präsidenten, Steve Draper. Draper, ein Physiker, war ihm dem Namen nach bekannt – ein gewissenhafter Forscher, der einen der Standardtexte in Physik für das College verfaßt hatte. Er hatte außerdem eine gut aufgenommene PBS-Dokumentation über jüngere wissenschaftliche Durchbrüche moderiert.

Draper löste sich aus dem Gefolge des Präsidenten und kam auf Atkins und Elizabeth Holleran zu. Er hatte ziemlich langes sandfarbenes Haar und sah jünger aus, als er war, nämlich fast sechzig. Er trug einen dicken Parka mit Kapuze.

»Sind Sie John Atkins?« fragte er.

Atkins nickte und stellte Elizabeth vor.

»Bob Holly beim USGS sagte, ich solle mich mit Ihnen in Verbindung setzen, wenn ich herkomme«, erklärte Draper. Holly war Atkins' Chef, einer der Spitzenleute der Behörde.

Draper fragte Atkins, ob sie kurz unter vier Augen sprechen könnten, und führte ihn an die Seite des Bibliotheksanbaus. Er sah ungeduldig aus und hörte sich auch so an.

»Wie schlimm ist es wirklich?«

Atkins hatte die Frage vorausgeahnt, sobald er Draper auf sich zukommen sah. Er hatte sich überlegt, wie er antworten sollte. Mit einer nüchternen Stimme, die ihn selbst überraschte, hörte er sich sagen: »Wir könnten auf ein weiteres Starkbeben zusteuern.«

Draper sah ihn fest an. »Sie sind bereit, das fürs Protokoll zu bestätigen?«

Atkins nickte. »Wenigstens müssen wir es als Möglichkeit erwägen und einige denkbare Abläufe durchspielen.« Er setzte Draper rasch über die neue Verwerfung ins Bild, die im westlichen Tennessee und Kentucky aufgetaucht war, und über die ungewöhnlich starken Nachbeben, die sie erlebten. »Die Art und Weise, wie sich diese neuen Verwerfungen aufgetan haben, macht mir eine Heidenangst«, sagte er. »Da unten muß sich eine Menge Energie angestaut haben.«

»Um Himmels willen«, sagte Draper langsam, während er zu begreifen versuchte, was er soeben erfahren hatte. Es war weitaus schlimmer, als er es sich vorgestellt hatte. »Würden Sie das dem Präsidenten sagen?«

»Ja«, antwortete Atkins, obwohl er wußte, was er tat, was er riskierte.

Draper verstand Atkins und klopfte ihm auf die Schultern. Dann eilte er, eine abgeschabte, lederne Aktentasche unter den Arm geklemmt, Nathan Ross hinterher.

Atkins erklärte Elizabeth, was gerade passiert war.

»Ich helfe dir«, sagte sie. Sie hatte erraten, worüber die beiden sprachen, und an einem Punkt der kurzen Unterhaltung bemerkt, wie sich Drapers Gesicht plötzlich straffte. Da wußte sie, was geschehen war: Er hatte gerade mitgeteilt bekommen, was ihnen bevorstand.

»Danke, aber es ist nicht sinnvoll, daß wir beide den Kopf hinhalten.« Atkins lächelte dankbar. »Warten wir ab, wie es läuft.«

Sie gesellten sich zu den anderen Wissenschaftlern im Bibliotheksanbau. Es gab keine Vorreden. Alle hatten an Tischen, die zu einem U zusammengeschoben waren, Platz genommen. Der Präsident saß vorn. Jemand hatte ihm einen Pappbecher mit dampfendem Kaffee hingestellt.

Atkins konnte den Präsidenten zum erstenmal aus der Nähe betrachten. Die Augen des Mannes waren rot mit dunklen Ringen, die Wangen blaß. Er saß in sich zusammengesunken da, während er die Tasse mit beiden Händen hielt. Er wirkte äußerst erschöpft.

Paul Weston faßte zusammen, was sie wußten – und was nicht. »Wir müssen noch viel mehr Daten zusammentragen«, schloß er seine kurze Darstellung ab.

Der Präsident, der ruhig zugehört hatte, stellte eine einzige Frage. »Glauben Sie, daß wir in nächster Zeit hier unten ein weiteres schweres Erdbeben bekommen?«

Von der Direktheit der Frage überrascht, stotterte Weston: »Das ist schwer zu sagen, Mr. President. Wir bekommen gerade erst die …«

Ungeduldig hob Ross eine Hand, um ihn zu unterbrechen. »Ich möchte Ihre persönliche Meinung hören, Doktor. Ihre fundierte Vermutung als Fachmann. Was, glauben Sie, wird in der New Madrid Seismic Zone passieren?«

Weston versuchte auszuweichen, aber Ross drängte ihn, seine Ansicht zu äußern. Er blieb hartnäckig und total konzentriert. In die Ecke getrieben, sagte Weston schließlich: »Mr. President, es tut mir leid. Ich kann darauf nicht antworten. Ich möchte in diesem Fall nicht raten oder spekulieren. Ich möchte mich mit Fakten befassen, und von denen haben wir einfach noch nicht genügend, um Ihre Frage zu beantworten.«

Westons Assistent Stan Marshal sprach von der Notwendigkeit, mehr seismische Geräte entlang der Verwerfung aufzustellen, die nahe Caruthersville, Missouri, entdeckt worden war.

Atkins bemerkte, wie der große Mann immer wieder Weston anblickte, als suche er bei ihm Hilfe.

Wie zuvor schon Weston, unterbrach Ross auch Marshal mitten im Satz. »Lassen Sie mich die gleiche Frage an Sie richten, die ich gerade Dr. Weston gestellt habe. Glauben Sie, daß uns ein weiteres Erdbeben bevorsteht?«

Marshal schüttelte den Kopf. »Ich weiß es nicht, Sir.«

»Ich habe nicht gefragt, was Sie wissen, Doktor«, fuhr Ross ihn an. Er hatte eine scharfe, schneidende Stimme und wirkte zunehmend ungehalten. »Ich habe Sie nach Ihrer Meinung gefragt. Das ist ein Unterschied.«

Marshal antwortete nicht. Er lehnte sich auf dem Stuhl zurück und schüttelte den Kopf.

Atkins fiel erneut auf, wie körperlich erschöpft Ross aussah. Nur die Augen zeigten Leben. Sie waren munter, bohrend, gespannt.

Der Präsident musterte langsam die Gesichter um sich herum. »Wir haben ein Erdbeben der Stärke acht Komma vier gehabt, und der Boden, verzeihen Sie mir in diesem Heiligtum für Elvis, wackelt und zuckt noch immer. Ich bin über die drei schweren Beben, die sich zu Anfang des vorigen Jahrhunderts ereignet haben, informiert worden. Glaubt jemand unter Ihnen, daß wir vor einer Wiederaufführung stehen? Ja oder nein. Ich begnüge mich mit Ihren Vermutungen, aber bitte äußern sie wenigstens die.«

Niemand hob eine Hand, was Atkins nicht überraschte. Unter so schrecklichen Umständen eine Meinung zu äußern, die sich als falsch erwiese, käme einem beruflichen Todesurteil gleich. So etwas riskierte man einfach nicht ohne gründliches Nachdenken und sorgfältige Gewissensprüfung. Aber es gab keine Zeit, weder für das eine noch das andere. Der Präsident wünschte eine Antwort. Sofort.

Ross zerdrückte seinen leeren Kaffeebecher und warf ihn verärgert an die Wand. »Sie sind die gottverdammten Fachleute. Von Ihnen wird erwartet, daß Sie das Für und Wider abwägen und eine Meinung äußern. Ich brauche irgendeine Vorhersage, und wenn Sie das Wort nicht mögen, nennen Sie es Risikoeinschätzung. Die Menschen, die hier leben, brauchen das und haben es verdient. Ist das zuviel verlangt? Werden wir ein weiteres starkes Erdbeben bekommen?«

Draper meldete sich zu Wort. Er stand hinter dem Präsidenten und machte sich detaillierte Notizen. »Dr. Atkins, was meinen Sie?«

Draußen war es viel leichter gewesen, klar zu formulieren. Atkins beschloß, es knapp und einfach zu machen. »Nach den Daten, die ich gesehen habe, und nach der Art, wie die Verwerfung sich ständig ausweitet, glaube ich, ja, wir müssen die Wahrscheinlichkeit eines weiteren Erdbebens im oberen Stärkebereich in Betracht ziehen. Es wäre fahrlässig von uns, wenn wir es nicht täten.«

Ross warf einen Blick auf Steve Draper. Der Präsident sah Atkins direkt an. »Glauben Sie, daß ein weiteres starkes Beben wahrscheinlich ist?«

»Ich meine, wir sollten es annehmen und versuchen, uns entsprechend darauf einzustellen«, sagte Atkins. »Meine persönliche Meinung ist, daß die Chancen eines großen Bebens in nächster Zukunft etwas über fünfzig Prozent liegen.«

Weston und mehrere andere Seismologen in dem überheizten Raum meldeten gleichzeitig Widerspruch an. Während ihm Schweiß über die Wangen lief und sein Hemd durchnäßte, merkte Atkins, was nun ablief. Nun, da er den Kopf hingehalten hatte, würden seine geschätzten Kollegen ihn abzuschlagen versuchen.

»Ich muß Dr. Atkins widersprechen«, sagte Weston kühl. »In den Daten, die wir sammeln konnten, habe ich nichts gesehen, was überzeugend darauf hinweist, daß ein weiteres 8,4-Beben wahrscheinlich ist. Die Frage, wieviel Spannungsenergie nach einem Erdbeben im Boden eingeschlossen bleibt, steckt voller Schwierigkeiten der Interpretation. Es existieren keine geeigneten Meßgeräte. Wir können die Spannung auf verschiedene Arten prüfen. Wir können die Ausweitung, den Grad der Risse, die Hebung messen. Wir versuchen, einen Teil dieser Informationen über Satellit zu erhalten. Aber das Problem ist, daß man sofort seismische Messungen entlang gewisser Spalten oder Abschnitte der San-Andreas-Störung bekommen könnte, die eigentlich darauf hinweisen, daß ein starkes Beben bevorsteht. Es gibt viel Verformung, viel seismische Energie im Untergrund, aber dort tut sich nichts. Alles ist seit über einem Jahrhundert ruhig. Mr. President, die Wahrheit ist, daß wir nicht wissen, was hier passieren wird. Wenn wir eine öffentliche Erklärung herausgeben, in der wir andeuten, daß wir ein weiteres starkes Beben für wahrscheinlich halten, wären wir in meinen Augen auch strafrechtlich verantwortlich für die Panik, die dies verursachen würde.«

»Ganz meine Meinung«, sagte einer der USGS-Geologen, der sofort von Stan Marshal unterstützt wurde.

Der Präsident bat um Handzeichen. Sieben der zehn Anwesenden stimmten mit Weston. Drei hochangesehene USGS-Wissenschaftler gehörten zu dieser Gruppe.

Mit Atkins stimmten Elizabeth und Walt Jacobs.

»Ich wäre eher geneigt, Dr. Weston zuzustimmen, wäre da nicht die Stärke der Nachbeben, die wir die ganze Zeit registrieren, und ihre Orte«, sagte Elizabeth. »Mir ist nichts bekannt, was sich mit den Vorgängen hier vergleichen ließe. Mit Sicherheit nichts aus meinen kalifornischen Erfahrungen. Wir wissen, daß starke Erdbeben jede Menge Nachbeben anregen, aber nicht so wie jetzt.«

»Von der Existenz zweier neuer Verwerfungsflächen gar nicht zu reden«, schloß Jacobs sich an. »Beide sind größer als jeder andere bekannte Abschnitt in der New Madrid Seismic Zone. Und dann gibt es ja auch die Vergangenheit, auf die Sie bereits angespielt haben, Mr. President.«

»Die Vergangenheit ist bedeutungslos«, behauptete Weston. »Wir wissen nur, daß es in den letzten zweihundert Jahren drei gewaltige Erdbeben in Folge gegeben hat. Wir wissen nichts über den früheren seismischen Sachverhalt.«

»Läßt sich das irgendwie herausfinden?« fragte Ross.

»Wir könnten danach graben, Mr. President.« Elizabeth erklärte, wie sie Gräben anlegen könnten, um die geologischen Zeugnisse früherer Erdbeben zu suchen. Ihre Spuren blieben in den Bodenschichten zurück. Es ging nur darum, die richtige Stelle zu finden und tief genug zu gehen.

Ross war fasziniert und fragte, wie das vor sich ginge.

»Ich würde einen Graben entlang einer der Verwerfungssegmente ausheben und sehen, ob wir einen Hinweis auf alte Erdbeben finden – Dinge wie Sandblasen, Rißnarben. Dann würde ich versuchen, etwas zu finden, das wir mit der Radiokarbonmethode datieren können – Torf, verkohltes Holz.«

Weston schüttelte den Kopf. »Das wäre ein teurer Zeitvertreib. Es würde Wochen dauern, einen Graben auszuheben, selbst wenn wir eine passende Stelle finden könnten und Schürfbagger dorthin bekämen. Dann weitere Wochen, um die Daten zu analysieren. Wir haben weder die Zeit noch die

Ausrüstung, um uns auf eine archäologische Angelexpedition zu begeben.«

»Mir scheint, daß wir im Moment am dringendsten zusätzliche seismische Daten brauchen«, sagte Draper. »Das haben Sie ja selbst geäußert, Dr. Weston.«

Mit einem Vorschlag brach Atkins die gespannte Stille. »Wir könnten entlang der neuen Verwerfung einige Bohrschachtexplosionen und Stampftests ausführen.« Er erklärte, wie sie computerverstärkte ›Bilder‹ von der Verwerfung bekommen könnten, indem sie durch Dynamitladungen erzeugte Schallwellen verwendeten. Eine andere Methode war, Stampfer mit Benzinmotor, die Preßlufthämmern ähnelten, zu benutzen. Die Ergebnisse lieferten ein seismisches CAT-Scan. Man verwendete eine Sonogrammtechnik, bei der die Explosionen Schallwellen erzeugten, die von besonderen Empfängern gesammelt wurden. Geringe Wellengeschwindigkeiten wiesen auf eine vorhandene Verwerfung und erhebliche Brüche des angrenzenden Gesteins hin. Diese Risse wiederum bewiesen, daß sich Spannung aufbaute. Das alles konnte in zweidimensionale Computerbilder umgewandelt werden.

Es würde ihnen zu einer besseren Vorstellung von der Gestalt, Struktur und Tiefe der Verwerfung verhelfen. Atkins wollte sich vor allem den Ort ansehen, wo sich die neu entdeckte Caruthersville-Störung mit der New Madrid Seismic Zone schnitt. Es war mit Sicherheit ein Bereich starker Spannung.

Jacobs und einigen anderen Seismologen gefiel der Gedanke.

»Dann sagen Sie mir, wie ich helfen kann«, sagte der Präsident.

»Besorgen Sie uns einen Hubschrauber«, bat Atkins.

Memphis
15. Januar
9:20 Uhr

Marshal wartete, bis er Weston im Bibliotheksanbau allein ansprechen konnte, dann schlug er leise einen kurzen Spaziergang draußen vor. Der Hubschrauber des Präsidenten hatte gerade abgehoben. Als Weston widersprechen wollte, nahm Marshal ihn am Ellbogen und führte ihn entschlossen auf eine Tür zu.

»Wir haben ein Problem«, sagte er, als sie draußen waren. Er machte einen nervösen Eindruck. Sie gingen hinter den Anbau, wo sie reden konnten, ohne belauscht zu werden. Dort überreichte er Weston einen weißen Umschlag.

Weston machte den Umschlag auf, der vier Fotos enthielt.

»Wer hat Ihnen die gegeben?« stieß er hervor.

»Einer der Bauarbeiter oben am Damm«, sagte Marshal. »Sie kennen ihn. Miller. Er hat Glück gehabt, daß er noch lebt. Ungefähr eine Stunde, bevor der Damm weggespült wurde, kam er heraus. Wollte uns von dem hier wissen lassen. Natürlich will er auch bezahlt werden.«

»Wie ist er hergekommen?« Weston starrte immer noch auf die Fotos. Die Qualität war körnig, doch die Bilder waren bemerkenswert deutlich.

»Hat sich von einem Militärhubschrauber aus Fort Campbell mitnehmen lassen«, erklärte Marshal. »Ein Kommando wurde hingeschickt, um für die Sicherheit des Präsidenten zu sorgen. Er hat einige Hebel in Bewegung gesetzt und kam an Bord. Sagte, er hätte wichtige Informationen über das Erdbeben.«

Die Fotos, die Weston so aufmerksam betrachtete, zeigten John Atkins und Elizabeth Holleran im Damm am Kentucky Lake. Eine Überwachungskamera hatte die Bilder aufgenommen, als sie über einen der Laufgänge liefen.

»Sie wissen alles über diese Risse«, stieß Marshal wütend hervor, fing sich dann und senkte die Stimme. »Sie haben dort drinnen herumgeschnüffelt, nachdem Sie dieses Treffen mit den Leuten in Mayfield hatten. Das, auf dem Sie gesagt haben, die Risse wären ungefährlich.«

Der kräftige Mann im voluminösen, daunengefütterten Mantel überragte Weston. »Was machen wir jetzt?« fragte er.

»Überhaupt nichts«, sagte Weston. »Falls Sie es vergessen haben – der Damm wurde bei dem Beben zerstört. Sie können nichts beweisen.«

»Sie können anfangen, Fragen zu stellen.« Marshal wurde immer aufgeregter.

»Beruhigen Sie sich und vergessen Sie das«, sagte Weston, während er die Fotos wieder in den Umschlag steckte und diesen in seiner Jackentasche verstaute.

»Wie denn, verdammt noch mal«, fuhr Marshal ihn an. »Wie viele Menschen starben, als der Damm brach? Eintausend? Zweitausend?«

»Reden – Sie – leise«, sagte Weston. »Sie müssen sich zusammenreißen. Uns kann man nicht vorwerfen, was am Damm passiert ist.«

»Wir müssen etwas unternehmen«, sagte Marshal, während er Weston wieder am Arm packte.

Weston riß sich ärgerlich los und straffte die Schultern. Er schaute sich rasch um, ob jemand sie beobachtete.

»Wir sprechen später darüber«, zischte er, wandte sich um und schritt zum Gebäude zurück. »Bis dahin, Doktor, tun Sie, was Sie gesagt bekommen.«

Oak Ridge, Tennessee
15. Januar
6:30 Uhr

Fred Booker ging früh am Morgen an Bord des kleinen einmotorigen Flugzeugs. Er hatte gehört, daß die Luft dann ruhiger war, weniger Wind. Das war wichtig, weil er zum erstenmal in seinem Leben aus einem Flugzeug springen würde. Er wollte nicht gegen starken Wind ankämpfen müssen, der ihn weit vom Ziel abtragen könnte.

Es würde schwierig genug werden, nahe der Universität von Memphis zu landen. Den Nachrichten zufolge brannten noch immer viele Teile der Stadt. Booker wollte nicht in den Aufwind der Feuer geraten – oder hinunter in die Brände schweben.

Deshalb hörte er sehr aufmerksam zu, als sein guter Freund vom ORNL, ein ehemaliger Fallschirmspringer der Armee, ihm erklärte, wie man einen Fallschirm bediente. Am Tag davor hatte der Freund Booker mit einem brandneuen Fallschirm ausgerüstet. »Willst du nach links, zieh an den linken Schnüren«, sagte der Freund zu ihm. »Willst du nach rechts, zieh an den rechten Schnüren. Willst du direkt fallen, laß die Schnüre los und laß dich einfach hängen. Wenn du landest, sei ganz locker; fang den Ruck mit den Beinen auf, halte sie geknickt. Du wirst hübsch und leicht aufkommen. Als würdest du von einer drei Meter hohen Mauer springen. Ganz einfach.«

Kein Problem für einen Vierzig- oder auch Fünfzigjährigen, hatte Booker gedacht. Aber er war fast siebzig und hatte ein kaputtes linkes Knie, an dem seit Jahren eine Meniskusoperation fällig war.

Dem Piloten sah man den vor kurzem in den Ruhestand getretenen Luftwaffenmajor an – schlank, sonnengebräunt, dunkelgrüne Fliegersonnenbrille. Als er mitbekam, warum Booker nach Memphis wollte, hatte er sich bereit erklärt, ihn umsonst zu befördern.

»Willst du das wirklich machen?« fragte der Major.

Booker nickte. Er wollte mit einigen Geologen in Memphis reden und seinen Plan erläutern, mit Hilfe einer Kernexplosion zu versuchen, den Zyklus der Erdbeben abzuwenden. Die Nachbeben, die kein Abflauen erkennen ließen, waren mörderisch. Seine Freunde, die beiden Geophysiker vom Druckwellenlabor, hielten ihn für verrückt, hatten aber an Walter Jacobs adressierte Einführungsbriefe für ihn geschrieben.

Der Flug nach Westen bis Memphis war kurz, weniger als zwei Stunden mit einem kleinen Flugzeug. Wegen des starken

Notfallverkehrs mußte der Pilot ständig die Flughöhe wechseln.

»Das Dumme ist, daß niemand in Memphis landen kann«, erklärte er. »Der Flughafen ist geschlossen, die ganze Flugsteuerung ausgefallen. Radar, Leuchtfeuer, alles. Der ganze verdammte Tower ist eingestürzt.«

»Wohin fliegen dann alle?« fragte Booker. Sie waren gerade von 3300 Meter auf 2800 Meter gegangen, um einer C-140, einem Frachtflugzeug des Militärs, Platz zu machen. Der riesige graue Jet schien sich im Zeitlupentempo zu bewegen, entfernte sich jedoch schnell von der Cessna.

»Sie benutzen die Interstate 55 nördlich von Memphis, auf der anderen Seite des Flusses in Arkansas. Dort drüben ist die Fernstraße in einigermaßem gutem Zustand. Sie fliegen Hilfslieferungen ein. Im ganzen Land stauen sich Frachtflugzeuge und warten, daß sie hereinkönnen. Dieser Straßenabschnitt ist der einzige Ort im Umkreis von sechshundert Kilometern, wo eine Landung möglich ist. Der Flughafen in St. Louis ist außer Gefecht gesetzt, genauso der in Little Rock und in Louisville.«

Der Zeitpunkt zum Absprung kam dramatisch schnell.

»Dort liegt Memphis – schau mal, wie es brennt!« rief der Pilot. »Nicht zu glauben.«

Booker sah den Rauch lange bevor er die Flammen sah, soviel Rauch, daß es fast unmöglich war, irgendwelche Wahrzeichen ausfindig zu machen.

Der Pilot ging tiefer. Er fand eine Lücke in den Rauchwolken und glaubte, sich über dem Ostteil der Stadt zu befinden. »Besser als hier wird es nicht gehen!« rief er Booker zu, der seinen ganzen Mut zusammengerafft hatte und an die offene Tür trat. »Bereit?«

Booker nickte. Er hielt sich am Türrahmen fest, dann ließ er los, beugte sich vor und schloß die Augen, als er ins Leere fiel. Der Wind peitschte sein Gesicht und heulte in seinen Ohren; er war unglaublich laut und zerrte so heftig an seinen Hosen, daß er glaubte, er würde sie verlieren.

Zieh am Ring, sagte er zu sich. Zieh am Ring.

Tastend, mit noch immer geschlossenen Augen, umklammerte er den Metallring und zog ihn mit einem kräftigen Ruck nach unten, wie er instruiert worden war.

Sofort schoß er aufwärts, wurde kräftig durchgeschüttelt und spürte einen starken Druck in der Blase. Jetzt fiel er langsamer, schaukelte in seinem Gurtwerk. Er öffnete die Augen und starrte zum Paraglider hinauf, ein rechteckiger Baldachin in leuchtendem Gelb. An der hinteren Kante lief er spitz zu. Das aufgeblasene, reißfeste Gewebe, alles, was ihn in der Luft hielt, war viel kleiner, als er sich vorgestellt hatte.

Booker atmete durch und blickte hinab. Der Boden kam ihm schnell entgegen. Er zog an den rechten Schnüren und bewegte sich sofort nach rechts, weg von einer dicken Rauchwolke. Erleichtert merkte er, wie leicht er steuern konnte. Er zog an den linken Schnüren und drehte in dieser Richtung ab.

Herrlich.

Aber wo zum Teufel war er?

Es sah nach einem Wohnviertel aus. Durch den treibenden Rauch konnte er den Schaden erkennen; viele Gebäude waren eingestürzt. Er schätzte, daß er dreihundert Meter hoch war, drehte sich ein wenig in den Gurten und versuchte, die Universität ausfindig zu machen. Es war nicht möglich.

Der Wind heulte ihm in den Ohren, und er kam viel schneller herunter, als er geahnt hatte.

Unter sich sah er Pünktchen, Menschentrauben. Noch war er zu hoch, um Gesichter zu erkennen. Er steuerte direkt auf sie zu, weil er meinte, es sei eine gute Idee, jemanden in der Nähe zu haben, falls er die Landung verpfuschte und sich verletzte. Eine Menge Telefon- und Stromleitungen gab es da unten. Daran hatte er nicht gedacht.

Er riß an den rechten Schnüren und hörte einen Knall, fern, aber doch deutlich. Dann wieder, diesmal klarer, eine Serie scharfer Knalle. Es klang wie losgehende Feuerwerkskörper.

Die schossen auf ihn!

Unten entdeckte er drei oder vier Männer mit erhobenen Gewehren; er konnte sogar das Mündungsfeuer sehen.

Booker zog kräftig an den linken Schnüren; sein ganzer Körper kippte in diese Richtung. Ungefähr zweihundert Meter hoch entfernte er sich aus der Reichweite der Schützen, lockerte den Griff und kam wieder auf geraden Kurs. Die Erde war sehr nahe.

Er versuchte, sich an die Anweisungen des Lehrers über die Landung zu erinnern. Den Stoß mit den Beinen abfangen.

Flüchtig sah er den Fluß hinter sich; das bedeutete, daß er nach Osten trieb. Gut. Wenigstens stimmte die Richtung.

Stromleitungen und Bäume kamen ihm entgegen. Er würde in einem Garten landen. Oder auf einem Baum. Leute kamen gerannt, zeigten auf ihn, riefen. Er war sich nicht sicher, ob es sich um die Schützen handelte. Besser, es nicht herauszufinden.

Booker riß kräftig mit der rechten Hand an den Schnüren und bewegte sich von einem hohen Baum fort. Er trieb seitwärts durch die Luft, den Körper fast parallel zum Boden. Eine Bö hob ihn dreißig Meter in die Höhe. Er blickte hinab und befand sich über einem großen Park. Als er eine Lücke zwischen den Bäumen sah, zog er links, um darauf zuzusteuern. Er versuchte, sich auf die Landung vorzubereiten, und dann traf er auf. Seine Beine knickten ein, und er fiel auf den Bauch. Der noch offene Schirm schleifte ihn über das Gras, bis ihm einfiel, am Gurtöffner zu ziehen.

Er rollte mehrere Male herum und blieb auf dem Rücken liegen. Während er in einen blauen Himmel mit schmutzigen Rauchfahnen blickte, probierte er vorsichtig seine Arme und Beine aus; alles bewegte sich und schien zu funktionieren. Er orientierte sich und setzte sich Richtung Osten in Bewegung, auf die Universität zu.

Bei Dexter, Kentucky
15. Januar
11:25 Uhr

Binnen dreißig Minuten nach dem Aufbruch des Präsidenten landete ein Armeehelikopter UH-60 aus Fort Campbell, Kentucky, vor dem Erdbebenzentrum der Universität von Memphis. Auf persönliche Anordnung des Präsidenten war der Hubschrauber von Rettungseinsätzen abgezogen worden. Die Seismologen durften ihn benutzen, solange es notwendig war.

Erster Punkt der Tagesordnung war der Versuch, ein besseres ›Bild‹ von der neuen Verwerfung zu erhalten. Ihre anfänglichen Daten zeigten, daß sie unmittelbar nördlich von Caruthersville in Missouri begann, den Mississippi und einen Streifen von Tennessee kreuzte und sich rund zweihundertfünfzig Kilometer weit nach Kentucky hinein erstreckte.

Atkins und Jacobs interessierten sich besonders für den Bereich im äußersten Südwesten Kentuckys und im nordwestlichen Tennessee, wo die Verwerfung sich mit einem der Hauptabschnitte der New Madrid Seismic Zone überschnitt. Genau westlich vom Kentucky Lake und der Stadt Mayfield gelegen, war es vertrautes Gelände für Atkins und Elizabeth Holleran.

Das Team bestand aus fünf Personen – Atkins, Elizabeth, Walt Jacobs und zwei von Westons Geologen, Stan Marshal und Mark Wren.

Sie hatten hundert Kilogramm Gelatinesprengstoff in Plastikstangen mitgebracht. Die elektrischen Sprengkapseln, die die Ladung zündeten, waren mit einem eigens konstruierten Kondensator verbunden. Die Explosion wurde durch eine Funkwelle mit einer eintausend Volt starken Sprengapparatur ferngesteuert ausgelöst.

Sie hatten auch ein halbes Dutzend tragbare Seismographen und Geophone dabei, welche die Bodenschwingungen aufzeichnen und in elektrische Signale umwandeln würden, die dann auf Magnetband festgehalten werden konnten. Die Seismographen würden die Wellen messen, während sie sich in der Tiefe fortpflanzten. Verwerfungen und andere Unregelmäßigkeiten würden die Signale verlangsamen oder beschleunigen. Diese sogenannte ›Reflexionstechnik‹ wurde seit den zwanziger Jahren angewendet, um verborgene Erdöl- und Erdgaslager aufzuspüren.

Die weitere Ausrüstung bestand aus zwei in Deutschland hergestellten ›Vibratoren‹, großen Geräten mit Benzinmotor, die wie Preßlufthämmer aussahen. Die Maschinen schlugen mit hohem Tempo eine flache Metallplatte gegen den Boden und erzeugten so seismische Wellen. Die Seismographen und Geophone zeichneten sie auf.

Dahinter stand der Gedanke, mit Hilfe der wechselnden Wellenmuster, ähnlich wie mit dem CAT-Scanner, auf einer Karte darzustellen, wie die Verwerfung aussah und wie viele Brüche des Gesteins stattgefunden hatten. Die Daten würden die volle Länge und Breite der Verwerfung projizieren und ihnen helfen zu bestimmen, wieviel Spannungsenergie noch in der Erde vorhanden war; zahlreiche Brüche und der Grad, bis zu dem die Brüche sich geöffnet hatten, waren verläßliche Hinweise, daß das Gestein unter starker Spannung stand.

Die aus drei Mann bestehende Armeemannschaft, alle schwer bewaffnet, diente als Sicherheitskommando.

Als Atkins sich erkundigte, ob dies denn wirklich notwendig sei, meinte der Pilot, es sei zu gefährlich, unbewaffnet unterwegs zu sein. »Es ist zu vielen Plünderungen gekommen. Und es wird noch eine Weile dauern, bis wir alles unter Kontrolle haben.«

Es habe auch Berichte über wilde Hunde gegeben, die in Meuten durch die Gegend streiften, sagte er.

Elizabeth durchfuhr ein jähes Angstgefühl, als sie daran denken mußte, daß sie in jenem Bachbett nahe Blytheville in Arkansas beinahe zerfleischt worden wäre. Wie Atkins wünschte sie, sie hätten Zeit nachzuforschen, ob die Tiere auf etwas reagierten, das sie instinktiv im Erduntergrund wahrnahmen. Gern hätte sie gewußt, ob die anhaltenden Nachbeben etwas mit ihrem Verhalten zu tun hatten.

Oder spürten sie, daß noch ein großes Beben bevorstand?

Sie schob diesen beunruhigenden Gedanken von sich, während der Hubschrauber direkt über den Kentucky Lake flog. Der Wasserspiegel war gut zehn bis zwölf Meter gefallen, aber noch immer strömte Wasser durch den geborstenen Damm in den angeschwollenen Tennessee River.

Es war ihr erster richtiger Blick auf den Damm seit dem Beben. Sie konnte nicht glauben, wie vollständig er nachgegeben hatte. Das mächtige Bauwerk – Tore, Betonmauern, Kraftwerk – war verschwunden. Nur die verbogenen Reste der Schiffsschleuse standen noch.

Sie starrte auf das graue Wasser, in dem sie um ein Haar ertrunken wäre. Die Oberfläche war noch unruhig und voll weißer Schaumkronen. Sie flogen von Osten nach Westen über den See, gegen einen starken Wind.

Elizabeth glaubte, daß außer dem Wind noch etwas anderes für das brodelnde Wasser unter ihnen verantwortlich war. So weit sie sehen konnte, war der große See heftig aufgewühlt.

Atkins las ihre Gedanken.

»Der Boden ist immer noch unglaublich aktiv«, sagte er. »Der See hat keine Zeit gehabt, sich zu beruhigen.«

Ihre erste Station war nahe Dexter in Kentucky, etwa sechzig Kilometer westlich vom See. Atkins erinnerte sich gut an die Landschaft. Es war nicht weit bis zu der Kohlengrube, in die er und Jacobs eingefahren waren, um am Morgen vor dem Erdbeben seismische Meßwerte zu erhalten.

Wie lange lag das zurück? Drei Tage? Vier? Er hatte die Übersicht verloren.

In Gruppen handhabten sie die Vibratoren, indem sie sich über einhundert Meter breite Abtastflächen hin und her bewegten. Sie machten an mehreren Stellen Messungen. Es war ein kalter Tag mit Temperaturen um sechs oder sieben Grad, aber nach zehn Minuten hinter den unhandlichen Maschinen gerieten Atkins und Jacobs gehörig ins Schwitzen. Die Gerätepakete, die sie auf dem Rücken trugen, fühlten sich an, als wären sie mit Backsteinen gefüllt. Es war schwierig, das Hämmern abzufangen, da die flache Metallplatte am Ende des Vibrators unaufhörlich geräuschvoll auf die Erde schlug. Jeder Muskel begann zu schmerzen, auch Knochen, Kiefer, Zähne.

Elizabeth überwachte die Seismographen und Geophone. Sie bekamen gute, klare Meßwerte. Nach mehreren Stunden flogen sie an einen Ort, der näher an dem Punkt lag, wo die neue Verwerfung sich mit der alten überschnitt, nämlich in der äußersten nordwestlichen Ecke Tennessees, etwa einhundertneunzig Kilometer von Memphis.

Das Verfahren war einfach und nicht über Gebühr riskant. Mit einem Pfostenlochgrabgerät hoben sie zwei Meter tiefe Löcher aus und legten die Sprengstoffstangen hinein. Der Gelatinesprengstoff war so wirkungsvoll wie Dynamit, aber wesentlich gefahrloser zu handhaben.

Die Ladung wurde aus einer Entfernung von mehreren hundert Metern per Fernsteuerung gezündet. Die Explosionen, die Erd- und Schlammfontänen hundert Meter hoch in die Luft jagten, schickten auch seismische Wellen aus, die wie Miniaturerdbeben tief in die Erde ausstrahlten. Diese Wellen, die sich mehr als fünfzehn Kilometer weit fortpflanzten, wurden von Seismographen in der Nähe des Sprengungsortes aufgezeichnet. Die Reihe der Geophone fing die Schallwellen auf.

Beim Anbringen der Sprengladungen und dem Zünden wechselten sie sich ab. Um drei am Nachmittag stand die Sonne schon tief am Himmel. Der Pilot hatte strikte Order von seinem Stützpunktkommandanten, vor Einbruch der Dunkelheit wieder in Memphis zu sein. Zu viele Leute schossen nachts auf Flugzeuge, denn dies war nach dem Erdbeben ein beliebter Zeitvertreib geworden. Im ländlichen Tennessee und Kentucky waren mehrere Flugzeuge von Schnellfeuergewehren getroffen worden.

Bevor sie aufbrechen mußten, war noch Zeit für eine weitere Probesprengung. Atkins und Elizabeth waren an der Reihe, die Ladung anzubringen. Jacobs half ihnen.

Während die Hubschraubercrew aus sicherem Abstand zuschaute, ließ Elizabeth die Sprengladung vorsichtig in das Loch hinab, das sie gegraben hatten. Sie hatte die elektrische Sprengkapsel schon an den Kondensator angeschlossen, der an der Stange Gelatinesprengstoff befestigt war. Durch Drehen einer Skalenscheibe stellte Atkins den Kondensator auf die Funkfrequenz ein, die den Sprengstoff zünden würde.

Als sie vom Loch zurückwichen, sah Atkins, daß Wren hektisch winkte. Rund hundert Meter weit weg, schrie er etwas und gestikulierte mit den Händen, die Handflächen nach unten.

»Runter!« brüllte Jacobs, der instinktiv merkte, daß etwas schiefging.

Atkins warf sich gegen Elizabeth und riß sie um, gerade als die Erde hinter ihnen explodierte. Die Erschütterung raubte ihnen den Atem. Erdklumpen und Schlamm regneten auf sie herab.

Immer noch nach Luft schnappend, rappelte sich Atkins auf.

Wren kam ihm entgegengerannt. »Es war ein Unfall!« rief er. »Alles in Ordnung?«

»Was ist passiert?« fragte Atkins. Er war wütend.

»Mit dem Sprengapparat muß etwas schiefgegangen sein«, sagte Wren. »Das Zündlämpchen fing an zu blinken. Da habe ich nach Ihnen geschrien. Dann ging die Ladung hoch. Es ist einfach so passiert.«

Einfach so passiert?

Atkins glaubte das keine Minute. Die Sprengapparatur schickte kein Funksignal, wenn der rote ›Zünden‹-Schalter nicht absichtlich gedrückt wurde. Der Apparat verlangte eine genaue Reihe von Schritten, um eine Ladung zur Explosion zu bringen. Zuerst mußte man einen grünen ›Laden‹-Schalter drücken und festhalten, bis der Zähler anzeigte, daß das Gerät auf eintausend Volt war. Dann drückte man, während man immer noch den ›Laden‹-Schalter festhielt, den roten ›Zünden‹-Schalter. Man brauchte unbedingt zwei Hände für die Prozedur. Es war nicht leicht, einen Fehler zu machen. Atkins rief nach Marshal, der sich nicht von seinem Platz am Sprengapparat gerührt hatte.

»Warum haben Sie den Zündschalter gedrückt?« schrie Atkins ihn an. »Sie haben doch gesehen, daß wir noch nicht vom Sprengloch weg waren.«

»Ich habe ihn nicht angerührt«, sagte Marshal. »Es war Ihre Aufgabe, die Frequenz am Kondensator einzustellen. Sie müssen es selbst vermasselt haben.«

Marshal war fast einen Kopf größer als Atkins und hatte breitere Schultern und einen kräftigeren Brustkasten. Wütend ging Atkins direkt auf ihn zu, duckte ab, um einen rechten Aufwärtshaken zu setzen, und traf ihn an der Brust. Dann landete er zwei Treffer in Marshals Gesicht, doch der ging nicht in die Knie. Er hatte begonnen, sich zu wehren und teilte ein paar harte Hiebe aus, die Atkins abblockte.

Jacobs und die Soldaten liefen herüber und trennten sie.

»Blödes Arschloch!« schrie Atkins. »Sie hätten uns umbringen können.«

Marshal, der aus der Nase blutete, riß sich von den zwei Soldaten los, die ihn zu halten versuchten.

»Ich verklage Sie wegen Verleumdung, wenn Sie das nicht zurücknehmen. Sie waren nachlässig! Das ist alles.«

Atkins wollte wieder auf Marshal losgehen und mußte zurückgehalten werden.

Als er sich beruhigt hatte, ließ Atkins sich vom Piloten beiseite nehmen. »Ich kann den Scheißkerl genauso wenig leiden wie Sie, aber ich weiß nicht, was passiert ist«, sagte er. »Oder wer schuld hat. Und es ist mir auch ziemlich egal. Vor allem müssen wir nach Memphis zurück. Ich will nicht im Dunkeln fliegen und mir von einem Hillbilly, der auf die Welt sauer ist, weil er beim Erdbeben seine Hütte verloren hat, in den Arsch ballern lassen.«

Memphis
15. Januar
13:00 Uhr

Booker erreichte die Universität am frühen Nachmittag. Er war mit einem Kameraden gekommen, einem kleinen grauen Affen, der ihm bald nach seiner Landung im Overton Park gefolgt war. Booker wußte, daß der Zoo von Memphis dort lag, und nahm an, daß das Tier während des Erdbebens aus seinem Käfig entkommen war. Der Affe zitterte vor Kälte, und Booker hatte ihm einen von den Äpfeln gegeben, die er mitgebracht hatte. Von diesem Augenblick an war der Affe die ganze Zeit ungefähr drei Meter hinter Booker geblieben und ihm bis zur Universität gefolgt.

Er brauchte eine Weile, bis er das Erdbebenzentrum ausfindig gemacht hatte. Der Campus war ein Trümmerfeld, der Schaden schlimmer als alles, was er in Oak Ridge gesehen hatte, wo es schon schlimm genug war. Die Fassade der neuen Bibliothek war eingestürzt. Wohin er auch blickte, zerstörte Gebäude, und obwohl es kühl war, roch er den widerwärtig süßlichen Geruch der Leichen, die noch nicht aus den Trümmern geborgen worden waren und zu verwesen begannen. Wenn man sich nicht bald darum kümmerte, würde eine Epidemie ausbrechen.

Als Booker endlich das Erdbebenzentrum fand, erfuhr er, daß Walt Jacobs zu Tests unterwegs war und nicht vor dem Abend zurück sein würde. Ein bewaffneter Wachposten teilte ihm auch mit, daß die anderen Seismologen zu beschäftigt waren, um mit ihm zu sprechen, und verweigerte ihm den Zugang zum Gebäude.

Booker zeigte dem Posten seinen Ausweis vom Oak Ridge National Laboratory. »Ich bin aus einem verdammten Flugzeug abgesprungen, um herzukommen«, sagte er wütend. »Sie müssen mich reinlassen, damit ich mit jemandem sprechen kann.«

Der Sergeant schüttelte den Kopf. »Tut mir leid, Sir. Ich darf es nicht.«

Einer der Seismologen kam heraus, um eine Zigarette zu rauchen, und in diesem Augenblick schoß der Affe hinter Booker vor und sprang durch die offene Tür. Er hatte die warme Luft im Anbau gespürt und versuchte, aus der Kälte zu kommen.

»Verdammt.« Der Posten drehte sich um und nahm die Verfolgung auf.

Booker folgte dem Soldaten auf den Fersen in den Bau. Er hatte immer noch den leuchtend roten Overall und rote Stiefel an und trug einen kleinen Rucksack. Eine Schutzbrille hing ihm um den Hals. Alles in allem machte er einen ziemlich starken Eindruck.

Währenddessen sauste der Affe unter ohrenbetäubendem, verzweifeltem Kreischen durch den Bibliotheksanbau.

Steve Draper, der Wissenschaftsberater des Präsidenten, kam auf den Flur, um nachzusehen, was los war. Er war geblieben, um nach dem Abflug des Präsidenten die weitere Entwicklung im Auge zu behalten.

»Ich möchte mit jemandem über die Nachbeben sprechen«, sagte Booker, indem er direkt auf Draper zuging. Er kannte ihn nicht und hielt ihn für einen der Seismologen. »Versprechen Sie mir, daß Sie mich ausreden lassen.« Er erklärte rasch, wer er war und warum er hier war.

»Ich habe Notizen mitgebracht«, fuhr er hastig mit seiner Beschreibung fort. »Meiner Meinung nach würde die beste Tiefe bei mindestens sechshundert Metern liegen. Je tiefer, desto besser. Vor meinem Aufbruch habe ich auch noch ein bißchen geforscht. Ich habe mit einem Diagramm herumprobiert, das die Stärke eines Erdbebens mit der freigesetzten Energie, in Erg angegeben, darstellt. Die Energie, die von einem Erdbeben der Stärke fünf Komma fünf freigesetzt wird, hat ein Energieäquivalent von etwa zehn Erg. Eine Atombombe, eine kleine, sagen wir zwei oder drei Kilotonnen, würde ungefähr die gleiche Menge Energie liefern. Der Witz dabei ist, genügend Energie entlang der Verwerfung freizusetzen, um ein mäßiges Erdbeben zu produzieren. Aber nicht soviel, daß man ein großes auslöst. Ich bekomme das hin. Die Geologen brauchen mir nur zu sagen, wie stark die Bombe sein soll, damit sie diese Wirkung hat, und wo ich sie sprengen soll. Das dürfte eine ganz normale Rechenaufgabe sein. Ich würde es selbst machen, aber ich roste allmählich etwas ein.«

Draper starrte ihn an. Er sagte kein Wort.

Memphis
15. Januar
23:05 Uhr

Im Erdbebenzentrum warteten alle nervös darauf, daß Guy Thompson begänne. Um die Daten der seismischen Wellen zu analysieren, erzeugt von den vielen Nachbeben sowie von den Vibrations- und Explosionstests, die Walt Jacobs' Team durchgeführt hatte, waren Thompson und sein kleines Computerteam stundenlang tätig gewesen.

Weston saß wie gewohnt bei Marshal und Wren. Sie waren mit ganzen Stapeln technischer Unterlagen über das seismische System von New Madrid bewaffnet.

Atkins hatte seinen Platz so weit wie möglich von Marshal entfernt gewählt. Er wußte noch immer nicht, was er von der Pfuscherei bei der Sprengung halten sollte. Es schien ihm unmöglich, daß Marshal versehentlich die Sprengapparatur auf ›Zünden‹ gestellt haben könnte. Aber er sträubte sich dagegen, an die einzige andere Möglichkeit zu denken. Bis er die Zeit fände, sich über alle verwirrenden Möglichkeiten Klarheit zu verschaffen, beschloß er, Marshal scharf zu beobachten.

Thompson, die CD-Kopfhörer um den Hals drapiert, bat darum, die Lampen zu dämpfen. Er trug wunderschön bestickte Cowboystiefel in Blau und Schwarz und ein grünes Westernhemd mit weißer Passe. Sein rabenschwarzes Haar fiel ihm auf die Schultern.

Sein erstes Bild war eine Ansicht der Caruthersville-Störung, wie sie inzwischen jeder nannte, an ihrer Schnittstelle mit einem bereits vorher bekannten Abschnitt der New-Madrid-Verwerfungszone.

Die Verwerfung erschien auf der Leinwand wie aufgehängt am Gitternetz. Es war eine wunderbare Computergraphik.

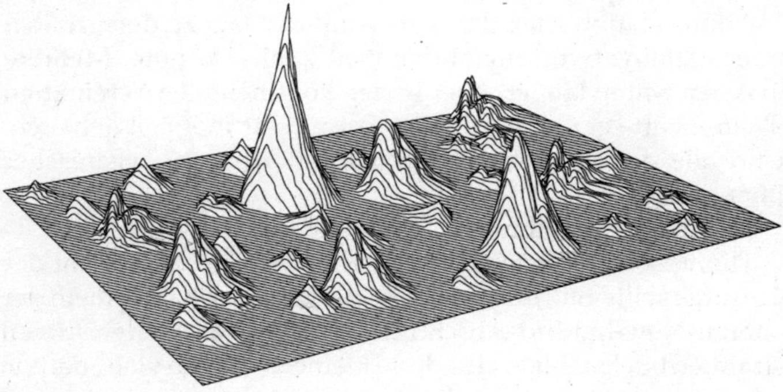

Kumulative Nachbebenaktivität im Bereich von zwanzig Quadratmeilen bei Mayfield, Kentucky

Der Bruch lag dreißig Kilometer tief und erstreckte sich auf einer nordöstlichen Linie ins westliche Kentucky. Die Verwerfungslinie endete bei Elizabethtown, etwa fünfzig Kilometer von Louisville. Lexington lag einhundert Kilometer weit weg, Cincinnati einhundertsiebzig.

»Die Gesamtlänge beträgt anscheinend rund zweihundertneunzig Kilometer«, erklärte Thompson.

Atkins warf einen Blick auf Elizabeth. Das war mehr als die ursprüngliche Schätzung.

In Verbindung mit der New Madrid Seismic Zone reichte das Verwerfungssystem in sechs Staaten hinein.

»Das ist gewaltig«, bemerkte Thompson. »In Nordamerika gibt es nichts Vergleichbares. Auch San Andreas hält da nicht mit. Nichts. Die seismischen Daten von anderen Meßstellen im oberen Mississippital zeigen Nachbeben in fast jedem Abschnitt des New-Madrid-Systems an. Das meiste konzentriert sich entlang der Caruthersville-Störung.«

Tiefe Stille trat ein. Die Wissenschaftler im Raum waren müde, erschöpft. Sie arbeiteten seit Tagen in einer Stadt, die vom Erdbeben verwüstet war, wo sie nur Zerstörung um sich herum sahen. Wo noch immer Leichen auf den Straßen lagen. Sie waren emotional ausgelaugt. Es fiel ihnen schwer, die Energie aufzubringen, um auf Thompsons besorgniserregende Daten zu reagieren.

Atkins glaubte, daß das, was vor ihnen lag, zu den größten Interplattenverwerfungen der Welt zählen könnte. Mehrere in Asien waren länger. Aber in den kontinentalen Vereinigten Staaten hätte er etwas wie das hier nie für möglich gehalten. Und alle diese Verwerfungslinien zitterten vor seismischer Energie.

Es kam noch schlimmer.

Thompsons nächstes Bild war eine weitere Nahansicht der Caruthersville-Störung an der Stelle, wo sie sich mit einem der älteren New-Madrid-Abschnitte kreuzte. Von beiden Linien strahlten buchstäblich Hunderte kleinerer aus, so viele, daß sie wie Adern aussahen, die mit Hauptarterien verbunden waren.

»Das sind Spannungsbrüche«, sagte Thompson. »An manchen Stellen erstrecken sie sich über dreißig Kilometer oder mehr. Solche klaren Darstellungen habe ich noch nie gesehen. Die von den Explosionen erzeugten seismischen Wellen wurden jedesmal, wenn sie einen dieser Brüche trafen, erheblich langsamer.«

Ein anderes Bild, eines der aufregendsten von allen, zeigte eine Reihe scharfer Gipfel, die sich wie eine Gebirgskette aus der neuen Verwerfungszone erhoben. Die Spitzen stellten eine gehäufte Nachbebenaktivität in diesem Bereich dar. Jede der höheren Spitzen stand für ein Minimum von zwanzig Nachbeben, die im gleichen etwa zehn bis zwölf Kilometer großen Bereich aufgetreten waren. Die Verhältniszahl war bei den kleineren Gipfeln geringer.

Während Elizabeth zuhörte, wurde ihre Stimmung immer gedrückter. Das komplexe Netz von Verwerfungen und Brüchen wies auf die große Menge noch im Untergrund vorhandener Spannungsenergie hin.

»Können Sie uns sagen oder schätzen, wieviel Energie freigesetzt wurde?« fragte sie.

Thompson hatte auf diese Frage gewartet. Er wußte, daß die Antwort wie eine Bombe einschlagen würde.

»Unsere Analyse weist auf die Freisetzung von etwas weniger als zehn Erg Energie hin.«

»Unmöglich!« platzte Weston heraus.

Das bedeutete, daß das 8,4-Beben ungefähr den Tagesverbrauch der gesamten Vereinigten Staaten an Energie freigesetzt hatte oder etwa genausoviel wie der gewaltige Vulkanausbruch auf Krakatau von 1883, der die Erdatmosphäre jahrelang mit Asche und Schmutz verdunkelt hatte. Nur das chilenische Erdbeben von 1960 mit der Stärke acht Komma sechs hatte mehr Energie freigesetzt, aber seine Ausdehnung war viel geringer gewesen. Nur mehrere hundert Kilometer im Vergleich zu über eintausendfünfhundert für das 8,4-Beben von New Madrid.

Thompson setzte es ins Verhältnis zu einem anderen Bild, das er auf die Wand projizierte. »Wenn die Energiemenge, die bei einem Beben der Stärke drei freigesetzt wird, als Murmel dargestellt würde, dann wäre das Beben, das wir gerade hatten, ein Heißluftballon.«

»Und der Boden bebt immer noch«, sagte Elizabeth fast für sich. Es war kaum zu verstehen, wie nach einem so gewaltigen Erdbeben und der Kette starker Nachbeben überhaupt noch Energie übrigbleiben konnte.

Walt Jacobs zog eine Wandkarte herunter, die er für Vorlesungen benutzte. Sie beschrieb Schritt für Schritt die Chronologie der drei großen Beben von 1811–1812.

Atkins bemerkte besorgt, wie sehr sein Freund körperlich nachgelassen hatte. Er sah aus, als hätte er abgenommen, besonders war das an seinem schmalen Gesicht zu erkennen. Seit Tagen hatte er sich nicht mehr rasiert, und der Bart und die dunklen, eingesunkenen Augen trugen zu dem wilden, ungepflegten Aussehen bei. Manchmal schien er sich wie in einem Nebel zu bewegen. Unmittelbar vor der Sitzung hatte Atkins ihn am Schreibtisch sitzend und ins Leere starrend angetroffen.

»Das erste Beben, das vom 16. Dezember 1811, lag vorsichtig geschätzt in einem Bereich von acht Komma eins bis acht Komma drei«, erläuterte Jacobs. Sobald er zu reden begann, schien die Erschöpfung von ihm abzufallen. Dann wirkte er lebhaft und drückte sich gut aus. »Wir haben geschätzt, daß das einzelne Beben und dazugehörige Nachbeben nur die Hälfte der in der Verwerfungszone gespeicherten Spannungsenergie freisetzten. Nur die Hälfte, meine Dame, meine Herren.«

Elizabeth flüsterte Atkins zu: »Ich weiß nicht, ob ich den Rest der Geschichte hören will.«

»Dann brach am 23. Januar 1812 das zweite Starkbeben aus«, fuhr Jacobs fort. »Die Forschung ergibt, daß es ebenfalls ein Beben der Stärke 8-plus war. Wie beim ersten waren die Druckwellen von den Rocky Mountains bis an die Ostküste zu spüren. Wir glauben, daß es etwa 16 Prozent der vorhandenen Spannungsenergie freisetzte.«

Also blieb immer noch eine Unmasse in der Erde, dachte Atkins. Es war fast unglaublich.

»Wieder gab es eine Serie schwerer Nachbeben«, sagte Jacobs. »Dann brach ein weiteres Starkbeben aus. Das letzte der Serie. Es begann am 7. Februar um 3:45 Uhr morgens. Ein Dipslip-Bruch, der über die ganze Reelfoot-Stufe ausstrahlte. Die

Stärke wurde unterschiedlich geschätzt, nicht mehr als acht Komma sechs und nicht weniger als acht Komma eins.«

Jacobs blickte in die Gesichter vor ihm. Alle hingen an seinen Lippen. »Der einzige Punkt, auf den ich hinauswill, ist, daß nach dem ersten Beben der Serie sehr viel seismische Energie im Boden eingeschlossen blieb.«

Weston stand kopfschüttelnd auf. »Das ist sehr interessant, Walt. Aber die Tatsache, daß wir eine Menge elastischer Spannungsenergie im Boden gespeichert haben, beweist nicht, daß wir mit einem weiteren Beben der Stärke acht rechnen müssen. Und das wollen Sie doch andeuten. Statistisch betrachtet ist es praktisch unmöglich. Denn wir alle wissen, daß es strukturelle Barrieren gibt, die eine Ausbreitung aufhalten werden, gleichgültig wieviel Spannungsenergie noch vorhanden ist. Es gibt zu viele Variablen. Zu viele Unbekannte. Ich werde keine öffentliche Erklärung gegenteiligen Inhalts gutheißen.«

»Sie meinen nicht, daß wir die Bevölkerung zumindest vor der Möglichkeit eines weiteren großen Erdbebens warnen sollten?« fragte Atkins. Sie hatten diese Debatte vor wenigen Tagen schon einmal geführt, ohne Ergebnis.

»Das wäre verantwortungslos«, sagte Weston.

»Aber verdammt noch mal, Sie beantworten meine Frage nicht. Antworten Sie mit ja oder nein, Paul.«

Steve Draper, der hinten im Raum saß und fleißig Notizen machte, schlug vor, die Sitzung kurz zu unterbrechen.

»Warum besorgen wir uns nicht alle was zu essen? Versuchen Sie, sich auszuruhen, und kommen Sie in – sagen wir einer Stunde zurück. Dann gehen wir die Berechnungen noch einmal durch. Und unsere Möglichkeiten – falls wir welche haben. Der Präsident wartet gespannt darauf, Ihre Gedanken zu weiterer seismischer Aktivität zu erfahren.« Mit Bedacht vermied er das Wort ›Vorhersage‹.

Draper nahm Atkins und Elizabeth beiseite. »Ich möchte Sie mit jemandem bekanntmachen. Er hat sich einige Gedanken über die Situation gemacht. Sie werden seinen Plan provozierend finden.«

Er führte sie in ein kleines Konferenzzimmer, wo er sie Fred Booker vorstellte.

Nahe dem Kentucky Lake
15. Januar
17:10 Uhr

Lauren Mitchell war beunruhigt. Ihr Enkelsohn war seit fast fünf Stunden fort. Er war mit der Schrotflinte jagen gegangen. Sie brauchten Fleisch, und der Junge war ein guter Schütze. Oft genug hatte er Kaninchen und Eichhörnchen für die Küche erlegt. Im Jahr zuvor hatte er sogar seinen ersten Hirsch geschossen.

Lauren hatte ihm das Versprechen abgenommen, sich von den Straßen fernzuhalten. Falls er Autos oder Lastwagen hörte, sollte er in Deckung gehen. Die Straßen waren nicht sicher. Es waren zu viele Landstreicher unterwegs. Im Erdbebengebiet war der Gesetzesvollzug weitgehend zur persönlichen Angelegenheit geworden. Die Bewohner hatte man gedrängt, alles zu tun, was sie für notwendig hielten, um sich und ihr Eigentum zu schützen.

Fast ebenso beunruhigend waren die Berichte über seltsames Tierverhalten – Geschichten über wilde Hunde, über Rinder und Pferde, die übergeschnappt waren. Lauren erinnerte sich noch, wie ihr Urgroßvater ihr vom New-Madrid-Beben von 1895 erzählt hatte. Wie zwei Tage vor dem Ausbruch alle Hühner und das Milchvieh auf ihrer Farm in Panik geraten waren. Ein großes rotes Rhodeländer-Huhn hatte ihn plötzlich im Hühnerstall angegriffen und mit einer Kralle verletzt. Sie erinnerte sich, daß er einen Hemdsärmel aufrollte, um ihr die weiße Narbe zu zeigen, die vom Ellbogen bis zum Handgelenk lief.

Lauren mußte an diese Geschichte denken, während sie sich um Bobby Sorgen machte. Sie haderte zunehmend mit sich selbst, weil sie ihm erlaubt hatte, allein fortzugehen. Eigentlich hatten sie noch genügend für mehrere Wochen zu essen. Sie hätte sich nicht von ihm überreden lassen dürfen zu erlauben, daß er allein auf die Jagd ging.

Gerade wollte sie einen Mantel überziehen, um den Jungen suchen zu gehen, als sie ihn rufen hörte.

Er rannte keuchend durch die Maisstoppeln auf dem Feld hinter ihrem Haus; sein Atem bildete weiße Wölkchen, während er einen niedrigen Hügel hinauflief. Drei große Kaninchen baumelten an seinem Gürtel. Er hatte eine blaue Strickmütze auf und trug die Schrotflinte.

Als sie auf die hintere Veranda trat, winkte und schrie er: »Es ist ... ein ... Canyon!«

Während er mühsam die Worte hervorbrachte, beugte er sich vor und versuchte, Luft zu holen. Dann ließ er die Schrotflinte und die Kaninchen fallen.

»Unten am Millet Creek«, stieß er immer noch nach Luft schnappend hervor.

»Was ist unten am Bach?« fragte Lauren. Er war weiter gegangen, als sie vermutet hatte. Der Bach war fast acht Kilometer entfernt und schlängelte sich in einer krummen Linie zum Clark's River, der nahe Paducah in den Tennessee mündete.

»Ein tiefer Spalt in der Erde«, sagte Bobby. »Er muß sich bei dem Beben geöffnet haben. Du mußt ihn dir ansehen. Er ist bestimmt eineinhalb Kilometer lang. Ich konnte den Grund nicht sehen.«

Memphis
16. Januar
0:15 Uhr

Walt Jacobs lehnte sich auf seinem Stuhl zurück, den Blick starr geradeaus gerichtet, und schüttelte den Kopf.

»Ich will davon nichts mehr hören«, sagte er. »Das ist Wahnsinn.«

Der Wissenschaftsberater des Präsidenten, Steve Draper, hatte ihn gebeten, zu einem privaten Gespräch mit Atkins und Elizabeth Holleran in einen Geräteraum zu kommen. Es fiel ihm ohnehin schwer, sich zu konzentrieren; er wartete immer noch auf eine Nachricht von seiner Frau und den Kindern. Die zwei Doktoranden, die sich angeboten hatten, zu seinem Haus zu gehen, waren nicht zurückgekehrt, und er machte sich allmählich um sie ebensoviel Sorgen wie um seine Familie. Außerdem hatte er weniger als vier Stunden am Tag geschlafen, und seine Nerven waren zum Zerreißen angespannt. Nein, Geduld für verrückte Einfälle brachte er jetzt nicht auf.

Jacobs geriet selten in Wut, aber diesmal war er so zornig, wie Atkins ihn nie erlebt hatte.

Sie hatten gerade gehört, wie Fred Booker seine Theorie erläutert hatte, mit einem nuklearen Sprengsatz die Erdbebenserie zu entschärfen.

Booker bemerkte Jacobs' zunehmende Feindseligkeit kaum. Tief in Gedanken versunken, stand er an einer Tafel und skizzierte mit einem Stummel Kreide die Verwerfungszone, die Guy Thompson graphisch vorgeführt hatte. Er arbeitete flink, machte schnelle, scharfe Striche auf der Tafel. Kreidestückchen flogen durch die Luft.

»Wenn dies hier der seismisch aktivste Abschnitt ist, würde ich ihn als Ziel wählen.« Er kreiste den Bereich ein, dann zog er eine waagerecht Linie mitten durch. »Da würde ich den Schacht bohren. Wir legen die Bombe so tief, wie wir bohren können. So tief, wie die Zeit es erlaubt. Größe der Bombe und Örtlichkeit müßten natürlich äußerst genau berechnet werden. Das würde ich Ihnen über ...«

Jacobs reichte es. »Wir befinden uns mitten in einer Katastrophe, und Sie vergeuden unsere Zeit mit so etwas«, sagte er und warf im Aufstehen einen Stuhl um. »Wir werden keine Atombombe zünden. Es ist nicht einmal die Diskussion wert.«

»Wie können wir wissen, daß eine nukleare Ladung nicht tatsächlich ein großes Beben auslöst?« fragte Atkins. »Ihm gerade den nötigen Anstoß gibt?« Genau das wollten sie ja vermeiden, und für ihn war dies das gefährlichste Element in Bookers verblüffendem Vorschlag. Sie hatten keinerlei empirische Beweise, auf die sie sich berufen konnten. So etwas war noch nie probiert worden. Er konnte es einfach nicht glauben.

Booker sagte: »Das kann ich nicht beantworten. Es bleibt ein Risiko. Und ich unterschätze das nicht. Ich sage nur, daß ich eine Ladung bestimmen und zünden kann, wenn Sie mir sagen können, wieviel Energie entlang der Verwerfung freigesetzt werden muß, um die Spannungsenergie zu reduzieren.« Er sah Jacobs an. »Stühle in die Gegend zu werfen löst unser Problem nicht. Hat es jedenfalls draußen auf dem Versuchsgelände in Nevada nie.«

»Scheren Sie sich zum Teufel«, sagte Jacobs. »Sie wissen also, wie man große Löcher in den Boden sprengt. Verdammt, und was ergibt das für einen Sinn?«

Booker starrte Jacobs an. Er stand direkt vor ihm. »Der Sinn ist, daß wir etwas tun können«, sagte er laut und in enttäuschtem Ton. »Wir können versuchen, etwas zu tun. Wir brauchen hier nicht rumzusitzen und unsere kostbaren Daten anzustieren, bis wir wieder durchgeschüttelt werden.«

Draper bat Jacobs und Booker, sich zu beruhigen; er befahl es ihnen direkt. Nach seinem letzten Ausbruch hatte Booker die Schutzbrille abgenommen und durch das Zimmer geschleudert.

Spekulationen, daß eine richtig plazierte Kernexplosion ein Erdbeben entschärfen könnte, gab es schon lange. Atkins wußte davon, aber sie waren eben nur – Spekulation. Kein angesehener Geologe hatte so etwas jemals ernsthaft vorgeschlagen, hatte es allenfalls als Hypothese angesprochen. Es war ein Randproblem – zu abgelegen, um ernsthaft diskutiert zu werden, zu weit hergeholt. Andererseits zweifelte niemand daran, daß eine Atombombe ein Erdbeben auslösen konnte. Dafür gab es genug Beispiele. Manche solcher Beben waren sogar ziemlich kräftig, im Bereich der Stärke fünf, vielleicht sogar mehr.

Elizabeth fragte: »Gab es nicht einmal eine Diskussion, daß ein sowjetischer unterirdischer Test in den späten siebziger Jahren ein Beben von der Stärke sieben im Iran ausgelöst haben könnte?«

»Ich weiß über dieses Beben Bescheid«, antwortete Atkins. Er hatte Tabas besucht, eine Stadt im entlegenen Westiran, wo mindestens fünfundzwanzigtausend Menschen umkamen. »Die Sowjets zündeten rund sechsunddreißig Stunden vor dem Beben eine 10-Megatonnen-Bombe in Semipalatinsk.

Aber nie hat jemand eine eindeutige Ursache-Wirkung-Beziehung zwischen den beiden Ereignissen hergestellt. Und das ist das Problem bei allen Atombombengegnern, die sich sorgen, daß unterirdische Versuche die Erde anfälliger für starke Erdbeben gemacht hätten. Es gibt keine harten Beweise. In Wirklichkeit ist es ein emotionales Argument ohne jede wissenschaftliche Grundlage.«

»Vielleicht leben ein paar Millionen Menschen in der Nähe – oder auch drei Stunden Fahrt entfernt von jeder beliebigen Stelle entlang dieser Verwerfung, wo Sie die Bombe zünden würden«, sagte Jacobs in einem Ton, der noch immer höchst ärgerlich war. »Was geschieht, wenn etwas schiefgeht und die ganze Radioaktivität in die Luft entweicht oder in den Boden dringt?« Er war wütend und bemühte sich nicht, zu verbergen, wie ihm zumute war.

Booker sagte: »Ich bin mir einigermaßen sicher, daß wir jedes Entweichen von Radioaktivität verhindern können und daß wir …«

»Einigermaßen?« fiel ihm Jacobs höhnisch ins Wort.

»So viele Menschen der Radioaktivität auszusetzen ist ein Problem«, entgegnete Booker zornig. »Zweifellos. Aber eine ebenso wichtige Frage, die Sie beantworten müssen, ist, was geschieht, wenn Sie noch ein Beben von der Stärke acht bekommen. Was ist, wenn es seismische Aktivität an den anderen Verwerfungen auslöst, von denen Doktor Thompson vor wenigen Minuten gesprochen hat?« Er verspürte eine Wut wie nie zuvor in seinem Leben. Wie oft schon hatte er es mit halsstarrigen Dummköpfen zu tun gehabt. Halsstarrigen Dummköpfen mit Doktortiteln. Er stürmte auf Jacobs' Platz zu und schlug mit der Faust auf den Tisch. »Wenn Sie das für eine ernstzunehmende Möglichkeit halten, lautet meine Frage an Sie: Versuchen Sie es wirklich, eine Methode vorzulegen, um eine Katastrophe zu verhindern, oder zucken Sie einfach die Achseln und sagen, tut mir leid, wir können nichts dagegen tun? Es ist eben ein Naturereignis!«

Er wandte sich an Atkins, der mit dem Rücken zu ihm stand und Löcher in die Wandtafel starrte. »Was ist, wenn Sie wieder so einen Dreier hier bekommen? Ist das nicht die Frage, die alle so besorgt macht? Mir jedenfalls hat sie eine Heidenangst eingejagt. Ich möchte nicht noch ein Beben der Stärke acht durch das Tal rasen sehen. Das Tal würde es nicht überleben, und ich bin mir nicht sicher, ob das Land es könnte.«

»Wir wissen noch immer nicht, wieviel Energie dort unten eingeschlossen ist«, wandte Atkins ein. »Es gibt keine hinreichenden Methoden, um sie zu messen.«

»Entschuldigung, Entschuldigung.« Booker ballte die Fäuste und senkte frustriert den Kopf. »Aber habe ich nicht eben erst eine Diskussion über vielfache Brüche entlang der neuen Verwerfung gehört? Ist das kein Beweis für vorhandene Spannungsenergie?«

»Ja, aber das Problem ist immer gewesen, wie man sie mißt«, sagte Jacobs, dessen Feindseligkeit nicht verflogen war. »Mit Sicherheit können wir nur sagen, daß Verformungen oder Hebungen oder die Zahl der Nachbeben auf einen beachtlichen Aufbau von tektonischem Streß hinweist. Aber wir wissen nicht, wieviel Streß sich tatsächlich dort aufgeladen hat oder wieviel gebraucht würde, um ein Erdbeben auszulösen.«

Booker atmete tief durch. Er fragte sich, ob der Mann ihm überhaupt zuhörte. »Lassen Sie es mich so einfach ausdrücken, wie es mir möglich ist«, sagte er. »Glauben Sie, daß es zu einem weiteren Erdbeben kommen wird? Das ist doch die Frage, oder? Ist ein weiteres Erdbeben möglich?«

Lange sprach keiner. Dann sagte Jacobs: »Ja, das ist möglich.«

Bei Benton, Kentucky
16. Januar
8:00 Uhr

Die Nachricht über die tiefe Spalte kam von Lauren Mitchell, der es gelungen war, bei Mayfield eine Rotkreuzeinheit mit einem Kurzwellenradio zu finden. Kurz nach Tagesanbruch flog eine Gruppe vom Erdbebenzentrum in Memphis mit einem Armeehubschrauber HU-60 direkt zu der Stelle.

So etwas hatte Elizabeth Holleran noch nie gesehen: eine Spalte, die fast eineinhalb Kilometer lang war bei einer wechselnden Tiefe von fünfundsiebzig bis zweihundert Metern. Der tiefe Riß in der Erde war sogar viel länger. Die aus der Luft sichtbare Narbe, die anzeigte, wo er sich bereits geschlossen hatte, zog sich fast drei Kilometer durch die hügelige, bewaldete Landschaft im Westen Kentuckys.

Es war kurz nach acht Uhr. An tragbare Generatoren angeschlossene starke Scheinwerfer leuchteten die Tiefe des Risses aus. Nachdem sie eine Stunde darauf verwendet hatten, ihn zu besichtigen und die Lampen anzubringen, war Elizabeth bereit hinabzusteigen.

Atkins nahm sie beiseite. »Willst du das wirklich machen?« fragte er. Ihm gefiel der Plan überhaupt nicht, aber ihm war klar, daß sie sich nicht abhalten ließe. Die Spalte war eine beispiellose Gelegenheit, nach Hinweisen auf frühere Erdbeben zu suchen. Elizabeth war fest entschlossen, sie zu nutzen.

»So einen Graben könnte ich in Kalifornien nur bekommen, wenn ich ein Dutzend Schaufelbagger ein Jahrzehnt lang mit Überstunden arbeiten ließe«, meinte sie. Sie hatte drei Jahre gebraucht, um zwei Gräben an der San-Andreas-Störung auszuheben, die drei Meter tief und nur fünfzig Meter lang waren. Gar kein Vergleich zu diesem hier.

Elizabeth, Atkins und ein kleines Team vom Erdbebenzentrum hatte den eiligen Abstecher zum Millet Creek gemacht. Paul Weston wollte Stan Marshal mitschicken, machte aber einen Rückzieher, als Atkins und Elizabeth sich weigerten zu fliegen, falls er mit von der Partie wäre. Weston beschloß, es nicht zu erzwingen, da er merkte, daß ihm nichts anderes übrigblieb. Sie brauchten Elizabeth wegen ihrer Sachkenntnis.

Der Zwischenfall mit der Sprengladung fraß noch immer an Atkins. Er wollte glauben, daß es ein Unfall war, und dennoch machte diese Sache ihm zu schaffen. Einem Mann mit Marshals Wissen und praktischer Erfahrung unterlief kein beinahe tödlicher Fehler wie dieser. Das passierte einfach nicht. Er mußte es durchdenken. Bisher hatte er nur einen quälenden Verdacht und genügend schwelenden Zorn, um sich Marshal so weit wie möglich vom Leib zu halten.

Er hatte gehofft, Walt Jacobs würde den Ausflug mitmachen, aber Jacobs war seit ihrem Gespräch mit Draper und dem Kernphysiker Fred Booker ungewöhnlich gedämpft. Jacobs hatte seine Absage, die Spalte zu besichtigen, damit begründet, daß er im Erdbebenzentrum bleiben müsse.

Atkins vermutete, daß hinter der negativen Reaktion seines Freundes auf Bookers kühnen Vorschlag, mit einer Kernexplosion ein weiteres großes Erdbeben ›auszuschalten‹, mehr steckte. Auch Atkins war nicht bereit, die Idee ernst zu nehmen, und es beunruhigte ihn, daß ein hervorragender Wissenschaftler wie Steve Draper sich so interessiert zeigte. Nach der Begegnung mit Booker hatte Draper sie alle mit pointierten, oft nicht zu beantwortenden Fragen bombardiert. Jacobs hatte besorgt gewirkt, sogar uninteressiert, was gar nicht seine Art war. Atkins vermutete, es könnte mit seiner Frau und den Kindern zu tun haben. Er hatte noch immer nicht gehört, ob sie außer Gefahr waren.

Elizabeth trug einen Overall, Lederhandschuhe und einen Schutzhelm, an dem sich eine starke Lampe befand. Um den Hals hatte sie eine kleine 35-mm-Kamera gehängt. Sie wollten sie an einem Seil in die Spalte hinablassen und dazu die elektrische Winde und den Luftrettungssitz des Hubschraubers verwenden.

Atkins wollte nicht, daß sie länger als unbedingt nötig dort unten blieb. Seit ihrer Ankunft hatten mehrere leichte Erdstöße die Gegend erschüttert, und Teile des Grabens drohten einzustürzen. Immer wieder brachen Stücke der Kante weg und fielen in die Schlucht.

Am liebsten hätte Atkins sie begleitet, aber er wußte, daß er nur im Weg sein würde.

Elizabeth plante, so tief wie möglich abzusteigen, um nach Hinweisen auf Sandblasen oder Horizontalverschiebungen zu suchen, dünnen Sprüngen im Boden, von denen manche nicht deutlicher als Haarrisse waren. In den verschiedenen Schichten eingelagert, waren sie beredte Zeichen für Erdbeben, und ihr geschultes Auge, durch die jahrelange Grabungsarbeit in der San-Andreas-Störung geschärft, entdeckte sie sofort. Das jüngste Erdbeben hatte sie alle bloßgelegt und ein Wandbild der Vergangenheit geschaffen.

Sie würde nach kohlenstoffhaltigen Stücken suchen – Fragmenten von Blättern, Torf oder Zweigen, die im Boden abgelagert wurden, als der Verschiebungsbruch oder die Sandblasen entstanden waren.

Durch die Radiokarbondatierung dieser Bruchstücke konnte sie eine stratigraphische Karte der Geschichte früherer Erdbeben an der Verwerfung ausarbeiten. Ein anderer Armeehubschrauber, der bereits unterwegs war, würde die Proben zur Universität von Illinois in Champaign-Urbana bringen, wo die Datierung durchgeführt werden konnte. Dort stand das nächste Massenspektrometer, ein Gerät, das selbst von winzigen Kohlenstückchen präzise Daten ermitteln und auf diese Weise das Erdbeben datieren konnte, das die Gänge, Sandblasen und andere Formationen erzeugt hatte.

Elizabeth brauchte nicht viel Kohle, nur einige Körner. Die Technik beruhte darauf, die Fragmente zu verbrennen und in Kohlendioxid umzuwandeln. Das Kohlendioxid wurde dann erhitzt und in Graphit umgewandelt. Das Graphit gab man in das Spektrometer, das die C-14-Atome in der Probe analysierte und ihr Alter mit einer Genauigkeit von plus/minus dreißig Jahren bestimmen konnte.

»Ich weiß, es ist Ihr Auftrag, aber ich würde davon abraten«, sagte der Crewchef, während er gekonnt ein Seil unter Elizabeths Arm durchzog und einen einfachen Palstek schlang, der sich nicht lösen würde. »Der Boden ist unruhig. Dieser Graben könnte sich jederzeit schließen.«

Atkins dachte das gleiche. Die letzten Stöße waren ungewöhnlich heftig gewesen. »Versuche, es schnell zu erledigen, Liz«, sagte er. Dabei nahm er ihre Hände. Sie war eine großartige, tapfere Frau. Während der letzten Tage war ihm klar geworden, wie außergewöhnlich sie war und wieviel sie ihm bedeutete. Das hätte er ihr jetzt gern gesagt. Sie hatten seit dem Beben kaum Gelegenheit gehabt, sich besser kennenzulernen. Atkins freute sich darauf und spürte, daß sie genauso empfand. Er hoffte es.

»Geh kein Risiko ein«, sagte er.

»Mach dir keine Sorgen«, erwiderte Elizabeth lächelnd. »Ich war nicht mal bei den Pfadfinderinnen besonders waghalsig.«

Elizabeths Helm war mit Kopfhörern und Mikrophon ausgestattet, so daß sie mit der Mannschaft über Tag sprechen konnte. Sie überprüfte alle Knoten und Schnallen an ihren Sitzgurten und signalisierte den Männern, sie über die Kante hinabzulassen.

»Laßt mich drei Meter hinunter«, sagte sie. Mit dem Rücken zum Graben stieß sie sich mit den Füßen von der Wand ab und ließ das Seil durch die Finger gleiten. Sie hatte schon mehrere Stellen nahe der Oberfläche ausgespäht, die sie untersuchen wollte.

Nach wenigen Minuten rief sie: »Volltreffer! Alles voller Narben hier. Sandblasen, eine große Lateralverschiebung. Könnte bei den Beben von 1811–1812 entstanden sein.« Mit einer Kelle kratzte sie vorsichtig an der steilen Wand. »Es gibt hier eine Menge Torf.« Sie verwahrte die Proben in Zellophantütchen, die sie in einem Beutel um die Taille trug.

Atkins hoffte, daß ihr das reichen würde, aber natürlich tat es das nicht. »Probieren wir es noch fünf Meter tiefer«, hörte er ihre Stimme.

Ein Mann von der Hubschrauberbesatzung gab vorsichtig mehr Seil.

»Ich sehe Hinweise auf Brände«, sagte Elizabeth. »Sie könnten von Blitzeinschlägen herrühren, die einen Teil des Hangs in Brand setzten.« Sie verstaute einige Fragmente Holzkohle in einem Probenbeutel und bat, drei Meter tiefer hinabgelassen zu werden.

Es war ein grauer, trüber Morgen mit scharfem Wind. In die Spalte fiel nicht viel Licht. Atkins und die andern hatten Sicherungsseile um die Taille gebunden, damit sie nicht abstürzten, wenn der Boden plötzlich nachgäbe. Nach dem, was er von oben sehen konnte, wurde das Alter der freigelegten Wand aus Sedimentschichten wahrscheinlich in Tausenden von Jahren gemessen, nicht in Zehntausenden.

Das war günstig, dachte er. Sie waren mehr an den jüngeren Zeugnissen großer Beben interessiert – solchen, die ein- oder zweitausend Jahre vor den Katastrophenbeben des letzten Jahrhunderts stattgefunden hatten. Das würde ausreichen, um ein Muster zu ergeben – falls eines existierte.

»Das hier sieht aus wie eine Schichttorte«, sagte Elizabeth. »Laßt noch mal fünf Meter raus.«

Elizabeth ließ den Lichtkegel ihrer Lampe über die unebenen Wände des Grabens spielen, dann konzentrierte sie sich auf eine weitere große Narbe, die aussah, als wäre sie von einem Explosionskrater geschaffen worden.

»Diese Sandblase ... ist ... riesig!« rief sie. Sie war etwa fünfundzwanzig Meter tief. Die vertikalen Spalten waren noch eindrucksvoller – und gleichermaßen beunruhigend. Sie untersuchte zwei dieser Zickzackrisse und kratzte von beiden Proben ab. Einer davon schien ein uraltes Bachbett durchtrennt zu haben. Der etwas gröbere, dunklere Sand wäre leicht zu übersehen gewesen, nicht jedoch für Elizabeths geübten Blick.

»Es war ein ganz schön kräftiges Beben nötig, um dieses Bachbett zu durchbrechen«, sagte sie. »Ich werde ein paar Messungen vornehmen.«

Sie benutzte ein stählernes Bandmaß, um die genauen Dimensionen der Verschiebung auszumessen, wobei sie mehrmals bat, um einige Meter hochgezogen oder hinabgelassen zu werden. Anschließend machte sie Aufnahmen mit der Kamera.

»Wie lange ist sie jetzt unten?« fragte der Crewchef.

Atkins sah auf die Uhr. »Fast vierzig Minuten.«

Der Soldat schüttelte den Kopf. »Wir fordern unser Glück heraus.«

Atkins war ganz seiner Meinung. Er wollte sie sofort heraufholen lassen, da hörte er Elizabeths aufgeregte Stimme über seinen Kopfhörer.

»Hier habe ich noch einen Supertreffer! Diese Horizontalverschiebung ist größer, als ich dachte. Mindestens zwölf Meter.« Durch die Erdbebenwellen verursacht, zeigte sich eine Horizontalverschiebung als deutlicher Bruch oder Riß in einer Sediment- oder Gesteinsschicht.

Die Neuigkeit erschreckte Atkins. Eine Verschiebung von diesem Ausmaß konnte nur durch ein außergewöhnlich starkes Erdbeben verursacht werden. Und sie war ein Beweis dafür, daß die Verwerfung lange vor der Dreierserie von 1811–1812 bereits mehrere starke Beben ausgelöst hatte. Der tiefe Riß in der Erdkruste war also über eine sehr lange Zeit gefährlich geblieben.

»Liz, hast du Kohle an der Verschiebung gefunden?« fragte er.

»Und ob! Ein paar gute Stücke.«

Ein starker Nordwind blies ihnen schmerzhaft ins Gesicht und ließ die Kälte noch schneidender erscheinen. Atkins hatte gerade die Hände in die Taschen gesteckt, um sie zu wärmen, als sich die Erde bewegte. Ein kleines Beben.

»He, seht mal dort!« rief einer der Geologen. Etwa dreißig Meter weit weg hatte sich ein sechs Meter langer Streifen Erde von der Kante gelöst und war in die Spalte gefallen.

»Elizabeth, alles in Ordnung?« fragte Atkins in sein Funkgerät. Staubwolken brodelten aus dem Riß.

Er hörte sie rufen: »Holt mich hoch!«

Der Aufstieg begann, aber dann verfing sich das Seil an einem Vorsprung und rührte sich nicht mehr. Der Windenmotor begann durchzudrehen.

»Abstellen!« rief der Crewchef dem Mann an der Winde zu.

»Ich hänge fest«, sagte Elizabeth.

Ein Schauer aus Sand und Lehm war auf sie gefallen. Ihre Schulter schmerzte, wo sie ein größerer Brocken getroffen hatte. Sie versuchte, in dem erstickenden Staub etwas zu erkennen, während sie Mund und Nase mit einem Taschentuch bedeckte. Es war wie Tasten im Nebel. Sie konnte die Hände vorm Gesicht nicht mehr sehen.

Wieder ruckte der Boden, und sie schaukelte in ihrem Gurtwerk. Irgendwo unter ihr brach ein Sedimentblock aus der Wand der Spalte und schlug auf dem Grund auf, wobei noch mehr dichter Staub aufgewirbelt wurde. Dem Geräusch nach war es ein großer, schwerer Brocken gewesen.

Elizabeth glaubte, daß sie etwa fünfundvierzig Meter tief war. Während sie sich mit einer Hand an den Gurten festhielt, langte sie mit der anderen nach oben und spürte etwas, in dem sich das Seil verfangen hatte.

Der nächste Stoß war noch stärker. Die oberen Wände der Spalte schienen näher zusammenzurücken. Aber vielleicht bildete sie sich das nur ein.

Dann roch sie etwas, das aus der Tiefe aufstieg. Schwefel.

Als sich der Staub legte, sah sie, worin sich das Seil verheddert hatte – im Wurzelgeflecht eines Baumes. Lange begraben und völlig karbonisiert, war ein Teil des Stamms während des letzten Bebens durch die Wand gestoßen. Das Seil hatte sich zwischen mehreren knorrigen Wurzeln verfangen, jede so dick wie ein Männerarm.

»Ich habe hier ein Problem«, sagte sie. »Laßt ein bißchen locker.« Indem sie sich auf ihrem Sitz reckte und die Füße gegen die Wand stemmte, um sie als Hebel zu benutzen, konnte sie das Gewirr lösen.

»Jetzt bin ich frei. Zieht mich rauf.«

Die Winde begann wieder zu arbeiten. Von den Seiten der Spalte fielen unaufhörlich Sand und Lehm auf sie, und einige Brocken streiften ihren Helm. Doch binnen Minuten war sie an der Oberfläche.

Die Spalte hatte sich um ungefähr dreißig Zentimeter verengt. Es ließ sich nicht sagen, wie lange sie offenbleiben würde.

»Wie steht's?« fragte Atkins, nachdem er geholfen hatte, Elizabeth aus dem Graben zu ziehen. Ihr Gesicht und die Hände waren schmutzig.

Elizabeth brachte ein Lächeln zustande. »Ich habe einen Sack voll Proben«, sagte sie. »Diese Spalte ist so gut wie eine Straßenkarte. Hier haben viele Beben stattgefunden, und sie alle haben Spuren hinterlassen. Ich zähle mindestens vierzehn.« Sie sah Atkins an. »Sie sind stark und treten gebündelt auf.«

Memphis
16. Januar
18:45 Uhr

Als sie nach Memphis zurückkehrten, waren Atkins und Elizabeth erschöpft. Gegen die Kopfschmerzen nahm Elizabeth Aspirin und legte sich hin. Unterdessen lief das Erdbebenkontrollzentrum auf Hochtouren. Innerhalb der nächsten Stunde war eine weitere Serie von GPS-Daten durch Satellitenübertragung fällig. Und Guy Thompsons Leute spielten Computersimulationen der letzten Nachbebenaktivität entlang der stark ausgedehnten seismischen Zone durch. Jeder Durchlauf half ihnen, die Länge und Breite der neuen Verwerfung in schärferen, immer deutlicheren Einzelheiten darzustellen.

An der Universität von Illinois in Champaign-Urbana arbeiteten Wissenschaftler bereits an der Radiokarbonanalyse der Proben, die Elizabeth aus der Spalte mitgebracht hatte. Die Ergebnisse wurden nicht vor fünf Stunden erwartet.

Elizabeth rollte einen Schlafsack in einem der Geräteräume des Bibliotheksanbaus aus. Auf einem langen Arbeitstisch lagen Ersatzteile für Seismographen – Starter, Zeitschaltsysteme, Pendel. Der Raum war schlecht geheizt, bot aber den Luxus des Alleinseins. Die Männer schliefen zwischen den Bücherregalen auf dem Boden der Bibliothek, wann immer sie sich einige Stündchen abknapsen konnten. Elizabeth schätzte ihren eigenen Raum.

Sie war gerade in den Schlafsack geschlüpft, als jemand leise an die Tür klopfte. Es war John Atkins. Er hatte eine Tasse Milch organisiert und auf einem Butankocher heiß gemacht.

»Damit kannst du vielleicht besser einschlafen«, sagte er. »Mir hilft das immer – besonders wenn ich einen kräftigen Schuß Bourbon dazutue. Unglücklicherweise ist uns der Bourbon gerade ausgegangen.« Er grinste. »Das sollte eigentlich in Tennessee nicht vorkommen.«

Elizabeth trank einige Schlucke, während sie die warme Tasse mit beiden Händen hielt. »Das ist nett«, sagte sie lächelnd. »Setz dich ein paar Minuten zu mir. Die Gesellschaft wird mir guttun.«

Atkins setzte sich neben sie und lehnte sich an die Wand. Sie kuschelte sich in seine Armbeuge und spürte schon, wie sie schläfrig wurde.

»Danke für heute«, sagte sie und blickte zu ihm auf.

Er küßte sie zärtlich; dann legte sie ihre Hand an seine Wange, und sie umarmten sich.

»Halt mich fest«, sagte sie.

»Schlaf jetzt«, flüsterte er. All die alten Regungen durchströmten ihn wieder, das wunderbare Gefühl, ganz nahe bei einer Frau zu sein, die man gern hatte. Und er hatte Elizabeth Holleran gern. Das wußte er schon seit ihrer wilden Fahrt über den Mississippi. Sie blieb gelassen in Bedrängnis, war fürsorglich und unglaublich gescheit. Seit sie in Memphis angekommen waren, hatten ihr Mut und ihr Durchsetzungswille ihn immer wieder fasziniert.

Aber da war noch etwas anderes. Er schaute sie gern an. Sie war eine schöne Frau.

Sie schmiegte sich an ihn. »Nächstes Mal werde ich wach sein. Versprich mir, daß du da bist, wenn ich aufwache.«

Er küßte sie auf die Lippen. Dann war sie still. Er spürte, daß sie in seinen Armen einschlief und döste selbst ein, während er neben sie auf den warmen Schlafsack rutschte.

Ohne es zu wollen, schlief er, ehe es ihm bewußt wurde. Als er aufwachte, hatte er keine Ahnung, wie lange er geschlafen hatte. Elizabeth saß neben ihm. Sie knöpfte langsam, zärtlich sein Hemd auf.

Er berührte sie und fühlte ihre Brüste an seiner Brust. Sie hatte ihr Hemd schon geöffnet und streifte den Büstenhalter ab. Flüchtig sah er die langen, wunderbaren Beine, als sie sich rittlings auf ihn setzte. Er wand sich ein wenig, damit er seine Gürtelschnalle öffnen konnte, und Elizabeth zog den Schlafsack über sie und legte sich auf ihn. Ihre Hände strichen immer tiefer über ihn, während sie sich umarmten.

Eigentlich hatte er vor, jetzt etwas zu sagen, ihr zu sagen, daß er sie liebte, doch er war noch benommen vom Schlaf. Er hatte nicht genug gesagt, als er zum letztenmal jemanden geliebt hatte, und wollte nicht noch einmal den gleichen Fehler machen, wollte nicht mit der schmerzhaften Erinnerung an sein Schweigen leben. Dies war eine zweite Chance. Ein Geschenk. Er wollte, daß Elizabeth wußte, wie er empfand, wie sehr er sie mochte.

»Ich liebe dich«, sagte er.

Sie berührte seine Lippen. »Sag das immer wieder. Ich werde nie müde werden, es zu hören.«

Er küßte sie leidenschaftlich, umklammerte ihre Taille mit seinen Händen, als fürchte er immer noch, sie zu verlieren. O ja, er würde alles tun, was sie wünschte. Würde ihr so weit zur Seite stehen, wie sie das zuließ.

Washington, D. C.
17. Januar
19:00 Uhr

Präsident Ross hatte die Abendsitzung im Konferenzzimmer des nationalen Sicherheitsberaters im Untergeschoß unter dem Westflügel des Weißen Hauses einberufen. Er hatte dazu eine Handvoll Wissenschaftler aus dem Erdbebenzentrum in Memphis und vom USGS einfliegen lassen. Sie waren in einem Armeehubschrauber nach Fort Campbell in Kentucky gekommen, wo sie von Air Force One zu dem einstündigen Flug zum Flughafen Dulles aufgelesen wurden.

Ross hatte die Gruppe absichtlich klein gehalten. Außer den Seismologen hatte er die Teilnahme auf Margaret Greenland, seine nationale Sicherheitsberaterin, den Sprecher des Hauses und Mehrheitsführer im Senat sowie seinen Wissenschaftsberater Steve Draper beschränkt.

Der Präsident war bereits vorgewarnt, daß die Neuigkeiten schlecht waren, aber der tatsächliche Ernst der Lage wurde ihm erst bewußt, als Elizabeth Holleran zu sprechen begann. Während sie die C-14-Datierungstests und die Folgerungen daraus schilderte, mußte er sich anstrengen, die Fassung zu wahren.

Im Rahmen eines knappen, sachlichen Vortrags legte Elizabeth den springenden Punkt dar: Die Radiokarbondatierung der fossilen Artefakte, die sie von den Wänden des tiefen Grabens gekratzt hatte, lieferten unmißverständliche Beweise, daß gewaltige Erdbeben die Verwerfung nicht weniger als sechsmal während der letzten 1500 Jahre zerrissen hatten. Die horizontalen Schichten aus Ton, Sand, Schlick und Kies waren von den Spuren dieser Störungen durchlöchert. Die Folgerung daraus war überraschend. Die kürzeste Periode zwischen Beben dauerte ungefähr zweihundert Jahre. Meist lagen die Abstände bei fünfhundert bis achthundert Jahren.

Die Zone war über die Jahrhunderte unglaublich aktiv gewesen. Die vertikalen Verschiebungen schwankten zwischen mehreren Zentimetern und nicht weniger als zwölf Metern.

»Sie sind Paradebeispiele starker Verwerfungen«, sagte Elizabeth und zeigte die Vergrößerung eines Fotos, das sie in etwa dreißig Metern Tiefe in der Spalte aufgenommen hatte.

Selbst für das ungeschulte Auge des Präsidenten trat die dicke Vernarbung und Verdunklung der Erde deutlich hervor. Mit einem Zeigestock machte Elizabeth auf die deutlichen Zeichen wiederholter Verwerfungen aufmerksam. Der kleine Raum war muffig und überfüllt, aber keiner regte sich oder rutschte nervös hin und her. Alle hörten sie gespannt zu und machten sich Notizen.

»Das Beben, das diese Spuren hinterließ, ereignete sich kurz nach der Zeit von Columbus' Entdeckungsreise«, sagte sie. Der gezackte Riß im freigelegten Erdreich war auffallend. Aber der wesentlichste Aspekt war der eindeutige Hinweis, daß die Verwerfung wiederholt große Erdbeben erzeugt hatte. Die Beweise fanden sich in jeder einzelnen Schicht, die durch Bänder heller gefärbter Erde getrennt waren.

»Ich nehme an, daß dies nicht durch ein einziges Erdbeben verursacht wurde«, bemerkte Ross.

Jetzt kommt es, dachte Atkins.

»Nach bestem Wissen gab es wenigstens vier starke Erdbeben«, sagte Elizabeth, während sie auf die Spuren zeigte. »Sie konzentrierten sich wahrscheinlich auf eine sehr kurze Zeitspanne.«

»Wie kurz?« wollte Ross wissen.

»Das ist schwer zu sagen«, antwortete Elizabeth.

»Geben Sie mir einen Anhaltspunkt.«

»Im längsten Fall Monate.«

»Und im kürzesten?«

Elizabeth antwortete ruhig: »Wochen.«

Bei einer möglichen Abweichung von nicht mehr als dreißig Jahren hatten die C-14-Tests schwere Erdbeben um 200 n. Chr. nachgewiesen, dann wieder 631 n. Chr., zu Lebzeiten Mohammeds. Starkbeben hatte es auch gegeben, als die Vorfahren der Indianer Anfang des 12. Jahrhunderts nach Nordamerika einwanderten, und dann wieder als der Schwarze Tod in den Jahren um 1650 einen großen Teil Europas entvölkerte.

Die Sedimentmuster, die Elizabeth in der tiefen Spalte gefunden hatte, deuteten an, daß die großen Beben oft in Gruppen von dreien kamen, aber mindestens eine Folge umfaßte vier, möglicherweise fünf schwere Beben. Der beste Beweis für ein gewaltiges Erdbeben war eine scharfe, siebeneinhalb Meter hohe Vertikalverschiebung, die etwa aus der Mitte des 17. Jahrhunderts datierte.

Nur ein außergewöhnliches Erdbeben konnte das geschaffen haben, dachte Atkins. Die wachsende Datenmenge zeigte immer mehr, daß das amerikanische Herzland in einem bisher ungeahnten Maß bevorzugtes Erdbebengebiet war. Und ein Großteil des Verdienstes an dieser Entdeckung gebührte eindeutig Elizabeth. Er hatte keinen Zweifel, nicht den geringsten, daß sie mit ihrer Analyse richtig lag. Es war höchst wahrscheinlich, daß sie noch einmal durchgeschüttelt würden.

»Wir könnten also vielleicht zwei oder drei weitere große Beben vor uns haben?« fragte Ross. Zwanglos in Jeans und einen blauen Pullover gekleidet, machte er sich Notizen auf einem gelben Block.

»Es ist möglich, Mr. President«, sagte Elizabeth. »Wenn die Verwerfung sich an das übliche Muster hält.«

»Was heißt möglich?« hakte Ross nach.

Elizabeth sagte: »Es läßt sich nicht in Prozenten ausdrücken. Ich würde sagen, wenigstens noch ein großes Beben im Bereich der Stärke acht ist wahrscheinlich.«

Weston, der den rechten Augenblick abgepaßt hatte, widersprach. Er hatte es geschafft, einen Anzug und Schlips für den Ausflug ins Weiße Haus zu finden, sogar ein Paar Manschettenknöpfe. Jetzt startete er einen Angriff auf das ganze Gebiet der Paläoseismologie. Bei seinen Ausführungen blieb er nicht allein. Mehrere Seismologen vom USGS mißtrauten ebenfalls einer Begründung seismischer Vorhersagen durch den physikalischen Nachweis vergangener Erdbeben. Es gab einfach zu viele Ausnahmen, zu viele Lücken in der Kette, zu viele Widersprüche.

»Bestenfalls sind es interessante Daten, die der weiteren Interpretation bedürfen«, äußerte einer von ihnen. »Es wäre ein Fehler, sie jetzt zu verwenden und damit zu versuchen, weitere Erdbeben vorherzusagen, ganz besonders unter den gegenwärtigen Umständen.«

Elizabeth ersparte sich einen Kommentar zu der Bemerkung; sie wußte, daß sie die Unterstützung der meisten Seismologen im Raum hatte. Aber auch auf einer anderen Ebene kümmerte sie sich nicht mehr darum, was andere dachten. Ihre Aufgabe, wie sie sie verstand, war es, die physikalischen Beweise zu untersuchen und zu versuchen, sinnvolle Schlüsse daraus zu ziehen und die Spekulation auf ein Minimum zu beschränken. Genau das hatte sie getan. Beweise waren reichlich vorhanden. Die Schlüssel, tief in der Erde vergraben, erzählten ihnen sehr viel über die bewegte seismische Geschichte des Gebiets.

Auch Walt Jacobs hatte Informationen vorzutragen – obwohl nicht so dramatisch, waren sie doch gleichermaßen beunruhigend.

Der Mann sah furchtbar aus, dachte Atkins. Unter den Augen hatte er dunkle, geschwollene Tränensäcke. Seit Tagen hatte er sich nicht rasiert oder umgezogen. Atkins bemerkte, daß sein alter Freund noch das zerknitterte blaue Jeanshemd trug, das er schon zwei Tage zuvor angehabt hatte. Er beschloß, mit ihm zu reden, um ihn aus seiner Abgekapseltheit herauszureißen.

»Die letzte GPS-Abtastung zeigt eine anhaltende Verformung entlang einer Linie, die ungefähr nordöstlich der Caruthersville-Störung rund dreihundert Kilometer nach Kentucky hinein verläuft.«

Die Satellitendaten waren gerade von der zentralen Kontrollstation des GPS bei Colorado Springs gesammelt und dann im Strahlantriebslabor am Caltech analysiert und vergrößert worden, bevor sie über Satellit nach Memphis übertragen wurden. Jetzt projizierte man sie auf eine Karte.

»Wie groß ist die Hebung?« fragte Weston. Wie die anderen Teilnehmer sah er die Daten zum erstenmal. Thompson hatte sie gerade erst verarbeitet.

»Fünfzig Zentimeter am größten Teil der Verwerfung. Etwas mehr am Schnittpunkt mit dem eigentlichen New-Madrid-Abschnitt. Dort beträgt sie ungefähr achtzig Zentimeter.«

Selbst Ross verstand inzwischen genug von Geologie, um zu begreifen, daß eine Hebung dieser Größenordnung ernst war, ein unmißverständliches Signal, daß sich noch immer enorme Mengen seismischer Energie entlang der Störungslinien aufbauten.

Jacobs konnte dem analytischen Statement ein weiteres von Satelliten übermitteltes Detail hinzufügen.

Es war bekannt, daß Erdbeben starke Energieströme oder Druckwellen in der oberen Erdatmosphäre, der Ionosphäre, erzeugten. Dieser Zusammenhang war zum erstenmal nach dem Beben von Northridge 1994 bemerkt worden.

Jacobs berichtete: »Wir sahen damals, daß während zweier Tage vor dem Beben das 10-3mn-Frequenzband des GPS eine Serie von starken Druckwellen auffing. Die Wellen wurden durch eine Veränderung der Elektronen erzeugt. Die größten Wellen erschienen innerhalb von Minuten nach den ersten starken Erdstößen.«

»Worauf wollen Sie hinaus?« bellte der Präsident, dem angesichts der unerbittlichen Komplexität der Wissenschaft der Geduldsfaden riß.

»Wir erkennen inzwischen erhebliche elektronische Störungen in der Atmosphäre in Entfernungen von fünfhundert bis sechshundert Kilometern über der Verwerfungslinie«, fuhr Jacobs fort. »Dort werden die Wellen dann zunehmend stärker.«

Guy Thompson war anläßlich des Besuchs im Weißen Haus nicht von seinem Western Look abgewichen. Er trug die übliche Montur – Jeans, teure Cowboystiefel und ein farbenfrohes Westernhemd. Das schwarze Haar hatte er im Nacken zusammengebunden.

»Ich möchte noch etwas zu den p-Geschwindigkeiten sagen.« Thompson erklärte, daß die Geschwindigkeiten der p-Wellen seit dem Beben der Stärke acht Komma vier um rund zehn Prozent zurückgegangen waren. »In den letzten vierundzwanzig Stunden sind die Geschwindigkeiten jedoch stetig wieder gestiegen.«

Ross bat ihn, dies zu erläutern.

»Die Theorie wurde aus Beobachtungen in Rußland entwickelt«, sagte Thompson. »Sie behauptet, daß p-Geschwindigkeiten nach einem Vorläuferbeben zurückgehen, um dann kurz vor einem starken Beben fast normale Werte zu erreichen.«

»Das ist bloß eine Theorie«, warf Weston ein, ohne zu versuchen, seinen Ärger zu verbergen. Mehrere andere teilten seine Ansicht.

»Ich möchte sie hören«, fuhr Ross ihm über den Mund.

Thompson erklärte, daß sein Team eine Karte der gesamten seismischen Zone vorbereitet habe, die sich auf von Satelliten gesammelte geomagnetische Daten stützte.

Verlagerungen in Magnetfeldern waren anerkannte Hinweise auf seismische Aktivität. Die neuesten Messungen zeigten eine wesentliche Veränderung im Magnetfeld der Zone.

Auf Thompsons Karte, die auf die Leinwand projiziert wurde, erschienen Bereiche hoher magnetischer Intensität als Hügel, solche geringer Intensität als Täler. Die Hügel, die rot gefärbt waren, beherrschten das Bild.

Atkins interessierte sich für die geomagnetischen Messungen. Er fragte sich immer noch, ob Magnetfelder für das merkwürdige grüne Glühen, das tief im Kentucky Lake geschimmert hatte, verantwortlich waren.

Es gab noch eine andere mögliche Ursache. Die zahlreichen Brüche im Gestein tief in der Erde erzeugten Hitze. Die Rolle der Hitze bei Erdbeben war noch unklar. Manche Laborexperimente hatten gezeigt, daß Gesteine unter dem extremen Druck eines starken Erdbebens schmolzen. Andere Versuche zeigten, daß dies nicht immer geschah. Die Wissenschaftler waren der Erklärung des Hitzeproblems noch nicht näher gekommen.

Atkins überlegte, ob New Madrid vielleicht ein Phänomen zeigte, das bisher noch nie in Erdbebengebieten beobachtet worden war – das sichtbare Ausstoßen gewaltiger Hitzemengen durch die Erdkruste. Ein Vorgang, der von der Kraft her fast vulkanisch war.

Ross unterbrach seinen Gedankengang. Der Präsident fragte seinen nationalen Sicherheitschef nach einer Schadensschätzung.

Margaret Greenland stand auf und strich den Saum ihres zerknitterten Rocks glatt. Sie war eine kräftige Frau, die sich nicht allzusehr um ihre äußere Erscheinung kümmerte. Nach ihrer Promotion an der Universität Chicago war ihr Aufstieg durch die Ränge der CIA das Ergebnis von Talent, Mut und harter Arbeit. Ross fand sie sympathisch und respektierte sie.

»Das Folgende stützt sich auf unsere letzten Schadensschätzungen«, begann sie, indem sie die Deckenbeleuchtung ausschaltete. »Wir fangen mit Städten an der Peripherie der Schadenszone an.«

Sie begann mit Filmmaterial aus Chicago. Die Skyline der Wolkenkratzer war unverwechselbar.

»Das ist der Lake Shore Drive«, sagte Greenland in ihrer langsamen, gedehnten Sprechweise, die den tiefen Süden verriet. »Die meisten Gebäude entlang der Magnificent Mile haben mäßigen Schaden davongetragen. Bei jedem Nachbeben fällt jedoch noch mehr Glas auf die Straßen.« Manche Scherben steckten wie Dolche in den Holzbalken der Gebäude. »Pittsburgh und Philadelphia haben ebenfalls Schäden gemeldet. Manche unterirdische Leitungen sind gebrochen.«

Eine Wandkarte zeigte die Mercalli-Schadenszonen, die sich wie die Ringe einer Zielscheibe um das Epizentrum legten. Die Modifizierte Mercalli-Intensitätsskala stufte Erdbeben auf der Grundlage der beobachteten physikalischen Zerstörung ein.

Der Film wechselte nach Columbus, Ohio – den Bereich um die State Fair Grounds und German Village. Beide Viertel waren stark betroffen.

Greenland brachte dann Fotos vom eingestürzten Hoosier Dome und dem verwüsteten Bezirk White River Park in Indianapolis. Beide Städte lagen näher beim Epizentrum. Die Bilder waren immer die gleichen. Gebäude in verschiedenen Stadien des Einsturzes, die blitzenden Lichter der Rettungsfahrzeuge, Ansammlungen von Menschen mit benommenen, geschockten Mienen, weinende Kinder.

»Die Gesamtzahl der Todesopfer im ganzen Land liegt bei einhundertdreißigtausend mit steigender Tendenz, aber eigentlich weiß niemand Genaueres«, sagte Greenland. »Die mit der Katastrophe befaßten Behörden sind sich nur einer Sache sicher – daß die Zahl viel höher liegen wird. Im Augenblick ist das große Problem, die Leichen zu finden.«

Während Ross zuhörte, massierte er sich langsam die Schläfen und versuchte, die bohrenden Kopfschmerzen zu lindern. Er wußte, daß sich die Verluste an Menschenleben unmöglich in die richtige Perspektive rücken ließen. Sie waren beispiellos in den Vereinigten Staaten.

Greenland fuhr mit ihrer bitteren Bewertung fort. »Wir haben bereits über Führung und Kontrolle in der Schadenszone gesprochen. Praktisch gesehen ist die zivile Verwaltung zusammengebrochen. Einheiten der Armee und der Nationalgarde erhalten nach Ausrufung des Ausnahmezustands die Sicherheit aufrecht.«

Ross nickte. Vor kurzem hatte er sich Präsident Lincolns Entschluß vorgenommen, während des Bürgerkriegs den Ausnahmezustand zu verhängen, und sich gefragt, ob der Mann, den er für den bedeutendsten Präsidenten des Landes hielt, genauso gelitten hatte, ehe er Bundestruppen in so viele amerikanische Städte schickte. Ross war es zutiefst zuwider gewesen, aber er hatte geglaubt, keine andere Wahl zu haben. Das Morden und Plündern hatte ein beispielloses Ausmaß erreicht. In einem einzigen Viertel von Little Rock – Geyer Springs – hatten Bundestruppen fast dreißig Personen erschossen, die beim Diebstahl aus zerstörten Häusern und Geschäften erwischt worden waren. Das zeigte, was ein Befehl, scharf zu schießen, bedeutete. Und diese gräßliche Leichenzählung betraf ein einziges Viertel.

Weniger als eine Stunde zuvor hatte Greenland dem Präsidenten privat mitgeteilt, daß das gefährlich ausgedünnte Militär nicht in der Lage sein würde, selbst auf eine mittelmäßige internationale Herausforderung zu reagieren.

Jeder verfügbare Soldat an der Ostküste und im Süden war zum Erdbebendienst verpflichtet worden. Wenn sich die Lage nicht besserte – und das schien unwahrscheinlich zu sein –, würden sie Truppen aus dem Westen einberufen müssen. Sie würden mit Fort Riley in Kansas beginnen. Dort war die 1. Infanteriedivision schon in volle Alarmbereitschaft versetzt worden. Sie konnten auch Marineinfanteristen aus Camp Pendleton einsetzen.

»Der Grundbedarf, Lebensmittel, Wasser, medizinische Versorgung, ist in den Bebengebieten praktisch nicht vorhanden.«

Die Bilder aus den am schlimmsten betroffenen Städten schienen zu einem einzigen überwältigenden Gemälde des Leids und der Vernichtung zu verschmelzen.

Und es ist deine Verantwortung, sagte Ross sich immer wieder. Du solltest wissen, wie du es anpackst. Den Leuten sagen, was sie tun sollen. Möglichkeiten vorschlagen. Ihren Lebensmut stärken.

Er wußte, daß er bisher an jeder Front furchtbar versagt hatte.

Seine nationale Sicherheitsberaterin sprach gerade von Krankenhäusern. Im Kern des Erdbebengebiets waren die meisten zerstört. Ross betrachtete eine Nahaufnahme des Central Hospital in Little Rock und schloß die Augen. Es verfügte über die größte Entbindungsstation im Staat. Das Gebäude war in zwei Teile gespalten.

»An der gesamten Ostküste ist das Heizöl bereits rationiert«, fuhr Greenland fort. »In drei oder vier Tagen wird die Situation dort kritisch.«

Ross unterbrach sie. »Das genügt, Margaret«, sagte er, während er sie behutsam an der Schulter berührte. Sie nickte und schaltete das Gerät aus. Offensichtlich war sie dankbar, daß sie sich wieder setzen durfte.

Der Präsident sah die versammelten Seismologen an. »Wir bekommen ein weiteres Beben, ja?«

»Das ist beinahe sicher«, sagte Elizabeth Holleran. Die Beweise, auf die sie in der Spalte gestoßen war, hatten ihre letzten noch vorhandenen Zweifel beseitigt. »Die einzige Frage ist, wann und wie stark.«

»Stimmt jemand Dr. Holleran zu?«

John Atkins und Walt Jacobs hoben die Hände. Elizabeth hatte unwiderlegbare Beweise entdeckt, an denen man nicht vorbeikam. Und Atkins war stolz, daß er sie unterstützen konnte. Sie gingen ein hohes berufliches Risiko ein, doch er hegte kaum Zweifel, daß sie recht bekommen würden. Aber zu welchem unglaublichen Preis?

Es war ein überwältigendes Gefühl, eine Mischung aus gespannter Aufgeregtheit und zugleich Angst. Sie hatten sich sehr weit vorgewagt.

Die fünf anderen Seismologen zögerten, ihre Meinung zu äußern, geschweige denn, sich eindeutig auf ja oder nein festzulegen.

»Und Sie, Dr. Weston?« fragte Ross.

»Es tut mir leid, Mr. President.« Weston schüttelte den Kopf. »Ich weigere mich zu spekulieren.«

»Nach dem, was Sie gerade gesehen und gehört haben, sind Sie nicht überzeugt?«

»Nein, Sir, durchaus nicht«, antwortete Weston. »Ich bin mir noch nicht sicher, ob die derzeitigen Beben nicht in ein normales Nachbebenmuster passen.«

Ross bemühte sich, liebenswürdig zu bleiben, während er sondierte und drängte. »Dann lassen Sie mich Folgendes fragen: Was wird Ihrer Ansicht nach geschehen, wenn wir noch ein Beben der Stärke acht an der New-Madrid-Störung bekommen?«

Er deutete den Ausdruck in den Augen Westons und der anderen. Das hatte er oft genug gesehen, diese Angst und Ungewißheit. Er hatte beides in den Augen seiner Frau gelesen, als der Arzt sie an jenem strahlend schönen Frühlingsnachmittag vor sieben Jahren in seinem Sprechzimmer empfing, um ihnen zu sagen, was sie bereits wußten. Die Tests waren positiv. Sie hatte Brustkrebs. Und auch an diesem Morgen hatte er den Ausdruck in den eigenen Augen gesehen, als er sich im Spiegel betrachtete.

»Ich will Ihnen verraten, was ich denke«, sagte Ross und ließ dem Alptraum, der ihn seit vier Nächten wachhielt, freie Bahn. »Noch ein Beben wäre so ungefähr das Ende des Mississippitals. Es würde uns auf die Produktivitätsstufe nach dem Zweiten Weltkrieg zurückwerfen. Unsere Volkswirtschaft wäre ein Scherbenhaufen. In mancher Hinsicht ist dies bereits geschehen. Millionen von Amerikanern würden völlig sich selbst überlassen bleiben, ohne Schulen, ohne medizinische Versorgung, sogar ohne Lebensmittel und Wasser. Ohne Polizeischutz.« Sich schwer mit den Händen abstützend, beugte er sich über den breiten Konferenztisch.

Aus der Nähe fiel Atkins erneut auf, wie erschöpft der Mann aussah. Und dennoch blieb seine Stimme fest und entschlossen.

»Dies ist ein großartiges Land«, sagte Ross. »Unsere Landsleute sind mutig und lassen sich nicht unterkriegen. Sie werden schließlich rasch wieder auf die Beine kommen. Aber die Vereinigten Staaten wären nicht mehr dieselben.«

Er sah jeden im Zimmer an, hielt jeden Blick fest, starrte sie alle eindringlich an.

Atkins spürte die Kraft im Blick des Präsidenten. Er ließ sie seine tiefsten, privatesten Ängste sehen.

Ross hielt sie eine ganze Weile im Bann seines Blicks, ehe er fortfuhr: »Können wir irgend etwas tun, um das zu verhindern?«

Washington, D. C.
17. Januar
23:00 Uhr

Es war spät geworden. Alle waren erschöpft. Der Präsident schlug eine Pause von fünfzehn Minuten vor. Er ließ eine große Kaffeemaschine und eine Schale Obst und süße Brötchen aus der Küche des Weißen Hauses herunterbringen.

Walt Jacobs nahm Atkins beiseite und flüsterte, er wolle ihm etwas unter vier Augen mitteilen. Sie gingen auf den Flur. Geheimdienstagenten und Militärberater behielten sie im Auge, während sie über den langen, hell erleuchteten Flur schlenderten und sich auf eine gepolsterte Bank unter einer Wandkarte setzten, die den Erwerb Louisianas darstellte.

»Meine Frau und meine Töchter sind tot«, sagte Jacobs. »Sie saßen in unserem Haus wie in einer Falle. Ich erfuhr es gestern.« Er sah Atkins an und schüttelte den Kopf. »Seit ich achtzehn war, habe ich mich mit Erdbeben befaßt. Ich glaubte, sie ziemlich gut zu verstehen. Und ich hätte nie gedacht, daß eines meine Familie töten würde.«

»Walt, mein Gott, das tut mir so leid.« Atkins legte einen Arm um die Schultern seines Freundes. »Ich hatte keine Ahnung. Keiner von uns.« Er konnte es nicht glauben. Jacobs hatte einfach weitergearbeitet, als ob nichts geschehen wäre. Atkins hatte geahnt, daß ihn etwas quälte. Sein normalerweise lebhafter Freund war ungewohnt trübsinnig und unnahbar gewesen.

»Ich hatte so ein Gefühl nach dem ersten starken Nachbeben«, sagte Jacobs, während er auf seine gefalteten Hände starrte. Er wollte reden, mußte reden, und nun brach alles aus ihm heraus. Er erwähnte, daß er zwei seiner Doktoranden gebeten hatte, zu dem Haus zu gehen und nachzusehen. Er warf einen Blick auf Atkins. »Die zwei kamen vorgestern zurück. Sie hatten einen furchtbaren Weg hinter sich. Wegen der Brände und eingestürzten Häuser mußten sie einen Umweg von ungefähr fünfzehn Kilometern machen. Als sie endlich zu meinem Haus kamen, sagte ihnen ein Nachbar, der gegenüber wohnt, was passiert war. Der Mann hatte sich durch die Trümmer gegraben und war bis zu dem hinteren Schlafzimmer, oder was davon übrig war, vorgedrungen. Ich hatte ihnen gesagt, wohin sie bei einem schweren Beben gehen sollten, und genau dort hatte er sie gefunden. Sie waren im Bad, direkt unter den Hauptdeckenträgern. Dem stärksten Teil des Hauses. Ich hätte nie damit gerechnet, daß alles einstürzen würde.«

Washington, D. C.
17. Januar
23:25 Uhr

Der Präsident bat die Gruppe wieder um Aufmerksamkeit. Er war in Hemdsärmeln und hatte den Kragen aufgeknöpft. Seine Augen waren getrübt vor Müdigkeit. Er nickte Steve Draper zu.

Sein nationaler Wissenschaftsberater trat auf den Flur und kam gleich darauf mit Fred Booker zurück. Der Physiker trug denselben blauen Rucksack und denselben roten Overall wie bei seinem Absprung in Memphis. Er hatte sich nicht umgezogen. Dazu war keine Zeit gewesen. Mit einem Militärflugzeug war er nach Washington geflogen.

Draper stellte ihn der Gruppe vor: »Einige von Ihnen haben Dr. Booker bereits kennengelernt. Den andern sei gesagt, daß Fred Kernphysiker am Oak Ridge National Laboratory ist. Er hat sich einige Gedanken über die Erdbeben gemacht.«

Atkins, Elizabeth und die anderen waren überrascht, als sie Booker sahen. Man hatte ihnen nicht mitgeteilt, daß er eingeladen worden war. Atkins warf einen Blick auf Walt Jacobs, dessen Gesicht in dem Moment, als Booker das Zimmer betrat, hart geworden war. Atkins machte sich Sorgen, ob sein Freund es schaffen würde, mit dem furchtbaren persönlichen Verlust und mit seiner Verantwortung als leitender Seismologe in Memphis fertig zu werden. Sein Aussehen gefiel ihm überhaupt nicht, besonders jetzt, wo er Booker vor sich stehen sah.

Draper sagte: »Dr. Booker, beschreiben Sie doch, was Sie im Sinn haben.«

Offenbar hatte Draper den Präsidenten schon kurz mit Bookers Ideen vertraut gemacht, bemerkte Atkins. Dies war mehr als ein Höflichkeitsbesuch. Seine Anwesenheit bedeutete, daß der Präsident und Draper den Vorschlag des Physikers, mit einer Atombombe ein weiteres großes Beben zu verhindern, ernsthaft erwogen.

Booker stellte seine Idee rasch in großen Zügen dar. Er hatte nichts von seinem Eifer verloren. Daran hatte sich nicht viel geändert, seit er ihnen seinen Plan wenige Tage zuvor in Memphis beschrieben hatte. Wenn überhaupt, dann war er sogar noch eindringlicher geworden.

»Ich glaube, eine Kernexplosion, richtig geplant und unterirdisch vorgenommen, kann die gefährliche Zusammenballung der seismischen Energie, die sich an der Verwerfung aufbaut, reduzieren«, erklärte er.

»Wo würden Sie vorschlagen, eine Bombe zur Explosion zu bringen?« fragte der Präsident.

»Das hängt davon ab, was die Seismologen sagen«, antwortete Booker. »Nach dem, was ich gehört habe, könnte eine geeignete Stelle nahe dem Punkt sein, wo die neue Verwerfung, die bei Caruthersville, Missouri, beginnt, sich mit dem vorher bekannten Abschnitt im westlichen Kentucky schneidet. Ich könnte mir denken, daß dies ein guter Ort wäre.«

»Mr. President, das ist reiner Wahnsinn«, sagte Weston, der fast aufgesprungen wäre, als ihm klar wurde, was Booker vorschlug. »Eine Kernexplosion irgendwo nahe der Verwerfung könnte sich katastrophal auswirken.« Auch andere Seismologen im Zimmer widersprachen. Es waren wütende Rufe zu hören, während alle durcheinanderredeten.

Der Präsident sorgte für Ruhe, indem er mit der flachen Hand auf den Tisch schlug. »Es ist mir egal, ob Sie das für Wahnsinn halten. Ich möchte einfach nur wissen, ob eine kleine Chance besteht, daß es gelingt. Weil ich in diesem Augenblick keine anderen Möglichkeiten erkenne. Wenn Sie eine wissen, wer immer unter Ihnen, dann möchte ich sie hören.«

Ross wußte, daß ihm seine Beherrschung beinahe entglitten wäre. So ging es nicht. Keinesfalls. Nicht einmal eine flüchtige Entgleisung war erlaubt. Wenn er seine Arbeit machen wollte, mußte er seine Gefühle absolut unter Kontrolle haben.

Immer noch angespannt, aber mit beherrschter Stimme fuhr Ross fort: »Nachdem ich Dr. Holleran gehört habe, leuchtet mir ein – und Ihnen sollte es genauso gehen –, daß wir wahrscheinlich in nächster Zukunft mindestens ein weiteres starkes Beben bekommen werden, vielleicht mehr als eins. Ich möchte alles in meiner Macht Stehende tun, um das zu verhindern. Deshalb werde ich auf jeden hören, der mir einen ernsthaften Vorschlag auf den Tisch legt. Und ich muß Ihnen sagen, daß ich erwägen würde, hundert Atombomben zu zünden, wenn ich glaubte, daß es dem Land erspart, diesen Alptraum ein zweites Mal zu erleben.«

»Es könnte funktionieren«, sagte Guy Thompson. Bookers Idee schien ihn ernsthaft zu faszinieren. »Es ist vorstellbar, daß man an ausgewählten Stellen die Spannungsenergie reduzieren kann. Und ich wäre mit der Caruthersville-Störung als Zielort einverstanden. Das ist der kritische Punkt, der Abschnitt, der die größte Konzentration an Spannungsenergie aufweist. Wir können einige Projektionen laufen lassen, um festzustellen, ob die Daten für diesen Ort sprechen.«

»Es geht darum, festzustellen, ob wir ein mittelmäßiges Beben auslösen können, ohne ein starkes zu produzieren«, sagte Booker. »Ich kann garantieren, daß ich ein Erdbeben hervorrufen kann. Ihre Sache ist es, mir zu sagen, wie stark Sie es haben wollen.«

»Wir wissen also, daß Sie eine Bombe zünden können, aber das bedeutet noch lange nicht, daß wir in einer so unglaublich komplexen Sache auf Sie hören sollen«, sagte Weston. Er sah wütend aus.

»Dr. Weston, ich meine, Sie sollten ganz einfach deswegen auf mich hören, weil wir längst keine Wahlmöglichkeiten mehr haben und vielleicht auch keine Zeit«, fuhr Booker auf. Langsam geriet er in Kämpferlaune.

»Und Sie, John?« fragte Draper, der sich entschied, den Wortwechsel zu überhören. »Sie haben Zeit gehabt, darüber nachzudenken.«

Atkins hatte die Frage erwartet, seit er Booker ins Zimmer hatte kommen sehen. Der Präsident hatte recht. Sie mußten etwas versuchen. Sie konnten nicht einfach dasitzen und all die entsetzlichen Folgen eines weiteren Bebens der Stärke acht hinnehmen, wenn es die kleinste Chance gab, es abzuwenden. Er wußte auch, daß Thompson völlig recht hatte. Die Spannung würde sich am Ende oder an der Spitze der Verwerfung konzentrieren und sich dort weiter aufbauen, bis sie die angrenzenden Verwerfungsabschnitte auflud. Als eine Art seismischer Sicherungskasten war diese Stelle das einzige logische Ziel.

»Wir müssen noch weitere Berechnungen durchführen, bevor wir uns auf den genauen Ort und die Tiefe für eine Explosion festlegen«, sagte Atkins. »Ich möchte soviel wie möglich über die Eigenart seismischer Wellen, wie sie von Kernexplosionen erzeugt werden, herausbekommen.«

Elizabeth stimmte zu. Der Ort war kritisch, ebenso die Größe der Atombombe. Wenn sie eine zu große verwendeten, käme es zu einer Katastrophe. »Falls wir einen Fehler machen, könnten wir am Ende die Verwerfung mit Spannungsenergie aufladen und womöglich eine Kettenreaktion auslösen. Ich habe noch kein Verwerfungssystem gesehen, das in sich so eng verknüpft ist.«

»Aber Sie glauben, es könnte funktionieren?« fragte der Präsident.

Elizabeth ließ sich Zeit, um die Antwort sorgfältig abzuwägen. »Theoretisch, ja«, sagte sie.

»Aber was ist mit dem Hier und Jetzt?« hakte Ross nach.

»Ich bin mir nicht sicher«, sagte Elizabeth. »Es gibt so viele veränderliche Größen, so viele Unbekannte. Aber selbst wenn man das in Betracht zieht, sehe ich nicht, daß wir eine andere Wahl hätten. Wenn wir mit mehrfachen Erdbeben zu rechnen haben – und ich glaube, das trifft zu –, gibt es nicht viele Alternativen.« Wenigstens fielen ihr keine ein, obwohl sie von ganzem Herzen wünschte, sie könnte sich etwas anderes ausdenken. Denn Booker schlug ein gigantisches Glücksspiel vor, bei dem man mit den stärksten bekannten Naturkräften spielte. Dennoch …

»Wenn wir nichts tun, wird es uns wieder erwischen«, sagte sie. »Vielleicht schlimmer, als einer von uns sich ausmalen kann. Wir müssen etwas versuchen.«

»Aber wenn es nicht funktioniert?« wandte Weston ein, der sich nicht einschüchtern ließ. »Was ist, wenn es Armageddon auslöst?«

»Ich stimme Ihrer Wortwahl völlig zu, Dr. Weston«, sagte Ross. »Wir könnten ein Armageddon bekommen. In einigen Wochen, vielleicht Tagen. Die Beweise, die Dr. Holleran in dieser Spalte in Kentucky gefunden hat, lassen sich wie eine verdammte Straßenkarte lesen. Selbst ein Laie wie ich kann verstehen, was die vielen Sprünge bedeuten.«

»Ich bin mir nicht sicher, ob eine Kernexplosion nicht den Teststoppvertrag verletzen würde«, bemerkte Margaret Greenland, die nationale Sicherheitsberaterin.

»Dies wäre kein Test«, fuhr Ross auf. »Dies wäre ein Notfall. Ein Versuch, eine nationale Katastrophe abzuwenden. Ich werde persönlich den russischen Botschafter anrufen. Es mit ihm besprechen. Ihm sagen, wie wir in der Klemme stecken.«

Ross bat darum, daß berechnet würde, wo die Sprengung stattfinden sollte und wie groß ihre wahrscheinliche Energieentladung sein könnte. Er wünschte die Antworten – oder Schätzungen – spätestens bis zum folgenden Tag.

»Das könnte problematisch werden«, wandte Thompson ein. »Meine Sorge ist, daß die Berechnungen Zeit kosten. Unsere Computer sind im Moment total ausgelastet.«

»Sagen Sie mir, was Sie brauchen«, sagte Ross.

Thompson zögerte nicht. »Zwei Sun Sparc 10. Und genügend Speicherraum, um mit zwei oder drei Gigabytes umzugehen. Die Programmiercodes, die wir verwenden, sind richtige Platzfresser. Nur um gute p- und s-Wellengeschwindigkeiten zu berechnen, braucht man ungefähr sechzehntausend Zeilen Computerkodierung.«

Der Präsident wandte sich an Draper. »Sehen Sie zu, daß er alles bekommt, was er braucht. Ich möchte, daß diese Ausrüstung binnen einer Stunde in Air Force One geladen wird.«

Booker hatte mit einem Taschenrechner herumgespielt und an einigen groben Schätzungen der kritischen Masse gearbeitet.

»Wo bekämen Sie die Atombombe, die Sie brauchen?« fragte Ross.

»Bei der Pantex, Mr. President.«

Ross kannte die Anlage des Energieministeriums im Osten von Texas; den riesigen Komplex außerhalb von Amarillo, wo Tausende der Kernwaffen Amerikas gelagert wurden.

»Sie würden einen von unseren Sprengköpfen verwenden?«

Booker nickte. »Je nach den Voraussetzungen würde ich einen passend umfunktionieren.« Wasserstoff- oder Atombombe? Er war sich nicht sicher. Während er das Für und Wider erwog, kam er zu der Überzeugung, daß beides möglich wäre. Die Atombombe hatte den Vorteil, daß sie ein wenig sauberer war, jedoch nicht so stark wie eine thermonukleare Wasserstoffbombe. Je nach Konstruktion konnte ein Atomsprengkopf annähernd so viele Kilotonnen Sprengkraft erzeugen wie ein thermonuklearer. Damals, Anfang der sechziger Jahre, hatte er selbst eine entworfen, eine Atombombe, die eine 500-Kilotonnen-Wirkung erzielte, ohne die übliche Fusionshilfe zu brauchen, bei der schwerer Wasserstoff zur Kernspaltung benutzt wurde.

»Ich möchte, daß Sie zur Pantex gehen und sich besorgen, was Sie benötigen«, sagte Ross. »Meg, Sie sorgen dafür, daß er die notwendigen Genehmigungen bekommt. Höchste Priorität. Ich erledige die Anrufe persönlich, wenn es sein muß.«

»Es könnte hilfreich sein, einen Seismologen dabeizuhaben«, meinte Booker. »Ich werde Rat brauchen.«

Draper sah Atkins an. »John, sind Sie zu einem Abstecher nach Texas bereit?«

»Klar. Amarillo wollte ich schon immer besichtigen«, sagte Atkins. Sein Lächeln täuschte über seine Angst hinweg. Er wußte, daß er bis über die Ohren in der Angelegenheit steckte. Sobald sie angefangen hätten, gäbe es kein Zurück mehr. Die Uhr lief. Instinktiv wurde ihm klar, daß er sich der Sache total verschreiben mußte. Er warf einen Blick auf Elizabeth und begriff, daß sie genauso empfand. Er konnte es in ihren Augen lesen. Wieder verspürte er einen kräftigen Stich der Erregung, eine seltsame Mischung aus Angst und Hochstimmung. Sie waren im Begriff, sich auf etwas einzulassen, das noch nie ausprobiert worden war. Er wünschte, daß es funktionieren würde, wußte, daß es funktionieren mußte.

Walt Jacobs war auffallend still gewesen. Atkins fühlte sich von den Blicken seines Freundes durchbohrt.

Ross fragte ihn nach seiner Meinung. Jacobs rutschte auf seinem Stuhl herum und blickte auf die Notizen, die er sich gemacht hatte. Dann sprach er mit einem Nachdruck, der Atkins erschreckte. »Mr. President, ich glaube, es könnte ein tragischer Fehler sein, wenn wir irgendwo nahe der Verwerfung eine Atombombe zünden würden. Momentan haben wir eine Chance, eine geringe, aber doch eine Chance, daß das New-Madrid-System hält, daß es keine weitere Serie von Erdbeben erzeugt. Ich gebe zu, daß Dr. Hollerans Daten mir eine Heidenangst einjagen. Aber wenn wir versuchen, ein kontrolliertes Beben an diesem Verwerfungssystem auszulösen, könnten wir etwas bekommen, das nicht einmal zu beschreiben ist. Die Reelfoot-Spalte, die einen großen Teil der New Madrid Seismic Zone beeinflußt, befindet sich in der Mitte der Nordamerikanischen Platte. Es ist eine gigantische Narbe im Gestein tief unter der Erde, genau an der Stelle, wo der Kontinent vor vierhundert Millionen Jahren versuchte, sich zu spalten. Ich mache mir Sorgen, daß wir einen Keil genau in diese Stelle kritischer Schwäche treiben würden.«

»Als wenn wir einen Keil benutzen wollten, um ein Scheit zu spalten«, sagte der Präsident.

Jacobs nickte. »Genau so, Mr. President. Was wäre, wenn wir die Platte spalten würden? Wenn sie weit auseinanderbersten würde? Die tiefen Risse sind schon da. Wer garantiert uns, daß wir nicht einen geologischen Prozeß erneut in Gang setzen, der vor Millionen Jahren zum Erliegen kam?«

»Was könnte passieren?« fragte der Präsident.

Jacobs antwortete nicht. Er schien Angst zu haben, mehr zu sagen.

Atkins antwortete: »Es würde bedeuten, daß Sie vielleicht den Golf von Mexiko in Memphis haben.«

Frankfort, Kentucky
18. Januar
3:00 Uhr

Ein Staatspolizist von Kentucky klopfte an Gouverneur Tad Parkers Schlafzimmertür, wartete respektvoll, während er bis zehn zählte, und klopfte noch einmal. Es kam ein tiefes Husten, dann das Geräusch von Schritten. Parker öffnete die Tür.

Der Gouverneur, mit zerzausten Haaren und in einem sackartigen Frotteebademantel, rieb sich die Augen. Dank zwei großen Gläsern Rotwein war er gerade eingeschlafen. Seit dem Erdbeben fünf Tage zuvor war er Nacht für Nacht nur noch zu wenigen Stunden Schlaf gekommen.

»Wir haben über Satellit eine Nachricht aus Washington erhalten, Sir«, sagte der Polizist. »Von Dr. Weston. Es sei dringend.«

»Ich komme sofort«, sagte Parker.

Es war ein kurzer Weg, nur eine Treppe hinauf zum Büro des Katastrophenstabs.

Die Gouverneursvilla, ein klassizistisches Gebäude mit Granitfassade und herrlichen englischen Gärten, war durch das Beben schwer beschädigt worden. Parker und seine Frau waren in das Regierungsgebäude auf der anderen Seite des Capital Drive gezogen, wo sie sich im Untergeschoß provisorisch eingerichtet hatten.

Es ging ihnen besser als den meisten Einwohnern Kentuckys. Zumindest verfügten sie über transportable Toiletten und in Flaschen abgefülltes Wasser. Überall gab es kritische Engpässe beim Trinkwasser. Telefonverkehr fand nicht mehr statt. Da praktisch alle Relaisstationen umgestürzt oder schwer beschädigt waren, war auch das Mobiltelefonsystem zusammengebrochen. Bei Ferngesprächen war der Katastrophendienst nach wie vor auf Kurzwelle, Paketfunk und gelegentliche Satellitenübermittlungen angewiesen.

Die Staatshauptstadt Frankfort lag ungefähr auf halbem Weg zwischen Louisville und Lexington. Um alle drei Städte war es schlecht bestellt. Allerdings galt das praktisch für jede andere Stadt, jedes andere Dorf in Kentucky. Bowling Green war vermutlich am schwersten getroffen worden. Zwei Krankenhäuser dort waren zerstört und es war zu einem blutigen Zusammenstoß um Lebensmittel gekommen. An der Old Morgantown Road waren Schüsse gefallen, als die Menschen in ein Lebensmittelgeschäft drängten, das es geschafft hatte, wieder zu öffnen. Einen Tag zuvor war auf dem Green River Parkway unmittelbar jenseits der Stadtgrenze ein Hilfskonvoi überfallen worden. Dabei wurden vier Soldaten der Nationalgarde erschossen und die Lastwagen von einer großen Gruppe bewaffneter Zivilisten geplündert.

Parkers Leute hatten ihm noch immer keine detaillierte Schadensschätzung beschaffen können. Mit Ausnahme begrenzter Kurzwellenübertragungen waren die meisten Städte von der Außenwelt abgeschnitten. Die Erdbeben hatten die Fernstraßen und örtlichen Schnellstraßen zerstört; nach der letzten Zählung waren über zweihundert Brücken eingestürzt. Den Menschen auf dem Land ging es noch am besten; die meisten verfügten über Reitpferde und Lebensmittel, und sie hatten auch Brunnenwasser.

Von der Vordertür des Regierungsgebäudes konnte Parker nach Süden blicken, zur zerstörten Interstate 64. Gleich dahinter, auf einer Granitklippe, stand das Grabmal für Daniel Boone. Parker wurde sich der bitteren Ironie bewußt, daß Kentucky ungefähr so abgeschnitten und unzugänglich war wie damals vor über zweihundert Jahren, als Boone zu seinen ersten langen Streifzügen durch den Staat aufgebrochen war. Der indianische Name des Landes klang unheimlicher denn je – Blutiges Land.

Als der Gouverneur zehn Minuten später im behelfsmäßigen Fernmeldebüro eintraf, hatten sie die Satellitenverbindung mit Washington verloren. Es dauerte über eine Stunde, um wieder eine herzustellen. Wie alles andere war das Satellitensystem überlastet, und das Intelsatnetz hatte bereits mit dem Vorzugsverkehr seine Mühe.

Weston bekam endlich eine Zuschaltung.

»Das ist keine sichere Leitung«, warnte ein Berater den Gouverneur.

»Sie muß es tun«, meinte Parker.

Weston erschien auf dem Monitor. Abgespannt und fassungslos berichtete er dem Gouverneur von der Diskussion im Weißen Haus. Schwer schluckend sagte er, der Präsident erwäge, eine Atombombe in Kentucky zu zünden.

Parker schnappte nach Luft. Er hielt sich am Tisch fest, um nicht zu taumeln. Ihm war bewußt, daß alle ihn anstarrten, daß alle versuchten, ihre Gefühle zu verbergen. In seinem Kopf hämmerte es.

»Das kann er nicht machen«, sagte Parker heiser, um kräftiger fortzufahren: »Der Hurensohn kann das nicht machen! Ich werde es nicht zulassen! Nicht in meinem Staat. Nicht in Kentucky!«

Memphis
18. Januar
23:45 Uhr

»Gefällt mir nicht, wie diese Brände vorrücken«, sagte der Fallschirmjäger. Er stand neben Elizabeth Holleran. Als Mitglied des 101. Luftlandegeschwaders gehörte er zu dem Trupp aus zehn Soldaten, den der Präsident zum Schutz des Erdbebenzentrums der Universität Memphis abkommandiert hatte. Die Soldaten hatten sich in voller Kampfausrüstung – Helme, Tarnung und automatische Waffen – auf dem Gelände verteilt.

Elizabeth betrachtete den glühend roten Dunst im Südosten. Ein starker Wind blies die Flammen in ihre Richtung.

»Wenn der Wind diese Brände weiter vor sich her schiebt, bekommen wir Ärger«, bemerkte der Soldat, ein Sergeant.

Die Gefahr, daß das Feuer sie überrollen würde, war ihre ständige Sorge. Die zahllosen Brände, die nach dem Erdbeben ausgebrochen waren, erwiesen sich als unglaublich hartnäckig. Ohne Wasser zur Bekämpfung konnte man nichts tun als sie ausbrennen lassen.

Elizabeth war von der Zahl der Brände und ihrer Intensität überrascht. Feuer galt schon immer als eine der größten Gefahren im Gefolge eines Bebens, aber was jetzt in Memphis geschah, hätte niemand vorausgeahnt, besonders nicht in einer Stadt mit so vielen Backsteingebäuden.

Es war fast Mitternacht. Eine Stunde zuvor waren Atkins und Fred Booker an Bord eines Armeehubschraubers gegangen, der sie über den Mississippi zu einer provisorischen Rollbahn auf der Interstate 55 dreißig Kilometer nördlich von Memphis brachte. Dort wartete ein Militärjet, um sie nach Amarillo in Texas zu fliegen.

Da sie Atkins vermißte und nach einem Tag, der fast vierundzwanzig Stunden früher in Washington begonnen hatte, erschöpft war, beschloß Elizabeth, sich hinzulegen. Sie ging zum Bibliotheksanbau zurück und war auf dem Weg zum Geräteraum, als die Lampen einmal flackerten und ausgingen. Das Gebäude war sofort in Dunkelheit getaucht.

»Verdammt!« rief jemand aus dem Computerraum. »Der Generator ist ausgefallen.«

Es klang nach Guy Thompson; seine ganze Gruppe arbeitete noch. Man hörte Stöhnen, wütende Rufe. Ein Stromausfall konnte den Verlust entscheidender Daten bedeuten, während sie doch weiter die seismische Aktivität entlang der neuen Verwerfungen überwachen sollten.

Elizabeth sah Taschenlampen auf sich zukommen, deren Lichtstrahlen durch die Dunkelheit schnitten. Thompson und ein anderer Geologe eilten an ihr vorbei, als sie hinausliefen, um die Notstromaggregate zu überprüfen, die den Anbau und die hochkomplizierte Computerreihe mit Elektrizität versorgten. Es war dringend notwendig, daß sie so schnell wie möglich wieder Strom bekamen.

Elizabeth wollte ihnen folgen, entschied sich dann aber dagegen. Sie verstand nichts von Generatoren und fürchtete, sie würde nur im Weg sein.

Langsam tastete sie sich die Flure entlang, fand den Geräteraum und öffnete die Tür. Sie ärgerte sich über sich selbst, daß sie nicht daran gedacht hatte, ihre Taschenlampe einzustecken. Sie hatte sie im Schlafsack gelassen.

Zwischen den hohen Regalreihen vorsichtig einen Fuß vor den anderen setzend, fand sie den Schlafsack, der mit aufgezogenem Reißverschluß auf einer isolierten Schlafunterlage lag. Sie kniete hin, um nach der Taschenlampe zu tasten.

Da hörte sie etwas, einen Schritt oder vielleicht einen Ärmel, der ein Regal oder eine Wand streifte. Sie war sich nicht sicher.

»Ist da jemand?« fragte sie.

Es war jemand in dem Raum. Sie richtete sich auf und stand völlig reglos da, um zu lauschen.

»Ich weiß, daß hier jemand ist«, sagte sie, während sie angestrengt versuchte, etwas zu erkennen.

Wieder hörte sie das Geräusch, am anderen Ende des Raums, nahe der Tür. Eindeutig Schritte.

»Wer sind Sie?« schrie sie.

In der Dunkelheit sah sie flüchtig einen Schatten, der sich an der hinteren Wand bewegte. Ein blaßgrünes Licht schimmerte, ein schwacher Farbfleck. Dann ging die Tür auf und schnell wieder zu. Der Eindringling war fort.

Elizabeth lief auf die Tür zu, stieß mit einem Stuhl zusammen und schrammte sich ein Knie. Sie blickte in den dunklen Flur hinaus, sah aber niemanden. Wer es auch gewesen sein mochte, war um eine Ecke verschwunden. Draußen stotterte ein Benzinmotor, und die Lampen gingen wieder an. Sie hatten den Generator wieder in Gang gebracht. Elizabeth schätzte, daß sie nicht länger als sieben oder acht Minuten ohne Strom gewesen waren.

»Irgendwer hat ihn ausgeschaltet!« rief Thompson wütend, als er in den Anbau gestürmt kam. Er lief an ihr vorbei zum Computerraum. »Wir müssen alles wieder laden. Wer weiß, wie viele Daten wir verloren haben … Ich kann's nicht glauben. Das war Absicht. Eine andere Erklärung gibt es nicht. Verdammte Sabotage!«

Elizabeth ging in den Geräteraum zurück. Der Vorfall hatte sie so nervös gemacht, daß sie die Tür abschloß, was sie nie getan hatte. Sie war sich nicht sicher, ob sie jemandem von dem Eindringling berichten sollte, besonders da sich alle beeilten, die Computer wieder betriebsbereit zu bekommen.

Sie fand ihre Taschenlampe im Fußende des Schlafsacks und setzte sich hin, um nachzudenken. Es ergab keinen Sinn, bis sie einen Blick auf den Arbeitstisch neben dem Schlafsack warf.

Plötzlich war ihr klar, warum jemand in den Geräteraum eingedrungen war. Sie hatte ihren Laptop auf dem Tisch an einer Steckdose angeschlossen gelassen. Er war verschwunden.

Amarillo, Texas
19. Januar
5:40 Uhr

Der große C-135B Stratolifter zog beim Landeanflug auf den Flughafen von Amarillo eine niedrige Kurve über die Pantex-Anlage. Es war kurz nach der Morgendämmerung und der Himmel bedeckt, aber das dunstige Licht genügte Atkins, um die aufragenden Lagerbunker auszumachen, in denen sich die Plutonium-›Kerne‹ von beinahe zehntausend Kernwaffen befanden. Es gab mehr als sechzig solche Bunker in der riesigen Anlage, die sich über sechstausendfünfhundert dem Wind ausgesetzte Hektar im Pfannenstiel von Texas ausdehnte.

»Sie bezeichnen sie als Iglus«, sagte Booker. Er deutete auf eine Reihe von seltsam aussehenden, kuppelförmigen Konstruktionen. »Und diese dort nennen sie ›Gravel Gerties‹.« Ein Teil der wirksamsten Waffen im nuklearen Arsenal der Nation wurden darin gelagert, erklärte er. Aber mit dem Ende des Kalten Kriegs waren Tausende von Bomben hier unbrauchbar gemacht, die nuklearen Komponenten kalt gelagert worden. Die Arbeit blieb.

Der bezeichnende Name kam von den sechs Meter hohen Hügeln aus festem Kies, die über den explosionsbeständigen Betondächern aufgehäuft waren.

»Sie sind so konstruiert, daß sie bei einem Unfall direkt hochgehen und die Energie absorbieren«, erklärte Booker. Er bemerkte Atkins' wenig begeisterte Miene. Grinsend sagte er: »Keine Angst. Es besteht keine Gefahr einer Kernexplosion, aber wenn man etwas mit den brisanten Sprengstoffen, die die nukleare Primärbombe zünden, vermasselt, gibt es Ärger.«

»Was ist mit der Radioaktivität?« fragte Atkins.

»Nur wenn man die Abschirmung der Kerne durchbohrt oder versehentlich Tritium entweichen läßt«, sagte er. In Verbindung mit Plutonium verwendet war Tritium ein Booster, der die Sprengkraft der Bombe erhöhte.

Während des kurzen Flugs nach Texas hatte Booker Atkins einen Schnellkurs in den Grundlagen der Kernfusion gegeben. Die Verwendung von Boostern war einer der Schlüssel, um höchste Sprengwirkungen mit relativ kleinen Mengen spaltbaren Materials zu erzielen. Dazu gehörte, daß eine Mischung aus Tritium und Deuterium direkt in den explosiven Kern der Waffe injiziert wurde.

Booker war, wie Atkins bald bemerkte, ein begabter Praktiker in der Kunst des Bombenbauens.

Binnen einer Stunde nach ihrer Ankunft – sie wurden auf der Rollbahn am Flugzeug abgeholt – befanden sie sich bereits im Gebäude 16-12 auf der Pantex-Anlage, wo sie Ausweise mit Foto, Ansteckkarten und Namensschilder erhielten, außerdem Dosimeter, um möglicherweise aufgenommene radioaktive Strahlung zu messen. Bewaffnete Wachen strichen mit Metalldetektoren über ihre Kleidung und Schuhe.

Die Sicherheitsvorkehrungen waren beängstigend. Atkins bemerkte, daß sogar auf dem Dach des Gebäudes ein Wachposten mit einem M-60-Maschinengewehr stand. Die Straßen, die kreuz und quer über den Komplex verliefen, waren von fünf Meter hohen Zäunen, oben mit Stacheldraht, eingefaßt. Wie bei der Y-12-Anlage in Oak Ridge gab es jede Menge Wachtürme.

Booker und Atkins wurden in ein kleines Büro geführt, wo der Direktor der Anlage sie empfing. Es war ein finster aussehender Mann im blauen Anzug, der sich ständig mit einem blutigen Taschentuch das Kinn abtupfte. Er hatte sich beim Rasieren geschnitten, weil er sich beeilt hatte, sie in der Anlage zu treffen.

»Sie haben die Genehmigung des Präsidenten, jede Waffe, die Sie brauchen, mitzunehmen«, sagte er gereizt. »Ich muß Ihnen sagen, daß ich das nicht gutheißen kann.«

Booker fragte, ob sie das Beben in Texas gespürt hätten.

Der Leiter der Anlage nickte. »Wir hatten ein paar leichte Schäden. Nichts Ernstes.«

»Sie sind fast eintausendfünfhundert Kilometer vom Epizentum entfernt.« Booker schüttelte staunend den Kopf. Die Erdbebenwelle hatte sich hauptsächlich in der entgegengesetzten Richtung fortgepflanzt, und trotzdem hatten sie sie hier draußen in Texas gespürt. »Wir sehen einem weiteren Beben entgegen, vielleicht einem noch größeren«, sagte er. »Tragen Sie also zu meinem Wohlbefinden bei. Sagen Sie mir, daß ich Ihre volle Unterstützung habe.«

»Was immer Sie brauchen, wird Ihnen zur Verfügung gestellt«, sagte der Mann knapp. Er fragte, welche Art Waffe sie wünschten.

»Einen von den MK/B-61«, antwortete Booker. »Das ist ein ausgezeichneter Sprengkopf. Viele sind noch im Einsatz. Die Cruise Missiles verwenden die grundlegenden MK/B-61-Konstruktionen. Vorzügliche Sicherheitskomponenten und eine ausgezeichnete, harte Hülle.« Als eine der größeren Waffen, die noch in Gebrauch waren, gab es die Bombe in vier Ausführungen, die von einer Sprengkraft von fünfhundert Kilotonnen bis zu einer Megatonne reichten. Sie war so konstruiert, daß die Sprengkraft und Zündung im Flug programmiert werden konnte.

Der Leiter der Anlage setzte sich an den Schreibtisch und tippte auf ein paar Tasten am Computer. »Wir haben über hundert solcher Sprengköpfe im Gebäude 12-11 gelagert.« Er druckte ein Blatt aus und reichte es Booker. »Das Lagerverzeichnis führt die Daten der Demontage auf. Darf ich fragen, an welche Sprengkraft Sie denken?«

»Eine Megatonne, vielleicht ein wenig mehr, wenn wir sie verstärken müssen«, sagte Booker. »Im Moment wissen wir es noch nicht genau.«

Über die Größe wurde in Memphis noch heftig debattiert. Atkins hoffte, bald von Guy Thompson näheres zu erfahren, dessen Team rund um die Uhr an den Computern gearbeitet hatte, um die maximale Sprengkraft und den Ort der Sprengung zu berechnen. Es war ein gefährlicher Balanceakt. Atkins war sich nicht sicher, ob es eindeutige, endgültige Antworten gab. Gleichgültig, was sie taten – es würde ein gewaltiges Glücksspiel werden. Manchmal dachte er, das einzige, was annähernd erklären könnte, wovor sie standen, sei die Chaostheorie, die Idee von der Bedeutung der Zufälligkeit im Universum.

Der Leiter der Anlage – er hieß Carson – fuhr sie zu einem der Iglus. Ein lastwagengroßer Gabelstapler rollte die fünfundzwanzig Tonnen schwere Betonsperre fort, die den Eingang blockierte. Nachdem Carson einen Code auf dem Zahlenfeld eingetippt hatte, entriegelte er die explosionsbeständigen Stahltüren, die sich automatisch öffneten. Sie betraten einen Bunker, der einem stählernen Iglu ähnelte. Das gewölbte Dach war fünf Meter hoch. Über die Mitte des Bodens lief ein Schienenpaar.

»Die Wände bestehen aus fünf Zentimeter dickem, geripptem Stahl«, erklärte Carson. »Außen ist eine zwei Meter dicke Schicht Erde angehäuft.«

Fasziniert beobachtete Atkins, wie ein ferngesteuerter Traktor über die Schienen rollte und eine von zwei Dutzend Trommeln aus rostfreiem Stahl von einem Metallregal zog, das an der ganzen Wand entlanglief. Die Trommel enthielt den ›Kern‹, die nukleare Ladung einer MK/B-61-Waffe, die fünf Jahre zuvor auf Lager gelegt worden war.

Carson plazierte ein kleines Handgerät, das dem Belichtungsmesser eines Fotografen ähnelte, neben dem Stahlbehälter. »Das ist ein Spektrograph«, erklärte er Atkins. »Jede einzelne Bombe hat ihren eigenen elektronischen Fingerabdruck. Das verrät mir, daß wir die richtige haben.«

Der Traktor lud den Behälter auf den Gabelstapler. Wenige Minuten später fuhren sie zum Gebäude 12-10, einer der ›Gravel Gerties‹. Nachdem Carson die Tür geöffnet hatte, auch diese mit einem Zahlencode, betrat Atkins einen Tunnel, der sich mit einem Labyrinth weiterer langer Durchgänge schnitt.

»Wohin jetzt?« fragte er Booker, der vor ihm ging. Der Physiker schien sich völlig zu Hause zu fühlen.

»Zur Röntgenzelle.«

Ein Wachposten bat sie, die rechte Hand auf die Glasfläche eines Scanners zu legen. Die Ablesung wurde automatisch mit einem ähnlichen Scan verglichen, das unmittelbar nach ihrer Ankunft in der Anlage gemacht worden war. Darauf wurden sie durch eine Stahltür in einen keilförmigen Raum geleitet, der mit einer Drehscheibe und einem CAT-Scanner ausgestattet war. Die nukleare Ladung der Waffe war bereits aus dem Stahlbehälter genommen und auf die Drehscheibe gelegt worden.

»Das ist alles?« Atkins starrte ungläubig auf die zylindrische Bombe. Rund einen Meter lang, hatte sie einen Durchmesser von kaum vierzig Zentimetern.

Booker grinste. »Sieht vielleicht nicht nach viel aus, macht aber einen höllischen Knall. Die kompakte Form ist ideal für eine unterirdische Explosion. Wenn ich fertig bin, legen wir sie wieder in den Stahlbehälter. Sie hat eine der besten Teilmontagekonstruktionen, die ich jemals gesehen habe. Eine Reihe von Polyurethanfüllern fangen Erschütterungen ab und stützen alle inneren Bauelemente. Sie war dafür gedacht, auf dem Boden aufzuschlagen und dennoch zu explodieren.«

An einem Computerterminal über der Drehscheibe sitzend, überprüfte Booker sorgfältig die CAT-Scanbilder des Kerns. Die Röntgenstrahlen zeigten diagonale Schnitte der Waffe. Aus Sicherheitsgründen durfte Atkins nicht zusehen. Er wußte, daß Booker die Nuklear-Komponenten der Bombe inspizierte, also das Plutonium-239 in der Primärbombe und das Lithiumdeuterid der Sekundärbombe im Uranmantel.

Booker hatte die physikalischen Grundlagen erläutert. Wenn die Sekundärbombe implodiert, verwandelt sich das Lithium in Tritium, das seinerseits mit dem Deuterium verschmilzt, was die thermonukleare Explosion erzeugt.

Nachdem sich Booker fast eine Stunde über den Monitor gebeugt hatte, erklärte er das Nuklearpaket für tauglich.

»Jetzt kommt der heikle Teil«, sagte er.

Atkins begriff. Booker mußte die doppelte Schicht brisanter Sprengstoffe anbringen, die mit Plastik gebunden waren, damit sie sich formen ließen. Die Sprengstoffe und Sprengzünder umgaben den Kern der Bombe. Wenn dieses Material explodierte, setzte es den Implosionsprozeß in Gang, indem es das Plutonium auf eine überkritische Masse komprimierte. Die Menge und Art der brisanten Sprengstoffe, die für eine Bombe verwendet wurden, waren ein streng gehütetes Geheimnis.

Sie nahmen einen Aufzug zu einer tieferen Ebene, wo Booker allein an den Sprengstoffen arbeitete. Der Raum erinnerte Atkins an einen Operationssaal – grelles Licht, glänzende Kacheln und rostfreier Stahl. Booker hatte eine schwere Bleischürze, Handschuhe und eine Gesichtsmaske angelegt, um sich gegen eventuelle radioaktive Emissionen zu schützen. Er trug auch antistatische Überschuhe.

»Ich habe bei der Entwicklung des Sprengstoffs mitgearbeitet«, sagte er. »Ich wollte, ich dürfte Ihnen davon berichten. Wunderbares Zeug. Eine Mischung aus PETN, C4 und ein paar anderen Bonbons.«

Atkins wußte, daß C4 aus TNT plus, einem Weichmacher, bestand und die Beschaffenheit von Kitt hatte. Es wurde zu präzise zugeschnittenen ›Linsen‹ geformt und vorsichtig um den Plutoniumkern angebracht. Die Linsenkonstruktion, einer der großen Durchbrüche des Manhattan-Projekts, kontrollierte die Explosion, indem sie die Detonation nach innen lenkte und die erforderliche Implosion in Gang setzte. Die Sprengstoffe waren bereits zugeschnitten und lagen bereit. Aber Booker würde mehrere Stunden brauchen, um sie anzubringen und die Sprengzünder und Sicherungen zu installieren.

»Kommen Sie in zwei Stunden wieder«, sagte er. »Wenn meine Beine mich nicht im Stich lassen, sollte ich bis dahin fertig sein.« Er betrat den Operationssaal durch ein weiteres Paar Stahltüren, die eine Luftschleuse bildeten.

Der Leiter der Anlage lud Atkins ein, mit ihm zu seinem Büro zu fahren.

Dort gab es Nachrichten aus Memphis. Guy Thompson rief über eine Satellitenschaltung an.

»Wir haben es weitgehend geklärt«, sagte Thompson. Vor lauter Aufregung sprach er zu schnell, und Atkins mußte ihn bremsen. »Eine unterirdische Explosion von einer Megatonne käme annähernd einem Erdbeben im Bereich der Stärke sechs Komma fünf gleich, vielleicht etwas weniger.«

»Um welche Entfernungen geht es dabei?« fragte Atkins.

»Höchste Intensität bis vierzig oder fünfzig Kilometer«, sagte Thompson. »Wir haben Wellenformmodelle ausprobiert, die darauf schließen lassen, daß eine Explosion von der Stärke einer Megatonne große Mengen tektonischer Spannungsenergie freisetzen würde.«

Die Schätzung, erklärte er, basierte auf den Auswirkungen des Milrow-Tests von 1969, der zweiten von drei unterirdischen Explosionen, die in den späten sechziger und frühen siebziger Jahren auf den Aleuten in der Nähe Alaskas durchgeführt worden waren. Einer der wesentlichen Indikatoren war die Amplitude der Love-Wellen, die eine solche Sprengung erzeugte. Love-Wellen – seismische Oberflächenwellen mit horizontaler Scherbewegung – waren Beweis für die Freisetzung tektonischer Spannungsenergie. Je mehr Wellen die Seismographen registrierten, desto größer die tektonische Entspannung.

»Die Love-Wellen vom Milrow-Test waren unglaublich«, fuhr Thompson fort. »Sie produzierten ein Hauptbeben der Stärke sechs Komma fünf und Dutzende von Nachbeben im Stärkenbereich drei und vier.«

»Wie tief wurde sie zur Explosion gebracht?«

»Eintausenddreihundert Meter«, sagte Thompson. »Und es wurden absolut keine starken Erdbeben an anderen Verwerfungen in dem Gebiet ausgelöst.« Das war eine der großen Sorgen gewesen, weil es einer der aktivsten Plattenränder der Welt war. Das seismische Verhalten deckte sich praktisch mit dem der anderen Explosionen auf den Aleuten – Longshot 1965 und Cannikin Ende 1971.

Atkins hätte beinahe laut gejubelt. Das waren sehr gute Neuigkeiten. Die Angst, daß eine Kernexplosion in der New Madrid Seismic Zone Beben an anderen Verwerfungen auslösen würde, war der Alptraum eines jeden. Hier hatten sie den zuverlässigen Beweis, daß es damals nicht passiert war.

Die ganze Zeit hatte er befürchtet, daß eine Kernexplosion eine Kettenreaktion an anderen Verwerfungen einleiten, daß sie ein weiteres Katastrophenbeben auslösen könnte. Für ihn stand außer Frage, daß sie etwas versuchen mußten. Es stand so ungeheuer viel auf dem Spiel. Ein großes Beben war praktisch gewiß. Er hatte sich mit Bookers Kernexplosion abgefunden, aber die Risiken hatten ihn krank gemacht vor Angst.

Nun war ihm ein Teil dieser Angst genommen. Er begann zu denken, ernsthaft daran zu glauben, daß sie in der Lage wären, den tödlichen Erdbebenzyklus aufzuhalten oder wenigstens abzuschwächen.

»Das einzige Problem ist die Tiefe, in der die Zündung erfolgen sollte«, fuhr Thompson fort.

Also doch, sagte sich Atkins. Er hob die schlechte Nachricht bis zuletzt auf.

»Wir sind uns alle einig, daß wir tiefer als eintausenddreihundert Meter gehen müssen, um die maximale Wirkung zu erzielen«, sagte Thompson. »Die Caruthersville-Störung liegt rund dreißig Kilometer tief. Je näher wir herankommen, desto besser.«

Damit scheiden Bohrlöcher todsicher aus, dachte Atkins. Es würde Wochen dauern, sie in diese Tiefe zu treiben. Soviel Zeit hatten sie nicht.

»Eine Möglichkeit bestünde«, fuhr Thompson fort. »Es gibt eine aufgelassene Kohlengrube innerhalb einiger Kilometer von der Stelle, wo die Caruthersville-Störung sich mit der New Madrid Seismic Zone und der Verwerfung, die bei dem 7,1-Beben entstand, schneidet. Sie ist sechshundert Meter tief.«

Atkins war klar, warum die Mine für ihre Zwecke ausgezeichnet lag. Seismischer Streß konzentrierte sich mit größter Wahrscheinlichkeit an den Enden einer Verwerfung oder am Schnittpunkt mit einer anderen. Die beiden neu entdeckten Verwerfungen und der Ostrand des New-Madrid-Systems trafen alle ungefähr in dieser Gegend zusammen.

Die Mine lag nahe der Schnittstelle.

»Wir versuchen, ein Team zu finden, das sie erkundet. Im Augenblick scheint diese Kohlengrube die beste Stelle zu sein. Sie heißt Golden Orient.«

Atkins fiel der Ausflug zum Bergwerk ein und welche Angst er vom Anfang bis zum Ende gehabt hatte.

»John, alles in Ordnung?«

Atkins wurde sich der Stimme Guy Thompsons bewußt. Er merkte, daß ihn der Leiter der Anlage beobachtete.

»Klar«, sagte er. Was eine Lüge war. Er wollte mit dieser Mine nichts zu tun haben. Aber die Sache war bereits erledigt. Sie mußten die Bombe in großer Tiefe zur Explosion bringen. Das Bergwerk war ihre einzige Möglichkeit.

Er würde noch einmal hinunterfahren müssen.

Als Jacobs' Name fiel, fragte er sich, wie es seinem alten Freund gehen mochte. Er machte sich noch immer Sorgen wegen Jacobs. Wie würde er mit dem Verlust von Frau und Kindern fertig werden und dennoch seine Arbeit erledigen? Der Mann brauchte ärztliche Hilfe.

Atkins erkundigte sich leise nach Elizabeth Holleran. Er hatte nicht geahnt, als er nach Texas flog, wie sehr sie ihm fehlen oder wie oft er sich bei Gedanken an sie ertappen würde.

Nun war es an Guy Thompson zu verstummen. Zögernd sagte er: »Es ist etwas passiert, John. Aber es geht ihr gut. Wir sprechen darüber, wenn du zurück bist. Wir hatten einigen Ärger mit unserer Ausrüstung.«

Memphis
19. Januar
6:30 Uhr

Sie war sich nicht sicher, ob er sie verstand, nicht einmal, ob er überhaupt zuhörte.

»Walt, haben Sie begriffen, was ich gerade gesagt habe? Jemand hat meinen Laptop gestohlen. Es muß dieselbe Person gewesen sein, die das Notstromaggregat ausgeschaltet hat. Es ist etwa gleichzeitig passiert.«

Elizabeth Holleran war zu Walt Jacobs' abgeteiltem Arbeitsplatz gegangen, nachdem sie einige Stunden Schlaf im

Geräteraum nachgeholt hatte. Diesmal hatte sie die Tür abgeschlossen. Gerade war die Sonne aufgegangen. Sie hatte Jacobs am Schreibtisch vorgefunden, wo er auf Ausdrucke der Seismogramme von Nachbeben starrte, die nach wie vor entlang der neuen Caruthersville-Störung auftraten. Die Aktivität hatte nicht nachgelassen.

Jacobs hob den Kopf, als höre er sie erst jetzt.

»Jemand … hat Ihren Computer gestohlen?« Er wollte es nicht glauben.

»Im Geräteraum. Als der Strom weg war.«

Elizabeth sprach leise. Sie befanden sich im Bibliotheksanbau. Jenseits des Gangs arbeiteten Guy Thompson und ein Teil seines Teams fieberhaft an einer Reihe Computerterminals und versuchten, die seismischen Auswirkungen von unterirdischen Kernexplosionen zu berechnen. Sie hatten die ganze Nacht durchgearbeitet. Dank dem Präsidenten standen Thompson vier neue leistungsstarke Computer zur Verfügung, die ihnen bei ihren Berechnungen halfen. Er hatte die Geräte aus Washington mitgebracht. Glücklicherweise hatten sie keinen irreparablen Schaden genommen, als der Generator ausfiel. Zwar hatten sie einige seismische Echtzeitdaten über die Nachbeben verloren, inzwischen aber veranlaßt, daß sie ihnen noch einmal übermittelt würden.

Zorn hatte in Elizabeth die Oberhand über den Schrecken gewonnen. Sie bedauerte, daß sie den Dieb nicht richtig gesehen hatte. Nicht einmal seine Größe oder seine Figur konnte sie schätzen und haderte mit sich, nicht schneller reagiert zu haben. Sie hatte ihn entwischen lassen.

Thompson, dem Elizabeth absolut vertraute, hatte sie es bereits berichtet. Dann war sie zu Jacobs gegangen, der ruhig zuhörte, als sie schilderte, was passiert war. Er wirkte besorgt, tief in sich zurückgezogen.

Vor dem Abflug nach Texas war Elizabeth noch von Atkins über Jacobs' Frau und Kinder ins Bild gesetzt worden.

Sie respektierte das Bedürfnis des Mannes nach Alleinsein, um sich mit seiner Trauer auseinanderzusetzen, und hätte ihn am liebsten überhaupt nicht damit behelligt. Deshalb war sie zunächst zu Thompson gegangen, aber Jacobs war für das Labor verantwortlich. Er mußte Bescheid wissen.

Sie wünschte, John Atkins wäre zurück. Er fehlte ihr sehr. Sie mußte mit ihm reden, ihm nahe sein. Zum erstenmal gestand sie sich selbst ein, daß sie dabei war, sich in ihn zu verlieben. Es war ein starkes, herzliches Gefühl. Sie wollte es nicht verlieren.

Eine einzige Tatsache verfolgte sie. Der Mann, der in ihr Zimmer eingedrungen war, mußte jemand sein, der im Anbau arbeitete und wußte, daß sie allein schlief, also jemand, den sie schon gesehen hatte. Einer der Wissenschaftler. Einer, der über ihre Schritte Bescheid wußte und sich vermutlich noch im Gebäude befand, um sie im Auge zu behalten.

Guy Thompson war sich sicher, daß es bewußte Sabotage von derselben Person war, die den Generator abgeschaltet hatte. Nach seiner Meinung wollte jemand möglichst viele Computer lahmlegen oder stehlen, um Verwirrung zu stiften.

»Es muß jemand sein, der nicht will, daß wir diese Bombe zünden«, sagte er. »Was für Motive könnte es sonst geben?«

Elizabeth war nicht so überzeugt, wenn auch nur, weil sie es für nahezu unmöglich hielt, daß irgendeiner der Wissenschaftler im Zentrum so weit gehen würde. Und wenn doch, so hatten die meisten, Jacobs eingeschlossen, ernste Zweifel hinsichtlich der Möglichkeit geäußert, unterirdisch eine Atombombe zur Explosion zu bringen. Wen sollte sie also verdächtigen?

Sie wiederholte Thompsons Bemerkungen gegenüber Jacobs, der sie nur ständig anstarrte, durch sie hindurchsah. Es war unheimlich. Als ob sie nicht da wäre.

Endlich schien er zu sich zu kommen. Aber als er sprach, bezog es sich nicht auf das, was sie gerade berichtet hatte.

»Wir können es nicht tun«, sagte er, die tiefliegenden Augen auf sie gerichtet. »Wir können nahe einer aktiven Störung keine Atombombe zur Explosion bringen.«

Amarillo, Texas
19. Januar
12:20 Uhr

Booker brauchte fast drei Stunden für die kitzlige Aufgabe, die gebundene äußere Schicht aus brisanten Sprengstoffen und Sprengzündern an dem Nuklearpaket der MK/B-61 anzubringen. Er arbeitete allein in der ›Operationssaal‹-Zelle tief in einer der ›Gravel Gerties‹ der Pantex-Anlage und hatte die Prozedur zur Hälfte bewältigt, als Atkins ihm über die Telefonschaltung durchsagte, daß sie sich für eine Megatonne entschieden hätten.

»Betrachten Sie es als erledigt«, sagte der Physiker.

Verglichen mit dem Anbringen der brisanten Sprengstoffe war die Bestimmung der Sprengkraft ein einfaches Verfahren. Durch Einspritzen einer ausreichenden Menge von Tritium-Deuterium-Gas in den Plutoniumkern konnte Booker die Wirkung der Bombe von fünfhundert Kilotonnen auf über eine Megatonne erhöhen. Der Implosionsprozeß würde das Gas auf den Punkt erhitzen, wo seine Atome verschmolzen. Das Ergebnis war ein Schub hochenergetischer Neutronen, der den Extraknall erzeugte. Am Ende ließ Booker mit einer Deckenwinde das Nuklearpaket wieder in das Mittelteil des Projektils gleiten. Die Einheit enthielt eine Reihe von Timern, von elektronischen Sicherungs- und Zündschaltungen. Bei einem Gewicht von weniger als zweihundert Kilogramm ähnelte die Bombe einem langgezogenen, schlanken Mülleimer aus schimmerndem, rostfreiem Stahl.

Booker war in Schweiß gebadet, als er die Bleischürze abnahm und auf den Gang trat. Die explosionsbeständige Stahltür glitt hinter ihm zu. Atkins teilte ihm mit, daß Guy Thompson und andere Seismologen in Memphis empfohlen hatten, die Bombe in einer aufgelassenen Kohlengrube zur Explosion zu bringen.

»Wie tief?« wollte Booker wissen.

»Etwa sechshundert Meter. Ich bin dort gewesen. Es ist ein senkrechter Schacht mit zwei Entlüftungsröhren.«

»Gut. Damit kann ich arbeiten«, meinte Booker. »Aber wir müssen uns wegen des Abzugs Gedanken machen.«

Atkins wußte, daß dies eines der Hauptrisiken einer unterirdischen Explosion war, die Möglichkeit, daß radioaktive Abfälle und Gase durch die Risse, die bei der Sprengung im Boden entständen, in die Atmosphäre entweichen würden.

Es war schon mehrfach geschehen, manchmal mit katastrophalen Folgen. Gewaltige Mengen an ›heißem‹ Staub, Ruß und Gas hatten die Erdatmosphäre verseucht.

Einer der schlimmsten Unfälle, erklärte Booker, hatte sich während eines Tests mit dem Codenamen ›Baneberry‹ ereignet. Die Bombe war im Dezember 1970 auf dem Testgelände in Nevada, einhundert Kilometer nordwestlich von Las Vegas, zur Explosion gebracht worden. Booker war dort gewesen.

Es war eine relativ harmlose Ladung – zehn Kilotonnen. In der Stunde X, dem Augenblick der Zündung, hatte Booker im ›roten Schuppen‹ gesessen, dem Kontrollraum fünf Kilometer vom Testgelände entfernt.

»Das Loch war zu flach. Nur rund einhundertfünfzig Meter tief. Wir hatten es mit Sand und Kies abgedichtet, nachdem wir die Bombe verdrahtet hatten. Als sie hochging, beobachtete ich die Fernsehmonitoren. Man konnte sehen, wie sich der Boden wellte, als die Druckwelle auf uns zukam. Sie schleuderte uns mitsamt den Stühlen hoch. Dann war der Teufel los. Die Explosion riß ein klaffendes Loch in den Wüstenboden und schickte eine Wolke aus radioaktivem Gas zweitausendfünfhundert Meter hoch in den Himmel. Die Wolke trieb bis nach North Dakota.«

»Wir müssen uns ausdenken, wie wir diese Lufttunnel und den Aufzugschacht zum Einsturz bringen«, sagte Booker. »Zeit sie aufzufüllen bleibt uns nicht.« Er sah Atkins an. »Es wird eine knifflige Sache werden.«

»Wie wollen Sie die Bombe zünden?« fragte Atkins.

»In Nevada benutzten wir bei allen unterirdischen Tests Kabel. Aber das kommt hier nicht in Frage. Der Boden ist zu aktiv. Ein kräftiger Erdstoß, und das Kabel könnte zerreißen.« Er erwog die Möglichkeiten. »Wir könnten es mit einem

Funksignal probieren, aber ich würde mir Sorgen wegen der Ablenkung machen.« Er überlegte weiter. »Am besten wäre wohl ein Zeitzünder.«

»Wo würden Sie ihn anbringen?«

»So tief im Bergwerk wie nur möglich. Ich würde eine Reihe Kondensatoren nehmen, um die elektrische Ladung zu erzeugen, die die Zündfolge in Gang setzt.«

»Was passiert, wenn Sie den Timer eingestellt haben?«

»Dann nimmt man die Beine unter den Arm und nichts wie weg«, sagte Booker. Er lächelte nicht. »Der Vorteil eines Timers ist, daß er praktisch narrensicher ist. Der Nachteil ist, daß man, sobald er eingestellt und die Bombe scharf ist, den Prozeß nicht mehr ohne weiteres anhalten kann.«

Als ihre unmittelbare Aufgabe beendet war, fuhren Atkins und Booker mit dem Aufzug von der unteren Zelle zur Hauptebene des Bunkers zurück. Carson, der Leiter der Anlage, erwartete sie.

Atkins merkte sofort, als er ihn sah, daß etwas nicht in Ordnung war. Der Mann hielt mehrere Blatt gelbes Papier in zitternden Händen. Er sah aus, als habe er gerade eine furchtbare Nachricht erhalten. Nervös schob er seine Lesebrille auf der Nase höher.

»Der nationale Sicherheitschef des Präsidenten hat gerade angerufen«, sagte er mit stockender Stimme. »Zwischen Einheiten der Nationalgarde von Kentucky und der regulären Armee sind Kämpfe ausgebrochen.«

»Was!« rief Booker.

Atkins hätte sich am liebsten gesetzt. Er war wie betäubt. Seines Wissens war es seit dem Bürgerkrieg nicht mehr vorgekommen, daß amerikanische Soldaten gegen amerikanische Soldaten gekämpft hatten. Er konnte noch gar nicht begreifen, wie entsetzlich diese Nachricht war.

Mit einem Blick auf seine hingekritzelten Notizen fuhr Carson fort: »Der Gouverneur von Kentucky hat Einheiten der Nationalgarde angewiesen, gegen jeden Versuch vorzugehen, in seinem Staat eine Atombombe zu zünden. Sie haben den Befehl, wenn nötig gezielt zu schießen. In Westkentucky ist es schon zu Schießereien zwischen Gardisten und Einheiten des

101. Luftlandegeschwaders gekommen. Die Kämpfe halten mit Unterbrechungen an.«

»Schon Todesopfer?« erkundigte sich Atkins.

Carson nickte. »Auf beiden Seiten. Zahlen habe ich nicht.«

Das alles bedeutete eine drastische Veränderung der Pläne. Anstatt bis zum Morgen zu warten, hatten Atkins und Booker den Befehl bekommen, sofort aufzubrechen. Ursprünglich hatten sie geplant zu fliegen. Nun sollten sie mit der Bombe in einem Sattelschlepper zurückfahren.

»Warum fliegen wir nicht?« fragte Atkins. »Es wird einen halben Tag länger dauern, um nach Kentucky zu kommen.«

»Sie machen sich Sorgen wegen eines Raketenangriffs, wenn das Flugzeug landet«, erklärte Carson. »Es gibt nicht viele Landeplätze, und sie werden wahrscheinlich beobachtet. Offenbar sind einige Gardeeinheiten in Kentucky mit tragbaren SAM-Raketen ausgerüstet. Man fürchtet, daß ein Flugzeug ein zu gutes Ziel wäre. Sie werden wissen, was es geladen hat, und sie werden danach Ausschau halten.«

»Wann fahren wir?« fragte Booker.

»In fünfzehn Minuten«, sagte der Leiter der Anlage. »Wir haben schon zwei Konvois zur Täuschung losgeschickt. Ich schlage vor, daß Sie noch was essen.«

Der graue Wagen mit achtzehn Rädern wartete bereits mit laufendem Motor vor der ›Gravel Gertie‹ auf sie. Wachposten in Tarnanzügen waren mit schußbereiten Waffen auf beiden Seiten des Fahrzeugs angetreten. Der große Sattelschlepper sah aus, als hätte er schon viele Meilen zurückgelegt. Die Kotflügel waren dick mit rotem, texanischem Staub überzogen.

»Der Laster ist gepanzert«, sagte Carson. »Durch sein Nachrichtensystem kann er ständig von Satelliten verfolgt werden.« Zu dem Konvoi würden auch zwei Lieferwagen gehören. »Diese Fahrzeuge werden von Agenten des Energieministeriums gefahren, die ermächtigt sind, auf jeden Verdächtigen zu schießen.«

Punkt 13:30 Uhr rollten sie durch ein Hintertor der Plantex-Anlage. Ein kalter Wind fegte über die Prärie von Osttexas und trieb mit Graupeln vermischten Regen gegen die

Windschutzscheibe. Atkins und Booker saßen hinter dem Fahrer und einem Wachposten, der ein Automatikgewehr zwischen die Beine geklemmt hatte. Der Sattelschlepper war von zwei beigen Lieferwagen flankiert. Sie würden auch eine Lufteskorte haben – Hubschrauber und Jagdmaschinen der Air Force, die auf ihrer Route, auf den ganzen zwölfhundert Kilometern, die Fernstraße überwachen sollten.

Nach zwanzig Minuten war der Lastwagen auf der Interstate 40, die um Amarillo herumführte. Bis zur Grenze von Oklahoma war es eine Stunde Fahrt nach Osten.

Die Bombe lag in einem gepolsterten Behälter hinten im Anhänger. Sie war festgezurrt, der Behälter am Boden festgeschraubt und mit Vorhängeschlössern versehen. Drei bewaffnete Wachposten fuhren mit.

»Es wird eine schnelle Fahrt werden«, sagte der Fahrer mit einem Blick über die Schulter nach seinen beiden Passagieren. »Wir möchten in fünf Stunden die Grenze von Missouri passieren. Sobald wir den Verkehr um Amarillo hinter uns haben, drehen wir auf. Vielleicht möchten Sie versuchen, kurz die Augen zuzumachen? Es ist eine lange Fahrt.«

Atkins machte es sich auf seinem Sitz bequem. Das Abteil hinter dem Fahrer war mit einem Etagenbett, einem winzigen Bad und einer Fernsehtruhe ausgestattet. Er beobachtete die Regentropfen und Graupeln, die gegen die Windschutzscheibe schlugen, und lauschte dem Hin und Her der Scheibenwischer. Während der letzten vierundzwanzig Stunden hatte er nicht mehr als einige Nickerchen geschafft. Normalerweise genügte das Geräusch des Regens, um ihn in den Schlaf gleiten zu lassen. Diesmal nicht.

Er wußte, daß er nicht einschlafen würde.

Chandler. Bristow. Sapulpa.

Der Fahrer hielt Wort, indem er mit über einhundertzwanzig Kilometer die Stunde an den kleinen Städten vorbeiraste, die in Oklahoma die Fernstraße säumten. Kurz hinter Oklahoma City kam er auf die Interstate 44. Drei Stunden später näherten sie sich der Grenze von Missouri.

Der Wachposten, der neben dem Fahrer saß, sprach ab und zu über Funk mit den Hubschraubern und Flugzeugen, die den kleinen Konvoi überwachten. Nahe Oklahoma City waren einige Lieferwagen von Fort Sill her zu ihnen gestoßen.

»Da sitzen zwei Gruppen von Antiterroreinheiten drin«, erklärte der Fahrer. »Sie begleiten uns bis zum Mississippi.«

Atkins konnte weder seine Nervosität ablegen noch seine Gedanken von Thompsons mysteriöser Nachricht über Elizabeth losreißen, und so fragte er Booker nach einigen Atomtests aus, die er beobachtet hatte. Es war nicht nur der Versuch, Konversation zu machen, sondern echte Neugier.

»Der erste nannte sich Mike, 1952 draußen auf Elugelab Island«, sagte Booker, der aus einem Nickerchen erwachte. »Es waren gleich zwei Premieren. Die erste Wasserstoffbombe, die erste Leistung über einer Megatonne. Weit darüber. Mike brachte 10,4 Megatonnen. Nur ein einziger Versuch ist danach auch nur in die Nähe gekommen. Als wir die Primärbombe und Sekundärbombe montiert hatten, ähnelte das Ding mehr einer kleinen Erdölraffinerie als einer Bombe. So wahr ich hier sitze – sie verdampfte die Insel vollkommen.«

Der Feuerball hinterließ einen Krater von sechzig Metern Tiefe und eineinhalb Kilometern Durchmesser, ein blaues Loch, eingestanzt dort, wo einmal die Lagune eines Atolls gewesen war. Vögel wurden im Flug zu Asche. Eine Insel zweiundzwanzig Kilometer weit im Süden verbrannte. Bäume wurden entrindet, Tiere gehäutet.

»Es war eine unglaublich schmutzige Bombe«, fuhr Booker fort. »Eigentlich wußte niemand vorher, wie groß sie sein würde. Niemand hätte sich das vorstellen können… Die Wolke erreichte in zwei Minuten siebzehntausend Meter. Der Stamm war fünfzig Kilometer hoch. Die Spitze blähte sich schließlich auf wie ein riesiger Schirm, einhundertfünfzig Kilometer breit. Wir hatten die Hosen gestrichen voll.«

»Wo waren Sie in der Stunde X?« fragte Atkins.

»Fünfzig Kilometer weit weg auf einem alten Minenräumer aus dem Zweiten Weltkrieg. Ich stand auf Deck und hatte eine dunkle Brille auf. Man spürte die Hitze, als hätte jemand vor meinem Gesicht eine Backofentür geöffnet. Die Druckwelle war spektakulär, ein langer, lauter Donnerschlag. Ich wartete ein paar Minuten, bis ich glaubte, die Gefahr sei vorbei, und riß die Brille herunter. Natürlich hatte ich keine Ahnung ... Sie können sich nicht vorstellen, wie groß er war ... dieser ungeheure Feuerball. Er löschte die Sonne aus. Und die Wolke wirkte so, als würde sie direkt über uns wegrollen.«

Booker lehnte sich zurück. Das matte Leuchten einer Leselampe in der Deckenstrebe ließ sein Gesicht im Schatten. »Meine erste Dosis Radioaktivität bekam ich bei dem Mike-Test ab«, sagte er. »Man sollte meinen, es wäre mir eine Lehre gewesen, aber zehn Jahre später ließ ich es noch einmal geschehen. Damals hat es mich richtig erwischt.«

Als Atkins wissen wollte, was passiert war, faltete Booker die Hände auf der Brust. Er saß eine Weile still da, ehe er begann. »Es war 1962 auf dem Testgelände in Nevada. Der Sedan-Test. Wir zündeten eine 104-Kilotonnen-Bombe in einer Tiefe von einhundertneunzig Metern. Welch Wahnsinn, es so flach zu machen. Der Test gehörte zum Plowshare-Programm und sollte zeigen, daß Kernexplosionen für so friedliche Zwecke wie Kanalbau und Gott weiß was genutzt werden könnten. Die Bombe sprengte einen einhundert Meter tiefen und fünfhundert Meter breiten Krater und schickte Säulen aus Sand, Steinen und stark radioaktivem Staub dreitausendfünfhundert Meter hoch in die Luft. Sechs Millionen Kubikmeter Schutt gingen hoch. Alles glühend heiß. Es war doppelt so mächtig wie das von uns vorausgesagte Maximum.«

Booker schilderte, wie sie dreißig Beagles in Entfernungen zwischen 18 und 60 Kilometern vom Bodennullpunkt in Drahtkäfige gesperrt hatten. Ihre Mäuler waren mit Heftpflaster zugeklebt worden, damit sie den radioaktiven Niederschlag nicht mit der Nahrung aufnähmen.

»Bis auf zwei starben alle Hunde«, sagte Booker.

Das Bombenteam wartete das Ende der Explosion mehrere Meilen weit weg im roten Schuppen ab. »Ich ging zu früh zur Explosionsstelle«, berichtete Booker weiter. »Die Stelle war viel heißer, als man mir gesagt hatte.«

Im trüben Licht blinzelnd, starrte Booker Atkins an. »Sie sagten mir, ich hätte zweihundert Röntgen abbekommen.

Einige Jahre später erfuhr ich hintenherum, daß ich tatsächlich eine Dosis von vierhundert Röntgen aufgenommen hatte.«

Atkins wußte, daß man mit der Maßeinheit Röntgen die Gammastrahlung bezeichnete, der man ausgesetzt war. Vierhundert Röntgen war sehr viel Strahlung.

Booker erriet Atkins' Gedanken. »Sechshundert sind normalerweise tödlich.«

»Greift es nicht das Knochenmark an?« fragte Atkins.

Auf Bookers Gesicht erschien ein merkwürdiger Ausdruck. »Es kann Leukämie verursachen«, sagte er, während er das Deckenlicht ausschaltete. Atkins konnte seine tiefen, regelmäßigen Atemzüge in der Dunkelheit hören.

»Zwei Jahre lang war sie im Abklingen, aber nun kommt sie wieder«, sagte Booker. »Um meine weißen Blutkörperchen steht es schlimm. Meistens, wie in diesem Augenblick, fühle ich mich gut, aber ich spüre, daß ich nachlasse, daß ich Stück für Stück Energie verliere. Die Ärzte sagen, ich könnte noch drei bis fünf Jahre leben. Oder vielleicht viel weniger.«

»Warum machen Sie das alles?« fragte Atkins. Er wußte nichts anderes darauf zu sagen.

Booker rückte näher und sprach im Flüsterton, damit die beiden Männer vorn im Fahrerhaus ihn nicht hören konnten.

»Sie haben mich belogen«, sagte er. »Die Regierung, meine Vorgesetzten. Alle haben sie gelogen, und deswegen werde ich sterben. Jahrelang haben sie die amerikanische Öffentlichkeit über die Folgen der Strahlungswolken belogen, die in den fünfziger und sechziger Jahren über das Land zogen. Sie sagten die Unwahrheit über das Ausmaß von Leukämie, Unfruchtbarkeit und Krebs in Nevada, New Mexico und Wyoming. Über die Ursachen. Doch habe ich in dieser Sache vor langem mit mir selber Frieden gemacht. Mußte es tun, oder ich wäre verrückt geworden. Aber ich schwöre bei Gott, daß ich, was auch immer in den nächsten Tagen geschehen mag, nicht zulassen werde, daß irgend jemand die Unwahrheit sagt.«

Washington, D. C.
19. Januar
16:25 Uhr

Der Präsident starrte in grimmigem Schweigen auf die Luftaufnahmen, die auf seinem Schreibtisch ausgebreitet waren. Eine zeigte das Wrack eines Armeehubschraubers, der auf einem Feld in Westkentucky brannte. Andere waren beklemmende Nahaufnahmen von Panzern der Nationalgarde von Kentucky, die sich in diesem Teil des Staates an strategischen Kreuzungen eingegraben hatten.

»Wie viele Einheiten haben Gouverneur Parker ihre Loyalität erklärt?« fragte er.

»Wir glauben, nicht mehr als fünf«, sagte Meg Greenland, die nationale Sicherheitsberaterin. »Rund siebenhundert Mann insgesamt. Sie verfügen über fünfundzwanzig schwere Panzer und zwei Hubschrauberstaffeln. Auch ein gewisser Zulauf von paramilitärischen Typen wird registriert.« Sie sah den Präsidenten fest an, der eingehend die vergrößerten Fotos betrachtete, die die Luftaufklärung vor wenigen Stunden gemacht hatte. »Die Verletzten werden auf knapp über hundert geschätzt.«

»Wie viele Tote?« fragte Ross.

»Mindestens dreißig«, antwortete Greenland. »Darunter sechzehn Männer vom 101. Luftlandegeschwader und anderen Einheiten, die in Fort Campbell stationiert sind. Die meisten wurden bei Feuergefechten im westlichen Teil des Staates getötet. Wir rechnen mit steigenden Zahlen.«

Präsident Ross hatte seine wichtigsten Berater im Oval Office zusammengerufen, um die sich rapide verschlechternde Lage in Kentucky zu erörtern. Der Gouverneur hatte in einem Interview, das er einem Team des Kabelfernsehens in seinem Versteck gab, seine Gründe für den bewaffneten Widerstand erklärt. Ross hatte das Band fünfmal angesehen. Er mußte zugeben, daß Gouverneur Parker seinen Widerspruch gegen einen Plan, eine Atombombe in seinem Staat zur Explosion zu bringen, beredt dargelegt hatte. Er hatte ihn als Wahnsinn bezeichnet und die Zurechnungsfähigkeit des Präsidenten in Frage gestellt. Gegenüber den Menschen in Kentucky hatte er sich verpflichtet, alles in seiner Macht Stehende zu tun, um die Explosion zu verhindern, auch wenn dies bewaffneten Widerstand bedeutete. Er teilte ihnen mit, daß Bundestruppen sich verteidigende Einheiten der Nationalgarde von Kentucky angegriffen hätten.

Letzteres stimmte nicht, aber Ross wollte es nicht erwähnen, wenn er innerhalb der nächsten Stunde zum amerikanischen Volk sprechen würde.

Alles in allem war Parker beeindruckend gewesen. Genau die richtige Mischung aus düsterem Ernst und Entschlossenheit.

Der Wissenschaftsberater des Präsidenten, Steve Draper, hielt über Satellit fast ständigen Kontakt zu den Seismologen in Memphis. Er hatte Ross eine Liste der Argumente für das Zünden einer Bombe von einer Megatonne Sprengkraft tief in einem Kohlenbergwerk nahe der Stadt Benton im Südwesten Kentuckys gegeben.

Es war alles andere als eine einstimmige Entscheidung. Tatsächlich sprach sich sogar eine knappe Mehrheit der Wissenschaftler gegen den Plan aus, den sie für zu riskant hielten. Auch die Befürworter rechneten nur mit einer Erfolgschance von fünfzig zu fünfzig.

»Gibt es andere Möglichkeiten?« fragte Ross. Er kam immer wieder auf diesen Punkt zurück.

Draper schüttelte den Kopf. »Sie haben keine genannt.«

»Glauben sie immer noch, daß wir von einem weiteren starken Beben getroffen werden?«

»Das ja«, sagte Draper. »Nur beim Wann reichen die Meinungen von ein paar Tagen bis zu Monaten.«

»Dann machen wir wie geplant weiter«, sagte Ross. Die Wissenschaftler würden ihm die Verantwortung zuschieben. Sei's drum. Das war ihm die ganze Zeit klar gewesen. Die Entscheidung würde bei ihm liegen – und die Schuld. So sollte es sein. Es machte ihm nichts aus. Wie er es sah, blieb ihm nichts anderes übrig. Entweder man riskierte etwas und versuchte, das Beben mit einer Kernexplosion zu entschärfen, oder man tat nichts und nahm von vornherein eine entsetzliche Verwüstung hin.

Er erkundigte sich nach Evakuierungen. Soldaten versuchten, alle Personen in einem Radius von fünfzig Kilometern um die Golden-Orient-Mine wegzubringen. Es war ein gewaltiges Vorhaben, und es blieb nicht viel Zeit. Die fehlenden Nachrichtenverbindungen und beschädigten Fernstraßen verschärften die Schwierigkeiten.

Zum Glück war die Gegend nicht dicht besiedelt, dennoch lebten nach Schätzungen zweihunderttausend Menschen in der Gefahrenzone.

»Wie weit ist der Konvoi aus Texas?«

Draper sah auf die Uhr. »Sie dürften jetzt in Missouri sein, Mr. President. Die geschätzte Ankunftszeit ist 22 Uhr. Bisher ist die Fahrt ohne Zwischenfälle verlaufen.«

»Wir haben zwei Kompanien Fallschirmjäger geschickt, die sie in Missouri, auf dem Westufer des Mississippi, in Empfang nehmen«, sagte General Mark Simmons, der Chef des Generalstabs. »Ich mache mir Sorgen wegen der Überquerung. Der Fluß ist dort unten verdammt breit, und man könnte an vielen Stellen einen Angriff auf die Pontonbrücke vortragen.«

Sie wollten den Mississippi im äußersten Südosten Missouris überqueren, wenige Meilen unterhalb der Mündung des Ohio. Die Stelle lag etwa zweihundertfünfzig Kilometer nördlich von Memphis. Da die Flüsse weit über die Ufer getreten waren, mußte die Pontonbrücke zum Ufer in Kentucky fast fünf Kilometer lang sein.

»Veranlassen Sie alles Notwendige, um diesen Bereich zu sichern«, befahl der Präsident dem General. »Wenn es zu Kämpfen kommt, werden wir nicht diejenigen sein, die anfangen. Aber ich wünsche, daß diese Bombe sicher ankommt.«

Über Funk und Fernsehen hatten Kurznachrichten bereits angekündigt, daß der Präsident um 19 Uhr ›zu einem Thema von größter Dringlichkeit‹ zur Nation sprechen wolle.

Im Oval Office wurden die Kameras aufgestellt. Als es soweit war, trug Ross einen blauen Anzug und Krawatte. Zum erstenmal seit Tagen hatte er sich rasiert. Er wußte, daß es die wichtigste Rede seines Lebens werden würde.

»Guten Abend, meine Mitbürger«, sagte er, indem er die Worte aufgriff, mit denen John F. Kennedy 1962 das Waffenembargo gegen Kuba bekanntgegeben hatte.

Ross erklärte zunächst das Ausmaß der Schäden durch das Erdbeben, das fünf Tage zuvor ausgebrochen war. Die Erdstöße waren im Osten bis Montreal, im Westen bis Albuquerque in New Mexico und im Süden bis Biloxi in Mississippi gespürt worden.

»Es ist die schwerste Naturkatastrophe, die jemals unser Land getroffen hat«, sagte Ross. »Das brauche ich Ihnen nicht mitzuteilen. Wahrscheinlich haben Sie selbst das eigentliche Beben gespürt und spüren noch immer die Nachbeben. Fast sechzig Prozent der Bevölkerung leben in Gebieten, in denen die Erde gebebt hat. Wenn Sie an der Ostküste wohnen, sind Sie mit Lebensmittel- und Heizölknappheit konfrontiert. Wenn Sie in der Mitte wohnen, im Herzland Amerikas, meiner Heimat, müssen Sie tagtäglich mit einem Grauen fertig werden, das schwer vorstellbar ist.

In meinem eigenen Staat Illinois haben über sechzehntausend Menschen das Leben verloren. Die meisten im Süden des Staates nahe der Erdbebenzone. In Memphis« – er warf einen Blick auf seine Notizen – »wird die Zahl der Toten auf über zwölftausend Männer, Frauen und Kinder geschätzt.«

Man hörte Laute des Erschreckens unter den versammelten Reportern, die im Presseraum im Ostflügel die Rede verfolgten. Es waren die ersten offiziellen Verlustziffern. Und sie waren schwindelerregend.

»Einige Städte sind zerstört worden. Paducah in Kentucky existiert nicht mehr. Desgleichen Caruthersville in Missouri. Memphis ist verwüstet. Little Rock, St. Louis, Louisville, Indianapolis und Cincinnati wurden schwer getroffen. Chicago hat Schäden erlitten.

Liebe Landsleute. Ich möchte, daß Sie die Namen einiger großer und kleiner Städte sehen, in denen es Tote gegeben hat. Die Liste, die ich Ihnen zeigen werde, ist nicht vollständig.«

Die nächsten zehn Minuten verbrachte der Präsident damit, die Liste der Opfer zu verlesen. Während er sprach, erschien die nach Staaten geordnete Liste auf den Bildschirmen.

Missouri	**Tote**	**Verletzte**	**Vermißte**
St. Louis	7321	22000	12000
Farmington	590	430	320
Perryville	58	110	129
Poplar Bluff	1785	442	441
Dexter	240	111	224
Cape Girardeau	2150	1822	664
Charleston	351	335	156
Malden	288	166	123
New Madrid	156	99	78

Arkansas	**Tote**	**Verletzte**	**Vermißte**
Blytheville	2320	7207	1205
Jonesboro	3159	9983	986
Trumann	130	542	223
Newport	175	334	44
Wynne	59	123	65
Searcy	111	435	156
Cabot	201	498	89
Jacksonville	394	1288	455
Pine Bluff	1403	7334	337
Little Rock	1515	12998	567
Brinkley	607	1232	114
Forrest City	352	4567	495
West Memphis	1506	8002	653
Osceola	794	1500	93
Stuttgart	317	2456	253
Marianna	510	1139	46
Paragould	651	1988	112

Kentucky	**Tote**	**Verletzte**	**Vermißte**
Madisonville	1450	4568	336
Hopkinsville	1382	5899	657
Central City	112	782	62

Paducah	3115	9201	304
Mayfield	2469	3998	509
Murray	876	1674	110
Princeton	386	871	99
Owensboro	1590	8345	503
Bowling Green	1699	5877	223
Elizabethtown	1498	4556	321
Radcliff	1101	4338	403
Louisville	5160	20227	1206
Frankfort	2590	6203	887
Lexington	4153	17456	1455
Harrodsburg	1112	7659	348
Bardstown	943	6865	276
Glasgow	956	2128	318
Russellville	678	1356	445
Henderson	1334	8542	1278
Convington	873	11237	1452

Tennessee	**Tote**	**Verletzte**	**Vermißte**
Union City	1084	3112	349
Dyersburg	1756	5433	874
Millington	1802	4621	470
Martin	211	1347	273
Dickson	789	7403	728
Clarksville	2223	13906	1256
Bolivar	849	2334	448
Memphis	12301	38446	3456
Savannah	498	1236	108
Lawrenceburg	896	2333	302
Pulaski	674	1802	225
Nashville	1568	19995	1445
Murfreesboro	982	9332	874
Lewisburg	610	993	156
Shelbyville	1473	3489	347
Fayetteville	641	1543	76
Winchester	396	885	64
Tullahoma	817	2877	274
Oak Ridge	887	4886	392

Cookeville	1245	6112	406
Knoxville	1539	23023	1112
Harriman	293	1654	402
Beckwood	21	121	12
Athens	802	2456	294
Crossville	94	653	87

Indiana	**Tote**	**Verletzte**	**Vermißte**
Evansville	1826	13459	445
New Albany	1246	8334	997
Boonville	348	995	16
Mount Vernon	312	887	34
Richmond	856	7556	456
Fort Wayne	991	16225	1043
Muncie	1119	7034	761
Indianapolis	1159	18877	667
Anderson	1005	6034	774
Huntington	599	8861	138
Kokomo	983	5645	304
Terre Haute	1198	5991	802
Madison	598	7558	760

Illinois	**Tote**	**Verletzte**	**Vermißte**
Metropolis	650	2039	178
Cairo	826	3451	456
Evansville	63	224	13
Lawrenceville	632	877	145
Mount Vernon	1529	2344	287
East St. Louis	552	1877	882
Belleville	1113	5002	446
Carbondale	2496	6034	332
Murphysboro	812	1334	112
Effingham	302	986	223
Vandalia	224	882	98
Decatur	1324	5432	338
Bloomington	994	6788	445
Champaign-Urbana	1344	8344	600

Peoria	882	1455	551
Chicago	498	5203	7714
Kankakee	79	443	21
Ohio	**Tote**	**Verletzte**	**Vermißte**
Hamilton	240	678	32
Fairfield	192	487	112
Middletown	478	1345	334
Portsmouth	567	4566	116
Cincinnati	1842	8912	223
Hillsboro	216	778	101
Mississippi	**Tote**	**Verletzte**	**Vermißte**
Corinth	965	6432	249
Holly Springs	217	784	83
Oxford	798	8201	449
Booneville	551	1203	228
New Albany	112	892	173
Clarksdale	872	2003	445
Grenada	847	1333	269
Columbus	903	5777	339
Greenville	651	6212	230
Aberdeen	59	445	17
Vicksburg	788	1998	107
Alabama	**Tote**	**Verletzte**	**Vermißte**
Florence	65	445	72
Decatur	115	656	46
Huntsville	194	558	32
Normal	35	188	56
Russellville	79	358	98
Barton	22	113	11
Cherokee	105	605	22
Louisiana	**Tote**	**Verletzte**	**Vermißte**
Lake Providence	84	334	14
Bastrop	37	267	9
Monroe	41	498	56
Ruston	65	601	18

Die Zahl der Todesopfer wurde auf insgesamt über einhundertzweiunddreißigtausend geschätzt.

Als er die ganze entsetzliche Liste verlesen hatte, blickte Ross in die Kameras. Er sagte, daß ein weiteres Beben im Bereich der Stärke acht oder mehr äußerst wahrscheinlich sei, möglicherweise sogar zwei Beben.

Wieder hörte man Laute des Entsetzens von den Nachrichtenleuten und von einigen aus seinem eigenen Mitarbeiterstab, die in diese Details nicht eingeweiht waren.

Ross gab bekannt, was sie zu tun gedachten. Unterirdisch eine Atombombe zur Explosion zu bringen.

Und sagte auch, warum.

Sofort rannten Reporter aus dem Presseraum und begannen hektisch ihre Redaktionen anzurufen. Ross beschrieb die Evakuierungen, ›die im Staat Kentucky im Gang sind, während ich mit Ihnen hier noch diese ernsten Probleme diskutiere‹.

»Ich weiß, daß der Gedanke an eine Kernexplosion erschreckend sein kann. Die Wissenschaftler sagen, es sei die einzige Möglichkeit, die uns die Hoffnung läßt, ein weiteres Erdbeben zu entschärfen, es in der Erde sich abreagieren zu lassen, indem wir einen Teil seiner Energie freisetzen.

Doch die Experten sind sich nicht einig, ob es funktionieren wird. Ich würde Sie belügen, wenn ich behauptete, daß die meisten diese Methode unterstützen. Die Wahrheit sieht anders aus. Die Mehrheit ist dagegen. Ich habe beschlossen, mich auf die Seite der Minderheit zu stellen, die argumentiert hat – meiner Meinung nach überzeugend –, daß wir keine andere Wahl haben. Es gibt ausreichende Beweise aus Bodenbeobachtungen durch Satelliten, daß sich in der New Madrid Seismic Zone noch immer in erschreckendem Tempo Energie aufbaut, besonders an einer neu entdeckten Verwerfung, die das Herz des westlichen Kentucky durchschneidet.«

Er teilte ihnen mit, was für einen Bombentyp sie zu zünden gedachten und welche Sprengkraft vorgesehen war. Dagegen machte er keine Angaben zu dem Ort, wo sie zur Explosion gebracht werden sollte. Das würde so lange wie möglich streng geheim bleiben.

»Wahr ist, daß wir bereits Erfahrung mit einer Kernexplosion im Mississippital haben.« Er erwähnte eine 5-Kilotonnen-Explosion nahe der kleinen Stadt Salmon in Mississippi, etwa fünfundfünfzig Kilometer von Hattiesburg. Die Sprengung von 1964 war im Rahmen eines erfolgreichen Versuchs erfolgt, einen Salzdom als mögliche Lagerstätte für Ölreserven auszuhöhlen. Bei der Explosion, die in weniger als hundertdreißig Metern Tiefe stattfand, war keine Radioaktivität entwichen.

»Man spürte sie kaum noch in Hattiesburg«, sagte der Präsident. »Diese Explosion wird beträchtlich stärker sein. Die Geologen meinen, daß sie die Nachwirkung eines Erdbebens der Stärke sechs Komma fünf haben wird. Ich muß Ihnen sagen, daß dies vermutlich einigen zusätzlichen Schaden verursachen könnte.«

Ross hielt inne, um dann mit entschlossener Stimme fortzufahren: »Ich glaube, der Schaden wird nichts sein im Vergleich mit den Folgen eines weiteren Bebens der Stärke acht. Es wird mit Risiken verbunden sein, aber ich bin davon überzeugt, daß wir sie eingehen müssen. Ich glaube nicht, daß das Mississippital noch ein großes Erdbeben überstehen könnte.«

Dann, während er seine Notizen beiseite schob, sprach Ross zu den Menschen, die gegen die Regierung die Waffen erhoben hatten, indem er aus Präsident Lincolns zweiter Antrittsrede zitierte. Sorgfältig jede Erwähnung des Gouverneurs von Kentucky vermeidend, wiederholte er Lincolns Worte über jene, die ›eher Krieg führen würden, als die Nation überleben zu lassen; und die anderen würden eher den Krieg annehmen, als sie untergehen zu lassen‹. Er bat die Angehörigen der Nationalgarde und alle anderen, ›die sich ihnen angeschlossen haben‹, die Waffen niederzulegen. Und er sicherte ihnen Straffreiheit zu, wenn sie der Aufforderung binnen achtundvierzig Stunden nachkämen.

Ross kam zum Ende: »Ich möchte Sie alle wissen lassen, daß ich dort sein werde, wenn die Bombe gezündet wird. Wir müssen dieses Ungeheuer in der Erde abwenden. Es mit allen denkbaren Mitteln vernichten. Dann können wir die lange und schmerzliche Aufgabe – und schmerzlich wird sie sein –

in Angriff nehmen, unsere Städte und unser Leben wieder aufzubauen.

Ich bin mir sicher, daß wir dies durchstehen und auf diese furchtbare Zeit als einen unserer größten Momente zurückblicken werden. Möge unser himmlischer Vater uns führen und uns allen beistehen. Gute Nacht.«

Ross blieb an seinem Schreibtisch sitzen und starrte in die Kameras, während die Scheinwerfer erloschen. Er war selbst überwältigt von dem, was er dem amerikanischen Volk gerade mitgeteilt hatte, und er war dankbar, daß seine Stimme nicht gebrochen war. Sie hätte beinahe versagt, als er die Liste der Opfer verlas.

Steve Draper kam auf ihn zu. Er hatte Neuigkeiten.

Der Lastwagen aus Texas war schneller als erwartet vorangekommen. Er näherte sich dem Mississippi.

Wilson City, Missouri
20. Januar
0:05 Uhr

Bei St. James in Missouri bog der Konvoi von der Interstate 44 ab und fuhr auf zweispurigen Asphaltstraßen weiter, die sich bergauf, bergab durch die welligen Ausläufer der Ozark Mountains schlängelten. Mehrere Stunden später fuhr er bei Sikeston tief in der südlichen Ecke des Staates auf die Interstate 55. Sprengtrupps räumten die Trümmer von Dutzenden eingestürzter Überführungen weg, um die Fernstraße freizumachen, die zu einer wichtigen Lebensader des schwergeprüften Mississippitals geworden war. Da die meisten Flugplätze ausgefallen waren, hatte man einen 150-Kilometer-Abschnitt der I-55 von der Grenze zwischen Missouri und Arkansas bis unmittelbar nördlich von Memphis in eine Reihe von Rollbahnen für Frachtflugzeuge umgewandelt, die Hilfsgüter geladen hatten.

Vierzig Minuten nach der Ankunft in Sikeston erreichte der

Konvoi seinen Bestimmungsort, Wilson City, Missouri. Es war kurz nach Mitternacht.

Die Stadt war in einen Bereitstellungsraum für Pioniere verwandelt worden, die die Pontonbrücke über den angeschwollenen Mississippi geschlagen hatten. Die Straßen waren mit Humvees, Mannschaftswagen, Erdbewegungsmaschinen und anderem schweren Gerät verstopft. Die vom Erdbeben verwüstete Stadt war evakuiert worden. Die meisten der Holz- und Schindelhäuser waren schwer beschädigt. Die Bewohner hatte man in eine Zeltstadt bei Sikeston gebracht, eine von Hunderten, die im ganzen Mississippital errichtet wurden, um die Obdachlosen unterzubringen.

Der Konvoi befand sich jetzt rund sechzig Kilometer westlich von Paducah und achtzig Kilometer nördlich von Caruthersville, wo Atkins fast sechs Tage zuvor mit Elizabeth Holleran den Fluß überquert hatte.

Es war stockdunkel. Atkins bekam den stechenden Geruch des Flusses in die Nase und spürte ein Kribbeln über den Rücken laufen, als ihm einfiel, wie er ihn das letzte Mal überquert hatte. Er erkundigte sich bei einem Major nach dem Wasserfall.

»Er ist noch da, geht aber zurück«, sagte der Offizier, der beim Pionierkorps war. »Die Fallhöhe ist auf drei Meter gesunken. Der Fluß fließt streckenweise noch rückwärts. Es war eine Heidenarbeit, eine Pontonbrücke zu schlagen.«

»Wir verloren zwei Männer«, sagte knapp ein anderer Offizier, ein Colonel. Wie alle andern trug er einen Tarnanzug und Helm.

Der Plan war schnell ausgearbeitet. Die Bombe wurde für die Fahrt über die Brücke vom Sattelschlepper in einen Humvee umgeladen. Zwei Kommandos von Fallschirmjägern aus Fort Campbell patrouillierten bereits über die gesamte Länge von fünf Kilometern. Eine Flottille kleiner Boote, die mit starken Motoren gegen die Strömung ankämpften, war oberhalb und unterhalb der Brücke in Position gegangen; Kampfhubschrauber überwachten die Aktion von oben. Die Nacht war vom abgehackten Takt der Rotoren erfüllt.

»Ich muß Ihnen sagen, daß es heikel werden könnte«, sagte der Colonel, der verantwortliche Offizier. »Wir hatten einige unangenehme Feuergefechte auf dem Ufer gegenüber. Ich wünschte, wir könnten den Transport aufhalten, bis die Lage dort drüben sicher ist, aber man will ihn sofort hinüberbringen.«

Der Humvee mit der Bombe war das dritte von sechs identischen Fahrzeugen, die den Fluß in Abständen überqueren sollten. Nachdem Booker sich vergewissert hatte, daß die Bombe sicher auf der Ladefläche festgezurrt war, fuhren sie zur Brücke, wo sie Schwimmwesten bekamen. Die Überquerung sollte in völliger Dunkelheit stattfinden. Nur die Rücklichter der Fahrzeuge waren eingeschaltet.

»Da sollen wir rüberfahren?« fragte Booker erschrocken, als er die schmale einspurige Fahrbahn sah, die auf einer ineinandergreifenden Kette flacher Flußboote zu schwimmen schien. Die metallenen Kupplungsstücke knirschten laut, während die Pontons im aufgewühlten Wasser schaukelten und aneinanderkrachten. Atkins hörte die Wellen hart ans Ufer schlagen.

»Wir haben fünfzig Fallschirmjäger da draußen«, sagte der Fahrer, ein Sergeant. »Wir bringen euch schon rüber.«

Langsam fuhren sie über die Metallrampe auf die schaukelnde Brücke. Auf beiden Seiten des Fahrzeugs blieb weniger als ein Meter Spielraum, und keine Leitplanke konnte das Abrutschen eines Reifens verhindern.

»Diese Fahrt werden Sie garantiert nicht vergessen«, sagte der Fahrer grinsend. Er klemmte sich eine Zigarre zwischen die Zähne, ohne sie anzuzünden. Ein Sergeant mit Funkmikro und Kopfhörern saß neben ihm. Booker und Atkins teilten sich die Rücksitze. Die Bombe lag im Frachtraum des Humvee.

Sie hatten etwa ein Viertel des Weges hinter sich, als die erste Explosion direkt vor ihnen das Wasser aufspritzen ließ. Atkins sah einen Lichtblitz und spürte die Brücke schaukeln. Eine weitere Rakete schlug dreißig Meter stromauf in den Fluß. Die erste Rakete war von Kentucky aus abgefeuert worden, die zweite vom Missouriufer.

»Sie haben uns in der Zange«, sagte der Sergeant.

Irgendwo flußaufwärts ratterten Schnellfeuerwaffen. Plötzlich erschienen zwei Hubschrauber, surrten in geringer Höhe über die Brücke und bestrichen mit starken Scheinwerfern die Uferlinie.

Die Fahrzeuge waren etwa eineinhalb Kilometer vom Ufer entfernt. Nicht einmal in der Flußmitte. Atkins sah zwei Boote, deren Heckwellen in der dunstigen Dunkelheit glitzerten, flußaufwärts brausen. Dann kam wieder ein Blitz, viel näher, darauf eine Explosion.

Der Fahrer stieg auf die Bremse.

»Scheißkerle. Sie haben einen Humvee getroffen!« schrie er.

Atkins sah die gelben Flammen vor ihnen. Er lehnte sich aus dem Fenster und beobachtete, wie Soldaten das brennende Fahrzeug eilends in den Fluß stießen. Dann brach wieder das ratternde Schnellfeuer los. Vom Ufer in Kentucky zischten Leuchtspurgeschosse im Bogen über das Wasser. Die Soldaten auf der Brücke erwiderten das Feuer.

Atkins beugte sich vor und fragte: »Wie weit noch?«

Der Fahrer setzte zu einer Antwort an, als die Windschutzscheibe zersplitterte. An der Schulter getroffen, fiel er auf die Seite. Alles war voller Blut.

Atkins langte um den verletzten Mann herum und packte das Lenkrad. Der andere Soldat, ein Sergeant, brachte einen Stiefel auf das Bremspedal. Als sie den Humvee angehalten hatten, half Atkins ihm, den Fahrer nach hinten zu bringen.

»Können Sie das Ding fahren?« rief der Sergeant und rutschte auf den Vordersitz. Er erwiderte das Feuer mit einem M-16, aus dem die ausgeworfenen Patronenhülsen klappernd auf die metallenen Bodenplatten fielen. Er hatte den Gewehrlauf auf den Fensterrahmen in der Tür gestützt.

Atkins schob sich an der Seite des Humvee vorbei nach vorn und warf sich auf den Fahrersitz.

Zwei Humvees waren noch vor ihnen. Die Rücklichter des nächsten, fünfzig Meter voraus, entschwanden schnell in der Dunkelheit.

Von der Uferlinie in Kentucky aus abgefeuert, schlug wieder eine Rakete in die Brücke ein. Der Ponton ruckte auf und ab.

»Der Mann ist schwer verletzt«, sagte Booker. Der Fahrer lag kraftlos in seinen Armen, während er eine Kompresse auf die Wunde drückte.

Atkins gab Gas. Er brachte die Geschwindigkeit auf dreißig Kilometer in der Stunde und gleich darauf näherten sie sich der Stelle, wo die Rakete in die Fahrbahn eingeschlagen war.

Zwei Soldaten hielten sie durch Winkzeichen an. Sie standen mitten auf der Bahn. Die Brücke drohte zu reißen, da die Rakete einige Haltekabel durchtrennt hatte.

Atkins trat auf die Bremse, und der Humvee kam auf der nassen Metallfläche ins Rutschen. Er sah die schwarze Lücke zwischen zwei Pontonabschnitten. Sie rutschten schnell darauf zu. Noch einmal trat er die Bremse bis zum Anschlag durch und schaltete gleichzeitig in den ersten Gang herunter.

Wenige Meter vor der Kante kam der Humvee zum Stehen.

Geschützfeuer bestrich die Brücke. Kugeln prallten am rechten Kotflügel des Humvee ab. Von der schwarzen Uferlinie flogen Leuchtspurgeschosse in Bogen über sie weg.

Soldaten zerrten verzweifelt an zwei langen Ketten und versuchten, die getrennten Abschnitte der schwimmenden Brücke wieder zusammenzuziehen. Die Öffnung zwischen beiden war etwa zwei Meter breit.

»Bringt sie näher zusammen!« schrie Atkins den Soldaten zu. Er warf den Rückwärtsgang ein und stieß mit dem Humvee zurück.

»Was zum Henker haben Sie vor?« fragte der Sergeant. »Sie wollen doch nicht versuchen, den ganzen Weg rückwärts zu fahren?«

Etwa hundert Meter von der Lücke in der Fahrbahn entfernt, hielt Atkins plötzlich an. Er sagte zum Sergeant und zu Booker, sie sollten ihren Mut zusammennehmen und die Riemen ihrer Schwimmwesten überprüfen. Dann trat er das Gaspedal bis zum Anschlag durch.

»Um Himmels willen!« schrie der Sergeant, als er merkte, was Atkins vorhatte. »Das schaffen wir nie!«

Atkins warf einen Blick auf den Tacho, während er sich anstrengte, das Fahrzeug auf der nassen Fahrbahn in gerader Linie zu halten.

Sie fuhren fünfzig Kilometer die Stunde, als sie die Lücke erreichten. Keine zwei Sekunden schwebten sie in der Luft, bevor sie hart auf der Pontonauflage drüben aufschlugen. Sie hatten es um wenige Zentimeter geschafft. Atkins brauchte seine ganze Kraft, um nicht die Kontrolle über den Humvee zu verlieren, der seitwärts ausbrach, bevor er wieder geradeaus fuhr.

Nach einer weiteren Minute erreichten sie das Brückenende und polterten von der Metallbahn auf schlammigen Grund. Atkins bog in eine Waldlichtung und parkte. Soldaten kamen auf sie zugerannt.

Der Sergeant ließ sich auf den Sitz zurückfallen. Er drückte Atkins die Hand und sagte: »Sie dürfen jederzeit für mich fahren, wenn Sie wollen.«

Nachdem sie einer Gruppe Sanitäter geholfen hatten, den verletzten Fahrer vom Rücksitz zu heben, untersuchte Booker die Bombe. Er unterzog sie einer kurzen, aber gründlichen Inspektion und erklärte sie für unbeschädigt.

Der Colonel, der den Konvoi befehligte, stieß zu ihnen. Es gab neue Schwierigkeiten. Soldaten der Nationalgarde hatten sich entlang der zum Bergwerk vorgesehenen Strecke eingegraben. Nicht viele, aber genügend, um ein Blutbad zu riskieren, wenn sie versuchten, sich mit Gewalt durchzuschlagen. Zudem war die Straße von Menschen verstopft, die alle aus der Evakuierungszone herauskommen wollten.

»Der Präsident möchte keine Konfrontation«, erklärte der Offizier. »Im Moment versuchen Späher, einen anderen Weg zum Bergwerk auszukundschaften.«

Atkins hörte in der Ferne Geschützfeuer, dann den helleren Klang kleinerer Waffen. »Ich wüßte jemand, der helfen könnte«, sagte er. »Jemand, der dieses Land besser kennt als jeder andere.«

Bei Bardwell, Kentucky
20. Januar
1:35 Uhr

Ein UH-60 der Armee landete auf der Lichtung und wirbelte mit den Rotoren Staub und welke Blätter auf. Der große blaue Hubschrauber hatte sich in geringer Höhe von Missouri her über den Mississippi genähert, während vier Cobra-Kampfhubschrauber über ihm schwebten.

Atkins sah Elizabeth Holleran, Guy Thompson und Walt Jacobs aussteigen und mit gesenkten Köpfen aus dem Sog wegrennen. Zwei weitere Männer, die er nicht zu Gesicht bekam, folgten ihnen in der Dunkelheit.

Atkins lief zu Elizabeth. Sie nahm sein Gesicht in die Hände und gab ihm einen schnellen Kuß.

»Es geht mir gut«, flüsterte sie lächelnd, als er sie nach dem ›Ärger‹ fragen wollte, den Guy Thompson erwähnt hatte. »Sag ich dir später.«

Atkins hatte sich Sorgen um sie gemacht, seit er Texas mit der Bombe verlassen hatte. Er hätte gern gewußt, was geschehen war, aber um sie herum war soviel Betrieb, daß sie nicht ungestört miteinander sprechen konnten. Er war betroffen von der Stärke seiner Empfindungen, die ihm fast die Kehle zuschnürten, als er sie nach der kurzen Trennung wiedersah. Ihr Lächeln und die Berührung ihrer Finger auf seinem Gesicht hob seine Stimmung. Die Stärke seiner Gefühle überraschte ihn noch immer. Keiner von beiden hatte eine Beziehung gesucht. Es war einfach geschehen. Ohne es in Worte fassen zu müssen, bemerkte er, wie wohl er sich in ihrer Gegenwart fühlte. Ein Gefühl, das sie mit Sicherheit teilte. Er war völlig unverkrampft, wenn sie zusammen waren. Es gab keine gezwungenen Gespräche. Kein peinliches Schweigen. Beide wußten, daß etwas zwischen ihnen passierte. Sie mußten sich erst noch daran gewöhnen.

»Ich hoffte, du würdest dabei sein«, sagte er.

»Tut mir leid, daß ich es erst geschafft habe, als du schon über den Fluß warst.«

Er lachte laut heraus. »Das hattest du wohl so geplant?«
»Unbedingt.«

Er war überrascht, Walt Jacobs bei ihr zu sehen. Jacobs wirkte völlig erschöpft. Sein bärtiges Gesicht und die hellen Augen spähten seltsam verloren aus dem Kapuzenparka heraus.

Jacobs, der Atkins' Gedanken erriet, hob entschuldigend die Hände. »Ich weiß ... Ich glaube noch immer, daß es eine schlechte Entscheidung ist und daß wir ein ungeheures Risiko eingehen, aber ich muß dabei sein, John. Ich möchte helfen, und außerdem meine ich, daß ich dich überhaupt erst in die Geschichte hineingezogen habe.« Sein Lächeln war aufrichtig. »Wenn es funktioniert, sorge ich für eine hübsche Beförderung.«

»Und wenn nicht?« fragte Atkins, der dankbar die Hand seines Freundes nahm und fest drückte. Es bedeutete ihm viel, Jacobs hier zu haben. Und es tat gut, ihn wieder lachen zu sehen.

»Dann erfreuen wir uns beide eines frühen Ruhestands.«

Oder einer Gefängniszelle, dachte Atkins, nur halb im Scherz. Auch er war sich nicht sicher, ob eine Kernexplosion in der Tiefe funktionieren würde, nicht völlig, aber er wußte, daß es ihre einzige Chance war, ein weiteres gewaltiges Erdbeben zu verhindern. Deshalb hatte er dem Präsidenten zugestimmt. Auch er wollte die Bestie töten, bevor sie in der Erde immer mehr an Kraft gewann, wollte sie um jeden Preis und gleich mit welchen Mitteln vernichten. Davon gab es kein Zurück mehr. Sie würden die Bombe zünden. Dieses eine Mal war es ihre Pflicht, sich zur Wehr zu setzen. Sie durften nicht einfach dasitzen und warten, bis das Land wieder aufgerissen würde. Dieses Mal nicht.

Atkins war überzeugt davon, daß hier der richtige Ort war, um den Alptraum zu beenden. Das amerikanische Herzland. Das Herz und die Seele des Mississippitals. Es gab ihm innerlich Auftrieb, einfach dabeizusein und zu wissen, daß er mit den richtigen Leuten zusammen war. Booker, Elizabeth und nun Jacobs.

Und wenn es klappte, wenn sie es tatsächlich hinbekamen?

Was würde das bedeuten?

Soweit wollte er gar nicht vorausplanen. Er versuchte, diese Gedanken wegzuschieben, sie wegzupacken. Sie waren Ballast, den er im Moment nicht brauchen konnte.

Es war kurz nach Mitternacht. Am bedeckten Himmel zeigte sich kein Stern. Sie versuchten, mit möglichst wenig Licht auszukommen. Erst als sie sich alle hinten in den fensterlosen Anhänger gezwängt hatten, um ihre Pläne auszuarbeiten, bemerkte Atkins die beiden Männer, die mit Walt und Elizabeth aus dem Hubschrauber gestiegen waren – Paul Weston und Mark Wren.

Da er sie nicht erwartet hatte, sah er sich nach Westons anderem Assistenten um, Stan Marshal, dem Geologen, der den Detonator bedient hatte, als diese unerwartete Explosion Elizabeth und ihn einige Tage zuvor beinahe getötet hätte.

Er hatte immer noch nicht herausbekommen, ob es wirklich ein ›Unfall‹ gewesen war. Ein falsches Funksignal könnte die verfrühte Explosion ausgelöst haben, wie Marshal und Wren behauptet hatten. So etwas kam oft genug bei Sprengungen im Straßenbau vor, manchmal mit tragischen Folgen. Und dennoch hatte Atkins seine Zweifel, und die Ungewißheit quälte ihn noch immer.

Eines jedoch hatte sich in seinem Kopf festgesetzt: Nie im Leben würde er mit Marshal in eine Mine einfahren.

Weston sah sogar im schmutzigen Overall gepflegt aus und war glattrasiert, was Atkins seit mehreren Tagen nicht mehr geschafft hatte. Seit fast einer Woche trug er dieselben Sachen – Köperhose, Baumwollpullover und einen gefütterten Parka. Er wußte nicht mehr, wann er zum letztenmal geduscht oder sich umgezogen hatte.

Als erstes kündigte Weston an, daß die Erdbebenkommission alle Verbindungen zum Gouverneur von Texas abgebrochen habe. »Wenn ich einen persönlichen Kommentar abgeben darf«, sagte er, »so glaube ich, der Weg, den er eingeschlagen hat, ist landesverräterisch. Ein tragischer Vorfall. Ich mochte den Mann.«

Dann machte er eine verblüffende Bemerkung. Er teilte mit, daß er inzwischen mit der Meinung der Minderheit übereinstimme. Auch seiner Meinung nach sei eine unterirdische Explosion ihre einzige realistische Chance, den tödlichen Zyklus der Erdbeben zu durchbrechen. Er habe dies in einem Brief an den Präsidenten aktenkundig gemacht.

»Ich möchte mich bei jedem entschuldigen, der meint, daß ich in diesen letzten Tagen gereizt oder ... unvernünftig war.« Dabei schaute er Atkins und Elizabeth direkt an. »Um ehrlich zu sein: Ich bezweifle, daß es funktionieren wird, aber ich kann mir keine andere Möglichkeit denken. Ich komme immer wieder auf Dr. Hollerans Daten über frühere Erdbeben zurück. Sie haben mich schließlich davon überzeugt, daß wir etwas tun, etwas versuchen müssen. Das paläoseismische Zeugnis dieser Erdbeben war überwältigend. Ich konnte es nicht ignorieren.«

»Wow«, sagte Elizabeth leise zu Atkins. »Daß Walt umgeschwenkt ist, war mir klar. Aber Weston ist eine echte Überraschung.«

Es war interessant, änderte aber nichts, dachte Atkins. Wenn diese Krise erst einmal vorbei war – falls sie vorbeiginge –, wollte er immer noch eine Untersuchung über die Risse verlangen, die sie im Staudamm am Kentucky Lake gesehen hatten, kurz bevor das Erdbeben ihn zerstörte. Er glaubte es den Menschen, die starben, als der Damm weggerissen wurde, schuldig zu sein. Weston hätte eine Evakuierung verlangen müssen. Er hatte es nicht getan, und Atkins schwor sich, diese Tatsache nicht unter den Tisch fallenzulassen.

Atkins hatte sich Weston gegenüber schon entsprechend geäußert. Unmittelbar vor seinem Aufbruch mit Booker zur Pantex-Anlage hatte er ein kurzes Gespräch mit ihm gehabt. Er wollte sehen, wie Weston reagieren würde, wenn er ihm beiläufig sagte, er habe die Risse selbst gesehen und sie für ziemlich groß gehalten. Dabei hatte er weder Elizabeth erwähnt noch Drohungen ausgesprochen. Weston hatte mit keiner Wimper gezuckt. Er hatte ihm einfach gesagt, seine Beobachtungen könnten später nützlich sein, wenn sie die Ursache der Katastrophe untersuchen würden. Dann war er weggegangen.

Der Mann, merkte Atkins, als er ihn jetzt reden hörte, war unglaublich glatt. Es würde nicht leicht sein, ihn in die Enge zu treiben.

Ein Brigadegeneral vom 101. Luftlandegeschwader informierte sie gerade über den letzten Stand der Kämpfe, als es laut an die Metalltür des Anhängers klopfte.

»Sie sollten sich lieber das hier mal anschauen«, sagte ein Fallschirmjäger, dessen Gesicht mit schwarzer Tarnfarbe bemalt war. Er hatte eine Maschinenpistole umgehängt.

Alle sprangen aus dem Anhänger. Die Schießerei hatte aufgehört. Über ihnen in der naßkalten Luft dröhnten die patrouillierenden Hubschrauber.

Aller Augen richteten sich auf den östlichen Himmel, wo die dicke Wolkendecke aufgebrochen war.

Strahlende Lichtbänder zogen Streifen über den Horizont – blau, weiß, blaß orange. Schimmernde Wellen aus Farbe, die Tönung und Lebhaftigkeit zu verändern schienen, während sie sich am Himmel kräuselten. Die Hügel waren von grünlichem Licht umrandet, das über der Kammlinie zu schweben schien.

Ein faszinierendes Schauspiel. Die Erdbebenlichter waren heller, die Farben kräftiger als beim letztenmal, wo Atkins sie beobachtet hatte.

Da spürte er die erste Bewegung, ein leichtes Zittern.

Elizabeth sah ihn an.

Die Erde hatte zu beben begonnen.

Bei Bowling Green, Kentucky
20. Januar
2:00 Uhr

Gouverneur Tad Parker hatte das Beben gespürt.

Sein Befehlsstand lag im südlichen Kentucky, dreißig Kilometer nördlich der Grenze von Tennessee. Es war einer der stärksten Erdstöße seit dem großen Erdbeben gewesen.

Sie hatten in einem abgelegenen bewaldeten Tal nahe Mammoth Cave, rund fünfundreißig Kilometer nordöstlich von Bowling Green, Zuflucht gesucht. In den vergangenen Tagen hatten sie sich möglichst im Schutz der Berge aufgehalten und sich vor allem in Jeeps und Geländefahrzeugen bewegt. Sie hatten auch wiederholt die Stellung gewechselt, um einer Konfrontation mit Soldaten der Armee aus dem Weg zu gehen.

Der Gouverneur hielt sich bei einer Abteilung der Nationalgarde von Kentucky auf. Fünfzig Mann. Die meisten Gardeeinheiten im Staat hatten seinen Aufruf ignoriert. Nur fünf waren ihm gefolgt, aber er konnte sich über ihre Leistung nicht beklagen. Ungefähr dreißig Mann hatten im weiten Umkreis um das Bergwerk herum Stellung bezogen. Sie konnten vertrieben werden, aber es würde nicht leicht sein. Es war eine zerklüftete Landschaft mit einer Menge guter Verteidigungspositionen. Mit etwas Glück konnten sie den Transport der Bombe lange hinauszögern.

Und auf mehr konnte Parker nicht hoffen. Aufschub.

Er machte sich keine Illusionen. Er konnte nicht viel tun, um sie aufzuhalten.

Als der letzte Erdstoß kam, war Parker in seinem Zelt noch nicht eingeschlafen. Seit Tagen hatte er nur wenige Stunden schlafen können, und er war todmüde. Als er vom Feldbett aufstand, konnte er nicht einmal mehr seine Stiefel richtig zubinden. Ungeschickt fummelte er an den Knoten herum.

Dann trat er aus dem Zelt und sah das merkwürdige Leuchten am Himmel glühen. Lange starrte er es an. Er hatte von dem unheimlichen Phänomen gehört, aber jetzt sah er es zum erstenmal mit eigenen Augen. Er stand da und beobachtete die Lichtbänder, die über den Horizont wirbelten. Das Schauspiel faszinierte ihn.

Als der Boden sich erneut zu bewegen begann, interessierte ihn nur, wie lange es anhalten würde. Während der früheren Nachbeben hatte es Momente gegeben, wo er fast geschrien hätte, weil er glaubte, das Beben würde nie aufhören, die Erde würde immer weiter wogen, bis alles auf ihr – jedes Gebäude, Kirche, Haus und Schule – zu Staub zerfallen wäre.

Bei Hickory, Kentucky
20. Januar
5:22 Uhr

»Das war mindestens Stärke fünf«, sagte Walt Jacobs mit der kühlen Objektivität des Fachmanns. Weder Atkins noch Elizabeth Holleran, die bei ihm hinten im Humvee saßen, widersprachen. Das letzte in einer Serie starker Nachbeben, die kurz vor ihrer Abfahrt vom Fluß begannen, hätte sie beinahe seitwärts von den Sitzen geworfen.

»Sie werden schlimmer, nicht wahr?« sagte Lauren Mitchell, die neben dem Fahrer saß.

»Nun, sie liegen jetzt mehr im Bereich der Stärke vier oder darüber«, entgegnete Jacobs. »Im Untergrund braut sich etwas zusammen.«

Zwei Stunden zuvor war ein Armeehubschrauber im Vorgarten von Laurens Haus in der Nähe des Kentucky Lake mit einer Nachricht von John Atkins gelandet, in der er sie über die Bombe informierte und bat, ihnen zu helfen, eine Nebenstrecke zu der Mine zu finden. Sie ließ ihren Enkel nicht gern allein, war aber in den Hubschrauber gestiegen, als sich ein Soldat bereit erklärte, bei dem Jungen zu bleiben.

Nach dem starken Beben bekam sie ernste Zweifel an der Richtigkeit ihrer Entscheidung.

Über Funkkopfhörer gab Lauren einem Konvoi aus zehn Fahrzeugen Anweisungen und führte ihn über kleinste Nebenstraßen vom Fluß zur Golden Orient. Booker und die Bombe befanden sich in dem Humvee direkt hinter ihnen. Die anderen Seismologen, Weston und Wren, folgten in einem weiteren Geländefahrzeug. Ein Geleitschutz aus M-1-Panzern, drei vorn, drei hinten, sicherte sie ab.

Lauren war über die anhaltenden Nachbeben nicht glücklich. Sie machten ihr Angst. Genauso wie die Vorstellung, zu der Kohlengrube zurückzukehren, die sie jahrelang bis in ihre Träume verfolgt hatte. Die Golden Orient war immer gefährlich gewesen, immer mit dem Tod verbunden. Eine fünfzigjährige Geschichte von Methanexplosionen, eingestürzten

Stollen und Bränden haftete ihr an. Ihr Mann war dort bei einem Schlagwetter umgekommen, ein Jahrzehnt, bevor die Mine geschlossen wurde, ein Opfer der Bestimmungen zur Luftreinhaltung, die es unrentabel machten, Kohle mit so hohem Schwefelgehalt zu fördern.

Seit sie den Mississippi verlassen hatten, waren sie langsam vorangekommen, kaum vierzig Kilometer in der Stunde. Die Nebenstraßen waren schlammig, stellenweise ausgewaschen und zwischen steilen, mit Kiefern und Krüppeleichen bedeckten Bergen eingeschnitten. Der Konvoi mußte häufig anhalten, während Patrouillen ausschwärmten, um in der Dunkelheit nach Heckenschützen Ausschau zu halten.

Nach einem Halt stieg Elizabeth mit Atkins aus dem Humvee. Sie berichtete ihm, was einen Tag zuvor im Bibliotheksanbau geschehen war und daß jemand ihren Laptop aus dem Geräteraum gestohlen hatte.

»Keine Ahnung, wer es war?«

Sie schüttelte den Kopf. »Ich habe sein Gesicht nicht gesehen.« Sie hatte versucht, jeden Mann, der im Erdbebenzentrum arbeitete, unauffällig zu betrachten, aber bei keinem in seinem Verhalten ihr gegenüber etwas Ungewöhnliches entdeckt.

»Es hätte jeder sein können.«

»Das glaube ich nicht«, sagte Atkins leise. »Fangen wir mal so an: Vielleicht wollte jemand deine e-Mail-Nachrichten lesen.«

»Aber warum?«

»Zum Beispiel könnte man in Erfahrung bringen wollen, ob du jemanden über die Risse, die wir im Damm sahen, informiert hast«, meinte Atkins. »Herausfinden, wieviel du darüber weißt und ob du es jemandem gesagt hast.« Ein Computerpaßwort zu knacken war nicht so furchtbar schwierig, besonders nicht für einen Experten. Atkins kannte Hacker, die es in weniger als zwanzig Minuten schafften.

»Weston?«

»Oder sein Freund Marshal«, sagte Atkins. »Ich kann mir vorstellen, daß beide gerne wissen würden, was für Daten du in deinem Computer gespeichert hast. Auf einen Fischzug gehen. Vielleicht wollten sie die Dateien von Dr. Prable runterladen. Schau dir seine Daten genau an und überlege, ob sich darin etwas findet, was sie später gegen dich verwenden könnten. Was ihnen Argumente gäbe, um dich in Mißkredit zu bringen, falls du öffentlich machen willst, was am Damm passiert ist.«

Atkins nahm Elizabeth an den Schultern und hielt sie fest, während er in ihre hellgrauen, gescheiten Augen blickte.

»Ich möchte, daß du in meiner Nähe bleibst, wenn wir in diese Mine steigen«, sagte er. »Ganz gleich, was geschieht, bleib bei mir.«

Bei Kaler, Kentucky
20. Januar
7:50 Uhr

Wie versprochen war Präsident Nathan Ross schon da, als der Konvoi an der Golden Orient ankam. Atkins sah ihn am Haupteingang stehen, wo er mit einem zerfurcht aussehenden Mann mit weißem Overall und gelbem Schutzhelm sprach. Die beiden waren von Geheimdienstagenten und Fallschirmjägern umgeben, die nervös die umliegenden Berge mit Feldstechern absuchten.

Kampfhubschrauber kreisten über den Kämmen, stießen herab, zogen hoch und schwenkten ab zu einer neuen Runde. Patrouillen waren in großer Zahl ausgeschwärmt, um Heckenschützen aufzustöbern. Das Bergwerk war ungefähr fünfzig Kilometer von der Grenze Tennessees entfernt und lag zweihundertzwanzig Kilometer nördlich von Memphis.

Steve Draper, der Wissenschaftsberater des Präsidenten, kam herübergelaufen, als er Atkins und Elizabeth aus dem Humvee steigen sah. Er blickte finster drein.

»Alles ziemlich schwierig«, sagte er.

Die Mine sah noch genauso aus, wie Atkins sie in Erinnerung hatte. Das große graue Metallgebäude, durch das man eintrat, schien nicht beschädigt. Anders war es bei dem Holzturm, der das mächtige Schwungrad trug, mit dem der Aufzugskäfig in den Schacht abgesenkt wurde. Mehrere seiner Stützbalken waren zerbrochen, so daß der Turm bedenklich schief hing. Auch der danebenstehende Turm, dessen Schwungrad das Förderband für die Kohle in Bewegung gesetzt hatte, schien schwer in Mitleidenschaft gezogen.

Da die Türme außer Betrieb waren, hatte man am Vortag zwei Dieselmotoren hergeflogen, die den Aufzug und zwei riesige Ventilatoren für die Zufuhr frischer Luft in die Schächte mit Energie versorgen sollten.

Atkins konnte die böse Vorahnung, die ihn überfallen hatte, seit die Türme zum erstenmal in Sicht gekommen waren, nicht abschütteln. Zehn Stockwerke hoch, standen sie da wie dunkle Monolithen. Trotz seines Eifers, tätig zu werden, würde der Abstieg in diese Mine zu den schwersten Dingen gehören, die er je versucht hatte. Die Risiken, eine Kernwaffe in die Tiefe zu befördern, waren zweitrangig. Aber er brauchte nur daran zu denken, unter der Erde zu sein, und schon überwältigte ihn die Klaustrophobie, das Gefühl, lebendig begraben zu sein.

»John, was ist los?« fragte Elizabeth, die ihn betrachtete. Er sah weiß aus, schwach. »Ist dir schlecht?«

»Ich hatte bloß vergessen, wie sehr ich diesen Ort mag«, sagte er. Er versuchte zu lächeln, aber seine trockenen Lippen fühlten sich wie aufgesprungen an. Seine Stimmung wurde auch nicht besser, nachdem er den Mann kennengelernt hatte, der geholt worden war, um die Gruppe in die Golden Orient zu führen.

Glen ›Doc‹ Murray war vier Stunden zuvor mit einem Militärflugzeug von der Akademie für Minensicherheit in Beckley, West Virginia, wo er Chefausbilder war, eingetroffen. Gerade war er mit zwei anderen Katastrophenspezialisten der Akademie von einer Inspektion des Bergwerks zurückgekommen.

Murray war ein kräftiger Mann, über einsachtzig groß, mit einem hageren, sonnengebräunten Gesicht und einem kurzen weißen Bart. Er trug ›Bunkermontur‹, die schwere Schutzkleidung eines Feuerwehrmanns. Nachdem er seine dicken Lederhandschuhe und den Helm abgelegt hatte, wischte er sich mit einem Handtuch über das Gesicht, das mit einer Kruste von Schweiß und Kohlenstaub bedeckt war.

Murray nickte den Neuankömmlingen zu und taxierte sie. Was er sah, schien ihn nicht zu beeindrucken noch weniger zu beruhigen.

»Das Erdbeben hat dort unten ein schönes Durcheinander angerichtet«, sagte Murray in dem tiefen Tonfall, der die Herkunft aus den Appalachen verriet. »Der Schacht für den Bergmannsaufzug ist teilweise eingestürzt. Andere Abschnitte sind über einige Strecken frei, dann brechen sie ab, wo die Erde sich verschoben hat. Der Hauptluftschacht ist stellenweise blockiert.«

Genau das hatte Atkins die ganze Zeit befürchtet. Das große Beben hatte die Mine kräftig durchgeschüttelt. Es würde alles viel schwieriger werden, als sie sich vorgestellt hatten.

»Wir kamen zweihundertvierzig Meter hinunter«, fuhr Murray fort, »und mußten dann den Aufzugschacht verlassen und in einen der Förderschächte wechseln. Der brachte uns noch fünf Sohlen tiefer, und dann kamen wir auf dem gleichen Weg zurück.«

Murray zog einen kleinen Spiralblock heraus und skizzierte, wovon er redete. Die Mine reichte zwanzig Sohlen tief. Die Sohlen, etwa fünfunddreißig Meter auseinander, bestanden aus einer Reihe von drei oder vier parallelen Stollen, jeder ungefähr dreihundert Meter lang. Diese Stollengänge waren durch kreuzende Stollen oder ›Querschläge‹ verbunden, so daß jede Sohle ein Gittermuster aus Gängen bildete. Die langen Stollen führten zu den Kohlenflözen.

Die Kohle wurde in der Technik des ›Kammerbaus‹ abgebaut. Die Kumpel vor Ort hauten oder sprengten Kammern in die Flöze am Ende der Stollen und brachten Pfeiler ein, um das Gestein darüber, das ›Hangende‹, zu stützen.

Murray zeichnete vier Schächte. Der erste davon, der Bergmannsaufzugschacht, verlief in der Mitte des Bergwerks abwärts und brachte die Kumpel zu den verschiedenen Sohlen.

Der Förderschacht oder ›Skipschacht‹ war ein Tunnel, durch den früher ein Fließband gelaufen war, das die gehauene Kohle nach oben beförderte. Der Tunnel lief schräg mit einer Neigung von vierzig Grad und war ungefähr eineinhalb Meter hoch und zwei Meter breit. Das Fließband war längst demontiert und entfernt worden. Wie die Sprossen einer Leiter gingen die Flöze von der Strecke zwischen dem Förderschacht am einen Ende und dem Hauptluftschacht am anderen Ende ab.

Es gab zwei Luftschächte, die Murray auf seinen Block zeichnete. Der Hauptschacht war in Ausmessung und Neigungswinkel praktisch identisch mit dem Förderschacht. Er diente der Luftzirkulation im ganzen Bergwerk und war auch ein guter Fluchtweg für den Notfall. Der zweite Luftschacht lief in etwa parallel zum Aufzugschacht. Aus dem Fels gehauen, war der Schacht gut einen Meter breit.

»Wir sind im Förderschacht bis auf die 540-Meter-Sohle gegangen«, erklärte Murray, während er die Stelle einzeichnete, wo sie haltgemacht hatten und umgekehrt waren. »Der Aufzugschacht ist völlig kaputt, eingestürzt. Und auf der Sohle, auf der wir waren, hat sich ein tiefer Riß geöffnet. Ich konnte nicht feststellen, wie weit sie hinuntergeht. Wir bemerkten ein wenig Methan und beschlossen den Rückzug. Meine Hoffnung ist, daß wir die Schächte etwas entlüften können und das Gas herausbekommen.« Er klappte sein Notizbuch zu und steckte es in die Tasche seiner Latzhose.

»Kurz und gut, ich glaube, daß ich Sie auf fünfhundertvierzig Meter bringen kann – wenn wir Glück haben und nicht noch mehr einstürzt. Ist das tief genug für Ihr Vorhaben?«

»Es wird genügen müssen«, sagte Booker. Er war die Zahlen mehrmals mit Thompson und Atkins durchgegangen. Aufgrund der Erfahrungen aus früheren unterirdischen Zündungen würde eine Tiefe von sechshundert Metern die maximale seismische Wirkung auf die Verwerfung garantieren.

»Wie groß ist diese Bombe?« fragte Murray.

»Ungefähr eineinhalb auf einen Meter. Sie wiegt einhundertneunzig Kilo«, sagte Booker.

Murray pfiff durch die Zähne. »Darüber sprechen wir später. Ich muß Ihnen sagen, daß es viele Möglichkeiten gibt, in dieser alten Mine ums Leben zu kommen. Und ich rechne nicht einmal das Methan dazu, das einem genug Sorgen macht. Manche Decken und Wandverschalungen sind eingestürzt. Ich erzähle Ihnen da nichts Neues, aber wann immer die Erde sich bewegt, bekommen wir weitere Probleme.«

Murray beugte sich vor und spuckte auf den Boden. Ein Klumpen Kautabak beulte seine linke Backe aus. »Haben Sie keinen anderen Ort, um diese Bombe zu zünden?«

»Es muß hier sein«, antwortete Steve Draper. »Wir haben keine andere Wahl.«

Die Arme auf der Brust verschränkt, nickte Murray, als wolle er sagen, er habe diese Antwort erwartet. Dann schien er seine Stiefel zu betrachten, die mit einer Kruste aus weißem Staub bedeckt waren.

»Kommen wir zum Methan«, sagte er schließlich. »Bei einer Methankonzentration von fünf bis fünfzehn Prozent besteht Explosionsgefahr. Auf fünfhundertvierzig Metern Tiefe haben wir drei Prozent Methan gemessen, mit steigender Tendenz. Das kann eine schlechte Nachricht sein. Eine Frage: Wissen Sie, wie es ist, wenn Sie sich in einem der Schächte befinden und unter Ihnen Methan explodiert?«

Keiner antwortete.

»Es ist, wie wenn Sie im Lauf einer Schrotflinte säßen.« Murray ließ die Worte einen Augenblick in der Luft hängen, bevor er fragte, wie viele einfahren würden.

»Sechs Personen«, sagte Atkins. Es war das absolute Minimum. Wenn einem von ihnen etwas zustieße, könnten immer noch die anderen die Sache zu Ende bringen. Booker war das einzige wirklich unverzichtbare Mitglied der Gruppe. Atkins war von der Aussicht, mit Weston hinabzusteigen, nicht begeistert, mußte aber zugeben, daß Weston sich ungewöhnlich zurückgehalten hatte. Er hörte aufmerksam zu und versuchte nicht, die Planung an sich zu reißen.

»Sagen wir sieben«, warf Booker ein. »Ich möchte einen Roboter mitnehmen. Er kann die Bombe und anderes Zubehör tragen.« Er hatte bereits mit dem Oak Ridge National Laboratory vereinbart, daß sie den Roboter und anderes Gerät zum Bergwerk schicken sollten. Der Präsident hatte persönlich den Transport geregelt, und der Hubschrauber wurde jede Minute erwartet.

»Kann er manövrieren?« fragte Murray mit skeptischer Miene.

»Wie der Blitz«, sagte Booker. »Er kann überall hingehen, wohin wir gehen. Er ist einen Meter hoch. Die Arme sind einziehbar.«

»Hat Ihr Roboter einen Namen?« wollte Murray wissen. Sein faltiges Gesicht verzog sich mißbilligend.

»Neutron.«

»Prima«, sagte Murray, noch immer mit gerunzelter Stirn. »Es gefällt mir nicht, aber solange ich ihm nicht sagen muß, was er zu tun hat, soll es mir recht sein.« Er spuckte wieder aus und räusperte sich. »In ein paar Minuten gebe ich Ihnen einige Erläuterungen zu den Atemgeräten und der sonstigen Ausrüstung, die Sie mitnehmen müssen. Hören Sie genau und aufmerksam zu. Ihr Leben könnte davon abhängen.«

Murray sah auf die Uhr. Seine Arme, Hände und Handgelenke waren stark, die Unterarme mit Muskeln bepackt. »Wenn Sie das immer noch vorhaben, fahren wir in einer Stunde ein.«

»Paul, toll, daß du da bist.«

Booker war auf den Hubschrauber zugeeilt, als er auf dem Kiesparkplatz des Bergwerks landete. Der Helikopter hob rasch wieder ab, sobald Paul Burke auf dem Boden und seine Ausrüstung ausgeladen war. Booker schüttelte seinem Freund die Hand.

Burke kam direkt vom ORNL. Und brachte einiges mit. »Ich habe Neutron dabei«, sagte er. »Alles, worum du gebeten hast.«

Der kleine Roboter war mit einer Plastikhülle bedeckt, genauso die zwei Kisten mit Sprengladungen, die ebenfalls von Oak Ridge geliefert worden waren. Booker plante, mit ihnen die Mine zu versiegeln, bevor die Bombe gezündet wurde.

Booker konnte sich ein Schmunzeln nicht verkneifen. Burke hatte Neutron einen übergroßen Footballhelm verpaßt. Außerdem leuchtete er in grellem Orange, der Farbe seiner bevorzugten Collegemannschaft an der Universität von Tennessee. Seiner Alma mater. Er hatte sogar ein großes UT an der Seite.

»Ich konnte keinen Bergmannshelm finden, der auf sein ›Gehirn‹ gepaßt hätte«, erklärte Burke. »Das war das beste, was zur Hand war.«

»Also hast du ganz zufällig diesen Helm gefunden«, amüsierte sich Booker.

»Was soll ich sagen. Er paßte.« Burke grinste.

Booker machte seinen alten Freund mit Atkins und Elizabeth Holleran bekannt. Auch der Präsident und Steve Draper kamen zu ihnen herüber.

Mit der Bedienungskonsole des Roboters ließ Booker Neutron mehrere Manöver ausführen, wozu auch die Steuerung der kräftigen hydraulischen Arme gehörte, um die MK/B-61 zu heben. Die Demonstration beeindruckte Doc Murray. Neutron trug mühelos die einen guten Meter lange zylindrische Bombe.

»Nicht schlecht«, bestätigte Murray. »Ich verstehe, warum Sie den kleinen Burschen mitnehmen wollen.«

Booker begann dann zu erläutern, wie er sich das Verfahren, die MK/B-61 scharf zu machen und zu zünden, vorstellte.

Zum erstenmal sah Elizabeth die Bombe und ihr glänzendes Gehäuse aus rostfreiem Stahl richtig. Wie Atkins war sie von ihren geringen Ausmaßen überrascht. Unter einer Atombombe von einer Megatonne Sprengkraft hatte sie sich etwas viel Größeres vorgestellt. Atkins hatte recht. Er hatte sie mit einem verlängerten Mülleimer verglichen.

Ross befand sich unter den Zuhörern und hing geradezu an Bookers Lippen. Von den angrenzenden Berghängen waren sie durch eine Doppelreihe Armeelastwagen abgeschirmt. Noch einige Truppeneinheiten mehr waren in die Wälder ausgerückt, die von der Mine aus anstiegen. Anfangs waren einige Schüsse gefallen, aber für den Augenblick hatte das Gewehrfeuer aufgehört.

Booker riß Blätter aus einem Stenoblock, um das Zündsystem der Bombe zu skizzieren.

Atkins machte sich Notizen, während er versuchte, sich warmzuhalten. Die Sonne war durch die Wolkendecke gebrochen, reichte aber nicht aus, um die Kälte zu vertreiben. Nur mühsam gelang es ihm, sich zu konzentrieren und wach zu bleiben. Nach der Fahrt von Texas brauchte er Schlaf, sehnte sich danach. Schon eine halbe Stunde wäre eine Wohltat gewesen. Wenn das hier vorbei wäre, würde er sich mit Elizabeth in einem Hotelzimmer einschließen und tagelang nicht mehr herauskommen.

Bookers Plan sah einen Zeitzünder vor, den er einstellen würde, sobald sie im Bergwerk an der richtigen Stelle waren. Auf diese Weise wäre das Risiko eines Fehlers oder einer technischen Panne geringer, erklärte er. Das Zündsignal vom Timer sollte eine in den Kondensatoren gespeicherte elektrische Ladung freigeben, die die Sprengzünder zur Explosion bringen würde. Diese wiederum würden die brisanten Sprengstoffe zünden, die den nuklearen Kern umhüllten.

Die Mechanik der Zeitzündung war ziemlich einfach: Der elektrische Stromstoß von den Kondensatoren öffnete zwei normalerweise geschlossene Stromkreise und schloß zwei andere, die normalerweise offen waren. Der Prozeß schickte einen weiteren Stromstoß über einen Verbindungsdraht und löste so die Sprengzünder aus.

»Wieviel Zeit geben Sie sich, um herauszukommen?« wollte Ross von Booker wissen.

»Vier Stunden.«

»Reicht das?«

Atkins fragte sich das gleiche. Nach allem, was Doc Murray in der Mine gesehen hatte, mußten sie so schnell wie möglich ans Tageslicht. Vier Stunden ließ ihnen nicht viel Spielraum, falls etwas schiefging.

»Sollte es eigentlich«, sagte Booker. »Sobald der Timer eingestellt ist, kann man ihn nicht mehr abschalten, ohne zurückzugehen. Ich glaube nicht, daß wir das tun möchten. Übrigens glaube ich auch nicht, daß wir dazu Gelegenheit haben.«

Während ihres Abstiegs würde Booker Sprengsätze an Schlüsselstellen des Bergwerks legen, die genau eine Minute vor der Bombe hochgehen mußten. Die Plastiksprengladungen sollten alle vier Schächte versiegeln, um zu verhindern, daß radioaktives Material in die Atmosphäre entwiche.

»Ich verwende Gelatinedynamit, eine Mischung aus Nitroglyzerin und Natriumnitrat«, sagte Booker. »Es ist unglaublich dicht, äußerst stabil und wasserfest. Und es garantiert eine verdammt starke Explosion.«

»Wie wollen Sie es zünden?« fragte Atkins.

»Mit Zündleitung und Sprengmaschine. Ich würde nicht riskieren, einen Draht zur Bombe zu legen, aber bei den Sprengladungen sehe ich keine Alternative. Sie müssen mit einem Zündnetz verbunden sein.« Booker erklärte, daß er einen besonderen nichtelektrischen Zünder verwenden würde, der aus einem mit Sprengstoff gefüllten Plastikrohr bestand. Etwa von der Größe der Reinigungsröhrchen in Aquarien gaben solche Zünder keine Funken ab, die gefährliche Gase entflammen konnten. Dies war lange eine beliebte Sprengmethode in Bergwerken gewesen.

»Um die Bombe scharf zu machen, verwenden wir ein PAL-System«, fuhr der Physiker fort. Die Abkürzung stand für Permissive Action Link. Das System bestand aus einem Zahlencode, der eingegeben werden mußte, bevor sich ein elektromagnetisches Schloß öffnete und die Waffe scharf machte.

»Wir haben das PAL-System sehr verfeinert«, sagte Booker. »Der Code kann automatisch übermittelt werden, sobald ein Geschoß abgefeuert ist. Bei dieser Zündung werden wir es aber auf die altmodische Art machen.«

Booker programmierte die Bombe mit einer achtstelligen Zahl, zufällig ausgewählt von einem Kodiergerät, das ein Adjutant des Präsidenten in einer ›Black box‹ mitgebracht hatte, in Wahrheit eine abgenutzte schwarze Lederaktentasche. Wenn sie bereit wären, die Bombe unterirdisch scharf zu machen, würde Booker die gleiche Zahlenfolge eintippen.

Zur zusätzlichen Sicherheit verwendeten sie ein störungssicheres Farbkodiersystem. Booker drehte einen roten Schalter an der Seite des Behälters der Bombe. Später, in der Mine, würde er einen entsprechenden grünen Schalter betätigen, der die Bombe scharf machte.

In der Nähe des Bodennullpunkts würden sie eine Reihe Überwachungsgeräte aufstellen. Von ihnen würden elektrische Kabel sechs Kilometer weit zum ›roten Schuppen‹ laufen, einem Lastwagenanhänger, in dem Guy Thompson und andere Seismologen die Explosion und ihre seismischen Auswirkungen verfolgen konnten. Thompson war bereits dort und bereitete alles vor.

Zwei Stunden vor der Zündung der Bombe sollten alle Personen aus der Gegend abgezogen werden. Zwei Hubschrauber würden mit laufenden Motoren bereitstehen, um die Gruppe in Sicherheit zu bringen, sobald sie aus dem Bergwerk auftauchte.

»Ich erwarte Sie, wenn Sie herauskommen«, versprach Ross.

»Ich erlaube mir, anderer Meinung zu sein, Mr. President«, warf sein Sicherheitschef Belleau ein. »Sie dürfen nicht in der Nähe sein, sobald sie die Bombe scharf gemacht haben.«

»Hier muß ich mich leider über Ihren Wunsch hinwegsetzen, Phil«, äußerte der Präsident mit leiser, fester Stimme. Er wandte sich dem Team zu, das sich zum Abstieg bereit machte, und schüttelte jedem einzelnen die Hand, zuerst Elizabeth, dann Atkins und den anderen.

»Ich will für Sie alle beten«, sagte er. Dann sah er Belleau direkt an. »Und wenn Sie aus der Mine kommen, warte ich hier.«

Doc Murray breitete die Ausrüstung auf dem Boden aus. Die Gruppe hatte sich um ihn versammelt. Es blieb nur für eine einzige Sicherheitsbesprechung Zeit, also hörten sie Murray so aufmerksam zu, wie sie noch nie jemandem zugehört hatten.

Murray hob einen Apparat auf, der wie ein kleiner Sauerstofftank aussah. Er war mit einer Maske ausgestattet.

»Wir bezeichnen das als Drag-B.« Er führte vor, wie der Tank über den Schultern festgeschnallt wurde. Der Gesichtsteil rutschte über den Kopf wie ein Unterwasseratemgerät. »Der volle Name ist Drager BG-174 Long Duration Closed Circuit Breathing Apparatus. Es ist das wichtigste Stück Ihrer

Ausrüstung. Der Kanister faßt ausreichend Luft für vier Stunden. Er enthält einen Skrubber, der das Kohlenmonoxid herausfiltert. Wenn ich Ihnen sage, Sie sollen die Masken anlegen, ziehen Sie sie so schnell wie möglich übers Gesicht. Ihr Leben wird davon abhängen. Sie müssen wissen, wie Sie das im Dunkeln bewerkstelligen. Wir machen eine kleine Übung, sobald wir im Bergwerk sind.«

Murray mochte bäurisch aussehen, groß und grobknochig, dazu der Appalachen-Tonfall. Aber Atkins hatte von Draper erfahren, daß er an der Universität von Missouri den Doktor in Ingenieurwissenschaften gemacht hatte.

Für jeden nahm sich Murray mehrere Minuten Zeit, um zu zeigen, wie die Maske angelegt wurde. Atkins mußte zweimal probieren, bis er es richtig machte. Elizabeth schaffte es beim erstenmal.

»Die Hauptsache ist, daß Sie das Ding anlegen, sobald ich es sage«, wiederholte Murray. »Kohlenmonoxid könnte jederzeit in der Luft vorhanden sein. Sie werden es weder sehen noch riechen.«

Murray ließ außerdem Schutzhelme und Lampen an sie verteilen. Der Akku für die Lampe hing an einem Stoffgurt, die Lampe selbst wurde am Helm befestigt. Murray und Atkins würden moderne Trockenschaumlöscher tragen, um eventuelle Brände zu bekämpfen. Die 20-Kilogramm-Kanister schnallten sie auf den Rücken. Jeder würde auch eine Rolle mit einem dreißig Meter langen Seil mitnehmen.

»Denken Sie daran, daß die Luftschächte und der Förderschacht Ihre wesentlichen Fluchtwege sind«, sagte Murray. »Sobald wir unter der Erde sind, werden Sie sehen, daß sie alle mit grünen Reflektoren gekennzeichnet sind.«

»Was ist das Schlimmste, was uns da unten passieren kann?« fragte Weston.

Murray zögerte nicht.

»Feuer«, sagte er. »Ich habe drei Feuer in Bergwerken erlebt. Und möchte es nicht noch einmal durchmachen. Mein diesbezügliches Glück ist aufgebraucht.«

Bei Kaler, Kentucky
20. Januar
9:15 Uhr

Lauren Mitchell erschrak, als sie ihn sah. Zuerst war sie sich nicht sicher, ob es der richtige Mann war. Er war gealtert, bewegte sich aber mit der mühelosen Geschmeidigkeit eines viel jüngeren Menschen. Das Gesicht war faltig und wies tiefe Linien auf, aber der eigentliche Unterschied, der ihre Aufmerksamkeit fesselte, waren die Augen. Sie erinnerte sich, wie seine blauen, klaren Augen aus dem von Kohlenstaub schwarzen Gesicht geblitzt hatten, als er an jenem Tag vor so vielen Jahren aus der Mine heraufgekommen war. Jetzt waren seine Augen anders. Sie hatten ihren Glanz verloren.

Lauren ging auf Murray zu, als er sich eine filterlose Camel anzündete.

»Sie werden sich nicht an mich erinnern, aber ich war vor dreiundzwanzig Jahren hier«, sagte sie. »Sie haben geholfen, die Leiche meines Mannes heraufzubringen.«

Murray, der auf den Boden gestarrt hatte, hob rasch den Kopf. Er hatte die Katastrophe gegenüber den Wissenschaftlern nicht erwähnt, weil er dachte, daß sie es vermutlich schon wußten, und wenn nicht, brauchte er ihnen nicht noch einen Grund zu geben, die Nerven zu verlieren.

»Er hieß Bobby Mitchell«, sagte Lauren.

»Einer der besten Vorarbeiter in der Branche«, sagte Murray, indem er den Helm abnahm. »Ich bin Bob ein- oder zweimal begegnet. Er war in Ordnung.«

Er wußte nicht, was er sonst zu der Frau hätte sagen sollen, die ihn anlächelte, während ihr dichtes braunes Haar im Wind wehte. Es war das schlimmste Grubenunglück gewesen, das er erlebt hatte. Über vierzig Männer in dreihundert Metern Tiefe nach einer Methanexplosion gefangen, in einem Tunnel eingesperrt und langsam erstickt, als die Luft ausging. Er hatte eine Rettungsmannschaft angeführt, eine von den glücklichen. Drei Männer einer anderen waren durch einen Einsturz umgekommen.

»Ich habe Ihnen nie gedankt, daß Sie ihn herausgebracht haben«, sagte Lauren. »Jetzt ist es ein wenig spät dafür, aber Sie sollen wissen, daß ich es nie vergessen habe und nie aufgehört habe, für Sie zu beten.«

Murray nahm ihre Hand und hielt sie fest. »Ich hätte nichts gegen noch einige Gebete mehr.«

»Es wird schlimm werden, nicht wahr?«

Murray zögerte. »Diese Menschen hier haben keine Ahnung, wie es dort unten sein wird.«

Als es fast Zeit war, schaute Lauren zu, wie Murray ihnen half, in ihre feuerbeständige Bekleidung zu schlüpfen – dicke Mäntel aus Spezialstoff, Hosen, Stiefel mit Stahlkappen und Handschuhe, Schutzhelme. Sie schnallten die Lufttanks fest. Jeder bekam außerdem noch einen 10-Kilo-Tank mit Trockenschaum zum Löschen. An ihren Stoffgürteln wurden Seilrollen befestigt.

Booker trug die Zündelemente der Bombe, Kondensatoren und Timer in einem Segeltuchrucksack. Die Fernbedienung für Neutron – etwa in der Größe eines Laptops – hing um seinen Hals. Er drückte ein paar Knöpfe und betätigte die Joysticks. Der Roboter hob mühelos die Bombe auf und umfaßte sie mit seinen mechanischen Armen aus einer Speziallegierung. Er rollte in den stählernen Aufzugskäfig, der sie durch den Aufzugschacht auf die 240-Meter-Sohle bringen würde. Eine große Rolle Zünder war auf seinen Rücken gepackt.

»So einen muß ich mir besorgen«, sagte Murray lachend. »Wieviel kostet die Maschine?«

»Rund zehn Millionen Dollar«, antwortete Booker. »Wenn Sie uns hier durchbringen, will ich versuchen, ein günstiges Angebot für Sie zu kriegen.«

Der Aufzugskäfig hatte gerade die 120-Meter-Sohle erreicht, als sich der Boden bewegte – ein scharfer horizontaler Ruck, der den Käfig an seinem Stahlkabel schaukeln ließ. Staub rieselte auf sie herab. Sie hatten alle ihre Helmlampen angeschaltet.

»Gewöhnen wir uns daran«, sagte Murray, der sich an der Käfigwand festhielt, um nicht das Gleichgewicht zu verlieren. »Wahrscheinlich bekommen wir noch einige von der Sorte.«

Atkins wußte, daß er recht hatte. Unmittelbar vor dem Abstieg hatte er über Funk mit Guy Thompson gesprochen. Die neuesten seismischen Daten zeigten, daß die Verwerfung im Durchschnitt zehn oder elf leichte Beben in der Stunde produzierte und daß die Intensität zunahm.

Murray trug einen Gasdetektor von der Größe eines Taschenrechners, der in der Lage war, Gase wie Methan, Kohlenmonoxid und Sauerstoff zu entdecken. Er piepte und ließ ein rotes Lämpchen aufblitzen, wenn er eine gefährliche Konzentration registrierte.

Murray las die Werte ab. »Er zeigt etwa drei Komma sechs Prozent an. Das ist etwas mehr als beim letztenmal. Aber o. k., solange es nicht auf fünf Prozent steigt.«

Atkins war sich ziemlich sicher, daß die wiederholten Erdstöße für das Methan verantwortlich waren. Die kräftige Erschütterung hatte vermutlich einen Gaseinschluß in der Erde geöffnet. Gleich zu Beginn ihre Abstiegs hatte er ein anderes Gas bemerkt, Schwefelwasserstoff. Nur zu gut erinnerte er sich an den Geruch, den schwachen Gestank fauler Eier, bei seinem letzten Besuch in der Golden Orient.

Er fragte Murray, ob ihm früher schon einmal etwas Ähnliches begegnet sei.

»Nicht in einer Mine«, sagte er. »Gewiß stinkt es höllisch, aber es wird uns nicht umbringen.«

Atkins nahm an, daß das übelriechende Gas genauso wie das Methan aus tief in der Erde liegenden Einschlüssen entwich.

Sie waren sieben Personen. Murray, Walt Jacobs, Elizabeth, Atkins, Weston und sein Assistent Wren sowie Booker, der hinter Neutron ging. Der Roboter war zum Aufzugschacht geglitten, wobei seine Räder sich automatisch an die Unebenheiten des Geländes anpaßten. Selbst mit dem Gewicht der Bombe und der schweren Rolle Zünder bewegte er sich mühelos.

Die Gruppe hatte zwei Funkgeräte dabei, um mit den Leuten an der Oberfläche in Kontakt zu bleiben.

»Mir ist zumute, als würde ich zu einer Grabung fahren«, bemerkte Elizabeth, während sie das Gewicht der zwei schweren Kanister auf dem Rücken verlagerte. »Eigentlich könnte ich ein paar Doktoranden brauchen, die mir die Sachen tragen helfen.«

Es war ein schwacher Scherz, dazu bestimmt, Walt Jacobs aufzuheitern. Der Mann hatte fiebrig gewirkt, seit sie zum Bergwerk gekommen waren. Sein Gesicht war blaß. Er drehte sich um und lächelte sie an, und sie spürte, daß er sich bemühte, tapfer zu sein. Sie sorgte sich bereits, ob er durchhalten würde.

Atkins ging es genauso. Jacobs wirkte körperlich schwach, wacklig auf den Beinen. Er hatte sich auch um Elizabeth Sorgen gemacht, aber nachdem er gesehen hatte, wie leicht sie ihre Päckchen trug, war ihm klar, daß sie in besserer Verfassung als alle anderen war.

Auf der 240-Meter-Sohle verließen sie den Aufzugskäfig. Es war die Stelle, wo der Schacht eingestürzt und von herabgefallenen Felsbrocken völlig blockiert war. Sie bekamen einen ersten Eindruck von den tiefen ›Kammer-und-Pfeiler‹-Strecken, die panzergroße Streckenvortriebsmaschinen in das Gestein gefräst hatten.

Atkins fand die Anlage genauso, wie Doc Murray sie beschrieben hatte. Jede Sohle bestand aus einem Gitter von drei oder vier parallelen Stollen mit rechtwinklig abgehenden Querschlägen. Nicht weniger als fünfundzwanzig ›Kammern‹ öffneten sich beiderseits des dreihundert Meter langen Stollengangs. Nur der zentrale Hauptstollen war mit dem Luftschacht und dem Förderschacht verbunden. Der Luftschacht befand sich am einen Ende, der Förderschacht, in dem einst die Kohle hinaufbefördert worden war, am andern.

Decke und Wände des Stollens waren mit einer dicken weißen Puderschicht bedeckt. Atkins erinnerte sich von seinem ersten Besuch an dieses Detail.

»Das ist Steinstaub«, erklärte Murray. »Man mischt ihn mit Wasser und sprüht ihn auf die Wände, damit sich kein Kohlenstaub absetzt. Das verringert die Explosionsgefahr.«

Booker plazierte seine ersten Sprengladungen in der Nähe des Aufzugskäfigs, indem er Löcher für fünf Stangen des Plastiksprengstoffs in den Schacht schlug. Er brachte die nichtelektrischen Zünder mit einem Spezialwerkzeug an den Sprengstoffen an und begann die Zündkabel von der Rolle auf Neutrons Rücken abzuspulen.

Im Gänsemarsch rückten sie weiter vor. Murray ging voran und ließ einen Scheinwerfer über Wände und Decke spielen, um nach Spuren frischer Risse zu suchen.

»Bleiben Sie möglichst in der Mitte des Stollens«, sagte er. »Die Dachstützen sind in der Mitte stabiler.« Die Stützen bestanden aus Hunderten von Stahlträgern, jeweils einen Meter lang, die in die Decke getrieben waren.

Als Murray sich nach wenigen Minuten umschaute, ob alle mitkamen, bemerkte er, daß Weston und Wren an die Seite des Stollens geraten waren. In der verwirrenden absoluten Dunkelheit konnte man leicht vom geraden Weg abkommen, selbst mit einer Helmlampe.

»Halt!« rief Murray ihnen zu. Er hatte einen dünnen Riß in der Decke bemerkt. »Halten Sie sich hinter mir.«

Dann stocherte er mit dem abgeflachten scharfen Ende einer zwei Meter langen Brechstange an der Spalte. Eine Felsplatte, etwa eineinhalb Meter breit und drei Zentimeter dick, krachte herunter und wirbelte weißen Staub auf.

»Ich hoffe, Sie haben begriffen«, sagte Murray. »Bleiben – Sie – in – der – Mitte des Stollens. Die Stützen entlang der Verschalungen drüben an der Seitenwand sind ziemlich schwach. Ich bemerke eine Menge Risse.«

Einschließlich dieses Halts brauchten sie fünfzehn Minuten, um etwa einhundertfünfzig Meter zum Ende des Stollens vorzurücken. Murray führte sie zum Luftschacht. Dicke, schwere Plastikbahnen bedeckten seine Öffnung.

»Das ist ein Brandvorhang«, sagte Murray. »Wenn ein Feuer ausbricht, bietet er einen gewissen Schutz. Vielleicht für einige Minuten. Sie werden vor allem verwendet, um frische Luft zuzuführen oder einen Stollen gegen giftige Gase abzuschließen.« Er grinste. »Wie gesagt, es könnte Ihnen einige Minuten verschaffen.«

Der Luftschacht fiel steil nach unten ab, doch war es möglich, über das Gefälle zu gehen, das für einen doppelten

Zweck geschaffen worden war: für Frischluftzufuhr und um im Notfall einen Fluchtweg zur Verfügung zu haben.

»Wir steigen etwa zweihundertzwanzig Meter tiefer, gehen dann auf Sohle fünfzehn durch einen Stollen und nehmen den Förderschacht bis zur 540-Meter-Sohle. Dann sind wir am Ziel.«

Seit sie die Mine betreten hatten, hörten sie ein periodisch auftretendes Rumpeln tief in der Erde. Es war das gleiche zermürbende Geräusch, das Atkins von früher im Ohr hatte. Es kam von tief unter ihnen – ein Geräusch, als ob Felsgebirge in der Erdkruste aneinander vorbeiglitten.

Bevor sie sich auf den Weg durch den Luftschacht machten, band Murray jeden an eine Rettungsleine. Er zog die Enden durch Metallringe an ihren Stoffgurten, so ähnlich wie Bergsteiger Karabinerhaken verwenden, um ein Seil zu befestigen. Es war ein steiler Abstieg; manchmal mußten sie sich an den Wänden festhalten, um nicht abzurutschen. Der Luftschacht war wenig höher als eineinhalb Meter, so daß sie leicht gebückt gehen mußten. Neutron dagegen bewegte sich mühelos; sein orangefarbener Footballhelm war weit genug von der Decke des Schachts entfernt.

Es gab häufig Erschütterungen, jedoch keine schweren. Bald waren ihre Gesichter und Schutzhelme mit dem kreidigen weißen Pulver bedeckt, das bei jedem Erdstoß wie Schneeflocken von der Decke rieselte.

Murray legte eine kurze Pause ein, um die Gaswerte abzulesen. Jacobs rieb sich die Schläfen.

»Was hast du, Walt?« erkundigte sich Atkins. »Stimmt was nicht?« Sein Freund sah aus, als quälten ihn mahlende Kopfschmerzen. Seine Augen waren fest geschlossen. Er legte eine Hand auf Atkins' Schulter, um sich zu stützen.

»Es geht mir gut, ich bin nur ein bißchen wacklig.« Er wischte sich mit dem Ärmel Schweiß von der Stirn. »Ich hatte vergessen, wie heiß es hier unten ist. Wie in der Sauna.«

Es war tatsächlich warm, ein weiteres Detail, an das sich Atkins von ihrem Abstieg vor einer Woche erinnerte.

»Diese Hitze macht mich auch besorgt«, sagte Murray. »Normalerweise ist eine Mine kühl. Das ganze Jahr über um die sechzehn Grad. Jetzt liegen wir bei über dreißig Grad. Der Boden strahlt die Hitze richtig aus.«

Für Atkins war dies immer noch ein Rätsel. Er vermutete, daß starke seismische Aktivität in großer Tiefe verantwortlich dafür war. Gesteinsspannung erzeugte Hitze, und in diesem Fall baute sich die Spannung noch auf, gab Energie in Form von Hitze ab.

Sie blieben mehrmals stehen, damit Booker Sprengladungen im Schacht anbringen konnte. Er rollte fortwährend die gelben Zündkabel von Neutron ab.

Atkins staunte über die Fähigkeit des Roboters, sich bergab zu bewegen. Die Technik war hervorragend. Die in alle Richtungen bewegliche Plattform und das einmalige Laufrollensystem glichen plötzliche Gefälleveränderungen sofort aus, indem die Hydraulik den Schwerpunkt des Roboters verlagerte. Er war dafür konstruiert, steile Abstiege zu bewältigen.

Als sie Sohle fünfzehn erreichten, führte Murray sie wieder in den Stollen zurück.

»Wie tief unten sind wir?« fragte Elizabeth.

»Ungefähr fünfhundert Meter«, antwortete Murray.

Von leichten Kopfschmerzen aufgrund der Tiefe abgesehen, hielt Elizabeth gut durch, besser als erwartet. Leise fragte sie Atkins, wie er sich fühle.

»Wie bei einem Spaziergang auf dem Land.« Er zwang sich zu lächeln. Ihm war mulmig zumute, aber er hatte noch keine Anfälle von Panik bekommen, und mehr konnte er sich nicht erhoffen. Daß Elizabeth bei ihm war, half ihm aus einem Grund, an den er vorher nicht gedacht hatte: Sie gab ihm etwas anderes, worauf er sich konzentrieren konnte.

Sie kamen jetzt durch ein neues Labyrinth aus dunklen Tunneln, die man aus dem Kohlenflöz herausgehauen hatte. Die Kammern waren von dicken Säulen durchsetzt, die die Decke stützten. Die Auswirkungen des Erdbebens waren auf dieser Sohle deutlicher sichtbar. Teile der Decke und der Wände waren eingestürzt, so daß nur enge Durchgänge blieben. Bei jeder leichten Erschütterung des Bodens rieselten Staub und kleine Brocken herab.

Es wurde wärmer.

Murray legte wieder eine Pause ein, um seinen Gasmesser abzulesen. Er hatte es oft getan.

»Er zeigt etwa vier Komma zwei Prozent Methan an«, sagte er. »Das ist ein verdammt großer Sprung seit dem letzten Mal.«

Während Atkins in den dunklen Tunnel blickte, fiel ihm ein, was Murray gesagt hatte: Sie saßen im Lauf einer Schrotflinte.

Guy Thompson, mit einem breitrandigen Cowboyhut mit Adlerfeder im Band prunkend, überwachte eine Reihe von Seismographen, die sie im Umkreis um das Bergwerk angeordnet hatten. Die Instrumente waren programmiert, Signale zum sechs Kilometer entfernten ›roten Schuppen‹ zu senden und würden die Auswirkungen der Explosion, die Intensität der seismischen Wellen, die sie erzeugte, registrieren.

Thompson, der im roten Schuppen saß, hatte sie gerade an den Zentralcomputer angeschlossen. Die digitalen Instrumente zeigten eine deutliche Zunahme der seismischen Aktivität an.

»Wir haben alle zehn oder zwanzig Minuten ein Beben der Stärke drei oder darüber«, teilte Thompson Steve Draper über Funk mit. »Ich denke, daß sich vielleicht etwas zusammenbraut.«

Präsident Ross und Draper spürten die meisten Erschütterungen, abwechselnd vertikale Bewegungen und seitliches Schwanken, doch nichts Ernstes.

Wieder knatterte Gewehrfeuer, diesmal weiter weg. Automatische Waffen. Ross hatte gehört, daß das 101. Luftlandegeschwader noch immer auf Widerstandsnester stieß. Die Patrouillen setzten die rebellischen Nationalgardisten und Milizeinheiten, die in abnehmender Zahl in den Bergen der Umgebung verstreut waren, weiter unter Druck. Abgelegen und dicht bewaldet, bot das Land ausgezeichnete Deckung, und die Soldaten Kentuckys nutzten sie aus.

Der Geheimdienstchef des Präsidenten, Phil Belleau, drängte ihn nach wie vor, sich in den roten Schuppen zurückzuziehen. Dessen Standort – auf einer Bergkuppe – war sicherer und leichter zu verteidigen.

Ross weigerte sich. Zwei Hubschrauber UH-60 standen nahe dem Mineneingang bereit, um ihn jeden Augenblick auszufliegen. Einer diente als Reserve für den Fall, daß der erste ausfiele. Beide Rotoren liefen, die Mannschaften wurden in Bereitschaft gehalten.

Ross nahm kaum die Schießerei oder das Dröhnen der Kampfhubschrauber war, die über den Bergen kreisten und nach Zielen suchten. Er war ganz vertieft darin, einen Starkbebenseismographen zu beobachten, der die aus großer Tiefe kommenden Schwingungen aufzeichnete.

»Probieren Sie, unsere Leute über Funk zu erreichen«, sagte Ross. »Ich möchte wissen, wie es ihnen geht.« Solche Rufe sollten auf ein Minimum beschränkt bleiben, um sie nicht abzulenken.

Draper hantierte an dem tragbaren Funkgerät. Es krachte lange, bevor er zu Atkins durchkam. »John, wie sieht es bei euch dort unten aus?«

»Wir registrieren jetzt etwas Methan«, meldete Atkins.

»Wie schlimm?« fragte Draper.

»Über vier Prozent.«

Das war keine gute Nachricht. Wenn das Methan eine gewisse Konzentration erreichte, bestand immer die Gefahr der Selbstentzündung und Explosion.

Lauren Mitchell, die das Gespräch mitbekam, erinnerte sich, daß die Golden Orient wegen des tödlichen Gases berüchtigt gewesen war. Es war zu mindestens drei Explosionen vor der großen gekommen, bei der ihr Mann gestorben war.

Selbstentzündung.

Dieses Wort war der Fluch des Bergmanns. Geheimnisvoll, tödlich.

Das Radio knackte wieder. »Wir nähern uns dem Förderschacht«, sagte Atkins. Durch den langen, sehr steilen Tunnel war früher das Kohlenförderband gelaufen. »Es dürfte nicht mehr lang dauern, bis wir am Ziel sind.«

Lauren Mitchell wußte, daß es Zeit zum Aufbruch war. Sie hatte getan, was sie konnte, und wollte von diesem Ort wegkommen. Sie vermißte ihren Enkel. Ihr Haus lag in der Evakuierungszone, aber sie hatte sich entschieden, nicht wegzugehen oder sich von jemandem vertreiben zu lassen. Wenn das Schlimmste einträfe, wollte sie auf vertrautem Grund und Boden sein.

Sie fürchtete sich auch vor dem, was im Bergwerk passieren könnte, und wollte es nicht mit ansehen müssen.

Vorher hatte sie Murray versprochen zu beten und hatte es die ganze Zeit getan. Aber sie wußte, was eine Methankonzentration von vier Prozent und höher bedeutete. Wenn sie zu hoch anstieg, würden sämtliche Gebete auf der Welt die Explosion nicht verhindern können.

Bei Kaler, Kentucky
20. Januar
10:40 Uhr

Sie hatten den Förderschacht erreicht. Das Förderband, das einst einen schwarzen Strom aus Kohle heraufbefördert hatte, war demontiert worden. Geblieben war ein grob behauener, steiler Tunnel, der enger war und weniger lichte Höhe hatte als der Luftschacht. Sie mußten stark gebückt gehen, wobei ihre Helme oft an der Decke kratzten. Selbst Neutrons Footballhelm streifte ab und zu die Schachtdecke.

Von Murray geführt, stiegen sie weitere hundert Meter zur Sohle achtzehn hinab. Da sie langsam gehen mußten, brauchten sie fast dreißig Minuten für den Weg. Sie waren nun so tief in der Mine, wie es möglich war – fünfhundertvierzig Meter unter der Erdoberfläche. Über diesen Punkt hinaus waren beide Luftschächte und der Förderschacht durch Einstürze versperrt.

Atkins sah auf die Uhr. Sie befanden sich etwas länger als neunzig Minuten unter der Erde. Was ihn überraschte. Es war ihm viel kürzer vorgekommen.

Murray führte sie einhundertfünfzig Meter weit durch den Hauptstollen auf Sohle achtzehn zum Ende des eingestürzten Aufzugschachts.

»Das ist es, wovon ich gesprochen habe.« Er schwenkte seinen Scheinwerfer über das klaffende schwarze Loch, wo der Aufzugkäfig sich früher zwei weitere Sohlen zum Grund des Bergwerks gesenkt hatte. Das Erdbeben hatte hier eine Spalte aufgerissen, die den Schacht zerstört hatte. Ein etwa fünf Meter breites, ausgezacktes Loch fiel in unbekannte Tiefen ab. Murray leuchtete mit seiner starken Lampe über die zerklüfteten Wände, während Atkins und die andern vorsichtig an den Rand traten und hinunterspähten. Sie konnten den Grund nicht erkennen.

»Gott weiß, wie weit das hinabgeht«, sagte Weston.

Seit sie in die Mine gegangen waren, hatte Atkins bemerkt, daß Weston sich ungewöhnlich still verhielt, konnte sich aber sonst nicht über sein Benehmen beklagen. Er hatte alles, worum Murray bat, ohne Einwand getan. Das galt genauso für seinen Assistenten Wren, der schon immer ziemlich freundlich und hilfsbereit gewesen war.

»Ich habe das beim letztenmal ausprobiert«, sagte Murray. Er hob einen schweren Steinbrocken auf und ließ ihn in die Spalte fallen. Sie hörten ihn nicht auf dem Grund aufschlagen.

Mit einigen Eingaben auf der Konsole ließ Booker den Roboter die Bombe etwa fünf Meter von der Kante des Abgrunds entfernt behutsam auf den Boden des Stollens legen. »Ich schlage vor, wir lassen sie sechzig Meter in dieses Loch hinab«, sagte er. »Damit wäre sie ungefähr an der 600-Meter-Marke.« Das war die Tiefe, die Thompson und die anderen Seismologen als notwendig errechnet hatten, damit die Druckwellen der Bombe maximale Wirkung auf die Verwerfung ausübten.

»Halten Ihre Kletterseile einhundertneunzig Kilo aus?« fragte er.

»Ohne weiteres«, antwortete Murray.

Zuerst mußte Booker die Bombe scharf machen, indem er den Code eintippte, dieselben acht Ziffern, mit denen er zuvor den Stromkreis der Bombe aktiviert hatte. Dann legte er den roten Schalter an dem kleinen Kontrollgitter an der Umhüllung der Bombe um, das störungssichere Gegenstück zu dem grünen Schalter, den er schon betätigt hatte.

»Die Bombe ist scharf«, sagte Booker ruhig. Er hatte das noch nie manuell getan. Auf dem Testgelände in Nevada geschah das Scharfmachen elektronisch mittels Kabel, die zum Sprengkopf liefen, der normalerweise auf dem Grund eines zweihundertvierzig bis dreihundert Meter tiefen Bohrlochs oder in einem in einen Berghang gegrabenen Tunnel lag. Dies war für ihn eindeutig eine Premiere. Er bemerkte, daß seine Hände zitterten.

Den ersten kritischen Schritt hatte er gemeistert. Mit dem zweiten mußte er den Timer und Zündmechanismus einstellen. Booker nahm die Kondensatoren und Batterien aus seinem Rucksack. Die vier zusammengeklebten Trockenbatterien würden den elektrischen Impuls geben, der gebraucht wurde, um die Kondensatoren zu laden, die wiederum den Zünder aktivierten und den Sprengkopf zündeten. Der ganze Prozeß würde von einem kleinen, digital programmierten Timer ausgelöst werden.

»Dr. Booker, bis hier und nicht weiter machen wir mit.«

Atkins hatte Booker zugeschaut. Als er sich umdrehte, sah er Walt Jacobs, der etwas in der rechten Hand hielt. Es war in der Dunkelheit schwer auszumachen – dann erkannte Atkins den Gegenstand. Eine kleine Pistole.

»Walt, was tust du da?« Er konnte nicht glauben, was er sah. Der Mann hatte durchgedreht. Atkins war wütend auf sich, daß er dem nicht zuvorgekommen war. Es war sein eigener verdammter Fehler. Er hätte es kommen sehen müssen, hätte ihn nicht in die Mine mitgehen lassen dürfen. Ohne zu überlegen, ging er einen Schritt auf seinen Freund zu.

Jacobs hielt eine Hand hoch. »Halt, John. Ich möchte keinen erschießen. Aber ich werde es tun, wenn ich muß. Diese Bombe darf nicht zur Explosion gebracht werden. Sie könnte ein Erdbeben auslösen, wie wir noch keines erlebt haben ... Ich darf es nicht zulassen.«

Atkins wurde schwindlig. Er wußte, daß er seine Worte sorgfältig wählen mußte, daß er versuchen mußte, ein überzeugendes Argument zu finden, warum es notwendig war. Aber für weitere Diskussionen blieb keine Zeit, und er sah, daß Jacobs ohnehin nicht dazu aufgelegt war.

»Walt, du hast die Daten, die seismischen Meldungen studiert«, sagte Atkins. »Du weißt, daß sich hier Spannungsenergie aufbaut. Mein Gott, du hast gespürt, wie die Erde bebte. Sie ist in Bewegung, seit wir diese Mine betreten haben. Wir bekommen hier ein großes Erdbeben. Du weißt das so gut wie jeder andere.«

»Du – darfst – das – nicht – tun! Keine nukleare Sprengung«, sagte Jacobs zitternd vor Wut. Er stand zwei Meter von Booker entfernt und richtete die Pistole auf den Kopf des Physikers.

»Packen Sie die Kondensatoren und den Timer mit der linken Hand wieder in den Rucksack«, sagte er. »Tun Sie es langsam und vorsichtig. Dann legen Sie ihn neben mich.« Seine Stimme war fest und überlegt. Er trat noch ein paar Schritte näher an den Rand der Spalte.

Atkins wurde klar, daß Jacobs den Rucksack über die Kante treten wollte.

»Das kann ich leider nicht tun, Walt«, sagte Booker. Er setzte sich hin und preßte mit beiden Händen den blauen Rucksack an die Brust. »Ich versuche nicht, tapfer oder dumm zu sein. Aber Sie müssen mich erschießen, wenn Sie ihn haben wollen. Ist es wirklich Ihre Absicht, mich umzubringen?«

Elizabeth stand neben Murray und Wren. Sie deutete auf den Schalter für ihre Helmlampen. Er befand sich am Akkupack, der an ihren Gürteln befestigt war. Alle begriffen, auch Atkins, der ihre Geste bemerkt hatte.

Jacobs feuerte einen Schuß vor Bookers Füße ab. Der Knall war ohrenbetäubend. Das Echo hallte durch die Gänge.

»Legen Sie den Rucksack hin, Doktor«, wiederholte Jacobs mit starrem Gesicht. »Ich erschieße Sie, wenn ich muß.« Die Pistole berührte praktisch Bookers Stirn.

Ruhig Jacobs anstarrend, hielt Booker den Rucksack weiter fest umklammert auf dem Schoß.

»Fred, geben Sie ihm den Rucksack«, bat Atkins inständig. Ihm war klar geworden, daß Jacobs' Sinneswandel hinsichtlich einer Kernexplosion ein Trick gewesen war. Er hatte einiges auf sich genommen, um Erfolg zu haben. Und eine Menge Selbstbeherrschung gezeigt. Er würde Booker töten. Daran zweifelte Atkins keinen Augenblick.

Booker sagte: »Sind Sie sich absolut sicher, daß Sie im Recht sind, Walt?«

»Zum letztenmal. Geben Sie her«, wiederholte Jacobs.

Booker legte den Rucksack auf den Boden.

»Licht aus!« schrie Elizabeth.

Binnen Sekunden schalteten alle die Helmlampen aus. Jacobs drehte sich um die eigene Achse und versuchte alle im Blick zu behalten, aber der kreisende Strahl seiner Lampe war nicht so breit, daß er jeden sehen konnte. Er lief an Atkins vorbei, der sich duckte und nach links kroch, auf den eingestürzten Aufzugschacht zu.

»Keiner rührt sich!« schrie Jacobs. Er hatte eine Bewegung in der ihn ringsum bedrängenden Dunkelheit gehört und drehte sich in dem Augenblick um, als Atkins sich auf ihn stürzte, ihn um die Taille zu fassen bekam und zu Boden warf.

Durch den Ruck flog Jacobs' Helm herunter. Die Lampe ging aus. Atkins tastete nach Jacobs' Hand und versuchte, an die Pistole zu kommen. Er konnte sich nicht erinnern, wo die Kante der Spalte war. Aber er spürte, daß sie sehr nahe dran waren.

Wieder ein Schuß, eine hallende Explosion nahe an seinem Ohr. Atkins packte die Schußhand von Jacobs, spürte den heißen Pistolenlauf und bemerkte plötzlich Licht. Elizabeth und die andern schalteten die Helmlampen an, und Atkins sah Jacobs' verzerrtes Gesicht aus nächster Nähe vor sich. Seine Augen traten vor Wut aus den Höhlen. Er sah wie ein anderer Mensch aus.

Etwas krachte an die Seite seines Schutzhelms; der Pistolenlauf, mit dem Jacobs nach ihm geschlagen hatte. Instinktiv ließ Atkins los.

Jacobs rappelte sich auf die Knie und umklammerte den Rucksack.

Sie waren bis auf wenige Fuß an die Spalte gerollt.

Murray stürzte auf Jacobs zu, der sich herumwarf und feuerte. Der Schuß machte einen Höllenlärm, ging aber daneben. Murray und alle anderen warfen sich auf den Boden. Jacobs feuerte auf die Bombe... Und noch einmal. Die Geschosse prallten sirrend von dem Metallgehäuse ab.

Atkins packte Jacobs an den Beinen, doch der schwang die Pistole hart nach unten, traf ihn heftig und verletzte ihn am Schulterblatt. Der Schmerz brannte, aber trotzdem gelang es Atkins, ihn festzuhalten. Wieder schlug Jacobs nach ihm, und diesmal erwischte Atkins seine Schußhand und bog sie am Handgelenk scharf zurück.

Vor Schmerz und Wut aufschreiend, ließ Jacobs die Pistole fallen. Er wich heftig atmend bis vor den Abgrund zurück. Noch immer hielt er den Rucksack fest.

»Walt!« schrie Elizabeth. »Um Himmels willen, reden wir miteinander!«

Jacobs zögerte. Er sah sie an und schien sich ein wenig zu entspannen. Unmittelbar vor der Kante blieb er stehen.

»Tun Sie's nicht, bitte.«

Atkins konnte die Angst und Qual seines Freundes sehen. Der Mann hatte Frau und Kinder verloren, alles. Diese letzte Schlacht würde er nicht verlieren. Atkins wollte ihm helfen. Langsam streckte er die Hand aus.

»Walt, hier – meine Hand.«

Er sagte es immer wieder, flehte seinen Freund an, seine Hand zu nehmen.

Jacobs atmete tief und langsam durch, preßte den Rucksack an die Brust und warf sich rückwärts in die Spalte.

Bei Kaler, Kentucky
20. Januar
11:20 Uhr

Elizabeth ließ sich auf die Knie fallen und kroch an die Kante. Sie blickte hinab, während die Lampe auf ihrem Helm über die Wände strich. Jacobs war verschwunden, von dem tiefen schwarzen Loch verschluckt.

Atkins legte einen Arm um ihre Taille und zog sie behutsam zurück. In seiner Schulter klopfte es, wo Jacobs ihn mit der Pistole getroffen hatte.

Elizabeth schüttelte den Kopf. »John, was ist nur mit ihm geschehen?« Sie versuchte, sich vorzustellen, was der Verlust von Frau und Kindern dem Mann angetan hatte, wie ihr Tod durch die überwältigende Zerstörung verschlimmert wurde, mit der er seit Tagen in Memphis konfrontiert gewesen war. Sein Verstand hatte gelitten. Es war zuviel für ihn gewesen.

Trotz allem – Atkins empfand so etwas wie Respekt vor der Tat seines Freundes. Sie machte ihn sprachlos.

Murray trat an den Rand des Lochs und starrte in die Schwärze hinunter. Die Beine ein wenig gespreizt, um das Gleichgewicht zu halten, die Knie gebeugt, sah er völlig gelassen aus. Auch Weston und Wren schoben sich vor, um einen Blick zu wagen. Beide wichen schnell zurück.

Weston meinte: »Das könnte gut dreihundert Meter tief sein.«

Murray schüttelte den Kopf. »Mehr. Ich habe in meinem Leben in viele tiefe Löcher geblickt. Und habe angestrengt gelauscht. Aber ich konnte unten keinen Aufschlag hören.«

»Was genau war in dem Rucksack, den er mitgenommen hat?« wollte Wren von Booker wissen. »Wie schlimm ist der Verlust?«

Booker antwortete nicht. Über die Bombe gebeugt, tastete er das Gehäuse sorgfältig mit den Fingerspitzen ab und suchte nach Beschädigungen. Ein Geschoß war von der Metallumhüllung abgeprallt. Das andere hatte das Gehäuse drei Zentimeter neben dem Nuklearpaket der Bombe durchschlagen. Booker konnte es kaum glauben, als er das Loch sah.

»Das hätte nicht passieren dürfen«, sagte er. »Eine Kugel aus einer Handfeuerwaffe sollte nicht in der Lage sein, die Metallhülle einer Bombe wie dieser zu durchschlagen.« Er schien verblüfft. »Wenn das Geschoß sechs Zentimeter weiter links getroffen hätte, wären wir alle tot.«

»Durch eine Explosion?« fragte Murray.

»Durch Plutoniumstrahlung, die aus der Primärbombe entwichen wäre. In etwa zwei Sekunden hätten wir eine tödliche Dosis abbekommen.«

Wren wiederholte seine Frage nach dem Inhalt des Rucksacks, den Jacobs an sich gerissen hatte, bevor er über die Kante gesprungen war.

Auch Atkins wartete gespannt auf die Antwort.

»Die Batterien und der Timer«, sagte Booker nüchtern. Er fuhr fort, die Oberfläche der Bombe zu untersuchen.

»Wie wollen wir das hier dann erledigen?« platzte Wren wütend heraus. Zum erstenmal sah Atkins ihn die Fassung verlieren. Normalerweise gelassen, sah der junge Geologe aus, als habe er die Grenze der Belastbarkeit erreicht.

»Was ist mit den Kondensatoren?« fragte Elizabeth.

Booker stand auf. »Die habe ich hier.« Er schmunzelte, während er die Tasche seines schweren Overalls tätschelte, und zog ein kleines Päckchen mit den elektrischen Elementen heraus. »Als alle Lampen aus waren, gelang es mir, sie heimlich aus dem Rucksack zu nehmen, bevor Walt ihn an sich riß. Das ist der einzige Teil, den wir unbedingt für die Zündung brauchen. Der einzige, ohne den ich nicht auskomme.«

»Wir brauchen immer noch Batterien und einen Timer«, sagte Atkins.

»Das ist kein großes Problem«, erwiderte Booker. »Wir können Batterien aus den Taschenlampen benutzen. Und ich habe einen Timer in Reserve. Ich hatte Ersatz eingeplant, wenigstens glaubte ich das. Es will mir nicht in den Kopf, daß ich vergessen habe, Ersatz für die Kondensatoren mitzunehmen.« Er runzelte die Stirn. Es war ein beinahe verhängnisvolles Versehen. Er hätte es besser wissen, besser planen sollen. »Ich bin wohl älter, als ich dachte.«

Der Boden zitterte, eine fast unmerkliche Verschiebung zuerst, dann eine viel schwerere Erschütterung. Das Geräusch von berstendem, splitterndem Gestein dröhnte aus den Tiefen der Spalte. Dann kam noch ein Erdstoß, eine starke seitliche Bewegung. Steinbrocken fielen auf sie. Eine Staubwolke bildete sich im Stollen. Irgendwo über sich hörten sie ein schweres Poltern. Es klang wie eine Lawine.

»Das ist ein Einsturz«, sagte Murray hustend. »Ein gewaltiger.«

»Wie lange hat es gedauert?« fragte Elizabeth. Sie hielt sich wegen des Staubs ein Taschentuch vor den Mund. Murray und Booker waren auf die Knie gegangen, um nicht hinzufallen.

»Fünf Sekunden.« Atkins hatte die Dauer des Bebens gemessen, das längste, seit sie die Mine betreten hatten.

Murray räusperte sich, nachdem sich der Staub gelegt hatte. »Leute, ich schlage vor, daß wir auf Plan B umschalten und weitermachen.«

Atkins stimmte zu. Die seismische Aktivität der Verwerfung nahm zu. Das Muster ähnelte stark dem, das dem 8,4-Beben vorausgegangen war, eine Serie allmählich stärker werdender Vorbeben, manchmal in Schwärmen kommend.

Booker nahm vier Batterien aus zwei Taschenlampen und wickelte sie mit Klebeband zusammen, bevor er sie an den Kondensatoren befestigte. Die Batterien würden die Kondensatoren laden, die einen elektrischen Strom durch einen mit dem Zünder verbundenen Überbrückungsdraht schicken sollten.

Der Timer, den Booker aus seiner Tasche zog, sah wie ein Digitalwecker aus. Er schloß ihn außen an der Metallhülle der Bombe an.

»Zeit für die kritische Frage«, sagte Booker. »Bleiben wir beim ursprünglichen Plan? Vier Stunden bis zur Explosion?«

»Vielleicht haben wir keine vier Stunden mehr«, sagte Elizabeth. »Diese Verwerfung scheint kurz davor, aktiv zu werden.« Wie Atkins glaubte sie, daß ein schweres Beben unmittelbar bevorstand.

»Ich würde uns mehr Zeit geben«, sagte Murray. »Wir wissen nicht, was bei dem letzten Beben über uns passiert ist und ob die Durchgänge noch offen sind. Und wir müssen die Bombe noch in dieses Loch versenken. Das wird viel Zeit kosten.«

»In Anbetracht der abweichenden Meinungen schlage ich also vor, an dem Plan festzuhalten.« Booker drückte zwei Knöpfe am Timer. Einer stellte die Stunde und Minute ein. Der andere aktivierte den Auslöser.

Atkins sah die roten Ziffern an dem kleinen Gerät aufleuchten, die die Sekunden und Minuten anzeigten.

Vier Stunden.

Früher hatten sie es für viel Zeit gehalten. Jetzt nicht mehr.

Er schaltete das Funkgerät ein und bekam Steve Draper.

»Wir haben den Countdown begonnen«, meldete er.
Es krachte im Empfänger.
»Dann macht, daß ihr rauskommt!«
Das war die Stimme des Präsidenten.
Atkins erklärte, daß sie die Bombe in die Spalte hinablassen würden, um auf die Tiefe von sechshundert Metern zu kommen, die maximale Wirkung versprach. Dann schilderte er kurz, was mit Walt Jacobs passiert war.
Keine Antwort. Bis sich Draper meldete.
»Haben Sie das letzte Beben gespürt?«
»Ich dachte, es würde uns verschütten«, antwortete Atkins.
»Es hatte die Stärke fünf Komma eins, John. Kommen Sie so schnell wie möglich herauf, Kumpel.«

Bei Kaler, Kentucky
20. Januar
11:55 Uhr

Booker ließ die Kondensatoren und Batterien vorsichtig in einen Segeltuchbeutel gleiten, den er über die Vorderseite der Bombe schlang. Mit Schnur und Klebeband befestigte er ihn. Dann banden er und Murray ein hundert Meter langes Seil an beide Enden der MK/B-61. Sie wickelten das Seil mehrere Male um einen Stahlpfosten, der einst das Gerüst des eingestürzten Aufzugschachts gestützt hatte, und Murray band eine weißes Taschentuch an die 75-Meter-Marke.
Booker bediente die Joysticks, damit Neutron die Bombe aufnehmen und dann über den Rand der Spalte heben konnte, während Murray, Atkins und die andern das Seil straff hielten, bis Neutron seine Arme zurückgezogen hatte und die Bombe über dem Abgrund hing.
Atkins stand hinter Wren und mußte über dessen Kraft staunen. Ein dickes Bündel von Schultermuskeln bewegte sich unter seinem Overall, als er das Seil packte. Der Geologe war viel stärker und durchtrainierter, als er aussah.

»Noch ein wenig tiefer«, sagte Booker.

Sie ließen die Bombe vorsichtig hinab, bis sie das Taschentuch erreichten. Dann schlangen sie das Seil um den Stahlpfosten und knoteten es fest. Die ganze Prozedur hatte fast eine halbe Stunde gedauert.

Atkins trat an den Rand der Spalte und warf einen letzten Blick auf die Bombe, die vor der rauhen Grabenwand hing. Er konnte gerade noch das rote Glühen des Timers erkennen, der die Sekunden und Minuten zählte.

Würde sie planmäßig losgehen?

War sie ein Blindgänger?

War sie zu stark oder nicht stark genug?

Zweifel überfielen ihn.

Booker legte einen Arm um seine Schultern. »Denken Sie nicht darüber nach.« Er erriet, was Atkins durch den Kopf ging. »Wir haben alles getan, was wir tun konnten.«

»Das hoffe ich«, sagte Atkins. Er wußte, daß man niemals alles tat, was man tun konnte. Es gab immer jenes kleine oder große Detail, das man vergaß, die Möglichkeit, alles zu vermasseln.

Murray brachte das Team rasch wieder in Reih und Glied für den Aufstieg. Je früher sie losgingen, desto lieber war es ihm.

Sie hoben ihre Schaumlöscher und zusätzlichen Seilrollen auf. Murray forderte sie auf, die Riemen an ihren Sauerstofftanks zu überprüfen.

»Wenn nichts dazwischen kommt«, sagte er, »gehen wir denselben Weg zurück, den wir hergekommen sind, den Förderschacht hinauf zur Sohle fünfzehn. Dann den Hauptluftschacht bis zum Aufzugskäfig auf Sohle acht. Noch Fragen?«

Atkins hatte eine, behielt sie aber für sich: Wie standen die Chancen, daß sie es schaffen würden?

Es war wenig sinnvoll, unter diesen Umständen solche Gedanken zu hegen. Er wollte sich davor hüten und schrieb seine Frustration der Geschichte mit Walt Jacobs zu. Diese Erinnerung würde er lange mit sich herumschleppen.

Sie begannen den Aufstieg durch den Förderschacht. Es war schwieriger, den steilen Schacht hinaufzuklettern als hinabzusteigen. Während sie vorher eine knappe halbe Stunde gebraucht hatten, um die hundert Meter zu bewältigen, kostete es sie nun vierzig Minuten. Wieder miteinander verbunden, mußten sie sich für jeden Schritt anstrengen. In ihren Beinmuskeln machte sich das bald bemerkbar, und einmal mußten sie eine Pause einlegen, weil Booker Wadenkrämpfe bekam. Nur Neutron hatte es leichter. Vom Gewicht der Bombe befreit, rollte der Roboter mühelos die Steigung hinauf.

Als sie Sohle fünfzehn erreichten – die Bezeichnung war in Rot auf die Wand gesprüht –, sah Murray auf dem Temperaturanzeiger nach.

»O Mann, ich glaub's einfach nicht«, sagte er. »Zweiunddreißig Grad. Der Boden ist der reinste Backofen.«

Elizabeth und Atkins hätte er das nicht zu sagen brauchen. Beide waren unter ihrer schweren Kleidung in Schweiß gebadet. Allen ging es so.

Sie tappten durch einen der dunklen, zwölf Meter breiten Stollen, die aus dem Kohlenflöz herausgehauen waren, zwängten sich an einer engen Stelle durch, wo die Decke eingestürzt war, und näherten sich einem Querschlag, der zwei Stollen verband … In diesem Moment hob sich der Boden. Sie waren etwa hundertfünfzig Meter weit gegangen.

Die Wucht des Bebens warf Atkins um. Er fiel hart auf den Rücken, wobei der Lufttank gegen sein Rückgrat stieß. Auch Elizabeth und Weston stürzten. Der Boden beruhigte sich nicht, sondern ruckte hin und her wie ein Vibrator. Weit unter ihnen rumpelte es tief, das Geräusch vergrabenen Donners.

»Zurück! Los!« schrie Murray, als sie sich wieder aufrappelten.

Atkins hörte das scharfe Knacken und blickte auf, als gerade ein Teil der Decke einbrach. Eine mindestens sechs Meter lange Platte fiel zehn Meter vor ihnen herab. Kohlenstaub brannte ihnen in den Augen. Sie husteten und spuckten ihn aus.

Als die Luft langsam klar wurde, erkannten sie das Ausmaß des Einsturzes. Sie standen im trüben Dunst und starrten auf eine Mauer aus zerbrochenem Gestein, die den Gang vom

Boden bis zur Decke versiegelte. Fast wären sie erschlagen worden.

»Ich habe diese schwache Stelle beim Hereinkommen bemerkt.« Murray schüttelte verärgert den Kopf und war wütend auf sich selbst. Er hätte vorsichtiger sein müssen. Auch ihre Eile war keine Entschuldigung für Fahrlässigkeit. Er leuchtete die Decke ab und suchte nach weiteren gefährlichen Rissen. Sie waren gerade noch rechtzeitig zurückgewichen.

»Was meinst du, wie stark das war?« fragte Elizabeth.

»Ich würde sagen, auch wieder Stärke fünf«, antwortete Atkins.

»Es gefällt mir nicht, wie sie sich häufen«, sagte Weston. »Die Erde ist wirklich in Bewegung.«

Atkins hätte mit ihm nicht einiger sein können. Er mußte wieder an die gewaltige Verwerfung denken, die sich dreißig Kilometer weit unter ihnen ausdehnte und den anderen, die das Mississippital durchschnitten, gefährlich nahe war.

Murray erklärte ihnen ihre einzige Möglichkeit.

»Wir müssen uns den Weg durch diese Felsbrocken freisprengen. Ich bringe die Ladung an. Alle gehen so gut wie möglich in Deckung.« Sie zogen sich in dem Stollen beinahe bis zum Förderschacht zurück, fast fünfzig Meter.

Murray wartete, bis alle verschwunden waren, dann las er den Gasmesser ab. Der Methanwert war leicht gestiegen, aber noch unter der Gefahrengrenze. Er legte zwei Stangen Plastiksprengstoff in einen engen Spalt im Gestein, so daß sie an der Basis der Wandstützen lagen. Dafür vorgesehen, Fluchtwege durch blockierte Gänge zu sprengen, wurden die Gelatinesprengstoffladungen als ›Felsknacker‹ bezeichnet.

Die Zündschnur war an einer kleinen Sprengkapsel aus Aluminium befestigt, die einer Schrotpatrone ähnelte. Sie wurde an die Stangen geheftet. Murray rollte die Schnur durch den Gang bis fast zum Förderschacht ab und kauerte sich hinter einen Pfeiler.

»Fertig!« rief er, zählte von fünf rückwärts und schrie: »Feuer!«

Er zog einen metallenen Auslöser am Ende der Zündschnur, der den Zündfunken erzeugte. Binnen Sekunden raste der entflammte schwarze Pulverkern des Zünders zur Sprengkapsel. Die Explosion erfolgte mit einem ohrenzerreißenden Knall und übersäte den ganzen Stollen mit Steinbrocken.

Als der Staub sich legte, leuchtete Murray die Einsturzstelle aus. Ihn verließ der Mut. Das aus dem Gestein herausgesprengte Loch war zu klein. Kaum sechzig Zentimeter hoch, reichte es nicht bis hinter die Barriere.

»Hat wenig genützt«, sagte er.

Elizabeth fragte, ob sie die Sprengladungen benutzen könnten, die Booker auf dem Weg nach unten in den Schächten plaziert hatte.

»Die sind viel zu stark«, antwortete Booker. »Sie sollen den Stollen zum Einsturz bringen. Die ganze Chose würde herunterkommen.«

Auch Murray gefiel nicht, was er sah. In der Decke waren lange Risse entstanden. Angst vor einem weiteren Einsturz überkam ihn.

Booker hatte eine andere Idee. »Probieren wir, ob Neutron das Loch erweitern kann.« Mit den Joysticks steuerte er die Verbundstahlklauen, so daß sie sich wie ein Bohrer drehten. Innerhalb von zwanzig Minuten hatte Neutron das Loch tatsächlich so erweitert, daß sie durchkriechen konnten.

Booker schickte den Roboter vor, dessen orangefarbener Footballhelm immer noch fest obenauf saß. Er schaltete Neutrons starken Scheinwerfer und Fernsehmonitor an und lenkte ihn fünfzig Meter durch den Stollen. Hinter der Einsturzstelle sah alles frei aus.

Die Lufttanks und Schaumlöscher vor sich herschiebend, krochen sie durch die enge Öffnung.

Murray trieb sie zur Eile an. Als sie nach zweihundert Metern zum Luftschacht am Ende des Stollens kamen, merkte er sofort, daß etwas nicht stimmte. Er spürte keine frische Luft mehr von oben hereinströmen. Mit dem Scheinwerfer leuchtete er den Schacht aus. Eine Reihe grüner Reflektoren, die in bestimmten Abständen gesetzt waren, leuchtete im Licht auf so weit er sehen konnte.

»Er sieht frei aus«, sagte er. Das war eine gute Nachricht, aber Murray sorgte sich wegen des Steinschlags, den er vorher gehört hatte. Irgendwo dort oben würden sie auf Probleme stoßen.

Sie begannen den Aufstieg durch den Luftschacht, mit fast zweihunderfünfzig Metern der längste Abschnitt bis zum Aufzugskäfig auf Sohle acht.

»Wieviel Zeit haben wir noch?« fragte Murray.

Booker sah auf die Uhr. »Knapp zwei Stunden.«

Atkins bekam ein flaues Gefühl in der Magengrube. Die Minuten liefen ihnen davon. Er bezweifelte, daß ihnen genügend Zeit blieb, um aus der Mine zu kommen.

Während sie im Gänsemarsch die steile Steigung hinaufkrochen, hielt Booker an, um die Sprengladungen und Zünder zu überprüfen, die er auf dem Weg nach unten in die Felswand eingebracht hatte. Alles sah intakt aus. Zur Verstärkung plazierte er noch mehr Gelatinesprengstoff im Schacht und ließ eine separate Zündschnur abrollen, die er anschließen würde, sobald sie die Oberfläche erreicht hätten. Die Ladungen sollten mit einer Verzögerung von fünfundzwanzig Millisekunden explodieren, um maximale Wirkung zu erzielen.

Murray hob die Hand, als sie Sohle elf erreichten. Sein Gasmesser hatte zu piepen angefangen. Ein rotes Lämpchen blinkte. Er wischte das Gerät sauber und las noch einmal ab.

»Das Methan wird zum Problem«, sagte er. »Ich lese Konzentrationen von fünf Komma vier Prozent ab, und der verdammte Mist nimmt noch zu.«

Atkins fiel ein, was Murray ihnen über die Gefahrenwerte des Methans gesagt hatte. Fünf Prozent waren die Grenze. Alles darüber verhieß nichts Gutes.

Murray verkündete noch eine Hiobsbotschaft. »Die Kohlenmonoxidwerte sind geradzu sprunghaft gestiegen. Sie stehen bei fünfzig auf eine Million.«

»Was bedeutet das?« fragte Weston.

»Es bedeutet, daß irgendwo über uns ein Feuer brennt«, erklärte Murray. »Es kann überall in der Mine sein, in einem der Stollen, in einem Querschlag, in einem der Gänge. Überall. Wir müssen uns Sorgen machen, daß sich das viele Methan entzündet.«

Kaum hatte er ausgeredet, als es über ihnen eine Explosion gab. Ein einzelner lauter Knall. Der Luftschacht vibrierte unter ihren Füßen; Staub und Steine regneten auf sie herab.

Atkins war klar, daß dies kein Erdbeben war. Etwas krachte im Luftschacht herab, eine Wand aus Gestein, die auf sie zukam.

»Alle aus dem Schacht!« schrie Murray. »In den Stollen!«

Der Lärm wurde lauter, als das Gestein den Luftschacht hinabraste.

Sie liefen den Hauptstollen auf Sohle elf entlang, keuchend und schwerfällig unter dem Gewicht der Lufttanks, Seilrollen und Schaumlöscher. Nach etwa dreißig Metern rief Murray ihnen zu, sie sollten sich in eine der Kammern kauern, die in den Fels gehauen waren. Es blieb keine Zeit, noch weiter wegzukommen. Der Druck durch den Einsturz des Luftschachts jagte eine Wolke aus Kohlenstaub und pulverisiertem Gestein durch den ganzen Stollen.

Im dichten Staub hustend und spuckend wies Murray sie an, die Atemmasken anzulegen, bis der Gang wieder frei war. Als der Staub sich einige Minuten später endlich gelegt hatte, war der Eingang zum Luftschacht am Ende des Stollens verschwunden. Er war vollkommen versperrt. Hier gab es kein Durchkommen mehr.

»Das war eine Methanexplosion«, sagte Murray, als er die Maske abnahm. Die Luft hatte sich so weit geklärt, daß man ohne Unterstützung atmen konnte. »Ich vermute, daß das Feuer einen Gaseinschluß entzündete.« Er las den Messer ab. »Verdammt, wir haben immer noch einen Methanwert von fünf Komma sechs.«

Der Methanwert war noch etwas höher in die Gefahrenzone gestiegen. Die einzige gute Nachricht war der Rückgang des Kohlenmonoxids.

Sie mußten einen anderen Weg zur Sohle acht finden, vorausgesetzt, sie war noch da. Mit dem ganzen Methan in der Luft konnten sie nicht versuchen, einen Weg durch das Gestein freizusprengen.

Murray erklärte: »Wir haben drei Möglichkeiten. Den anderen Luftschacht, den Aufzugschacht oder den Förderschacht. Hoffen wir, daß einer davon offen ist.«

»Was machen wir, wenn wir auf einen Brand stoßen?« fragte Wren.

»Wir versuchen vorbeizukommen. Bloß kein Feuer zwischen uns und einem Fluchtweg.«

Murray machte einen kurzen Erkundungsgang. Wenige Minuten später kam er zurück. »Der Förderschacht sieht offen aus. Ich kann nicht sagen, wie weit er geht. Mindestens eine Sohle, vielleicht zwei.«

Dorthin gingen sie. Sie hatten keine andere Wahl. Um den Eingang zum Förderschacht zu erreichen, mußten sie dreihundert Meter durch den Stollen zurücklegen, der zu Atkins' Erleichterung einigermaßen unbeschädigt schien.

Bevor sie weitergingen, wollte Murray eine kurze Übung mit den Lufttanks machen. Der erste Versuch vorher hatte ihn nicht befriedigt. Alle hatten mit der unhandlichen Maske und dem Lufttank herumgefummelt.

Murray bat sie, die Gesichtsmasken anzulegen, weil er meinte, sie müßten sich mit dem Luftversorgungssystem vertraut machen, solange ihnen noch etwas Zeit blieb. »Wenn ich das Signal gebe, schalten Sie die Helmlampen aus. Falls wir dort oben in Rauch oder gefährliche Kohlenmonoxid- oder Methanwerte geraten, könnte es schnell gehen. Sie müssen in der Lage sein, diese Maske im Dunkeln anzulegen.«

Eine nach der andern erloschen die Helmlampen, während sie sich im Stollen hinhockten oder knieten. Elizabeth kauerte sich neben Atkins. Es war eine Dunkelheit, wie sie sie noch nie erlebt hatte. Schwarz, undurchdringlich. Sie konnte ihre Hand nicht sehen, als sie die Maske auf die Nase preßte.

Während sie sich mit der Maske und den Riemen zu schaffen machte, bemerkte sie ein schwaches grünes Licht. Kaum sichtbar in der tintenschwarzen Dunkelheit, leuchtete es lumineszierend. Während ihre Augen sich langsam darauf einstellten, erkannte sie das grünliche Licht deutlicher.

Es hatte eine ovale Form. Sie erkannte, daß es das leuchtende Zifferblatt einer Armbanduhr war.

Als sie es klarer sah, fuhr ihre Hand zum Mund, und sie mußte hineinbeißen, um nicht aufzuschreien. Nur mühsam erstickte sie den Schrei. Ihr war eingefallen, wo sie dieses Leuchten zum letztenmal gesehen hatte, ohne zu begreifen, was es war.

In der Nacht, als jemand während des Stromausfalls in den Geräteraum eingedrungen war. Sie hatte ein schwaches grünes Licht gesehen, ein kurzes Aufblitzen nur.

Es war die Armbanduhr des Mannes, der ihren Computer gestohlen hatte.

Bei Kaler, Kentucky
20. Januar
14:15 Uhr

»Schalten Sie die Lampen wieder ein.«

Auf Murrays Kommando hin schalteten Elizabeth und die andern die Helmlampen wieder an. Mit klopfendem Herzen schaute sie sich um, wer links von ihr saß. Dort hatte sie das leuchtende Zifferblatt gesehen oder glaubte, es gesehen zu haben. Jemand mußte nach der Zeit geschaut und dabei kurz die Uhr freigelegt haben.

In der Dunkelheit war es schwierig, genau festzustellen, wo sich was befand.

Atkins und Weston saßen links von ihr, Murray, Wren und Booker gegenüber. Sie bildeten eine dichte Gruppe.

Elizabeth konzentrierte sich auf die Hände, suchte nach der Armbanduhr mit dem ovalen Zifferblatt.

Kein Glück. Die langen Ärmel der Overalls bedeckten die Handgelenke. Als die Helmlampen wieder brannten, konnte Elizabeth nicht sagen, wem die Uhr gehörte.

Aber er war hier. In ihrer Nähe.

Sie hätte am liebsten geschrien und mußte ihre ganze strapazierte Selbstbeherrschung aufbieten, um sich ihre Wut und Angst nicht anmerken zu lassen. Er saß wenige Meter, wenige Zentimeter von ihr entfernt.

»Gehen wir besser weiter«, sagte Murray. Sie befanden sich auf Sohle elf. Er erklärte, daß sie den Förderschacht etwa sechzig Meter zur Sohle neun hinaufsteigen müßten. Auf dieser Sohle würden sie durch die Kohlenflöze zurückgehen und kontrollieren, ob der Luftschacht oder der Aufzugschacht noch offen waren, damit sie zur Sohle acht hochsteigen könnten, wo der Aufzugskäfig auf sie wartete.

Sie mußten um jeden Preis vorankommen.

Murray warnte sie, daß sie wahrscheinlich auf Rauch, möglicherweise Feuer stoßen würden.

»Hängen Sie die Masken um den Hals, damit Sie sie im Notfall schnell aufsetzen können«, riet er. Dann gingen sie durch den Stollen auf den Förderschacht zu. Murray las den Gasmesser ab. Die Kohlenmonoxidwerte stiegen, das Methan, das auf sechs Komma drei Prozent geklettert war, ebenfalls.

»Wenn das so bleibt, gibt's noch eine Explosion«, sagte er grimmig. »Es ist nur eine Frage der Zeit.«

Sie begannen den Aufstieg im Förderschacht. Elizabeth ließ sich zurückfallen, damit sie ein paar Worte mit Atkins wechseln konnte. »Er ist hier«, sagte sie leise. »Der Mann, der meinen Laptop gestohlen hat.«

Die Worte erschreckten ihn. Sie kamen völlig unerwartet. »Wer ist es?« Er wußte, daß es weder Booker noch Murray sein konnten. Es gab nur zwei Möglichkeiten, Weston oder Wren.

»Ich weiß nicht. Ich sah seine Armbanduhr, als wir die Lampen ausschalteten; ich erkannte das leuchtende Zifferblatt von damals wieder. Es war das einzige, was ich zu sehen bekam. Ich erinnere mich, daß ich einen grünen Fleck beobachtete. Erst vor wenigen Sekunden im Dunkeln wurde mir klar, daß es eine Uhr war.«

»Wie sah es aus?« fragte Atkins flüsternd.

Elizabeth beschrieb die Uhr.

»Mach dich bereit, noch mal nachzusehen. Ich probiere etwas aus.« Atkins rief Murray an der Spitze der Reihe zu: »Hallo, Doc. Können wir die Helmlampen noch einmal ausschalten? Nur ein paar Sekunden. Ich will noch einen Versuch mit der Gesichtsmaske machen. Ich habe es noch nicht ganz drauf.«

»Beeilen Sie sich«, sagte Murray.

Atkins merkte sich, wo Weston und Wren im Schacht standen. Alle schalteten die Lampen an ihren Helmen ab. Sofort schluckte die Dunkelheit sie auf, löschte alle Umrisse aus.

Atkins wartete, strengte die Augen an. Dann entdeckte er die Uhr. Sie war direkt vor ihm, ein grünes, ovales Zifferblatt. Er hätte am liebsten die Hand ausgestreckt und zugepackt, hielt sich aber zurück.

Der Mann mit der Uhr hatte die Arme ausgestreckt, um sich an den Wänden des engen Schachts abzustützen.

»Jetzt habe ich es, danke!« rief Atkins Murray zu.

Alle schalteten die Helmlampen wieder an.

Seit Elizabeth ihm erzählt hatte, was passiert war, hatte er fest geglaubt, daß es Weston oder Marshal gewesen wären.

Doch der Mann mit der Uhr war der stets freundliche Geologe Mark Wren.

Atkins und Elizabeth hatten die Armbanduhr beide deutlich gesehen, als Wren die Hände gegen die Wände des Förderschachts gedrückt hatte. Atkins staunte über die beängstigende Kaltblütigkeit des Mannes. Während des Abstiegs in die Mine hatte er mehrere Male mit Elizabeth gesprochen, hatte ihr geholfen die Ausrüstung aufzuheben und ihr an schwierigeren Stellen die Hand gereicht. Mit keinen Zeichen hatte er erkennen lassen, daß etwas nicht stimmte. Es war ein Bravourstück, dachte Atkins. Aber die Frage blieb: Warum ging er dieses Risiko ein? Den Computer hatte er schon. Was wollte er noch? Er mußte doch mit der entfernten Möglichkeit rechnen, daß sie ihn wiedererkannte. Es ergab keinen Sinn. War er so selbstsicher, so unverfroren? Wenn ja, dann war er gefährlicher, als beide sich vorgestellt hatten.

Sie stiegen etwa fünfunddreißig Meter den Förderschacht hinauf und waren fast auf Sohle zehn, als erneut eine Explosion durch die Mine hallte. Wände und Boden erbebten. Der ohrenbetäubende Knall war viel lauter als der zuvor. Die Erschütterung warf sie alle um, und Steine und Staub fielen auf sie. Irgendwo weit unter ihnen gab es einen Einsturz. Sie hörten den Schacht in sich zusammenfallen.

»Das muß wieder eine Methanexplosion gewesen sein«, sagte Murray und stand auf.

Auf beiden Seiten, wo der Förderschacht die Sohle zehn querte, waren Feuerschutzvorhänge angebracht.

Murray, der sie anführte, sah ihn zuerst, einen weißen Feuerball, der durch den Stollen rollte und sich dabei durch die anderen Stollen und Querschläge ausbreitete, während er dem Förderschacht näher kam.

Murray zog die Feuervorhänge zusammen. »Los, schnell!« schrie er. »Wir müssen in den Schacht hinauf, bevor wir gebraten werden!«

Sie versuchten zu rennen, aber die schweren Lufttanks und die sonstige Ausrüstung zogen sie zurück; es war unmöglich, in dem niedrigen, steilen Tunnel aufrecht zu stehen. Vorgebeugt hasteten sie in einer Reihe vorwärts, Murray an der Spitze, gefolgt von Neutron und Booker. Der Roboter trug Murrays vierzig Kilo schweren Schaumtank und dazu den, der Walt Jacobs gehört hatte.

Weston ging als letzter an der Öffnung der Sohle zwei vorbei. Eine Flammenzunge zerstörte den dicken Plastikvorhang und fuhr direkt hinter ihm in den Schacht.

Wren, der nächste in der Reihe, mußte sich vor der Hitze zurückfallen lassen. In der Eile flog er gegen Elizabeth und stieß sie gegen Atkins. Die beiden rollten und rutschten den Schacht hinab, fast den ganzen Weg bis zur Sohle elf.

Wren bekam Halt, rappelte sich auf und stand vor den Flammen. Er schrie zu Murray hinauf, aber das brausende Feuer übertönte seine Worte, und er rutschte ebenfalls durch den Schacht auf Sohle elf zurück, wo Elizabeth und Atkins standen.

Atkins stellte ihn sofort zur Rede. »Wenn wir hier herauskommen, sorge ich dafür, daß Sie wegen Diebstahls angezeigt werden. Sie dürfen den Polizisten erzählen, warum Sie Elizabeths Computer wollten.« Er wußte, er hätte sich zurückhalten sollen, warten, bis sie außer Gefahr waren, aber er mußte es einfach loswerden. Er war zu wütend.

Wren sah nicht im mindesten überrascht oder erschüttert aus, aber sein ganzes Benehmen veränderte sich. Der freundliche Geologe, stets respektvoll gegenüber Weston und seinen Vorgesetzten, sprach mit einem Mal knallhart.

»Ich habe mich gefragt, ob Sie es jemals herausbekommen würden«, sagte er mit einem Schulterzucken. »Nun, es macht nichts. Wir müssen uns hier mit einem anderen Problem auseinandersetzen, oder? Wir sollten über den Damm am Kentucky Lake sprechen und was Sie dort sahen. Diese unglaublichen Risse. Ich habe sie gewiß nicht vergessen. Sie ganz sicher auch nicht. Weston sagt, Sie hätten es ihm vorgeworfen. Das war sehr unbesonnen, Dr. Atkins. Und Dr. Holleran bezieht sich in ihren Notizen auf dem Laptop mehrfach darauf. Wußten Sie, daß es Westons Einfall war, Ihren Computer zu stehlen? Ich wollte, ich wäre selbst draufgekommen. Sie haben einige sehr interessante Informationen in den Dateien auf Ihrer Festplatte gespeichert.«

Er steckte die rechte Hand in die Tasche seines Overalls und zog eine Waffe heraus.

Atkins erkannte die Pistole. Sie hatte Walt Jacobs gehört. Er hatte sie aus den Augen verloren, nachdem Jacobs in den Tod gesprungen war.

»Ich weiß«, sagte Wren. »Erst bedroht Jacobs Dr. Booker mit einer Waffe, und jetzt bin ich an der Reihe. Offen gesagt, ich hatte nicht geplant, eine Pistole zu benutzen. Nicht an einem Ort, dachte ich, wo es so viele Möglichkeiten gibt, getötet zu werden.« Wren sah auf die Uhr. »Wir haben noch eine Stunde und vierzig Minuten bis zur Sprengung. War vielleicht sogar Dusel, daß wir von den andern getrennt wurden – gibt uns Gelegenheit, das unter uns auszumachen. In einer Minute steige ich diesen Schacht mit Ihren Schaumlöschern wieder hinauf und sehe zu, daß ich an den Stichflammen vorbeikomme. Sie brauchen Ihre nicht mehr, und es wäre schade, wenn sie verlorengingen.«

Atkins trug eines der beiden 20-Kilo-Löschgeräte, die sie in die Mine gebracht hatten.

Wren hob die Pistole. Er war keine zwei Meter von Atkins entfernt, und der Lauf zielte auf seine Brust. In das schwarze

Loch der Mündung starrend, fühlte sich Atkins hilflos, unfähig, sich zu rühren. Er und Elizabeth schnallten die Tanks ab und stellten sie auf den Boden.

»Ich muß Ihnen sagen, selbst in diesem Moment, Doktor Holleran, daß Sie eine sehr gut aussehende Frau sind.«

Das Wetter war langsam besser geworden; die dicke graue Wolkendecke war aufgerissen. Während der Morgen in den Nachmittag überging, kam die Sonne wieder heraus.

Ross ertappte sich dabei, daß er alle paar Minuten auf die Uhr sah. Vereinzelt gab es noch Schießereien, aber die Armee hatte die Lage weitgehend unter Kontrolle. Trotz beklemmender logistischer Probleme kamen die Evakuierungen voran. Soldaten waren draußen im Land verteilt und geleiteten Tausende aus der Gefahrenzone heraus. Manche Konvois waren zwei Kilometer lang.

Steve Draper dämpfte rasch sogar diese magere Dosis guter Nachrichten. Er hatte gerade einen Funkspruch aus dem Bergwerk aufgefangen.

»Sie haben Ärger dort unten bekommen, Sir. Ein Feuer ist ausgebrochen. Die Flammen haben die Gruppe getrennt.«

»Wo sind sie in diesem Moment?« fragte Ross. Draper hatte eine grobe Skizze der Mine gezeichnet, um den Weg zu verfolgen. Er zeigte auf die mutmaßlichen Stellen.

»Einige kauern etwa hier im Förderschacht.« Er deutete auf die Karte. »Unmittelbar über Sohle zehn. Sie hatten dort unten eine Methanexplosion. Alles steht in Flammen. Drei andere sitzen auf einer tieferen Sohle in der Falle.«

»Wer ist das?« fragte der Präsident.

»Atkins, Elizabeth Holleran und der Geologe von der Erdbebenkommission, Mark Wren.« Drapers Stimme klang heiser. Er wußte über die Chancen Bescheid.

»Können wir irgend etwas tun?«

»Nichts, Sir.« Draper schüttelte den Kopf. »Doc Murray sagt, sie wollen einen Schaumteppich legen und versuchen, ihnen durchs Feuer zu Hilfe zu kommen.«

»Ich weiß nicht, ob sie das riskieren sollten«, sagte Ross langsam. Nach Kenntnis der Lage waren Atkins und die beiden andern bereits tot. Es könnte sich als verhängnisvoller Fehler erweisen, ihnen beistehen zu wollen. Bestimmt wäre es vernünftiger, dachte Ross, wenn die Überlebenden weiter nach einem Fluchtweg suchten. Die grausame Wahrheit war, daß ihnen die Zeit davonlief. In weniger als zwei Stunden würde die Bombe explodieren.

Ross blickte starr zu Boden, die Hände hinter dem Rücken verschränkt. »Wie planen sie, durch das Feuer zu kommen?«

Draper schmunzelte ein wenig. Er konnte es sich nicht verkneifen, nicht einmal in diesem Moment. »Sie schicken Neutron hinunter.«

Wren machte einen Schritt auf Elizabeth zu, die die Hände hinter dem Rücken gehalten hatte. Sie warf ihm eine Handvoll Steine und Kohlenstaub ins Gesicht.

Rückwärts taumelnd und sich die Augen mit dem Handschuh wischend, drückte Wren sofort ab. Er feuerte blind, und die Schüsse hallten durch den Stollen.

Atkins packte Elizabeth. Sie rannten den Stollen hinunter und bogen nach links in einen Querschlag ein. Dort gab es einen großen Picknicktisch, außerdem einige Vorratskisten aus Holz mit Werkzeug. Atkins hatte beim Abstieg ähnliche Stellen bemerkt. Murray hatte erklärt, daß es Plätze waren, wo die Bergleute ihre Pausen machten, aßen und Kaffee tranken.

Eine lange Brechstange lag im Staub neben dem Tisch. Atkins hob sie auf. Fast zwei Meter fünfzig lang mit einem zugespitzten Ende ähnelte sie der, die Murray bei sich hatte. Es war nicht viel, aber er hatte wenigstens etwas in den Händen, um sich zu wehren.

Sie bogen um eine Ecke und gelangten in einen anderen Stollen. Er war auf beiden Seiten von Kammern mit Pfeilern gesäumt, schwarzen Löchern, die wie Augenhöhlen eines Totenschädels aussahen. Hastig schalteten sie die Lampen aus und hörten im Dunkeln ein Geräusch – Stiefel auf Kies. Wren suchte sie.

»Ich möchte, daß du hierbleibst. Laß deine Lampe aus«, flüsterte Atkins.

»Vergiß es«, antwortete Elizabeth. »Ich komme mit.«

Sich im Dunkeln weiter durch den Stollen tastend, kamen sie zu einem anderen Querschlag. Atkins war klar, daß sie es sich nicht leisten konnten, lange Verstecken zu spielen. Sie könnten sich verirren, und außerdem hatten sie keine Zeit. Jede Sekunde zählte.

»John, ich tu nichts lieber, als euch beide hier unten in Ruhe zu lassen«, dröhnte Wrens Stimme in der Dunkelheit. »Ich mache diesem Theater ein Ende und gehe zum Förderschacht zurück. Vielleicht komme ich am Feuer vorbei und finde die anderen. Wünscht mir Glück.«

»Wir müssen ihm folgen«, sagte Atkins zu Elizabeth. »Wenn wir hier herauskommen wollen, brauchen wir die Feuerlöscher.«

Ihre Helmlampen immer wieder für Sekunden anschaltend, fanden sie den Rückweg zum Hauptstollen. Etwa fünfzig Meter vor sich sahen sie den Lichtschein von Wrens Lampe, der hin und her schwankte. Er rannte.

»Vielleicht können wir ihn überholen«, sagte Atkins. Sie rannten durch einen anderen Stollen, wurden aber an jedem Querschlag, den Gängen, die das Gitternetz der Stollen miteinander verbanden, langsamer.

Atkins war sich sicher, daß Wren sie hören konnte. Ihre Schritte hallten laut auf dem harten, festgestampften Stollenboden. Plötzlich krachten vor ihnen Schüsse. Drei Pistolenschüsse. Etwas schlug gegen Atkins' rechten Unterarm nahe dem Ellbogen. Er war getroffen worden. Ob es eine Kugel war oder ein Steinbrocken, konnte er nicht sagen, spürte aber einen scharfen Schmerz, als er den Arm bewegte.

Er stieß Elizabeth hinter einen der Pfeiler, die die Decke stützten.

Sie schalteten die Helmlampen aus.

»Sie hätten nicht zurückkommen sollen!« rief Wren. »Bringen wir es schnell hinter uns. Dr. Weston wird sehr viel unbeschwerter atmen, wenn er weiß, daß Sie tot sind. In Wirklichkeit hofft er, daß auch ich umkomme, damit er die Risse am Damm auf meine Nachlässigkeit schieben kann. Er wird behaupten, ich hätte Schmiergelder genommen, um keine regelmäßigen Inspektionen durchführen zu lassen. Genau das, dessen er sich schuldig gemacht hat. Unsere Beziehung war wirklich sehr interessant.«

Atkins hörte Wrens Schritte, als er näher zu ihrem Versteck kam. Bevor sie ihre Lampen ausgeschaltet hatten, war ihm ein Muster von großen Rissen an der Stollendecke aufgefallen. Es bedurfte nicht mehr als noch eines tüchtigen Erdstoßes, um das ganze zum Einsturz zu bringen. Ihm fiel ein, wie Murray mit einer Brechstange an der Decke gekratzt hatte. Ein paar leichte Schläge hatten genügt, den ganzen Deckenabschnitt herausbrechen zu lassen.

Atkins packte die Brechstange mit beiden Händen und hob sie hoch. Sein Arm brannte und drohte steif zu werden.

Mach es nahe der Strebe, wo Decke und Wand sich treffen, sagte er sich, denn das hatte auch Murray gesagt.

Er spähte um den Pfeiler und sah die Lampe an Wrens Helm auf sich zukommen, auf und ab schwankend im Takt seiner Schritte.

»Offen gesagt, wenn ich Sie wäre, hätte ich gewartet, bis die Bombe hochgeht«, sagte Wren. »Dann hätten Sie sich, ohne etwas zu spüren, einfach in Gas verwandelt, wahrscheinlich eine Form von Kohlenwasserstoff. Jetzt muß ich Sie erschießen.«

Booker nahm die letzten Einstellungen an Neutrons Bedienungskonsole vor. Der Roboter war mit Murrays 20-Kilo-Tank mit Löschschaum und dem 10-Kilo-Tank von Jacobs bewaffnet.

»Sind Sie sicher, daß das Ding feuerfest ist?« fragte Murray.

»Er wird mittendurch rollen«, sagte Booker. »Der Haken ist, ihn den Förderschacht hinunterzubringen. Es ist schwierig, mit Fernsteuerung Entfernungen zu taxieren. Ich möchte nicht, daß er vornüber kippt. Dann bekämen wir Probleme.«

Booker, Murray und Weston kauerten im Förderschacht dreißig Meter über dem Feuer, das noch immer aus dem Hauptstollen auf Sohle zehn schlug. Es war ihnen gelungen, bis auf Sohle neun zu klettern. Der Stollen war zum Teil mit Rauch gefüllt, aber es gab keinen Hinweis auf einen aktiven Brand. Einige Meter nach dieser Stelle hatte ein weiterer Einsturz den Schacht blockiert.

Murray war sich sicher, daß irgendwo in der Mine noch ein Feuer brannte. Das Gestein fühlte sich warm an.

Sie hatten ihre Notfallatemgeräte angeschlossen. Ihre Masken waren mit transistorgroßen Empfängern und Mikrophonen ausgestattet, so daß sie sich verständigen konnten.

Weston sprach nicht viel. Seine Sorgen nahmen ihn ganz in Anspruch. Er wußte, was Wren mit Atkins und Elizabeth vorhatte. Sie hatten es in allen Einzelheiten diskutiert, bevor sie in die Mine gegangen waren. Falls die beiden Fragen zu den Rissen stellten, die sich vor dem großen Beben im Damm am Kentucky Lake gebildet hatten, könnte es ernste Probleme geben. Eins würde zum andern führen und alles böse enden. Elizabeths Computerdateien enthielten viel zuviel ausführliche Notizen über das, was sie am Damm gesehen hatte. Und sie hatte viel gesehen.

Außerdem erinnerte er sich sehr wohl daran, daß Atkins die Risse vor einigen Tagen angesprochen hatte. Weston war klar, daß Atkins nur seine Reaktion darauf hatte abwarten wollen.

Zum Glück hatte er keine Quittungen über das Geld aufbewahrt, das er während der letzten sechs Jahre von einem Bauunternehmer erhalten hatte, der mit der routinemäßigen Wartung des Damms beauftragt war. Er hatte zugelassen, daß der Bauunternehmer seine Rechnungen frisierte, nicht viel, nur hier und da einige Prozentpunkte, aber mit der Zeit war er auf fast zwei Millionen Dollar gekommen. Es gab keine verräterischen Belege, und die unterlassene Arbeitsleistung hatte seiner Meinung nach keinerlei Einfluß auf das Unglück gehabt. Kein Damm der Welt hätte einem 8,4-Beben standgehalten. Wenn aber eine Untersuchung eingeleitet würde, könnte sie am Ende doch vor seine Tür führen. Er mußte den Ernst der Lage, nachdem die ersten Sprünge aufgetreten waren, herunterspielen.

In gewissem Sinn war das Unglück ein Geschenk des Himmels. Alle Beweise waren weggespült worden. Jetzt konnte er ruhig die Wahrheit über die Risse sagen, wenigstens zum Teil, nämlich daß sie versucht hätten, sie zu reparieren, bevor das Beben ausbrach. Und was den Evakuierungsbeschluß betraf, hätte der vielleicht zu Panik geführt. Sie hatten alles in ihrer

Macht Stehende getan, aber eine schreckliche Naturkatastrophe hatte ihre Anstrengungen zunichte gemacht.

Entscheidend war, daß Atkins und Elizabeth Holleran den Mund hielten. Und wenn alles ganz besonders gut liefe, würde vielleicht auch Wren dort unten sterben. Wren und Stan Marshal waren beide vom Bauunternehmer geschmiert worden. Marshal hatte die Nerven verloren und Atkins und Elizabeth Holleran zu töten versucht, indem er bei den seismischen Reflexionstests eine Explosion auslöste. Das war primitiv, dumm und fahrlässig gewesen. Aus Angst würde Marshal den Mund halten, aber Wren war ein anderer Typ. Der Mann wäre durchaus imstande, mehr Geld zu verlangen. Weston wußte, daß es nur eine Frage der Zeit war, bis er sich mit ihm auseinandersetzen müßte.

Letzten Endes könnte sich jetzt alles bestens regeln. Er mußte bloß überleben.

»Wieviel Zeit haben wir?« fragte Weston.

»Etwa anderthalb Stunden«, sagte Murray.

Während Booker die Joysticks bediente, begann der Roboter langsam seinen Abstieg im steilen Förderschacht, in seinen Klauenarmen die schweren Schaumlöschgeräte. Er geriet kurz außer Sicht, als er durch die Flammen und den Rauch rollte, die immer noch aus dem Stollen auf Sohle 10 drangen. Booker sah den orangefarbenen Helm des Roboters im wirbelnden Rauch aufleuchten. Dann hatte er das Inferno durchquert.

Mit einem Fernsehmonitor, Mikrophonen und starken Scheinwerfern ausgestattet, lieferte Neutron für Booker ein klares Bild von seinem Weg durch den Schacht.

»Er kommt jetzt zum Eingang der Sohle elf«, sagte er. »Dort unten gibt es etwas Rauch, aber es sieht nicht so schlimm aus.« Vorsichtig lenkte er Neutron aus dem Schacht und in den Abbaustollen.

Auf dem Fernsehmonitor sah er tief im Stollen eine Helmlampe brennen. Sie schien sich zu bewegen.

Dann hörte er etwas, das wie kleine Explosionen klang. Drei insgesamt. Das Geräusch war deutlich, unmißverständlich.

»Das sind Pistolenschüsse«, sagte er.

Bei Kaler, Kentucky
20. Januar
15:10 Uhr

Atkins spürte einen scharfen Schmerz im rechten Arm und der Schulter, als er bei ausgeschalteter Helmlampe mit der langen Brechstange um den Steinpfeiler langte und hart gegen die Stollendecke schlug. Er hatte die Entfernung sorgfältig taxiert, bevor er die Lampe ausgemacht hatte, und hoffte, daß er die richtige Stelle traf. Immer wieder schlug er zu und versuchte gleichzeitig, die Stange als Stemmeisen anzusetzen. Vor Anstrengung zuckte er zusammen. Ihm war, als hätte man heiße Nadeln unter die Haut seines Arms gestoßen.

Als Wren sich umdrehte, entdeckte er ihn im Lichtkegel seiner Lampe und feuerte. Atkins duckte sich hinter den Pfeiler, während die Schüsse in seinen Ohren dröhnten.

Ein Stück der Decke krachte auf den Boden. Als sich der pulvrige Staub legte, sah Atkins, daß Wren die Lampe auf seine Füße gerichtet hielt. Ein zwei Meter langer Felsblock hatte ihn knapp verfehlt, die Pistole war ihm aus der Hand gefallen, und er suchte sie jetzt.

Ohne lange zu überlegen, rannte er direkt auf Wren zu, rammte ihm die Schulter in die Brust und stieß ihn zurück. Beide fielen hin und wälzten sich am Boden. Jedesmal wenn Atkins' rechter Arm auf den felsigen Untergrund traf, explodierten grelle weiße Funken vor seinen Augen.

Wren kam auf die Knie und verpaßte Atkins einen harten Faustschlag an den Kopf. Der Hieb warf ihn um. Halb betäubt hörte er Schritte. Wren rannte weg.

Atkins wälzte sich auf den Rücken und versuchte, nicht ohnmächtig zu werden. Er roch den süßen unverkennbaren Geruch von Blut, faßte sich an die Nase und merkte, daß sich der Knorpel bewegte. Die Nase war gebrochen.

Vorsichtig stand er auf und lehnte sich an die Wand, während er an dem Schalter seiner Lampe herumprobierte. Elizabeth war an seiner Seite.

»Wir müssen ihm folgen«, sagte Atkins. »Wenn er zu den Feuerlöschern kommt und sie benutzt, sitzen wir hier unten fest.« Er dachte daran, die Pistole, die Wren aus der Hand gefallen war, zu suchen. Aber sie hatten keine Zeit.

Sie liefen los, Atkins schwankend, bogen in den ersten Querschlag ein und kamen zu einem anderen Stollen, in dem sie sich nach rechts wandten. Atkins hoffte, daß es die Richtung zum Förderschacht war. Er wußte es nicht mehr genau. Man verlor im Dunkeln so verdammt leicht die Orientierung. Die Lampen hatten sie eingeschaltet und bemühten sich auch nicht mehr, sich zu verstecken. Atkins sah auf die Uhr. Noch etwa neunzig Minuten bis zur Explosion der Bombe.

»Es kann nicht mehr weit sein«, keuchte Atkins. Sein rechter Arm klopfte unmittelbar unterhalb des Ellbogens, wo die Kugel ihn getroffen hatte. Bei jeder Bewegung schmerzte er. Der Schmerz und die Steifheit machten ihm Sorge. Er war sich nicht sicher, ob er Wren aufhalten könnte, wenn es zu einem Kampf käme. Der Bursche war stark.

Sie spürten einen Hitzeschwall, heiße Luft, die von den Feuern eine Sohle höher durch den Förderschacht herabflutete. Sie waren in die richtige Richtung gegangen.

Plötzlich stürzte aus einer Nische im Stollen eine dunkle Gestalt auf sie zu. Atkins hörte die Schritte und drehte sich in dem Moment um, als Wren ihn mit einem Gegenstand in der Hand angreifen wollte. Er schwang ihn, Atkins duckte sich und hörte ein scharfes metallisches Klirren an der Wand. Kohlebrocken flogen ihm ins Gesicht.

Wren hatte eine Spitzhacke in einem Durchgang gefunden und war außer sich vor Wut. Er mußte sie unbedingt töten, riß wild die Hacke aus der Kohle und holte wieder aus, um sie diesmal seitlich zu schwingen.

Atkins sprang zurück und stieß dabei Elizabeth zur Seite.

»Mach deine Lampe aus!« schrie er.

Immer wieder versuchte Wren, Atkins im Schein seiner Helmlampe zu erwischen. Er schwang die Spitzhacke und schlug mit aller Kraft gegen die Wände und den Boden.

Atkins wich vorsichtig zurück, einen Schritt nach dem andern; mit der rechten Hand stützte er sich an der Wand ab.

Wren kam näher, und Atkins war klar, daß er rasch handeln mußte. Seine Kräfte ließen nach. Er machte noch einen Schritt zurück und wäre beinahe gestürzt. Hinter ihm war nichts, nur Leere. Er kniete hin und tastete sorgfältig den Boden ab. Beinahe wäre er in eine Art Schacht oder Grube gefallen.

Sich auf den Knien im Dunkeln vorschiebend, identifizierte er ein rechteckiges Loch von einem oder eineinhalb Metern Breite. Er erinnerte sich, daß Murray auf schmale Öffnungen im Boden aufmerksam gemacht hatte, Adern für Strom- und Wasserleitungen. Die meisten waren mit Stahlplatten abgedeckt; einige wenige, wie diese hier, hatte man offengelassen.

Ein Gedanke nahm Gestalt an.

Tu's, sagte er zu sich. Warte nicht.

Mit dem Rücken zum Loch schaltete Atkins seine Lampe an und stand auf. »Hier bin ich, du Scheißkerl!«

Wren packte die Hacke mit beiden Händen wie einen Baseballschläger und ging auf ihn los.

Atkins wartete, bis Wren fast bei ihm war, ließ sich dann auf die Knie fallen und stieß mit seinem linken Arm und der Schulter hoch, während Wren über ihn stolperte. Im Sturz durch die Öffnung gelang es Wren, die Hände hochzureißen und die Kante des Lochs zu packen. Dort hing er und trat mit den Füßen gegen die Wände des engen Schachts, um Halt zu finden.

»Hilfe!« schrie er. »Bitte, um Himmels willen.«

Atkins zögerte, aber er wußte, daß er nicht anders handeln konnte, wenn er mit sich in Frieden leben wollte. Hastig reichte er dem zappelnden Mann die linke Hand.

Wren ergriff sie und begann sich durch das Loch hochzuziehen. Er bekam seinen Kopf über die Kante, dann einen Teil der Schulter. Atkins langte nach unten und versuchte, Wrens anderen Arm zu packen, als dieser sich mit einem kraftvollen Stoß der Arme plötzlich abstieß und den Schulterriemen von Atkins' Lufttank packte.

Halb aus dem Loch heraus und sich auf die Kante stützend, versuchte Wren, Atkins durch die Öffnung in die Tiefe zu reißen. Da Wren seinen linken Arm fest im Griff hatte, konnte Atkins nur den verletzten rechten schwingen. Er boxte Wren ins Gesicht. Vergeblich. Wren zog ihn mit stählernem Griff hinab.

Atkins merkte, daß ihm die Kraft ausging, als Wren plötzlich losließ.

Atkins rollte auf den Rücken und blieb auf dem Boden liegen, nach Luft schnappend, um wieder zu Atem zu kommen. Elizabeth stand über ihm, die Spitzhacke umklammernd. Sie hatte Wren mit dem Holzgriff hart ins Gesicht geschlagen.

Obwohl ihm das Blut von der Stirn lief, hatte er sich wieder am Rand des Lochs festhalten können. Vor Wut schreiend begann er sich mit beiden Händen hochzuziehen. Atkins versuchte aufzustehen, obwohl sich alles um ihn drehte. Mühsam kam er auf die Knie ... da packte Wren ein Bein von ihm.

Elizabeth holte noch einmal aus und erwischte Wren direkt am Kopf. Der lange Hackenstiel traf mit einem dumpfen Knacks auf den Backenknochen.

Wren fiel rückwärts in das Loch. Atkins hörte ihn auf dem Boden des Stollens darunter aufschlagen. Er blickte über die Kante. Im Schein seiner Helmlampe sah er, daß Wren ungefähr dreißig Meter tief gefallen war. Sein rechtes Bein war in einem scharfen Winkel unter ihm abgeknickt. Er rührte sich nicht.

»Alles in Ordnung?« fragte Elizabeth.

»Wo hast du solche Schwünge gelernt?« fragte Atkins, der langsam aufstand und an der Wand Halt suchte.

»Mädchensoftball«, sagte Elizabeth halb lachend, halb weinend.

Der Stollen vor ihnen wurde plötzlich sehr hell. Jemand näherte sich mit einem starken Scheinwerfer, den er über die Wände streichen ließ. Es sah merkwürdig aus. Der Winkel stimmte nicht. Das Licht glitt zu tief über den Boden.

Es war Neutron.

»Folgen Sie dem Roboter zurück zum Förderschacht.«

Es war Bookers Stimme, verstärkt durch einen kleinen Lautsprecher, der auf Neutrons Videokamera montiert war.

Atkins und Elizabeth eilten dem Roboter nach, der schnell durch den Stollen rollte. Er bog ab, dann noch einmal, und gleich darauf waren sie am Eingang zum Förderschacht, der von den Feuern in dem Stollen über ihnen in stumpfem Gelb beleuchtet wurde.

»Es wird nicht leicht sein«, gab Booker durch. »Sie müssen durch das Feuer auf Stollen zehn. Neutron wird einen Schaumteppich legen. Bleiben Sie möglichst nahe bei ihm. Wir bekämpfen die Flammen von unserer Seite.«

Dann hörten sie Murrays Stimme. »Legen Sie die Masken an. Knöpfen Sie Ihre Kleidung gut zu. Lassen Sie keine Hautstelle frei. Stellen Sie die Kragen hoch. Ihre Mäntel und Overalls schützen Sie vor dem Feuer. Bleiben Sie in Bewegung und vertrauen Sie dem Schaum. Der macht das Feuer fertig. Viel Glück. Auf geht's!«

Bevor sie dem Roboter in den Förderschacht folgten, nahm Atkins Elizabeth in die Arme. Nur einen Moment standen sie so da und hielten sich fest.

»Dann wollen wir mal«, sagte Atkins.

»Zu zweit geht alles«, sagte Elizabeth, deren Augen er nie klarer gesehen hatte. »Was ein Roboter kann, können wir auch, stimmt's?«

Sie legten die Gesichtsmasken an und hoben die Feuerlöscher auf. Sorgsam vergewisserten sie sich, daß ihre Haut überall bedeckt war. Es tat wahnsinnig weh, als die Kante der Maske Atkins' gebrochene Nase streifte. Er zuckte zusammen, während er die Riemen des Schaumtanks über die Schulter schlang.

Neutron glitt in den Schacht und begann den Aufstieg, während er nach den Spritztüllen der zwei Schaumkanister auf seinem Rücken griff.

Sich in dem engen Schacht duckend, hielten sich Atkins und Elizabeth dicht an den Roboter. Noch immer schossen Flammen aus Sohle zehn in den Schacht, lange, züngelnde Wellen aus orangefarbenem und weißem Feuer.

»Jetzt Ruhe bewahren«, sagte Booker, der auf seinem Fernsehmonitor ihr Vorücken verfolgte. »Machen Sie sich bereit, die Feuerlöscher aufzudrehen. Gleich ...«

Flimmernde Hitzewellen rollten durch den Schacht auf sie zu.

»Jetzt!« schrie Booker.

Atkins und Elizabeth begannen Schaum zu sprühen. Das gleiche tat Neutron, einen breiten Doppelstrahl, der die Flammen sofort zwei Meter zurücktrieb.

Sie erreichten die Schachtmündung. Atkins sah nichts als eine Feuerwand. Jeder Schritt voran schien eine Ewigkeit zu dauern.

»Wenn Neutron stoppt, gehen Sie um ihn herum«, sagte Booker. »Er verschafft ihnen einige Sekunden. Rennen Sie schnell um ihn herum.«

Der Roboter hielt an, drehte sich, damit er das Feuer direkt vor sich hatte, und legte eine dicke weiße Schaumdecke, die die Flammen zurückdrängte. Als Elizabeth und Atkins hinter ihm vorbeischlüpften, bemerkte Atkins, daß sein Schaumtank Druck verlor. Elizabeth registrierte das gleiche an ihrem. Die Kunststoffgläser ihrer Gesichtsmasken beschlugen und warfen Blasen in der starken Hitze.

Dann sah Atkins zwei dunkle Gestalten wenige Schritte vor sich.

Murray und Booker.

Sie waren ihnen im Schacht entgegengegangen und spritzten noch mehr Schaum ins Feuer.

Murray winkte ihnen zu, sich zu beeilen.

Atkins und Elizabeth hasteten an ihnen vorbei und stiegen weiter. Elizabeth stolperte, und Atkins faßte sie um die Taille und zog sie hinter sich her, während er sich, ohne innezuhalten, auf dem steilen Weg vorankämpfte. Murray und Booker folgten ihnen und blieben nur gelegentlich stehen, um Schaum ins Feuer zu spritzen.

Als Atkins und Elizabeth endlich die Sohle neun erreichten, wartete dort Weston auf sie.

»Wo ist Wren?« fragte er.

Atkins schüttelte den Kopf. »Er hat es nicht geschafft.« Mehr wollte er nicht sagen. Sie würden sich mit Weston und dem, was Wren ihnen verraten hatte, später befassen müssen.

Murray und Booker schlossen zu ihnen auf. Neutron rollte direkt hinter ihnen in den Stollen. Die Farbe an der Vorderseite des Roboters hatte Blasen geworfen, die Seiten des Footballhelms waren geschmolzen und die Oberseite war platt und an den Rändern schwarz. Orangefarbene Schmiere klebte wie Kerzenwachs auf der Metallfläche. Aber die Stahllegierung war unversehrt. Er war noch einsatzbereit.

Murrays Rat folgend, gingen sie durch den Stollen, bis sie gut sechzig Meter vom Eingang zum Förderschacht entfernt waren. Der Rauch war nicht mehr so dicht, so daß sie die Masken abnehmen konnten. Nachdem Murray die Methan- und Kohlenmonoxid-Werte abgelesen hatte, ließ er sie stehen, um den weiteren Weg zu erkunden.

Als er wenige Minuten später zurückkam, lächelte er.

»Es gibt vielleicht eine Möglichkeit«, sagte er. »Aber es wird verdammt happig.«

Bei Kaler, Kentucky
20. Januar
15:40 Uhr

Sie hatten noch fünfzig Minuten.

Murrays vorgeschlagener Fluchtweg war der vertikale Luftschacht, der parallel zum Aufzugschacht in der Mitte der Mine hinaufführte. Kaum einen Meter breit, war er an der Oberfläche mit einem starken Ventilator verbunden. Als eine Art Abluftrohr war es seine Aufgabe, verbrauchte Luft aus der Mine zu saugen.

Murray wollte die Spitze bilden und sich mit Rücken und Beinen an die gegenüberliegenden Wände stützen. Langsam, Zentimeter um Zentimeter, würde er sich wie ein Bergsteiger im Felskamin nach oben bewegen. Der Aufzugkäfig befand sich eine Sohle höher, eine Entfernung von ungefähr dreißig Metern.

Oben angekommen, wollte er ein Seil zu den anderen hinablassen und sie beim Hochklettern sichern. »Ich will keinem etwas vormachen. Dieser Teil wird hart«, sagte Murray. »Konzentration ist alles. Denken Sie jedesmal voraus, wenn Sie

Arme und Beine bewegen. Versuchen Sie, sich bildlich vorzustellen, was Sie tun werden, denken Sie es durch, bevor Sie es tun. Verlassen Sie sich nicht auf das Seil. Und überstürzen Sie nichts.«

Murray las den Gasmesser ab. Die Kohlenmonoxid-Werte bewegten sich gleichbleibend an der Gefahrengrenze. Die Methanwerte waren nach dem Feuer und der Explosion etwas gefallen, stiegen aber langsam wieder an und lagen jetzt bei fast sieben Prozent.

»Verlieren Sie die Uhr nicht aus den Augen«, sagte Murray, während er eine Seilrolle an seinen Gürtel hakte. »Die Zeit läuft uns wirklich davon. Wir müssen sie schlagen.«

Ein scharfer Ruck schüttelte sie durch, ein weiteres starkes Beben. Von der Stollendecke fielen Brocken herab. Alle gingen instinktiv in die Hocke und hielten die Arme über den Kopf. Das Beben dauerte nur drei oder vier Sekunden, war aber stärker als die vorherigen.

Das Geräusch kam von tief unter ihnen, ein lautes Krachen, das durch die Mine hallte. Atkins war sich sicher, daß in großer Tiefe Gestein brach. Die Verwerfung verschob sich unaufhörlich, baute unaufhörlich Spannung vor dem endgültigen Bruch auf.

»Sie kommen häufiger«, bemerkte Elizabeth. Den Rest behielt sie für sich – daß die Beben auch an Stärke zunahmen. Sie fragte sich, wie vielen Erschütterungen das Bergwerk noch standhielt, ehe die Stollen in sich zusammenfielen.

Atkins und Booker halfen, Murray in den Schacht hochzuschieben, der in die Decke des Stollens gehauen war. Er brachte den Rücken und die Beine in dem engen Raum in die richtige Stellung und begann den Aufstieg in dem engen Kamin, indem er sich fest mit den Füßen und Schultern abstützte. Genau dieses Manöver hatte er Dutzende Male trainieren müssen. In einer Mine allerdings probierte er es zum erstenmal aus. Ständig wiederholte er für sich selbst den Rat, den er den andern gegeben hatte: sich auf jede Bewegung zu konzentrieren, sie von Anfang bis zum Ende durchzudenken.

Er brauchte fast fünfzehn Minuten, um zur Sohle acht zu klettern. Schweißüberströmt stemmte er sich oben aus dem

Schacht. Auf dem Stollenboden kniend, noch heftig atmend von der Anstrengung, warf er einen Blick auf den Aufzugskäfig, der keine zehn Schritt von ihm entfernt war. Ihn verließ der Mut.

»Hier oben gibt's ein Problem!« rief er zu den anderen hinunter. »Der Aufzug geht nicht. Das Kabel ist gerissen.«

Nathan Ross trank eine Tasse heißen Kaffee, um sich in der feuchten Kälte aufzuwärmen. Die Sonne hatte dem klammen Frost in der Luft nichts anhaben können. Er hatte den Kragen seiner Jacke hochgeschlagen. Seine Ohren waren eiskalt.

Ungeduldig sah er auf die Uhr und runzelte die Stirn. Es wurde verdammt knapp.

Draper kam angerannt und berichtete von dem gerissenen Kabel. Booker und die andern waren tief unter der Erde gefangen.

»Wir lassen Seile zu ihnen runter«, sagte er.

»Die Bombe soll in vierzig Minuten hochgehen«, warnte Phil Belleau, der Sicherheitschef des Präsidenten. »Diese Leute sind etwa zweihundertfünfzig Meter tief. Wir bekommen sie niemals alle herauf.«

»Wir werden es verdammt noch mal versuchen«, sagte der Präsident ruhig, während er zum Aufzugsschacht ging, wo eine Gruppe Fallschirmjäger zwei behelfsmäßige Fallschirmgurte mit Korbsitzen im Aufzugsschacht hinabgelassen hatte. Die Seile waren an Kabeln befestigt, die zu Winden an den beiden Hubschraubern liefen, den großen UH-60, die bei der Mine geblieben waren.

»Mr. President, ich muß darauf bestehen, daß Sie sich zurückziehen.« Belleau gab nicht auf. Für Ross trug er die alleinige Verantwortung. Wenn nötig, mußte er Gewalt anwenden.

Ross beachtete ihn nicht. Er half den Fallschirmjägern, noch mehr Seile zur Mine zu bringen.

Booker ließ sich nicht umstimmen. Atkins sah es in seinen Augen, an dem starren, unerschrockenen Blick.

»Es tut mir leid, John. Sie wissen so gut wie ich, was zu tun ist. Wir können kein Entweichen radioaktiven Staubs riskieren.«

Das letzte Beben hatte nicht nur das Kabel des Aufzugkäfigs zerrissen. Booker hatte ein kleines Gerät bei sich, das den Zündkreis der Zündkabel, die er im Bergwerk verlegt hatte, überwachte. Das Gerät zeigte mehrere Unterbrechungen an. Er hatte die Ladungen so angeordnet, daß sie der Reihe nach explodieren sollten. Das System beruhte auf einem Verbindungsnetz von elektrischen Sprengkapseln geringer Spannung, die mit Verzögerungen von mehreren Sekunden die Explosion der Sprengstoffe auslösen würden. Die Kapseln waren mit speziellen Hüllen versehen, um jeden Funkenflug zu verhindern, der das Methangas entzünden könnte.

Die Unterbrechungen in dem Kreis, nahm Booker an, waren zweifellos von den Bränden und Einstürzen oder den wiederholten Erdstößen verursacht worden. Es war unmöglich, genau festzustellen, an welchen Stellen sie vorgekommen waren. Booker hatte zwei Sprenglinien gelegt: eine während des Abstiegs, die andere beim Hinaufklettern. Er hatte die Sprengstoffe dort plaziert, wo sie mit größter Wahrscheinlichkeit die Schächte zum Einsturz bringen konnten.

Atkins erschrak, als der Physiker ruhig ankündigte, es gebe nur eine Lösung des Problems: manuelle Zündung.

Booker sagte, er würde auf Sohle acht bleiben und die Ladungen zünden, mit denen die Haupt- und Lüftungsschächte verschüttet werden sollten. Er teilte seine Entscheidung so beiläufig mit, als ginge es darum, in den Laden zu gehen und Milch und Brot zu kaufen.

Atkins war völlig überrumpelt. Elizabeth und Weston hatten es mit Murrays Hilfe schon nach oben geschafft. Sie waren mit Seilen, die unter den Armen durchgezogen und um die Taille geschlungen wurden, durch den Luftschacht hinaufgelangt. Zweimal war Weston beinahe abgestürzt, konnte aber noch abgefangen werden, weil Murray das Seil zusätzlich um einen am Stollenboden verschraubten Verteilerkasten gewickelt hatte.

Die Schlinge am Seilende baumelte nun vor Atkins. Murray hatte schon hinuntergerufen, daß der nächste an der Reihe sei.

»Warum zum Teufel ziehen Sie die Zündschnur nicht bis zur Oberfläche und zünden Sie von dort?« fragte Atkins.

Booker schüttelte den Kopf. »Wenn wir noch ein starkes Beben bekommen und die Zündschnur reißt ...« Er führte den Gedanken nicht zu Ende. »Jede radioaktiv strahlende Staubwolke von einer Bombe dieser Größe könnte bis an die Ostküste treiben.«

»Aber es ist unmöglich, daß sie hierbleiben!« rief Atkins aus. Er umklammerte Bookers Schultern, während er versuchte, ihm gut zuzureden. Er konnte es einfach nicht glauben. Aber Booker war fest entschlossen. Er ließ sich nicht umstimmen.

»Es ist der richtige Zeitpunkt und der richtige Ort«, erklärte der Physiker geduldig. »Ich habe genügend Sprengstoff übrig und kann auf dieser Sohle jede Öffnung versiegeln. Ich wünschte nur, ich hätte früher daran gedacht. Es hätte alles erleichtert. Dann hätte ich nicht den ganzen zusätzlichen Plastiksprengstoff und die Zünder in dieses Loch in der Erde schleppen müssen.«

Atkins sah ihn kopfschüttelnd an. Es war hoffnungslos. Er wollte bleiben.

»John, die Zeit läuft Ihnen davon«, sagte Booker. »Ich komme nicht mit. Es ist ein einfacher Entschluß. Ich habe ihn bei geistiger Gesundheit gefaßt und wünsche, daß Sie gehen. Bitte gehen Sie. Wenn Sie bleiben, könnte das Ende sehr schnell kommen. Natürlich, Sie würden nicht leiden. Falls wir durch ein Wunder die Sprengladungen überstehen, können wir uns darauf freuen, verdampft zu werden. Ich muß sagen, daß dieser chemische Prozeß, die ganze Strahlung, die unsere Knochen in wenigen Nanosekunden absorbieren, mich immer neugierig gemacht hat. Natürlich werden Sie nichts spüren, weil Sie implodieren, wenn die Gammastrahlen durch Sie schießen. Photonen, genaugenommen. Ihr Körper wird aufleuchten, so ähnlich wie ein Blitzlicht, stelle ich mir vor.«

»Verdammt, Ihre Leukämie ist im Abklingen«, beharrte Atkins wütend. »Sie brauchen das nicht zu tun, Fred. Sie können noch zehn Jahre leben. Sie brauchen nicht Selbstmord zu begehen.«

»Denken Sie logisch«, erwiderte Booker. »Es ist die einzige Möglichkeit, mit Sicherheit eine Panne zu vermeiden. Wenn nach der Zündung einer Megatonnenbombe Strahlung aus der Erde entweicht, steigt binnen vier Minuten eine heiße Wolke zehntausend Meter hoch.«

»Ihr beiden dort unten solltet endlich eure Ärsche bewegen!« schrie Murray. Zum erstenmal, seit sie die Mine betreten hatten, ließ seine Stimme Angst erkennen.

Booker lächelte Atkins an. »Sie müssen zu Dr. Holleran zurück, John. Gehen Sie so schnell wie möglich zu ihr. Danach wird es sowieso noch jede Menge Arbeit geben. Man wird Sie beide brauchen.«

»Wir haben zwei Gurtsitze hier oben!« schrie Murray. »Sie sind bereit, uns durch den Aufzugschacht hochzuziehen.« Unmittelbar davor waren Elizabeth und Weston auf diesem Weg ins Freie gelangt. Die Rettungsleinen waren mit den Hubschrauberwinden verbunden worden, und man hatte sie problemlos hochgeschafft.

Booker sah Atkins an: »Sie sind an der Reihe, Doktor. Machen Sie keine Dummheiten. Nicht daß Sie etwa versuchen, mich zu überwältigen. Die Versiegelung muß funktionieren.«

Atkins zog das Seil unter den Armen durch, wobei er wegen der Schmerzen im rechten Unterarm und in der Schulter die Zähne zusammenbeißen mußte. Mit einem Schubs von Booker und der Hilfe von Murray und dem Seil begann er den Aufstieg. Es fiel ihm schwer. Jede Bewegung der Arme und Beine, die ihm wie Bleigewichte erschienen, machte eine bewußte Anstrengung erforderlich. Kurz vor dem oberen Ende war er einer Ohnmacht nahe. Mit den Füßen und Schultern gegen die Schachtwände gepreßt, konnte er sich gerade noch halten.

»Machen Sie schon, Doktor!« rief Murray. »So nahe dürfen Sie mich nicht im Stich lassen.«

Atkins hob den Kopf. Er hatte nur noch eineinhalb Meter vor sich. Er bewegte ein Bein, dann das andere und schob die Schultern an der Wand höher. Dann hatte Murray ihn unter den Armen gefaßt, und er war aus dem Schacht.

Als er zu Booker hinabschaute, winkte der Physiker.

»Vergessen Sie nicht, daß alle lange vor D minus fünf Minuten von der Mine weg sein müssen!« rief Booker. »Dann zünde ich die Sprengstoffe. Es wird einen schönen Radau geben.«

Bei Kaler, Kentucky
20. Januar
16:10 Uhr

Wenige Minuten nach Murray wurde Atkins durch den Aufzugsschacht hinaufgezogen. In einen der notdürftigen Gurtsitze geschnallt, war er auf halbem Weg zur Oberfläche, als die Erde erneut bebte. Er hatte nun keine Zweifel mehr. Das waren Vorbeben – die immer stärkeren Erdstöße, die einem großen Beben vorausgingen. Sein Sitz wippte und schaukelte, während Steinbrocken aus den Wänden brachen. An die Seile geklammert, beugte er sich vor, als sie auf seinen Helm und die Schultern prasselten. Mehrere große Brocken verfehlten ihn knapp und schlugen hundertdreißig Meter tiefer auf dem Aufzugskäfig auf.

Der Schacht war nahe am Einstürzen. Die letzten sechzig Meter erschienen ihm quälend lang. Atkins erwartete jeden Moment, daß die Wände neben ihm einbrechen würden.

Als er näher zur Oberfläche kam, mußte er sich vor dem grellen Scheinwerferlicht die Augen zuhalten. Oben angekommen, blinzelte er in der schmerzenden Helligkeit. Elizabeth erwartete ihn; sie stand neben dem Präsidenten und Steve Draper. Beide Männer strahlten. Draper ergriff Atkins' Hand und drückte sie fest.

»Verschwinden wir jetzt schleunigst«, sagte er.

Sie hatten noch fünfzehn Minuten bis zur Zündung der Bombe.

Draper hetzte sie aus dem Metallbau, in dem sich der Eingang zur Mine befand, und sie traten in das weiche, verschleierte Licht des winterlichen Nachmittags hinaus. Die Sonne war nur als trübe, graue Scheibe zu sehen, aber Atkins und Elizabeth wurden dennoch geblendet und mußten die Hände vor die Augen halten.

Als sie über den Kiesweg zum Parkplatz des Bergwerks liefen, erklärte Draper, die Pläne wären abgeändert worden. Sie würden nicht die Hubschrauber nehmen, weil die Kämpfe in den Bergen ringsum zugenommen hätten; meist Geplänkel zwischen kleinen Gruppen der Nationalgarde von Kentucky und Armeepatrouillen. Man befürchtete einen weiteren Raketenangriff und hielt es für zu riskant, den Präsidenten auszufliegen.

Sie würden fahren.

Draper wollte den ›roten Schuppen‹ erreichen, wo sie die Auswirkungen der Explosion verfolgen könnten. Er lag etwa sechs Kilometer südlich der Mine auf einem Hügel, der gegen Angriffe stark befestigt worden war. Die Wissenschaftler hatten die Aufstellung tragbarer Seismographen und anderer Meßgeräte um die Explosionszone ständig ergänzt, um die Geschwindigkeit und Richtung der seismischen Wellen aufzuzeichnen, die Freisetzung von Spannungsenergie in der Erde zu analysieren und die Strahlung der Bombe zu berechnen. Sie waren auch darauf vorbereitet, jede seismische Aktivität, die die Explosion an der Caruthersville-Störung und den anstoßenden Verwerfungen erzeugen könnte, zu registrieren und örtlich genau zu bestimmen.

Während der Präsident neben Atkins herlief, erkundigte er sich nach Booker.

»Er ist noch unten beim Roboter«, sagte Atkins. »Er kommt nicht herauf.«

Dann erklärte er alles.

Es war in Ross' beruflicher Laufbahn, zunächst als Rechtsanwalt in Evanston, Illinois, dann als Politiker, nicht häufig vorgekommen, daß ihm die Worte fehlten. Dies war so ein seltener Augenblick. Er wußte nicht, was er sagen, wie er reagieren sollte. Er versuchte es nicht einmal. Er hoffte auf eine spätere Gelegenheit, Bookers selbstlosem Verhalten gerecht zu werden. Dann wollte er dafür sorgen, daß des Mannes gedacht wurde.

In wenigen kurzen Sätzen erklärte Atkins auch, was mit Walt Jacobs passiert war – und mit Wren.

Er hatte bemerkt, wie nervös Weston ihn beobachtete. Jetzt war nicht die Zeit, sich mit ihm zu befassen. Er würde dafür sorgen, daß später alles herauskäme: daß Wren, Weston und Marshal bewußt Informationen über das Ausmaß der Schäden im Damm am Kentucky Lake zurückgehalten hatten. Daß sie andere Probleme dort vertuscht, Inspektionsberichte gefälscht, Schmiergelder angenommen hatten.

Atkins wollte Weston und Marshal, sobald sie vom Bergwerk fort waren, den Behörden übergeben. Aber näherliegende Sorgen lenkten ihn ab. Er konnte sich noch nicht sicher sein, daß die Bombe losgehen würde.

Natürlich hatte er das Risiko einer Panne erwogen. Man konnte nicht wissen, ob dieser provisorisch aussehende Timer, den Booker im letzten Moment angebracht hatte, richtig funktionieren oder ob die Taschenlampenbatterien, die er zusammengebunden hatte, genügend Energie für die Kondensatoren liefern würden.

Dann erinnerte er sich an Bookers Zuversicht und mußte wieder an den Physiker denken, sah ihn im Dunkeln auf Sohle acht stehen, das Gesicht vom Kohlenstaub verschmiert, die grauen Augen glänzend. Er lächelte.

Ein außergewöhnlicher, wunderbarer Mensch.

»Ich hätte ihn niemals dort unten zurücklassen sollen«, sagte er zu Elizabeth.

»Hör auf«, entgegnete sie und berührte seine Hand. Sie hatten die mit laufenden Motoren in einer Reihe stehenden Lastwagen erreicht. »Du hättest nichts machen können. Er wußte, was er tat. Er wollte nicht, daß du nachträglich anfängst, dir Vorwürfe zu machen.« Sie erinnerte sich an ihre erste Begegnung mit Booker, nachdem er mit dem Fallschirm über Memphis abgesprungen war. Sie hatte seine Idee, mit einer Kernexplosion das Erdbeben zu entschärfen, für absurd gehalten und sich schwergetan, ihm zu glauben. Ihre Meinung änderte sie dann vor allem, weil sie sich davor fürchtete, was passieren würde, wenn sie nichts täten, zum Teil aber auch wegen Bookers Überzeugunskraft. Sie mochte den Mann und war dankbar, daß sie Gelegenheit gehabt hatte, ihn kennenzulernen.

Plötzlich bebte der Boden wieder. Die Bewegung lief von Ost nach West, in der Richtung der Verwerfung. Diese s- oder Sekundärwellen waren durch harte, seitliche Bewegungen gekennzeichnet. Wie eine Art Scherungswellen, pflanzten sich s-Wellen langsamer durch die obere Erdkruste fort als p- oder Primärwellen, aber ihr Weg war zerstörerisch. Sie vibrierten heftig und konnten große Schäden verursachen.

»Das war sehr nahe«, sagte Elizabeth.

Eine weitere, stärkere Erschütterung folgte binnen Sekunden auf die erste.

»Vielleicht beginnt eine Serie«, sagte Atkins.

Falls die Uhr an der Bombe noch lief, waren es noch elf Minuten bis zur Zündung.

Der nächste Stoß hätte sie beinahe umgeworfen. Eine wellenförmige seitliche Bewegung, die über die Erdoberfläche lief. »Seht euch die Berge an!« rief ein Soldat.

Die umliegenden Berge, deren Hänge dicht mit Bäumen bestanden waren, bewegten sich, zitterten, während die Erde polterte. Atkins erkannte das Geräusch wieder; er hatte es schon einmal gehört, fast wie Donner, fern, stärker. Die Bäume schwankten, als brause ein Sturm über sie hinweg. Einige brachen ab und fielen um. Das Knacken des splitternden Holzes kam explosiv und scharf. Durch die Schießerei nervös gemacht, rissen die Soldaten die Gewehre hoch und hielten nach Zielen Ausschau.

Atkins deutete ihren Gesichtsausdruck. Sie hatten Angst. Die meisten waren auf die Knie gefallen, um das Ende des Bebens abzuwarten.

Die beiden UH-60 Black Hawk-Hubschrauber stiegen auf, gewannen schnell an Höhe und drehten nach Osten ab. Alle warteten und schauten mit angehaltenem Atem zu. Es wurde keine Rakete abgeschossen. Die Hubschrauber überflogen den Kamm und verschwanden.

Nun sprangen Soldaten in die Lastwagen, Humvees und gepanzerten Truppentransportfahrzeuge. Abgehackte Befehle wurden geschrien. In der Verwirrung kündigte Belleau eine weitere Änderung der Pläne an.

Sie würden es nicht bis zur Kommandostelle schaffen. Die Zeit reichte nicht. »Wir können von Glück sagen, wenn wir über die nächste Bergkette kommen«, meinte Belleau. »Das sind fünf Kilometer von hier. Dort dürften wir knapp außerhalb der Explosionszone sein.«

»Dann fahren wir los«, sagte Ross.

Mit großkalibrigen Maschinengewehren bewaffnete Mannschaftswagen flankierten den Konvoi. Sie fuhren auf demselben Weg zurück, den sie gekommen waren, über Nebenstraßen und quer über offene Viehweiden. Niemand bezweifelte, daß es eine wilde, gefährliche Fahrt werden würde.

Atkins, Elizabeth und Murray sprangen in einen der Humvees. »Zieht die Sicherheitsgurte ganz stramm«, riet der Fahrer. Er hatte einen hellblonden Schnauzer und ein jungenhaftes Gesicht. »Die Straße ist beschissen, und wir müssen uns sputen.«

Fred Booker zog die Beine an und setzte sich mit dem Rücken gegen die Wand. Der Stein war warm. Die starke Hitze, die tief in der Erde erzeugt wurde, erstaunte ihn noch immer. Er zog seinen Overall auf, weil er bereits in Schweiß gebadet war. Auch das Atmen fiel ihm immer schwerer. Es war wie in einer Sauna. Er dachte daran, die Gesichtsmaske aufzusetzen, dann mußte er über sich selbst lachen. Das verdammte Ding war heiß und unbequem, und in wenigen Minuten wäre es sowieso überflüssig.

Er hatte die Helmlampe angeschaltet, von der ein spitz zulaufender Lichtkeil die Dunkelheit erhellte. Die wiederholten Beben schüttelten das Bergwerk mächtig durch. Er hörte in der Tiefe einen Stollen einstürzen. Große Steinbrocken brachen aus der Decke.

Die Beben kamen mit immer größerer Stärke.

Er hielt drei Stränge der Zündkabel, die er bereits an eine altmodische Sprengmaschine angeschlossen hatte, die auf seinem Schoß ruhte. Wenn es soweit wäre, würde er die Kurbel kräftig im Uhrzeigersinn drehen. Die Drehung lieferte gerade genügend elektrischen Strom, um die an den Plastiksprengladungen befestigten Sprengkapseln zu zünden, die er in großen Mengen auf Sohle acht verteilt hatte. In der kurzen Zeit, seit Atkins fort war, hatte er dreißig Stangen verdrahtet.

Das war mehr als genug, um alle Schächte zu versiegeln.

Neutron stand drei Meter von ihm entfernt mitten im Stollen. Die starken mechanischen Arme des Roboters waren ausgefahren und hielten einen Abschnitt der Decke, die während der letzten starken Erschütterung weit aufgerissen war. Ein Felsblock von der Größe eines Garagentors hing gegen die freigelegten stählernen Deckenbolzen durch, die nachzugeben drohten. Der Roboter hatte den Block wieder an seinen Platz geschoben.

Booker zog seine digitale Armbanduhr aus und legte sie auf die Sprengmaschine. Noch zehn Minuten.

Er würde das Plastikgel sechs Sekunden vor der Explosion der Bombe zünden. Lieber hätte er es erst zwei oder drei Sekunden vorher hochgehen lassen, aber er traute der Präzision des Timers nicht. Besser ein paar Sekunden mehr nehmen und auf Nummer Sicher gehen.

Das Risiko einer zu frühen Zündung war, daß die Explosionen Erdrutsche oder einen massiven Einsturz auslösen könnten. Dabei wäre es möglich, daß die Bombe beschädigt wurde, bevor sie zündete. Booker hielt das allerdings für wenig wahrscheinlich. Die Umhüllung der Bombe war so konstruiert, daß sie auch einem scharfen Aufprall lange genug standhielt, um ein tiefer eingegrabenes Ziel zu treffen. Jahrelange Feld- und Laborversuche hatten die Stärke der Konstruktion bewiesen. Und doch hatte ein Geschoß die Hülle durchschlagen. Das beunruhigte ihn immer noch, aber auch das behelfsmäßige Batterienpaket und der Timer, die er an der Bombe angebracht hatte.

Jetzt waren es keine acht Minuten mehr.

Booker nahm seinen Schutzhelm ab und legte ihn so, daß der Lichtkegel der Lampe direkt auf sein Zifferblatt fiel. Es war eine Wohltat, ihn abzunehmen. Er warf einen letzten Blick auf Neutron, der zehn Fuß von ihm entfernt stand. Der Roboter hatte sich ausgezeichnet bewährt. Er hoffte, sein Freund am Oak Ridge National Laboratory, Paul Burke, würde es erfahren. Bestimmt würde John Atkins es ihm berichten.

Booker erinnerte sich an den alten Witz im Roboterlabor des National Laboratory: Es ist Zeit, den Beruf zu wechseln, wenn du anfängst, mit den Robotern zu sprechen.

Er schmunzelte.

Nein, er würde nicht mit Neutron sprechen. Er würde singen – ein altes Lied aus den Appalachen über die Arbeit in den Kohleminen. Er hatte es seit Jahren nicht mehr gehört, aber er erinnerte sich noch an einen Teil des Textes.

Während er die unvergeßliche Country-Melodie vor sich hin summte, gespielt von der Nitty Gritty Dirt Band, versuchte er, sich an die Worte zu erinnern. Als sie ihm einfielen, begann er leise zu singen:

»Wo der Gefahren viele und die Freuden gering,
wo kein Regen je fällt und die Sonne nie scheint,
ist's schwarz wie im Kerker … drunten im Berg.«

Er sah auf die Uhr.

Fünf Minuten.

Bei Kaler, Kentucky
20. Januar
16:26 Uhr

Der Fahrer raste auf der schmalen Kiesstraße mit achtzig Kilometer die Stunde durch eine Kurve. Der Humvee brach aus und schlitterte um Haaresbreite an zwei dicken Bäumen vorbei, die eine Ecke bildeten, wo die Straße scharf nach links schwenkte. Sie fuhren hintereinander einen Hügel hinab, mit dröhnenden Motoren im ersten Gang, während über ihnen Hubschrauber Kreise zogen und nach Heckenschützen suchten.

Nach Atkins' Schätzung hatten sie noch etwa sieben Minuten, um möglichst weit hinter die Berge zu kommen, die die Golden Orient abschirmten.

Sechs Kilometer!

Sie würden es nicht schaffen. Nicht über dieses matschige, zerklüftete Gelände, wo die Straße immer wieder in Serpentinen verlief. Doch es gab keinen Ausweg. Sie fuhren um noch eine Kurve, dann machten sie eine enge S-Kehre. Neben der Straße fiel das Gelände jäh fünfzehn Meter in ein Waldgebiet, dann als nackte Felswand noch weiter. Weit unter ihnen schlängelte sich ein silbernes Band durch die Bäume. Ein flacher Bach oder Fluß.

»Wie viele Kilometer sind wir gefahren?« fragte Elizabeth. Sie saß neben Atkins. Beide versuchten, sich am Überrollbügel des Humvees festzuhalten. Sie wurden auf und ab geschleudert und geschaukelt wie bei einer Karussellfahrt, während die Reifen über Furchen und durch Schlaglöcher holperten.

»Vielleicht drei«, sagte Atkins.

Der Fahrer, voll konzentriert, daß die Reifen nicht durchdrehten, antwortete nicht. Die Windschutzscheibe war mit Schlamm bespritzt.

In einer unregelmäßigen Reihe auseinandergezogen, erreichte der Konvoi einen Talboden, fuhr durch einen Drahtzaun und dann quer über ein frisch gepflügtes Feld, auf dem die Reifen rötlichbraune Erde in hohen Bögen aufwarfen. Hinter der nächsten Bergkette wären sie außer Gefahr.

Vorausgesetzt, wir haben richtig gerechnet, ermahnte sich Atkins. Er hoffte, daß Guy Thompsons Leute nicht gepfuscht hatten, als sie ihre Rechner laufen ließen.

Sie hatten gefolgert, daß eine Bombe von einer Megatonne, die in sechshundert Metern Tiefe gezündet wurde, nur minimale Auswirkungen auf die Topographie hätte. Das Risiko einer wesentlichen Bodensenkung reichte nur bis zu einem Kilometer vom Bodennullpunkt. Aber sie waren sich nicht hundertprozentig sicher, ob diese Folgerungen richtig waren. Es gab zu viele Ausnahmen und variable Größen. Einige gleich starke unterirdische Explosionen auf dem Testgelände in Nevada hatten bis zu drei und vier Kilometer vom Bombentrichter die Erde gespalten und absacken lassen.

Atkins quälte eine noch ernstere Sorge: Wenn bei der Versiegelung der Schächte etwas schiefging, würden gewaltige Mengen radioaktiven Abfalls, vor allem Schmutz und zertrümmertes Gestein, kilometerweit in den Himmel hochgeschleudert.

Und ganz oben auf der Liste seiner Ängste: Wenn die Explosion in Wirklichkeit ein starkes Erdbeben auslöste, anstatt es zu verhindern? Wenn sie andere Beben entlang der vielen Verwerfungen anregte, die wie tiefe Furchen das instabile Grundgestein im Mississippital durchzogen?

Von Anfang an war dies ihre größte Sorge gewesen. Angst vor dieser Möglichkeit war zum Teil schuld an Walt Jacobs' Tod. Sie hatte ihn zu dem Versuch getrieben – dessen war sich Atkins sicher –, ihre Anstrengungen zu sabotieren. Nie würden sie mit Sicherheit wissen, ob und wie sehr der Tod seiner Frau und Kinder seinen Verstand beeinträchtigt hatte. Wenn sie am Ende doch ein Beben von der Stärke acht oder mehr auslösten, war nicht vorherzusehen, wieviel seismische Energie durch das Umland fließen würde. Die Zerstörungszone konnte riesig sein. Und ihm müßte man dann teilweise die Schuld geben. Daran hatte er keinerlei Zweifel.

Bald würden sie die Anworten kennen.

Der Humvee machte einen Sprung. Für einen Moment verließen alle vier Räder den Boden. Die Erde bebte wieder, und der Talgrund begann sich in einen halben bis einen Meter hohen Wellen zu bewegen. So eine Welle hatte sie erwischt, dann noch eine.

Ein Strahl aus schlammigem Wasser, schwarzem Sand und Lignit schoß in den Himmel. Ein weiterer schäumender Geysir sprang fünfzig Meter links von ihnen in die Luft.

Eine Sandblase. Erst eine, dann noch eine und eine dritte. Aus allen schossen dicke Dreckfontänen so hoch wie die Bäume.

Der Konvoi änderte die Richtung, um von dem kochenden, zitternden Boden wegzukommen. Noch eine Sandblase brach auf und schleuderte einen Strom aus Wasser, Schlick und diesmal weißem Sand hoch. Ein blubberndes Loch nach dem andern tat sich auf dem Feld auf. Manche waren dreißig Meter breit.

»Schneller!« rief Atkins dem Fahrer zu. »Wir müssen rüber, bevor das ganze Feld zu Matsch wird.« Wenn das passierte, wäre es, als ob man über einen See aus Treibsand fahren müßte. Dann würden sie es nie schaffen.

»John, dort drüben!« Elizabeth zeigte auf Dampf, der aus einer schmalen Spalte quoll, die in der Erde aufgebrochen war. Ein paar Meter breit lief der Riß wie eine Narbe am Berg gegenüber hinauf.

»Ist die Bombe explodiert?« fragte sie.

»Es ist noch nicht Zeit.«

Elizabeth wußte wie Atkins, daß dies alles Vorbeben waren, die zu einem großen Erdbeben führen würden. Die Spannungsenergie baute sich rapide zu einem Bruch auf. Die tektonische Explosion würde ungeheuer stark sein.

Der Konvoi kletterte den Berg hinauf, wobei die übergroßen Reifen mit dem starken Profil sich in den weichen Boden gruben. Elizabeth und Atkins flogen auf ihren Sitzen nach hinten, als der Humvee über einen umgestürzten Baum rollte.

Sie hatten fast den Kamm erreicht.

Noch fünfzig Meter, und sie waren aus der Gefahrenzone.

Booker umfaßte die Sprengmaschine fest mit beiden Händen. Bei dem letzten starken Stoß war die Decke am anderen Ende des Stollens eingestürzt.

Er saß an die Wand gelehnt, versuchte, sich zu beruhigen und klar zu denken.

Neutron hielt noch immer den geschwächten Deckenabschnitt in der Stollenmitte, aber er sackte allmählich ab, und die Risse breiteten sich aus. Es würde nicht mehr lange dauern, bis die Decke über ihnen einbrach.

Jetzt war es fast an der Zeit, eine Sache von wenigen Sekunden.

Booker lehnte den Kopf an die Wand, schloß die Augen und atmete durch. Bilder von seiner Frau und seinen Töchtern, von Orten, die sie besucht hatten, zogen an ihm vorbei.

Seine beiden Töchter.

Er konzentrierte sich auf sie und erinnerte sich an ihre Gesichter als Erst- und Zweitkläßler und wie süß sie in ihren blau und weiß karierten Schuluniformen ausgesehen hatten. Seit dreißig Jahren trug er diese verblichenen Fotos in seiner Brieftasche mit sich herum.

Es waren gescheite, gute Mädchen, viel besser, als er sie verdient hatte. Wäre er ihnen doch näher geblieben. Eine unterrichtete englische Literatur an der Universität von Tennessee in Knoxville. Die andere war Architektin in Kansas City. Er hoffte, sie würden seinen Entschluß und die Gründe verstehen.

Er sah auf seine Uhr und begann den Countdown bei zehn.

Fünf …

Vier …

Drei …

Zwei …

Eins …

Mit der rechten Hand drehte er einmal scharf im Uhrzeigersinn an der Sprengmaschine.

Der Humvee bretterte über den Bergkamm. Mit durchdrehenden Rädern rutschte er durch eine ausgefranste Lichtung, die Augenblicke zuvor von einem Mannschaftswagen in den Wald gerissen worden war. Als der Fahrer den Wagen wieder unter Kontrolle hatte, fuhr er auf der anderen Seite bergab, stieg aber sofort auf die Bremsen, so daß sie rutschend einen scharfen Halbkreis beschrieben, bevor sie zum Halt kamen.

Atkins hatte den Befehl zum Anhalten über das Funkgerät im Armaturenbrett gehört.

Er wußte, was das bedeutete: Es war fast Zeit für die Explosion.

»Aussteigen!« rief der Fahrer. Soldaten sprangen von den offenen Ladeflächen der Mannschaftswagen. Sie schleppten

Gewehre und Bündel und rannten schnell den Hang hinab, manche stolpernd und hinfallend, sich aufrappelnd und weiterrennend.

Atkins und Elizabeth stiegen aus dem Humvee und rannten ihnen nach. Hier gab es keine Deckung, keinen Unterstand. Was auch immer passieren würde, mußten sie auf freiem Feld erwarten. Aber die Stelle war so gut wie jede andere, dachte Atkins. Wenigstens konnten sie einander sehen, falls einer Hilfe brauchte.

Ein wunderbares Tal breitete sich vor ihnen aus. Die Berge in diesem Teil Kentuckys waren bewaldet, die Felder saftig mit dichtem Gras. Wie schon oft zuvor ging es Atkins durch den Kopf, daß es herrliches Pferdeland war. Erst da bemerkte er etwas, das er seit Tagen übersehen hatte. Er hatte weder ein Pferd noch eine Kuh noch ein Schaf gesehen. Die Felder in diesem Teil Kentuckys waren von Menschen wie von Tieren verlassen worden.

Sie sahen den Präsidenten am Fuß des Bergs stehen. Er war gerade aus einem Schützenpanzerwagen gestiegen. Soldaten hatten bereits einen Schutzschild um ihn gebildet, andere waren in die Berge gestiegen und hatten Verteidigungsposten bezogen. Hubschrauber surrten riskant niedrig über die Kammlinie.

»Es kommt«, sagte Elizabeth. »Jetzt!«

Sie fühlte sich hochgehoben. Es war wie eine Meereswelle, die in einer starken Brandung gegen ihre Beine spülte, so daß sie schwankte, aber nicht hinfiel. Zwei deutlich unterscheidbare Bodenwellen rollten an ihnen vorbei und brachten die Bäume und das hohe Gras zum Schwanken.

Sie waren zehn Meter von einem Bach entfernt, der am Fuß der Kalksteinberge entlangfloß. Eben noch glasklar, schimmerte die Wasserfläche plötzlich.

»Sie ist explodiert!« schrie Atkins.

Bei Benton, Kentucky
20. Januar
16:30 Uhr

Lauren Mitchell hatte für die Heimfahrt eine persönliche Eskorte bekommen – vier Fallschirmjäger in zwei Humvees. In den zwei Stunden seit dem Aufbruch von der Golden Orient hatten sie weniger als dreißig Kilometer auf nicht ausgeschilderten Landstraßen zurückgelegt. Nach Laurens Angaben waren sie häufig quer über aufgeweichte Felder und Weiden gefahren, um Zeit zu gewinnen.

Lauren wollte bei ihrem Enkelsohn sein, wenn die Bombe explodierte. Sie schaffte es nicht.

Ihr Fahrer, ein nervöser, aber aufgeweckter Sergeant, fuhr wenige Sekunden vor der Stunde X auf das Bankett der schlammigen Straße.

»Vielleicht steigen wir besser aus«, schlug er vor.

Sie wußten nicht, was sie erwartete, da sie sich noch mitten in dem Umkreis von vierzig bis sechzig Kilometer befanden, in dem sich die seismische Wirkung der Bombe voll entfalten würde.

Der Soldat sah auf die Uhr. »Sie muß jede Sekunde hochgehen.«

Ihr Standort lag auf einem steilen Bergkamm mit Blick zum Kentucky Lake in der Ferne, dessen graublaues Wasser zwischen den Bäumen zu erkennen war. Noch acht Kilometer weiter, und Lauren wäre zu Hause gewesen. Sie fragte sich, was Bobby machte, und sehnte sich nach ihm.

»Hört mal!« rief einer der Soldaten.

Der Klang gedämpften Donners rollte über die Berge. Die Bombe war explodiert.

»Es wird uns direkt erreichen«, sagte der Sergeant, als er in das Tal blickte, durch das sie gerade gefahren waren. Die Berge schwankten. Der Boden bewegte sich in Wellen auf sie zu.

»Weg von den Wagen!« schrie er. Die Humvees schaukelten heftig auf ihren Achsen. Alle rannten, fielen halb einen Grashang hinunter. Die erste Welle brachte sie ins Wanken, die zweite warf sie um.

»Du meine Güte.« Der Sergeant versuchte aufzustehen und fiel auf den Rücken, als der Boden weiterbebte.

Lauren setzte sich auf und grub die Hände ins nasse Gras, um sich an etwas festzuhalten. Sie hatte Angst, in die Luft geschleudert zu werden, und starrte zum See hinüber. Das Wasser schien sich für einen Moment vom Ufer zurückzuziehen. Große Wellen schäumten auf, als das Beben sich verstärkte. Riesige Wellen.

Nach wenigen Minuten beruhigte sich die Erde.

Lauren raffte sich hoch, fand ihr Gleichgewicht wieder und kletterte zur Straße zurück.

Der Sergeant folgte. »Ich glaube, wir können jetzt fahren«, sagte er. »Damit Sie nach Hause kommen.«

Lauren schüttelte den Kopf. »Danke, aber ich gehe den Rest zu Fuß.« Sie könnte in einer Stunde zu Hause sein, wenn sie sich beeilte. Sie wollte nicht in einem dieser Humvees eingesperrt sein, wenn die Straße wegbrach oder sich ein Graben unter ihnen auftat. Zwei Fallschirmjäger folgten ihr zu Fuß. Die andern fuhren.

Das Mississippital mag noch Tage beben, dachte Lauren. Früher oder später aber würde es aufhören, und dann konnte sie ihren Jachthafen wieder aufbauen. Das war ihr unerschütterlicher Plan. Dieses Land gehörte ihr und ihrem Enkelsohn. Was jetzt geschehen war, würden sie überstehen.

Bei Kaler, Kentucky
20. Januar
16:31 Uhr

Wie Booker geplant hatte, detonierte der Plastiksprengstoff tief in der Golden Orient und brachte alle vier Hauptschächte auf Sohle acht zum Einsturz. Decken und Stollen fielen in sich zusammen, und die Mine war versiegelt.

Sekunden später, genau nach Plan, explodierte die MK/B-61.

Die Kondensatoren gaben ihre Ladung ab. Der Stromkreis schloß sich und löste das Netz der Sprengzünder aus. Die Blöcke brisanter Sprengstoffe, die Booker gewissenhaft in der Pantex-Anlage in Texas geformt hatte, zündeten alle und zerstörten den Plutoniumkern in der Primärbombe. Im Augenblick der größten Kompression überflutete ein kleiner Feuerball – verstärkt durch die Einspritzung von Tritium und Deuterium – die Sekundärkomponente der Bombe, den Teil, der das Lithiumdeuterid im Uranmantel enthielt. Im Sperrfeuer der Strahlung des Feuerballs implodierte die Sekundärbombe und löste die thermonukleare Explosion aus.

Tief in der Mine wurde die komprimierte Energie der Bombe freigesetzt, was die Temperatur auf etwa zehn Millionen Grad hochtrieb. Der Druck schnellte auf das Tausendfache des Drucks der Erdatmosphäre. Die gleiche Art von Weißglut, weißglühendes Gas, das den Kern eines Sterns bildet, explodierte und schnitt einen kuppelförmigen Hohlraum von der Größe eines zehnstöckigen Hauses aus dem Gestein. Während der letzten Vorbeben hatte die tiefe Spalte am Grund der Mine schon begonnen, sich zu schließen. Die Explosion beschleunigte den Prozeß, indem sie die Spalte versiegelte, während große Massen geschmolzenen Gesteins hineinstürzten.

Druckwellen, die vom Kern ausstrahlten, sprengten das Gestein ringsum und verflüssigten es. Die Explosion schuf ein nukleares Erdbeben, das Schwärme seismischer Wellen freisetzte, die sich durch die Erdkruste fortpflanzten. Die P- oder Primärwellen rasten als Schallwellen durch das Gestein, eine Serie schneller Verdichtungen und Ausdehnungen. Darauf folgten die viel langsameren S- oder Scherungswellen. Eine Fülle von Love-Wellen trat ebenfalls auf, umgewandelten S-Wellen, die in den Oberflächenschichten der Erde gefangen waren.

Als die Bombe explodierte, wölbte sich die Erde direkt über der Detonationsstelle wie ein Segel, das plötzlich von einer kräftigen Bö gefüllt wird. Dann setzte sich der Boden wieder, wobei sich auf der Oberfläche ein konkaver Senkungskrater mit einem Durchmesser von dreihundert Metern bildete. Bei weiterer Abkühlung des heißen Hohlraums würde sich der Boden noch weiter absenken.

Die hohen Türme des Förder- und des Aufzugschachts stürzten ein und barsten, wobei ihre schweren Balken durch das Metallgebäude schlugen, in dem sich der Haupteingang befand.

Es entstand keine Wolke aus radioaktivem Staub, die in den Himmel stieg.

Atkins hatte bald Funkkontakt zu Guy Thompson und dem Seismologenteam im ›roten Schuppen‹, dem Kontrollzentrum drei Kilometer weiter westlich. Sie beobachteten die Starkbebenseismographen und anderen Meßgeräte, die in der Nähe des Bodennullpunkts aufgestellt waren. Die Ausrüstung war aufgestockt worden, um die freigesetzte Energie der Bombe schnell bestimmen zu können, indem sie die Amplituden der P-Wellen und der Oberflächenwellen maßen.

Thompson hatte seine wissenschaftliche Distanz verloren, die Fähigkeit, störende Fakten analytisch zu betrachten, ohne die Fassung zu verlieren.

Schreckliche Angst überfiel ihn.

Der Boden war in Zuckungen verfallen. Die Bombe hatte wie vorausgesagt Spannungsenergie freigesetzt, die einem Erdbeben der Stärke sechs Komma fünf entsprach, und dies genau am gewünschten Punkt. Die Druckwellen flossen genau auf das westliche Ende der neuentdeckten Caruthersville-Störung zu, auf deren breite Schnittstelle mit der Verwerfung des 7,1-Bebens und dem nördlichsten Zweig der New Madrid Seismic Zone, der Stelle also, wo sich wahrscheinlich der größte Spannungsaufbau konzentrierte. Das Band maximaler seismischer Energie hatte etwa sechzig Kilometer weit ausgestrahlt, etwas weiter, als sie vorhergesehen hatten.

»Wir verzeichnen eine Menge Love-Wellen«, meldete Thompson.

Das war genau das, was sie wünschten. Love-Wellen waren ein guter Hinweis, daß tektonische Spannungsenergie im Boden freigesetzt wurde, während das Tiefengestein sich spaltete und barst. Die Zahl der Love-Wellen, die sich über die Oberfläche bewegten, wurde als Maß für die Höhe der freigesetzten Energie betrachtet.

Was sie nicht vorausgesehen hatten, waren die Schwärme starker Nachbeben, die unerklärlicherweise zuerst an der ganzen Länge der Caruthersville-Störung ausbrachen und dann auch mit beispielloser Schnelligkeit an anderen Abschnitten der NMSZ.

Das erste Nachbeben – fast so stark wie das Hauptbeben – folgte binnen dreißig Sekunden, ein Beben der Stärke sechs.

Bis dahin hatte der Boden mit Unterbrechungen über drei Minuten gebebt.

»Das kann uns über den Kopf wachsen«, sagte Thompson, der seine Furcht nicht verbarg. »Die Seismographen schwingen überall aus. Das gefällt mir nicht, wie diese Nachbeben auf uns einhämmern.«

»Wie viele haben wir gehabt?« erkundigte sich Elizabeth.

»Fünf starke in den letzten zwei Minuten. Drei über Stärke fünf. Und vielleicht zwanzig kleinere im Bereich der Stärke vier oder geringer. Sie gehen überall los. Gerade hatten wir ein Beben der Stärke fünf Komma vier einhundertzehn Kilometer nordwestlich von Memphis.«

Präsident Ross und Steve Draper standen hinter Atkins und Elizabeth. Der Präsident hörte Thompsons Bericht zu, ohne ein Wort zu sagen, die Hände tief in den Taschen seiner Jacke vergraben. Falls er Angst hatte, ließ er sich nichts anmerken. Er hielt sich an der Kante des Klapptischs fest, der für die Funkgeräte aufgestellt worden war. Während der stärkeren Erdstöße konnte man sich kaum auf den Beinen halten. Sie kamen in dichter Folge.

Die tiefe Ungewißheit über ihr Vorgehen hatte sie die ganze Zeit gequält. Wieviel aufgestaute Spannungsenergie würde eine Kernexplosion wirklich freisetzen? Und, wichtiger noch, würde sie ein gewaltiges Erdbeben auslösen, anstatt es abzuwenden?

Atkins mußte ständig daran denken, ob diese Fragen mit jeder dieser gewaltigen Erschütterungen ein für allemal zu beantworten wären.

»Können wir irgend etwas tun?« fragte Ross.

»Gar nichts«, sagte Atkins. Der Boden ruckte wieder, und die harten Schwingungen brachten seine Beine und sein Rückgrat zum Vibrieren. Die Nachbeben waren bei weitem nicht so gewaltig wie das 8,4-Beben, aber sie waren sehr stark. Atkins und alle anderen hörten immer noch, was ein Soldat ›Erddonner‹ genannt hatte, das polternde, unirdische Geräusch, das tief aus der Erde aufzusteigen schien. Seit einigen Tagen hatte Atkins genau davon genug.

Was für Idioten waren sie gewesen, daß sie gemeint hatten, sie könnten ein Erdbeben aufhalten, dachte er. Was für eine Arroganz, anzunehmen, sie könnten sich mit einer der zerstörerischsten Naturkräfte einlassen.

Er fürchtete, daß man sie so beurteilen würde. Als arrogante, gefährliche Idioten.

Die Caruthersville-Störung würde ein weiteres mörderisches Beben auslösen. Aber welche Wahl war ihnen geblieben? rief er sich bitter ins Gedächtnis, während er die Hände zusammenschlug, die trotz der Handschuhe kalt waren. Man hatte den Versuch wagen müssen, das Unabwendbare aufzuhalten.

Er würde keine Entschuldigungen vorbringen. Nein. Das würde er niemals tun. Ganz gleich, was auf ihn zukäme.

Später sollte es ihm schwerfallen, genau zu sagen, wieviel Zeit zwischen diesem niederschmetternden Gefühl der Depression und des Selbstzweifels und dem Augenblick verstrich, als Elizabeth ihn leicht am Arm berührte. Er registrierte, daß es nur zwanzig bis dreißig Minuten gewesen sein konnten. Doch es erschien ihm viel länger, ein schwarzes Loch, in seine Erinnerung gemeißelt, während er auf diesem kalten, kahlen Feld vor Angst gezittert hatte.

Elizabeth sagte: »Sie werden – wohl langsamer.«

Die letzten Erdstöße waren merkbar zahmer. Und sie kamen in größeren Abständen.

Auch Atkins spürte es.

Die Nachbeben schienen sich abzuschwächen, an Schwung zu verlieren wie ein starker Motor, der zum Stillstand kommt.

Unter dem schwarzen Himmel, der auf ihren Köpfen zu lasten schien, so bedrückend tief, daß er glaubte, er könne ihn berühren, maßen Atkins und Elizabeth die Nachbeben. Gemeinsam mit dem Präsidenten blickten sie gespannt auf ihre Uhren.

Guy Thompson rief an. Aufgeregt. »Sieht aus, als hätte es aufgehört!« schrie er. »Wir haben in neunzig Minuten kein nennenswertes Beben mehr gehabt.«

Seine verstärkten Worte trugen weit in der kalten, feuchten Luft. Einige Soldaten, die ein Feuer gemacht hatten, brachen in lauten Jubel aus.

Elizabeth legte einen Arm um Atkins' Taille, und dann sprachen sie beide mit Thompson. Er sagte, daß die Beschleunigungsrate fast auf Null zurückgegangen sei.

Zum Feiern war es noch zu früh. Sie wußten, daß sie noch einige Tage nervös sein würden. Sie würden warten müssen, bis endgültige Meßwerte vom GPS-System hereinkämen. Erst die Satellitendaten konnten ihnen zeigen, ob der Boden sich irgendwo in der ausgedehnten seismischen Zone verformte. Dieser entscheidende Test war die einzige Möglichkeit, abzuschätzen, wieviel elastische Spannungsenergie in der Erde eingeschlossen blieb.

Atkins bezweifelte, daß sie die ganze Energie freigesetzt hatten. Eine Megatonne Sprengkraft reichte dazu einfach nicht aus, aber das war auch nicht notwendig. Ihre Strategie hatte die ganze Zeit bezweckt, gerade soviel tektonischen Streß freizusetzen, daß der Erdbebenzyklus durchbrochen wurde, ohne große Umwälzungen zu aktivieren.

Das endgültige Ergebnis war noch unbekannt, aber fürs erste stand fest, daß die seismische Aktivität entschieden zurückgegangen war. Atkins wollte glauben, was geschah, wollte seine Vorsicht, seine wissenschaftliche Skepsis fallenlassen und auf das Beste hoffen.

»Entschuldigen Sie, Sir, aber wissen Sie, daß Sie verwundet sind?« fragte einer der Soldaten, ein Sanitäter.

Zum erstenmal schaute Atkins seinen rechten Unterarm genauer an. Wrens Kugel hatte eine flache Furche unmittelbar unterhalb des Ellbogens aufgerissen. Das Geschoß hatte den Knochen angekratzt, aber keinen ernsten Schaden angerichtet.

Der Sanitäter legte schnell einen Verband an und untersuchte Atkins' Nase.

»Guter, sauberer Bruch«, sagte er. »Sieht aus, als wäre es das zweitemal, hab' ich recht?«

Atkins nickte. Er zuckte zusammen, als der Soldat den Nasenrücken vorsichtig berührte.

»Mir gefällt es.« Elizabeth lachte. »Ich glaube, es hilft.«

Sie mußte ständig daran denken, wie sie sich gefühlt hatte, als sie aus der Mine geklettert war. Es hatte weh getan, ihn nicht mehr zu sehen, nicht zu wissen, was mit ihm los war, als das Beben zunahm. Ihn dort unten in der Dunkelheit zurückzulassen war das Schwierigste, was ihr jemals begegnet war.

Und in Atkins war etwas aufgebrochen, als er sie oben in die Arme nahm, eine schmerzende Befreiung, wie er sie nie zuvor erlebt hatte. Tief im Bergwerk eingeschlossen, hatte er sich nicht erlaubt, an diesen Augenblick zu denken – hatte es nicht gewagt. Sie hatte ihren Schutzhelm abgenommen. Ihr langes Haar fiel auf die Schultern des Overalls, der von Kohlenstaub und weißem Gesteinspulver verkrustet war. Er hatte in diesen letzten Stunden oft an ihr Haar gedacht und sich gefragt, ob er es jemals wiedersehen würde. Er wäre gern mit den Händen durchgefahren.

Kurz nach 23 Uhr meldeten Patrouillen, die Straße sei sicher. Sie stiegen in ihre Humvees und anderen Fahrzeuge und fuhren die drei Kilometer zum roten Schuppen, wo sie bei starkem Kaffee den Rest der Nacht verbrachten, während Thompsons Team weiter die ermutigenden seismischen Werte ablas.

Als am Morgen die Sonne in einen klaren graublauen Himmel zu steigen begann, machten Atkins und Elizabeth einen Spaziergang. Sie wanderten über den Bergkamm bis zu einer Lichtung, von der aus sie über ein breites Tal schauen konnten.

Elizabeth bemerkte sie zuerst, die fernen Formen, die fast verwischt wurden durch die langen Schatten, die sich über den Talgrund ausbreiteten, während die Sonne höher über die Berge stieg.

Atkins hatte sich einen Feldstecher geliehen und stellte das Bild scharf – es waren braune und weiße Kühe, die in langer Reihe aus dem Wald gekommen waren und grasten. Weiter weg sah er zwei Pferde mit gesenkten Köpfen, eine Stute und ein graues Fohlen, die im hohen Gras weideten.

Seit Tagen waren dies die ersten Tiere, die sie sahen.

Endlich wagte es Atkins, an den Erfolg zu glauben. Endlich kehrte Ruhe ein.

Es war vorbei.